रिचर, वाइज़र, हैपियर

संसार के सबसे महान निवेशकों की सफलता का रहस्य

विलियम ग्रीन

अनुवाद : डॉ. सुधीर दीक्षित

MANJUL
मंजुल पब्लिशिंग हाउस

MANJUL

मंजुल पब्लिशिंग हाउस

कॉरपोरेट एवं संपादकीय कार्यालय

• द्वितीय तल, उषा प्रीत कॉम्प्लेक्स, 42 मालवीय नगर, भोपाल-462 003

विक्रय एवं विपणन कार्यालय

• सी-16, सेक्टर 3, नोएडा, उत्तर प्रदेश, 201301

वेबसाइट : www.manjulindia.com

वितरण केन्द्र

अहमदाबाद, बेंगलुरू, भोपाल, कोलकाता, चेन्नई,
हैदराबाद, मुम्बई, नई दिल्ली, पुणे

विलियम ग्रीन द्वारा लिखित मूल अंग्रेजी पुस्तक *रिचर, वाइज़र, हैपियर* का हिन्दी अनुवाद

Richer, Wiser, Happier by William Green – Hindi Edition

यह हिन्दी संस्करण 2024 में पहली बार प्रकाशित

ISBN 978-93-5543-541-5

अनुवाद : डॉ. सुधीर दीक्षित

मुद्रण व जिल्दसाज़ी : सनत प्रिंटर्स

विलियम ग्रीन *टाइम*, *फ़ॉर्च्यून*, *फ़ोर्ब्स*, *फ़ास्ट कंपनी*, *द न्यू यॉर्कर*, *द स्पेक्टेटर* और *द इकोनॉमिस्ट* के लिए लिखते रहे हैं। एक संपादक और सह-लेखक के रूप में *द ग्रेट माइंड्स ऑफ़ इन्वेस्टिंग* और गाइ स्पियर के बहु प्रशंसित वृतांत, *द एजुकेशन ऑफ़ अ वेल्यू इन्वेस्टर* जैसी किताबों में सहयोग किया है। लंदन में जन्मे, ग्रीन ने ऑक्सफ़ोर्ड युनिवर्सिटी से अंग्रेज़ी की पढ़ाई की और कोलंबिया युनिवर्सिटी से पत्रकारिता में मास्टर डिग्री हासिल की है। वे न्यू यॉर्क में अपनी पत्नी और दो बच्चों के साथ रहते हैं।

रिचर, वाइज़र, हैपियर की प्रशस्ति

''अति मनमोहक... यह पुस्तक हमेशा-हमेशा के लिए है।''

– गाई स्पायर, एक्वामैरीन कैपिटल के सीईओ और *द एज्युकेशन ऑफ़ अ वैल्यू इनवेस्टर* के लेखक

''अद्भुत... हम अपने पोर्टफ़ोलियो कैसे बनाते हैं और जीवन कैसे जीते हैं, इसका दोबारा आकलन करने के लिए एक गहरा, वाकपटु और अति आवश्यक आह्वान।''

– स्टिग ब्रॉडर्सन, इनवेस्टर्स पॉडकास्ट नेटवर्क के सह-संस्थापक और *वी स्टडी बिलियनेअर्स* पॉडकास्ट के होस्ट

''इसकी जितनी अनुशंसा की जाए, कम है... शुरू से अंत तक रोचक यह पुस्तक निवेश और जीवन के अनूठे ज्ञान से लबालब भरी है।''

– जॉन मिहालयेविक, एमओआई ग्लोबल के चेयरमैन और *द मैन्युअल ऑफ़ आइडियाज* के लेखक

''अमूल्य... आजीवन सीखने, ख़ुद को बेहतर बनाते रहने और अपना सर्वश्रेष्ठ संस्करण बनने पर एक अजेय कालातीत किताब।''

– गौतम बैद्य, *द जॉयस ऑफ़ कम्पाउंडिंग* के लेखक

''शिक्षाप्रद... विलियम ग्रीन इतिहास, दर्शन और आध्यात्मिकता का सहारा लेकर निवेश पर एक मेडिटेशन पेश करते हैं। यह पुस्तक शेयर चुनने के साथ ही जीवन के प्रति प्रबुद्ध निवेशक की मार्गदर्शिका है।''

– नीना मंक, द *आइडियेलिस्ट* और
फूल्स रश इन की लेखिका

''ज़बर्दस्त... यह पुस्तक वह काम करती है, जो बहुत कम पुस्तकों ने किया है, यानी यह दिखाती है कि *तार्किक* कैसे बनना है।''

– सौरभ मदान, मार्केल कॉरपोरेशन के
डिप्टी चीफ़ इनवेस्टमेंट ऑफ़िसर और
गूगल के पूर्व सीनियर डाटा साइंटिस्ट

समर्पण

लॉरेन, हेनरी, मैडेलीन और मैरिलिन को

अनुक्रम

प्रस्तावना

महानतम निवेशकों की मानसिकता के भीतर

मुझे पच्चीस साल से निवेश का जुनून है। पहलेपहल तो मेरा जोश काफ़ी अतार्किक था। मैंने बिज़नेस या अर्थशास्त्र कभी नहीं पढ़ा था। संख्याओं के मामले में मेरी प्रतिभा शून्य थी और मुझमें अकाउंटिंग के गूढ़ रहस्यों की सामान्य समझ भी नहीं थी। मेरे पास तो ऑक्सफ़ोर्ड से अँग्रेज़ी साहित्य की डिग्री थी, जिसे लेने के बाद मैंने पत्रिकाओं में उपन्यास समीक्षा के अलावा धोखेबाजों और हत्यारों की प्रोफ़ाइल भी लिखीं। मैं काफ़ी महत्त्वाकांक्षी लेखक था और साहित्यिक शोहरत हासिल करने के ऊँचे ख़्वाब देखता था। मैं वॉल स्ट्रीट को कैसिनो मानता था, जिसमें लालची स्पेकुलेटर्स भरे हुए थे, जो सिर्फ़ पैसों की परवाह करते थे। मेरे नज़रिये का अंदाज़ा आप इसी बात से लगा सकते हैं कि जब मेरे घर *न्यू यॉर्क टाइम्स* आता था, तो मैं बिज़नेस सेक्शन पर नज़र डाले बिना ही आगे बढ़ जाता था।

लेकिन 1995 में मेरे पास निवेश करने के लिए थोड़ा पैसा आ गया – मैं अपने भाई के साथ जिस अपार्टमेंट का मालिक था, उसे बेचने पर मुझे मेरा आधा हिस्सा मिल गया। इसके बाद मेरी दिशा बदल गई और मैं शेयरों तथा फ़ंड्स के बारे में रुचि से पढ़ने लगा। मैं अपनी इस छोटी सी रक़म को बढ़ाने के लिए उत्सुक था। इससे मेरे अंदर सोई हुई जुए की प्रवृत्ति दोबारा जाग गई। देखिए, जब मैं 1980 के दशक में इंग्लैंड में किशोर था, तो मेरी जुए की प्रवृत्ति कुछ समय तक काफ़ी अनियंत्रित रही थी। पंद्रह साल की उम्र में मैं एटन में पढ़ता था। वहाँ मैं गर्मी की अलसाई दोपहर में स्कूल से चुपके से बाहर निकल आता था और विंडसन कैसल के क़रीब स्थानीय ''टर्फ़ अकाउंटेंट'' के यहाँ कई घंटे बिताता था। मैं घोड़ों पर दाँव लगाता था, जबकि मेरी क्लास के साथी या तो क्रिकेट खेलते थे या फिर रोइंग करने जाते थे। मैं बोरिस जॉनसन, प्रिंस विलियम और हमसे पहले एटन में पढ़ने

वाले छह सदी के लोगों की तरह अभिजात्य अँग्रेज़ जेंटलमैन बनना चाहता था। लेकिन इसके बजाय मैं ग़ैर-क़ानूनी काम कर रहा था और माइक स्मिथ के नाम पर मेरा दाँव लगाने का अकाउंट था।

घुड़दौड़ में मेरी रुचि इसलिए नहीं थी, क्योंकि मुझे इस खेल से प्रेम था। मेरी रुचि का कारण घोड़ों से प्रेम भी नहीं था। मैं तो बिना मेहनत के पैसे कमाना चाहता था। मैंने इस काम को पूरी गंभीरता से लिया। मैंने घोड़ों और रेसकोर्स के बारे में लंबे-चौड़े नोट्स लिखे। अपनी जीत और हार को स्पष्ट दिखाने के लिए मैंने कई रंगों वाली स्याही के पेनों का इस्तेमाल किया। मैंने अपने सोलहवें जन्मदिन पर अपने माता-पिता से लड़ाई तक की, क्योंकि वे टाइमफ़ॉर्म की सदस्यता नहीं ख़रीदने दे रहे थे, जो घोड़ों की रेटिंग का महँगा सिस्टम था। मैं इसलिए आगबबूला था, क्योंकि मेरे हिसाब से वे असीमित दौलत की अचूक राह में अनावश्यक अवरोध बन रहे थे। इसके कुछ ही समय बाद जब मैं कई बार लगातार हारा, तो मैंने रेसिंग को हमेशा-हमेशा के लिए छोड़ दिया।

एक दशक बाद जब मैंने निवेश के बारे में पढ़ना शुरू किया, तो मुझे पता चला कि शेयर बाज़ार भी जुए जितना ही रोमांचक था। लेकिन इसमें सफलता की संभावनाएँ काफ़ी ज़्यादा थीं। मुझे लगा कि शेयर बाज़ार दूसरों से बेहतर सोचकर पैसे कमाने का आदर्श तरीक़ा है। ज़ाहिर है, उस समय मुझे ज़रा भी पता नहीं था कि मैं क्या कर रहा हूँ। लेकिन मेरे पास एक ऐसा लाभ था, जो दूसरों के पास नहीं था। मैं पत्रकार था, इसलिए अपने इस नए जुनून की ख़ातिर मैं कई सर्वश्रेष्ठ निवेशकों का इंटरव्यू लेकर दूसरों से आगे निकल सकता था।

बाद के वर्षों में मैंने *फ़ोर्ब्स, मनी, फ़ॉरचून* और टाइम के लिए बहुत से मशहूर निवेशकों के इंटरव्यू लिए। मैं बार-बार वही मुख्य प्रश्न पूछता रहा, जो मुझे आज तक मंत्रमुग्ध करते हैं : किन सिद्धांतों, प्रक्रियाओं, अंतर्दृष्टियों, आदतों और व्यक्तित्व के गुणों की वजह से ये मुट्ठी भर लोग शेयर बाज़ार को लंबे समय तक हरा पाए और बेहद अमीर बने? इससे भी ज़्यादा महत्त्वपूर्ण प्रश्न, आप और मैं इन वित्तीय महारथियों का अध्ययन करके और उनकी विजेता तकनीकें सीखकर मुनाफ़ा कैसे कमा सकते हैं? ये प्रश्न इस पुस्तक के केंद्र में हैं।

मुझे कई मनमोहक निवेशक मिले, जो अजीब तरीक़े से असाधारण थे। मैंने बीसवीं सदी के महानतम वैश्विक शेयर बाज़ार खिलाड़ी सर जॉन टेंपलटन के साथ एक दिन गुज़ारा। इसके लिए मैं विमान से बहामा तक गया, क्योंकि सर टेंपलटन कैरिबियन के लाइफ़ोर्ड नामक मनमोहक इलाक़े में रहते थे। मैं मिस्र के रहस्यमय अरबपति फ़ैयाज सैरोफ़िम से मिलने के लिए हाउस्टन गया, जिन्हें स्फ़िंक्स कहा जाता था। उनके ऑफ़िस में अल ग्रेको और विलेम डी कूनिंग की पेंटिंग लगी थीं। साथ ही पाँचवीं सदी का मोजेक फ़्लोर भी था, जो सीरिया के एक चर्च से

आयात किया गया था। मैंने मार्क मोबियस (बाल्ड ईगल) से बातचीत की, जो एक गल्फ़स्ट्रीम जेट में विकासशील देशों की यात्रा कर रहे थे। उनके विमान में सोने की प्लेट की सामग्री और इगुआना-स्किन की अपहोल्स्टरी थी, जो उन्होंने एक संकटग्रस्त मध्य-पूर्वी टाइकून से ख़रीदी थी। मैंने पोलो खेलने वाले सेंटीमिलियनेअर माइकल प्राइस का इंटरव्यू लिया। प्राइस का नाम सुनकर कमज़ोर प्रदर्शन करने वाले सीईओ दहशत में आ जाते थे और उन्हें ''वॉल स्ट्रीट का सबसे डरावना सन ऑफ़ बिच'' कहा जाता था। मैं हेलमट फ्राइडलैंडर से भी मिला, जो 1930 के दशक में जर्मनी से भागे थे और केवल अपनी किशोर बहन को लेने और हैट ख़रीदने के लिए रुके थे, ''क्योंकि कोई भी जेंटलमैन हैट के बिना यात्रा नहीं करता।'' वे चैट्यू पेट्रस पीते थे, मूल्यवान मध्ययुगीन पुस्तकों का संग्रह करते थे और हर चीज़ की ट्रेडिंग करते थे, जिनमें कॉफ़ी फ़्यूचर्स से लेकर एम्पायर स्टेट बिल्डिंग तक शामिल थी। नब्बे की उम्र के बाद उन्होंने मुझे बताया, ''मैं धुआँधार तरीक़े से जिया हूँ।''

यह एक बेशक़ीमती शिक्षा थी। 6.2 ट्रिलियन डॉलर वाले वैनगार्ड के संस्थापक और इंडेक्स फ़ंड के महारथी जैक बोगल ने मुझे उनके शुरुआती निवेश सबक़ों के बारे में बताया, जो उन्होंने अपने मार्गदर्शक और ''हीरो'' वाल्टर मॉर्गन (मीच्युअल फ़ंड पथप्रदर्शक) से सीखे थे : ''जज़्बात में मत बहो। बहुत ज़्यादा जोखिम मत लो... अपनी लागत कम रखो।'' और : ''भीड़ हमेशा ग़लत होती है।'' जैसा हम देखेंगे, बोगल ने यह भी स्पष्ट किया है कि सफल निवेशक बनने के लिए ''आपको महान बनने की ज़रूरत क्यों नहीं है।''

फ़ाइडेलिटी के सबसे मशहूर फ़ंड मैनेजर पीटर लिंच ने मुझे बताया कि उनकी सफलता का राज़ दूसरों से ज़्यादा मेहनत करना है। उन्होंने बाज़ार की अति अनिश्चितता के बारे में भी बात की। उन्होंने स्पष्ट किया कि विनम्रता बहुत ज़रूरी है। ''आपको स्कूल में बहुत सारे ए और बी ग्रेड मिलते हैं। शेयर बाज़ार में आपको बहुत सारे एफ़ मिलते हैं। यानी अगर आप दस में से छह या सात बार सही हों, तो आपका प्रदर्शन बहुत अच्छा है।'' लिंच ने अपनी एक असफलता का उल्लेख किया : ''सब *बॉनी ऐंड क्लाइड* फ़िल्म की वजह से'' एक ज़बर्दस्त अपैरेल कंपनी दिवालिया हो गई, क्योंकि इस फ़िल्म ने महिलाओं के फ़ैशन को इतने अप्रत्याशित रूप से बदल दिया कि कंपनी की सारी इनवेंट्री ''बेकार'' हो गई। फ़ाइडेलिटी को दिग्गज कंपनी बनाने वाले अरबपति नेड जॉनसन हँसकर लिंच से बोले, ''आपने सब कुछ सही किया था... हर कुछ समय बाद चीज़ें अप्रत्याशित रूप से हो जाती हैं।''

9/11 के उथल-पुथल भरे दिनों के बाद वित्तीय बाज़ार का बुरा हाल था। यह महामंदी के बाद का सबसे बुरा सप्ताह था। उस समय मैं बिल मिलर से मिलने

के लिए बाल्टीमोर गया, जो पंद्रह साल तक लगातार एसऐंडपी 500 इंडेक्स को हराने के अप्रत्याशित रिकॉर्ड के बीच में थे। हम कुछ दिन एक साथ रहे और उनके लियरजेट में यात्रा करते रहे। इसे उन्होंने आंशिक तौर पर इसलिए ख़रीदा था, ताकि उनका 110 पौंड का आइरिश वोल्फ़हाउंड उनके साथ विमान में यात्रा कर सके। अर्थव्यवस्था डमगमा रही थी, अफ़गानिस्तान में युद्ध के बादल मँडरा रहे थे और उनका फ़ंड शिखर से 40 प्रतिशत गिर गया था। लेकिन इसके बावजूद मिलर आरामदेह और ख़ुशमिज़ाज थे। वे गिरे हुए शेयरों पर शांति से सैकड़ों मिलियन डॉलर का दाँव लगा रहे थे, जो बाद में आसमान को छूने वाले थे।

एक सुबह मैं उनके पास खड़ा था, जब उन्होंने जानकारी लेने के लिए अपने ऑफ़िस फ़ोन किया। फ़ोन पर विश्लेषक ने उन्हें बताया कि मिलर ने उसी समय जो एईएस शेयर ख़रीदा था, उसका रिज़ल्ट बहुत बुरा आया था। शेयर के भाव आधे गिर गए थे, जिससे उन्हें लंच तक 50 मिलियन डॉलर का चूना लग गया था। मिलर ने तुरंत अपने दाँव को दोगुना कर दिया, क्योंकि उनके हिसाब से अतार्किक निवेशक कंपनी के ख़राब रिज़ल्ट पर ज़रूरत से ज़्यादा प्रबल प्रतिक्रिया कर रहे थे। जैसा उन्होंने मुझे बताया, निवेश संभावनाओं का हिसाब लगाने की सतत प्रक्रिया है : ''यह सब संभावनाओं के बारे में है। कोई निश्चितता नहीं है।''

और फिर बिल रूएन भी हैं, जो उनकी पीढ़ी के सबसे सफल निवेशक थे। जब वॉरेन बफ़ेट ने 1969 में अपनी निवेश साझेदारी बंद की, तो उन्होंने अपने बदले रूएन के नाम की अनुशंसा की थी। 2005 में उनकी मृत्यु तक रूएन के सेक्वोइया फ़ंड ने ज़बर्दस्त परिणाम दिए। वे इंटरव्यू नहीं देते थे, लेकिन हमने उन चार मार्गदर्शक सिद्धांतों पर काफ़ी लंबी बातचीत की, जो उन्होंने 1950 के दशक में अल्बर्ट हेटिंगर नामक ''बड़े स्टार'' से सीखे थे। रूएन ने कहा, ''ये सरल नियम मेरे लिए बहुत काम के रहे हैं। वे तभी से मेरे दर्शन का आधार रहे हैं... और यही वे सर्वश्रेष्ठ सिद्धांत हैं, जो मैं लोगों को बता सकता हूँ।''

सबसे पहले तो रूएन ने यह चेतावनी दी, ''उधार के पैसों से शेयर *नहीं* ख़रीदें।'' उन्होंने एक शुरुआती अनुभव बताया, जब उन्होंने लीवरेज का इस्तेमाल करके ''छह सौ डॉलर की रक़म को कई गुना कर लिया।'' फिर ''बाज़ार लुढ़का'' और उन्हें इतना घाटा हुआ कि वे ''दोबारा शून्य पर पहुँच गए।'' तब उन्हें यह सच्चाई पता चली कि ''जब आप उधार लिए पैसों से निवेश करते हैं, तो आप तार्किक मानसिकता से काम नहीं करते।'' दूसरी बात, ''मूमेंटम पर निगाह रखें।'' यानी ''जब बाज़ार पगला रहे हों,'' तो बेहद सावधानी के साथ आगे बढ़ें, क्योंकि ऐसे में या तो ज़्यादातर लोग दहशत में आ रहे हैं, या फिर अति उत्साह के कारण शेयरों का अतार्किक मूल्यांकन कर रहे हैं। तीसरा सिद्धांत, बाज़ार की भविष्यवाणियों पर ध्यान नहीं दें : ''मेरा दृढ़ विश्वास है कि किसी को यह पता नहीं

है कि बाज़ार क्या करेगा... महत्त्वपूर्ण बात तो किसी आकर्षक विचार और अच्छी कंपनी में निवेश करना है, जो सस्ते में मिल रही हो।''

रूएन के लिए चौथा सिद्धांत सबसे ज़्यादा महत्त्वपूर्ण था : उन मुट्ठी भर शेयरों में निवेश करें, जिनकी आपने इतनी गहराई से जाँच-पड़ताल कर ली है कि आपके पास जानकारी का लाभ है। ''मैं सात-आठ अच्छे शेयरों के बारे में ज़्यादा से ज़्यादा जानने की कोशिश करता हूँ,'' उन्होंने कहा। ''अगर आपको कोई बहुत बढ़िया चीज़ बहुत सस्ते में मिल रही है, तो उसमें अपनी पंद्रह प्रतिशत पूँजी क्यों ना लगाएँ?'' लेकिन वे कहते हैं कि सामान्य निवेशकों के लिए इंडेक्स फ़ंड सफलता का ज़्यादा सुरक्षित रास्ता है। रूएन ने कहा, ''ज़्यादातर लोग इंडेक्स फ़ंड में ज़्यादा बेहतर रहेंगे।'' लेकिन जो निवेशक बाज़ार को हराना चाहते हैं, उन्हें केंद्रित रहना चाहिए, क्योंकि यही चतुराई भरी नीति है। ''मैं पीटर लिंच के अलावा किसी दूसरे इंसान को नहीं जानता, जो बहुत सारे शेयरों में निवेश करके बहुत सफल हुआ हो।''

2001 में रूएन ने मुझे बताया कि सेक्वोइया की 35 प्रतिशत पूँजी एक ही शेयर में लगी है : बर्कशायर हैथअवे। डॉटकॉम दीवानगी के दौरान बर्कशायर का शेयर अलोकप्रिय हो गया था, और इसके चेयरमैन तथा सीईओ बफ़ेट की काफ़ी आलोचना हो रही थी कि उनका जादू ख़त्म हो गया है। लेकिन रूएन ने वह देखा, जो दूसरे लोग नहीं देख पाए : श्रेष्ठ विकास संभावनाओं वाली ''एक अद्भुत कंपनी,'' जिसे ''देश का सबसे स्मार्ट आदमी'' चला रहा है।

मैं यह समझने लगा कि महानतम निवेशक बौद्धिक विद्रोही होते हैं। वे पारंपरिक बुद्धिमत्ता पर प्रश्न करने और उसका विरोध करने से नहीं डरते हैं। वे उन लोगों की ग़लत अनुभूतियों और ग़लतियों से फ़ायदा उठाते हैं, जो कम तार्किक होते हैं, विश्लेषण में कम मेहनत करते हैं और कम निष्पक्षता से सोचते हैं। वास्तव में, इस पुस्तक में रेखांकित निवेशकों के अध्ययन का सर्वश्रेष्ठ तरीक़ा यह है कि वे हमें ना सिर्फ़ यह सिखाते हैं कि अमीर कैसे बनना है, बल्कि यह भी सिखाते हैं कि हम अपने सोच-विचार और निर्णयों पर पहुँचने की प्रक्रिया को कैसे बेहतर बना सकते हैं।

बुद्धिमत्तापूर्वक निवेश के पुरस्कार इतने ज़्यादा हैं कि यह व्यवसाय पूरे संसार के बहुत सारे प्रतिभाशाली लोगों को अपनी ओर आकर्षित करता है। इस व्यवसाय में ग़लती की बहुत ज़्यादा क़ीमत भी चुकानी पड़ती है, जो प्रोफ़ेसरों, नेताओं और ज्ञानियों को नहीं चुकाना पड़ती। इतना कुछ दाँव पर लगा होता है, इसीलिए सर्वश्रेष्ठ निवेशकों में खुली मानसिकता वाले व्यवहारवादी होने की प्रवृत्ति होती है और वे अपनी सोच को बेहतर बनाने के तरीक़ों की निरंतर तलाश करते हैं।

बफ़ेट के बेहद चतुर साझेदार चार्ली मंगर इस मानसिकता के मूर्त रूप हैं। उन्होंने एक बार कहा था, ''मैं यह देखता हूँ कि क्या काम करता है और क्या काम

नहीं करता और क्यों।'' मंगर इस पुस्तक के एक केंद्रीय व्यक्ति हैं और सोचने के बेहतर तरीक़ों की अपनी तलाश में उन्होंने बहुत दूर तक और व्यापक यात्रा की है। उन्होंने गणित, जीवविज्ञान और व्यवहारवादी मनोविज्ञान जैसे भिन्न-भिन्न विषयों से विश्लेषण के औज़ार उधार लिए हैं। उनके रोल मॉडलों में चार्ल्स डार्विन, अल्बर्ट आइंस्टाइन, बेंजामिन फ्रैंकलिन और उन्नीसवीं सदी के गणितज्ञ कार्ल गुस्ताव जेकोबी शामिल हैं। मंगर ने मुझे बताया, ''मैंने बहुत से स्वर्गवासी लोगों से बहुत कुछ सीखा। मुझे हमेशा यही लगा है कि मुझे बहुत से मृत लोगों से परिचित होना चाहिए।''

मैं सर्वश्रेष्ठ निवेशकों को व्यावहारिक दार्शनिकों की एक विशेष स्वभाव वाली प्रजाति मानने लगा हूँ। वे उन जटिल पहेलियों को सुलझाने की कोशिश नहीं कर रहे हैं, जो बहुत से असली दार्शनिकों को मंत्रमुग्ध करती हैं, जैसे ''क्या इस कुर्सी का अस्तित्व है?'' इसके बजाय वे तो उसे खोज रहे हैं, जिसे अर्थशास्त्री जॉन मैनार्ड कीन्स ने ''सांसारिक बुद्धिमत्ता'' कहा था। इस बुद्धिमत्ता के सहारे वे ज़रूरी समस्याओं को सुलझाने की कोशिश करते हैं, जैसे, ''अगर भविष्य को जानना असंभव है, तो मैं भविष्य के बारे में चतुराई भरे निर्णय कैसे ले सकता हूँ?'' वे हर जगह लाभों की तलाश करते हैं : आर्थिक इतिहास, न्यूरोसाइंस, साहित्य, स्टोइक दर्शन, बौद्ध धर्म, खेल, आदतों का विज्ञान, ध्यान या सहायता करने वाली कोई दूसरी चीज़। ''कारगर उपाय'' खोजने की उनकी प्रबल इच्छा उन्हें हमारा शक्तिशाली रोल मॉडल बनाती है। उनकी मिसाल से हम सफलता की राह का अध्ययन कर सकते हैं, ना सिर्फ़ शेयर बाज़ार में, बल्कि जीवन के हर क्षेत्र में।

हम सबसे योग्य निवेशकों को उत्कृष्ट खिलाड़ी भी मान सकते हैं। यह कोई संयोग नहीं है कि कई शीर्षस्थ मनी मैनेजर मज़े और मुनाफ़े के लिए ताश खेलते हैं। मंदी के दौरान टेंपलटन पोकर खेलकर कॉलेज की फ़ीस चुकाते थे। बफ़ेट और मंगर ब्रिज के दीवाने हैं। अरबपति फ़ंड सम्राट मारियो गैबेली ने मुझे बताया कि जब वे लड़कपन में ग़रीब थे, तो उन्होंने ब्रॉन्क्स में एक फ़ैंसी गोल्फ़ क्लब में कैडी के रूप में राउंड्स के बीच में ताश खेलकर पैसे कमाए। उन्होंने याद करते हुए बताया, ''मैं ग्यारह-बारह साल का था और हर व्यक्ति को *लगता* था कि वह मुझसे जीत सकता है।'' पीटर लिंच ने हाई स्कूल, कॉलेज और सेना में पोकर खेला था। उन्होंने मुझे बताया, ''पोकर या ब्रिज खेलना सीखना, या ऐसी कोई भी चीज़ जो आपको संभावनाओं पर दाँव लगाना सिखाती है... शेयर बाज़ार पर लिखी सारी पुस्तकों को पढ़ने से बेहतर तरीक़ा होगा।''

जैसा अब मुझे अहसास हुआ है, निवेश और जीवन को खेल के रूप में देखने से मदद मिलती है, जिनमें *हमें सफलता की अपनी संभावनाओं को अधिकतम*

करने की चेतन और निरंतर कोशिश करनी होती है। नियम मायावी हैं और परिणाम अनिश्चित। लेकिन इस खेल को खेलने के कुछ तरीक़े चतुराई भरे हैं और कुछ तरीक़े मूर्खतापूर्ण हैं। क़िस्मत के खेल पर फ़िदा डैमन रनयॉन ने एक बार लिखा था कि ''सारा जीवन संभावनाओं का खेल है।'' शायद। लेकिन जिस चीज़ ने मुझे मंत्रमुग्ध किया, वह यह है कि टेंपलटन, बोगल, रूएन, बफ़ेट, मंगर, मिलर और अन्य कई दिग्गज निवेशकों ने, जिनके बारे में हम आगे के अध्यायों में पढ़ेंगे, संभावनाओं को उनके पक्ष में करने के चतुराई भरे तरीक़ों को समझ लिया है। मेरा उद्‌देश्य आपको बताना है कि कैसे।

एड थोर्प के बारे में सोचें, जो शायद निवेश इतिहास में महानतम खिलाड़ी हैं। हेज फ़ंड मैनेजर बनने से पहले उन्होंने ब्लैकजैक में कैसिनो को हराने की चालाकी भरी योजना बनाकर जुआरियों के दायरे में अमरता हासिल की थी। जैसा थोर्प ने मुझे एग्स बेनेडाइट और कैप्यूचीनो के तीन घंटे तक चलने वाले नाश्ते के दौरान बताया, उन्होंने इस ''पारंपरिक विश्वास'' को स्वीकार नहीं किया कि गणित की दृष्टि से किसी खिलाड़ी द्वारा डीलर पर बढ़त हासिल करना असंभव है। कार्ड काउंटिंग के जनक थोर्प संभावनाओं में परिवर्तन की गणना करके ख़ुद को लाभ देते थे, जब निश्चित कार्ड ''डेक से बाहर चले जाते थे'' और ''उपलब्ध नहीं रहते थे।'' मिसाल के तौर पर, एसेस से भरे पत्ते उन्हें बिना पैक वाले पत्तों की तुलना में बेहतर संभावनाएँ देते थे। जब संभावनाएँ उनके पक्ष में होती थीं, तो वे ज़्यादा दाँव लगाते थे। जब संभावनाएँ कैसिनो के पक्ष में होती थीं, तो वे कम दाँव लगाते थे। उनका यह छोटा सा लाभ समय के साथ ज़बर्दस्त बन जाता था। इस तरह उन्होंने क़िस्मत के हराने वाले खेल को पैसों वाले ''गणित के खेल'' में रूपांतरित कर लिया।

इसके बाद थोर्प ने रूलेट में कैसिनो को हराने का तरीक़ा खोज निकाला। उन्होंने और उनके एक पार्टनर क्लॉड शैनॉन ने पहला वियरेबल कंप्यूटर बनाया, जिसे थोर्प अपने जूते के भीतर अँगूठे से चुपके से सक्रिय कर देते थे। सिगरेट पैक के आकार के इस कंप्यूटर की बदौलत वे ''गेंद और रोटर की पोजीशन और गति को बहुत सटीकता से माप'' सकते थे और यह भविष्यवाणी कर सकते थे कि गेंद कहाँ गिर सकती है। सदियों तक रूलेट जुआरियों का खेल था, जिसमें खिलाड़ियों के पास कोई बढ़त नहीं थी, क्योंकि गेंद 38 पॉकेट्स में से किसी में भी गिर सकती थी। थोर्प ने कहा, ''लेकिन थोड़े ज्ञान और थोड़े मापन की मदद से हम भविष्य में होने वाली चीज़ की संभावनाओं को ज़्यादा समझने लगे। भविष्यवाणी हर बार सही नहीं होगी, लेकिन आपकी भविष्यवाणी संयोग के मुक़ाबले थोड़ी बेहतर हो जाती है... इसलिए हम शुद्ध संयोग के खेल को ऐसे खेल में बदल रहे थे, जहाँ हमारे पास बढ़त थी। और यह बढ़त उस जानकारी के कारण मिलती थी, जिसे हम हासिल कर रहे थे।''

जब तक आप कैसिनो के मालिक नहीं हों, तब तक आप थोर्प की क्रांतिकारी प्रतिभा के क़ायल हुए बिना नहीं रह सकते। पैसों ने उन्हें कभी इतना रोमांचित नहीं किया, जितना उन ''रोचक समस्याओं'' को सुलझाने के आनंद ने किया, जिन्हें सभी विशेषज्ञ असाध्य और असंभव कह रहे थे। थोर्प ने कहा, ''बहुत सारे लोगों के अनुसार कोई चीज़ सही है, सिर्फ़ इस आधार पर मैं उसे सही नहीं मानता हूँ। आपको कुछ स्वतंत्र चिंतन करने और समझने की ज़रूरत होती है, ख़ास तौर पर महत्त्वपूर्ण चीज़ों के बारे में। प्रमाण की जाँच करें। पारंपरिक मान्यताओं के आधार की जाँच करें।''

जैसा थोर्प के रोमांचक कार्य सुझाव देते हैं, हमारे वित्तीय जीवन को बेहतर बनाने का एक बहुत महत्त्वपूर्ण तरीक़ा ऐसे खेलों से बचना है, जिनमें संभावनाएँ हमारे ख़िलाफ़ हों। थोर्प ने कहा, ''जहाँ तक जुए का संबंध है, अगर मेरे पास बढ़त नहीं है, तो मैं नहीं खेलता।'' इसी सिद्धांत पर अमल करते हुए हम बाक़ी लोगों को भी समझदारी का परिचय देना चाहिए। वास्तविकता का सामना पूरी ईमानदारी से करें; जैसे अगर मेरा टेक्नोलॉजी का ज्ञान सतही है या मुझमें किसी व्यवसाय के मूल्यांकन के लिए आवश्यक बुनियादी वित्तीय योग्यताएँ नहीं हैं, तो मुझे टेक्नोलॉजी संबंधी शेयर चुनने के किसी भी प्रलोभन का प्रतिरोध करना चाहिए। वरना मैं रूलेट व्हील पर बुद्धू जैसे काम करके यह उम्मीद करूँगा कि मेरे मुग़ालतों के बावजूद क़िस्मत मुझ पर दयालुता से मुस्कराएगी। जैसा लगभग 140 अरब डॉलर का बॉन्ड पोर्टफ़ोलियो सँभालने वाले तार्किक अरबपति जेफ़्री गंडलैक ने कहा है, ''आशा कारगर तकनीक नहीं है।''

निवेशकों की एक और आम ग़लती है, जो संभावनाओं को उनके *ख़िलाफ़* करती है। वे दोयम दर्जे के फ़ंड मैनेजरों, शेयर ब्रोकर्स और वित्तीय सलाहकारों को भारी फ़ीस देते हैं, लेकिन उनका प्रदर्शन इस लायक़ नहीं होता कि इस ख़र्च को तर्कसंगत माना जा सके। थोर्प ने कहा था, ''अगर आप रास्ते में टोल दे रहे हैं और ट्रेडिंग लागत, परामर्श शुल्क, सभी तरह के अन्य शुल्क चुका रहे हैं, तो आप प्रवाह के ख़िलाफ़ तैर रहे हैं। अगर आप ये सारी चीज़ें नहीं चुका रहे हैं, तो आप प्रवाह के साथ तैर रहे हैं।'' यानी नियमित निवेशकों की दीर्घकालीन विजय की संभावना को बढ़ाने का एक स्पष्ट तरीक़ा यह है कि वे इंडेक्स फ़ंड ख़रीदें और रोककर रखें, जिनका शुल्क न्यूनतम होता है : ''इसमें आपको कोई मेहनत नहीं करना पड़ती और आप ऐसा नहीं करने वाले लगभग अस्सी प्रतिशत लोगों से आगे रहते हैं।'' थोर्प का कहना है कि ''अमेरिकी अर्थव्यवस्था में विस्तार'' की वजह से एसऐंडपी 500 जैसी इंडेक्स ''संभवत:'' लंबे समय में ऊपर जाएगी। इसलिए कैसिनो में खेलने वाले जुआरियों के विपरीत ''आपके पास एक स्पष्ट बढ़त या लाभ'' होता है, जब आप न्यूनतम लागत के साथ बाज़ार की ऊर्ध्वगामी दिशा में सहभागिता करते हैं।

इसके विपरीत थोर्प के हेज फ़ंड ने दो दशकों तक इंडेक्स को हराया था। उन्होंने एक भी तिमाही में घाटा नहीं उठाया, जब उन्होंने ज़्यादा जटिल निवेश अवसरों पर ध्यान केंद्रित किया, जिन्हें ''ज़्यादा अच्छी तरह नहीं समझा गया था।'' मिसाल के तौर पर, उनकी असाधारण गणित योग्यताओं की वजह से उन्होंने वॉरंट, ऑप्शन्स और कनवर्टिबल बॉन्ड्स का बेहद सटीक मूल्यांकन किया। हॉवर्ड मार्क्स और जोएल ग्रीनब्लाट जैसे इस पुस्तक के अन्य महत्त्वपूर्ण लोगों ने वित्तीय बाज़ारों के उपेक्षित या डिटेस्टेड निशेज में विशेषज्ञता हासिल करके इसी तरह का लाभ हासिल किया। जैसा हम देखेंगे, जीतने के बहुत से तरीक़े हैं, लेकिन उन सभी में किसी न किसी तरह की बढ़त की ज़रूरत होती है। जब मैंने थोर्प से पूछा कि यह कैसे पता चलेगा कि मेरे पास बढ़त है, तो उन्होंने यह परेशान करने वाली बात कही : ''जब तक आपके पास यह विश्वास करने का कोई तार्किक कारण नहीं हो कि आपके पास बढ़त है, शायद तब तक आपके पास बढ़त नहीं है।''

मेरी निवेश यात्रा पच्चीस साल पहले शुरू हुई थी। उस समय मैं चाहता था कि मैं वित्तीय दृष्टि से स्वतंत्र बन जाऊँ और अपना ख़ुद का बॉस बनूँ। सर्वश्रेष्ठ निवेशकों ने अपनी चतुराई और बुद्धिमत्ता से कोड का पता लगा लिया था, जो मुझे जादू से कम नहीं लगता था। लेकिन अब मैं जान गया हूँ कि ये लोग कैसे सोचते हैं और वे क्यों जीतते हैं। यह समझना बहुत फ़ायदेमंद है, क्योंकि इससे हमें कई तरह से बहुत ज़्यादा मदद मिल सकती है – वित्तीय दृष्टि से, पेशेवर दृष्टि से और व्यक्तिगत दृष्टि से।

मिसाल के तौर पर, जब मैंने थोर्प से पूछा कि मैं सुखद और सफल जीवन की मेरी संभावनाओं को अधिकतम कैसे कर सकता हूँ, तो उन्होंने मुझे स्वास्थ्य और फ़िटनेस के बारे में उनकी ख़ुद की नीति बताई। थोर्प की उम्र 84 साल है, लेकिन वे 64-65 के दिखते हैं। उन्होंने कहा, ''आनुवंशिकी की दृष्टि से आपको निश्चित पत्ते मिले हैं... आप उन्हें संयोग या क़िस्मत मान सकते हैं। लेकिन उन पत्तों से कैसे खेलना है, इस बारे में आपके पास हमेशा विकल्प होते हैं।'' जैसे सिगरेट से दूर रहने का विकल्प, सालाना मेडिकल चेकअप कराने का विकल्प, सही समय पर नियमित वैक्सीनेशन का विकल्प और नियमित व्यायाम करने का विकल्प। तीस से चालीस के बीच की उम्र में थोर्प ''बहुत बेडौल'' थे और चौथाई मील जॉगिंग करने के बाद ही ''हाँफने'' लगते थे। इसलिए उन्होंने हर शनिवार को एक मील दौड़ना शुरू किया, धीरे-धीरे प्रगति करते रहे और वे अंतत: इक्कीस मैराथन पूरी करने में कामयाब हुए। वे अब भी सप्ताह में दो बार व्यक्तिगत ट्रेनर की मदद लेते हैं और सप्ताह में चार बार तीन मील पैदल चलते हैं। लेकिन जब किसी ने उन्हें साइकल चलाने का सुझाव दिया, तो थोर्प ने ''साइकल यात्रा के दस करोड़ मीलों

के लिए मृत्यु दर'' का हिसाब लगाया और ''निर्णय लिया कि इस काम में जोखिम बहुत ज़्यादा था।''

जब मेरी उनसे दोबारा बात हुई, तो जून 2020 चल रहा था। उस वक़्त संसार एक ऐसी महामारी के शिकंजे में था, जो तब तक एक लाख से ज़्यादा अमेरिकियों की जान ले चुकी थी। थोर्प ने बताया कि उन्होंने पूरे संसार के मृत्यु संबंधी आँकड़ों का विश्लेषण किया था, ख़ास तौर पर ''अस्पष्ट मृत्युओं'' पर ध्यान दिया था, जो शायद वायरस की वजह से हुई थीं। उन्होंने 1918 की फ़्लू महामारी से ''निष्कर्ष'' निकाले थे, जिसने उनके दादाजी की जान ली थी। इस आधार पर उन्होंने ''वास्तविक मृत्यु दर'' का अनुमान लगाया था और फ़रवरी की शुरुआत में ही यह भविष्यवाणी कर दी थी (उस समय तक अमेरिका में एक भी व्यक्ति की मृत्यु नहीं हुई थी) कि यह नया कोरोना वायरस अगले बारह महीनों में ढाई से पाँच लाख अमेरिकी लोगों की जान लेगा।

आँकड़ों के इस सुनियोजित विश्लेषण की वजह से थोर्प के परिवार ने समय पर सावधानी से काम किया, हालाँकि उस समय अमेरिका के बहुत कम लोग - जिनमें देश के नेता भी शामिल थे - इस जोखिम की विराटता को पहचान पाए थे। उन्होंने कहा, ''हमने समझदारी से सभी तरह का सामान भर लिया, जिसमें मास्क भी शामिल थे। लगभग एक महीने बाद बाक़ी लोगों की नींद खुली और वे स्टोर के शेल्फ़ से सामान ख़ाली करने लगे।'' अंततः सरकार ने राष्ट्रीय आपातकाल घोषित किया, लेकिन इससे तीन सप्ताह पहले ही थोर्प ने लैग्यूना बीच के अपने घर में आइसोलेशन में पहुँच गए थे और उन्होंने अपनी पत्नी के अलावा ''किसी से भी मिलना छोड़ दिया।'' उन्होंने कहा, ''डरने में कोई तुक नहीं है।'' लेकिन वे जोखिम को समझते थे और उन्होंने अपने बचाव की संभावनाओं को बढ़ाने के लिए निर्णायक और हरसंभव प्रयास किया। थोर्प संभवतः मेरी जान-पहचान के इकलौते व्यक्ति हैं, जिन्होंने अपने ख़ुद के ''मरने की संभावना'' की गणना की थी।

तथ्यों और आँकड़ों, संभावनाओं, जोखिम-पुरस्कार अनुपात और विनाश से बचने के चरम महत्त्व के बारे में भावरहित तरीक़े से सोचने की यह मानसिक आदत सभी बुद्धिमान निवेशकों में होती है। और बहुत हद तक यह आदत इस तथ्य को स्पष्ट करती है कि सबसे बुद्धिमान निवेशक लंबा क्यों जीते हैं और अमीर क्यों बनते हैं। थोर्प के दृष्टिकोण से हमें अपने व्यवहार के हर पहलू के बारे में ''सामान्य तार्किकता'' के नज़रिये का मार्गदर्शन लेना चाहिए। मिसाल के तौर पर, वे जानते हैं कि ''भावनात्मक अवस्था'' में उनके बुरे निर्णय लेने की ज़्यादा आशंका रहती है। इसलिए अगर वे किसी पर ''चिढ़े हुए या गुस्से में होते हैं,'' तो वे एक क़दम पीछे हटते हैं और ख़ुद से पूछते हैं, ''तुम सचमुच क्या जानते हो? तुम्हारी भावना तर्कसंगत है या नहीं?'' अक्सर उनका नपा-तुला विश्लेषण उन्हें बता देता है कि

उनकी विपरीत प्रतिक्रिया अनावश्यक थी। वे कहते हैं, ''हम तब निष्कर्षों पर कूद पड़ते हैं, जब हमें ऐसा नहीं करना चाहिए। और आलोचना को रोकना मेरे हिसाब से तार्किक व्यवहार का अहम तत्व है।''

इन सब बातों पर ग़ौर करने के बाद मेरे मन में यह दृढ़ विश्वास है कि महान दिग्गज निवेशक ज़्यादा अमीर, ज़्यादा समझदार और ज़्यादा सुखी बनने में हमारी मदद कर सकते हैं। मेरा लक्ष्य आपको यह दिखाना है कि वे कैसे सफलता की संभावनाओं को अधिकतम करने के असंख्य तरीक़े खोजते हैं, जिनकी मदद से वे शेयर बाज़ार और जीवन दोनों में जीत हासिल करते हैं।

संभावनाओं के आधार पर निर्णय लेना काम करने का असाधारण रूप से प्रभावी तरीक़ा है और यह उनके हर काम में साफ़ नज़र आता है – वे किस तरह अपने समय का प्रबंधन करते हैं, वे किस तरह एक शांत परिवेश बनाते हैं, जिसमें वे तार्किक रूप से सोच सकें, वे किससे मिलते-जुलते हैं और किससे दूर रहते हैं, वे पूर्वाग्रहों और अधूरे ज्ञान से अपनी रक्षा कैसे करते हैं, वे कैसे अपनी ग़लतियों से सीखते हैं और उन्हें दोहराने से बचते हैं, वे कैसे तनाव और विपत्ति को सँभालते हैं, वे ईमानदारी और सत्यनिष्ठा के बारे में कैसे सोचते हैं, वे कैसे धन ख़र्च करते हैं और दान देते हैं तथा वे कैसे धन की सरहदों के पार अर्थपूर्ण जीवन बनाने का प्रयास करते हैं।

इस पुस्तक को लिखने में मैंने अतीत में संसार के सर्वश्रेष्ठ निवेशकों से लिए गए अपने सबसे महत्त्वपूर्ण साक्षात्कारों के सबसे महत्त्वपूर्ण सबक़ लिए हैं। लेकिन इस पुस्तक के लिए मैंने ख़ास तौर पर चालीस से ज़्यादा निवेशकों से सैकड़ों घंटे के साक्षात्कार लिए हैं। इन साक्षात्कारों को लेने के लिए मैं लॉस एंजेलिस से लंदन और ओमाहा से मुंबई तक गया हूँ। इस तरह इस पुस्तक में आपकी मुलाक़ात ऐसे लोगों से होगी, जो करोड़ों लोगों की तरफ़ से ट्रिलियनों डॉलर का प्रबंधन करते हैं। मुझे उम्मीद है कि ये असाधारण निवेशक आपके जीवन को ज्ञान – और समृद्धि – से भर देंगे। मैं इस पर शर्त लगाने को तैयार हूँ।

1

यह आदमी वॉरेन बफ़ेट का क्लोन बन गया

दूसरों के सर्वश्रेष्ठ विचार बेशर्मी से उधार लेकर सफल कैसे बनें

> समझदार व्यक्ति को हमेशा महापुरुषों के मार्ग का अनुसरण करना चाहिए और उन लोगों का अनुसरण करना चाहिए, जो सर्वश्रेष्ठ रहे हैं, ताकि अगर उसकी योग्यता उनके बराबर ना भी हो, तो भी कम से कम यह उस जैसी दिखे।
>
> –निकोलो मैकियावली

> दूसरों ने जो सर्वश्रेष्ठ चीज़ें समझी हैं, मैं उनमें माहिर बनने के अनुशासन में विश्वास करता हूँ। मैं ख़ुद बैठकर इस सबके बारे में सपने देखने में विश्वास नहीं करता हूँ। कोई भी इतना स्मार्ट नहीं होता।
>
> –चार्ली मंगर

क्रिसमस का दिन। सुबह के 7 बज रहे हैं। धुंध भरे आसमान में सूरज के उगते समय मोहनीश पबरई मुंबई में एक मिनी वैन में प्रवेश करते हैं। हम वैन में बैठकर भारत के समुद्री तट पर घंटों यात्रा करते हैं। हम दादर और नगर हवेली की तरफ़ जा रहे हैं। हमारा ड्राइवर लगातार दहशत भरे करतब दिखाता है, जब वह वैन को लहराते हुए ट्रकों और बसों के बीच से ले जाता है। मैं दहशत में आकर अपनी आँखें बंद कर लेता हूँ और सभी तरफ़ हो रहे हॉर्न के शोर पर त्योरी चढ़ा लेता हूँ। यह देखकर पबरई शांति से मुस्कराते हैं, क्योंकि वे भारत में बड़े हुए थे और बाद में कॉलेज की

पढ़ाई करने अमेरिका गए थे। उनमें जोखिम भरी परिस्थितियों में शांत रहने का हुनर है। लेकिन इसके बावजूद वे स्वीकार करते हैं, ''भारत में दुर्घटना की दर ज़्यादा है।''

यह एक आकर्षक यात्रा है, जिसमें दिल को छूने वाले कई दृश्य दिखाई देते हैं। एक जगह पर हम सड़क किनारे खड़े एक मोटे आदमी के पास से गुज़रते हैं, जो एक दुबली औरत के सिर पर ईंटें जमा रहा है, ताकि वह उन्हें उठाकर ले जा सके। जब हम देहात में ज़्यादा गहराई तक पहुँचते हैं, तो हमें घास से ढँकी छोटी-छोटी झोपड़ियाँ दिखाई देती हैं, जो किसी प्राचीन युग की निशानी लगती हैं। आख़िरकार हम अपनी मंजिल पर पहुँच जाते हैं : ग्रामीण हाई स्कूल, जिसका नाम जेएनवी सिलवासा है।

पबरई अपनी पीढ़ी के विख्यात निवेशक हैं। उनका घर इरविन, कैलिफ़ोर्निया में है, लेकिन वे यहाँ चालीस किशोर लड़कियों से मिलने आए हैं। उनका चैरिटेबल फ़ाउंडेशन दक्षिणा इन लड़कियों के लिए एक कार्यक्रम चलाता है, जिसमें पूरे भारत के ग़रीब परिवारों के होनहार बच्चों को शिक्षा दी जाती है। दक्षिणा इन लड़कियों को दो साल की मुफ़्त स्कूली शिक्षा दे रहा है, ताकि वे इंडियन इंस्टीट्यूट्स ऑफ़ टेक्नोलॉजी (आईआईटी) की बहुत कठिन प्रवेश परीक्षा की तैयारी कर सकें। आईआईटी अभिजात्य इंजीनियरिंग कॉलेजों का समूह है, जिसके सफल विद्यार्थियों को माइक्रोसॉफ़्ट और गूगल जैसी कंपनियों में आसानी से नौकरी मिल जाती है।

हर साल दस लाख से ज़्यादा विद्यार्थी आईआईटी में प्रवेश लेने के लिए आवेदन करते हैं, लेकिन इनमें से 2 प्रतिशत से भी कम को प्रवेश मिल पाता है। लेकिन दक्षिणा ने इस ताले की चाबी खोज ली है। पिछले बारह सालों में दक्षिणा के 2,146 विद्यार्थियों ने आईआईटी में स्थान हासिल किया है – यानी उनकी सफलता की दर 62 प्रतिशत रही है। पबरई दक्षिणा (संस्कृत का एक शब्द जिसका मतलब होता है ''दान'') को भारतीय समाज के सबसे ग़रीब तबकों को ऊपर उठाने का ज़रिया मानते हैं। दक्षिणा के ज़्यादातर विद्यार्थी ग़रीब परिवारों के होते हैं, जिनकी आय हर दिन 2 डॉलर से भी कम होती है। कई छोटी जाति के होते हैं, जिनमें ''अस्पृश्य'' शामिल हैं, जिन्होंने सदियों तक भेदभाव झेला है।

जब भी पबरई दक्षिणा के क्लासरूम में जाते हैं, तो वे गणित का एक सवाल लिखकर संवाद शुरू करते हैं। आज तक जिस भी विद्यार्थी ने इसे हल किया है, उसका बाद में आईआईटी में चयन हुआ है, इसलिए यह सवाल उस कमरे में मौजूद विद्यार्थियों की प्रतिभा का आकलन करने का काफ़ी उपयोगी तरीक़ा है। सवाल इतना कठिन होता है कि पबरई के ख़याल से सिलवासा का कोई विद्यार्थी इसे हल नहीं कर पाएगा। फिर भी वे समस्या को क्लासरूम के सामने ब्लैकबोर्ड पर चॉक से लिखते हैं : *एन एक प्राइम नंबर है* ≥ 5. *साबित करें कि एन*$^2 - 1$ *हमेशा* 24 से भाग

देने योग्य है। फिर वे प्लास्टिक की कुर्सी पर टिक जाते हैं, जब लड़कियाँ जवाब खोजने की कोशिश करती हैं। मैं सोचने लगता हूँ कि वे इस भड़कीले, जीवन से ज़्यादा बड़े इंसान के बारे में क्या सोचती होंगी – लंबा, पुष्ट, गंजा होता अमीर आदमी, जिसकी घनी मूँछें थीं और जो दक्षिणा की स्वेटशर्ट और गुलाबी जीन्स पहने हुए था।

दस मिनट बाद पबरई पूछते हैं, ''क्या कोई इसे हल करने के क़रीब पहुँचा?'' पंद्रह साल की अलीशा कहती है, ''सर, केवल अनुमान लग पाया है।'' उसके जवाब में आत्मविश्वास के बजाय संकोच झलक रहा है, लेकिन फिर भी पबरई उसे क्लासरूम में आगे बुलाते हैं, ताकि उसके समाधान देख सकें। वह उन्हें सफ़ेद क़ागज़ थमा देती है और उनके सामने शर्माती हुई खड़ी हो जाती है, सिर झुकाए, फ़ैसले के इंतज़ार में। उसके ऊपर दीवार पर एक अँग्रेज़ी साइन लगा है, जिस पर आकर्षक लिखाई में लिखा है, **जब तक तुम्हें ख़ुद पर भरोसा है, कोई भी चीज़ तुम्हें भटकाने में कामयाब नहीं हो सकती।**

''यह सही है,'' पबरई कहते हैं। वे अलीशा से हाथ मिलाते हैं और उससे कहते हैं कि वह अपना जवाब पूरी कक्षा के सामने स्पष्ट करे। वे बाद में मुझे बताते हैं कि उस लड़की ने सवाल को इतने शानदार तरीक़े से हल किया था कि आईआईटी परीक्षा में उसकी रैंक 200 के अंदर आ सकती है। पबरई उससे कहते हैं कि उसे ''पक्का'' एडमीशन मिल जाएगा : ''तुम्हें तो बस मेहनत करते रहना है।'' मुझे बाद में पता चलता है कि अलीशा उड़ीसा राज्य के गंजम जिले से आई है, जो भारत के सबसे ग़रीब जिलों में से एक है और वह ऐसी जाति में पैदा हुई थी, जिसे सरकार अन्य पिछड़ा वर्ग कहती है। उसके पिछले स्कूल में वह 80 विद्यार्थियों में अव्वल रही थी।

पबरई अलीशा से अपने साथ फ़ोटो खिंचाने का आग्रह करते हैं। वे मज़ाक़ करते हैं, ''तुम मेरे बारे में भूल जाओगी, लेकिन तब मैं तुमसे कह सकता हूँ, 'हमारे पास यह फ़ोटो है!''' लड़कियाँ ख़ुश होकर हँसने लगती हैं, लेकिन मेरे लिए आँसू रोकना मुश्किल होता है। हमने एक जादुई चीज़ देखी है : ग़रीब घर से आई एक लड़की, जिसने अभी-अभी यह साबित किया है कि उसमें ख़ुद को और अपने परिवार को अमीर बनाने की मानसिक शक्ति है। जिस परिवेश में वह पली-बड़ी थी और जिस तरह की परिस्थितियाँ उसके ख़िलाफ़ थीं, उसे देखते हुए यह चमत्कार से कम नहीं था।

बाद में विद्यार्थी पबरई से प्रश्न पूछते हैं। आख़िरकार एक विद्यार्थी वह सवाल पूछने की हिम्मत कर लेती है, जो हर विद्यार्थी पूछना चाहता है : ''सर, आपने इतना सारा पैसा कैसे बनाया?''

पबरई हँसते हुए कहते हैं, ''मैं पैसे को *चक्रवृद्धि* करता हूँ।''

इस अवधारणा को समझाने के लिए वे कहते हैं, ''मेरे एक हीरो हैं। उनका नाम वॉरेन बफ़ेट है। यहाँ पर किसने वॉरेन बफ़ेट का नाम सुना है?'' एक भी हाथ ऊपर नहीं होता। कमरा सूने चेहरों का समुद्र है। इसलिए वे विद्यार्थियों को अपनी अठारह वर्षीय बेटी मोमाची के बारे में बताते हैं, जिसने हाई स्कूल के बाद समर जॉब करके 4,800 डॉलर कमाए। पबरई ने बेटी के नाम से पैसे का निवेश एक रिटायरमेंट अकाउंट में कर दिया। वे विद्यार्थियों से यह हिसाब लगाने को कहते हैं कि अगर इस छोटी सी धनराशि को 15 प्रतिशत प्रति वर्ष की दर से अगले साठ साल तक बढ़ने दिया जाए, तो यह कितना हो जाएगा। वे कहते हैं, ''यह हर पाँच साल बाद दोगुना हो रहा है। यानी यह बारह बार दोगुना होगा। जीवन दोगुना होने के बारे में है।''

एक मिनट बाद विद्यार्थियों को पता चल जाता है : छह दशकों में, जब मोमाची 78 साल की होगी, तो उसके 4,800 डॉलर बढ़कर 21 मिलियन डॉलर से ज़्यादा हो जाएँगे। इस ज़बर्दस्त आँकड़े से कमरे में आश्चर्य का माहौल बन जाता है। पबरई पूछते हैं, ''अब क्या तुम चक्रवृद्धि के बारे में भूल सकते हो?'' जवाब में भारत की चालीस ग़रीब घर से आई किशोरियाँ एक साथ चिल्लाती हैं, ''नहीं, सर!''

1 मिलियन डॉलर को 1 बिलियन डॉलर में कैसे बदलें

कुछ समय पहले तक मोहनीश पबरई ने भी वॉरेन बफ़ेट का नाम नहीं सुना था। भारत में ग़रीब माहौल में पले-बढ़े मोहनीश निवेश, वॉल स्ट्रीट या हाई फ़ाइनैंस के बारे में कुछ नहीं जानते थे। 1964 में जन्मे पबरई ने अपने जीवन के शुरुआती दस वर्ष बंबई (अब मुंबई) में गुज़ारे थे, जहाँ उनके पिता एक छोटे उपनगरीय अपार्टमेंट में 20 डॉलर मासिक किराये पर रहते थे। बाद में वे नई दिल्ली और दुबई में रहने लगे।

उनके परिवार में रंगीन पात्रों की कमी नहीं थी। पबरई के दादाजी मशहूर जादूगर गोगिया पाशा थे, जो रहस्यमय मिस्रवासी के रूप में पूरे संसार की यात्रा करते थे। बचपन में पबरई उनके साथ मंच पर जाते थे और एक अंडा पकड़ते थे। पबरई के पिता ओम पबरई ऐसे उद्यमी थे, जिनमें ऐसी कंपनियाँ बनाने का बेजोड़ हुनर था, जो बाद में दिवालिया हो जाती थीं। उन्होंने बहुत से व्यवसाय किए। एक आभूषण फ़ैक्ट्री खोली, एक रेडियो स्टेशन शुरू किया और डाक से जादू की किट बेचीं। उनके बेटे की तरह ही वे भी कट्टर आशावादी थे। लेकिन

उनके व्यवसाय कम पूँजी के शिकार हुए और बहुत ज़्यादा लीवरेजिंग के कारण डूब गए।

पबरई ने कहा, ''मैंने अपने माता-पिता को बहुत बार सब कुछ गँवाते देखा है। और जब मैं कहता हूँ सब कुछ, तो मेरा मतलब यह है कि कल किराना ख़रीदने के पैसे नहीं होना, किराया चुकाने के पैसे नहीं होना... मैं दोबारा उस परिस्थिति में नहीं होना चाहता, लेकिन मैंने देखा कि इससे उन्हें दिक़्क़त नहीं होती थी। वास्तव में, मैंने उनसे सबसे बड़ा सबक़ यह सीखा है कि इंसान को बाहरी परिस्थितियों से विचलित नहीं होना चाहिए। मेरे पिता कहा करते थे, ''तुम मुझे किसी चट्टान पर नंगा भी कर दो, तब भी मैं कोई न कोई नया व्यवसाय शुरू कर दूँगा।'''

बचपन में स्कूल में पबरई का प्रदर्शन ख़राब रहा। एक बार तो वे 65 विद्यार्थियों की क्लास में 62वें स्थान पर रहे। ज़ाहिर है, वे कम आत्म-गौरव के शिकार थे। लेकिन नवें ग्रेड में उन्होंने एक आईक्यू टेस्ट दिया, जिसने उनकी ज़िंदगी बदल दी। ''मैंने टेस्ट लेने वाले आदमी से पूछा, ''मेरे परिणाम का क्या मतलब है?'' उसने कहा, ''तुम्हारा आईक्यू 180 से भी ज़्यादा है। तुम बस मेहनत नहीं कर रहे हो।'' यह तो किसी श्रेष्ठ घोड़े को कोड़ा लगाने की तरह था, जिससे यह प्रेरित हो गया। यह बहुत बड़ा निर्णायक मोड़ था। लोगों को यह बताए जाने की ज़रूरत होती है कि उनके भीतर कुछ है।''

हाई स्कूल के बाद वे साउथ कैरोलिना की ओर क्लेमसल युनिवर्सिटी गए। और वहाँ उन्हें शेयर बाज़ार मिल गया। वे एक निवेश क्लास में गए और उन्होंने फ़ाइनल में 106 प्रतिशत का औसत दिया। प्रोफ़ेसर ने उनसे आग्रह किया कि वे कंप्यूटर इंजीनियरिंग के बजाय फ़ाइनैंस को अपना मेजर विषय बना लें। पबरई कहते हैं, ''मैंने उनकी सलाह को पूरी तरह नज़रअंदाज़ कर दिया। उस वक़्त मेरा नज़रिया यह था कि वित्त के क्षेत्र में काम करने वाले लोग सरासर मूर्ख होते हैं। वे घंटा नहीं जानते। और मैं निवेश की जो बेहद आसान कक्षा पढ़ रहा था, वह मेरी इंजीनियरिंग मेकेनिक्स की क्लास की तुलना में 10 प्रतिशत भी मुश्किल नहीं थी... इसलिए मैं इन पराजित लोगों के क्षेत्र में क्यों जाऊँ?''

कॉलेज के बाद पबरई टेलैब्स में नौकरी करने लगे। फिर 1990 में उन्होंने टेक्नोलॉजी परामर्श कंपनी ट्रांसटेक शुरू की, जिसके लिए उन्होंने क्रेडिट कार्ड पर 70,000 डॉलर का क़र्ज़ लिया और अपने रिटायरमेंट अकाउंट से 30,000 डॉलर निकाले। ज़्यादातर लोग इतना बड़ा जोखिम नहीं लेते, लेकिन पबरई में जुआ खेलने की प्रवृत्ति हमेशा रही थी। दरअसल हमने एक पूरी विमान यात्रा में सिर्फ़ उनके रोमांचक अभियानों के बारे में बात की, जो लास वेगस में ब्लैकजैक टेबल्स पर हुए थे। उन्होंने बताया कि ब्लैकजैक टेबल्स पर वे ''एक बेहद बोरिंग'' सिस्टम

पर दृढ़तापूर्वक चलते हैं, जिसे फ़ाइनैंस में पीएचडी वाले कार्ड काउंटर ने विकसित किया था। पबरई की योजना यह थी कि वे 1 मिलियन डॉलर कमाएँगे, जिसके बाद वे कैसिनो में जाना छोड़ देंगे। 2020 तक उन्होंने 3,000 डॉलर को 1,50,000 डॉलर में बदल लिया और उस समय ''एक छोटे, घटिया कैसिनो'' ने उन्हें आजीवन प्रतिबंधित कर दिया।

ट्रांसटेक ने इतनी प्रगति कर ली कि अंततः इसमें 160 लोग काम करने लगे और 1994 तक पबरई ने 1 मिलियन डॉलर बचाकर अलग रख दिए। पहली बार उनके पास निवेश करने के लिए अच्छे पैसे थे। उस साल हीथ्रो एयरपोर्ट पर समय बिताते समय उन्होंने पीटर लिंच की पुस्तक *वन अप ऑन वॉल स्ट्रीट* ख़रीदी। तभी उन्होंने बफ़ेट के बारे में पहली बार पढ़ा। उन्हें यह जानकर आश्चर्य हुआ कि बर्कशायर हैथअवे के चेयरममैन और सीईओ वॉरेन बफ़ेट ने 44 सालों तक हर साल 31 प्रतिशत के निवेश परिणाम दिए थे और यह सिलसिला बीस वर्ष की उम्र से शुरू हो गया था। चक्रवृद्धि के जादू की बदौलत इसका मतलब था कि 1950 में अगर 1 डॉलर का निवेश किया जाता, तो यह 1994 तक बढ़कर 1,44,523 डॉलर हो जाता। पबरई एक तार्किक निष्कर्ष पर पहुँचे : बफ़ेट मूर्ख नहीं थे।

बचपन में पबरई ने एक भारतीय की किंवदंती सुनी थी, जिसने शतरंज का आविष्कार किया था। उसने एक राजा को तोहफ़े में चेस बोर्ड दिया। राजा ने उससे पूछा कि वह क्या इनाम चाहता है। खेल के आविष्कारक ने कहा कि उसके शतरंज के पहले खाने पर चावल का एक दाना रखा जाए, दूसरे चौखाने पर इस दाने को दोगुना करके 2 दाने रखे जाएँ, तीसरे पर इसे दोगुना करके 4 दाने रखे जाएँ और इसी तरह चौसठवें चौखाने तक चावल के दानों को दोगुना किया जाए। राजा का गणित कमज़ोर था, इसलिए उसने यह पुरस्कार देने की घोषणा कर दी। पबरई का गणित कमज़ोर नहीं है और वे कहते हैं कि राजा को चावल के 18,446,744,073,709,551,615 दाने देने थे, जिनकी क़ीमत आज 300 ट्रिलियन डॉलर के आस-पास है। इस कहानी को याद करते हुए पबरई को तुरंत समझ आ गया कि बफ़ेट ने चक्रवृद्धि के खेल में महारत हासिल कर ली थी। 44 सालों में उन्होंने अपने पैसे को अठारह बार दोगुना किया था और वे संसार के सबसे अमीर इंसान बनने की राह पर काफ़ी आगे पहुँच चुके थे।

इससे पबरई सोचने लगे। क्या हो, अगर वे यह पता लगा सकें कि बफ़ेट किस तरह शेयर चुनते हैं? क्या हो, अगर वे उनकी विजेता नीति की नक़ल कर सकें? इस तरह पबरई का वह ''तीस साल का खेल'' शुरू हुआ, जिसमें वे अपने 1 मिलियन डॉलर को 1 बिलियन डॉलर में बदलना चाहते थे। वे कहते हैं, ''मेरी प्रेरणा दौलतमंद बनना नहीं है। प्रेरणा तो खेल को जीतना है। यही दरअसल वॉरेन की प्रेरणा भी है। इसका मतलब है परिणामों के ज़रिये यह दिखाना कि मैंने सर्वश्रेष्ठ

प्रदर्शन किया और मैं सर्वश्रेष्ठ हूँ, क्योंकि मैं नियमों के हिसाब से खेला, पूरी तरह बेदाग़ रहा और मैं जीत गया।''

अरबपति बनने की चुनौती के प्रति पबरई की नीति हम सभी को महत्त्वपूर्ण सबक़ सिखा सकती है, सिर्फ़ निवेशकों को ही नहीं, बल्कि जीवन के हर क्षेत्र के लोगों को। उन्होंने पहिये का नए सिरे से दोबारा आविष्कार करने की कोशिश नहीं की, जैसे शेयर बाज़ार में भाव की असमानताओं का दोहन करने के लिए कोई नया एलगोरिद्म बनाना। इसके बजाय उन्होंने तो इस ख़ास खेल के सबसे योग्य खिलाड़ी को पहचाना, यह विश्लेषण किया कि वे इतने सफल क्यों थे और फिर विवरण पर पूरा ध्यान देते हुए उनकी नीति की नक़ल की। इस प्रक्रिया को पबरई क्लोनिंग कहते हैं। हम इसे मॉडलिंग, मिमिक्री या नक़ल भी कह सकते हैं। लेकिन शब्दावली मायने नहीं रखती। यह तकनीक उन लोगों के लिए है, जो सम्मानजनक या अभिजात्य लगने के बजाय जीतने की ज़्यादा परवाह करते हैं।

बफ़ेट और बाद में उनके परम विद्वान साझेदार चार्ली मंगर की क्लोनिंग या नक़ल करके पबरई हमारे युग के अग्रणी निवेशक बन गए। सन् 2000 से 2018 तक उनके फ़्लैगशिप हेज फ़ंड ने 1,204 प्रतिशत का मुनाफ़ा दिया, जबकि एसऐंडपी पर 500 इंडेक्स ने केवल 159 प्रतिशत का मुनाफ़ा दिया। उन्होंने जुलाई 1999 में मनी मैनेजमेंट शुरू किया था और अगर आप उस समय उनके साथ 1,00,000 डॉलर का निवेश करते, तो यह 31 मार्च 2018 तक बढ़कर 18,26,500 डॉलर हो जाता (फ़ीस और ख़र्च के बाद)।

लेकिन निवेशक और परोपकारी दोनों ही भूमिकाओं में पबरई की सफलता पूरी तरह से उन ज़बर्दस्त विचारों पर आधारित है, जो उन्होंने दूसरों से उधार लिए हैं। ''नक़ल के मामले में मैं बहुत बेशर्म हूँ,'' वे कहते हैं। ''मेरे जीवन में हर *चीज़* नक़ल है... मेरे पास कोई मौलिक विचार नहीं हैं।'' चेतन रूप से, सुनियोजित रूप से और बेहद आनंद के साथ उन्होंने बफ़ेट, मंगर और दूसरों के मस्तिष्क की खान का दोहन किया, ना सिर्फ़ निवेश संबंधी बुद्धिमत्ता के लिए, बल्कि इस बारे में ज्ञान हासिल करने के लिए भी कि अपने बिज़नेस का प्रबंधन कैसे करें, ग़लतियों से कैसे बचें, अपना ब्रांड कैसे बनाएँ, पैसा दान कैसे दें, संबंध कैसे बनाएँ, अपने समय का प्रबंधन कैसे करें और सुखद जीवन कैसे जिएँ।

पबरई क्लोनिंग या नक़ल के प्रति समर्पित हैं और इससे बहुत से विचारोत्तेजक प्रश्न खड़े हो जाते हैं। क्या मौलिकता को ज़रूरत से ज़्यादा महत्त्व दिया जाता है? क्या हममें से ज़्यादातर लोगों को नवाचार की ख़ातिर जूझने की कोशिश नहीं करनी चाहिए और इसके बजाय हमें तो अपनी ऊर्जा उसकी नक़ल पर केंद्रित करनी चाहिए, जिसका पता हमसे ज़्यादा स्मार्ट और समझदार लोग पहले ही लगा चुके हैं? अगर क्लोनिंग सफलता के लिए इतनी शक्तिशाली रणनीति है, तो फिर इसका

इस्तेमाल इतने कम लोग क्यों करते हैं? क्या क्लोनिंग के ख़तरे हैं? और हम इससे कैसे लाभ उठा सकते हैं और इसके बावजूद अपनी मौलिकता को क़ायम रख सकते हैं?व

पिछले सात वर्षों में मैंने पबरई के साथ बहुत सारा समय बिताया है। मैं उनके साथ कई बार ओमाहा गया हूँ, जहाँ हमने बर्कशायर की वार्षिक मीटिंग्स में हिस्सा लिया है। मैंने कैलिफ़ोर्निया के ऑफ़िस में उनका इंटरव्यू लिया है। हमने एक साथ पाँच दिनों तक भारत की यात्रा की है, यहाँ तक कि कोटा से मुंबई तक की पूरी रात के ट्रेन के सफ़र में एक बंक बेड पर भी साथ सोए हैं। और उनके स्थानीय कोरियन बारबेक्यू रेस्तराँ से लेकर जयपुर में फुटपाथ के ठेलों तक हमने हर जगह भूख से ज़्यादा खाया है।

इस दौरान मैंने पहचाना कि उनकी तकनीक बहुत शक्तिशाली है, जिसके ज़रिये वे दूसरों की सफल रणनीतियों की रिवर्स इंजीनियरिंग करके उनकी नक़ल करते हैं और अक्सर उन्हें बेहतर बना देते हैं। पबरई मेरी जान-पहचान के सबसे बड़े क्लोनर हैं। वे नक़ल की कला को इतनी आगे तक ले गए हैं कि विरोधाभासी रूप से यह बेहद मौलिक नज़र आती है। उनकी सोच का मुझ पर गहरा प्रभाव पड़ा। वास्तव में इस पुस्तक का मूल प्रबल उद्देश्य कुछ ''नक़ल करने लायक़ विचार'' बताना है, जिनकी आप क्लोनिंग कर सकते हैं।

निवेश के नियम

जब कोई विषय पबरई को मंत्रमुग्ध कर लेता है, तो वे पूरे जुनून और जोश के साथ इस पर हमला कर देते हैं। बफ़ेट के मामले में उपलब्ध सामग्री असीमित थी। इसमें बर्कशायर के शेयरहोल्डर्स को दशकों तक लिखे पत्र शामिल थे और कई पुस्तकें भी थीं, जैसे रॉजर लोवेनस्टाइन की पुस्तक *बफ़ेट : द मेकिंग ऑफ़ एन अमेरिकन कैपिटेलिस्ट।* पबरई ने इस सारी सामग्री को आत्मसात किया। वे हर साल बर्कशायर की एन्युअल मीटिंग के लिए ओमाहा की तीर्थयात्रा पर भी जाने लगे और यह सिलसिला अटूट रूप से बीस साल से ज़्यादा समय तक चलता रहा।

अंततः पबरई बफ़ेट के साथ व्यक्तिगत संबंध जोड़ने में कामयाब रहे। बफ़ेट के ज़रिये उन्होंने चार्ली मंगर से भी मित्रता कर ली, जो उन्हें भोजन के लिए लॉस एंजेलिस में अपने घर पर आमंत्रित करते हैं और अपने क्लब में ब्रिज का गेम खेलने का भी न्योता देते हैं। लेकिन उन शुरुआती दिनों में पबरई का ज्ञान पूरी तरह पढ़ने से ही हासिल हुआ। और उन्होंने जितना ज़्यादा पढ़ा, उन्हें उतना ज़्यादा विश्वास होता गया कि मंगर की मदद से बफ़ेट ने ''निवेश के नियम'' बना दिए हैं, जो उतने ही ''आधारभूत हैं, जितने कि भौतिकी के नियम।''

बफ़ेट की निवेश शैली ''इतनी सरल'' और ''इतनी शक्तिशाली'' नज़र आती थी कि पबरई इसे निवेश का एकमात्र तरीक़ा मानते थे। लेकिन जब उन्होंने दूसरे मनी मैनेजर्स का अध्ययन किया, तो वे यह देखकर चकरा गए कि उनमें से शायद ही कोई बफ़ेट के नियमों पर चलता था। यह तो ऐसा था, जैसे वे ''भौतिकविदों के समूह से मिलें, जिनमें से कोई भी गुरुत्वाकर्षण में विश्वास नहीं करता हो... चाहे आप गुरुत्वाकर्षण में विश्वास करें या नहीं करें, यह आपको नीचे खींच लेगा!''

पबरई के सामने यह स्पष्ट हो गया कि ज़्यादातर फ़ंड मैनेजर बहुत ज़्यादा कंपनियों के शेयर ख़रीदते थे, बहुत महँगे भाव पर ख़रीदते थे और उन्हें बहुत ज़्यादा बार ख़रीदते-बेचते थे। ''ये मीच्युअल फ़ंड वहाँ पर एक हज़ार या दो सौ पोजीशन लेकर बैठे हैं। आप दोगुनी होने वाली दो सौ कंपनियाँ कैसे खोज सकते हैं? फिर मैं उन कंपनियों को देखता हूँ, जिनके शेयर उन्होंने ख़रीदे हैं। ये 30 के पीई पर चल रही हैं... मैंने देखा कि वे सब महँगी थीं।''

पबरई ने मैनेजमेंट गुरु टॉम पीटर्स की एक पुस्तक पढ़ी, जिसमें दो सेल्फ़-सर्विस गैस स्टेशन्स की सावधान करने वाली कहानी बताई गई थी, जो सड़क पर आमने-सामने थे। एक गैस स्टेशन मुफ़्त में विंडशील्ड साफ़ करने जैसी बहुत अच्छी सेवाएँ देकर तरक़्क़ी करता जाता है। दूसरा न्यूनतम काम करता है। इसका नतीजा क्या होता है? इसके ग्राहक निश्चित रूप से बेहतर गैस स्टेशन की तरफ़ चले जाते हैं। इस ग़लती से पबरई आश्चर्य में पड़ गए, क्योंकि सामने दिखने वाली श्रेष्ठ रणनीति की नक़ल करने से ज़्यादा आसान कुछ नहीं हो सकता।

पबरई कहते हैं, ''इंसानों के डीएनए में कोई विचित्र चीज़ होती है, जो उन्हें अच्छे विचारों को आसानी से अपनाने नहीं देती। मैंने बहुत समय पहले सीख लिया है कि अपने उद्योग के अंदर और बाहर संसार का अवलोकन करते रहें और जब आप किसी को कोई स्मार्ट चीज़ करते देखें, तो उसे अपनाने के लिए ख़ुद को *विवश* कर दें।'' यह बहुत ही स्पष्ट, यहाँ तक कि दकियानूसी भी नज़र आता है। लेकिन इस आदत ने उनकी सफलता में निर्णायक भूमिका निभाई है।

इसलिए सच्चे शिष्य के उत्साह के साथ पबरई ने ''उसी तरह निवेश करने का संकल्प लिया, जिस तरह वॉरेन ने कहा था कि मुझे करना चाहिए।'' बफ़ेट को औसतन 31 प्रतिशत का सालाना मुनाफ़ा हुआ था, इसलिए पबरई ने नादानी से यह मान लिया कि 26 प्रतिशत का औसत सालाना मुनाफ़ा निकालना मुश्किल नहीं होगा। इस दर से उनकी 1 मिलियन डॉलर की राशि हर तीन साल में दोगुना होती रहेगी और तीस साल में 1 बिलियन डॉलर बन जाएगी। चक्रवृद्धि के इस लक्ष्य को याद रखने के लिए उन्होंने अपनी लाइसेंस प्लेट का नंबर सीओएमएलबी 26 लिया है। भले ही वे इससे थोड़ा कम मुनाफ़ा कमाएँ, लेकिन इसके बावजूद उनका प्रदर्शन

अच्छा रहेगा। मान लें कि उन्हें हर साल 16 प्रतिशत का औसत मुनाफ़ा होता है, तब भी उनके 1 मिलियन डॉलर तीस साल में 85.85 मिलियन डॉलर में बदल जाएँगे। यह चक्रवृद्धि की महिमा है।

ज़ाहिर है, उनके पास व्हार्टन या कोलंबिया जैसे फ़ैंसी स्कूल की एमबीए उपाधि नहीं थी, ना ही सर्टिफ़ाइड फ़ाइनैंशियल एनालिस्ट की योग्यता थी और वॉल स्ट्रीट का कोई अनुभव भी नहीं था। लेकिन पूरे जीवन को खेल मानने वाले पबराई मानते थे कि अगर वे बफ़ेट की नीति पर कठोरता से चलेंगे, तो वे उन सारे मूर्खों से आगे निकल जाएँगे, जो ओमाहा के संत बफ़ेट की नीति पर नहीं चलते हैं। पबराई कहते हैं, ''मैं ऐसे खेल खेलना चाहता हूँ, जिनमें मेरे जीतने की अच्छी संभावना हो। और आप खेल कैसे जीतते हैं? आपको नियमों के अनुसार खेलना होता है। और अच्छी ख़बर यह है कि मैं ऐसे खिलाड़ियों के ख़िलाफ़ खेल रहा हूँ, जिन्हें नियमों का *पता* तक नहीं है।''

उस वक़्त पबराई जानते थे कि बफ़ेट की शेयर चुनने की नीति उन तीन बुनियादी अवधारणाओं से विकसित हुई, जो उन्होंने बेंजामिन ग्राहम से सीखी थीं। बेंजामिन ग्राहम वैल्यू इनवेस्टिंग के संरक्षक संत थे, जिन्होंने बफ़ेट को कोलंबिया में पढ़ाया था और बाद में उन्हें नौकरी भी दी थी। बेंजामिन ग्राहम की पहली अवधारणा यह थी कि जब भी आप कोई शेयर ख़रीदते हैं, तो आप किसी सक्रिय कंपनी का हिस्सा ख़रीद रहे हैं, जिसका एक अंतर्निहित मूल्य है; यह सिर्फ़ काग़ज़ का टुकड़ा नहीं है, जिसे जुआरी ख़रीद-बेच रहे हैं।

दूसरे, बेंजामिन ग्राहम बाज़ार को ''वज़न की मशीन'' के बजाय ''वोटिंग मशीन'' मानते थे, जिसका मतलब यह है कि शेयरों के भाव प्राय: उनकी कंपनियों के सच्चे मूल्य का प्रतिबिंब नहीं होते हैं। जैसा ग्राहम ने *द इंटेलिजेंट इनवेस्टर* में लिखा था, ''यह उपयोगी है कि हम बाज़ार को एक उन्मादी हुजूम मानें, जो अक्सर अपने उत्साह या डर को ख़ुद पर हावी होने देता है।''

तीसरी अवधारणा यह थी कि आपको कोई शेयर सिर्फ़ तभी ख़रीदना चाहिए, जब आपने इसके मूल्य का जो सतर्क आकलन किया है, यह उससे बहुत सस्ते में मिल रहा हो। कंपनी के आंतरिक मूल्य और इसके शेयर के भाव में जो अंतर होता है, उसे ग्राहम ने ''मार्जिन ऑफ़ सेफ़्टी'' कहा था।

लेकिन व्यावहारिक संदर्भ में इन अवधारणाओं का क्या अर्थ है? ग्राहम की यह अवधारणा बहुत गहरी है कि मि. मार्केट अतार्किक मनोदशा में उतार-चढ़ाव की प्रवृत्ति रखता है। इसी अवधारणा की बदौलत बफ़ेट और मंगर जैसे माहिर निवेशकों की नीति यह रहती है कि बाज़ार के पागलपन से ख़ुद को विरक्त रखो और भावहीन अंदाज़ में तब तक देखते रहो, जब तक कि दोमुँहा बाज़ार उन्हें

वह नहीं दे देता, जिसे मंगर ''ग़लत भाव पर जुआ'' कहते हैं। **बाज़ार में तूफ़ानी गतिविधि के लिए कोई पुरस्कार नहीं मिलता है। इसके बजाय निवेश का मतलब तो प्राय: सिर्फ़ उन दुर्लभ पलों का इंतज़ार करना है, जब पैसे बनाने की संभावनाएँ इसे गँवाने की संभावनाओं से बहुत ज़्यादा हों।** जैसा बफ़ेट ने कहा है, ''आपको हर गेंद पर बल्ला घुमाने की ज़रूरत नहीं है – आप अपनी आदर्श गेंद का इंतज़ार कर सकते हैं। जब आप मनी मैनेजर होते हैं, तो समस्या यह है कि आपके प्रशंसक चिल्लाते रहते हैं, ''बल्ला घुमाओ, मूर्ख!''''

भीड़ की आवाज़ों के प्रति बेहद उदासीन बफ़ेट बरसों तक ख़ाली बैठकर अपने अँगूठे चटकाते हैं। मिसाल के तौर पर, उन्होंने 1970 से 1972 के बीच लगभग कुछ नहीं ख़रीदा, जब उत्साही निवेशक शेयरों को पागलपन भरे भाव पर ऊपर चढ़ा रहे थे। फिर जब 1973 में बाज़ार लुढ़का, तो उन्होंने वॉशिंगटन पोस्ट कंपनी में बड़ी हिस्सेदारी ख़रीद ली, जो उनके पास चार दशकों से भी ज़्यादा समय तक रही। अपने लोकप्रिय लेख ''द सुपरइनवेस्टर्स ऑफ़ ग्राहम-ऐंड-डॉड्सविले'' में बफ़ेट ने लिखा था कि बाज़ार इस कंपनी का मूल्य 80 मिलियन डॉलर आँक रहा था, जबकि ''आप इसकी संपत्तियों को दस ख़रीदारों में से किसी को भी 400 मिलियन डॉलर से ज़्यादा में बेच सकते थे... आप 83 मिलियन डॉलर मूल्य वाले व्यवसायों को 80 मिलियन डॉलर में ख़रीदने की कोशिश नहीं करते हैं। आप तो अपने लिए एक भारी मार्जिन रखते हैं। जब आप पुल बनाते हैं, तो आप 30,000 पौंड वज़न उठा सकने वाला पुल बनाते हैं, लेकिन आप इस पर केवल 10,000 पौंड के ट्रक चलाते हैं। और यही सिद्धांत निवेश में भी काम करता है।''

हमारे अति सक्रिय संसार में बहुत कम लोग इस धीमी और विवेकपूर्ण रणनीति की श्रेष्ठता को पहचानते हैं, जिसमें गतिविधि के गिने-चुने लेकिन निर्णायक दौर की ज़रूरत होती है। मंगर की उम्र 90 से ज़्यादा है और पबराई उन्हें ''सबसे बौद्धिक इंसान'' मानते हैं। मंगर इसी नीति पर चलते हैं। मंगर ने एक बार कहा था, ''आपको नदी किनारे भाला लेकर खड़े आदमी की तरह होना चाहिए। ज़्यादातर समय वह कुछ नहीं करता है। लेकिन जब कोई मोटी रसीली सामन मछली पास से तैरती हुई गुज़रती है, तो वह आदमी भाले से उसे छेद देता है। फिर वह दोबारा निष्क्रिय मुद्रा में चला जाता है। हो सकता है कि अगली सामन मछली छह महीने बाद पास से गुज़रे।''

बहुत कम मनी मैनेजर इस तरह से काम करते हैं। पबराई कहते हैं, इसके बजाय वे ''बहुत से दाँव लगाते हैं, बार-बार छोटे दाँव लगाते हैं।'' समस्या यह है कि इस सारी गतिविधि को तर्कसंगत साबित करने के लिए पर्याप्त प्रबल अवसर नहीं होते हैं। इसलिए अपने दो आदर्शों की तरह पबराई को भी सबसे मांसल सामन मछली का इंतज़ार करना ज़्यादा पसंद है। इरविन में उनके ऑफ़िस में बातचीत

के दौरान वे कहते हैं, ''धैर्य निवेश जगत में नंबर एक योग्यता है – *बहुत ज़्यादा धैर्य।*'' जब शेयर बाज़ार 2008 में लुढ़का, तो उन्होंने दो महीनों में दस निवेश किए। सामान्य समय में स्थिति इससे काफ़ी अलग थी – 2011 में उन्होंने सिर्फ़ दो कंपनियों के शेयर ख़रीदे, 2012 में तीन और 2013 में शून्य।

2018 में पबरई के ऑफ़शोर हेज फ़ंड में एक भी अमेरिकी शेयर नहीं था, क्योंकि कोई भी चीज़ पर्याप्त सस्ती नहीं थी। इस बारे में ज़रा सोचें : लगभग 3,700 कंपनियाँ बड़े अमेरिकी एक्सचेंजों में लिस्टेड हैं, लेकिन पबरई उनमें एक भी ज़ोरदार सौदा नहीं खोज पाए। अमेरिकी शेयर उन्हें महँगे लग रहे थे, इसलिए वे अपने मछली पकड़ने वाले भाले को भारत, चीन और दक्षिण कोरिया की बेहतर शेयर वाली नदियों में लेकर गए। जैसा मंगर ने कहा है, मछली पकड़ने के दो नियम हैं। नियम 1 : ''वहीं मछली पकड़ने जाएँ, जहाँ मछली हों।'' नियम 2 : ''नियम 1 को कभी नहीं भूलें।''

फिर 2020 के वसंत में अमेरिकी बाज़ार लुढ़क गया, जब कोविड-19 वायरस के कारण निवेशक दहशत में आ गए। रिटेल उद्योग ठप हो गया, स्टोर्स को अनिश्चित काल तक बंद रहने के लिए विवश होना पड़ा और उपभोक्ता लॉकडाउन की वजह से घरों में बंद थे। अनिश्चितता के इस भँवर में सेरिटेज ग्रोथ प्रॉपर्टीज़ नामक कंपनी भी हिचकोले खा रही थी। इसके किरायेदारों में कई रिटेलर शामिल थे, जो किराया चुकाने की स्थिति में नहीं थे। पबरई कहते हैं, ''बाज़ार अल्पकालीन शोर और दर्द से नफ़रत करता है।'' उन्होंने दहशत का फ़ायदा उठाते हुए बहुत कम भाव पर सेरिटेज की 13 प्रतिशत हिस्सेदारी ख़रीद ली। इसके पीछे उनकी यह धारणा थी कि डर के बादल छँटने पर लोग इसकी मूल्यवान संपत्तियों के मूल्य को दोबारा पहचान लेंगे और शेयर का भाव अंततः दस गुना हो जाएगा।

बफ़ेट, मंगर और पबरई अकेले नहीं हैं, जो अति धैर्यवान और बहुत चुनिंदा होने की रणनीति पर चल रहे हैं। उनके अभिजात्य समूह में कैनेडा के बेहद मशहूर फ़ंड मैनेजर फ़्रांसिस चाउ जैसे महान निवेशक भी शामिल हैं। जब मैंने 2014 में उनका पहला इंटरव्यू लिया, तो चाउ की 30 प्रतिशत पूँजी नक़दी में थी और उन्होंने कई सालों से कोई महत्त्वपूर्ण शेयर नहीं ख़रीदा था। उन्होंने मुझे बताया, ''जब ख़रीदने के लिए कुछ नहीं मिल रहा हो, तो आपको बहुत सतर्क रहना पड़ता है। आप इस मामले में ज़बर्दस्ती नहीं कर सकते। आपको धैर्यवान बनना होगा और फिर सौदे आपके पास आएँगे।'' उन्होंने चेतावनी दी, ''अगर आप सारे समय बाज़ार में शामिल होना चाहते हैं, तो यह जुआरियों का खेल है और आप इसमें हार जाएँगे।''

वे कितने समय तक ख़रीदे बिना रह सकते हैं? ''ओह, मैं दस साल इंतज़ार कर सकता हूँ – शायद इससे भी ज़्यादा,'' चाउ ने जवाब दिया। इस दौरान वे महँगे भाव पर चलने वाले शेयरों का अध्ययन करते हैं, जिनके सस्ते होने का वे इंतज़ार

कर रहे हैं। इसके अलावा, वे गोल्फ़ खेलते हैं और हर दिन दो सौ से चार सौ पेज पढ़ते हैं। बाज़ार के हर दिन के नाटक से भावनात्मक दूरी बनाने के लिए वे इस तकनीक का इस्तेमाल करते हैं कि वे फ़र्स्ट पर्सन के बजाय ख़ुद के बारे में थर्ड पर्सन में सोचते हैं, यानी वे यह नहीं सोचते कि ''मुझे क्या करना चाहिए?'' इसके बजाय वे यह सोचते हैं, ''चाउ को क्या करना चाहिए?''

चाउ की तरह ही पबरई की जीवनशैली भी उनकी शानदार निष्क्रिय निवेश रणनीति का समर्थन करती है। जब मैं इरविन में उनके ऑफ़िस में मिलने गया, तो वे शॉर्ट, स्नीकर और छोटी आस्तीन की शर्ट पहने थे। वे जोशीले निवेशक के बजाय समुद्र तट पर वैकेशन मनाने वाले पर्यटक जैसे दिख रहे थे। बफ़ेट ने उन्हें अपनी छोटी काली डायरी के ख़ाली पेज दिखाए थे। बफ़ेट की क्लोनिंग करते हुए पबरई भी अपने कैलेंडर को लगभग ख़ाली रखते हैं, ताकि वे अपना ज़्यादातर समय पढ़ने और कंपनियों का अध्ययन करने में लगा सकें। ऑफ़िस में सामान्य दिनों में वे कोई मीटिंग नहीं करते हैं, ना ही किसी को फ़ोन लगाते हैं। दार्शनिक ब्लेज पास्कल का यह उद्धरण उन्हें विशेष प्रिय है, ''मानवता की सारी समस्याएँ इस बात से उत्पन्न होती हैं कि इंसान एक कमरे में शांति से अकेला नहीं बैठ सकता।''

पबरई के अनुसार चुनौती यह है कि ''बड़ी मोटर निठल्ली बैठी-बैठी ज़्यादा अच्छे परिणाम देने में सक्षम नहीं होती है।'' उनके हिसाब से बफ़ेट के ऑनलाइन ब्रिज खेलने के जोश से बर्कशायर हैथअवे के शेयरहोल्डर्स को बहुत लाभ हुआ है, क्योंकि यह मानसिक व्यवधान ''सक्रियता के स्वाभाविक रुझान'' को पूरा करता है। पबरई भी ऑनलाइन ब्रिज खेलते हैं। वे बाइकिंग करके और रैकेटबॉल खेलकर अपनी ऊर्जा जलाते हैं। जब ख़रीदने को कुछ नहीं होता और बेचने का कोई कारण नहीं होता, तो वे अपने चैरिटेबल फ़ाउंडेशन पर ज़्यादा ध्यान दे सकते हैं। वे कहते हैं कि उनके निवेश स्टाफ़ में केवल एक व्यक्ति शामिल है : वे खुद। ''जिस पल आप अपनी टीम में लोग बढ़ाते हैं, तो वे सक्रिय होना चाहते हैं और चीज़ें करना चाहते हैं और तब आप दबाव में आ जाते हैं।'' ज़्यादातर क्षेत्रों में कर्म या सक्रियता की इच्छा एक अच्छा गुण है। लेकिन जैसा बफ़ेट ने बर्कशायर की 1998 की वार्षिक मीटिंग में कहा था, ''हमें गतिविधि के लिए पैसे नहीं मिलते हैं; सिर्फ़ सही होने के लिए मिलते हैं।''

पबरई एकाकी स्वभाव के हैं। उनके अंदर मानवद्वेषी प्रवृत्ति है और ऐसा लगता है कि उन्हें एक कमरे में अकेले बैठने के ज़बर्दस्त अनुशासन के साथ बनाया गया है। और कभी-कभार ऐसा शेयर ख़रीदने के लिए भी, जिसका भाव बाज़ार ग़लत लगा रहा है। जब वे एक टेक कंपनी चला रहे थे, तब उन्होंने दो औद्योगिक मनोवैज्ञानिकों से अपनी प्रोफ़ाइल कराई। उनका निष्कर्ष था कि वे बड़े स्टाफ़ का प्रबंधन करने के लिए क़तई उपयुक्त नहीं थे : ''मैं पोषण देने वाला लीडर नहीं हूँ,

जो रोने वालों के समूह को झेल सके, उन्हें पोषण दे सके, बच्चों की तरह उन्हें सँभाल सके और बाक़ी सारी बकवास सहन कर सके।'' निवेश उन्हें थ्री-डी शतरंज के खेल जैसा महसूस हुआ, जिसमें परिणाम काफ़ी हद तक सिर्फ़ उन्हीं पर निर्भर करता था।

लगभग हर चीज़ को इनकार कर दें

पबरई ने शुरुआत में जिस शेयर को चुना, वह छोटी भारतीय प्रौद्योगिकी कंपनी सत्यम कंप्यूटर सर्विसेस का था, जिसे उन्होंने 1995 में ख़रीदा। उन्हें इस कंपनी की अच्छी जानकारी थी, क्योंकि वे उसी उद्योग में काम करते थे और शेयर ''बहुत सस्ता'' था। पबरई को आश्चर्य हुआ, जब यह पाँच साल में लगभग 140 गुना ऊपर चढ़ गया। उन्होंने इसे सन् 2000 में बेच दिया, जब इसका भाव बहुत बढ़ गया था। उन्हें 1.5 मिलियन डॉलर का मुनाफ़ा हुआ था। फिर 1990 के दशक के उत्तरार्ध का टेक बबल फूट गया और इस शेयर का भाव 80 प्रतिशत से ज़्यादा गिर गया। अपनी अच्छी क़िस्मत पर ख़ुश होकर पबरई अपनी तुलना उस भोले जंगली से करते हैं, जिसने संयोग से ''फलों वाली कंपनी'' में भारी मुनाफ़ा कमाया था - जो एपल कंप्यूटर थी।

क़िस्मत और चतुराई के मिश्रण से पबरई ने पाँच साल से भी कम समय में अपने 1 मिलियन डॉलर को 10 मिलियन डॉलर में बदल लिया। उन्हें पता था कि उन्हें और ज़्यादा सीखना है, इसलिए उन्होंने बफ़ेट को पत्र लिखा कि वे मुफ़्त में उनकी नौकरी करने के लिए तैयार हैं। बफ़ेट ने जवाब दिया, ''मैंने अपने समय के सर्वश्रेष्ठ उपयोग के बारे में बहुत सोचा है और मैं अकेले ही काम करके सर्वश्रेष्ठ प्रदर्शन करता हूँ।'' इसलिए पबरई ने दूसरी योजना पर अमल किया। उनके कई मित्र उनके बताए शेयर ख़रीदकर मुनाफ़ा कमाते थे और वे चाहते थे कि पबरई उनके पैसों का प्रबंधन करें। 1999 में उन्होंने आठ लोगों से 9,00,000 डॉलर लेकर और अपने 1,00,000 डॉलर लगाकर एक निवेश साझेदारी शुरू की। एकाध साल बाद उन्होंने अपनी टेक्नोलॉजी परामर्श कंपनी ट्रांसटेक 6 मिलियन डॉलर में बेच दी, ताकि वे निवेश पर पूरा ध्यान केंद्रित कर सकें।

बफ़ेट ने 1956 से 1969 तक बेहद सफलता से निवेश साझेदारियों का प्रबंधन किया था। इसलिए पबरई ने भी अपनी क्लोनिंग की आदत के हिसाब से ऐसा ही किया : उन्होंने बफ़ेट के साझेदारी मॉडल के हर विवरण की नक़ल की। बफ़ेट ने वार्षिक प्रबंधन फ़ीस नहीं ली थी, बल्कि उन्होंने 6 प्रतिशत से ज़्यादा होने वाले मुनाफ़े में से 25 प्रतिशत की प्रदर्शन फ़ीस ली थी। 6 प्रतिशत या इससे कम मुनाफ़ा कमाने पर वे कोई फ़ीस नहीं लेते थे। लेकिन ज़्यादा अच्छे मुनाफ़े

पर उन्हें अच्छा पुरस्कार मिलने की संभावना थी। पबरई ने भी इसी फ़ीस तंत्र को अपनाया और तर्क दिया कि हितों के सामंजस्य के कारण यह ''व्यवसाय करने का सम्मानजनक तरीक़ा'' है।

वैसे यहाँ यह बताना उचित होगा कि बफ़ेट ने फ़ीस की यह अवधारणा ग्राहम से ली थी, जिन्होंने इसका इस्तेमाल 1920 के दशक में किया था। बफ़ेट क्लोनिंग के लाभों को पहचानते हैं और उन्होंने कहा है, ''अगर आप बुनियादी तौर पर दूसरे लोगों से सीखते हैं, तो आपको अपने दम पर बहुत ज़्यादा विचार सोचने की ज़रूरत नहीं है। आप जो देखते हैं, उसमें से सर्वश्रेष्ठ को चुनकर अपना लें।'' चुनौती यह है कि आँख मूँदकर हर चीज़ की नक़ल करने के बजाय सर्वश्रेष्ठ को पहचानकर चुन लें और बाक़ी को छोड़ दें। मिसाल के तौर पर, ग्राहम को डाइवर्सिफ़िकेशन पर बहुत ज़्यादा भरोसा था, जबकि बफ़ेट गिने-चुने अंडरवैल्यूड शेयरों पर दाँव लगाकर और उन पर ध्यान केंद्रित करके अमीर बने। यह एक महत्त्वपूर्ण बिंदु है। बफ़ेट ने उदारता से क्लोनिंग की, लेकिन उन्होंने अनुकूलन भी किया और ग्राहम के सिद्धांतों को अपनी पसंद के हिसाब से संशोधित किया।

बफ़ेट की मिसाल पर चलते हुए पबरई ने बेहद केंद्रित पोर्टफ़ोलियो बनाया। उनका मानना था कि दस शेयरों से उन्हें वह सारा डाइवर्सिफ़िकेशन मिल जाएगा, जिसकी उन्हें ज़रूरत थी। जब आप इतने कम शेयर ख़रीद रहे हों, तो आप सर्वश्रेष्ठ को ही चुनते हैं। पबरई सैकड़ों शेयरों पर निगाह डालते हैं और तुरंत ही लगभग सबको ख़ारिज कर देते हैं, अक्सर एक मिनट से भी कम समय में। बफ़ेट तेज़ गति से शेयरों को ख़ारिज करने की आदत में माहिर हैं। पबरई कहते हैं, ''वे तो ना कहने के कारण ढूँढ रहे हैं और जैसे ही उन्हें कोई कारण मिलता है, उनका काम पूरा हो जाता है।'' बफ़ेट ने कहा है, ''सफल लोगों और सचमुच सफल लोगों के बीच यह फ़र्क़ होता है कि सचमुच सफल लोग लगभग हर चीज़ को नहीं कह देते हैं।''

बफ़ेट ने पबरई को कई आसान फ़िल्टर दिए, जिनकी वजह से शेयर चुनने का काम आसान हो गया। पबरई कहते हैं, सबसे पहले तो बफ़ेट का एक ''बुनियादी सूत्र वाक्य'' यह है कि आप किसी कंपनी में सिर्फ़ तभी निवेश कर सकते हैं, जब यह आपकी ''सक्षमता के दायरे'' में हो। जब पबरई किसी कंपनी का विश्लेषण करते हैं, तो वे सबसे पहले यह पूछते हैं, ''क्या यह ऐसी चीज़ है, जिसे मैं सचमुच समझता हूँ?'' वे ख़ुद को यह विचार करने के लिए विवश करते हैं कि क्या वह कंपनी उनकी सक्षमता के दायरे के केंद्र में हैं, इसके कोने पर है या इसके बाहर है।

दूसरे, कंपनी के शेयर का भाव इसके निहित मूल्य से इतना ज़्यादा कम होना चाहिए कि काफ़ी बड़ा मार्जिन ऑफ़ सेफ़्टी मिल जाए। पबरई विस्तृत एक्सेल स्प्रेडशीट्स बनाने की जहमत नहीं उठाते, जिससे उन्हें यह ग़लतफ़हमी हो जाए कि

वे कंपनी के भविष्य के बारे में सटीकता से भविष्यवाणी कर सकते हैं। शेयर का भाव तो इतना सस्ता होना चाहिए कि उसे पहचानने में "दिमाग़ की ज़रूरत ही नहीं पड़े।" आम तौर पर इसका मतलब होता है आधा – यानी 1 डॉलर मूल्य की संपत्ति के लिए पचास सेंट से भी कम देना। "मेरा एक बहुत सरल पैमाना होता है : अगर कोई चीज़ कम समय में – देखिए, दो-तीन साल में – स्पष्ट रूप से दोगुनी नहीं हो सकती, तो उसमें मेरी कोई रुचि नहीं है।"

तीसरे, मंगर से प्रभावित होने के बाद बफ़ेट धीरे-धीरे उन शेयरों से दूर हट जाए, जो सिर्फ़ सस्ते थे। इसके बजाय वे श्रेष्ठ कंपनियों के शेयर ख़रीदने पर ज़ोर देने लगे। इसका मतलब था कि कंपनी के पास एक स्थायी प्रतिस्पर्धी लाभ होना चाहिए और इसका संचालन एक ईमानदार सक्षम सीईओ कर रहा हो। मंगर ने पबरई को बताया कि ग्राहम संख्यात्मक रूप से सस्ते शेयर ख़रीदने पर केंद्रित थे, लेकिन उन्हें गीको के शेयरों से सबसे अच्छा मुनाफ़ा हुआ। पबरई कहते हैं, "इसके शेयरों ने उन्हें इतना ज़्यादा मुनाफ़ा इसलिए नहीं दिया, क्योंकि यह सस्ता था। इतना ज़्यादा मुनाफ़ा तो इसलिए हुआ, क्योंकि यह बेहतरीन व्यवसाय था।"

चौथे, कंपनी के फ़ाइनैंशियल स्टेटमेंट स्पष्ट और आसान होने चाहिए। जैसा बफ़ेट ने कहा था, "अगर कोई इंसान किसी फ़ाइनैंशियल स्टेटमेंट को नहीं समझ सकता, तो इसका एकमात्र कारण यह है कि लेखक यह नहीं चाहता कि आप इसे समझ लें।" अगर यह आसानी से समझ में नहीं आता है कि आज कंपनी पैसे कैसे कमाती है और आने वाले सालों में कितने पैसे कमा सकती है, तो बफ़ेट इसे उस ढेर में डाल देते हैं, जिसे वे "अति मुश्किल" वाला ढेर कहते हैं। पबरई ने एक बार बफ़ेट की डेस्क पर एक बॉक्स का फ़ोटो लिया था, जिस पर सचमुच यह लेबल लगा था "टू हार्ड"। यह लेबल जटिलता के प्रलोभन का प्रतिरोध करने के लिए एक दृश्यात्मक प्रतीक। सिर्फ़ इसी आधार पर पबरई ने एनरॉन और वैलिएंट फ़ार्मास्यूटिकल्स को अस्वीकार कर दिया, जो दोनों ही बाद में दिवालिया हो गईं।

पबरई के अनुसार सफल निवेश का रहस्य हर *उस चीज़* से बचना है, जो बहुत ज़्यादा मुश्किल हो। वे सिद्धांततः रूस और जिम्बाब्वे जैसे देशों में निवेश नहीं करते, क्योंकि ये देश शेयरहोल्डरों के अधिकारों की अवज्ञा करते हैं। वे स्टार्टअप और आईपीओ में निवेश नहीं करते हैं, क्योंकि जिन क्षेत्रों में बिक्री के प्रचार और भारी अपेक्षाओं का बोलबाला हो, वहाँ अच्छे सौदे नहीं मिल सकते। उन्होंने कभी किसी शेयर को शॉर्ट नहीं किया, क्योंकि शॉर्ट करने में अधिकतम मुनाफ़ा केवल 100 प्रतिशत होता है (अगर शेयर गिरकर शून्य तक पहुँच जाए), जबकि उसमें नुक़सान की आशंका असीमित रहती है (अगर शेयर का भाव उड़कर आसमान छूने लगे)। वे कहते हैं, "ऐसी संभावनाओं पर दाँव क्यों लगाना?" वे मैक्रो-अर्थशास्त्र की असीमित जटिलता को भी काफ़ी हद तक नज़रअंदाज़ करते हैं। इसके बजाय

वे तो कुछ महत्त्वपूर्ण माइक्रो-घटकों पर ध्यान केंद्रित करते हैं, जो किसी विशिष्ट व्यवसाय को संचालित करते हैं। संक्षेप में, सरलता शासन करती है।

जिन बुनियादी सिद्धांतों पर हमने अभी बात की है, वे असाधारण रूप से सुदृढ़ हैं और उनकी बदौलत पबराई को काफ़ी लाभ हुआ है। लेकिन उल्लेखनीय बात यह है कि इन सिद्धांतों में से कोई भी उनका मौलिक विचार नहीं है। जिन विचारों की बुनियाद पर उनका निवेश करियर खड़ा है, उनमें से हर बड़ा विचार उन्होंने बफ़ेट से चुराया है - सिवाय उन विचारों के, जो उन्होंने मंगर से चुराए हैं। इसके बारे में लिखते समय मैं थोड़ा व्याकुल हो जाता हूँ। पबराई ने दूसरे लोगों से जो विचार चुराए हैं, उन्हें गिनाते समय मैं कोई नई या गहरी चीज़ कहने की उम्मीद कैसे कर सकता हूँ? लेकिन यही तो मुद्दे की बात है। उनका प्रतिस्पर्धी लाभ इसी तथ्य में निहित है कि उन्हें इस बात की परवाह नहीं है कि आप या मैं उनके नक़लची होने के बारे में क्या सोचते हैं। उन्हें तो बस उसकी परवाह है, जो कारगर है।

एक शाम को इरविन के एक कोरियन रेस्तराँ में डिनर करते वक़्त मैंने पबराई से पूछा कि ज़्यादा लोग उनके सुनियोजित तरीक़े की नक़ल क्यों नहीं करते। "स्पाइसी बीफ़ डेंजर" नामक डिश खाते-खाते वे जवाब देते हैं, "वे मेरे जितने बेशर्म नहीं हैं। उनमें ज़्यादा अहंकार होता है। नक़लची नंबर वन होने के लिए आपको अपना अहं दरवाज़े पर छोड़ना होता है।"

गुरु-चेले का 6,50,100 डॉलर का लंच

पबराई की चुराई हुई निवेश नीति ने सपने की तरह काम किया। जब उन्होंने जुलाई 1999 में पबराई फ़ंड्स शुरू किया, उस समय टेक बबल फूटने वाला था। निवेशक बनने के लिए यह बहुत ख़तरनाक समय था। अगले आठ वर्षों में अमेरिका के सर्वश्रेष्ठ प्रदर्शन करने वाले इंडेक्स - डाउ जोन्स इंडस्ट्रियल एवरेज - ने 4.6 प्रतिशत का वार्षिक मुनाफ़ा दिया, जबकि फ़ीस के बाद पबराई का वार्षिक मुनाफ़ा 29.4 प्रतिशत रहा। इसकी प्रशंसा करते हुए मीडिया ने उन्हें "सुपरस्टार," "अगला वॉरेन बफ़ेट," और "द ओरेकल ऑफ़ इरविन" का ख़िताब दे दिया। अब उनके पास प्रबंधन करने के लिए 600 मिलियन डॉलर से ज़्यादा राशि आ गई। वे याद करते हैं, "मेरा हर दाँव सफल होता था और मैं कोई ग़लती नहीं कर सकता था।"

पबराई को इतना ज़्यादा मुनाफ़ा अंडरवैल्यूड शेयरों पर दाँव लगाने से हुआ था, जो अनिश्चितता के दायरे में थे। मिसाल के तौर पर, उन्होंने 9/11 के आतंकवादी हमलों के ठीक बाद जेट के ब्राज़ीली उत्पादक एम्ब्रेयर में निवेश किया। उल्लेखनीय है कि आतंकवादी हमलों के कारण उस समय कई एयरलाइंस ने अपने विमानों के

ऑर्डर रद्द कर दिए थे। इस अल्पकालीन सदमे की वजह से भयभीत निवेशकों ने इस दीर्घकालीन वास्तविकता को नज़रअंदाज़ कर दिया कि एम्ब्रेयर उच्च गुणवत्ता वाली कंपनी है, जिसके पास एक श्रेष्ठ प्रॉडक्ट है, उत्पादन की कम लागत है, आला दर्जे का प्रबंधन है और इसकी बैलेंस शीट में बहुत सारा कैश था। पबरई ने 2001 में 12 डॉलर के भाव पर शेयर ख़रीदे और अपने आख़िरी शेयर 2005 में 30 डॉलर के भाव पर बेचे।

इसी तरह 2002 में जब लीजिंग़ ऑइल टैंकरों के भाव गिरे, तब उन्होंने स्कैंडिनेविया की शिपिंग फ़र्म फ्रंटलाइन लिमिटेड में निवेश किया। इसके शेयर का भाव गिरकर 5.90 डॉलर पर पहुँच गया था, लेकिन पबरई ने हिसाब लगाया कि इस कंपनी का नीलामी मूल्य 11 डॉलर प्रति शेयर से भी ज़्यादा था। उन्होंने अनुमान लगाया कि आपूर्ति सीमित रहने के कारण अंततः लीजिंग़ के भाव बढ़ेंगे। इस दौरान फ्रंटलाइन एक-एक जहाज़ बेचकर नक़दी के संकट से निबट सकता था। एम्ब्रेयर की ही तरह यहाँ भी अनिश्चितता की वजह से निवेशक घबरा रहे थे। लेकिन भाव बढ़ने की संभावना जोखिम के मुक़ाबले बहुत ज़्यादा थी। पबरई ने एक सूत्रवाक्य बनाया, जो इस तरह के दाँव का सार था : "हेड आया, तो मैं जीतूँगा। टेल आया, तो मुझे ज़्यादा नुक़सान नहीं होगा।" कुछ ही महीनों में उन्होंने 55 प्रतिशत मुनाफ़ा कमा लिया।

2005 में उन्होंने एक और शेयर पर भारी दाँव लगाया, जिसमें ज़्यादा दिमाग़ की ज़रूरत नहीं थी : इप्स्को इंक. नामक स्पेशलिटी स्टील उत्पादक। जब पबरई ने 44 डॉलर के भाव पर शेयर ख़रीदे, तब कंपनी के पास 15 डॉलर प्रति शेयर से ज़्यादा नक़दी थी। उन्हें उम्मीद थी कि इप्स्को अगले दो सालों में से प्रत्येक में 13 डॉलर प्रति शेयर की अतिरिक्त नक़दी उत्पन्न करेगी, यानी दो साल बाद इसके पास कुल 41 डॉलर प्रति शेयर की नक़दी हो जाएगी। शेयर का भाव 44 डॉलर था, यानी वे इप्स्को के सारे स्टील प्लांट और बाक़ी संपत्तियाँ केवल 3 डॉलर प्रति शेयर के भाव पर ख़रीद रहे थे। पबरई यह भविष्यवाणी नहीं कर सकते थे कि कंपनी अगले दो सालों के बाद कितना कमाएगी, लेकिन वे इतना ज़रूर समझ सकते थे कि शेयर इतना ज़्यादा सस्ता था कि पैसे गँवाने का जोखिम बहुत कम था। जब उन्होंने 2007 में इसे बेचा, तो उनका 24.7 मिलियन डॉलर का निवेश बढ़कर 87.2 मिलियन डॉलर हो गया - यानी छब्बीस महीने में 253 प्रतिशत मुनाफ़ा।

हाल के वर्षों में लगभग सभी यह मानने लगे हैं कि लंबी अवधि में बाज़ार को हराना असंभव है। लेकिन बफ़ेट और मंगर की बदौलत पबरई ने बाज़ार से बेहतर प्रदर्शन करने का फ़ॉर्मूला खोज लिया है। जैसा हमने देखा, मुख्य सिद्धांतों को पहचानना और उनकी नक़ल करना इतना मुश्किल नहीं है। *धैर्यवान और चुनिंदा बनें; लगभग हर चीज़ को ठुकरा दें। बाज़ार की दोतरफ़ा मनोदशा के उतार-चढ़ाव*

से फ़ायदा उठाएँ। शेयरों को उनके निहित मूल्य से बहुत कम भाव पर ख़रीदें। अपनी सक्षमता के दायरे के भीतर रहें। बहुत मुश्किल चीज़ों से बचें। न्यूनतम नुक़सान और बड़े लाभ वाले दाँव कम संख्या में लगाएँ, ताकि आपको भाव के असंतुलन का लाभ मिल जाए। लेकिन पबरई लगभग अकेले हैं, जिन्होंने इन नियमों का पालन करते समय जुनूनी संकल्प दिखाया। वे कहते हैं, ''कोई दूसरा यह करने का इच्छुक नहीं है। इसलिए यह काम एक भारतीय को करना पड़ा।''

पबरई बफ़ेट के प्रति अपनी कृतज्ञता को व्यक्तिगत रूप से व्यक्त करना चाहते थे। इसलिए जुलाई 2007 में उन्होंने अपने सबसे अच्छे मित्र गाई स्पायर के साथ टीम बनाई और बफ़ेट के साथ ''पॉवर लंच'' की परोपकारी नीलामी में हिस्सा लिया। पबरई और ज्यूरिक आधारित हेज फ़ंड मैनेजर स्पायर दोनों ही बफ़ेट के दीवाने थे और उन्होंने 6,50,100 डॉलर की बोली लगाकर नीलामी जीत ली। यह पैसा ग्लाइड फ़ाउंडेशन में जाएगा, जो बेघरों की सहायता करने वाली परोपकारी संस्था है। लेकिन पबरई ने इस दान को एक तरह की ''गुरु दक्षिणा'' माना - शिक्षा पूरी होने पर आध्यात्मिक गुरु को दिया जाने वाला उपहार।

आख़िरकार 25 जून 2008 को पबरई अपने गुरु से मिले। उन्होंने मैनहैटन के स्टीक हाउस स्मिथ ऐंड वोलेन्स्की में तीन घंटे एक साथ गुज़ारे, जब वे रेस्तराँ के पीछे लकड़ी के पैनल वाले कुंज में बैठे। पबरई अपनी पत्नी हरीना और अपनी दो बेटियों मानसून और मोमाची के साथ गए, जो बफ़ेट के दोनों तरफ़ बैठीं। स्पायर अपनी पत्नी लोरी को लेकर गए थे। बफ़ेट ख़ुशनुमा और दादाजी वाले अंदाज़ में थे। वे बच्चों के लिए उपहारों के बैग लाए, जिन पर उनके चित्र के साथ एमऐंडएम शामिल था। बातचीत उनकी प्रिय कंपनी (गीको) से लेकर उस व्यक्ति तक चली, जिससे मिलना वे सबसे ज़्यादा पसंद करेंगे (या तो सर आइसैक न्यूटन, जो ''संभवत: इतिहास में सबसे स्मार्ट इंसान थे,'' या सोफ़िया लॉरेन, जिससे मिलने के कारण कम बौद्धिक थे)।

इस लंच से पबरई को दो अविस्मरणीय सबक़ मिले - एक तो इस बारे में निवेश कैसे किया जाए, दूसरा इस बारे में कि कैसे जिया जाए। पहला तब मिला, जब उन्होंने बफ़ेट से पूछा, ''रिक गुएरिन का क्या हुआ?'' बफ़ेट ने ''द सुपरइनवेस्टर्स ऑफ़ ग्राहम-ऐंड-डॉड्सविल'' में गुएरिन के शानदार निवेश रिकॉर्ड का ज़िक्र किया था। लेकिन बफ़ेट ने पबरई और स्पायर को बताया कि गुएरिन ने अपने निवेशों की लीवरेजिंग करने के लिए मार्जिन मनी का इस्तेमाल किया, क्योंकि वे ''अमीर बनने की जल्दी'' में थे। बफ़ेट के अनुसार जब 1973-74 की गिरावट में गुएरिन को भारी नुक़सान हुआ और उन्हें मार्जिन कॉल्स की दिक़्क़त का सामना करना पड़ा। फलस्वरूप उन्हें मजबूरन वे शेयर बेचने पड़े (बफ़ेट को), जो बाद में उन्हें बहुत दौलतमंद बना सकते थे।

बफ़ेट ने कहा कि इसके विपरीत वे और मंगर कभी जल्दी में नहीं रहते हैं। वे जानते हैं कि अगर वे बहुत बड़ी ग़लतियाँ किए बिना दशकों तक चक्रवृद्धि करते रहें, तो अंतत: वे बेहद अमीर बन जाएँगे। स्टीक, हैश ब्राउन और चेरी कोक खाते वक्त बफ़ेट ने कहा, ''अगर आप औसत से थोड़े बेहतर निवेशक हैं, जो अपनी आमदनी से कम ख़र्च करता है, तो ज़िंदगी में आपका बहुत दौलतमंद बनना तय है।'' पबरई कहते हैं कि लीवरेज और अधीरता के ख़तरों के बारे में यह नीतिकथा उनके मस्तिष्क में ''अंकित'' हो गई : ''यह बात इतनी अनमोल थी कि सिर्फ़ इसी से बफ़ेट के लंच की क़ीमत वसूल हो गई।''

लेकिन पबरई का दिल छूने वाली बात यह थी कि बफ़ेट ख़ुद के प्रति सच्चे थे – कि वे अपने व्यक्तित्व, सिद्धांतों और वरीयताओं के असाधारण सामंजस्य के अनुरूप जिए। लंच के दौरान बफ़ेट ने स्पष्ट किया कि वे और मंगर हमेशा ''एक आंतरिक स्कोरकार्ड'' पर अपना मूल्यांकन करते हैं। दूसरे उनका कैसा मूल्यांकन करते हैं, इस बारे में चिंता करने के बजाय वे अपने ख़ुद के सटीक पैमानों के अनुसार जीने पर ध्यान केंद्रित करते हैं। आप आंतरिक स्कोरकार्ड के हिसाब से जीते हैं या बाहरी स्कोरकार्ड के हिसाब से, यह जानने का एक तरीक़ा ख़ुद से यह पूछना है, ''क्या मैं संसार का सबसे बुरा प्रेमी बनना पसंद करूँगा, जबकि जनता मुझे सर्वश्रेष्ठ माने या फिर मैं संसार का सर्वश्रेष्ठ प्रेमी बनना पसंद करूँगा, जबकि जनता मुझे सबसे बुरा माने?''

बफ़ेट अपने जीवन के हर पहलू का प्रबंधन अपने स्वभाव के अनुरूप करते हैं – उनकी बच्चों जैसी डाइट से (जिसमें ज़्यादातर बर्गर, कैंडी और कोका-कोला शामिल होता है) लेकर व्यवसाय चलाने तक। मिसाल के तौर पर, उन्होंने इसे स्पष्ट किया कि बर्कशायर का विकेंद्रित तंत्र कभी मुनाफ़े को अधिकतम करने के लिए नहीं बनाया गया था : यह तो उनके स्वभाव के हिसाब से उपयुक्त था कि वे दख़लंदाजी किए बिना बर्कशायर के कई व्यवसायों की निगरानी करें और अपने सीईओ पर विश्वास करें कि वे उनकी स्वतंत्रता का बुद्धिमानी से उपयोग करेंगे। इसी तरह, उन्होंने संकेत किया कि वे अपने दैनिक शेड्यूल को आनंदपूर्वक ख़ाली रखते हैं और पढ़ने व चिंतन-मनन से भटकाने वाले लगभग हर आग्रह को ठुकरा देते हैं। इसी तरह वे उन लोगों के साथ ही काम करने पर ज़ोर देते हैं, जिन्हें वे पसंद करते हैं और जिनकी वे प्रशंसा करते हैं। शेयर चुनते वक़्त भी वे हमेशा अपने ही पैमानों का इस्तेमाल करते हैं और फ़ैशनेबल व ओवरवैल्यूड शेयरों से बचते हैं।

इस चर्चा का पबरई और स्पायर पर स्थायी प्रभाव पढ़ा। मई 2014 में मैं बर्कशायर की वार्षिक मीटिंग में उनके पास गया। अगले दिन हम एक निजी विमान से ओमाहा से न्यू यॉर्क गए, जिसे स्पायर ने बर्कशायर की सबिसडियरी नेटज़ेट्स से किराये पर लिया था। उन्होंने और पबरई ने उसी समय बफ़ेट और मंगर के साथ

नाश्ता किया था तथा वे बेहद ख़ुश थे। उड़ान के दौरान हमारी बातचीत का मुख्य विषय आंतरिक स्कोरकार्ड के अनुरूप जीने की अवधारणा थी। जैसा पबरई ने इसे देखा, ''शायद इस धरती पर रहने वाले 99 प्रतिशत लोग यही सोचते हैं कि संसार उनके बारे में क्या सोचता है।'' बहुत कम लोग इसके विपरीत दृष्टिकोण रखते हैं, जिसे उन्होंने इस तरह व्यक्त किया, ''संसार क्या सोचता है, वो भाड़ में जाए।''

पबरई और स्पायर ने आंतरिक स्कोरकार्ड की मिसालों की एक फटाफट सूची बनाई : ईसा मसीह, महात्मा गाँधी, नेल्सन मंडेला, मार्गरेट थैचर, स्टीव जॉब्स और बफ़ेट, मंगर, टेड वेस्क्लर, लाई लू, बिल मिलर तथा निक स्लीप (जिनका अध्ययन हम अध्याय 6 में गहराई से करेंगे) जैसे अग्रणी निवेशक। पबरई कहते हैं, ''जो लोग शिखर पर पहुँचे हैं, वे इसी एकमात्र तरीक़े पर चलकर वहाँ पहुँचे हैं।''

मैं कभी किसी से नहीं मिला, जो अपने नियमों के अनुरूप इतने संकल्पपूर्वक जीता हो, जितना पबरई करते हैं। बफ़ेट के उदाहरण ने उनके समर्पण को मज़बूत किया, ताकि वे अपने जीवन को अपने व्यक्तित्व के अनुरूप बनाएँ। आम तौर पर पबरई देर तक सोते हैं और वे बिना किसी एजेंडा के सुबह 10 बजे अपने ऑफ़िस आते हैं। 11 बजे के आस-पास उनका सहायक उनके ईमेल के प्रिंटआउट लेकर आता है और पबरई उसी क़ागज़ पर संक्षिप्त जवाब लिख देते हैं – यह आदत उन्होंने मंगर से चुराई थी। बफ़ेट और मंगर की तरह पबरई भी ज़्यादातर दिन पढ़ते हैं। वे प्राय: दोपहर में बगैर अपराधबोध के झपकी लेते हैं और शाम को वे दोबारा देर तक पढ़ते रहते हैं।

जहाँ तक संभव होता है, पबरई इसी दिनचर्या पर चलते हैं। वे जिन कंपनियों का विश्लेषण करते हैं, उनके सीईओ से मिलने से बचते हैं, क्योंकि उनके हिसाब से बेचने की उनकी प्रतिभा उन्हें जानकारी का एक अविश्वसनीय स्रोत बनाती है – इस नीति की नक़ल उन्होंने बेन ग्राहम से की थी। वे अपने शेयरहोल्डर्स से बात करने से भी बचते हैं, सिवाय एन्युअल मीटिंग्स के। इसके अलावा वे संभावित निवेशकों से भी नहीं मिलना चाहते : ''मुझे दरअसल इन सारी बकवास चीज़ों में मज़ा नहीं आता।''

अगर इस नज़रिये की वजह से दूसरे लोग चिढ़ते हैं या इसकी वजह से उन्हें मिलियनों डॉलर की वार्षिक फ़ीस का नुक़सान होता है, तो उनकी बला से! ''मंगर कहते हैं कि वे अमीर बनने की परवाह नहीं करते। वे तो दरअसल स्वतंत्र होने की परवाह करते हैं। मैं पूरी तरह से इसका समर्थन करता हूँ। पैसा आपको वह करने की योग्यता देता है, जो आप करना चाहते हैं, जिस तरह आप इसे करना चाहते हैं... और यह एक बहुत बड़ा लाभ है।''

अपनी ख़ुद की प्राथमिकताओं के बारे में इसी निर्मम स्पष्टता से पबरई संबंधों के बारे में सोचते हैं। लंच के दौरान बफ़ेट ने उनसे कहा था, ''अगर आप उन लोगों के साथ रहते हैं, जो आपसे बेहतर हैं, तो आप भी बेहतर बने बिना नहीं रह सकते।'' बफ़ेट इस सलाह पर इतना ज़्यादा अमल करते हैं कि कई लोग दहशत में आ जाते हैं। ''किसी से पहली बार मिलने के बाद मैं उनका मूल्यांकन करता हूँ और ख़ुद से पूछता हूँ, 'इस व्यक्ति के साथ संबंध रखने से मैं बेहतर बनूँगा या बदतर?''' अगर जवाब बदतर होता है, तो वे कहते हैं, ''मैं उससे मिलना छोड़ दूँगा।'' इसी तरह लंच मीटिंग के बाद वे पूछते हैं, ''मुझे इसमें कितना मज़ा आया?'' अगर उन्हें मज़ा नहीं आता, तो ''मैं उस व्यक्ति के साथ दोबारा कभी लंच नहीं करूँगा।'' वे कहते हैं, ''ज़्यादातर लोग गंध के परीक्षण में भी पास नहीं हो पाते।''

पबरई कूटनीति में कमज़ोर हैं, क्योंकि वे सच्चाई की ज़्यादा परवाह करते हैं। नब्बे के दशक के अंत में उन्होंने डेविड हॉकिन्स की एक पुस्तक पढ़ी, जिसका शीर्षक था *पॉवर वर्सेस फ़ोर्स : द हिडन डिटरमिनेंट्स ऑफ़ ह्यूमन बिहेवियर*, जिसे पबरई ''उसका एक बड़ा हिस्सा मानते हैं, जिसमें मैं विश्वास करता हूँ।'' हॉकिन्स तर्क देते हैं कि ''सच्ची शक्ति'' ईमानदारी, करुणा और दूसरे लोगों के जीवन को बढ़ाने के समर्पण जैसे गुणों से उत्पन्न होती है। शक्तिशाली ''आकर्षित करने वालों'' के दूसरे लोगों पर अचेतन प्रभाव की वजह से वे ''ज़्यादा शक्तिशाली'' बनते हैं, जबकि बेईमानी, डर और शर्म जैसे गुण उन्हें ''कमज़ोर'' बनाते हैं। पबरई ने हॉकिन्स से एक ख़ास सबक़ सीखा और इसके अनुरूप जीने का संकल्प लिया। पबरई कहते हैं, ''आप दूसरे इंसानों से झूठ बोलकर बच नहीं सकते और यह काफ़ी गहरा विचार है।''

2008-09 के वित्तीय संकट के दौरान पबरई के बेहद केंद्रित फ़ंड लगभग 67 प्रतिशत गिर गए, हालाँकि इसके बाद वे तेज़ी से चढ़ भी गए। 2009 की वार्षिक मीटिंग में उन्होंने अपने शेयरहोल्डर्स से कहा, ''फ़ंड्स में ज़्यादातर ग़लतियाँ इसलिए हुईं, क्योंकि मैं मूर्ख था। ये ग़लतियाँ बाज़ार की समस्याओं की वजह से नहीं हुईं।'' उन्होंने कई ''मूर्खतापूर्ण'' ग़लतियों को रेखांकित किया, जो उन्होंने डेल्टा फ़ाइनैंशियल और सियर्स होल्डिंग्स जैसे धराशायी शेयरों का विश्लेषण करने में की थीं। उनका शायद एक भी निवेशक उन्हें छोड़कर नहीं गया। सबक़ : ''जब आप सत्य की राह पर बहुत आगे पहुँच जाते हैं, तो पुरस्कार बहुत बड़े होते हैं।''

वास्तव में पबरई का इंटरव्यू लेने का एक आनंद यह है कि वे हर प्रश्न का जवाब पूरी ईमानदारी से देते हैं और इस बात की चिंता नहीं करते कि उनका मूल्यांकन कैसे किया जाएगा। प्रयोग के तौर पर मैंने उन्हें एक बार कुछ व्यक्तिगत प्रश्न ईमेल किए, जो उचित नहीं थे। इनमें से एक प्रश्न उनकी नेट वर्थ के बारे में था। उन्होंने जवाब दिया, ''30 नवंबर 2017 को मेरी नेट वर्थ 154 मिलियन डॉलर

है।'' फिर उन्होंने स्पष्ट करने के लिए कुछ अतिरिक्त वित्तीय विवरण भी दिए, जो इस आँकड़े से बाहर थे। यह सत्य की शक्ति में विश्वास का ज़बर्दस्त प्रदर्शन था।

ऐसे सिद्धांतों पर अमल करने में पबरई ने जो अडिग निरंतरता दिखाई है, वह मेरे हिसाब से सबसे उल्लेखनीय चीज़ है। ''जब आप ऐसे सत्यों का सामना करते हैं, जिन्हें दूसरे लोग नहीं समझ पाते, तो आपको लंबे समय तक उन्हें पकड़कर रखना होता है,'' वे कहते हैं। ''जब भी आपको एक ऐसा सत्य मिलता है, जिसे मानव जाति नहीं समझ पाती, तो आप प्रतिस्पर्धियों से बहुत ज़्यादा लाभकारी स्थिति में होते हैं। मानव जाति *शक्ति बनाम बल* को नहीं समझ पाती है।''

बुद्धिमान लोग प्राय: जटिलता पर मुग्ध हो जाते हैं और सरल विचारों के महत्त्व को कम आँकते हैं, जो वास्तव में बहुत ज़्यादा महत्त्वपूर्ण होते हैं। पबरई चरम व्यावहारिक हैं, इसलिए वे इस जाल में नहीं फँसते हैं। ''चक्रवृद्धि बहुत सरल विचार है। क्लोनिंग बहुत आसान विचार है। सत्य को बताना काफ़ी सरल विचार है,'' वे कहते हैं। लेकिन जब आप जुनूनी उत्साह से कुछ शक्तिशाली विचारों को अपना लेते हैं, तो संयुक्त प्रभाव ''अजेय बन जाता है।''

मुश्किल यह है कि ज़्यादातर लोगों को जब कोई कारगर विचार मिलता है, तो वे आधे-अधूरे मन से उस पर ध्यान देते हैं। पबरई अपनी हिक़ारत को नहीं छिपा पाते हैं : ''ये कमबख्त इंसान सुनते हैं और कहते हैं, ''ओह हाँ, यह समझदारी भरा लगता है। तो फिर ठीक है! मैं इस पर अमल करने की कोशिश करूँगा। देखिए, इस तरह की नीति सफल नहीं हो सकती। इसके प्रति आपमें या तो दस हज़ार प्रतिशत जुनून होना चाहिए या फिर शून्य प्रतिशत!''

उनके अनुसार हमें जिस नज़रिये की नक़ल करनी चाहिए, वह उन्नीसवीं सदी के भारतीय धर्मगुरु स्वामी विवेकानंद का नज़रिया है, जिन्होंने अपने अनुयायियों से कहा था, ''एक विचार लें। उस एक विचार को अपना जीवन बना लें। उसके बारे में सोचें, उसके सपने देखें, उस एक विचार को पूरी तरह जिएँ। मस्तिष्क, मांसपेशियों, नस-नाड़ियों, आपके शरीर के रोम-रोम को उस विचार से पूरा भर लें और बाक़ी हर विचार को छोड़ दें। यही सफलता का मार्ग है।''

भारत की अपहरण राजधानी में आपका स्वागत है

जब पबरई की दौलत बढ़ी, तो उनके सामने एक आनंददायक समस्या आ गई : इतने सारे पैसे से क्या किया जाए। एक बार फिर प्रेरणा के लिए वे बफ़ेट की ओर मुड़े। इतने वर्षों में बफ़ेट ने बार-बार कहा है कि उनकी दौलत से उन्हें कितनी कम संतुष्टि मिलती है। मुझे याद है, मैं बर्कशायर की एक वार्षिक मीटिंग में पबरई और

स्पायर के साथ बैठा था। उस वक़्त बफ़ेट ने लोगों को बताया था, ''अगर मेरे पास छह या आठ घर हों, तो मेरा जीवन बदतर हो जाएगा... यह बस सामंजस्य में नहीं होता।''

पबरई कोई संत नहीं हैं। उन्होंने एक बार बिस्पोक जूतों पर हज़ारों डॉलर ख़र्च किए थे और वे एक नीली कनवर्टिबल फ़रारी चलाते हैं – जो फ़रारी के शेयर में भारी मुनाफ़े का वाजिब पुरस्कार था। लेकिन वे जानते हैं कि सुखवादी दर्शन ख़ुशी का ऐसा मार्ग है, जिस पर विश्वास नहीं किया जा सकता। वे अपनी बेटियों को करोड़ों डॉलर विरासत में छोड़कर जाने के बारे में भी एहतियात रखते हैं, क्योंकि उन्होंने बफ़ेट की इस सलाह को आत्मसात कर लिया है कि आपको अपने बच्चों को इतनी आदर्श पूँजी छोड़ना चाहिए कि वे कुछ भी कर सकें, लेकिन यह विरासत इतनी ज़्यादा नहीं होना चाहिए कि वे कुछ भी नहीं करें। बफ़ेट ने अपने अरबों डॉलर वापस समाज को देने का संकल्प लिया है, इसलिए पबरई ने बफ़ेट के ''दान की क्लोनिंग'' भी कर ली।

उन्होंने यह पूछकर शुरू किया, ''अगर मैं आज मर जाऊँ, तो मैं अपनी अधिकांश संपत्तियाँ किस उद्देश्य या संगठन को देना चाहूँगा?'' वे कोई ऐसी परोपकारी संस्था चाहते थे, जिसका प्रबंधन मितव्ययी कंपनी की तरह किया जाता हो, जिसमें सटीक मीट्रिक्स इस बात की निगरानी करें कि हर ख़र्च हुए डॉलर से नेकी का कितना काम हुआ। वे किसी भी चीज़ से रोमांचित नहीं हुए, लेकिन 2006 में एक दिन उन्होंने ग्रामीण भारत में गणित के शिक्षक आनंद कुमार द्वारा चलाई जा रही मुहिम के बारे में एक लेख पढ़ा। वे हर साल हाई स्कूल उत्तीर्ण करने वाले तीस ग़रीब बच्चों को मुफ्त कोचिंग और निवास सुविधा प्रदान करते थे। यह सुपर 30 प्रोग्राम आईआईटी प्रवेश परीक्षा की तैयारी कराता था और इसकी सफलता की दर अविश्वसनीय थी।

पबरई ने इस मॉडल की शक्ति को तुरंत समझ लिया : इसकी लागत कम थी, यह प्रतिभाशाली किशोरों को ग़रीबी से बाहर निकलने का कायाकल्पकारी अवसर प्रदान करता था और इसके परिणाम आँके जा सकते थे। उन्होंने कुमार को ईमेल किया और उनसे कहा कि वे उनकी मुहिम को ज़्यादा बड़ा करने के लिए पूँजी देना चाहते हैं। लेकिन कुमार विस्तार नहीं करना चाहते थे। विचलित हुए बिना पबरई ने एक महत्त्वपूर्ण निर्णय लिया : ''आपको यह यात्रा करके ख़ुद देखना होगा।''

बिहार को अक्सर ''भारत की अपहरण राजधानी'' कहा जाता है। यह किसी संपन्न हेज फ़ंड मैनेजर के लिए आकर्षक भ्रमण स्थल नहीं था। इसलिए पबरई ने नई दिल्ली की एक सिक्युरिटी फ़र्म से दो बॉडीगार्ड किराए पर लिए, ताकि वे उनके साथ बिहार जा सकें। इनमें से एक पूर्व ब्लैक कैट कमांडो था – एक

भारतीय आतंकवाद-विरोधी विशेषज्ञ, ''जिसे अपहृत विमानों के अंदर घुसने और अपहरणकर्ताओं को बाहर निकालने का प्रशिक्षण दिया गया था... जागने से लेकर उस आदमी को तीन सेकेंड से भी कम समय में मारना!'' कमांडो को ट्रेन से बिहार जाना पड़ा, क्योंकि वह अपनी बंदूक विमान में नहीं ले जा सकता था। बाद में पता चला कि पबरई की सुरक्षा को सुनिश्चित करने के लिए कुमार ने भी अलग से चार बॉडीगार्ड नियुक्त किए थे।

पबरई को बिहार एक उजड़ी हुई और हताश जगह लगी, जहाँ चोर कई बार रेल की पटरियाँ चुराकर भंगार में बेच देते थे। उनका चिड़चिड़ा निष्कर्ष था : ''मौसम बुरा है, अधोसंरचना बेकार है, होटल बकवास है।'' पबरई अपने मन में इतने प्रबुद्ध बनने की फंतासियाँ रखते हैं कि वे वन स्टार होटलों में भी ख़ुशी से रह सकें। लेकिन वे अब तक वहाँ नहीं पहुँच पाए हैं। लेकिन असुविधा के बावजूद वे कुमार के साथ बिताया वह दिन कभी नहीं भूले, जो अपने विद्यार्थियों को किराये के खुले शेड में पढ़ाते थे, जिसमें कोई दीवार नहीं थी। उनकी बुद्धि, जोश और शिक्षण प्रतिभा देखकर पबरई दंग रह गए : ''यह बंदा तो करोड़ों में एक है।''

वे कुमार को पैसे लेने के लिए राज़ी नहीं कर पाए, इसलिए पबरई ने उनसे सुपर 30 प्रोग्राम दोहराने - और बड़े पैमाने पर करने - की अनुमति माँगी। बफ़ेट की निवेश रणनीति की नक़ल से उन्हें जो सफलता मिली थी, उसकी बदौलत वे जानते थे कि नक़ल में ही शक्ति है। इसलिए क्यों ना परोपकार के मामले में भी यही नीति अपनाई जाए? कुमार ने उन्हें अपनी शुभकामनाएँ दीं और पबरई काम में जुट गए।

कुमार की लोकप्रियता के कारण हज़ारों विद्यार्थी उनके सुपर 30 प्रोग्राम में पढ़ने के लिए आवेदन करते थे, जिनमें से सबसे प्रतिभावान विद्यार्थियों का चयन किया जाता था। पबरई के सामने प्रतिभावान विद्यार्थियों को पहचानने की समस्या थी। इस समस्या को सुलझाने के लिए उन्होंने लगभग छह सौ चुनिंदा बोर्डिंग स्कूलों के सरकारी नेटवर्क के साथ साझेदारी कर ली। ये बोर्डिंग स्कूल हर साल लाखों ग़रीब ग्रामीण बच्चों को शिक्षा देते थे। पबरई के दक्षिणा फ़ाउंडेशन ने इस समूह के ''सबसे ज़्यादा दिमाग़'' वाले सैकड़ों बच्चों को स्कॉलरशिप दी। उन्हें आईआईटी परीक्षा की तैयारी करने के लिए दो साल तक गणित, भौतिकी और रसायनशास्त्र की कोचिंग भी दी गई। ''अगर वे पूरी मेहनत नहीं करते हैं, तो वे ख़ाली हाथ अपने गाँव लौटेंगे,'' पबरई कहते हैं। ''यह उनका एकमात्र अवसर है।''

इस परोपकारी मॉडल की शक्ति यह है कि इतने सारे जीवनों को बदलने का ख़र्च बहुत कम है। 2008 में दक्षिणा का प्रति विद्यार्थी ख़र्च 3,913 डॉलर था और इसके 34 प्रतिशत विद्यार्थियों ने आईआईटी में स्थान हासिल किया। 2016 तक

दक्षिणा इतनी कार्यकुशल बन गई कि इसका प्रति विद्यार्थी ख़र्च घटकर 2,649 डॉलर रह गया और इसकी सफलता की दर आश्चर्यजनक रूप से 85 प्रतिशत तक पहुँच गई। इससे भी बेहतर, सरकार बोर्डिंग स्कूलों और आईआईटी दोनों को भारी सब्सिडी देती है। पबरई का अनुमान है कि दक्षिणा एक विद्यार्थी पर जो एक डॉलर ख़र्च करती है, उसके बदले में सरकार 1,000 डॉलर से ज़्यादा ख़र्च करती है। यानी पबरई लीवरेजिंग का इस्तेमाल करके कम पूँजी से भारी सामाजिक मुनाफ़ा हासिल करने वाला दाँव लगा रहे हैं।

2008 के लंच में बफ़ेट से मिलने से पहले पबरई ने उन्हें दक्षिणा की पहली वार्षिक रिपोर्ट भेजी। इसे पढ़कर बफ़ेट इतने प्रभावित हुए कि उन्होंने इसे मंगर और बिल गेट्स को दिखाया। फिर फ़ॉक्स टीवी को दिए एक इंटरव्यू में बफ़ेट ने घोषणा की कि पबरई ''परोपकार के बारे में भी निवेश जितनी ही अच्छी तरह सोचते हैं... मैं उनकी भूरि-भूरि प्रशंसा करता हूँ।'' बेशर्म नक़लची शिष्य को गुरु ने आशीर्वाद दे दिया था। पबरई कहते हैं, ''उसके बाद तो मुझे महसूस हुआ कि मैं मरकर स्वर्ग जा सकता हूँ।''

इसके बाद से दक्षिणा ने दिन दूना रात चौगुना विस्तार किया है। 2018 तक यह भारत में आठ जगहों पर एक साथ एक हज़ार से ज़्यादा विद्यार्थियों को कोचिंग देने लगी। इन जगहों में दक्षिणा वैली नामक 109 एकड़ का कैंपस शामिल है, जिसे पबरई ने एक ज़रूरतमंद विक्रेता से काफ़ी सस्ते में ख़रीदा था। केवल इसी जगह पर 2,600 विद्यार्थियों को शिक्षित किया जा सकता है। इस दौरान दक्षिणा ने अपना फ़ोकस आईआईटी से आगे बढ़ाया : यह अब सैकड़ों ग़रीब विद्यार्थियों को मेडिकल स्कूलों की प्रवेश परीक्षा की तैयारी भी कराती है। सिर्फ़ 2019 में दक्षिणा के 164 विद्यार्थियों ने मेडिकल कॉलेज में दाख़िला हासिल किया - सफलता की दर 64 प्रतिशत थी। इन अभियानों का प्रबंधन दक्षिणा के सीईओ कर्नल राम शर्मा करते हैं। कर्नल शर्मा रिटायर्ड आर्टिलरी ऑफ़िसर हैं, जो अपनी सेवाओं के एवज में एक रुपये का वार्षिक वेतन लेते हैं।

दूसरे शब्दों में, कुमार की मुहिम की छोटी सी नक़ल के रूप में शुरू हुई चीज़ एक वटवृक्ष बन चुकी है - जो इस बात का प्रमाण है कि समझदारी से की गई नक़ल मूर्खतापूर्ण नक़ल से बहुत श्रेष्ठ होती है। दक्षिणा के मामले में पबरई ने एक मॉडल उधार लिया, जो छोटे पैमाने पर सफल हुआ था और उन्होंने इसे बड़े पैमाने पर दोबारा सफल बनाया। कर्नल शर्मा कहते हैं, ''वे विवरण पर ध्यान देने के कारण सफल हुए हैं। मैं यह निश्चित रूप से कह सकता हूँ।''

जब पबरई और मैं दक्षिणा वैली घूमने गए, तो हम अशोक तालपत्र से मिले, जो फ़ाउंडेशन के अव्वल पूर्व विद्यार्थी थे। तालपत्र ने मुझे बताया कि वे हैदराबाद में

6 डॉलर प्रति माह किराये वाली झोंपड़ी में बड़े हुए थे। उनके पिता दर्जी थे, जो हर महीने 100 डॉलर कमाते थे। उनका घर इतना ग़रीब था कि सामने के दरवाज़े पर एक गुलाबी शॉवर करटेन टँगा था। छत एस्बेस्टस की थी और बारिश के पानी को पूरी तरह नहीं रोक पाती थी। जब पबरई और उनकी बेटी मानसून वहाँ तालपत्र से मिलने गए, तो तालपत्र की माँ ने उन्हें चाय-नाश्ता स्टूल पर रखकर दिया; परिवार के पास एक भी टेबल नहीं थी।

लेकिन तालपत्र काफ़ी प्रतिभावान विद्यार्थी थे। उन्होंने आईआईटी प्रवेश परीक्षा अच्छी तरह उत्तीर्ण की – वे 4,71,000 आवेदकों में 63वें स्थान पर रहे – जो दक्षिणा के विद्यार्थी द्वारा जीता गया सबसे ऊँचा स्थान था। उन्होंने आईआईटी बॉम्बे में कंप्यूटर साइंस और इंजीनियरिंग का अध्ययन किया, जिसके बाद उन्हें गूगल में लाखों रुपये की नौकरी मिल गई। लंदन में नौकरी करने के बाद वे कैलिफ़ोर्निया में कंपनी के मुख्यालय में काम करने गए, जहाँ अब वे सॉफ़्टवेयर इंजीनियर हैं। पबरई कहते हैं, "वे सीढ़ियाँ चढ़ रहे हैं। और काफ़ी तेज़ गति से चढ़ रहे हैं।" गूगल में नौकरी लगने के एक साल के भीतर ही तालपत्र ने अपने माता-पिता के लिए दो बेडरूम वाला एक नया अपार्टमेंट ख़रीद लिया, जिसमें किचन, एयर कंडीशनिंग और ऐसी छत है, जो नहीं चूती है।

तालपत्र की उल्लेखनीय यात्रा यहीं नहीं रुकती है। पबरई अब उनके मित्र और मार्गदर्शक बन चुके हैं। वे पबरई से प्रेरित होकर निवेश से सम्मोहित हैं। पबरई उन्हें पढ़ने के लिए निवेश पुस्तकें बताते रहते हैं और तालपत्र नियमित रूप से बर्कशायर हैथअवे की वार्षिक मीटिंग में उनके साथ जाते हैं। जब मैं उन दोनों को ओमाहा में एक साथ देखता हूँ और सोचता हूँ कि तालपत्र की ज़िंदगी पर पबरई का कितना प्रभाव पड़ा है, तो मैं इस बात पर हैरान होता हूँ कि असंतुलित भाव वाले शेयरों पर दाँव लगाने वाले एक व्यक्ति के हुनर ने इतना ज़्यादा फ़ायदा कैसे किया। भावनात्मक पलों में मैं टालमूड की इस कहावत के बारे में सोचता हूँ, "अगर कोई एक जीवन को बचाता है, तो मान लें कि उसने पूरे संसार को बचा लिया है।"

लेकिन पबरई अपने निर्मम रूप से ईमानदार तरीक़े से इस धारणा को उपहास में उड़ाते हैं कि वे किसी तरह के मसीहा हैं। मुंबई की एक टैक्सी में बैठे समय उन्होंने मुझे बताया था, "एक बार जब आपको इस बात का अहसास हो जाता है कि जीवन निरर्थक है, तो आपको क्या करना चाहिए? दूसरे लोगों की ज़िंदगी ख़राब मत करो। आपको यह ग्रह जैसा मिला है, उसे पहले से बेहतर छोड़कर जाओ। अपने बच्चों के साथ कोई अच्छा काम करो। बाक़ी सब एक खेल है। यह मायने नहीं रखता।"

मोहनीश पबरई के सबक़

पबरई के साथ कई चर्चाओं के बाद मैं इस बारे में काफ़ी सोचने लगा कि क्लोनिंग में कितनी शक्ति होती है और मैं अपने जीवन में इसका कैसे इस्तेमाल कर सकता हूँ। इरविन से विमान से घर लौटते समय मैंने ख़ुद को एक मेमो भी लिखा, जिसका शीर्षक था, ''मोहनीश के सबक़।'' यह दो आधारभूत प्रश्नों से शुरू हुआ, ''वे कौन सी विजेता आदतें हैं, जिनकी मुझे नक़ल करना चाहिए और मुझे किसकी नक़ल करना चाहिए?'' मिसाल के तौर पर, नॉन-फ़िक्शन लेखक के रूप में मेरे लिए इसमें समझदारी है कि मैं अपने प्रशंसित लेखकों से पुस्तकें लिखने का तरीक़ा सीखूँ, जैसे माइकल लुइस, मैल्कम ग्लैडवेल और ओलिवर सैक्स।

जब मैंने पबरई के जीवन पर विचार किया और यह सोचा कि मुझे उनसे क्या सीखना चाहिए, तो कई सिद्धांतों ने ख़ास तौर पर मेरे हृदय को छुआ। अपने मेमो में मैंने लिखा :

नियम 1 : दीवानों की तरह नक़ल करें।

नियम 2 : ऐसे लोगों के साथ रहें, जो आपसे बेहतर हों।

नियम 3 : जीवन को खेल मानें; बचे रहने की प्रतिस्पर्धा या जीवन-मृत्यु का संघर्ष नहीं मानें।

नियम 4 : आप जो हैं, उसके सामंजस्य में रहें; वह नहीं करें, जो आप नहीं करना चाहते या जो आपके लिए सही नहीं है।

नियम 5 : आंतरिक स्कोरकार्ड के अनुसार जिएँ; इस बारे में चिंता नहीं करें कि दूसरे आपके बारे में क्या सोचते हैं; बाहरी पुष्टि से परिभाषित नहीं हों।

अंत में मंगर की एक पंक्ति है, जिसे पबरई अक्सर दोहराते हैं। मैंने इसे लिखा, **''एक आसान विचार लें और इसे गंभीरता से लें।''**

इन सारे सबक़ों में से यह आख़िरी वाला सबक़ संभवत: सबसे महत्त्वपूर्ण हो सकता है। अक्सर हमारा सामना किसी शक्तिशाली सिद्धांत या आदत से होता है और हम इस पर चिंतन-मनन करते हैं, इसके बारे में कुछ समय तक सोचते हैं और फिर इसके बारे में भूल जाते हैं। पबरई इसमें रच-बस जाते हैं। वे इसके हिसाब से जीने लगते हैं। यह एक ऐसी आदत है, जिसकी मुझे नक़ल *करनी* चाहिए।

लेकिन यहाँ लक्ष्य किसी दूसरे के विचारों का गुलामों की तरह अनुयायी बनना नहीं है। यह अक्सर ज़्यादा चतुराई भरा होता है कि किसी सिद्धांत की आत्मा को

लिया जाए और इसे अपनी ख़ुद की प्राथमिकताओं के अनुरूप ढाला जाए। मिसाल के तौर पर, मैं पबरई के इस जुनून के बारे में सोचता रहा कि ''सत्य के मार्ग पर आप जितनी दूर तक जा सकते हैं, जाएँ।'' इससे मैं सोचने लगा, क्या हो अगर आप दयालुता के मार्ग पर या करुणा के मार्ग पर ज़्यादा से ज़्यादा दूर तक जाएँ? एकाग्र मस्तिष्क से किसी एक विशिष्ट गुण पर ध्यान केंद्रित करने और समझौता किए बिना ऐसा करने की पबरई की आदत में असली शक्ति है, लेकिन हमें वही गुण चुनने की ज़रूरत नहीं है।

मैं सोचता हूँ कि ऐसे तरीक़ों से नक़ल करना सबसे ज़्यादा कारगर होगा, जो हमारी ख़ुद की प्रतिभाओं और स्वभाव के अनुरूप हों। पबरई और स्पायर कंपनियों में निवेश करने का निर्णय लेने से पहले उनके बारे में बातचीत करते हैं – यह आदत उन्होंने बफ़ेट और मंगर से सीखी है। इसके फलस्वरूप वे दोनों समान कंपनियों के शेयर ख़रीद लेते हैं। लेकिन स्पायर तुलनात्मक रूप से काफ़ी कम संख्या में शेयर ख़रीदते हैं, क्योंकि वे पबरई से ज़्यादा सावधान और कम आत्मविश्वासी हैं। जैसा वे कहते हैं, ''मुझमें मोहनीश जितना फ़ौलादी कलेजा नहीं है।''

2015 में पबरई ने अपने फ़ंड की आधी संपत्तियों को सिर्फ़ दो निवेशों में लगा दिया : फ़िएट क्राइस्लर और जनरल मोटर्स के वॉरंट्स। स्पायर की एक चौथाई संपत्तियाँ उनमें लगी थीं। उन्हें पबरई के केंद्रीकरण का स्तर को ''बहुत डरावना'' लगा और उन्हें चिंता सताने लगी कि वे अहंकार और अति आत्मविश्वास से अपने मित्र की रक्षा करने में असफल रहे थे। एक और फ़ंड मैनेजर ने चेतावनी दी कि ऑटो सेक्टर पर इतना बड़ा दाँव लगाना पबरई का ''सिरफिरा पागलपन'' था। लेकिन जब फ़िएट का शेयर चढ़ा, तो पबरई ने छह सालों में सात गुना मुनाफ़ा कमाया। बिना पछतावे के उन्होंने 2018 में अपने ऑफ़शोर फ़ंड की 70 प्रतिशत संपत्तियाँ दो शेयरों में लगा दीं – एक निडर आक्रामक काम, जिससे उन्हें उस साल 42 प्रतिशत का घाटा हुआ। जैसा स्पायर ने एक बार मुझसे कहा था, ''प्रतिभा और मूर्खता के बीच की सीमारेखा को पहचानना बहुत मुश्किल होता है।''

पबरई के ''अति केंद्रीकरण'' की रणनीति मंगर से प्रभावित है, जिन्होंने कहा है कि ''अच्छी तरह डाइवर्सिफ़ाइड पोर्टफ़ोलियो में केवल चार कंपनियों के शेयरों की ज़रूरत होती है।'' लेकिन आपके या मेरे लिए इस नीति की नक़ल करना आत्मघाती होगा, जब तक कि हममें पबरई जैसा फ़ौलादी कलेजा और विश्लेषणात्मक प्रतिभा न हो। जब मैंने उनसे पूछा कि 2008-09 के वित्तीय संकट के दौरान वे 67 प्रतिशत के नुक़सान के तनाव से कैसे जूझे, तो उन्होंने कहा, ''मुझे तनाव नहीं होता... मेरी पत्नी को तो यह पता भी नहीं लगा कि कुछ हुआ था।'' इसके विपरीत, क्रैश के दौरान उन्होंने जो शेयर ख़रीदे, वे इतने सस्ते थे कि उन्हें यह अनुभव ''परम आनंद'' जैसा लगा।

मनोवैज्ञानिक दृष्टि से इससे भी मदद मिलती है कि पबरई किसी चीज़ को बहुत ज़्यादा गंभीरता से नहीं लेते। उन्होंने एक बार मुझसे कहा था, ''मैं चाहता हूँ कि मेरी क़ब्र पर लोग यह लिखें, 'वह खेल खेलने से प्रेम करता था, ख़ास तौर पर ऐसे खेल जिनके बारे में वह जानता था कि वह उन्हें जीत सकता है।''' नक़ल एक खेल है। ब्लैकजैक एक खेल है। दक्षिणा एक खेल है। और ज़ाहिर है, शेयर बाज़ार एक खेल है। यह खेलों का समूह है। यह सब संभावनाओं के बारे में है।''

पबरई के लिए आश्चर्यजनक यह है कि दूसरे लोगों के खेल का अध्ययन करके और उनके सर्वश्रेष्ठ दाँवों की लगातार नक़ल करके संभावनाओं को अपने पक्ष में करना कितना आसान रहा है। वे ज़ोरदार तरीक़े से हँसते हुए कहते हैं, ''मुद्दे की बात यह है कि इसमें से कोई चीज़ मुश्किल नहीं है। यह बात किसी को मत बताना, दोस्त! संसार को मत बताना!''

2

अकेले रहने के लिए तैयार रहें

अगर आप बाज़ार को हराना चाहते हैं,
तो आपको इतना साहसी, स्वतंत्र और विचित्र
होना चाहिए कि भीड़ से अलग रह सकें।

श्रेष्ठ प्रदर्शन करना तब तक असंभव है, जब तक कि आप बहुमत से अलग चीज़ नहीं करें।

–सर जॉन टेंपलटन

बीस साल से ज़्यादा समय पहले बहामस में समुद्र तट पर टहलते हुए मैंने एक अजीब मंज़र देखा। एक बूढ़ा आदमी अपनी गर्दन तक समुद्र में डूबा था। वह लंबे आस्तीन वाली शर्ट और मूर्खतापूर्ण दिखने वाला हैट पहने था, जिसमें वाइज़र और इयरफ़्लैप लगे थे। उसके चेहरे पर सन क्रीम की मोटी परत थी। मैं एक पाम ट्री के पीछे छिप गया, ताकि वह आदमी मुझे चुपके से देखते हुए नहीं पकड़ ले। फिर मैंने कुछ मिनट तक उस आदमी को अपने हाथ-पैर आगे पीछे करते हुए और पानी के बहाव के ख़िलाफ़ चलते हुए देखा। बाद में मुझे पता चला कि वह आदमी यह काम हर दिन पैंतालीस मिनट तक करता था।

यह बूढ़ा आदमी और कोई नहीं, बल्कि सर जॉन टेंपलटन थे, जो संभवत: बीसवीं सदी के महानतम अंतरराष्ट्रीय निवेशक थे। मैं उनका इंटरव्यू लेने के लिए न्यू यॉर्क से बहामस गया था, क्योंकि वे लाइफ़ोर्ड के क्लब में रहते थे। इस द्वारबंद सुरम्य स्थल के रहवासियों में मोनेको के प्रिंस रेनियर तृतीय, आगा खाँ और सीन कॉनेरी शामिल थे। अगर मेरी याददाश्त सही है, तो हमारी मुलाक़ात अगले दिन के लिए तय थी। ऐसी रिपोर्टिंग वाली यात्रा से पत्रकार का दिल बाग़-बाग़ हो जाता

है – एक मशहूर हस्ती के साथ एक शानदार पर्यटन स्थल पर इंटरव्यू, जिसका सारा ख़र्च एक अमीर पत्रिका उठा रही थी, जो तब तक इंटरनेट के उदय का शिकार नहीं हुई थी।

टेंपलटन का निवेश रिकॉर्ड शानदार था। उन्होंने 1954 में जिस टेंपलटन ग्रोथ फ़ंड की स्थापना की थी, उसने 38 वर्ष में 14.5 प्रतिशत औसत वार्षिक मुनाफ़ा दिया था। यानी इसमें लगाए गए 1,00,000 डॉलर इतने समय में बढ़कर 17 मिलियन डॉलर हो जाते। टेंपलटन का जन्म 1912 में ग्रामीण टेनेसी के एक छोटे कस्बे में हुआ। शून्य से शुरुआत करने के बावजूद वे अंततः अरबपति बन गए। मैं जानना चाहता था कि उन्होंने यह काम कैसे किया और उनके इस ज़ीरो से हीरो वाले काम से हम बाक़ी लोग क्या सीख सकते हैं।

निवेश जगत के पितामह टेंपलटन उस वक़्त 85 साल के थे और मैं उम्मीद कर रहा था कि वे संत जैसे दिखते होंगे। लेकिन मैंने उनके मज़ेदार हैट में समुद्री झाग के बीच में चलने का विचित्र दृश्य देखा, जिससे मैं अवाक् रह गया। अंततः मुझे इस बात का अहसास हुआ कि उनकी फ़िटनेस दिनचर्या उनकी महानता के बारे में एक महत्त्वपूर्ण बात बताती है। टेंपलटन ने इस शानदार जगह पर मुफ़्त में व्यायाम करने का काफ़ी अच्छा तरीक़ा खोज लिया था। उन्हें इस बात से फ़र्क़ नहीं पड़ता था कि दूसरे लोग उन्हें विचित्र मानेंगे; इसी उदासीनता ने उनकी सफलता में अनिवार्य भूमिका निभाई थी।

लिपर एडवाइज़री सर्विसेस नामक निवेश फ़र्म के प्रेसिडेंट माइकल लिपर ने एक बार मुझे बताया था कि टेंपलटन, जॉर्ज सोरोस और वॉरेन बफ़ेट तीनों में एक अमूल्य विशेषता समान थी : "वे अकेले रहने के लिए तैयार थे। वे ऐसी पोज़ीशन लेने के लिए तैयार थे, जो दूसरों को मूर्खतापूर्ण लग सकती थी। उनमें एक आंतरिक विश्वास था, जो ज़्यादातर लोगों के पास नहीं होता।"

वे अकेले रहने के लिए तैयार थे – यह वाक्य मेरे दिमाग़ में कई सालों से अटका हुआ है। इससे यह महत्त्वपूर्ण विचार स्पष्टता से व्यक्त होता है कि सर्वश्रेष्ठ निवेशक दूसरे लोगों जैसे नहीं होते। वे अपारंपरिक, विद्रोही और स्वतंत्र विचारों वाले होते हैं। वे संसार को भीड़ से अलग दृष्टिकोण से देखते हैं और अपने अनूठे मार्ग पर चलते हैं – सिर्फ़ निवेश के क्षेत्र में ही नहीं, बल्कि सोचने और जीने के अंदाज़ में भी।

कैनेडा के मनी मैनेजर फ़्रांस्वाँ रोशॉन ने पच्चीस साल तक बाज़ार को काफ़ी अंतर से हराया है। उनकी एक रोचक अवधारणा है। जैसा हम जानते हैं, मानवीय जेनेटिक कोड लाखों साल तक विकसित हुआ, ताकि यह ज़िंदा बचे रहने के बुनियादी उद्देश्य में मदद कर सके। हमने कम से कम दो लाख साल पहले यह

सबक़ सीख लिया था कि कुनबे या समूह के साथ रहना ज़्यादा सुरक्षित है। रोशॉन कहते हैं कि जब हमारे सामने कोई जोखिम होता है, तो यह अचेतन सहज बोध हमें बहुत आकर्षित करने लगता है। मिसाल के तौर पर, जब बाज़ार लुढ़कता है, तो आम निवेशक दूसरे लोगों को दहशत में आते देखता है। उस वक़्त वह सहज बोध से कुनबे का अनुसरण करते हुए अपने शेयर बेच देता है और नक़दी के सुरक्षित बंदरगाह में पहुँच जाता है। भेड़चाल चलने वाले ये लोग यह नहीं समझ पाते कि गिरा हुआ बाज़ार शेयर *ख़रीदने* का आदर्श समय हो सकता है, क्योंकि इस वक़्त वे बहुत सस्ते में मिल रहे हैं और एक तरह से उनकी ''सेल'' लगी हुई है।

''लेकिन मेरे ख़याल से मानव जाति के कुछ लोगों में यह कुनबे वाला जीन नहीं होता,'' रोशॉन कहते हैं, ''इसलिए उनके अंदर कुनबे के पीछे चलने की कोई इच्छा नहीं होती। ऐसे लोग अच्छे निवेशक बन सकते हैं, क्योंकि वे ख़ुद की ख़ातिर सोच सकते हैं।'' रोशॉन की गहरी रुचि कला के संग्रह में है और इसमें पैसा लगाने की ख़ातिर वे शेयर चुनने की अपनी प्रतिभा का इस्तेमाल करते हैं। उनके हिसाब से कई चित्रकारों, लेखकों और उद्यमियों में भी यह कुनबे वाला जीन नहीं होता।

रोशॉन की अवधारणा पूरी तरह साबित नहीं की जा सकती, लेकिन कई क़िस्से इस बात का प्रमाण देते हैं कि सर्वश्रेष्ठ निवेशक असामान्य तरीक़े से सोचते हैं और यह पैसों के मामले में काफ़ी फ़ायदेमंद होता है। इस विषय पर एक मशहूर निवेशक ने गोपनीय रूप से मुझे बताया कि उनके कई सफल समकक्ष ''एक तरह से एस्पर्जर्स सिन्ड्रोम के शिकार'' होते हैं यानी लगभग ''भावहीन'' होते हैं। वे बताते हैं कि जिन अपारंपरिक दाँवों को भीड़ मूर्खतापूर्ण मानती है, उन्हें लगाते समय ''भावहीन रहने से मदद मिलती है।'' वे आगे कहते हैं कि एस्पर्जर्स सिन्ड्रोम के शिकार लोगों को ''इसके बदले में अक्सर कोई चीज़ मिलती है और बहुत बार यह संख्यात्मक कौशल होता है... भावहीन और (संख्यात्मक कौशल) होना निवेश के क्षेत्र में बेहतरीन तालमेल है।''

मैंने यह विचार एक अन्य बेहद सफल फ़ंड मैनेजर को बताया, जिनमें गणित की प्रतिभा है और वे सामाजिक स्थितियों में बहुत बेचैन हो जाते हैं। उन्होंने गोपनीयता की शर्त पर मुझे बताया, ''जब मैं बच्चा था, तो ख़ुद में इतना लीन रहता था कि मेरे माता-पिता को चिंता होने लगी कि कहीं मुझे ऑटिज़्म या एस्पर्जर्स सिन्ड्रोम तो नहीं हो गया था। मेरे हिसाब से वे इस नतीजे पर पहुँचे कि ऐसा नहीं था। या कम से कम यह पर्याप्त नुक़सानदेह नहीं था। इसलिए हाँ, संभवतः मुझमें भी यह प्रवृत्ति थोड़ी-बहुत हो सकती है।'' फिर उन्होंने बचपन का एक यातनामय मानसिक आघात बताया, जिसकी वजह से उनमें अपनी भावनाओं से ''दूर'' रहने की प्रवृत्ति जाग्रत हुई। ''तो अगर आप सोच रहे हैं कि मुझमें दोहरी प्रवृत्ति है, तो शायद आप सही हैं।''

इस विषय पर क्रिस्टोफ़र डेविस ने मुझे बहुत ज्ञानवर्धक बात बताई। क्रिस्टोफ़र अपने पिता द्वारा 1969 में स्थापित निवेश फ़र्म डेविस एडवाइज़र्स में 25 अरब डॉलर के निवेश का प्रबंधन करते हैं। वे सबसे सफल निवेशकों के विचित्र व्यक्तित्वों का अवलोकन करने की काफ़ी अच्छी स्थिति में हैं। उनके कई मित्र बेहद सफल निवेशक हैं, जैसे बफ़ेट, मंगर, मैसन हॉकिन्स और बिल मिलर। यही नहीं, उनके दादाजी (शेलबाई क्लोम डेविस) और पिताजी (शेलबाई एम.सी. डेविस) दोनों ही निवेश किंवदंती रहे हैं, जिन्होंने शेयर बाज़ार में काफ़ी नोट छापे।

''महान निवेशकों का एक आवश्यक गुण यह है कि उन पर इस बात का ज़्यादा असर नहीं होता कि दूसरे लोग क्या सोचते हैं,'' डेविस कहते हैं। ''दूसरे लोग क्या सोचते हैं, इससे ज़्यादा प्रभावित नहीं होने का सबसे आसान तरीक़ा यह है कि आप इस बारे में जागरूक ही नहीं होते कि वे क्या सोचते हैं। अगर आप सचमुच इस बात पर ग़ौर नहीं करते हैं और इस बात की परवाह नहीं करते हैं कि दूसरे लोग क्या सोचते हैं, तो महान निवेशक बनना ज़्यादा आसान हो जाएगा।'' डेविस के हिसाब से इससे ऐसा प्रतीत होता है कि ''महान निवेशकों में भावनात्मक बुद्धि कम होना चाहिए।'' वे बताते हैं कि कई सर्वश्रेष्ठ निवेशकों को ''दूसरों के साथ संबंध बनाने'' में मुश्किल आती है और उन्हें ''पारिवारिक जीवन में गर्मजोशी भरे अंतरंग संबंध'' बनाने में कठिनाई का सामना करना पड़ता है।

डेविस कहते हैं कि इसके विपरीत सीईओज़ की मनोवैज्ञानिक प्रोफ़ाइल बिलकुल अलग होती है। उन्हें भावनात्मक बुद्धि की ज़रूरत होती है, ताकि वे दूसरों के साथ परानुभूति रख सकें, उनके विचारों को समझ सकें और उन्हें प्रभावित कर सकें। लेकिन कॉन्ट्रेरियन निवेशक के लिए यह ''विनाशकारी होगा, अगर आपके सिर पर लगातार इस जागरूकता का बोझ हो कि आपके निर्णय के बारे में दूसरे लोग क्या सोच रहे हैं।'' वे आगे कहते हैं कि वर्तमान सीईओज़ में से ज़्यादातर अपनी जवानी में कई टीम खेलों में शामिल थे या किसी टीम के कप्तान थे या किसी फ्रैटर्निटी का नेतृत्व करते थे। खेलों के मामले में सर्वश्रेष्ठ निवेशकों की स्थिति क्या है? डेविस कहते हैं कि सर्वश्रेष्ठ निवेशक प्राय: व्यक्तिगत खेलों को पसंद करते हैं, जैसे ''दौड़ना, टेनिस, गोल्फ़ या तैराकी। उनमें आपको फुटबॉल, बास्केटबॉल जैसे शौक बहुत ज़्यादा नहीं मिलेंगे।''

उनके पिता की उम्र अब अस्सी के पार हो चुकी है और वे अपनी पीढ़ी के निवेश दिग्गज थे। शेलबाई डेविस 28 साल तक न्यू यॉर्क वेंचर फ़ंड के मैनेजर थे। अगर कोई शुरुआत में 1,00,000 डॉलर का निवेश करता, तो इस अवधि में यह राशि बढ़कर 3.8 मिलियन डॉलर हो जाती। वे उनके बेटे की बताई मनोवैज्ञानिक प्रोफ़ाइल में कितने खरे उतरते हैं? डेविस कहते हैं, ''मेरे पिता गहराई में एकाकी थे। मैं इस बात की कल्पना भी नहीं कर सकता कि वे कोई टीम खेल खेल रहे

हैं या किसी फ्रैटर्निटी के प्रेसिडेंट बन सकते हैं या किसी ग़ैर–लाभकारी संस्था का नेतृत्व कर सकते हैं... वे तो लगातार जानकारी की तलाश करते रहते थे, लोगों से सवाल पूछते रहते थे और एन्युअल रिपोर्ट पढ़ते रहते थे। यह काम अकेले इंसान का था। मेरा मतलब है, वे या तो टेलीफ़ोन या फिर एन्युअल व क्वार्टरली रिपोर्ट्स के साथ रहते थे।''

उनकी बात सुनकर मुझे वह घटना याद आई, जब मोहनीश पबरई ने बफ़ेट की ख़ातिर मुफ़्त में काम करने की पेशकश की थी और बफ़ेट ने इनकार कर दिया था : ''मैं सर्वश्रेष्ठ रूप से अकेले ही काम करता हूँ।'' वाक़ई बफ़ेट इस बात के लिए मशहूर हैं कि वे अपना ज़्यादातर समय ओमाहा में अपने ऑफ़िस में अकेले बैठे रहते हैं। वे पर्दे लगाकर बैठते हैं और एन्युअल रिपोर्ट्स पढ़ने के एकाकी आनंद में डूबे रहते हैं।

इन व्यापक विशेषताओं के अलावा बहुत से अपवाद और स्तर हैं। मैं यह नहीं कह रहा हूँ कि सारे सर्वश्रेष्ठ निवेशकों में विकार होना ज़रूरी है या वे एकाकी जीवन जीते हैं या उनका तलाक़ होना तय है (हालाँकि तलाक़शुदा निवेश दिग्गजों की सूची निश्चित रूप से लंबी है, जिसमें मंगर, मिलर, पबरई, बिल एकमैन, कार्ल आइकान, डेविड आयनहॉर्न और असंख्य अन्य हैं)। यह बहुत बड़ी अतिशयोक्ति होगी। इसके अलावा, हर विशिष्टता या विचित्रता को रोग कहना मूर्खतापूर्ण है।

इन चेतावनियों और खंडनों के बावजूद मैंने इसे सच पाया है कि इस पुस्तक में आपको जितने भी निवेशक मिलेंगे, वे सब स्वतंत्र विचारक हैं और उनका कोई कुनबा नहीं है। उनमें पारंपरिक राय की अवज्ञा करने की दुर्लभ क्षमता दिखाई देती है। वे सामाजिक स्वीकृति या अनुमोदन हासिल करने के बजाय सही होने और जीतने की ज़्यादा परवाह करते हैं।

मैथ्यू मैकलेनन फ़र्स्ट ईगल इनवेस्टमेंट मैनेजमेंट में 100 अरब डॉलर के निवेश का प्रबंधन करते हैं। वे अपने काम का वर्णन इस तरह करते हैं : ''हर दिन आप यह समझने की कोशिश कर रहे हैं कि संसार किस तरह काम करता है – नीचे से ऊपर, ऊपर से नीचे – और आप इस सबका इस तरह समन्वय करने की कोशिश कर रहे हैं, जो सर्वसम्मति से अलग है... संसार को अलग प्रिज़्म से देखने का पुरस्कार अंततः हमें मुनाफ़े के रूप में मिलता है।''

बाज़ार को हराने का एकमात्र तरीक़ा बाज़ार से अलग दिशा में जाना है। यह काम उन लोगों के लिए सबसे ज़्यादा उपयुक्त है, जो वाक़ई असाधारण हैं – बौद्धिक दृष्टि से भी और स्वभाव की दृष्टि से भी। इसलिए शायद यह कोई हैरानी की बात नहीं है कि यह खेल प्रतिभाशाली विचित्र लोगों के पक्ष में होता है। और मेरे अनुभव में कोई भी सर जॉन टेंपलटन से ज़्यादा प्रतिभाशाली या विचित्र नहीं था।

वैश्विक वैल्यू इनवेस्टिंग के पथप्रदर्शक टेंपलटन ने अपने लिए कई नए सिद्धांत और परंपराएँ बनाईं, जो आज भी निवेशकों को फ़ायदा पहुँचा सकती हैं। सन् 2008 में 95 वर्ष की उम्र में उनकी मृत्यु हो गई। लेकिन उनकी मृत्यु के इतने समय बाद आज मुझे इस बात का अहसास होता है कि मैं उनके जीवन के सबसे मूल्यवान सबक़ उस वक़्त नहीं समझ पाया था।

विद्रोही दिग्गज बनना

1998 की शरद ऋतु में मैं टेंपलटन से मिला। यह उनके 86वें जन्मदिन के दो सप्ताह पहले की बात है। उस उम्र में भी वे नसाउ शहर के अपने ऑफ़िस में हर दिन काम करने जाते थे, जो उनके घर से कार से थोड़ी दूरी पर था। हमारा दिन उस ऑफ़िस में इकट्ठे शुरू हुआ, जहाँ उन्होंने पुराने ज़माने के विनम्र अंदाज़ में मेरा अभिवादन किया। वे नर्म दक्षिणी खनक के साथ बोले, ''मैं अपना समय आपके हवाले करता हूँ। जब तक आप चाहेंगे, मैं आपके साथ रहूँगा।''

वे पीली स्पोर्ट्स जैकेट, खुले गले की शर्ट और बिना बेल्ट वाले ग्रे पैंट पहने हुए थे। वे छोटे और छरहरे थे; उनकी त्वचा पर धूप की निशानियाँ थीं और वे अपनी उम्र से पंद्रह साल कम के दिख रहे थे। उनके ऑफ़िस में बहुत सारे सम्मानों के प्रतीक चिह्न रखे थे। वहाँ वह पुरस्कार रखा था, जो उन्हें पैंतीस साल तक किसी मीच्युअल फ़ंड के सर्वश्रेष्ठ प्रदर्शन के लिए मिला था। वहाँ वीबीएस टेलीविज़न की ट्रॉफ़ी भी थी, जो लुइस रुकीज़र के *वॉल स्ट्रीट वीक* हॉल ऑफ़ फ़ेम में चुने जाने के सम्मान में थी। एक पूरी दीवार उनकी मानद उपाधियों से अलंकृत थी। वहाँ इंटरनेशनल चर्चमैन का पुरस्कार था और नॉर्मन विनसेंट पील अवार्ड फ़ॉर पॉजिटिव थिंकिंग भी था।

कुछ समय तक न्यू यॉर्क में रहने के बाद 1960 के दशक में टेंपलटन बहामस में रहने लगे। उन्होंने कुनबा छोड़कर अपना अमेरिकी पासपोर्ट त्याग दिया। वे ब्रिटिश नागरिक बनकर लाइफ़ोर्ड में बस गए। टेंपलटन विनचेस्टर, टेनेसी में रहने वाले एक निष्ठावान ईसाई परिवार में बड़े हुए थे। उनकी गहरी धार्मिकता ने बहामस में स्थायी रूप से रहने के निर्णय में महत्त्वपूर्ण भूमिका निभाई। उन्होंने मुझे बताया, ''इस देश में संसार में किसी भी जगह से ज़्यादा प्रति व्यक्ति चर्च हैं, जिस वजह से यह बहुत आकर्षक और सद्भावपूर्ण है।''

इसके अलावा अभिजात्य लाइफ़ोर्ड क्लब का सामाजिक आकर्षण भी था : ''आम तौर पर प्रवेश समिति ने क्लब में सचमुच शीर्षस्थ लोगों को रखने का अच्छा काम किया है। इसलिए यह सचमुच मनमोहक लोगों के साथ ज़िंदगी बिताने का अवसर भी था।'' उन्होंने कमॉडिटीज़ बिलियनेअर जोसेफ़ लुइस का जिक्र किया,

जिनके पास ''वह सबसे शानदार याट है, जो मैंने ज़िंदगी में देखी है; महारानी की याट के अलावा। यह बड़ी है। वे बहुत निजी हैं – वैसे ही इंसान हैं, जैसे हम यहाँ पसंद करते हैं। वे भड़कीले नहीं हैं। मैं उनसे पार्टियों में मिला हूँ। वे शांति से अपनी याट या घर से निवेश संबंधी ट्रेडिंग करते हैं।''

क्लब का अपना ख़ुद का बंदरगाह, टेनिस कोर्ट और समुद्रतटीय गोल्फ़ कोर्स है। लेकिन मनोरंजन की ऐसी निरर्थक गतिविधियों में टेंपलटन की कोई दिलचस्पी नहीं है। ''मेरे पड़ोसी गोल्फ़ खेलने और नाव से सैर करने जाते हैं। लेकिन मेरा दृष्टिकोण यह है कि उपयोगी होना कहीं ज़्यादा महत्त्वपूर्ण है,'' उन्होंने कहा। ''मेरे हिसाब से ख़ुशी के पीछे भागने में कभी समझदारी नहीं होती... ईश्वर ने इंसान को किसी ज़्यादा गहरे कारण से बनाया होगा। इसके अलावा, एक बहुत स्पष्ट चीज़ यह है कि जो लोग सचमुच उपयोगी काम में व्यस्त रहते हैं, वे निठल्लों से ज़्यादा ख़ुश रहते हैं।''

रिटायरमेंट के जोखिमों के बारे में भी उनकी राय इतनी ही प्रबल थी। वे रिटायरमेंट को शरीर और दिमाग़ दोनों के लिए ''घातक'' मानकर इससे चिढ़ते थे। टेंपलटन ने कहा कि 65 साल की उम्र में रिटायर होने की ग़लत धारणा ने ''आलसी और अनुपयोगी लोगों की बहुत बड़ी संख्या'' उत्पन्न कर दी है, जो मानव ''सभ्यता पर बोझ है।'' मैंने उनके चरित्र का यह पहलू पहली बार देखा था – नुकीला और नैतिक पहलू, जो उनके पुराने युग के सम्मोहन और दरबारी अंदाज़ के विपरीत नज़र आता था।

जब दूसरे अपने जीवन का क़ीमती समय बरबाद कर रहे थे, तब टेंपलटन इतने ज़्यादा व्यस्त थे, जितने पहले कभी नहीं रहे थे। उन्होंने कुछ साल पहले अपनी निवेश फ़र्म सैकड़ों मिलियन डॉलर में बेच दी थी। इसलिए अब वे अपना समय परोपकार में लगा रहे थे, परोपकारी फ़ाउंडेशन्स की वित्तीय निगरानी कर रहे थे, अपनी व्यक्तिगत दौलत का प्रबंधन कर रहे थे और *वर्ल्डवाइड लॉज़ ऑफ़ लाइफ़ : 200 एटर्नल स्पिरिच्युअल प्रिंसिपल्स* जैसे शीर्षक वाली पुस्तकें लिख रहे थे। जैसा हम देखेंगे, भारी धनराशि बनाने वाली प्रतिभा उनमें हमेशा से थी, लेकिन उनका बुनियादी जोश उस दौलत के प्रचार-प्रसार में बदल गया, जिसे वे ''आध्यात्मिक दौलत'' कहते हैं।

यह अपारंपरिक धर्मयुद्ध था। मिसाल के तौर पर, टेंपलटन ने बहुत सी परोपकारी गतिविधियाँ कीं। इसके अलावा, उन्होंने मिलियनों डॉलर ख़र्च करके हार्वर्ड मेडिकल स्कूल में और दूसरी जगहों पर प्रार्थना की शक्ति पर वैज्ञानिक शोध कराए। उन्होंने रोमांच के साथ कई प्रश्नों की सूची बनाई, जिनका वे जवाब चाहते थे : ''जिन लोगों के लिए प्रार्थना की जाती है, क्या वे ज़्यादा जल्दी स्वस्थ होते हैं? क्या प्रार्थना तभी कारगर होती है, जब रोगी स्वयं प्रार्थना करे या किसी दूसरे

के प्रार्थना करने पर भी अच्छे परिणाम मिलते हैं? अगर कोई दूसरा प्रार्थना करता है, तो क्या यह ज़रूरी है कि वह बीमार के शरीर पर हाथ रखे? क्या आप कैन्सर से मुक्ति पाने के लिए प्रार्थना करते हैं या फिर आप इस बात के लिए प्रार्थना करते हैं कि ईश्वर की इच्छा पूरी हो?''

टेंपलटन ने क्षमा, विनम्रता, ईमानदारी और प्रेम जैसे सद्गुणों के लाभों की जाँच करने वाले कई वैज्ञानिक अध्ययनों की फ़ंडिंग भी की। उन्होंने युनिवर्सिटी प्रोफ़ेसरों को वित्तीय लाभ दिए, ताकि वे ''विज्ञान कैसे ईश्वर के बारे में ज़्यादा रहस्य उजागर करता है'' जैसे विषय पढ़ाएँ। उन्होंने टेंपलटन प्राइज़ फ़ॉर प्रोग्रेस टुवर्ड रिसर्च ऑर डिसकवरीज़ अबाउट स्पिरिच्युअल रिएलिटीज़ के लिए भी पैसे दिए। यह पुरस्कार ''मानव उद्देश्य और चरम वास्तविकता के हमारे स्वप्न को फैलाने के लिए आत्मा के उद्यमियों'' को दिया जाता है। वे इस बात पर ज़ोर देना चाहते थे कि ये अलौकिक मामले लौकिक चिंताओं से ज़्यादा महत्त्वपूर्ण हैं, इसलिए उन्होंने इस वार्षिक पुरस्कार की राशि नोबेल पुरस्कार से ज़्यादा रखी। आजकल टेंपलटन पुरस्कार विजेता को 1.1 मिलियन पौंड मिलते हैं (लगभग 1.4 मिलियन डॉलर)।

यह ''आध्यात्मिक जानकारी को सौ गुना'' करने के टेंपलटन के भव्य प्रचार अभियान का हिस्सा था। वैसे हर व्यक्ति उनके इस प्रयास से ख़ुश नहीं था। एक तरफ़ तो नास्तिक वैज्ञानिक थे, जो आध्यात्मिक सिद्धांतों के प्रभावों को प्रयोग द्वारा नापने में उनकी रुचि से हैरान थे। दूसरी तरफ़ कट्टर धार्मिक लोग इस बात पर हैरान थे कि वे स्वतंत्र मानसिकता से उनके धार्मिक विश्वासों पर प्रश्न कर रहे हैं। टेंपलटन ने कुछ समय पहले एक ''भली महिला'' से अपने संवाद के बारे में बताया, जिसने नूह और प्रलय के बारे में बाइबल की कहानी पर उनकी राय पूछी। टेंपलटन ने सुझाव दिया कि यह एक ''उपयोगी नीतिकथा थी, लेकिन पूर्ण सत्य'' नहीं थी। यह सुनकर उस महिला ने नाराज़ होते हुए कहा : ''देखिए, आप ईसाई नहीं हैं।''

जब मैंने गुस्ताख़ अंदाज़ में पूछा कि क्या कई लोग उन्हें ''दिग्भ्रमित'' समझते हैं, तो टेंपलटन बोले, ''हाँ, निश्चित रूप से। लेकिन मुझमें आम आदमी से ज़्यादा आत्मविश्वास है।'' इससे मैं समझ गया कि यह गुण भी उनकी निवेश सफलता के केंद्र में था। टेंपलटन इस बात से सहमत थे। ''जब आप अपनी गर्दन बाहर निकालते हैं, तो आपमें पर्याप्त आत्मविश्वास या साहस होना चाहिए... मैं पहले यह निवेश के क्षेत्र में कर चुका हूँ और अब मैं इसे आध्यात्मिक क्षेत्र में कर रहा हूँ।''

उन्होंने इस नज़रिये का श्रेय अपनी असाधारण परवरिश को दिया : ''मुझे याद नहीं है कि बचपन में मेरी माँ या पिताजी ने मुझसे कभी कहा हो, 'यह करो' या 'यह मत करो।' मेरे माता-पिता सोचते थे कि अगर मुझे हर चीज़ ख़ुद करनी पड़े, तो मैं ज़्यादा आत्मनिर्भर और आत्मविश्वासी बनूँगा। और वाह, यह कितनी अद्भुत शिक्षा थी... आत्मनिर्भरता सबसे बड़ा उपहार है।''

एक बार उनके माता-पिता ने उन्हें पारिवारिक सड़क यात्रा में मार्गदर्शक बनाया। छोटे टेंपलटन ने नक़्शा ग़लत पढ़ लिया और उन्हें ग़लत दिशा में एक-दो घंटे ले गए। माता-पिता में से किसी ने भी उनकी ग़लती नहीं सुधारी। वे बस इंतज़ार करते रहे कि टेंपलटन ख़ुद यह समझ लें कि उनसे ग़लती हो गई है। इस पूर्ण स्वतंत्रता की परवरिश वाली रणनीति में कई जोखिम भी थे। जब टेंपलटन लगभग आठ साल के थे, तो उनके माता-पिता ने शिकार के लिए शॉटगन ख़रीदने का उनका आग्रह स्वीकार कर लिया। उन्होंने टेंपलटन को पटाखों के लिए बारूद और उनके तितली मारने वाले जार के लिए साइनाइड ख़रीदने की भी अनुमति दे दी।

टेंपलटन अपनी आत्मनिर्भरता पर बहुत गर्व करते थे। स्कूल में लगातार ग्यारह साल तक ए ग्रेड हासिल करने के बाद वे 1930 में येल पहुँचे। महामंदी के शिकार उनके पिता – वकील और व्यवसायी – ने फ्रेशमैन इयर के अंत में टेंपलटन को लिखा कि वे उनकी शिक्षा के लिए "1 डॉलर भी" नहीं दे सकते। टेंपलटन ने अपनी आमदनी बढ़ाने के लिए पार्ट-टाइम नौकरियाँ कीं, येल में स्कॉलरशिप हासिल की और पोकर खेलकर पैसे जीते। साथ ही उन्होंने इतनी कड़ी मेहनत की कि वे थर्ड इयर के अंत तक अपनी क्लास के सर्वश्रेष्ठ विद्यार्थी बन गए।

येल में ही उन्होंने निवेशक बनकर आजीविका कमाने का निर्णय लिया। उन्हें अंकगणित से प्रेम था और समस्याओं को सुनियोजित तरीक़े से सुलझाना बहुत पसंद था। यह एक ऐसा पेशा भी नज़र आ रहा था जिसमें वे दूसरों की सेवा कर कर सकते थे, ताकि वे लोग वह वित्तीय सुरक्षा हासिल कर सकें, जो उनके ख़ुद के परिवार में नहीं थी। उन दिनों अमेरिका के निवेशक अमेरिकी कंपनियों या संपत्तियों में ही निवेश करते थे। लेकिन टेंपलटन ने इस बात को भाँप लिया कि यह संकीर्ण मानसिकता "कॉमन सेंस के विपरीत है। अगर कोई इंसान शेयर और बॉन्ड ख़रीद रहा है, तो ख़ुद को एक देश तक सीमित रखने के बजाय हर जगह खोज करने में ज़्यादा समझदारी है।"

येल के बाद टेंपलटन ने रोड्स स्कॉलर के रूप में ऑक्सफ़ोर्ड में दो साल बिताए। वे बिज़नेस मैनेजमेंट पढ़ना चाहते थे, लेकिन उनके प्रोफ़ेसरों ने इसे वैध विषय नहीं माना : "उन्होंने मेरी तरफ़ अजीब अंदाज़ में देखा, जैसे मैंने उन्हें यह बताया हो कि मैं कचरे का अध्ययन करना चाहता हूँ।" इसके बजाय उन्होंने वकालत पढ़ी। अपने ख़ाली समय में उन्होंने व्यवसाय के बारे में पढ़ा। उस वक़्त उन्हें निवेश के बारे में केवल एक पुस्तक ही मिली।

डिप्रेशन की गहराई में शेयर बाज़ार काफ़ी विषाक्त मरुभूमि था। अक्टूबर 1929 से लेकर जुलाई 1932 तक डाउ जोन्स इंडस्ट्रियल एवरेज में 89 प्रतिशत की गिरावट आई। इतनी भारी तबाही को देखकर बहुत कम लोगों में कचरे के ढेर में हीरों की तलाश करने का वित्तीय या भावनात्मक साहस था। ज़्यादातर लोग

डर के कारण निवेश नहीं कर रहे थे, लेकिन इस बात से टेंपलटन की रुचि कम नहीं हुई। व्यापक निराशा के इस माहौल में उन्होंने ख़ुद से यह अत्यंत महत्त्वपूर्ण सवाल पूछा : मैं किसी शेयर को इसके असल मूल्य से बहुत कम भाव पर कैसे ख़रीद सकता हूँ? और उनके मन में यह स्पष्ट जवाब आया : ''कोई चीज़ शेयर को बहुत कम भाव पर नहीं ले जा सकती, जब तक कि दूसरे लोग इसे बेचने के लिए उतावले नहीं हों।''

टेंपलटन ने वित्तीय संकट के कारण टेनेसी के किसानों को अपनी ज़मीन कौड़ियों के मोल बेचते देखा था। इसलिए यह सबक़ उनके दिमाग़ पर अमिट रूप से अंकित हो गया : **''आपको उस वक़्त ख़रीदना चाहिए, जब दूसरे लोग बेचने के लिए छटपटा रहे हों।''** उन्होंने बाद में डर और छटपटाहट के गहरे माहौल का वर्णन करने के लिए एक शानदार वाक्यांश गढ़ा : ''अधिकतम निराशावाद का बिंदु।''

इस दौरान टेंपलटन ने यात्रा के हर अवसर का स्वागत किया। वे विदेशी बाज़ारों के बारे में ज़्यादा जानने के लिए उत्सुक थे, क्योंकि वे अंततः पूरे संसार में निवेश करना चाहते थे। ऑक्सफ़ोर्ड से स्नातक की उपाधि लेने के बाद उन्होंने सात महीनों में 27 देशों की यात्रा की। वे अपने साथ केवल एक स्लीपिंग बैग, दो जोड़ी कपड़े, चार गाइडबुक और एक बाइबल लेकर गए थे। 1936 ओलिंपिक के दौरान वे बर्लिन में ठहरे, जिसका इस्तेमाल नाजियों ने प्रचार-प्रसार के लिए किया। वे पूर्वी यूरोप की यात्रा पर गए। मिस्र और फ़िलिस्तीन के अलावा वे भारत, जापान और चीन भी गए। जब अमेरिका के बहुत कम लोग विदेश जाने की हिम्मत करते थे, तब टेंपलटन उन निवेशकों से ज़्यादा जानकारी हासिल करके बेहतर प्रतिस्पर्धी बन रहे थे, जिनमें ज्ञान की उतनी गहरी प्यास नहीं थी, जितनी टेंपलटन में थी।

1937 में अमेरिका लौटने पर टेंपलटन ने शादी कर ली। फिर उन्होंने फ़ेनर ऐंड बीन नाम की वॉल स्ट्रीट ब्रोकरेज फ़र्म में तीन महीने काम किया और इसके बाद एक ऑइल एक्सप्लोरेशन कंपनी में काम करने लगे। 1939 तक उन्होंने लगभग 30,000 डॉलर बचा लिए। उनके जैसे नौसिखिये की बात तो रहने ही दें, अनुभवी निवेशकों के लिए भी निवेश जगत उस वक़्त बहुत अनाकर्षक था। अमेरिका मंदी, आर्थिक संकट और व्यापक बेरोज़गारी के भँवर में फँसा था। 1929 में अपना सर्वोच्च शिखर बनाने वाला डाउ जोन्स इंडेक्स 1939 में 150 के नीचे पहुँच गया था। सबसे बुरी बात, संसार युद्ध की कगार पर था।

संक्षेप में यह आदर्श समय था, जब शेयर बाज़ार में लगभग शून्य अनुभव रखने वाले युवा टेंपलटन यह प्रदर्शित कर सकते थे कि वे अपनी पीढ़ी के सबसे स्मार्ट और सबसे शांत मानसिकता वाले निवेशक हैं।

बहुत बड़ा दाँव

सितंबर 1939 में जर्मनी ने पौलेंड पर हमला कर दिया। अगले कुछ महीनों में नॉर्वे, हॉलैंड और बेल्जियम ने नाज़ियों के सामने समर्पण कर दिया। मई 1940 में जब जर्मनी ने फ़्रांस पर हमला किया, तो डाउ जोन्स इंडेक्स 112 के न्यूनतम बिंदु पर पहुँच गया। चार महीनों में इंग्लैंड का शेयर बाज़ार लगभग 40 प्रतिशत लुढ़क गया, क्योंकि उस वक़्त यह दहशत भरी ख़बर फैल रही थी कि जर्मनी ब्रिटेन पर हमला कर सकता है। बाद में विन्स्टन चर्चिल ने 1940 को "हमारी लंबी अँग्रेज़ी कहानी में सबसे शानदार और सबसे घातक वर्ष" कहा।

जब संसार रसातल की कगार पर लड़खड़ा रहा हो, तब समझदार निवेशक को किस तरह प्रतिक्रिया करनी चाहिए? पारंपरिक दृष्टि से ऐसे समय पीछे हटने में ही समझदारी होती है। शेयर जब लगातार गिरकर नए लो बना रहे हों और दहशत चरम सीमा पर हो, तब नक़दी, सोने या ज़मीन जैसी ज़्यादा सुरक्षात्मक संपत्तियों की शरण में जाना ही उचित माना जाता है।

पोलैंड पर जर्मनी के हमले के बाद टेंपलटन को अहसास हुआ कि संसार युद्ध की चपेट में आ रहा है और अंततः अमेरिका को भी युद्ध में शामिल होना पड़ेगा। लेकिन उनकी भावहीन तार्किक प्रतिक्रिया के कारण उनका दृष्टिकोण दूसरों से अलग था। टेंपलटन ने मुझे बताया, "मैंने सोचा, अगर ऐसा कोई समय होता है, जब हर प्रॉडक्ट की माँग बढ़ती है, तो यह युद्ध के दौरान होता है। इसलिए मैंने कहा, 'अगर विश्व युद्ध होगा, तो कौन सी कंपनियाँ समृद्ध होंगी?'"

वे इस नतीजे पर पहुँचे कि "शायद नब्बे प्रतिशत" अमेरिकी कंपनियों के पास "युद्ध के दौरान ज़्यादा माँग और कम प्रतिस्पर्धा होगी।" सबसे कमज़ोर कंपनियाँ भी दोबारा शक्तिशाली बन सकती थीं, क्योंकि युद्ध के दौरान राष्ट्रीय ख़र्च बढ़ेगा, अर्थव्यवस्था में नई जान आएगी और रोज़गार बढ़ेगा। महामंदी की शिकार कई कंपनियाँ मौत के इतने क़रीब थीं कि अचानक उनका भाग्य बदलने से उनके शेयर का भाव बहुत ज़्यादा बढ़ सकता था। पुनर्जन्म के बाद उनका भाव ज़्यादा स्वस्थ कंपनियों के शेयरों से ज़्यादा बढ़ सकता था, जो इतनी बुरी स्थिति में नहीं थीं। आप इसे *अयोग्यतम* का बचाव कह सकते हैं।

लेकिन इस चतुराई भरे निष्कर्ष से फ़ायदा उठाने का सबसे अच्छा तरीक़ा क्या हो सकता है?

टेंपलटन ने *वॉल स्ट्रीट जरनल* खोलकर उन 104 अमेरिकी कंपनियों को पहचाना, जो "इतनी भयंकर मंदी" में थीं कि उनके शेयर का भाव 1 डॉलर या इससे कम चल रहा था। दो दिन बाद उन्होंने एक शेयर ब्रोकर (फ़ेनर ऐंड बीन में उनके बॉस) को फ़ोन करके कहा कि वे इनमें से हर कंपनी में 100 डॉलर का निवेश

कर दें। ''बाद में उन्होंने मुझे फ़ोन किया, 'यह बहुत असामान्य ऑर्डर है, लेकिन हम ऐसा ज़रूर करेंगे, लेकिन हम उन 37 कंपनियों को छोड़ रहे हैं, जो पहले ही दिवालियेपन की प्रक्रिया में हैं।' इस पर मैंने कहा, 'अरे नहीं! उन्हें मत छोड़ना। उनकी हालत सुधर सकती है।'''

यह बेहद साहसिक दाँव था। लेकिन टेंपलटन को अपने निर्णय पर इतना ज़्यादा विश्वास था कि उन्होंने अपने पूर्व-बॉस को निवेश के लिए 10,000 डॉलर उधार देने के लिए राज़ी कर लिया। भविष्य उस वक़्त जितना अंधकारमय दिख रहा था, उतना पहले कभी नहीं दिखा था। लेकिन टेंपलटन ने सोचा कि जब शेयर बाज़ार में इतनी सारी भयंकर ख़बरें पहले से ही हैं, तो उनकी सफलता की संभावना बहुत उज्ज्वल है। उन्होंने कहा, ''मुझे तो कॉमनसेंस के गणित ने आकर्षित किया था।''

इस अंकगणित की एक मिसाल मिसूरी पैसिफ़िक रेलरोड कंपनी थी, जो मंदी में दिवालिया होने से पहले संसार की नामी रेलरोड कंपनी थी। अपने अच्छे दौर में कंपनी ने प्रिफ़र्ड शेयर जारी किए थे, जिन पर अनंत काल तक 7 डॉलर प्रति शेयर का वार्षिक डिविडेंड मिलना था। लेकिन कंपनी के दिवालिया होने के बाद शेयरहोल्डर्स को डिविडेंड नहीं मिला, जिस कारण प्रिफ़र्ड शेयरों का भाव 100 डॉलर से गिरकर 12 सेंट प्रति शेयर तक आ गया।

मनोवैज्ञानिक दृष्टि से दिवालिया कंपनी से प्रेम करना मुश्किल होता है, जिसने अपने सभी निवेशकों को नुक़सान पहुँचाया हो। लेकिन टेंपलटन ने 100 डॉलर में मिसूरी पैसिफ़िक के आठ सौ शेयर ख़रीद लिए। **बफ़ेट और मंगर की तरह ही वे भी भाव के असंतुलन वाले दाँव की भावरहित क़द्र करते हैं, जिसमें जोखिम बहुत कम हो और पुरस्कार बहुत ज़्यादा हो।** टेंपलटन ने मेरे सामने स्पष्ट किया, ''इसके ऊपर जाने की संभावना नीचे गिरने की आशंका से बहुत ज़्यादा थी। निश्चित रूप से मेरे सौ डॉलर डूब सकते हैं। लेकिन अगर मेरे सौ डॉलर *नहीं* डूबे, तो मैं तगड़ा मुनाफ़ा कमा सकता हूँ।''

उनकी रणनीति सही थी। युद्ध के दौरान रेलरोड कंपनियों की क़िस्मत चमकी और मिसूरी पैसिफ़िक का शेयर 12 सेंट से बढ़कर 5 डॉलर हो गया, जब टेंपलटन ने इसे बेच दिया। उनका इकलौता अफ़सोस यह था कि उन्होंने इसे बेचने में जल्दबाज़ी कर दी। ''मैं इस बात से रोमांचित था कि मेरा शेयर चालीस गुना बढ़ गया है और मैंने अपने मुनाफ़े को पर्याप्त समझ लिया,'' उन्होंने याद करते हुए बताया। ''यह मूर्खतापूर्ण था... मेरे बेचने के चार साल बाद यह 105 डॉलर तक ऊपर गया।''

ज़ाहिर है, इस तरह के दाँव में गणित से ज़्यादा चीज़ों की ज़रूरत थी। उदीयमान बाज़ारों के प्रतिष्ठित निवेशक मार्क मोबियस ने कई वर्षों तक टेंपलटन

के साथ काम किया है। उन्होंने मुझे बताया कि अधिकतम निराशावाद के बिंदु पर ख़रीदने के लिए टेंपलटन को ''ज़बर्दस्त इच्छाशक्ति और व्यक्तित्व की शक्ति'' की ज़रूरत पड़ी। जैसा मोबियस ने कहा, ''बाक़ी हर इंसान जलती हुई इमारत से बाहर दौड़ रहा था।''

मेरे हिसाब से उल्लेखनीय यह नहीं था कि विश्व युद्ध की कगार पर टेंपलटन में 104 सबसे ज़्यादा गिरे शेयरों में निवेश करने का साहस था। ज़्यादा महत्त्वपूर्ण बात यह थी कि उनमें बरसों तक उन्हें *रोककर* रखने की हिम्मत थी, जब विनाशकारी ख़बरों के नगाड़े और ज़्यादा तेज़ी से बजने लगे तथा कान फोड़ने लगे। दिसंबर 1941 में जापानियों ने पर्ल हार्बर पर हमला करके अमेरिका को युद्ध में शामिल होने के लिए प्रेरित कर दिया। 1942 तक जर्मनी ने ज़्यादातर यूरोप पर नियंत्रण कर लिया था। भविष्य के बारे में निराशा इतनी गहरी थी कि शेयर बाज़ार बुरी तरह से लुढ़के। अप्रैल 1942 में डाउ जोन्स सूचकांक 92 के सबसे न्यूनतम बिंदु पर पहुँच गया।

अपनी बेहतरीन पुस्तक *वेल्थ, वॉर ऐंड विज्डम* में बार्टन बिग्स बताते हैं कि स्टेट ऑफ़ न्यू यॉर्क इंश्योरेंस कमीशन ने 1942 में एक आदेश जारी किया। इसने शेयरों को ''अनुचित निवेश'' घोषित करते हुए बीमा कंपनियों पर यह प्रतिबंध लगा दिया कि वे कंपनियों के शेयर नहीं ख़रीदेंगी। बिग्स के अनुसार उस वक़्त ''हर सही सोचने वाला भविष्यवक्ता मंदड़िया था।''

लेकिन टेंपलटन दृढ़ता से मैदान में डटे रहे। उन्होंने मुझे बताया, ''मुझे ख़ुद पर बहुत ज़्यादा भरोसा था कि विशेषज्ञ कहे जाने वाले ज़्यादातर लोग बड़ी ग़लतियाँ कर रहे हैं।'' उन्हें उनकी धार्मिक आस्था से भी बल मिला, जिसकी वजह से उन्हें यह विश्वास था कि संसार इस भयंकर दौर से अंततः बाहर निकल जाएगा। उन्होंने कहा कि सबसे बुरे समय में भी ''मैं कभी निराश या हताश नहीं था।''

उनकी दृढ़ता देखकर भाग्य के देवता प्रसन्न हुए। 1942 के वसंत में बाज़ार गिरना छोड़कर ऊपर जाने लगा, जब मित्र राष्ट्रों की क़िस्मत बेहतर हुई और अमेरिकी अर्थव्यवस्था में सुधार हुआ। तलहटी में गोते खा रहे टेंपलटन के शेयर अब आसमान की तरफ़ उड़ने लगे। पाँच तूफ़ानी बरसों के बाद उन्होंने आख़िरकार अपने शेयर बेच दिए। ''बेचते समय मुझे 104 में से 100 शेयरों पर मुनाफ़ा हुआ था; मैंने लगभग पाँच गुना मुनाफ़ा कमाया।''

युद्ध के समय के टेंपलटन के इस दाँव के कारण मैं उन्हें इतिहास के सबसे साहसी और सबसे दूरदर्शी निवेशकों में से एक मानता हूँ – यह बुद्धि और चरित्र दोनों की विजय की मिसाल थी। उनकी अनुभवहीनता के बावजूद वे आर्थिक इतिहास, वित्तीय बाज़ारों और मानव स्वभाव के बारे में इतनी ज़्यादा समझ रखते थे कि उन्होंने इस तथ्य को पहचान लिया कि अंततः परम आशावाद ज़बर्दस्त निराशा

की जगह ले लेगा। सबसे अंधकारपूर्ण समय में भी वे कभी नहीं भूले कि अंतत: सूरज उगेगा।

ग़ैर-कुनबे वाले निवेशक के लिए छह मार्गदर्शक सिद्धांत

उनके ऑफ़िस में दो घंटे तक बातचीत करने के बाद टेंपलटन मुझे कार से अपने घर ले गए। यह सफ़ेद स्तंभों वाली आलीशान इमारत थी, जिसे दक्षिण में एंटीबेलम घर की शैली में डिज़ाइन किया गया था। वहाँ से समुद्र और गोल्फ़ कोर्स दिखता था। माहौल शांत था। उन्होंने बार-बार कहा कि यहाँ आने के बाद उनके निवेश प्रदर्शन में सुधार हुआ है, क्योंकि इस जगह ने *वॉल स्ट्रीट* के झुंड से उनके मनोवैज्ञानिक अलगाव को मज़बूत बनाया है। जब वे यहाँ रहने आए, तब यहाँ *वॉल स्ट्रीट जरनल* अक्सर कई दिन देर से आता था। दीर्घकालीन निवेशक के लिए यह एक अप्रत्याशित लाभ हो सकता है।

घर की सजावट पुराने युग के आकर्षण से भरपूर थी। लिविंग रूम में लकड़ी की रॉकिंग चेयर थी, चाँदी के मोमबत्ती स्टैंड थे और चमड़े के जिल्द वाली पुस्तकें थीं, जैसे *द लाइफ़ ऑफ़ क्राइस्ट* और हेनरी वैड्सवर्थ लॉन्गफ़ेलो की कविताएँ। ऊपर की मंज़िल पर उनकी स्टडी में टेंपलटन ने एक पेंटिंग दिखाई। इसमें 1987 में बकिंघम पैलेस का दृश्य था, जब महारानी एलिज़ाबेथ ने उन्हें परोपकारी सेवाओं के लिए नाइटहुड से नवाज़ा था। मैंने उनसे पूछा कि इतने सारे सम्मान और पुरस्कार मिलने पर उन्हें कैसा महसूस हुआ। ''यह मैच जीतने जैसा है। मुझे स्वीकार करना होगा कि मैं भी इंसान हूँ। इस साल मुझे मेरी बाईसवीं मानद डॉक्टरेट उपाधि मिली है और इससे मेरे मन में यह भावना आई कि मैं बहुत ज़्यादा मूर्ख नहीं हूँ।''

हम उनके लिविंग रूम में बैठे। टेंपलटन एक मग से चाय की चुस्कियाँ ले रहे थे, जिस पर एफ़बीआई का मोटो लिखा था : निष्ठा, साहस, सत्यनिष्ठा। फिर उन्होंने मुझे उनके निवेश करियर के सबसे महत्त्वपूर्ण सबक़ बताए। इस बातचीत के दौरान और बाद में लिए फ़ोन इंटरव्यू में उन्होंने छह मार्गदर्शक सिद्धांत उजागर किए, जिनसे किसी भी निवेशक को फ़ायदा हो सकता है।

यह बुद्धिमत्ता साठ साल के व्यावहारिक अनुभव और निवेश जगत के महानतम मस्तिष्कों में से एक के चिंतन-मनन का फल है। ग़ौरतलब यह है कि उन्होंने इनमें से किसी सिद्धांत की नक़ल नहीं की थी। जब मैंने टेंपलटन से पूछा कि क्या निवेश या जीवन के अन्य क्षेत्रों में किसी ने उन्हें प्रभावित किया है, तो उन्होंने जवाब दिया, ''निश्चित रूप से किसी ने भी नहीं... मैं किसी को खोज ही नहीं पाया, जिस पर मैं निर्भर रह सकूँ।'' उनके माता-पिता? ''उन पर भी नहीं।''

टेंपलटन ने बताया, सबसे पहले तो भावना से सावधान रहें : ''ज़्यादातर लोग भावनाओं की वजह से निवेश में राह भटक जाते हैं। जब उनके पास भारी मुनाफ़ा होता है, तो वे अत्यधिक लापरवाह और आशावादी बनकर राह भटक जाते हैं और जब उन्हें बड़ा नुक़सान होता है, तो वे अति सावधान होकर राह भटक जाते हैं।'' मनी मैनेजर के रूप में उनकी बुनियादी सेवाओं में से एक यह थी कि वे अपने ग्राहकों को ''दोनों तरह की भावनाओं से दूर ले जाते थे। यह मेरी सफलता का काफ़ी बड़ा कारण था।''

लेकिन वे सिर्फ़ भावनाओं के जाल से ही नहीं बचे। उन्होंने दूसरे निवेशकों की डगमगाती भावनाओं से भी फ़ायदा उठाया। जब दूसरे निवेशक अतार्किक रूप से मंदड़िये थे, तो टेंपलटन ने उनसे शेयर ख़रीदे। और जब दूसरे निवेशक अतार्किक रूप से तेजड़िये थे, तो टेंपलटन ने उन्हें शेयर बेच दिए। ''जब दूसरे निराशा में बेच रहे हों, तब ख़रीदना और जब दूसरे उत्साह से ख़रीद रहे हों, तब बेचना सबसे मुश्किल होता है,'' उन्होंने कहा। ''लेकिन इसी रणनीति से सबसे ज़्यादा फ़ायदा होता है।''

टेंपलटन के लिए हर निर्णय विश्लेषणात्मक तरीक़े से लेना स्वाभाविक था, चाहे यह पेशा चुनना हो, शेयर चुनना हो या स्थायी निवास संबंधी निर्णय लेना हो। लाइफ़ोर्ड में बसने से पहले उन्होंने कई काग़ज़ लिए और हर काग़ज़ के ऊपर एक अलग जगह का नाम लिखकर वहाँ के हर लाभ की सूची बनाई। इस प्रक्रिया का वर्णन करते हुए उन्होंने ज़ोर देकर कहा, ''मेरा निर्णय भावनात्मक नहीं था।''

दूसरी बात, टेंपलटन ने कहा, अपने अज्ञान से सतर्क रहें, जो ''शायद भावना से भी ज़्यादा बड़ी समस्या है... बहुत से लोग बहुत कम जानकारी के आधार पर शेयर ख़रीद लेते हैं। वे जो ख़रीदते हैं, उसके बारे में दरअसल कुछ भी जानते–समझते नहीं हैं।'' इस आसान तथ्य को याद रखने से फ़ायदा होता है कि निवेश संबंधी हर सौदे के दो पहलू होते हैं : ''जिसके पास सबसे ज़्यादा जानकारी है, उसके जीतने की ज़्यादा संभावना है। इसमें बहुत ज़्यादा मेहनत, अध्ययन और जाँच–पड़ताल की ज़रूरत होती है।''

टेंपलटन ने दावा किया कि उनकी सफलता में मेहनत ने प्रतिभा से ज़्यादा बड़ी भूमिका निभाई है। वे अक्सर ''एक और मील आगे जाने'' के अपने संकल्प को बताते हैं – एक और फ़ोन करना, एक और मीटिंग करना, एक और शोध यात्रा करना। इसी तरह वे सतत स्व–शिक्षा की अपनी आजीवन योजना के प्रति समर्पित थे। उन्होंने कहा कि जवानी के दिनों में ''मैंने निवेश के विषय पर लिखी हर चीज़ की तलाश की और अब भी करता हूँ।'' उन्होंने कहा, अस्सी साल की उम्र के बाद भी ''मैं हर साल निवेशक के रूप में ज़्यादा ज्ञानी बनने की कोशिश करता हूँ।''

टेंपलटन ने तर्क दिया कि नौसिखियों और पेशेवरों दोनों को इस ग़लतफ़हमी से बचना चाहिए कि ज़बर्दस्त निवेश रिकॉर्ड बनाना आसान होता है : ''कई पेशेवर भी श्रेष्ठ परिणाम नहीं दे पाते। इसलिए निवेश करने का तरीक़ा ख़ुद से यह पूछना है, 'क्या मेरे पास पेशेवरों से ज़्यादा अनुभव और बुद्धिमत्ता है?' और अगर आपके पास नहीं है, तो यह काम ख़ुद *नहीं* करें। किसी पेशेवर की मदद लें... घमंड में आकर यह नहीं सोचने लगें कि आप विशेषज्ञों से बेहतर प्रदर्शन कर लेंगे।''

तीसरे, टेंपलटन ने कहा, अपनी ग़लतियों से ख़ुद की रक्षा करने के लिए आपको व्यापक डाइवर्सिफ़िकेशन करना चाहिए। उनका अनुमान है कि उन्होंने अपने करियर में कम से कम पाँच लाख निवेश निर्णय लिए होंगे। कई वर्षों तक उन्होंने अपने ग्राहकों को दी गई सलाह का विस्तृत रिकॉर्ड रखा, जिसमें उन्होंने उन्हें बताया था कि कौन से शेयर ख़रीदने या बेचने हैं। इसके विश्लेषण से एक विचलित करने वाली सच्चाई का पता चला : उनकी लगभग एक तिहाई सलाह ''बुद्धिमत्ता के विपरीत'' यानी ग़लत थी। इससे उन्होंने निष्कर्ष निकाला कि निवेश इतना मुश्किल है कि सर्वश्रेष्ठ निवेशकों को भी दो-तिहाई बार से ज़्यादा सही होने की उम्मीद नहीं करना चाहिए, चाहे वे कितनी ही मेहनत क्यों नहीं कर लें।

सबक़? अपने अहंकार - और अपने जोखिम - को नियंत्रण में रखें। ''अपना पूरा पैसा किसी एक विशेषज्ञ के भरोसे नहीं छोड़ें। अपना पूरा पैसा किसी एक उद्योग या एक देश में नहीं लगाएँ। कोई भी इतना स्मार्ट नहीं होता। इसलिए डाइवर्सिफ़िकेशन करने में ही समझदारी है।'' टेंपलटन की सलाह है कि आम निवेशक को कम से कम पाँच मीच्युअल फ़ंड ख़रीदना चाहिए, जो वित्तीय बाज़ारों के अलग-अलग क्षेत्रों पर केंद्रित हों। वे कहते हैं कि फ़ंड मैनेजर के दीर्घकालीन रिकॉर्ड का अध्ययन करना अच्छी बात है, लेकिन यह भावी सफलता की गारंटी नहीं है। एक बार फिर, हमें अपने ज्ञान की सीमाओं के बारे में ईमानदार रहना चाहिए : ''अहंकार में आकर यह नहीं सोचने लगें कि आप जानते हैं कि सही विशेषज्ञ कौन है।''

चौथे, टेंपलटन ने कहा, सफल निवेश के लिए धैर्य ज़रूरी है। जब उन्होंने द्वितीय विश्व युद्ध छिड़ने पर अमेरिकी शेयर ख़रीदे थे, तो वे जानते थे कि वे कितने सस्ते हैं, लेकिन वे यह भविष्यवाणी नहीं कर सकते थे कि बाज़ार उनसे सहमत होने में कितना समय लगाएगा। उनका प्रतिस्पर्धी लाभ श्रेष्ठ ज्ञान ही नहीं था। यह कई साल तक इंतज़ार करने की रणनीति भी थी, जब तक कि स्थिति उनके अनुमान के अनुरूप नहीं हो जाए।

टेंपलटन गणित से प्रेम करते हैं और गणित उनके इस विश्वास को दृढ़ करता है कि धैर्य से लाभ होता है। इसे रेखांकित करने के लिए वे वह क़िस्सा बताते हैं, जब 1626 में डच अप्रवासियों ने मैनहैटन को 24 डॉलर में ख़रीदा था। उन्होंने कहा

कि अगर मूल अमेरिकी 8 प्रतिशत की वार्षिक दर पर इस राशि का निवेश कर देते, तो यह ''आज इतनी बड़ी राशि होती कि वर्तमान मैनहैटन के कुल मूल्य से ज़्यादा होती, जिसमें इसकी सारी इमारतें शामिल हैं।'' टेंपलटन इसे एक बुनियादी वित्तीय सिद्धांत का अतिरंजित उदाहरण मानते हैं, ''सचमुच अच्छे निवेश परिणाम हासिल करने के लिए आपको सिर्फ़ धैर्य की ज़रूरत होती है।'' उन्होंने चेतावनी भरे स्वर में कहा कि ''लगभग सभी निवेशक बहुत ज़्यादा अधीर होते हैं।'' उन्होंने आगे कहा, ''जो लोग साल में एक बार एक फ़ंड से दूसरे फ़ंड में कूदते हैं, वे जाँच-पड़ताल के बजाय भावना के आधार पर ऐसा करते हैं।''

पाँचवें, टेंपलटन ने कहा, अच्छे सौदे खोजने का सर्वश्रेष्ठ तरीक़ा यह अध्ययन करना है कि किन संपत्तियों ने पिछले पाँच सालों में सबसे निराशाजनक प्रदर्शन किया है। इसके बाद यह आकलन करना चाहिए कि इसके कष्टों का कारण अस्थायी है या स्थायी। ज़्यादातर लोग स्वाभाविक रूप से उन निवेशों के प्रति आकर्षित होते हैं, जो उस वक़्त सफल और लोकप्रिय होते हैं, चाहे यह आसमान छूता शेयर हो, मीच्युअल फ़ंड हो या तीव्र विकास करने वाला देश हो। लेकिन अगर उसके भाव में भविष्य की सुनहरी संभावनाएँ शामिल हैं, तो शायद वह शेयर लालची लोगों का दाँव होगा और संभवत: ज़रूरत से ज़्यादा महँगा होगा।

टेंपलटन में कुनबे की मानसिकता अन्य निवेशकों से कम है। वे इसकी विपरीत नीति पर चले हैं। वे हमेशा से यह जानना चाहते थे, ''सबसे *बुरा* दृष्टिकोण किसके बारे में है?'' सबसे लुभावने सौदे इन निराशाजनक जगहों पर ही मिलने की संभावना थी, क्योंकि उन शेयरों के भाव में कुनबे का निराशावाद साफ़ झलक रहा होगा। वे कॉन्ट्रेरियन रणनीति पर चले, जिसके तहत वे पूरे संसार के सबसे निराशा भरे उद्योगों व बाज़ारों में शेयरों की जाँच करते थे और ख़ुद से लगातार पूछते थे, ''किसके बारे में मुझे विश्वास है कि इसका वर्तमान भाव सबसे कम है, लेकिन इसका वास्तविक मूल्य बहुत ज़्यादा है?''

हमारी चर्चा के समय 1997 के एशियाई वित्तीय संकट चल रहा था। इसकी वजह से थाईलैंड, इंडोनेशिया और दक्षिण कोरिया जैसे देशों में विनाश के बाद वाला माहौल दिख रहा था। अगर आप संसार में सबसे ज़्यादा गिरा हुआ निवेश खोजना चाहते थे, तो मैथ्यूज़ कोरिया फ़ंड इसका प्रबल दावेदार था, जिसका भाव 1997 में लगभग 65 प्रतिशत गिरा था। इस फ़ंड ने दुर्भाग्य से उस देश में निवेश किया था, जहाँ कर्ज़ फ़्रीज़ हो गया था, जिसकी मुद्रा गिर रही थी और कंपनियों का क़र्ज़ घातक स्तर पर था।

1997 के अंत में टेंपलटन ने निर्णय लिया कि कंपनियों की भावी आमदनी के लिहाज़ से दक्षिण कोरिया के शेयर संसार में सबसे सस्ते थे। कोरियाई शेयरों का पीई रेशो जून 1997 में 20 था, लेकिन दिसंबर में यह पीई रेशो गिरकर 10 तक

आ गया था – यह मोटा लेकिन स्पष्ट पैमाना बताता है कि निवेशकों में कितना डर और हिक़ारत थी। फिर भी यह मानना तार्किक था कि प्रबल आर्थिक प्रगति के लिए मशहूर यह देश लिक्विडिटी के मौद्रिक दुष्चक्र से बाहर निकलने के बाद आगे भी तरक़्क़ी करता रहेगा। यही सोचकर टेंपलटन ने मैथ्यूज़ कोरिया फ़ंड में 10 मिलियन डॉलर का निवेश कर दिया और इसके सबसे बड़े शेयरहोल्डर बन गए। उन्होंने मुझे बताया, ''मनोवैज्ञानिक और जनसंपर्क दोनों दृष्टिकोणों से इससे बदतर कुछ नहीं हो सकता था।''

यह उदाहरण सामान्य निवेशक के लिए प्रेरक नहीं हो सकता, लेकिन ज़रा उनके तर्क की सुंदरता और मस्तिष्क की स्वतंत्रता के बारे में सोचें, जिसकी बदौलत वे दक्षिण कोरिया के शेयर बाज़ार में तब अंदर घुसे, जब बाक़ी सभी लोग तेज़ी से बाहर निकल रहे थे। निश्चित रूप से संकट अल्पकालिक साबित हुआ, जैसा टेंपलटन का अनुमान था। जून 1999 में ब्लूमबर्ग न्यूज़ ने ख़बर दी कि मैथ्यूज़ कोरिया फ़ंड पिछले साल 266 प्रतिशत बढ़ा था, जिससे यह 5,307 स्टॉक फ़ंड्स की रैंकिंग में नंबर वन बन गया था। जैसा बाइबल में कहा गया है, ''आख़िरी सबसे पहले होंगे और पहले आख़िरी।''

छठे, टेंपलटन ने कहा, ''निवेशक के रूप में सबसे महत्त्वपूर्ण चीज़ों में से एक यह है कि लोकप्रिय दीवानगी के पीछे नहीं भागें।'' 1980 के दशक में टेंपलटन फ़ाउंडेशन प्रेस ने एक कालजयी पुस्तक दोबारा प्रकाशित की, जिसका शीर्षक शानदार था : *एक्सट्राऑर्डिनरी पॉप्युलर डिल्यूज़न्स ऐंड द मैडनेस ऑफ़ क्राउड्स* (भीड़ के असाधारण लोकप्रिय मुग़ालते और पागलपन)। 1841 में चार्ल्स मैके द्वारा लिखित इस पुस्तक में ट्यूलिप मानिया और साउथ सी बबल जैसे लोकप्रिय जुनूनों का इतिहास बताया गया है। इसकी प्रस्तावना में टेंपलटन ने वित्तीय पागलपन से बचने का एक तार्किक नुस्ख़ा बताया : ''अगर निवेशक लोकप्रिय झाँसों से बचना चाहते हैं, तो इसका सर्वश्रेष्ठ तरीक़ा नज़रिये पर नहीं, बल्कि मूल्य पर ध्यान केंद्रित करना है।''

उन्होंने सुझाव दिया कि ख़ुद को वास्तविकता के धरातल पर रखने के लिए हमें मूल्यांकन के कुछ निश्चित पैमानों की जाँच-पड़ताल करनी चाहिए। हमें कंपनी के बाज़ार भाव को इसके सेल्स वॉल्यूम प्रति शेयर, इसकी नेट एसेट वैल्यू प्रति शेयर और पिछले पाँच सालों के लिए इसके औसत ईपीएस आदि के संदर्भ में देखना चाहिए। किसी ''निवेश की फ़ंडामेंटल वैल्यू'' का यह ''अति महत्त्वपूर्ण विश्लेषण'' ''भीड़ के पागलपन'' के ख़िलाफ़ सुरक्षा कवच का काम करता है।

जब हमारी मुलाक़ात हुई, तब अमेरिकी शेयरों में आठ साल से बुल रन चल रहा था। अति उत्साही निवेशक टेक्नोलॉजी और इंटरनेट शेयरों पर अंधाधुंध दाँव

लगा रहे थे। मेरे सामने यह स्पष्ट था कि हम एक उन्माद के बीच में थे, लेकिन मैं टेंपलटन से अपने संदेह की पुष्टि कराना चाहता था। ज़ाहिर है, उन्होंने यह काम आसानी से नहीं किया।

हमारी बातचीत की शुरुआत में ही उन्होंने मुझे बता दिया था, ''अधिकतम आशावाद का बिंदु ही वह समय है, जब आपको अपनी मुनाफ़ावसूली कर लेना चाहिए।'' लेकिन जब मैंने उनसे बार-बार पूछा कि क्या हम उस बिंदु तक पहुँच गए हैं, तो वे कन्नी काटते रहे। आख़िरकार वे भड़क गए, ''यह सवाल पूछने वाला व्यक्ति मूर्ख है। क्या यह स्पष्ट है? कोई नहीं जानता कि वह बिंदु कब आता है... कुछ विशेषज्ञ आपसे ज़्यादा बार सही होते हैं। लेकिन फिर भी यह मानवीय असफलता है कि आप अपना दिमाग़ इस प्रश्न की ओर ले जाएँ कि शेयर बाज़ार ऊपर जा रहा है या नीचे आ रहा है। यह बात जानने वाला आज तक इस धरती पर कोई हुआ ही नहीं है।।''

मुझे ऐसा लगा, जैसे किसी ने मेरे सिर पर हथौड़ा मार दिया हो। मैं उनकी ज़्यादा व्यापक बात को तो समझ गया कि बाज़ार की भविष्यवाणी करना नादानों का शगल है। लेकिन हर व्यक्ति की तरह वे भी जानते थे कि कई अमेरिकी शेयरों में भारी गिरावट आना तय है, क्योंकि उनके गगनचुंबी वैल्युएशन क़ायम नहीं रह सकते थे। संगीत कब रुकेगा, यह भविष्यवाणी करना तो असंभव था, लेकिन परिणामों की भविष्यवाणी काफ़ी हद तक की जा सकती थी। पलटकर देखने पर मुझे लगता है, वे मुझ पर इसलिए नाराज़ हुए थे, क्योंकि मैंने उनके परोपकारी काम में पर्याप्त रुचि नहीं ली थी, जिसके बारे में उन्होंने ज़ोर देकर कहा था कि वही ''असली कहानी'' है। ख़ुद के लिए टीप : किसी सम्मानित दिग्गज से यह प्रश्न पूछने से पहले दो बार सोचें कि क्या लोग उन्हें ''सिरफ़िरा'' समझते हैं।

चाहे जो हो, बाद में पता चला कि डॉट कॉम बबल फूटने से पहले ही टेंपलटन ने मुनाफ़े की एक शानदार योजना बना ली थी। उन्होंने यह काम इस तरह किया।

तब निर्लज्ज निवेश बैंक संदिग्ध इंटरनेट कंपनियों के आईपीओ बाज़ार में लाकर अनाप-शनाप कमाई कर रहे थे। वॉल स्ट्रीट की बिक्री मशीन अति सक्रिय थी। यह हर तरह के कपोलकल्पित कचरे का प्रचार करके उसे नादान, लोभी या असावधान निवेशकों को बेच रही थी, जो इसे ख़रीदने के लिए पगला रहे थे। यह निवेश दीवानगी का स्पष्ट विस्फोट था – जो बहुत मज़ेदार था, जब तक कि इसकी क़ीमत नहीं चुकानी पड़े। टेंपलटन जानते थे कि इसका अंत आँसुओं में होगा। आख़िरकार, उन्होंने अक्सर पाँच सबसे महँगे शब्दों में चेतावनी दते हुए कहा था, ''इस बार मामला अलग है।''

प्रतिक्रिया करते हुए उन्होंने सबसे ज़्यादा ओवरवैल्यूड 84 इंटरनेट शेयरों पर निशाना साधा, जिनका आईपीओ आने के बाद उनका भाव तीन गुने से ज़्यादा बढ़ चुका था। आईपीओ के बाद एक ''लॉकअप'' अवधि होती है, जिस दौरान कंपनी के कर्मचारी उनके शेयर नहीं बेच सकते; आम तौर पर यह अवधि छह महीने की होती है। टेंपलटन का तर्क यह था कि ये इनसाइडर पहला मौक़ा मिलते ही अपने शेयर बेचने के लिए दौड़ेंगे, क्योंकि वे अति उल्लास के ठंडा होने से पहले मुनाफ़ावसूली करना चाहेंगे। इनसाइडर सेलिंग की इस भगदड़ से इन शेयरों के भाव लुढ़क जाएँगे।

इसलिए टेंपलटन ने इन सभी 84 शेयरों को ''शॉर्ट सेल'' कर दिया और दाँव लगाया कि लॉकअप अवधि ख़त्म होते ही वे गिर जाएँगे। उनकी पोती और मनी मैनेजर लॉरेन टेंपलटन ने बताया कि टेंपलटन ने हर शेयर पर 2.2 मिलियन डॉलर का दाँव लगाया – यानी कुल मिलाकर इस दाँव में उन्होंने अपनी 185 मिलियन डॉलर की पूँजी लगा दी।

टेंपलटन की शॉर्ट सेलिंग की रणनीति जादू की तरह कामयाब हुई। जब मार्च 2000 में डॉट कॉम बबल फूटा, तो कुछ ही महीनों में उन्होंने 90 मिलियन डॉलर से ज़्यादा का मुनाफ़ा कमा लिया। बरसों बाद जब द *एकोनॉमिस्ट* ने सार्वकालिक महानतम वित्तीय ट्रेड्स के बारे में एक लेख लिखा, तो इसने घोषणा की कि यह ''चतुराई भरी योजना'' ''काश मैंने इस बारे में सोचा होता'' से काफ़ी अंतर से जीती।

मैं आश्चर्य से भर जाता हूँ कि यह शानदार काम 85 साल से ज़्यादा उम्र वाले इंसान ने किया था। सबसे अच्छी बात, यहाँ पर एक शानदार तुलना दिखाई देती है। 1939 में उन्हें इस बात का अहसास हुआ कि निवेश भीड़ इस मुग़ालते में थी कि भविष्य में दुख और नुक़सान के सिवा कुछ नहीं है। 1999 में उन्हें अहसास हुआ कि निवेशकों की भीड़ इस मुग़ालते में थी कि भविष्य में आनंद और मुनाफ़े के सिवा कुछ नहीं है। दोनों ही अवसरों पर उन्होंने अपने श्रेष्ठ विवेक और निर्णयशक्ति पर विश्वास किया। 1939 में उन्होंने शेयरों की एक बास्केट ख़रीदी, जिससे भीड़ नफ़रत करती थी। 1999 में उन्होंने शेयरों की उस बास्केट को शॉर्ट किया, जिसे भीड़ अपनी पलकों पर बिठाती थी। ये दोनों जादुई निवेश एक-दूसरे के प्रतिबिंब (विपरीत) थे और इनके बीच छह दशकों का अंतर था।

उनके क्षेत्र के स्वामी

आगे बढ़ने से पहले मुझे एक सच्चाई बताने दें। वास्तव में सर जॉन टेंपलटन मुझे ज़्यादा पसंद नहीं आए थे। यह सच है कि मैं उनसे मिलकर रोमांचित था और कृतज्ञ

था कि उन्होंने मुझे अपना समय दिया। मगर मुझे उनमें थोड़ी भावहीन कठोरता दिखाई दी, जिससे मेरा उत्साह ठंडा हो गया।

उनकी पुस्तक *विज्डम फ्रॉम वर्ल्ड रिलीजन्स : पाथवेज़ टुवर्ड हैवन ऑन अर्थ* में उन्होंने ''असीमित प्रेम,'' क्षमा, विनम्रता और करुणा जैसे सद्गुणों के बारे में काफ़ी लिखा है। लेकिन उनके स्वभाव के इस गर्मजोशी भरे और उदार पहलू के साथ ही वह पहलू भी मौजूद था, जो कठोर और गंभीर दिख सकता था। वे इतने भले इंसान थे कि मुझे कार से हवाई अड्डे तक छोड़ने आए, ताकि मैं कार में उनका इंटरव्यू ले सकूँ। लेकिन उनके जाने के बाद मैंने एक नोट लिखा, जो उनके बारे में मेरी दुविधा को स्पष्ट करता था : ''वे अजीब तरीक़े से शुष्क, फ़ौलादी और औपचारिक हैं। मोहक लेकिन दृढ़। अविश्विसनीय रूप से प्रबल इच्छाशक्ति है। वे खुले होने और सुनने का दावा करते हैं, जबकि वे कट्टर और अतिवादी हैं।''

विलियम प्रॉक्टर की पुस्तक *द टेंपलटन टच* सर जॉन टेंपलटन की जीवनी है। इसमें टेंपलटन कॉलेज, ऑक्सफ़ोर्ड के पूर्व डीन रोरी लाइट ने एक बहुत अच्छा संस्मरण बताया है, जिसकी फ़ंडिंग में टेंपलटन ने मदद की थी। नाइट कहते हैं, ''वे कठोर इंसान थे। वे कोमल व्यक्ति नहीं थे, जो धर्मगोष्ठी में चारों तरफ़ घूमकर सबके प्रति नेक बन रहे हों। देखिए, वे कभी लोगों के प्रति अशिष्ट नहीं थे और पक्के जेंटलमैन थे... फिर भी मैं कहूँगा कि वे सारे समय लोगों से ऊँची अपेक्षाएँ करते थे। वे लोगों के सर्वश्रेष्ठ स्वरूप को बाहर निकालते थे और उनसे कठोर अपेक्षा करते थे।''

टेंपलटन को इस बात का श्रेय दिया जाना चाहिए कि वे ख़ुद से भी बहुत ज़्यादा अपेक्षाएँ करते थे। बचत और ख़र्च के बारे में उनके नज़रिये को देखें। ''मेरी पढ़ाई पूरी करने के बाद मेरे पास पैसे नहीं थे, ना ही मेरी नवविवाहिता पत्नी के पास थे।'' उन्होंने मुझे बताया। ''इसलिए हम जो भी डॉलर कमाते थे, उसमें से पचास सेंट बचाते थे।'' बेहद अमीर बनने के बाद भी उन्होंने अपने वित्तीय अनुशासन को शिथिल नहीं किया। हालाँकि उनके कई समकक्ष प्राइवेट जेट में यात्रा करना पसंद करते थे, लेकिन टेंपलटन हमेशा एकोनॉमी क्लास में यात्रा करते थे। उन्होंने स्पष्ट किया, ''ज़्यादा बड़ी सीट की ख़ातिर पैसे बरबाद क्यों करें, जब इस पैसे को ख़र्च करने के बहुत से बेहतर तरीक़े हैं। किसी चीज़ को बरबाद करने में मुझे कभी समझदारी नहीं लगी।''

जब टेंपलटन मशहूर फ़ंड मैनेजर थे, तो उनके कर्मचारी इस्तेमाल हुए काग़ज़ के टुकड़ों पर लिखने की उनकी आदत के बारे में हँसते थे, जिन्हें स्टेपल करके वे कामचलाऊ नोटपैड बनाते थे। बाद में उन्होंने दक्षिण कोरिया की सस्ती किया कार चलाकर पैसे बचाए। धार्मिक निवेशकों के सलाहकार और उनके मित्र गैरी मूर ने मज़ाक़ में मुझसे कहा, ''जॉन वे हैं, जिन्हें हम कैल्विनिस्ट कहते हैं। वे मानते हैं

कि पैसे कमाना तब तक अच्छा है, जब तक कि आप इसका आनंद नहीं लेते।'' उनकी स्वाभाविक किफ़ायत को देखते हुए कोई हैरानी की बात नहीं कि टेंपलटन अंडरवैल्यूड शेयर ख़रीदने के मामले में विशेषज्ञ थे।

उन्होंने कभी क़र्ज़ पर विश्वास नहीं किया और हमेशा अपनी कारों तथा घरों के लिए नक़द भुगतान दिया। उन्होंने यह दावा भी किया कि उनका युद्धकालीन दाँव एकमात्र समय था, जब उन्होंने निवेश के लिए पैसे उधार लिए थे। महामंदी में वे देख चुके थे कि क़र्ज़ लेने वाले लोगों का पतन कितनी आसानी से हो जाता था। वे वित्तीय अनुशासन को नैतिक सद्गुण मानते थे। जब हम उनके ऑफ़िस से जा रहे थे, तो एक अजनबी पार्किंग लॉट में उनके पास आया और बिजली का बिल भरने के लिए पैसे माँगने लगा। टेंपलटन ने उसे 50 डॉलर दिए और उससे यह वादा लिया कि वह दोबारा कभी उनसे पैसे नहीं माँगेगा। कार में उन्होंने बताया कि उन्होंने ऐसा क्यों किया : ''जिस व्यक्ति के पास पैसा ख़त्म हो जाता है, उसका पैसा आगे भी हमेशा ख़त्म होता रहेगा। और उसे तंगी दूर करने के लिए जहाँ पैसा मिलेगा, वह बार-बार वहीं जाएगा।''

टेंपलटन की पैसे के प्रति सतर्कता उनके इस विश्वास से भी उत्पन्न हुई थी कि हम ईश्वर की दौलत के केवल ''अस्थायी प्रबंधक'' हैं। वे अपनी फ़ंड कंपनी की मीटिंग्स प्रार्थना के साथ शुरू करते थे। वे मानते थे कि आध्यात्मिकता और भौतिक सफलता के बीच प्रबल संबंध होता है। ''अगर आप आध्यात्मिक मामलों पर ध्यान केंद्रित करते हैं, तो दौलतमंद बनने की बहुत ज़्यादा संभावना होती है,'' उन्होंने मुझे बताया। ''मुझे कभी कोई परिवार नहीं मिला, जिसने दस सालों तक अपनी दस प्रतिशत आमदनी का धर्मदान दिया हो और वह अमीर व ख़ुशहाल नहीं बना हो। इसलिए धर्मदान या दशमांश दान संसार का सर्वश्रेष्ठ निवेश है।'' उन्होंने ''अति'' धर्मदान का ''एक नया रूप'' भी ईजाद किया। ''मैं ख़ुद पर जो एक डॉलर ख़र्च करता हूँ, उसके बदले में मैं हमेशा दस डॉलर का दान देता हूँ।''

वे समय प्रबंधन के मामले में भी इतने ही सटीक थे। टेंपलटन फ़ंड्स की मार्केटिंग करने वाले जॉन गैलब्रेथ बताते हैं, ''जॉन छुटपुट बातचीत नहीं करते थे। जिस पल उनके साथ आपके काम की बात पूरी हो जाती थी, वे किसी दूसरी चीज़ में लग जाते थे।'' गैरी मूर ने कहा, ''पहली बार जब मैं जॉन से मिला, तो उन्होंने कहा था, 'यहाँ 4:02 पर आ जाना। मेरा 4:13 पर दूसरा अपॉइंटमेंट है'।''

वे अपना एक मिनट भी बरबाद नहीं करना चाहते थे, इसलिए टेंपलटन ने एक साथ दो चीज़ें करने की आदत डाली। उनके घर में हमारी मुलाक़ात के दौरान वे मेरे प्रश्नों के जवाब देते समय एक पुस्तक के मुख्य अंशों रेखांकित करते जा रहे थे। उन्हें कार चलाते समय प्रार्थना करके मल्टीटास्किंग करना पसंद है। वे समय के इतने ज़्यादा पाबंद हैं कि मीटिंग्स के लिए सामान्य रूप से दस मिनट जल्दी

पहुँचते हैं। वे टालमटोल से सख़्त नफ़रत करते हैं। वे टेलीविज़न और फ़िल्मों (ख़ास तौर पर ''अनैतिक मनोरंजन'') जैसे व्यवधानों को नापसंद करते हैं। इसके बजाय वे कॉरपोरेट रिपोर्ट्स या ''प्रेरक'' पुस्तकें पढ़ना ज़्यादा पसंद करते है। वे ''समय बरबाद करने'' को ''एक तरह की चोरी'' कहते हैं और आलस को ''धीमी आत्महत्या का एक रूप'' मानते हैं।

जब मैंने टिप्पणी की कि वे ख़ुद पर बहुत ज़्यादा सख़्त हैं, तो उन्होंने जवाब दिया, ''आइए इसे आत्म-नियंत्रण कहते हैं। मैं सोचता हूँ कि मैंने हमेशा ज़्यादा आत्म-नियंत्रण हासिल करने पर मेहनत की है और निश्चित रूप से मैं मानता हूँ कि दूसरे लोगों को भी ऐसा ही करना चाहिए।''

वे अपने पैसे और समय का ही खूँखार आत्म-अनुशासन से प्रबंधन नहीं करते थे। अपने मस्तिष्क के प्रबंधन के बारे में भी उनमें इतना ही जुनून था। *विज्डम फ्रॉम वर्ल्ड रिलीजन्स* में वे बार-बार ''वैचारिक नियंत्रण'' की बात करते हैं। उनके दैनिक जीवन में उन्होंने ख़ुद को ''उपयोगी विचारों'' और ''सकारात्मक भावनाओं'' पर ध्यान केंद्रित करने के लिए प्रशिक्षित किया, जैसे प्रेम, कृतज्ञता, सेवा और ''हमारे तथा अन्य लोगों के भीतर की असीमित अच्छाई।''

टेंपलटन क्रोध, शंका, चिंता, ग्लानि, डर, नफ़रत और ईर्ष्या जैसी भावनाओं तथा नकारात्मक विचारों को खदेड़ने के बारे में भी उतने ही समर्पित थे। उन्होंने मुझे एक तकनीक बताई कि मैं किसी भी नकारात्मक विचार की जगह यह कथन कहने लगूँ, ''मैं अपने जीवन में अच्छाई की प्रचुरता के लिए धन्यवाद देता हूँ।'' मुश्किलों के बीच उन्होंने यह वाक्य बोलने का सुझाव दिया, ''यह मुझे वरदान देने के लिए आई है।'' वे हर तरह की ''निरुद्देश्य, अनुशासनहीन सोच'' को मिटाना चाहते हैं, जो उनके जीवन के ''ऊँचे लक्ष्यों'' को पूरा करने में बाधक हो। जैसा टेंपलटन ने कहा था, हमारे अंदर यह चुनाव करके अपने जीवन को आकार देने की ज़बर्दस्त शक्ति है, ''हम अपना ध्यान कहाँ केंद्रित करना चाहते हैं, क्योंकि *हम जिस पर भी ध्यान केंद्रित करते हैं, उसी का विस्तार होता है।''*

अपने मस्तिष्क पर शासन करने के टेंपलटन के संकल्प ने भयंकर दौर झेलने में उनकी मदद की। 1951 में वे और उनकी पत्नी जूडिथ बरमूडा में वैकेशन मनाने गए। वहाँ एक मोटरसाइकल दुर्घटना में जूडिथ की मृत्यु हो गई। 38 साल की उम्र में टेंपलटन विधुर हो गए और अचानक उन पर तीन बच्चों को अकेले पालने की जिम्मेदारी आ गई। उन्होंने बुरे विचारों को ''दूर भगाकर'' कई साल गुज़ारे, अन्यथा ये उनके दिमाग़ पर क़ब्ज़ा करके उनका जीना दूभर कर देते। 1958 में उन्होंने अपनी दूसरी पत्नी आइरीन से शादी कर ली, जो क्रिश्चियन साइंटिस्ट थीं, जो टेंपलटन की तरह ही मस्तिष्क और प्रार्थना की शक्ति में विश्वास करती थीं।

संदेहवादी पत्रकार होने के नाते उन दिनों (अब नहीं) मेरी प्रवृत्ति यह थी कि मैं ''सकारात्मक सोच'' और ''वैचारिक नियंत्रण'' की बात सुनते ही अपनी आँखें गोल-गोल घुमाने लगता था। मेरी मानसिकता इतनी कुंद थी कि मैंने टेंपलटन के मिशन को ज़्यादा गंभीरता से नहीं लिया। उनका मिशन इस बारे में वैज्ञानिक पड़ताल करना था कि क्या प्रार्थना या क्षमा जैसी आध्यात्मिक आदतें लाभकारी हो सकती हैं। मुझे यह बात कहने में काफ़ी संकोच होता है, लेकिन मेरे पूर्वाग्रहों ने मुझे अहंकारी और उपेक्षापूर्ण बना दिया। इसके बजाय मुझे अपने निर्णय को तब तक शिथिल रखना चाहिए था, जब तक कि मैं ज़्यादा जान नहीं लूँ।

अब मुझे अहसास होता है कि सकारात्मक सोच और प्रार्थना की टेंपलटन की आदतों ने उनके विचारों तथा भावनाओं पर नियंत्रण पाने के उनके युद्ध में उनकी काफ़ी मदद की होगी। अलोकप्रिय स्थितियों में रहने के शौकीन विशेषज्ञ के लिए प्रबल मानसिक शक्ति एक शक्तिशाली लाभ थी।

इसके विपरीत, मेरा ख़ुद का मस्तिष्क निराशाजनक रूप से अनियंत्रित था। मैं डर, शंका, अफ़सोस, लोभ, अधीरता, ईर्ष्या और निराशावाद जैसी भावनाओं से आसानी से सराबोर हो जाता था - जिनकी वजह से निवेश संबंधी तार्किक निर्णय लेना काफ़ी चुनौतीपूर्ण और जटिल हो जाता था।

विज्डम फ्रॉम वर्ल्ड रिलीजन्स में टेंपलटन ने लिखा था, ''बाहरी संसार में सफल होने के लिए आंतरिक संसार में सफलतापूर्वक जीना महत्त्वपूर्ण होता है... मित्र, सहयोगी, अवसर, करियर और बाहरी संसार के हमारे जीवन अनुभव उसी के प्रतिबिंब होते हैं, जो हमारे भीतर हो रहा है।'' टेंपलटन ने अपने आंतरिक संसार की बागडोर थामने का मुश्किल काम किया। उस वक़्त वे मुझे सनकी और अति-नैतिकता के शिकार लगते थे, जिस वजह से मैं उनसे कुछ सीखने का अनिच्छुक था। लेकिन बीस साल बाद मैं उनकी आंतरिक शक्ति और फ़ौलादी इच्छाशक्ति से विस्मित हूँ और सोचता हूँ कि काश! मेरे पास उनसे आधा आत्म-नियंत्रण होता।

जैसा मैं अब इसे देखता हूँ, टेंपलटन ने सिर्फ़ शेयर बाज़ार को ही नहीं जीता था। उन्होंने ख़ुद को भी जीत लिया था। उन्होंने अपने जीवन के हर पहलू की जिम्मेदारी ली, जिसमें उनका समय, धन, स्वास्थ्य, विचार और भावनाएँ शामिल थीं। इसके लिए असाधारण आत्म-अनुशासन की ज़रूरत थी। हम अक्सर आत्म-अनुशासन को ज़्यादा महत्त्व नहीं देते हैं। इसे काफ़ी पुरातनपंथी और दक़ियानूसी सद्गुण माना जाता है। लेकिन टेंपलटन ने अति आत्म-अनुशासन की बदौलत जीत हासिल की। जैसा पबरई ने मंगर से सीखा था, ''एक आसान विचार को लो और इसे गंभीरता से लो।''

निवेश और जीवन में बहुत कुछ होता है, जिसे हम नियंत्रित नहीं कर सकते। टेंपलटन पक्का नहीं कह सकते थे कि द्वितीय विश्व युद्ध में मित्र राष्ट्र ही जीतेंगे। वे कभी यह भविष्यवाणी भी नहीं कर सकते थे कि उनकी पहली पत्नी की मृत्यु युवावस्था में ही हो जाएगी। लेकिन उन्होंने उसे नियंत्रित किया, जिसे वे नियंत्रित कर *सकते* थे।

निवेशक के रूप में इसका मतलब था कठोर अनुशासन के साथ वैल्युएशन्स पर ध्यान केंद्रित करना, अपने प्रतिद्वंद्वियों से बेहतर जानकारी हासिल करना या स्वतंत्र निर्णय निडरता से लेना और भीड़ की दिलचस्पी की क़तई परवाह नहीं करना। इसका मतलब अपने मानसिक और भावनात्मक संतुलन को क़ायम रखने के लिए हर संभव प्रयास करना भी था। वे परिणाम को तो नियंत्रित नहीं कर सकते थे, लेकिन वे ख़ुद को नियंत्रित कर सकते थे। मैं टेंपलटन से दो दशक पहले जो नहीं सीख पाया था, वह अब सीख गया हूँ कि आंतरिक खेल ही सबसे महत्त्वपूर्ण होता है।

3

हर चीज़ बदलती है

हम स्मार्ट निर्णय कैसे ले सकते हैं, जब हर चीज़ बदलती है और भविष्य अज्ञात होता है? हॉवर्ड मार्क्स से पूछें

> हर चीज़ बदलती है, यह हर अस्तित्व का बुनियादी सत्य है। कोई भी इस सत्य से इनकार नहीं कर सकता और यह एक वाक्य ही बौद्ध धर्म की सारी शिक्षा का सार बता देता है।
>
> शुनर्‌यू सुज़ुकी, *ज़ेन माइंड, बिगिनर्स माइंड*

जब हॉवर्ड मार्क्स युनिवर्सिटी ऑफ़ पेनसिल्वेनिया में अंडरग्रैजुएट थे, तो उन्होंने स्टूडियो आर्ट की क्लास में नाम लिखाया। मेजर विषय के रूप में फ़ाइनेंस लेने वाले विद्यार्थी के लिए आश्चर्यजनक चयन था, लेकिन मार्क्स बचपन में काफ़ी कुशल चित्रकार थे। ''इसलिए मैं आर्ट कोर्स में गया और टीचर ने चारों तरफ़ देखकर कहा, 'यहाँ तो विद्यार्थी ज़रूरत से ज़्यादा हो रहे हैं। हमें कुछ विद्यार्थी कम करने पड़ेंगे। मैं तुमसे तुम्हारा नाम और मेजर विषय पूछने जा रहा हूँ।''' मैंने कहा, ''मैं हॉवर्ड मार्क्स हूँ, व्हार्टन स्कूल ऑफ़ फ़ाइनेंस।'' और टीचर ने कहा, ''ठीक है, तो सबसे पहले तुम जाओगे। बाहर निकल जाओ।''

जन्नत से बाहर निकाले जाने के बाद मार्क्स को मजबूरन किसी दूसरे विषय को अपने माइनर विषय के रूप में चुनना पड़ा। उन्हें हैरानी हुई कि वे जापानी साहित्य, कला और सभ्यता के प्रेम में पड़ गए। जापानी बौद्ध धर्म की एक कक्षा में उनका परिचय *मूजो* या अस्थायित्व की ज़ेन अवधारणा से हुआ। मिडटाउन मैनहैटन में एक अट्टालिका की चौंतीसवीं मंजिल पर अपने कोने के ऑफ़िस में

बैठकर मार्क्स ने समझाया कि एक प्राचीन विचार किस तरह निवेश और जीवन के उनके दर्शन की आधारशिला बन गया। ''परिवर्तन अवश्यंभावी है। अस्थायित्व ही एकमात्र स्थायी चीज़ है,'' वे कहते हैं। ''हमें इस तथ्य को स्वीकार करना होगा कि परिवेश बदलता है... हम यह उम्मीद नहीं कर सकते कि हम अपने परिवेश को नियंत्रित कर सकते हैं। हमें तो अपने परिवेश से सामंजस्य बैठाना होता है। हमें परिवर्तन की अपेक्षा करनी चाहिए और इसके साथ बढ़ना चाहिए।''

मार्क्स मानते हैं कि हर चीज़ सतत परिवर्तन की अवस्था में है : प्रकृति, अर्थव्यवस्थाएँ, बाज़ार, उद्योग, कंपनियाँ और हमारी ज़िंदगी भी। यह निवेशकों के लिए निश्चित रूप से काफ़ी अजीब बात है, क्योंकि हम अज्ञात भविष्य और उन अस्थायी परिस्थितियों पर अपने असली पैसों का दाँव लगा रहे हैं, जो क़ायम नहीं रहेंगी। इतनी गहरी अस्थिरता और अनिश्चितता के बावजूद हम समझदारी भरे निर्णय कैसे ले सकते हैं? जैसा मशहूर निवेशक बिल मिलर ने एक बार मुझसे कहा था, ''संसार बदलता है। यह शेयर बाज़ार की सबसे बड़ी समस्या है।''

सचमुच यह एक ऐसी समस्या है, जो शेयर बाज़ार में ही नहीं, हमारे पूरे जीवन की बहुत बड़ी समस्या है। फ्रांसीसी दार्शनिक मिचेल द मॉन्टेन ने लिखा था, ''हम और हमारा विवेक और सभी नश्वर चीज़ें अनवरत प्रवाहित होती और बदलती रहती हैं। इस तरह एक चीज़ के बारे में दूसरी चीज़ द्वारा कुछ भी निश्चित नहीं किया जा सकता है, क्योंकि जो मूल्यांकन कर रहा है और जिसका मूल्यांकन हो रहा है, वे दोनों ही सतत परिवर्तन की अवस्था में हैं।'' प्रख्यात फ्रांसीसी निवेशक फ्रांस्वाँ-मैरी वोजसिक आनंदित हो गए, जब उन्होंने ये पंक्तियाँ पढ़ीं, जिन्हें मॉन्टेन ने 1570 के दशक में लिखी थीं। वे एक निरंतर बदलते संसार में अपने ख़ुद के (या किसी दूसरे के) मूल्यांकन का अति आकलन करने के प्रति सतर्क रहते हैं, क्योंकि इस संसार में कोई भी चीज़ निश्चितता से नहीं कही जा सकती। वोजसिक टिप्पणी करते हैं, ''मेरे तीन सिद्धांत हैं : शंका, शंका, और शंका।''

परिवर्तनशीलता की समस्या, जो बौद्ध शिक्षण के केंद्र में है, सबसे विचारशील निवेशकों के दिमाग़ में लंबे समय से है। बाल्टीमूर स्थित निवेश फ़र्म के संस्थापक टी. रोव प्राइस, जो उन्हीं के नाम पर है, ने 1937 में एक निबंध लिखा, जिसका शीर्षक था ''परिवर्तन - निवेशक की एकमात्र निश्चितता।'' अपने युग के भू-राजनैतिक ख़तरों का आकलन करने में जूझते हुए प्राइस ने हिटलर की शक्ति के उदय का जिक्र किया और इसके साथ ही यह भविष्यवाणी की कि ''जर्मनी दूसरों की ज़मीन हासिल करेगा, यदि संभव हुआ तो शांतिपूर्ण साधनों से।'' इसके दो साल बाद हिटलर ने पोलैंड पर हमला कर दिया और संसार को छह वर्ष के विश्वयुद्ध में धकेल दिया। हर चीज़ बदल गई, लेकिन उस तरह से नहीं बदली, जिसकी प्राइस या कोई दूसरा सटीक भविष्यवाणी कर सकता था।

मार्क्स का जन्म 1946 में हुआ था, यानी युद्ध ख़त्म होने के कुछ महीने बाद। और वे क्वीन्स, न्यू यॉर्क में ऐसे समय बड़े हुए, जब परिवर्तन की गति उन्हें तुलनात्मक रूप से धीमी और हल्की लगी। ''कॉमिक पुस्तकें मेरी पूरी किशोरावस्था में एक सिक्के की आती थीं,'' वे याद करते हैं। ''हम सभी ने सोचा कि संसार एक स्थिर जगह है और घटनाएँ एक अपरिवर्तनीय परदे के सामने खेली जाती है... अब यह स्पष्ट है कि संसार सारे समय बहुत तेज़ गति से बदल रहा है, जिसकी भविष्यवाणी करना संभव नहीं है। कोई भी चीज़ समान नहीं रहती और जो लोग इसके समान होने के दृष्टिकोण से काम करते हैं, वे बहुत विचलित होंगे।''

व्यवसाय जगत में अपरिवर्तनीयता और स्थिरता विकल्प नहीं हैं। कंपनियाँ ऊपर उठती हैं; कंपनियाँ नीचे गिरती हैं। वे वर्चस्व और बचाव के लिए डार्विन वाले संघर्ष में उलझी रहती हैं। तकनीकी नवाचार एक के बाद एक हर उद्योग पर हावी हो रहा है। मैंने पत्रकार के रूप में अपना ज़्यादातर करियर टाइम इंक. में गुज़ारा था और हाल ही में उसका अस्तित्व मिट गया, हालाँकि यह दशकों तक विश्व की अग्रणी पत्रिका प्रकाशक थी। जब मैं 1990 के दशक में इससे जुड़ा, तो इस फ़र्म को ''मख़मल का कफ़न'' कहा जाता था, यानी इतना समृद्ध और आलीशान विश्राम स्थल कि आप यहाँ से जिंदा बाहर नहीं निकल सकते। 2018 में टाइम इंक. मेरेडिथ कॉरपोरेशन के भीतर एक कमज़ोर इकाई बन गया, जिसने *सक्सेसफुल फ़ार्मिंग* और *फ्रूट, गार्डन ऐंड होम* जैसी पत्रिकाओं के साथ चाँदी काटी। मेरेडिथ ने कंपनी को कबाड़े की कार की तरह पुर्जे-पुर्जे करके रद्दी में बेच दिया।

निवेशकों के रूप में हमारी यह हसरत रहती है कि हमें भविष्य के बारे में जटिल सवालों के निश्चित जवाब मिल सकते हैं। *शेयर बाज़ार उठेगा या गिरेगा? अर्थव्यवस्था समृद्ध होगी या चरमराएगी?* मार्क्स बताते हैं कि निवेश पूरी तरह से ''भविष्य को जानने'' पर निर्भर होता है। किसी भी संपत्ति का विश्लेषण करते समय हमें यह पता लगाना होता है कि भावी मुनाफ़े और वैल्युएशन्स की हमारी अपेक्षाओं को देखते हुए हमें आज कितना भाव देना है। इसी तरह, जीवन के दूसरे क्षेत्रों में भी ''हमें भविष्य से निबटना होता है। हमें ये निर्णय लेने होते हैं कि कहाँ रहना है, कौन सी नौकरी करनी है, किससे शादी करनी है और कितने बच्चे पैदा करने हैं।'' लेकिन अगर हर चीज़ बहुत ज़्यादा तेज़ी से बदल रही है और हो सकता है कि आने वाला कल आज जैसा क़तई नहीं दिखे, तो हम भविष्य के लिहाज़ से ख़ुद को चतुराई से कैसे सही जगह रख सकते हैं?

ज़्यादातर लोग अपने निवेश निर्णय (और जीवन के निर्णय) अधपके तर्क, पूर्वाग्रहों, सहज उद्वेग, भावना और भविष्य के बारे में अस्पष्ट फंतासियों या डरों के अविश्वसनीय घालमेल के आधार पर लेते हैं। मैंने बिना इस बारे में सचमुच सोचे देशों को कई बार बदला है, ज़्यादातर सनक या कुंठा से संचालित होकर।

इसके विपरीत मार्क्स अनुशासित और भावहीन सोच में माहिर हैं। इसी सोच ने उन्हें निवेश जगत का निर्विवाद दिग्गज बना दिया है। वे ओकट्री कैपिटल मैनेजमेंट के सह-चेयरमैन हैं और 120 अरब डॉलर से अधिक की संपत्तियों की देखरेख करते हैं। वैकल्पिक निवेश के क्षेत्र में पथप्रदर्शक ओकट्री कई क्षेत्रों में विशेषज्ञता रखती है, जैसे डिस्ट्रेस्ड डेट, जंक बॉन्ड, कनवर्टिबल सिक्युरिटीज़, कमर्शियल रियल एस्टेट और ''अदोहित संभावना'' वाले व्यवसायों में ''नियंत्रण'' निवेश आदि। कंपनी के ग्राहकों में लगभग 70 बड़े अमेरिकी पेंशन फ़ंड हैं, सैकड़ों एंडोमेंट्स और फ़ाउंडेशन्स हैं तथा संसार के कई सबसे बड़े सॉवरेन वेल्थ फ़ंड्स भी शामिल हैं।

ओकट्री के शानदार मुनाफ़े और प्रतिष्ठा की वजह से मार्क्स काफ़ी अमीर बन चुके हैं। *फ़ोर्ब्स* के अनुसार उनकी नेट वर्थ 2.2 अरब डॉलर है। वे मालिबू में 75 मिलियन डॉलर की जायदाद के स्वामी हैं और बाद में उन्होंने मैनहैटन में 52.5 मिलियन डॉलर का मकान ख़रीदा। लेकिन उन्हें पैसों का नशा नहीं है; इसके बजाय उन्हें तो विचारों का नशा है। सबसे बढ़कर मार्क्स एक मौलिक चिंतक हैं - जो जोखिम, अनियमितता, चक्रीयता, निवेश के मनोविज्ञान और ''असंभावित विनाशों'' के ख़तरे जैसे विषयों से मंत्रमुग्ध हैं।

मार्क्स ओकट्री की निवेश रणनीति की निगरानी करते हैं, लेकिन उन्होंने अपने काम को इस तरह बाँट रखा है कि फ़र्म के लगभग 950 कर्मचारियों में से कोई भी सीधे उनके अधीन काम नहीं करता। उन्होंने व्यक्तिगत निवेश चुनने की दिन-प्रति दिन की सारी ज़िम्मेदारियाँ दूसरों को सौंप दी हैं। इस तरह उन्होंने ख़ुद को पढ़ने, सोचने और लिखने के लिए स्वतंत्र रखा है। उनके मेमो में वित्तीय बुद्धिमत्ता का बेशक़ीमती ख़ज़ाना छुपा हुआ है, जिन्हें उन्होंने चौथाई सदी से ज़्यादा समय तक लिखा है। वॉरेन बफ़ेट ने एक बार लिखा था, ''जब मैं अपने मेल में हॉवर्ड मार्क्स के मेमो देखता हूँ, तो मैं सबसे पहले उन्हें ही खोलता और पढ़ता हूँ। मैं उनसे हमेशा कुछ न कुछ सीखता हूँ।'' मार्क्स ने अपने मेमोज़ को एक महत्त्वपूर्ण पुस्तक में शामिल किया है द *मोस्ट इम्पोर्टेन्ट थिंग : अनकॉमन सेंस फ़ॉर द थॉटफुल इनवेस्टर।*

मुलाक़ात में वे असाधारण रूप से प्रतिभाशाली प्रोफ़ेसर दिखते हैं और अपने व्याख्यान को कई जटिल व दार्शनिक वाक्यों से भरते हैं। हमारी बातचीत के दौरान वे स्वाभाविक रूप से शिक्षक की भूमिका में आ जाते हैं और ग्राफ़ बनाते हैं या सी. जैकसन ग्रेसन्स की गूढ़ पुस्तक *डिसीजन्स अंडर अनसर्टेन्टी : ड्रिलिंग डिसीजन्स बाइ ऑइल ऐंड गैस ऑपरेटर्स* जैसी गूढ़ पुस्तकों की अपनी घिसी-पिटी प्रतियों में से पढ़ते हैं। मार्क्स कहते हैं कि उन्हें विचार बताने में सबसे ज़्यादा आनंद आता है, जिन पर लोग इस तरह की प्रतिक्रिया करें, ''इससे मदद मिली। मैंने इस बारे में सोचा भी नहीं था।''

मेरे हिसाब से उन्होंने निवेश जगत के बारे में सबसे ज़्यादा उपयोगी तरीक़े से सोचा है कि हम क्या जान सकते हैं और क्या नहीं जान सकते और भविष्य के लिए तैयारी कैसे करें, बजाय ख़ुद को यह विश्वास दिलाकर मूर्ख बनाने के कि हम इसकी भविष्यवाणी कर सकते हैं। तार्किक निर्णय लेने की चुनौती का सामना करते हुए मेरा मन कई बार निराशा में हाथ खड़े करने का होता है। मैं कैसे चतुराई भरी कार्यदिशा सोच सकता हूँ, जबकि शक्तियाँ अभिभूत करने वाली जटिलता से भरी हैं और परिणाम पर मेरा बहुत कम नियंत्रण है? लेकिन मार्क्स, जिन्हें मैं वित्त का दार्शनिक राजा मानता हूँ, गहन अंतर्दृष्टियाँ और व्यावहारिक रणनीतियाँ प्रदान करते हैं, जो हमें कोहरे में सर्वश्रेष्ठ मार्गदर्शन दे सकती हैं।

सबसे पहले ख़ुशक़िस्मत बनें। दूसरे, विनम्र बनें।

ऐसे संसार में जहाँ कोई चीज़ स्थिर नहीं है, भरोसे के क़ाबिल नहीं है और लगभग कुछ भी हो सकता है, सड़क का पहला नियम यह है कि अपनी सीमाओं और असुरक्षाओं के बारे में ख़ुद के साथ ईमानदार रहें। जैसा एथेन्स के नाटककार युरिपिडीज़ ने लगभग 2,500 साल पहले चेतावनी दी थी, "आप ख़ुद को महान इंसान कैसे मान सकते हैं, जबकि पहली आसन्न दुर्घटना आपको पूरी तरह मिटा सकती है?" सबसे समझदार मनुष्यों में से एक मॉन्टेन ने इस वाक्य को अपने महल की लाइब्रेरी में एक बीम पर लिखाया था।

मार्क्स अहंकार और दंभ के ख़तरों के बारे में तीक्ष्णता से जागरूक हैं। उन्होंने अपने ऑफ़िस की एक दीवार पर सदियों पुरानी पेंटिंग लगा रखी है, जिसमें लकड़ी के जहाज़ दहशत भरी लहरों में डगमगा रहे हैं। उन्होंने इसे 2001 में ख़रीदा था, जब डॉट कॉम क्रैश ने उतावले स्पेकुलेटर्स को बेरहमी से चट्टानों पर फेंककर नष्ट कर दिया था। पेंटिंग हमें विचलित कराने वाला स्मरण कराती है कि हममें से कोई भी उन विनाशकारी शक्तियों से मुक्त नहीं है, जो हमसे ज़्यादा बड़ी हैं और हमारे नियंत्रण से बाहर हैं – एक ऐसा सबक़, जो हमने 2020 में सीखा, जब अचानक एक वायरस ने आकर पूरे संसार को अराजकता के जाल में फँसा लिया।

"महामारी किसी के भी राडार स्क्रीन पर नहीं थी, लेकिन फिर भी यह हमारे जीवन की महत्त्वपूर्ण घटना साबित हुई," मार्क्स कहते हैं। "सिर्फ़ इसी से हमें यह विश्वास हो जाना चाहिए कि हम नहीं जानते कि क्या होने वाला है... कई बार तो हम यह भी नहीं जानते कि क्या हो *सकता* है।"

1987 के उपन्यास द *बॉनफ़ायर ऑफ़ द वैनिटीज़* में टॉम वुल्फ़ ने उन हॉटशॉट निवेश बैंकरों के लिए *मास्टर्स ऑफ़ द युनिवर्स* वाक्यांश गढ़ा था, जो हर

साल मिलियनों डॉलर का बोनस लेते थे। लेकिन जैसा मार्क्स इसे देखते हैं, ''आप जो सबसे ख़तरनाक चीज़ सोच सकते हैं, वह ख़ुद को *मास्टर ऑफ़ द युनिवर्स* मान सकते हैं। हम सब सिर्फ़ छोटे दाँते हैं और हमारे बिना भी सृष्टि चलती रहेगी। हमें तो इसमें फ़िट होकर इससे तालमेल बैठाना है।''

जब मैं उनसे एक साथी अरबपति के बारे में पूछता हूँ, जो अक्सर अर्थव्यवस्था और बाज़ारों के संबंध में साहसिक भविष्यवाणियाँ करते हैं, तो मार्क्स मानते हैं कि वे ''बेहद स्मार्ट हैं,'' लेकिन वे यह भी जोड़ देते हैं, ''अंतत: संसार देखेगा कि क्या वे उतने स्मार्ट हैं, जितना वे ख़ुद को मानते हैं। क्योंकि अगर आप ख़ुद को वास्तविकता से ज़्यादा स्मार्ट मानते हैं, तो आप मुश्किल में पड़ जाते हैं... कई बार तो मैं सोचता हूँ कि काश! वे ख़ुद को उससे ज़्यादा अच्छा नहीं मानें, जितने कि वे हैं।''

मार्क्स अपने अहं को नियंत्रित करने का एक तरीक़ा यह अपनाते हैं कि वे ख़ुद को याद दिलाते हैं कि क़िस्मत ने उनके जीवन में कितनी बड़ी भूमिका निभाई है। मैलकम ग्लैडवेल की पुस्तक *आउटलायर्स* सफलता के विभिन्न कारणों की पड़ताल करती है और इसे पढ़ने के बाद मार्क्स ने उन ख़ुशक़िस्मती भरी चीज़ों की सूची बनाई, जिन्होंने उन्हें वहाँ तक पहुँचाया, जहाँ वे आज हैं।

उनकी क़िस्मत का सिलसिला ''जनसांख्यिकी क़िस्मत'' से शुरू हुआ, जब वे श्वेत, मध्यवर्गीय परिवार में अमेरिका में युद्धपश्चात विकास के स्वर्णिम युग के प्रारंभ में पैदा हुए। उनके परिवार में किसी के पास भी कॉलेज की डिग्री नहीं थी, लेकिन वे ख़ुशक़िस्मत थे कि उनके माता-पिता सीखने को महत्त्व देते थे, इसलिए उन्होंने उनके लिए एक एनसाइक्लोपीडिया ख़रीदा और उन्हें कॉलेज जाने के लिए प्रोत्साहित किया। उनके हाई स्कूल के ग्रेड ज़्यादा अच्छे नहीं थे, इसलिए वे इस मामले में भी ख़ुशक़िस्मत थे कि उन्हें व्हार्टन में एडमीशन मिल गया। व्हार्टन में ही वे फ़ाइनेंस से परिचित हुए और यहीं अकाउंटिंग में करियर बनाने की उनकी पुरानी महत्त्वाकांक्षा छूटी। उनका दूसरा विकल्प किसी बड़ी स्टेट युनिवर्सिटी में एडमीशन लेना था, लेकिन इसकी प्रतिष्ठा निश्चित रूप से वॉल स्ट्रीट नियुक्तिकर्ताओं के बीच उतनी नहीं होती, जितनी व्हार्टन की थी।

मैंने एक बार एक इंटरव्यू दिया, जिसमें मैंने ज़िक्र किया कि मार्क्स के उच्च आईक्यू ने बेशक उनकी सफलता में महत्त्वपूर्ण योगदान दिया है। इसके जवाब में उन्होंने मुझे एक आकर्षक रूप से विनम्र ईमेल भेजा और टिप्पणी की, ''जो लोग पूरी तरह से उनकी ख़ुशक़िस्मती को स्वीकार नहीं करते, वे इस तथ्य को चूक जाते हैं कि बुद्धिमान होना और कुछ नहीं, बल्कि ख़ुशक़िस्मती ही है। कोई भी ऐसा कुछ नहीं करता, जिससे वह उच्च आईक्यू का 'हक़दार' बन सके।''

व्हार्टन के बाद मार्क्स ने हार्वर्ड में एमबीए प्रोग्राम के लिए आवेदन दिया, लेकिन (बफ़ेट की तरह ही) उन्हें अस्वीकार कर दिया गया। बुरी क़िस्मत? क़तई नहीं। इसके बजाय वे 1967 में युनिवर्सिटी ऑफ़ शिकागो के बिज़नेस स्कूल में चले गए, जब यह फ़ाइनेंशियल सिद्धांत में क्रांति का नेतृत्व कर रहा था। शिक्षाविदों के ''शिकागो स्कूल'' ने कुछ समय पहले ही इफ़िशिएंट मार्केट हाइपोथीसिस ईजाद की थी, जो दावा करती है कि सारी संपत्तियों या एसेट्स का भाव निवेशकों के पास उपलब्ध सारी प्रासंगिक जानकारी के हिसाब से हमेशा सही भाव होता है। इस सिद्धांत से यह विश्वास पुष्ट हुआ कि शेयर बाज़ार को लगातार हराना असंभव है, जिससे यह सुझाव मिलता है कि निवेशकों को कम लागत वाले इंडेक्स फ़ंड ही ख़रीदने चाहिए, जो बाज़ार के मुनाफ़े को प्रतिबिंबित करते हैं। जैसा हम बाद में चर्चा करेंगे, इंडेक्सिंग बेशक एक स्मार्ट विकल्प है, क्योंकि ब्रोकरेज व अन्य ख़र्च निकालने के बाद बाज़ार को हराना बहुत मुश्किल होता है। जैसा मार्क्स ने कहा है, ''ज़्यादातर लोगों को अपना ज़्यादातर पैसा इंडेक्स में लगाना चाहिए।''

मार्क्स कहते हैं कि जब उन्होंने अपने प्रोफ़ेसरों के मार्केट इफ़िशिएंसी के स्पष्टीकरण सुने, तो उन्हें जागृति यानी सटोरी जैसा अनुभव हुआ, जो ''ज़ेन बौद्ध धर्म में प्रबुद्धता का पल'' है। इसमें उन्हें समझदारी दिखाई दी कि मुनाफ़ा कमाने के लिए दौड़ने वाले करोड़ों निवेशक ''बारगेन खोजकर उन्हें ख़रीद लेंगे।'' यह ''शाश्वत रूप से सत्य नहीं है,'' वे कहते हैं, ''लेकिन यह इस बारे में सोचने से बहुत ज़्यादा समझदारी भरा है कि कोई चीज़ बहुत आकर्षक सौदा है और इस पर किसी दूसरे की नज़र नहीं पड़ी है।''

मार्क्स इफ़िशिएंट मार्केट हाइपोथीसिस को ''बहुत शक्तिशाली अवधारणा'' मानते हैं। लेकिन शैक्षणिक सिद्धांत और असली संसार के अनुभव के बीच एक बहुत बड़ा फ़र्क़ है, जिसकी बदौलत उन्होंने अपने लिए और अपने ग्राहकों के लिए अरबों डॉलर कमाए। वे एक पुराना चुटकुला बताते हैं, जो इस तरह है : फ़ाइनेंस का एक प्रोफ़ेसर और एक विद्यार्थी शिकागो कैम्पस में टहल रहे हैं। विद्यार्थी रुककर कहता है, ''देखिए! वहाँ ज़मीन पर पाँच डॉलर का नोट पड़ा है!'' प्रोफ़ेसर जवाब देता है, ''यह पाँच डॉलर का नोट हो ही नहीं सकता, क्योंकि अगर यह होता तो किसी दूसरे ने अब तक इसे पहले ही उठा लिया होता।'' प्रोफ़ेसर दूर चला जाता है, इसलिए विद्यार्थी वह नोट उठा लेता है और ख़ुद के लिए एक बियर ख़रीद लेता है। इसी कारण मार्क्स अपने पर्स में 5 डॉलर का मुड़ा हुआ नोट रखते हैं, जो उन्हें हारवर्ड बिज़नेस स्कूल लाइब्रेरी में मिला था - यह उन्हें उस सिद्धांत की सीमाओं की याद दिलाता रहता है।

मार्क्स ने इन शैक्षणिक विवादों से एक सरल लेकिन जीवन बदलने वाला सबक़ सीखा : अगर वे निवेशक के रूप में मूल्यवान बनना चाहते हैं, तो उन्हें

सबसे ज़्यादा कार्यकुशल बाज़ारों से बचना चाहिए और अपना पूरा ध्यान कम कार्यकुशल बाज़ारों पर केंद्रित करना चाहिए। वे कहते हैं, ''किसी बाज़ार का जितना ज़्यादा अध्ययन होता है और उस पर नज़र रखी जाती है और उसे अंगीकार किया जाता है और लोकप्रिय किया जाता है, वहाँ उतने ही कम अच्छे सौदे मिल सकते हैं।'' मिसाल के तौर पर, बड़ी अमेरिकी कंपनियों के संदर्भ में ज़बर्दस्त सौदे मिलना मुश्किल है, क्योंकि इस मुख्य बाज़ार में बहुत से बुद्धिमान तथा बेहद प्रेरित मनी मैनेजर ''भाव के असंतुलन को दूर करने'' की प्रवृत्ति रखते हैं। अगर आप लार्ज कैप शेयरों में निवेश करना चाहते हैं, तो समझदारी इसी में दिखती है कि आप एसऐंडपी 500 इंडेक्स के अनुरूप चलने वाला कोई इंडेक्स फ़ंड ख़रीदें तथा उसे लंबे समय तक रोककर रखें और इस बात को स्वीकार करें कि इस कार्यकुशल बाज़ार में दीर्घकालीन प्रतिस्पर्धी लाभ हासिल करने की आपकी संभावनाएँ कमज़ोर हैं।

मार्क्स प्रतिस्पर्धी लाभ हासिल करने के लिए कम लोकप्रिय तालाबों में मछली पकड़ने जाते हैं, जैसे आपदाग्रस्त कंपनियों का क़र्ज़ - यह एक ऐसा क्षेत्र है, जिससे ज़्यादातर निवेशक बचते हैं, क्योंकि यह डरावना और अस्पष्ट दिखता है। वे अकार्यकुशल बाज़ारों में निवेश की तुलना पोकर के खेल में कमज़ोर और ग़लती करने वाले विरोधियों के ख़िलाफ़ खेलने से करते हैं।

शिकागो से पढ़ाई पूरी करने के बाद मार्क्स ने कई जगहों पर नौकरी के लिए आवेदन दिया, जिनमें लेहमैन ब्रदर्स शामिल थी। ''एक चीज़ जिसका मुझे यकीन था, वह यह थी कि मैं वह लेहमैन वाली नौकरी चाहता था।'' जब लेहमैन ने उन्हें नौकरी नहीं दी, तो वे बहुत निराश हुए। इस वजह से उन्होंने फ़र्स्ट नैशनल सिटी बैंक में नौकरी की, जो बाद में सिटीबैंक बना। उन्होंने अपना अगला दशक वहाँ शेयर विश्लेषक और इसके बाद शोध निदेशक के रूप में बिताया। कई साल बाद एक कैम्पस रिक्रूटर ने उन्हें यह जानकारी दी कि लेहमैन ने उन्हें नौकरी देने का फ़ैसला कर लिया था, लेकिन उन्हें फ़ोन करने वाले प्रभारी को हैंगओवर हो गया था, इसलिए वह उन्हें यह सूचना नहीं दे पाया था। मार्क्स अक्सर सोचते हैं कि उनका क्या होता, अगर वह प्रभारी उन्हें फ़ोन की देता और वे लेहमैन में अपना करियर बनाते। 2008 में लेहमैन ब्रदर्स दिवालिया हो गई और इसके सारे साझेदारों का पैसा डूब गया तथा इसने पूरे विश्व की अर्थव्यवस्था को चौपट कर दिया।

दस साल तक शेयरों पर शोध के बाद मार्क्स को जानकारी दी गई कि सिटीबैंक किसी और को इस विभाग का प्रमुख बना रहा है, इसलिए उन्हें कोई नई भूमिका खोजनी होगी। वे हेल्थ केयर शेयरों जैसे लोकप्रिय विशिष्ट क्षेत्र में अपना समय बरबाद नहीं करना चाहते थे, जहाँ दूसरे निवेशकों से ज़्यादा जानकार बनना मुश्किल होगा। ''इसलिए मैंने कहा, 'मैं अपनी ज़िंदगी मर्क या एली लिली के बीच

चुनाव करने में बिताने के बजाय कुछ भी करने को तैयार हूँ।' इस बारे में कोई भी पचास प्रतिशत से ज़्यादा बार सही नहीं हो सकता।''

अंत में उनके बॉस ने उनसे कहा कि वे उस क्षेत्र में दो नए फ़ंड चलाएँ, जिनका उन्हें कोई अनुभव नहीं था : कनवर्टिबल सिक्युरिटीज़ और हाई यील्ड बॉन्ड्स। यह संभवत: सबसे बड़ी ख़ुशक़िस्मती थी। अनजाने में ही वे अब क्रेडिट के नए और शानदार रूपों में कई दशकों की रैली पर सवार हो गए थे, जो ट्रिपल ए रेटिंग वाले कम जोखिम वाले बॉन्डों के नीरस व सम्मानित क्षेत्र से काफ़ी दूर था।

हम प्राय: यह मान लेते हैं कि क़िस्मत नहीं, बल्कि योग्यता ही सफलता की सबसे अत्यावश्यक घटक है। लेकिन किसी ऊँची रैली को पकड़ने के आदर्श समय पर अगर आप शुरू करते हैं, तो इस ख़ुशक़िस्मती को हराना मुश्किल होता है। माइकल प्राइस शेयर चुनने के लिए मशहूर हैं और उन्होंने एक बार मुझे बताया था कि उनका करियर आसमान छूने लगा, जब उन्हें चौबीस साल की उम्र में मैक्स हाइन नामक अनुभवी वैल्यू इनवेस्टर ने नियुक्त किया, जिनके मीच्युअल फ़ंड में तब सिर्फ़ 5 मिलियन डॉलर की संपत्तियाँ थीं। ''200 डॉलर प्रति सप्ताह में मैंने 1975 में दो या तीन जनवरी को शुरुआत की थी, जो महामंदी को छोड़कर पूरी सदी में इक्विटी मार्केट का निचला बिंदु था,'' प्राइस ने मुझे बताया। ''उस वक़्त अमेरिका में कोई भी शेयर नहीं ख़रीदना चाहता था। इसलिए मैं ख़ुशक़िस्मत था कि मैं चालीस साल से व्यवसाय में रहने वाले एक ज़बर्दस्त वैल्यू इनवेस्टर के साथ था और मैंने यह काम आधुनिक बुल मार्केट के निचले बिंदु पर शुरू किया। इसलिए मैं किसी तरीक़े से असफल हो ही नहीं सकता था।'' अगले दो दशकों तक कंपनी के मीच्युअल फ़ंड्स की संपत्तियाँ बढ़कर 18 अरब डॉलर तक पहुँच गईं। 1996 में प्राइस ने यह फ़र्म 600 मिलियन डॉलर से अधिक में बेच दी।

इससे भी मदद मिलती है, अगर मार्क्स और प्राइस की तरह आपको अचानक ऐसा अवसर मिल जाता है, जो आपकी योग्यताओं और स्वभाव के लिए उपयुक्त हो। मार्क्स कहते हैं, ''ऋण मेरे व्यक्तित्व के लिहाज़ से उपयुक्त है, क्योंकि इसमें पुनर्भुगतान का वादा होता है,'' जब बॉन्ड परिपक्व होता है। साथ ही सालाना ब्याज दिए जाने का वादा भी होता है। अगर ऋण को चुकाया जाता है, तो आप पहले से जानते हैं कि आपका मुनाफ़ा क्या होगा, क्योंकि यह अनुबंध में लिखा है।

सफलता की कुंजी बुरे ऋण के बोझ से बचना है। इसलिए सबसे पहले यह प्रश्न पूछना चाहिए कि क्या ऋण लेने वाला इस लायक़ है कि उसे पैसे दिए जाएँ। दूसरा प्रश्न यह है कि क्या ऋण लेने वाले की संपत्तियाँ पर्याप्त मूल्यवान हैं, क्योंकि क़र्ज़ नहीं चुकाने पर क़र्ज़ देने वाला उन संपत्तियों पर सबसे पहले दावा कर सकता है। मार्क्स कहते हैं, ''मैं सोचता हूँ कि इन प्रश्नों का जवाब दिया जा सकता है।''

शेयर बाज़ार के अनिश्चित संसार में इतने सारे प्रश्नों का जवाब नहीं दिया जा सकता, लेकिन बॉन्ड भविष्यसूचकता और नियंत्रण का एक आरामदेह पैमाना प्रदान करते हैं। बॉन्ड शेयरों से कम जोखिम भरे भी होते हैं, जो नैसर्गिक "चिंता करने वाले" के लिए काफ़ी तसल्ली की बात है।

क्या होता, अगर उनके बॉस ने उन्हें वेंचर कैपिटल फ़ंड जैसा कोई कम उचित असाइनमेंट दिया होता? "यह मेरे लिए बहुत बुरा होता," मार्क्स कहते हैं। "वेंचर कैपिटल में आपको स्वप्नदर्शी और भविष्यदर्शी होना पड़ता है।"

फिर भी, जब उन्होंने 1978 में हाई यील्ड बॉन्ड में शुरुआत की, तो यह दरअसल ग्लैमरस काम नहीं था। उन्हें बोलचाल की भाषा में जंक बॉन्ड कहा जाता था और उन्हें अप्रितिष्ठित संपत्तियों के रूप में हिक़ारत से देखा जाता था, क्योंकि उनमें ऋण नहीं चुकाए जाने का जोखिम रहता था। मार्क्स कहते हैं कि ज़्यादातर निवेश संगठनों ने उन्हें ख़रीदने के ख़िलाफ़ नियम बनाए हुए थे। मूडी ने तो यह घोषणा तक कर दी थी कि बी-रेटिंग वाले बॉन्ड की पूरी श्रेणी "वांछित निवेश की आवश्यकताओं को पूरा करने में असफल होती है।" विडंबना यह है कि जंक बॉन्ड के बुरे निवेश होने के इस कट्टर लोक-विश्वास ने *ही* उन्हें मार्क्स के लिए इतना मोहक बनाया। "जब संपत्ति की किसी श्रेणी के ख़िलाफ़ सचमुच प्रबल पूर्वाग्रह होता है, तो वहाँ आपको सस्ते सौदे या बारगेन मिल जाते हैं। और मेरे साथ भी ऐसा ही हुआ।"

नकारात्मक लोग जिस बुनियादी सत्य को नहीं समझ पाए, उसी ने मार्क्स और उनसे पहले सर जॉन टेंपलटल को इतना अमीर बनाया है : **कोई भी संपत्ति ख़रीदने लायक़ है, चाहे वह कितनी भी बुरी क्यों ना दिखती हो, बशर्ते भाव बहुत कम हो। सचमुच मार्क्स इस बात पर यक़ीन करते हैं कि "सस्ते में ख़रीदना" निवेश में दौलत कमाने का सबसे विश्वसनीय मार्ग है – और महँगे में ख़रीदना सबसे बड़ा जोखिम है। इसलिए कोई भी निवेश करते समय हमें हमेशा यह बुनियादी प्रश्न पूछना चाहिए, "क्या यह सस्ता है?"**

विरोधाभास देखिए, जंक बॉन्ड्स के ख़िलाफ़ पूर्वाग्रह ने इन ख़तरनाक दिख रही संपत्तियों को इतना सस्ता बना दिया कि उनका निहित जोखिम कम हो गया। मार्क्स के मामले में निवेश का ज़्यादातर सम्मोहन इसी तरह की सूक्ष्मताओं में निहित है। उन्होंने जोखिम के बारे में बहुत से मेमो लिखे हैं, जिनमें से एक में वे लिखते हैं, "मुझे विश्वास है कि निवेश में जो भी चीज़ महत्त्वपूर्ण है, वह हर चीज़ सहज बोध के विपरीत है, और जो भी चीज़ स्पष्ट दिखती है, वह ग़लत है।"

1985 में मार्क्स सिटीबैंक छोड़कर लॉस एंजेलिस स्थित निवेश फ़र्म टीसीडब्ल्यू ग्रुप में काम करने लगे। वहाँ उनके एक सहकर्मी ब्रूस कार्श ने डिस्ट्रेस्ड डेट फ़ंड का

विचार सोचा। विचार उन कंपनियों के बॉन्ड्स में निवेश करे, जो या तो दिवालिया हो चुकी हों या उसकी कगार पर हों। एक बार फिर, मार्क्स ने उस कम समझे गए बाज़ार के विचित्र सौंदर्य को पहचानने में फुरती दिखाई, जिससे दूसरे नफ़रत करते थे। वे कहते हैं, "अगर जंक बॉन्ड संदिग्ध हैं, तो उन कंपनियों के ऋण में निवेश करने से ज़्यादा अप्रतिष्ठित क्या हो सकता है, जो दिवालिया हो चुकी हैं?" उन्होंने और कार्श ने एक स्थायी साझेदारी शुरू की। 1995 में उन दोनों ने टीसीडब्ल्यू को छोड़कर ओकट्री की सह-स्थापना की। यह एक वटवृक्ष में विकसित होने वाला था, जो काफ़ी हद तक जंक बॉन्ड और डिस्ट्रेस्ड डेट की अनाकर्षक बुनियाद पर बना था।

क़िस्मत के बिना मार्क्स इन अकार्यकुशल, आकर्षक सौदों से भरे बाज़ारों में कभी नहीं पहुँच पाते। बौद्धिक अश्वशक्ति और मस्तिष्क की स्वतंत्रता के बिना वे कभी वहाँ मिलने वाले अवसरों का दोहन नहीं कर सकते थे। वे कहते हैं, "देखिए, क़िस्मत पर्याप्त नहीं है। लेकिन इसी तरह बुद्धि भी पर्याप्त नहीं है, कड़ी मेहनत भी पर्याप्त नहीं है और लगन भी पर्याप्त नहीं है। आपको इन चारों के किसी न किसी तरह के तालमेल की ज़रूरत है। हम सभी ऐसे लोगों को जानते हैं, जो बुद्धिमान थे और जिन्होंने कड़ी मेहनत की, लेकिन वे कभी ख़ुशक़िस्मत *नहीं* बन पाए। इससे मेरा दिल टूट जाता है। लोग सारे समय मेरे पास नौकरी माँगने आते रहते हैं। वे पचास साल के हो चुके हैं, उनकी पुरानी नौकरी छूट चुकी है, हालाँकि उनकी योग्यता कम नहीं है।"

बार-बार ख़ुद को अपनी ख़ुशक़िस्मती की याद दिलाकर मार्क्स अपनी रक्षा उससे करते हैं, जिसे मैं मास्टर ऑफ़ द युनिवर्स सिंड्रोम (सृष्टि का शासक रोग) कहता हूँ। उनकी विनम्रता के कारण उस अति आत्मविश्वास के ख़िलाफ़ उनकी सुरक्षा और भी बढ़ जाती है, जो सबसे स्मार्ट (या सबसे ख़ुशक़िस्मत) निवेशकों के लिए हमेशा एक जोखिम रहता है।

लेकिन अपनी ख़ुशक़िस्मती को स्वीकार करने का एक और बड़ा लाभ होता है : इससे वे ख़ुश हो जाते हैं। मार्क कहते हैं, "मैं इस अविश्वसनीय भावना के साथ घूमता हूँ कि मैं ख़ुशक़िस्मत इंसान हूँ। अगर आप नकारात्मक व्यक्ति हैं, तो आप कह सकते हैं, 'देखिए, मैं अपनी ज़िंदगी में ख़ुशक़िस्मत रहा हूँ और यह सचमुच बुरी बात है, क्योंकि इसका मतलब है कि मैं अपनी सफलता का हक़दार नहीं था और हो सकता है कि यह जारी नहीं रहे।' लेकिन मैं कहता हूँ, 'वाह, ख़ुशक़िस्मत होना कितनी बेहतरीन चीज़ है! और आप जानते हैं, मैं सचमुच इसका श्रेय किसी को देना चाहूँगा, चाहे यह ईश्वर हो, संयोग हो या कोई और हो।'"

टेंपलटन को इस बारे में पूरा विश्वास था कि उनकी सफलता दैवी इरादे के अनुरूप निर्धारित थी। लेकिन मार्क्स के बारे में क्या? वे जन्म से यहूदी हैं, लेकिन

उन्हें क्रिश्चियन साइंटिस्ट के रूप में पाला गया और वे हर रविवार को बचपन में चर्च गए। इन दिनों वे ख़ुद को यहूदी मानते हैं, लेकिन धार्मिक नहीं। ''मैं अनियमितता(रैंडमनेस) में बहुत ज़्यादा विश्वास करता हूँ और मेरी मान्यता सिर्फ़ यह है कि मैं ख़ुशक़िस्मत रहा हूँ।''

आप जो नहीं जानते हैं, उसे जानें

मार्क्स उपयोगी कथनों का एक ''विशाल संकलन'' रखते हैं, जिसे उन्होंने दशकों तक इकट्ठा किया है और वे उन्हें अपने निवेश सिद्धांत को बताते समय प्राय: उद्धृत करते हैं। उनकी एक प्रिय अंतर्दृष्टि उनके बौद्धिक नायक अर्थशास्त्री जॉन केनेथ गालब्रेथ की है, जिन्होंने कहा था, ''हमारे पास दो तरह के भविष्यवक्ता होते हैं : जो नहीं जानते हैं – और वे जो नहीं जानते हैं कि वे नहीं जानते हैं।''

निवेश जगत ऐसे लोगों से भरा है, जो विश्वास करते हैं (या नाटक करते हैं) कि वे भविष्य के गर्भ में छिपी घटनाओं को देख सकते हैं। इनमें वॉल स्ट्रीट ब्रोकरेज फ़र्म्स के चिकनी-चुपड़ी बातें करने वाले ''बाज़ार रणनीतिज्ञ'' शामिल हैं, जो विश्वास के साथ भविष्यवाणी करते हैं कि अगले साल शेयर बाज़ार सटीकता से कितने प्रतिशत बढ़ेगा। वे इस बात को नहीं मानते हैं कि उन्हें ज़रा भी अंदाज़ा नहीं है कि बाज़ार ऊपर जाएगा या नीचे। इनमें वे इक्विटी विश्लेषक भी शामिल हैं, जो कंपनियों की तिमाही के आय अनुमान बताते हैं। इस तरह ये इक्विटी विश्लेषक इस भ्रम को पोषण देते हैं कि मुनाफ़े निरंतर और भविष्यसूचक हैं, ना कि अनिश्चित और अनियमित। इनमें मैक्रो हेज फ़ंड्स के मैनेजर भी शामिल हैं, जो मुद्राओं, ब्याज दरों और हर चलने वाली चीज़ में ऊपर-नीचे की गतिविधियों पर आक्रामक दाँव लगाते हैं। और इनमें वे टीवी विशेषज्ञ और वित्तीय पत्रकार भी शामिल हैं, जो सीधे मुँह से दावा करते हैं कि वे जानते हैं कि निवेशकों को बाज़ार की नवीनतम (अक्सर अस्पष्ट) गतिविधि का भविष्य में क्या मतलब निकालना चाहिए।

लेकिन डींगों के पीछे कितना सच है? मार्क्स अक्सर एमॉस वेरस्की का कथन दोहराते हैं, जो इज़राइली मनोवैज्ञानिक थे और जिन्होंने डेनियल काह्नेमैन के साथ संज्ञानात्मक पूर्वाग्रहों का अध्ययन किया था। ''यह सोचना डरावना है कि आप कोई चीज नहीं जान सकते, लेकिन यह सोचना ज़्यादा डरावना है कि ज़्यादातर संसार वे लोग चला रहे हैं, जिन्हें यह विश्वास है कि वे सटीकता से जानते हैं कि क्या हो रहा है।''

एक पल के लिए ठहरें और इस विचलित करने वाले विचार को अपने दिमाग़ में उतर जाने दें।

कभी-कभार भविष्यवक्ताओं की भविष्यवाणी सच हो जाती है, लेकिन मार्क्स इन सफलताओं को इस नीतिवाक्य का प्रमाण मानते हैं कि कई बार अंधी गिलहरी को भी बीज मिल जाता है। यह कहने के बाद वे वैध अपवादों की छोटी संख्या को स्वीकार करते हैं - जॉर्ज सोरोस और स्टैनली ड्रकेनमिलर जैसे निवेशक, जिन्होंने बार-बार मैक्रो-एकोनॉमिक भविष्यवाणियों पर सफलतापूर्वक दाँव लगाकर संभावनाओं की अवज्ञा की है। मार्क्स कहते हैं, ''मैं सोचता हूँ कि आप इन सारे तरीक़ों से अच्छे निवेशक नहीं बन सकते,'' जैसे ''भविष्य की भविष्यवाणी करना'' और उन भविष्यवाणियों के आधार पर ''बड़े दाँव लगाना।'' लेकिन कुछ व्यक्तियों ने उन्हें ग़लत साबित किया है, ''क्योंकि आपको मानव तत्व को नज़रअंदाज़ नहीं करना चाहिए।''

इसके बावजूद मार्क्स ख़ुद को ''मैं नहीं जानता'' विचार संप्रदाय का कट्टर सदस्य मानते हैं। जैसा वे इसे देखते हैं, **भविष्य असीमित घटकों से प्रभावित होता है और इतनी सारी अनिश्चितता व अनियमितता शामिल होती है कि भावी घटनाओं की निरंतर भविष्यवाणी करना संभव नहीं होता।** हम भविष्य की भविष्यवाणी नहीं कर सकते, यह पहचानना कमज़ोरी की निराशाजनक स्वीकारोक्ति लग सकती है। लेकिन सच तो यह है कि अपनी सीमाओं को स्वीकार करने से हमें बहुत लाभ होता है, क्योंकि जो संभव है, उसकी सीमाओं के भीतर काम करने से ज़बर्दस्त लाभ होता है। इस तरह इस कमज़ोरी से हमें शक्ति मिलती है।

उनकी सीमाओं की यह जागरूकता मार्क्स को निरर्थक - या हानिकारक - गतिविधियों से कैसे मुक्त करती है? पहली बात तो यह कि वे ब्याज दरों, मुद्रास्फीति या आर्थिक विकास की गति की भविष्यवाणी में ज़रा भी समय बरबाद नहीं करते। उनके नक़्शेक़दम पर चलते हुए हमें भी ऐसा नहीं करना चाहिए। अगर मार्क्स ऐसी चीज़ों की भविष्यवाणी नहीं कर सकते, तो मुझे काफ़ी विश्वास है कि मैं भी नहीं कर सकता। उनकी कई प्रतिद्वंद्वियों संस्थाओं के विपरीत ओकट्री में एक भी अर्थशास्त्री नहीं है। इसके अलावा, ओकट्री मैक्रोएकोनॉमिक चाय की पत्तियों को पढ़ने के लिए बाहरी ''विशेषज्ञों'' को भी आमंत्रित नहीं करती।

मार्क्स बाज़ार की टाइमिंग के विचार को भी छोड़ देते हैं, क्योंकि वे बताते हैं कि अंदर जाने और बाहर निकलने के सही पलों की बारंबार भविष्यवाणी करना असंभव है। उन्होंने एक शुरुआत मेमो में लिखा था कि 1926 से 1987 तक शेयरों का औसत वार्षिक रिटर्न 9.44 प्रतिशत था, लेकिन ''अगर आप उन 744 महीनों में से सर्वश्रेष्ठ 50 महीनों में नक़दी पर बैठे होते और इन महीनों को चूक जाते, तो आपको यह मुनाफ़ा नहीं मिलता। यह मुझे बताता है कि बाज़ार की टाइमिंग करने के प्रयास सुरक्षा का नहीं, बल्कि जोखिम का स्रोत हैं।''

ओकट्री उससे भी बचने की कोशिश करती है, जिसे मार्क्स ''भविष्यकेंद्रित निवेश'' कहते हैं। वे टेक शेयरों, फ़ैशन आइटम्स और तात्कालिक लोकप्रियता से जुड़ी किसी भी तरह की मनमोहक संपत्तियों पर विचार नहीं करते। उनके करियर की शुरुआत में सिटीबैंक में उनका विभाग एक ऐसे लोकप्रिय फ़ैड का उत्साही चियरलीडर था (हाई ग्रोथ शेयरों के समूह निफ़्टी फ़िफ़्टी, जिसमें ज़ेरॉक्स कॉरपोरेशन, एवन प्रॉडक्ट्स और पोलेरॉइड कॉर्प जैसे ग्रोथ स्टॉक शामिल थे), जो सिर चकराने वाले वैल्युएशन तक पहुँचे और फिर 1973-74 में गिर गए। इस अनुभव ने उन्हें सजग किया कि उन्हें सुदूर भविष्य में अंतहीन विकास की सुखद फंतासियों में विश्वास नहीं करना चाहिए।

हमने 2017 में जो बातचीत की, उस समय कुछ ऐसा ही उन्माद का माहौल था। उस समय मार्क्स ने फ़ेसबुक, एमेज़ॉन, नेटफ़्लिक्स और अल्फ़ाबेट (पूर्व में गूगल) के बारे में इसी तरह की निवेश दीवानगी का विस्फोट देखा। ''लोग कंपनियों के शेयर ऐसे ख़रीद रहे हैं, मानो उनकी सफलता की कोई सीमा नहीं है और कोई भाव ज़रूरत से ज़्यादा महँगा नहीं है,'' उन्होंने चेतावनी दी। ''इतिहास गवाह है कि ज़्यादातर मामलों में यह प्रवृत्ति ख़तरनाक रही है... पेड़ों ने कभी आसमान तक विकास नहीं किया है। हो सकता है कि वे किसी दिन ऐसा कर लें। लेकिन मैं इस बात पर दाँव नहीं लगाऊँगा।''

वे आदतन संदेहवादी हैं और अगर इस कारण वे कभी-कभार गुरुत्वाकर्षण के नियमों के किसी अपवाद को चूक जाते हैं, तो उन्हें कोई दिक़्क़त नहीं। मार्क्स ''तार्किक संभावनाओं'' पर ध्यान केंद्रित करके ज़मीन से जुड़े रहना पसंद करते हैं, जहाँ किसी विशिष्ट कंपनी के शेयर का भाव इसके निहित मूल्य की तुलना में कम हो। वे कहते हैं, ''सपनों में निवेश करना आसान है। चुनौती तो उसमें मूल्य खोजना है, जो आज साफ़ दिख रहा है।''

जो भी निवेशक स्थायी सफलता हासिल करना चाहता है, उसे इस आधारभूत विचार को आत्मसात कर लेना चाहिए कि संपत्तियों को उनके मूल्य से कम में ख़रीदो। जैसा हम देख चुके हैं, यही मूल्यवान सूत्र बफ़ेट से पबरई और टेंपलटल से मार्क्स तक हर एक को आपस में जोड़ता है।

किसी शेयर के भाव का विश्लेषण करते वक़्त मार्क्स सबसे ज़्यादा यह जानना चाहते हैं कि ''भाव में आशावाद की कितनी मात्रा है।'' लोकप्रिय शेयर-समूह फ़ैंग (फ़ेसबुक, एमेज़ॉन, नेटफ़्लिक्स और अल्फ़ाबेट (पूर्व में गूगल)) के मामले में ''बहुत ज़्यादा आशावाद है। कितना ज़्यादा? कौन जानता है? क्या इनमें से कोई कंपनी विश्व की पहली स्थायी मोशन मशीन बनेगी - संसार की पहली कंपनी जो (क) लड़खड़ाती नहीं है और (ख) प्रतिरोधी परिवर्तन के अधीन नहीं है?

मैं नहीं जानता।'' अज्ञान और व्यापक आशावाद का यह विस्फोटक मिश्रण उन्हें डराकर दूर रखने के लिए पर्याप्त है – इसलिए नहीं क्योंकि वे सटीकता से जानते हैं कि क्या होगा, बल्कि इसलिए क्योंकि निराशा की संभावना बहुत ज़्यादा है।

हमारी बातचीत के महीनों बाद तक फ़ैंग्स शेयर आसमान छूते रहे। लेकिन मार्क्स बिना अफ़सोस के दूसरों को लॉटरी जीतते देख सकते हैं, जिन्हें वे अतार्किक दाँव मानते हैं। बुद्धिमत्ता के अटल संग्रहकर्ता होने के नाते उन्होंने एक पुरानी फ़ॉरचून कुकी रखी हुई है, जिस पर लिखा है, ''सतर्क लोग शायद ही कभी कोई ग़लती करते हैं; ना ही वे कभी महान कविता लिखते हैं।'' वे नीरस नीति के साथ आरामदेह हैं, जो विनाशकारी ग़लती की आशंका को कम करती है : ''आपको वह करने की ज़रूरत है, जो आपके स्वभाव के हिसाब से सही है। यह बहुत महत्त्वपूर्ण है।'' जब मैं उनसे निवेश संबंधी उनकी सबसे विनाशकारी ग़लतियों के बारे में पूछता हूँ, तो वे जवाब देते हैं, ''मुझे एक भी बड़ी ग़लती याद नहीं है, जो मैंने की हो – बस मैं कई अवसर ज़रूर चूका हूँ।''

पलटकर देखने पर मार्क्स मानते हैं कि उन्होंने एमेज़ॉन के शेयर नहीं ख़रीदकर एक बहुत बड़ा अवसर गँवाया था। ''लेकिन आम तौर पर सतर्क नीति अपनाना ग़लत नहीं था,'' ख़ास तौर पर ऐसे समय, जब ''बहुत ज़्यादा आत्मविश्वास था, लोग जोखिम के बारे में बहुत कम सोच रहे थे, बहुत ज़्यादा पूँजी ख़रीदने के लिए लालायित थी और लीवरेज का बहुत ज़्यादा इस्तेमाल हो रहा था।'' अति के इन संकेतों की वजह से ओकट्री ने कई सालों तक बेहद सतर्कता से निवेश करने की नीति अपनाई।

अंततः मार्च 2020 में ग्यारह साल से चल रहा बुल मार्केट ख़त्म हुआ, जब कोविड-19 की दहशत के कारण एसऐंडपी 500 एक महीने से भी कम समय में 33.9 प्रतिशत गिर गया। कोई भी यह भविष्यवाणी नहीं कर सकता था कि वुहान में चमगादड़ों से इंसानों में आने वाला एक वायरस अमेरिकी शेयर बाज़ार इतिहास की सबसे तीव्र गिरावट का कारण होगा। ''लेकिन अगर बाज़ार जोखिम भरा है, तो आपको यह जानने की ज़रूरत नहीं होती कि यह किस कारण गिरेगा,'' मार्क्स कहते हैं। ''आपको तो बस यह जानने की ज़रूरत होती है कि असुरक्षा या जोखिम मौजूद है।''

वायरस फैलने से पहले निवेशकों की मनोदशा यह थी, ''मैं कल्पना नहीं कर सकता कि क्या ग़लत हो सकता है?'' इसके बाद मनोदशा बदलकर यह हो गई, ''मैं कल्पना नहीं कर सकता कि क्या सही हो सकता है।'' निवेशकों का निराशावाद निराधार नहीं था। जैसा मार्क्स ने मुझे 2020 में बताया, ''यह ऐसा समय है, जब लोग मरने से डर रहे हैं, अपने घर से बाहर निकलने से डर रहे हैं और डिप्रेशन

से डर रहे हैं।'' निवेशक ''दहशत में आकर बहुत कम भाव पर'' शेयर बेचने की हड़बड़ी दिखा रहे थे और इस वजह से मार्क्स को एक ऐसा अवसर मिल गया, जिसका उन्हें लंबे समय से इंतज़ार था। दहशत के माहौल में ओकट्री ने ''दो अरब डॉलर'' का निवेश करके हाई यील्ड बॉन्ड ख़रीद डाले, जो ''बहुत बड़ा पुरस्कार'' प्रदान करते थे।

भविष्य शायद ही कभी इससे ज़्यादा अज्ञात या अनाकर्षक दिख रहा था। लेकिन वास्तव में निवेश संबंधी जोखिम कम हो गए थे। मार्क्स बताते हैं, ''संभावनाएँ संदिग्ध से अनुकूल पर पहुँच गई थीं'' और इसका कारण सिर्फ़ यह था कि ''चीज़ें पर्याप्त सस्ती हो गई थीं।''

फिर बाज़ार ने 1930 के दशक के बाद से अब तक का सबसे तेज़ रिबाउंड किया। एक बार फिर निवेशकों की अपेक्षाएँ ग़लत निकलीं। जब आशावाद के उफान में अच्छे सौदे मिलना बंद हो गए, तो मार्क्स ''दाँव'' बदलकर रक्षात्मक मुद्रा में चले गए। उनका विरक्त और भावहीन व्यवहार आदर्श रूप से आधारभूत निवेश सबक़ को प्रदर्शित करता है, जो उन्होंने बौद्ध धर्म से सीखा था। याद रखें : **''हमें इस तथ्य को समझने की ज़रूरत होती है कि परिवेश बदलता है।''**

अव्यवस्था के भीतर व्यवस्था खोजें

जब मैंने हाई स्कूल में अँग्रेज़ी साहित्य विषय की परीक्षा दी, तो उसमें एक असामान्य रूप से गहरा प्रश्न था : *उपन्यासकार हेनरी जेम्स ने लिखा था कि जीवन ''सर्व-समावेशी और अव्यवस्था'' है, जबकि कला ''सर्व-विवेकबुद्धि और चयन'' है। विवेचन करें।* लेखक के रूप में मैं इस विचार से प्रेम करता हूँ कि कलाकार का मिशन सर्व-समावेशी अव्यवस्था और जीवन की अराजकता के भीतर व्यवस्था खोजना है। जेम्स ने इस छिपे लक्ष्य की खोज को वैसा ही बताया है, जैसे कोई कुत्ता ''किसी दफ़न हड्डी'' को सूँघकर खोजने का प्रयास करता है।

निवेशक के सामने भी ऐसी ही चुनौती होती है : जीवन अंतहीन रूप से अव्यवस्थित और जटिल है। लेकिन क्या हो, अगर हम इस बेहद जटिल जाल में कुछ अंतर्निहित पैटर्न खोज सकें? तब हमें यह पता लगाने में ज़्यादा सफलता मिल सकती है कि हमारे लिए भविष्य के गर्भ में क्या है। मार्क्स के पास साइक्लिकल पैटर्न्स को पहचानने की दुर्लभ प्रतिभा है, जो वित्तीय बाजारों में बार-बार दिखाई देते हैं। जब हम इन पैटर्नों को समझ लेते हैं, तो हम उन्हें नज़रअंदाज़ नहीं करेंगे और यहाँ तक कि उनसे मुनाफ़ा भी कमा सकते हैं।

मार्क्स मुझे बताते हैं, ''यह बहुत सहायक होता है कि हम संसार को सीधी लकीर में जाने वाला नहीं मानें, बल्कि इसे साइक्लिकल मान लें, जो ऊपर-नीचे

आता-जाता रहता है।'' वे मानते हैं कि लगभग हर चीज़ साइक्लिकल है। मिसाल के तौर पर, अर्थव्यवस्था फैलती और सिकुड़ती है; उपभोक्ता व्यय बढ़ता और घटता है; कंपनियों के मुनाफ़े बढ़ते और घटते हैं; क़र्ज़ की उपलब्धता आसान होती है और मुश्किल होती है; संपत्ति के वैल्युएशन्स आसमान को छूते हैं और ज़मीन पर गिरते हैं। एक दिशा में लगातार जाने के बजाय ये सभी अंततः दिशा बदलते रहते हैं। वे इन पैटर्न्स की तुलना किसी पेंडुलम के एक छोर से दूसरे छोर तक झूलने से करते हैं।

अगर देखा जाए, तो वित्तीय बाज़ार साइक्लिकेलिटी के अध्ययन के लिए आदर्श प्रयोगशाला हैं, क्योंकि वे निवेशकों के मनोविज्ञान से संचालित होते हैं, जो उल्लास और निराशा, लोभ और भय, अति-विश्वास और संदेहवाद, घमंड और दहशत के बीच निरंतर झूलता रहता है। इंसान भावनाओं में बह जाते हैं, इसलिए ट्रेंड कभी एक दिशा में, तो कभी दूसरी दिशा में दूर तक जाती है।

लेकिन मार्क्स इस मान्यता पर काम करते हैं कि साइकल अंततः बदलेगा और पेंडुलम विपरीत दिशा में झूलेगा। **हालाँकि भविष्य की भविष्यवाणी संभव नहीं है, लेकिन रैली और क्रैश की यह बार-बार दोहराई जाने वाली प्रक्रिया *काफ़ी भविष्यसूचक* है। एक बार जब हम इस अंतर्निहित पैटर्न को पहचान लेते हैं, तो हम आँख मूँदकर हवा में नहीं उड़ते हैं।**

समस्या यह है कि ज़्यादातर निवेशक इस तरह काम करते हैं, जैसे बाज़ार का वर्तमान ट्रेंड अनंत काल तक ऐसे ही चलता रहेगा। हम नवीनतम अनुभवों को ज़्यादा महत्त्व देते हैं, जो एक संज्ञानात्मक त्रुटि है और व्यवहारवादी अर्थशास्त्री इसके वर्णन के लिए वर्तमान-पूर्वाग्रह (रिसेंसी बायस) शब्दावली का इस्तेमाल करते हैं। मार्क्स कहते हैं कि मानव मस्तिष्क में छलावे भरी प्रवृत्ति भी होती है, जो दुखद यादों का दमन करती है। अगर ऐसा नहीं होता, तो शायद मेरी पत्नी एक से ज़्यादा गर्भावस्था झेलने की इच्छुक नहीं होती, और मुझे यक़ीन नहीं है कि इतने सारे लेखक ख़ाली परदे की ओर दोबारा लौटने की शक्ति जुटा सकते थे। अप्रिय अनुभवों को भुलाने की यह योग्यता जीवन में हमारी बहुत मदद करती है, लेकिन यह योग्यता हमारे वित्तीय जीवन में ज़्यादा सहायता नहीं करती, क्योंकि अतीत के दुख और कष्ट हमें बेहद मूल्यवान सबक़ सिखा सकते हैं।

भूलने की इस महँगी प्रवृत्ति से बचने का एक तरीक़ा यह है कि हम बाज़ार के इतिहास का गहन अध्ययन करें। **''आप भविष्य को नहीं जान सकते,'' मार्क्स कहते हैं, लेकिन ''अतीत को जानने से मदद मिलती है।''**

वे एक बुकशेल्फ़ से गालब्रेथ की पुस्तक *अ शॉर्ट हिस्ट्री ऑफ़ फ़ाइनैंशियल यूफ़ोरिया* की प्रति निकालते हैं और मुझे अपना प्रिय वित्तीय लेखन पढ़कर सुनाते

हैं, जो बाज़ार के उल्लास के कारणों की पड़ताल करता है : ''वित्तीय स्मृति की अत्यधिक संक्षिप्तता पहला कारण है।'' फलस्वरूप वित्तीय आपदा को लोग प्राय: जल्दी ही भुला देते हैं। नतीजा यह होता है कि जब उसी जैसी या उससे बहुत मिलती-जुलती परिस्थितियाँ दोबारा उत्पन्न होती हैं, कई बार तो केवल कुछ ही वर्षों में, तो उन्हें एक नई, अक्सर युवा, और हमेशा बेहद आत्मविश्वासी पीढ़ी वित्तीय और ज़्यादा बड़े आर्थिक संसार में नवाचारी खोज मान लिया जाता है। मानव प्रयास के बहुत कम क्षेत्रों में इतिहास इतना कम महत्त्वपूर्ण होता है, जितना कि वित्त के संसार में। अतीत का अनुभव जिन लोगों को याद रहता है, उन्हें पुरातनपंथी मान लिया जाता है, जिनमें वर्तमान के अविश्वसनीय चमत्कारों की क़द्र करने की अंतर्दृष्टि नहीं होती।''

2017 में बिटकॉइन उछल कर आसमान छूने लगा। इसे देखकर मार्क्स ने सोचा कि क्या यह उन अविश्वसनीय चमत्कारों के लंबे इतिहास में नवीनतम चमत्कार है, जो आगे चलकर गड़बड़ परिणाम देगा। इसी तरह वे कभी टेस्ला और नेटफ़्लिक्स जैसे रोमांचक शेयरों पर दाँव लगाने का मन नहीं बना पाए, जो अनंत आसमान तक उड़ान भर रहे हैं : ''जब चीज़ें या लोग सफल होते हैं, तो इससे आम तौर पर अभिमान, अति-विस्तार और यह विश्वास आता है कि हम असफल नहीं हो सकते। यह विश्वास बहुत ख़तरनाक होता है।'' वे हमेशा मानते हैं कि पेंडुलम झूलकर अंतत: विपरीत दिशा में जाएगा, जैसा बुल बाज़ारों के ''सुपरस्टॉक्स'' के मामले में हुआ। ऐसे अतिरेक को पकड़ना तब ज़्यादा आसान होता है, जब आप एक ही फ़िल्म को कई बार देख चुके हों। वे कहते हैं, ''इसलिए आपको जल्दी से जल्दी बूढ़ा होने की कोशिश करनी चाहिए।''

आपको ज़्यादा से ज़्यादा पढ़ने की कोशिश भी करना चाहिए। शंका से भरे फ़्रेंच निवेशक फ़्रांस्वाँ-मैरी वोजसिक का ज़िक्र मैं पहले ही कर चुका हूँ। उन्होंने मुझे एमील ज़ोला का 1891 का उपन्यास *लाअर्जेन्ट* (धन) दिखाया, जो 1860 के दशक में पेरिस स्टॉक एक्सचेंज में सट्टेबाज़ी वाले पागलपन को चित्रित करता है। ज़ोला उस विनाशकारी बुलबुले का एक जाना-पहचाना वर्णन करते हैं, जिसका अंत बैंकिंग सेक्टर के धराशायी होने से हुआ। वे विस्तार से यह भी बताते हैं कि कैसे ''लोकप्रिय उन्माद'' किसी शेयर को इसके ''अधिकतम मूल्य'' के आगे इस बिंदु तक ले जाता है, जहाँ इसका गिरना अवश्यंभावी रूप से तय होता है।

वोजसिक इतिहास के जोशीले विद्यार्थी हैं। उन्हें ज़ोला का उपन्यास भीड़ के भेड़चाल वाले व्यवहार के ''स्थायी'' पैटर्न्स का शुरुआती उदाहरण देता है। वोजसिक कहते हैं, ''व्यक्तिगत रूप से हम स्मार्ट हैं, लेकिन समूह के रूप में हम मूर्ख हैं।'' सावधानी के तौर पर वे अपने विश्वासों को सुदृढ़ करने (या धराशायी करने) के लिए लगातार अपनी धारणाओं का स्ट्रेस टेस्ट करते हैं : ''मुझे यह कहने

की ज़रूरत है, 'फ्रांस्वाँ, क्या तुम आज सुबह इस निवेश के बारे में पूरी तरह से आश्वस्त हो? चलो दोबारा जाँच करते हैं।'' अपनी बेहद सतर्क मानसिकता का वर्णन वे एक अद्भुत फ्रांसीसी वाक्यांश में करते हैं, जिसका अर्थ है ''हमेशा जागते रहो।''

मार्क्स भी कभी अपनी सुरक्षा ढीली नहीं करते। अच्छे समय में ज़्यादातर निवेशक आत्मसंतुष्ट और आत्मदंभी हो जाते हैं। लेकिन ऐसे समय में मार्क्स अपनी सतर्कता को बढ़ा लेते हैं, क्योंकि वे जानते हैं कि हर चीज़ बदलती है, कि पेंडुलम अपने दोलन चक्र के एक सिरे पर ही नहीं अटक जाएगा, कि ''जीत अंततः साइकल यानी चक्र की होगी।'' जैसा मार्क्स स्पष्ट करते हैं, जोखिम तब सबसे ज़्यादा होता है, जब जोखिम की सहनशीलता सबसे ज़्यादा होती है – एक विरोधाभास, जिसे वे ''जोखिम की विकृति'' कहते हैं।

मार्क्स अपना ज़्यादातर समय दूसरे वित्तीय खिलाड़ियों की मनोदशा और व्यवहार का विश्लेषण करने में लगाते हैं। इससे वे यह जानना चाहते हैं कि बाज़ार इस वक़्त चक्र में किस जगह पर है। वे 2007 के एक मेमो पर ख़ास गर्व करते हैं, जिसे उन्होंने वित्तीय संकट के एक साल पहले लिखा था, जिसमें उन्होंने ख़तरे के बहुत से संकेतों को उजागर किया था, जैसे यह कि अमेरिका और इंग्लैंड में मॉर्टगेजेस के लिए ऋण देने के पैमानों को मूर्खतापूर्ण ढंग से शिथिल किया गया था, अपात्र कंपनियों को कर्ज़ देने की होड़ चल रही थी और जोखिम भरे असुरक्षित बॉन्डों में निवेश करने में तत्परता दिख रही थी। बोल्ड लेटर्स में ज़ोर डालते हुए उन्होंने सावधान किया था कि **''नियम–शिथिलता और लापरवाही की अवधि के बाद हमेशा अंततः करेक्शन्स आते हैं, जिनमें दंड दिए जाते हैं।''**

निवेश के वर्तमान परिवेश को भाँपने का मार्क्स का एक तरीक़ा यह है कि वे वर्तमान में किए जा रहे ''मूर्खतापूर्ण सौदों'' के बारे में ''सचित्र प्रमाण'' इकट्ठे करते हैं। मिसाल के तौर पर, 2017 में अर्जेन्टीना ने 9 प्रतिशत की वार्षिक यील्ड वाला सौ साल का बॉन्ड जारी किया। यह बहुत ज़्यादा ओवरसब्सक्राइब हुआ, हालाँकि सभी को यह पता होना चाहिए था कि 200 वर्षों में अर्जेन्टीना अपने क़र्ज़ पर आठ बार डिफ़ॉल्ट कर चुका है, सबसे हाल में 2014 में। यह उसका एक अच्छा उदाहरण था, जिसे सेम्युअल जॉनसन ने ''अनुभव पर आशा की विजय'' कहा था। निश्चित रूप से, जब मैंने 2020 में मार्क्स का इंटरव्यू लिया, तो उन्होंने बताया कि अर्जेन्टीना ने उसी समय *नौवीं* बार क़र्ज़ पर डिफ़ॉल्ट किया था।

मूर्खता, अति आत्मविश्वास, लोभ और मानदंड गिराने के लक्षण वैश्विक वित्तीय संकट के उत्कर्ष पर पहुँचते समय ख़ास तौर पर स्पष्ट थे। मार्क्स और उनके पार्टनर कार्श अपने नोट्स की तुलना करते हुए कहते हैं, ''इस रद्दी के टुकड़े को

देखो! इस तरह के सौदे को तो होना ही नहीं चाहिए था – और इस तरह के सौदे होने का मतलब यह है कि बाज़ार में कुछ गड़बड़ है।''

ऐसे अवलोकन मार्क्स को बाज़ार का संख्यात्मक नहीं, बल्कि प्रभावकारी दृष्टिकोण प्रदान करते हैं। "मेरी सारी प्रक्रियाएँ सहज बोध और अंतर्दृष्टि पर आधारित हैं,'' वे कहते हैं। ''मैं तो बस यह अहसास करने की कोशिश करता हूँ कि संसार में सचमुच क्या चल रहा है? और आपको जो दिख रहा है, उससे आप कौन से महत्त्वपूर्ण निष्कर्ष निकाल सकते हैं?''

निष्कर्ष पर पहुँचने के लिए वे ख़ुद से ऐसे प्रश्न पूछते हैं, जैसे *क्या निवेशक उचित रूप से संदेहवादी हैं और जोखिम से बच रहे हैं या फिर वे जोखिमों को नज़रअंदाज़ करके ख़ुशी-ख़ुशी अनाप-शनाप भाव पर शेयर ख़रीद रहे हैं? क्या वैल्युएशन्स ऐतिहासिक दृष्टि से तार्किक हैं? क्या सौदे के तंत्र निवेशकों के लिए उचित हैं? क्या भविष्य के प्रति बहुत ज़्यादा आशावाद दिखाया जा रहा है?*

मार्क्स कहते हैं कि एक मायने में वे ''वर्तमान की भविष्यवाणी करने'' की कोशिश कर रहे हैं – क्योंकि हालाँकि भविष्य अज्ञात है, लेकिन वर्तमान को स्पष्टता से देखा जा सकता है। ज़ाहिर है, कोई नहीं जान सकता कि चक्र कब पलटेगा। ''मैं टाइमिंग के बारे में भी नहीं सोचता,'' वे कहते हैं। ''निवेश जगत में सही चीज़ करना बहुत मुश्किल होता है और सही समय पर सही चीज़ करना तो असंभव होता है।''

हम चक्र में कहाँ खड़े हैं, यह पहचानने का लाभ यह है कि इससे वे वर्तमान परिस्थितियों के आधार पर उचित दिशा तय कर सकते हैं, यानी वे बर्फ़ भरी सड़क पर कार चलाते समय दोपहर के बजाय रात को ज़्यादा सावधान रहेंगे। मार्क्स कहते हैं, ''हमें बाज़ार को पहचानना होता है कि यह सचमुच क्या है, इसे स्वीकार करना होता है और फिर उसके हिसाब से काम करना होता है।'' मिसाल के तौर पर, जब बुल मार्केट में निवेशक पैसे गँवाने के जोखिम से कम डरते हैं और फटाफट मुनाफ़े को चूकने के बारे में ज़्यादा चिंतित होते दिखते हैं, तो यह इस बात का संकेत है कि हम अपनी अपेक्षाओं को कम कर लें और सतर्कता से आगे बढ़ें। व्यावहारिक संदर्भ में इसका क्या अर्थ है? इसका क्या अर्थ है? इसका मतलब है कि शेयरों को बेचकर बॉन्ड्स ख़रीद लिए जाएँ या कम आक्रामक शेयर ख़रीदे जाएँ या यह सुनिश्चित किया जाए कि आपके पास पर्याप्त नक़दी है, ताकि बियर मार्केट शुरू होने पर आपको लिक्विडिटी की ज़रूरत ही नहीं पड़े, जब यह ग़ायब हो जाती है। मार्क्स कहते हैं, ''मैं यह नहीं कह रहा हूँ कि सारे शेयर बेचकर नक़दी पर बैठ जाओ। मैं तो सिर्फ़ यह कह रहा हूँ कि अगर शेयर बाज़ार के भाव में महत्त्वपूर्ण परिवर्तन होता है, तो आपके पोर्टफ़ोलियो को भी महत्त्वपूर्ण रूप से बदलना चाहिए।''

मेरी समझ से यह नीति बहुत समझदारी भरी है कि वास्तविकता को अच्छी तरह देखा जाए, इसे स्वीकार किया जाए और इससे अनुकूलन किया जाए। **जैसा मार्क्स अक्सर कहते हैं, ''परिवेश जैसा है, वैसा है।'' हम यह *माँग* नहीं कर सकते कि बाज़ार हमें ज़्यादा अनुकूल परिस्थितियाँ दे। लेकिन हम अपनी प्रतिक्रिया को नियंत्रित कर *सकते* हैं और परिवेश के हिसाब से ज़्यादा सुरक्षात्मक या आक्रामक हो सकते हैं।**

प्रवाह के साथ बहने का यह नज़रिया कहाँ से आया? यह अस्थायित्व या परिवर्तनशीलता वाली नसीहतों से उत्पन्न हुआ, जिनका अध्ययन मार्क्स ने कॉलेज में किया था। ''आप जानते हैं कि परिवर्तन होकर रहेगा, चाहे आप इसे रोकने की कितनी ही कोशिश कर लें,'' वे कहते हैं। ''मैं सोचता हूँ कि इससे आपको आरामदेह हो जाना चाहिए और यह कहना चाहिए, 'मैं भविष्य को नियंत्रित करने की कोशिश नहीं करूँगा। मैं भविष्य को जानने की कोशिश नहीं करूँगा। मैं तो अनिश्चित भविष्य की तैयारी की कोशिश करूँगा।'' निवेशक अक्सर ख़ुद को मुश्किल में डाल लेते हैं, जब उनके परिवेश और उनके व्यवहार के बीच अंतर होता है – जब वे वास्तविकता को नज़रअंदाज़ या अस्वीकार कर देते हैं।

2006 के एक मेमो में मार्क्स ने प्राचीन ताओवादी दार्शनिक लाओ त्सू का उद्धरण दिया था : ''शक्तिशाली बनने के लिए आपको पानी जैसा होना पड़ता है : अगर कोई बाधा नहीं है, तो यह प्रवाहित होता है; अगर बाधा है, तो यह रुक जाता है; अगर बाँध टूट जाता है, तो यह और आगे बहता है; अगर पात्र चौकोर है, तो यह चौकोर रूप धारण कर लेता है; अगर पात्र गोल है, तो यह गोल रूप में आ जाता है। इतना मुलायम और लचीला होने के कारण ही यह सबसे आवश्यक और सबसे शक्तिशाली चीज़ है।'' निवेशक को भी अगर शक्तिशाली बनना है, तो उसे पानी जैसा होना चाहिए यानी जो भी हमारे सामने आए, उसके अनुरूप ख़ुद को ढाल लेना चाहिए। यह बहुत सरल लगता है, लेकिन मानव स्वभाव इसे मुश्किल बना देता है। कमोबेश सभी लोग भीड़ की मनोदशा से प्रभावित होते हैं और सबसे ऊँचे दाँव वाली अतिवादी स्थितियों में मनुष्य को तार्किक काम करने में सबसे ज़्यादा मुश्किल आती है।

जब बाज़ार 2008 में लुढ़के, तो निवेशकों का झुंड दहशत में आ गया, जैसा कि हमेशा होता है। जश्न का माहौल दहशत के मातम में बदल गया, जब साइक्लिकल बाज़ार ने तेज़ी से दिशा बदली। इस पर मार्क्स ने कैसे प्रतिक्रिया की? उन्होंने स्पष्ट तर्क से अपने परिवेश का आकलन करने और प्रतिक्रिया देने की कला दिखाई – और वे अपनी कंपनी को इसके सबसे बड़े निवेश अवसर की ओर ले गए।

''ज़्यादातर समय, संसार ख़त्म नहीं होता है''

ऋण संकट सामने आने के महीनों पहले से ओकट्री अराजकता के लिए तैयार थी। 2008 की शुरुआत में जब ज़्यादातर संसार बुलिश और आत्मसंतुष्ट था, तब कंपनी ने इतिहास में सबसे बड़े डिसट्रेस्ड डेट फ़ंड को बनाने के लिए 10.9 अरब डॉलर इकट्ठे किए।

मार्क्स ने जितने भी चक्रों का अध्ययन किया है, उनमें से कोई भी उन्हें इतना भविष्यसूचक नहीं लगता, जितना ऋण का चक्र लगता है। जैसा वे *द मोस्ट इम्पोर्टेन्ट थिंग* में स्पष्ट करते हैं, ''समृद्धि के कारण ज़्यादा क़र्ज़ दिए जाते हैं, जिससे मूर्खतापूर्ण क़र्ज़ दिए जाते हैं, जिससे भारी नुक़सान होता है, जिससे क़र्ज़ देने वाले क़र्ज़ देना छोड़ देते हैं, जिससे समृद्धि का अंत होता है और इसी तरह यह सिलसिला चलता रहता है।'' उन्होंने 2003 से 2007 तक मूर्खतापूर्ण ऋण देने वाले वर्ष देखे थे। जब अवश्यंभावी घाटों का ढेर लग गया और क़र्ज़ देने का सिलसिला थम गया, तो उन्होंने इस संकट की घड़ी में मुनाफ़ा कमाने का इरादा दिखाया। जब बाक़ी लोग नक़दी के लिए छटपटा रहे हों, तब नक़दी होना बहुत बड़ी बात होती है।

ऋण संकट सबप्राइम मॉर्टगेज के मज़ाक़ से शुरू हुआ और फिर बाक़ी क्षेत्रों में फैल गया। मॉर्टगेज ऋण रुक गए। मकानों के भाव लुढ़क गए। वाणिज्यिक जायदाद के भाव धड़ाम से गिर गए। बियर स्टर्न्स ढह गया। असंभव तबाहियाँ हर दिन सामने आने लगीं।

31 जुलाई 2008 को मार्क्स ने ओकट्री के शेयरहोल्डर्स को लिखा कि अब भी भाव बहुत कम नहीं हुए हैं और उन्होंने कहा कि तब तक ''धीमे चलना'' चाहिए, जब तक कि बेहतर सौदे सामने नहीं आएँ। कुछ ही हफ़्तों में वित्तीय तंत्र ढहने लगा। सितंबर में अमेरिकी सरकार ने फ़ैनी मे और फ्रेडी मैक का नियंत्रण अपने हाथ में ले लिया। मेरिल लिंच को ख़ुद को बैंक ऑफ़ अमेरिका को बेचने के लिए विवश होना पड़ा। लेहमैन ने अमेरिकी इतिहास में सबसे बड़े दिवालियेपन की घोषणा की। एआईजी को 85 अरब डॉलर का सरकारी क़र्ज़ देकर बचाना पड़ा। यहाँ तक कि गोल्डमैन सैक्स भी भँवर में फँस गई।

मार्क्स ने इतनी ज़्यादा दहशत पहले कभी नहीं देखी थी। लेकिन निराशावाद के विस्फोट में बाज़ार लुढ़कने पर वे बरसों बाद पहली बार बुलिश हुए। 15 सितंबर को लेहमैन का पतन होने के बाद ओकट्री ने धराशायी संपत्तियाँ बटोरना शुरू किया, जिन्हें कोई दूसरा छूने को भी तैयार नहीं था। अगले पंद्रह सप्ताह तक फ़र्म ने – मार्क्स और कार्श के नेतृत्व में – हर सप्ताह 500–600 मिलियन डॉलर का आश्चर्यजनक निवेश किया।

यह मार्क्स के करियर का एक ऐसा दाँव था, जो उनकी प्रतिष्ठा को बना या मिटा सकता था। इसलिए आप कल्पना कर सकते हैं कि उन्हें अपने दाँव की सफलता पर पूरा विश्वास था। लेकिन लेहमैन के पतन के बाद उन्हें लगा कि भविष्य में क्या होगा, यह कोई नहीं जानता।

19 सितंबर को उन्होंने ओकट्री के ग्राहकों को एक मेमो लिखा। इसमें एक ऐसा प्रश्न था, जिसका जवाब नहीं दिया जा सकता था, लेकिन उसका जवाब देना *ज़रूरी* था : ''क्या वित्तीय तंत्र पिघल जाएगा या फिर यह डाउन साइकल की सबसे बड़ी गिरावट है, जो हमने कभी देखी है? मेरा जवाब आसान है : यह अंत नहीं है। हमारे पास यह मानने के सिवा कोई विकल्प नहीं है कि यह चक्र की डाउन साइकल है, जिसका लाभ लिया जा सकता है।'' अपने शुष्क हास्यबोध के साथ उन्होंने यह भी आगे कहा, ''ज़्यादातर समय दुनिया ख़त्म नहीं होती।''

मैंने पूछा कि किस वजह से वे सितंबर के मध्य में रक्षात्मक से आक्रामक हुए। मार्क्स का जवाब था, ''संसार नरक में चला गया था। संपत्तियाँ कौड़ियों के मोल बिक रही थीं। किसी को भी यह भरोसा नहीं था कि संसार बचेगा भी या नहीं, इसलिए कोई ख़रीद ही नहीं रहा था... यह विनाशकारी परिस्थितियों का आदर्श तूफ़ान था।''

मार्क्स भविष्य को कभी पहले से तय परिदृश्य नहीं मानते हैं, जिसका होना तय हो। इसके बजाय वे इसे ''विभिन्न संभावनाओं के वितरण'' के रूप में देखते हैं। उनकी मानक नीति यह है कि वे इन ''वैकल्कि भविष्यों'' में से प्रत्येक के लिए संभावनाएँ तय करते हैं। लेकिन इस मामले में अनिश्चितता इतनी ज़्यादा थी कि ढेर सारे परिणाम हो सकते थे, जिनकी संभावनाओं को तय करने की कोशिश में कोई तुक नहीं था। उन्हें लगा कि ऐसे में द्वैत संदर्भ में स्थिति के बारे में सोचकर निर्णय लेना ज़्यादा सहायक होगा : ''मैं सोचता हूँ कि आप इसे इस बिंदु तक घटा सकते हैं, या तो दुनिया ख़त्म होती है या फिर नहीं होती... और अगर यह ख़त्म नहीं होती, लेकिन हम नहीं ख़रीदते हैं, तो हम अपना काम अच्छी तरह नहीं करते हैं। इस विचारधारा की वजह से निर्णय बिलकुल स्पष्ट था।''

लेकिन जब बाज़ार इसके बाद भी लुढ़कता रहा और वित्तीय स्तंभ गिरते रहे, तो बहुत कम लोग उनसे सहमत थे। उनके कुछ परिचित सर्वश्रेष्ठ निवेशक तक स्तब्ध थे। वे कह रहे थे, ''मेल्ट डाउन होने वाला है।'' मार्क्स जानते थे कि वे खाई में गिरने के कितने क़रीब थे। वे ऐसे परिणामों का चित्र देख सकते थे, जिनमें बाज़ार गिरते रहेंगे और अंतत: हम व्यापक बेरोज़गारी तथा सामाजिक तबाही के शिकार हो जाएँगे। ''बुरे का मतलब कितना बुरा है? आप यह नहीं कह सकते कि सबसे बुरी स्थिति कितनी बुरी हो सकती है। अराजकता, दंगे, भुखमरी?''

फिर अक्टूबर के बीच में उन्हें एक अविस्मरणीय अनुभव हुआ, जिसने उनके कॉन्ट्रेरियन विश्वास को मज़बूत कर दिया। ओकट्री के एक फ़ंड ने हाई यील्ड वाले निवेश करने के लिए लीवरेजिंग का इस्तेमाल किया, यानी उधार लिया, ताकि यह अपनी इक्विटी कैपिटल से 5 गुना दाँव लगा सके। इस लीवरेजिंग में तुलनात्मक रूप से कम जोखिम था : पिछले तीस वर्षों में ऐसे ऋण के लिए ओकट्री की औसत डिफ़ॉल्ट रेट साल में सिर्फ़ 1 प्रतिशत रही थी। लेकिन भाव ऐतिहासिक पैमानों से भी इतने ज़्यादा नीचे आ गए कि ओकट्री के सामने मार्जिन कॉल का संकट आ गया। मार्क्स ने ग्राहकों से संपर्क करके ज़्यादा पूँजी लगाने का आग्रह किया, जिससे फ़ंड ने अपनी लीवरेजिंग कम की और मार्जिन कॉल से बच गया। लेकिन इसके बाद भी भाव गिरते रहे, इसलिए मार्क्स को दोबारा ग्राहकों से *ज़्यादा* पैसे लगाने का आग्रह करना पड़ा।

इसमें दिमाग़ के इस्तेमाल की कोई ज़रूरत नहीं थी। अगर वे पूरी कोशिश नहीं करते, तो उन्हें कौड़ियों के भाव पर अपने बॉन्ड बेचकर घाटा उठाना पड़ता। एक पेंशन फ़ंड मैनेजर मार्क्स से बार-बार पूछता रहा कि बुरी से बुरी परिस्थितियों में ओकट्री के बॉन्डों का क्या होगा। हर बार जब मार्क्स उसे आश्वस्त करते थे, तो वह दहशत में बोलता था, : ''लेकिन अगर स्थिति इससे भी बुरी हुई, तो क्या होगा?''

मार्क्स तेज़ी से अपने ऑफ़िस की ओर लौटे और उन्होंने एक मेमो लिखा, जिसका शीर्षक था, ''नकारात्मकता की सीमाएँ।'' जब उन्होंने उस फ़ंड मैनेजर की चर्चा के बारे में सोचा, तो उनके दिमाग़ की बत्ती जल गई। दशकों तक उन्होंने निवेशकों को चेतावनी दी थी कि परम आशावाद के समय वे अपने संदेहवाद को क़ायम रखें, जब अच्छी से अच्छी लगने वाली कहानी भी झूठी हो सकती थी। लेकिन अब निराशावाद इतना गहरा हो गया था कि निवेशक सोचने लगे थे कि ''बुरी से बुरी कहानी भी सच हो सकती थी।'' तार्किक संदेहवादी व्यक्ति को स्थायी रूप से निराशावादी नहीं होना चाहिए। उसे तो इस बात पर प्रश्न करना चाहिए, जिसे ''हर व्यक्ति'' सच मानता है, चाहे यह बहुत ज़्यादा सकारात्मक हो या नकारात्मक हो। अपने इलहाम को स्पष्ट करते हुए मार्क्स ने लिखा : **''अत्यधिक आशावाद के समय संदेहवाद हमें निराशावाद की आवश्यकता बताता है। लेकिन अत्यधिक निराशावाद के समय यह आशावाद की आवश्यकता बताता है।''**

इस तरह हमेशा परम आशावाद के विरोधी हॉवर्ड मार्क्स वॉल स्ट्रीट के संभवत: एकमात्र आशावादी बन गए।

''पूर्ण दहशत'' के बीच में, जब ''हर व्यक्ति को विश्वास हो कि परिस्थितियाँ और बुरी हो सकती हैं,'' उस समय भीड़ के ख़िलाफ़ जाना आसान नहीं होता। इसके लिए असाधारण स्तर की बौद्धिक स्पष्टता और स्थिरता की ज़रूरत होती है। लेकिन जब मैंने पूछा कि क्या उन्हें संकट दर्दनाक लगा, तो मार्क्स ने दोटूक जवाब

दिया, ''मुझे याद नहीं है कि यह ज़्यादा मुश्किल था।'' क्या वे हमेशा भावशून्य थे? ''हाँ।'' उन्होंने दो शादियाँ की थीं, इसलिए मेरे मन में यह विचार आया कि कहीं उनकी भावशून्यता से उनकी पत्नी को दिक़्क़त तो नहीं होती होगी। ''हाँ, ख़ास तौर पर मेरी पहली पत्नी को काफ़ी दिक़्क़त आई थी,'' उन्होंने कहा। ''मेरे ख़याल से इस समय मैं इस मामले में बेहतर काम कर रहा हूँ।''

इस बात से भी मदद मिली कि ओकट्री के दोनों साझेदार मार्क्स और कार्श आपस में बात करते रहे, एक-दूसरे का समर्थन करते रहे और सही गति से चलना सुनिश्चित करते रहे। मार्क्स बड़ी तसवीर पर मार्गदर्शन देते थे, जबकि कार्श तथा उनकी टीम ने संपत्तियों के मूल्यांकन का महत्त्वपूर्ण काम किया। दो-तीन साल पहले प्राइवेट इक्विटी फ़र्म्स ने भारी दामों पर उच्च गुणवत्ता के व्यवसाय ख़रीदने के लिए भारी लीवरेज का इस्तेमाल किया था। अब ओकट्री ने इन कंपनियों का पुराना कर्ज़ कौड़ियों के मोल ख़रीद लिया। कुछ प्रकरणों में तो ओकट्री की लागत तब भी वसूल हो जाती, जब ये व्यवसाय प्राइवेट इक्विटी फ़र्म्स द्वारा चुकाए गए भारी दामों के *20 प्रतिशत* भी मूल्यवान होते। ''मैं हमेशा चीज़ों को इस संदर्भ में देखता हूँ कि 'ग़लती कहाँ है? क्या ग़लती ख़रीदने में है या नहीं ख़रीदने में?''' मार्क्स कहते हैं। ''इस निष्कर्ष पर पहुँचने के लिए आस्था की विशाल छलाँग की ज़रूरत नहीं थी कि इस समय ख़रीदना बेहतर विकल्प था।''

सबसे शानदार स्कोर पिअरे फूड्स में ओकट्री के 100 मिलियन डॉलर के निवेश से मिला, जिसे इसने 2008 में दिवालियेपन से ख़रीदा था। एडवांसपियरे फूड्स के रूप में पुनर्जन्म करके यह पैकेज्ड सैंडविचेस में राष्ट्रव्यापी लीडर बन गई, जिसे टाइसन फूड्स ने 2017 में ख़रीद लिया। ओकट्री ने आठ साल में लगभग 2.2 अरब डॉलर का मुनाफ़ा कमाया - जो इसकी निवेशित पूँजी का तेईस गुना लाभ था।

ओकट्री ने संकट की गहराई में लगभग 10 अरब डॉलर के दाँव लगाए। मार्क्स के हिसाब से इन निवेशों से उन्हें 9 अरब डॉलर का मुनाफ़ा हुआ - जो कंपनी के इतिहास में सबसे बड़ा मुनाफ़ा था। मार्क्स और कार्श इसके सबसे बड़े शेयरहोल्डर थे, इसलिए उन्हें सबसे ज़्यादा मुनाफ़ा हुआ। लेकिन दूसरों से ज़्यादा सही सोचने और सही होने की ख़ुशी ज़्यादा महत्त्वपूर्ण थी। जैसा मार्क्स कहते हैं, ''हमने दाँव लगाया और हम जीत गए।''

''प्रश्न यह है, क्या आप सीमाओं को धकाते हैं?''

हमारी बातचीत में और उनके लेखन में मार्क्स बार-बार मुट्ठी भर विषयों पर लौटते हैं, जो दशकों से उनके दिलोदिमाग़ पर छाये हैं। जैसा मैं इसे देखता हूँ, पाँच बेहद महत्त्वपूर्ण विचार बार-बार आते हैं :

यह स्वीकार करना महत्त्वपूर्ण है कि हम भविष्य की भविष्यवाणी नहीं कर सकते और इसे नियंत्रित नहीं कर सकते।

अतीत के पैटर्न्स के अध्ययन से लाभ होता है और उनका इस्तेमाल मोटे मार्गदर्शक के रूप में करके भावी स्थितियों को भाँपने में मदद मिलती है।

यह निश्चित है कि चक्र उलटेगा और लापरवाह अति को दंडित किया जाएगा।

यदि चक्र के ख़िलाफ़ व्यवहार किया जाए, तो इससे फ़ायदा हो सकता है।

इस अनिश्चित संसार में दीर्घकालीन वित्तीय सफलता हासिल करने के लिए विनम्रता, संदेहवाद और बुद्धिमत्ता आवश्यक हैं।

जीवन इतना जटिल है कि हमारे लिए आसान और दमदार अंतर्दृष्टियों की एक छोटी बुनियाद को आत्मसात करना उपयोगी होता है, जो हमारी बिखरी हुई सोच को व्यवस्थित कर सकें। ये पाँचों विचार हर उस निवेशक के लिए बेहद उपयोगी हैं, जो अज्ञात भविष्य में सुरक्षित यात्रा करना चाहता है।

लेकिन मार्क्स से सीखी बातों पर विचार करते समय मेरे दिमाग़ में आया कि ख़ास तौर पर एक सबक़ मेरे लिए बहुत महत्त्वपूर्ण रहा है। इसके इतने दूरगामी परिणाम मिले हैं कि मुझे इसे संसार के प्रति मेरे दृष्टिकोण की बुनियाद बनाना चाहिए। मेरे लिए वह सबक़ वह है, जो उन्होंने पचास साल से भी ज़्यादा समय पहले कॉलेज में सीखा था : हर चीज़ अस्थायी है।

वित्तीय बाज़ार इस बौद्ध नसीहत के कई उदाहरण देता है। एशियाई ''आर्थिक चमत्कार'' के बाद 1997 का एशियाई वित्तीय संकट आया। 1990 के उत्तरार्ध के डॉट-कॉम पागलपन के बाद 2000 का क्रैश आया। हाउसिंग बबल के बाद क्रेडिट संकट आया, जिसके बाद 2009 में एक लंबा बुल मार्केट शुरू हुआ। फिर 2020 में बाज़ार 23 दिनों में 34 प्रतिशत गिरा, जिसके बाद के हफ़्तों में यह लगभग 40 प्रतिशत चढ़ा।

अगर बुद्ध हेज फ़ंड मैनेजर होते, तो वे यह कह सकते थे कि वास्तव में परिवर्तन अपने आप में समस्या नहीं है। इसके बजाय हम ख़ुद को कष्ट में धकेलते हैं – निवेश में भी और जीवन में भी – जब हम यह अपेक्षा करते या चाहते हैं कि चीज़ें जैसी हैं, वैसी ही बनी रहें। जो लंबे समय तक क़ायम नहीं रह सकता, असली समस्या उससे चिपके रहने या उस पर निर्भर होने की आदत है।

जैसा बौद्ध धर्म सिखाता है, हमें यह स्वीकार करना चाहिए कि सभी सांसारिक वस्तुएँ अस्थायी होती हैं, ताकि परिवर्तन होने पर हम हैरान या निराश नहीं हों। शुनर्‌यू सुजुकी ने कहा था, ''हर चीज़ बदलती है : अगर हम

इस नसीहत को स्वीकार नहीं कर सकते, तो हम शांतिपूर्ण संतुलन क़ायम नहीं रख सकते।''

परिवर्तन अवश्यंभावी है। वित्तीय दृष्टि से इसके महत्त्वपूर्ण तात्पर्य हैं। सबसे पहले तो हमें यह स्वीकार करने की ज़रूरत है कि वर्तमान आर्थिक माहौल और बाज़ार की दिशा अस्थायी घटनाएँ हैं, जैसी कि हर चीज़ है। इसलिए हमें ख़ुद को ऐसी स्थिति में नहीं रखना चाहिए, मानो हम उनके उसी मार्ग पर चलते रहने पर निर्भर हों, जिस पर वे इस समय चल रही हैं। जैसा मार्क्स कहते हैं, निवेशक बाज़ार के चढ़ाव और उतार दोनों की दीर्घायु का अति आकलन करने की ग़लती बार-बार करते हैं; वे भूल जाते हैं कि कोई चीज़ हमेशा क़ायम नहीं रहती। इसी तरह, कई मकान ख़रीदने वालों ने वित्तीय संकट के दौरान ख़ुद को बरबाद कर लिया, क्योंकि उन्होंने यह विश्वास करके बहुत ज़्यादा क़र्ज़ ले लिया कि मकान के भाव अनंत काल तक बढ़ते रहेंगे। सबक़? **कभी परिवर्तन की निर्मम शक्ति के ख़िलाफ़ सब कुछ दाँव पर नहीं लगाएँ।**

सभी चीज़ें अस्थायी हैं, यह मान्यता आपको इस अस्थिर करने वाले अहसास से भर सकती है कि आपका जीवन (और हर वह चीज़ जिसे आप प्रेम करते हैं) निराशाजनक रूप से अनिश्चित और अस्थायी है। इससे इनकार करके जीना लुभावना लगता है। लेकिन यह स्वीकार करना बुद्धिमत्तापूर्ण है कि हम पतली बर्फ़ पर स्केटिंग कर रहे हैं और हम कभी निश्चितता से नहीं कह सकते कि यह कब चटकेगी। इस जागरूकता का यह मतलब नहीं है कि हमें हमेशा घर पर छिपे रहना चाहिए - या हमें हमेशा नक़दी पर ही बैठना चाहिए और कभी जोखिम नहीं लेना चाहिए। **बाज़ार और जीवन दोनों में लक्ष्य जोखिम को अंगीकार करना या हटाना नहीं है, बल्कि इसे बुद्धिमत्तापूर्वक इस तरह संतुलित करना है, ताकि हम अप्रिय परिणाम की संभावना को कभी नहीं भूलें।**

इस संतुलन को हासिल करना आसान नहीं है। 2008 के सबसे स्याह दिनों में मार्क्स को बार-बार ख़ुद को याद दिलाना पड़ा कि उन्हें अपनी सहज चिंता की प्रवृत्ति का प्रतिरोध करना चाहिए : ''अगर मैं इसकी अति करता हूँ, तो मैं अपने ग्राहकों के लिए अपना काम नहीं कर रहा हूँ, क्योंकि उन्होंने मुझे मुर्गे की तरह डरपोक बनने के लिए नियुक्त नहीं किया है। वे चाहते हैं कि मैं मुर्गा नहीं, बल्कि सुरक्षित निवेशक बनूँ।'' वे कहते हैं, ज़्यादा दूर तक सोचें, तो ''जोखिम से बचना'' आपको ''मुनाफ़े से बचने'' की ओर ले जाता है।

सौभाग्य से हम परिवर्तन के समक्ष शक्तिहीन नहीं हैं। कई तरीक़ों से हम अपनी असुरक्षा को कम कर सकते हैं। जिसकी भविष्यवाणी संभव ही नहीं है, उसकी भविष्यवाणी करने के बजाय मार्क्स सुझाव देते हैं कि हमें ''शक्तिशाली पोर्टफ़ोलियो और शक्तिशाली जीवन'' बनाने पर ध्यान केंद्रित करना चाहिए, जो बेहद मुश्किल

परिस्थितियों में भी धराशायी न हों। इसका सामान्य निवेशकों के लिए क्या मतलब है? ''बहुत ज़्यादा क़र्ज़ तथा लीवरेज से बचें'' और ''भारी दौलत'' के सपनों की वजह से ''किसी विनाशकारी स्थिति में नहीं फँसें,'' वे कहते हैं। **''जीवन आपकी ओर जो भी फेंक सकता है, उसकी तैयारी का एक महत्त्वपूर्ण घटक यह है कि अधिकतम की कोशिश नहीं करें। यह निवेश और जीवन दोनों के संदर्भ में सच है। इसलिए प्रश्न यह है, क्या आप सीमाओं को धकेलते हैं?''**

यह प्रश्न सिर्फ़ निवेश पर ही नहीं, बल्कि ख़र्च पर भी लागू होता है। ''वित्तीय स्वतंत्रता बहुत सारे पैसे कमाने या बचाने से नहीं आती है,'' मार्क्स कहते हैं। ''जानते हैं, यह कहाँ से आती है? जहाँ ख़र्च आमदनी से कम होता है। जब आप अपने संसाधनों के भीतर रहते हैं। यह जानना महत्त्वपूर्ण है कि आप उसी हद तक मज़बूत होते हैं, जिस हद तक आप सीमा से दूर होते हैं।''

मुश्किल चीज़ यह है कि सफलता के दौर में हम यह बात भूल जाते हैं - या जब हम दूसरों को सफल होते देखते हैं, जबकि हम पिछड़ जाते हैं। इसलिए हम अपनी सीमाओं के क़रीब आ जाते हैं और अंततः भटककर उन्हें पार कर जाते हैं।

मार्क्स यह जोड़ते हैं कि हमें अपनी वित्तीय और मनोवैज्ञानिक भंगुरता या कोमलता को पहचानने की भी ज़रूरत है। ''बेहतर है कि आप डरें - यह स्वीकार करके डरें कि बुरी चीज़ें हो सकती हैं और बुरे परिणामों का सामना करने की अपनी योग्यता के बारे में यथार्थवादी रहें।'' वे ''मर्दाना'' दावों के ख़िलाफ़ चेतावनी देते हैं कि अगर शेयर बाज़ार गिर जाता है, तो हमें दिक़्क़त नहीं होगी : ''जब यह एक तिहाई गिरता है, तो सामान्यतः लोग दहशत में आकर अपने शेयर बेच देते हैं। इस तरह वे करेक्शन को स्थायी नुक़सान में बदल देते हैं, जो वह सबसे बुरी चीज़ है जो आप कर सकते हैं।''

तो यह अनिवार्य है कि ख़ुद के साथ ईमानदार रहा जाए कि हम कितना जोखिम सँभाल सकते हैं : ''अगर आप बहुत ज़्यादा जोखिम लेते हैं, तो यह आपकी भावनात्मक लचीलेपन को अभिभूत कर देगी और आप ग़लत चीज़ करने के लिए विवश हो जाएँगे, भले ही कोई दूसरी चीज़ आपके ख़िलाफ़ घटित नहीं हो - जैसे मार्जिन कॉल या ब्रेड ख़रीदने की ज़रूरत।''

वास्तविकता जैसी है, उसे अरुचि या आत्म-भ्रांति के बिना वास्तविकता के रूप में ही देखें। मार्क्स की इस आदत में बौद्ध दर्शन की झलक मिलती है। बौद्ध धर्म का एक महान ग्रंथ *सतिपत्तन सुत्त* है, जिसमें बुद्ध ने निर्वाण के साधन के रूप में माइंडफुलनेस पर प्रवचन दिया है। वे स्पष्ट करते हैं कि जागृति के मार्ग के लिए यह आवश्यक है कि जो भी हमारे सामने हो, हम उसके प्रति ''हमेशा माइंडफुल'' रहें - अनासक्ति के साथ अवलोकन करें, जब सारी चीज़ें (जिनमें हमारे विचार,

भावनाएँ और इंद्रियगत अनुभूतियाँ) उठती हैं और दूर होती हैं। स्वतंत्रता ''स्पष्ट रूप से जानने'' से आती है कि हर चीज़ अस्थायी है, इसलिए ख़ुद को प्रशिक्षित करें कि मूलत: अस्थिर चीज़ों को कसकर नहीं पकड़ें। बुद्ध एक ही बात को तेरह बार दोहराते हैं : ''और मनुष्य स्वतंत्र रहता है, संसार की किसी चीज़ को पकड़कर नहीं रखता।''

अनासक्ति का यह विचार भावहीन या अस्वाभाविक लग सकता है। लेकिन अस्थायित्व या क्षणभंगुरता को पहचानने के अपने लाभ होते हैं। एक बात तो यह है कि सिर्फ़ अच्छी चीज़ ही नहीं बदलती हैं (हमारे यौवन का सौंदर्य, हमारे प्रियजन, आर्थिक उछाल और बुल मार्केट) जो बदल जाएँगे। बुरी चीज़ें भी बदलती हैं (भावनात्मक और शारीरिक दर्द, बुरे नेता, मंदियाँ और महामारियाँ)। चूँकि हर चीज़ बदलती है, इसलिए हमें अच्छे समय में बहुत ज़्यादा उत्साहित नहीं होना चाहिए और बुरे समय में बहुत ज़्यादा निराश नहीं होना चाहिए।

अस्थायित्व का अहसास करने के बाद हम अपने संबंधों को मूल्यवान मानने और पोषण देने के लिए भी प्रेरित हो सकते हैं (क्योंकि हम नहीं जानते कि हममें से कोई भी कितनी देर तक इस दुनिया में रहेगा)। यह हमें पूरी तरह वर्तमान में जीने के लिए भी प्रोत्साहित कर सकता है। अपनी पुस्तक *द साइंस ऑफ़ एनलाइटनमेंट* में शिनजेऩ यंग संसार को ''उग्रतावादी पूर्णता'' से अनुभव करना सीखने के बारे में लिखते हैं, हर पल पर ''असाधारण रूप से एकाग्रता, इंद्रियगत स्पष्टता और समबुद्धि'' के साथ एकाग्र हों। ''आप नाटकीय रूप से जीवन को बढ़ा लेते हैं - आपके वर्षों की संख्या को कई गुना करके नहीं, बल्कि आपके पलों की पूर्णता का विस्तार करके।''

सत्तर साल की उम्र के बाद मार्क्स को अपने ख़ुद की क्षणभंगुरता का तीक्ष्ण अहसास है। उनके पिताजी 101 साल तक जिए थे, इसलिए संभवत: उन्हें विरासत में बेहतर जीन्स मिले हैं। फिर भी वे जानते हैं कि संभावनाएँ उनके अमर होने के ख़िलाफ़ हैं। जीवन की इस अवस्था में वे लगातार मनन करते हैं कि क्या उन्होंने अपने जीवन को प्रशंसनीय तरीक़े से जिया है - क्या उन्होंने साथियों और ग्राहकों के प्रति प्रशंसनीय जीवन जिया है। ''जीवन में आप क्या हासिल करते हैं, यह एकमात्र महत्त्वपूर्ण चीज़ नहीं है। आप इसे कैसे करते हैं, यह भी महत्त्वपूर्ण है,'' वे कहते हैं। ''शायद मैं असुरक्षित हूँ। लेकिन मेरे लिए यह बहुत महत्त्वपूर्ण है कि लोग यह मानें कि मैंने अच्छा जीवन जिया है।'' वे ओकट्री के मुनाफ़े पर आनंदित होते हैं, लेकिन वे अपने सह-संस्थापक कार्श के साथ अपने संबंध व सत्यनिष्ठा की प्रतिष्ठा पर भी गर्व करते हैं। मार्क्स कहते हैं कि तीन दशकों तक इकट्ठे काम करने के दौरान उनमें कभी बहस नहीं हुई।

वे आने वाले वर्षों में क्या हासिल करना चाहते हैं? ''मेरी कोई भारी महत्त्वाकांक्षाएँ नहीं हैं,'' मार्क्स कहते हैं। ''मेरा जीवन ज़बर्दस्त रहा है। मैं एक अच्छा पति, पिता, दादा-नाना बनना चाहता हूँ। और मैं निवेश जगत में ऐसी चीज़ों को देखते रहना चाहता हूँ, जिन्हें दूसरे लोग नहीं देख पाते और स्पष्टता से अपने ग्राहकों के लिए बताना चाहता हूँ।''

उनकी योजना अनंत काल तक काम करने की है। इसका कारण धन या स्टेटस की ''अतृप्त'' प्यास नहीं है। इसका कारण तो यह है कि यह उन्हें बौद्धिक रूप से पुरस्कारदायक लगता है। वे याद करते हैं कि उनके जापानीज़ स्टडीज़ के प्रोफ़ेसर ने एक बौद्ध सूत्र को स्पष्ट किया था, ''आपको पाने और चाहने की ज़ंजीर को तोड़ने की ज़रूरत है'' - लालसा का एक निरुद्देश्य चक्र, जो अवश्यंभावी रूप से कष्ट की ओर ले जाता है। शायद। लेकिन मार्क्स स्वीकार करते हैं कि दौलत इकट्ठी करने से उन्हें लाभ हुआ है। इससे उन्हें स्वतंत्रता और सुरक्षा मिली है और इससे उनका ''डर भी कम'' हुआ है। उन्हें देखकर नहीं लगता कि अरबपति बनने से उन्हें बहुत ज़्यादा कष्ट हुआ हो।

अपनी ''सौभाग्यशाली जीवन'' को पलटकर देखते वक़्त उनमें यह पहचानने की विनम्रता है कि इस स्तर की सफलता हासिल करने के लिए उनकी प्रतिभा काफ़ी नहीं थी - उनके पक्ष में बहुत सारे अवसरों का होना भी आवश्यक था। इस ज्ञान से वे दंभ से दूर रहते हैं, जो पतन की ओर ले जाता है। हाल-फ़िलहाल मार्क्स मास्टर ऑफ़ द युनिवर्स बनने के उतने ही क़रीब हैं, जितना कोई हो सकता है। लेकिन अगर कोई एक चीज़ है, जिसे वे पक्का जानते हैं, तो वह यह है कि परिवर्तन आएगा - और हम सभी को इससे तालमेल बैठाने की ज़रूरत होगी।

4

लचीले निवेशक

स्थायी दौलत कैसे बनाएँ और प्रतीक्षारत प्रचंडता से कैसे बचें

हमारे इस संसार के साथ असली समस्या यह नहीं है कि यह अतार्किक है, ना ही यह है कि यह तार्किक संसार है। सबसे आम क़िस्म की समस्या यह है कि यह लगभग तार्किक है, लेकिन पूरी तरह नहीं है। जीवन अतार्किक नहीं है; लेकिन फिर भी तर्कवादियों के लिए जाल है। यह वास्तविकता से थोड़ा ज़्यादा गणितीय और नियमित दिखता है : इसका निश्चितता स्पष्ट है, लेकिन इसकी अनिश्चितता छिपी हुई है; इसकी प्रचंडता इंतज़ार में रहती है।

–जी. के. चेस्टरटन

1960 के दशक के पेरिस में ज्याँ-मैरी एवेलार्ड सोसायटी जनरल नामक निवेश फ़र्म में काम करते थे। वे युवा निवेश विश्लेषक थे, लेकिन उन्हें ज़रा भी पता नहीं था कि वे क्या कर रहे थे। उनके मालिकों ने उन्हें उस युग की पारंपरिक शेयर चुनने की रणनीति का प्रशिक्षण दिया था। वे कहते हैं, ''बुनियादी तौर पर वे इंडेक्स के बड़े शेयरों में सक्रियता से ट्रेडिंग करने का खेल खेलते थे और बस इतना ही।'' उनके आस-पास के हर व्यक्ति की तरह उन्होंने आज्ञाकारिता से औसत मुनाफ़े के इस सम्मानजनक मार्ग का अनुसरण किया। जैसा उन्होंने बाद में बताया, ''झुंड के भीतर काफ़ी गरमाहट रहती है।''

जब 1968 में बैंक ने एवेलार्ड को न्यू यॉर्क में पदस्थ किया, तो इसके बाद वे दूसरी दिशा में जाने लगे। उस गर्मी में वे कोलंबिया बिज़नेस स्कूल के दो फ्रांसीसी

युवकों के साथ सेंट्रल पार्क में साइकल चला रहे थे। उन्होंने एवेलार्ड को बेंजामिन ग्राहम के बारे में बताया, जिन्होंने 1920 के दशक में कोलंबिया बिज़नेस स्कूल में पढ़ाते समय वैल्यू इनवेस्टिंग की कला विकसित की थी। एवेलार्ड ने जब उनकी पुस्तकें सिक्युरिटी *एनालिसिस* और *द इंटेलिजेंट इनवेस्टर* पढ़ीं, तो उन्हें तुरंत ज्ञान का प्रकाश दिख गया। वे ग्राहम के मिलने की तुलना एक फ्रांसीसी लेखक पॉल क्लॉडेल के धर्मांतरण से करते हैं, जिन्हें 1886 में नॉट्रे-डेम गिरजे में खड़े-खड़े ईश्वर मिल गया था : "मैं बेन ग्राहम की नीति से प्रकाशित हो गया। मुझे वह मिल गया था, जिसकी मुझे तलाश थी।" एवेलार्ड ने अपनी फ़र्म के मालिकों को विश्वास दिलाने की कोशिश की कि वे उन्हें उनके नए विश्वासों के अनुरूप निवेश करने की अनुमति दें, लेकिन मालिकों ने ग्राहम के बारे में नहीं सुना था, इसलिए वे उनके विचित्र दर्शन के प्रति आकर्षित नहीं हुए। इसलिए एवेलार्ड खेल को पुराने तरीक़े से ही खेलते रहे। वे कहते हैं, कुल मिलाकर "मैंने अपने पेशेवर जीवन के पंद्रह साल बरबाद कर दिए।"

आख़िरकार 39 वर्ष की उम्र में वे स्वतंत्र हो गए। बैंक ने उन्हें सोजेन इंटरनेशनल का मैनेजर बना दिया। यह इतना छोटा और गुमनाम मीच्युअल फ़ंड था कि किसी को भी परवाह नहीं थी कि वे इसमें क्या ख़रीदते थे। जब एवेलार्ड ने 1979 में इसका प्रभार सँभाला, तो फ़ंड के पास केवल 15 मिलियन डॉलर की संपत्तियाँ थीं। मैनहैटन में रहकर उन्होंने बरसों तक अकेले काम किया और फ्रांस में अपने कंपनी मालिकों के हस्तक्षेप के अभाव का आनंद लिया।

उनकी नई निवेश नीति उस एक सबसे महत्त्वपूर्ण अंतर्दृष्टि पर आधारित थी, जो उन्होंने *द इंटेलिजेंट इनवेस्टर* से ग्रहण की थी। **एवेलार्ड कहते हैं, "चूँकि भविष्य अनिश्चित है, इसलिए आपको अपने जोखिम को न्यूनतम करना चाहिए।"** सबसे बड़ी सच्चाइयों की तरह यह भी इतनी सरल है कि इसके दूरगामी परिणामों को समझे बिना इसे महत्त्वहीन माना जा सकता है या इसकी सतह पर सरसरी नज़र डालकर इसे भुला देना आसान है।

यह एक ऐसा सबक़ था, जो ग्राहम ने दुखद अनुभव से सीखा था। उनका जन्म 1894 में लंदन में हुआ था, लेकिन वे न्यू यॉर्क में एक समृद्ध परिवार में बड़े हुए, क्योंकि उनका पारिवारिक व्यवसाय यूरोप से चीनी मिट्टी की वस्तुएँ आयात करता था। लेकिन ग्राहम के पिता पैंतीस साल की उम्र में गुज़र गए और अपनी विधवा पत्नी पर तीन बेटों को पालने की जिम्मेदारी छोड़ गए। आयात का व्यवसाय चौपट होने पर उन्होंने अपने घर को बोर्डिंगहाउस में बदल लिया, लेकिन यह धंधा भी नहीं चला। परिस्थितियाँ और भी बदतर हो गईं, जब उन्होंने शेयर ख़रीदने के लिए पैसे उधार लिए, लेकिन 1907 की दहशत में जब शेयर बाज़ार ने कुछ सप्ताहों में अपना लगभग आधा मूल्य खो दिया, तो उनकी सारी पूँजी मिट गई। एक कुक,

एक नौकरानी और एक गवर्नेस के साथ बड़े होने वाले ग्राहक ''अपने अपमान पर शर्म'' को याद करते हैं, जब परिवार को एक सार्वजनिक नीलामी में अपनी संपत्तियाँ बेचने के लिए विवश होना पड़ा था।

बचपन की ये स्मृतियाँ ही अनिश्चितता के बीच लचीलापन हासिल करने के ग्राहम के जुनून को स्पष्ट कर सकती हैं। वैसे बाद के बरसों में भी उन्होंने कई आपदाओं का सामना किया : प्रथम विश्व युद्ध, 1929 का क्रैश और महामंदी। 1920 के दशक के बुल मार्केट में मनी मैनेजर के रूप में दौलत कमाने के बाद उन्होंने 1929 से 1932 के बीच अपनी 70 प्रतिशत संपत्ति गँवा दी। ये अनुभव उन्हें इस विचलित करने वाले अहसास की ओर ले गए, **''शेयरों के भावी भावों की भविष्यवाणी कभी नहीं की जा सकती।''**

भट्टी में तपने के बाद ग्राहम ने एक निवेश सिद्धांत बनाया, जो बचाव को प्राथमिकता देता था। उन्होंने *द इंटेलिजेंट इनवेस्टर* के अंतिम अध्याय में इसे सार रूप में बताया था, जो विध्वंस के बाद लिखा गया था : ''पुरानी किंवदंती में बुद्धिमान लोगों ने नश्वर परिस्थितियों के इतिहास को एक वाक्य में सारांश में बताया था, 'यह भी गुज़र जाएगा।' सुदृढ़ निवेश के रहस्य का सार बताते समय इसी तरह की चुनौती का सामना करते समय हम इसे तीन शब्दों में बताना चाहेंगे, मार्जिन ऑफ़ सेफ़्टी।''

ग्राहम ने स्पष्ट किया कि शेयरों तथा बॉन्ड को उनके ''आँके गए मूल्य'' से ''उचित'' डिस्काउंट पर ख़रीदकर मार्जिन ऑफ़ सेफ़्टी हासिल किया जा सकता है। भाव और मूल्य के बीच का अंतर एक कुशन प्रदान कर सकता है, जो निवेशक के ख़ुद के ''ग़लत आकलनों'', ''सामान्य से बदतर क़िस्मत,'' और ''भविष्य की अज्ञात परिस्थितियों'' के प्रभाव को सोख लेगा। यह दुनियादारी की दृष्टि से समझदारी भरी रणनीति थी, जो मानव कमज़ोरी और इतिहास के जोखिमों को पहचानने पर आधारित थी। *हम ग़लतियाँ करते हैं। हमारी क़िस्मत ख़राब रहती है। भविष्य अज्ञात है।*

ग्राहम इस निष्कर्ष पर पहुँचे कि कम भाव पर ज़्यादा मूल्य की संपत्तियाँ ख़रीदने से निवेशकों को ''नुक़सान के बजाय मुनाफ़े की बेहतर संभावना'' मिलेगी, लेकिन उन्होंने चेतावनी दी कि इसके बावजूद कोई गारंटी नहीं है कि कोई ख़ास निवेश बुरी तरह ग़लत नहीं हो जाएगा। समाधान? डाइवर्सिफ़िकेशन।

ग्राहम की तरह ही एवेलार्ड भी अनिश्चितता के शिशु थे। वे 1940 में फ़्रांस के पॉटियर्स शहर में पैदा हुए थे, जिसके कुछ महीने बाद ही जर्मनी ने देश पर आक्रमण कर दिया। जीवन का उनका सतर्क, चिंतातुर, थोड़ा दुखद दृष्टिकोण बचपन में सुने गए प्रवचनों से प्रभावित हुआ, जब वे फ़्रांस के देहात में अपनी दादी

के साथ रोमन कैथोलिक चर्च में जाते थे। हाल ही में पराजय, रक्तपात और बमबारी का सामना कर चुके समुदाय के सामने बोलते हुए पादरी कहते थे, ''इस पृथ्वी पर सुख की आशा मत करो। यह आँसुओं की घाटी है। इस जीवन के बाद ही तुम्हें सुख मिल सकता है।'' इस तरह एवेलार्ड को ग्राहम की चेतावनियाँ स्वीकार करने के लिए तैयार कर दिया गया था कि निवेशकों को विपत्ति की अपेक्षा करनी चाहिए और उसे झेलना चाहिए।

ग्राहम के युग में अमेरिका में संकटग्रस्त संपत्तियाँ इतनी सारी थीं कि उन्हें अच्छे सौदों की तलाश करने के लिए विदेशी शेयर बाज़ारों में जाने की ज़रूरत नहीं थी। लेकिन एवेलार्ड ने उनकी रणनीति की नक़ल की और फिर उसे नए युग की आवश्यकताओं के अनुरूप संशोधित किया तथा पूरे संसार में ऐसे शेयरों की तलाश की, जो उनके अनुमानित मूल्य से न्यूनतम 30–40 प्रतिशत कम भाव पर मिल रहे थे। उनके मूल्यांकन का आधार यह पारंपरिक दृष्टिकोण था कि कोई तार्किक ख़रीदार पूरी कंपनी को कितने में ख़रीद सकता है। ग्राहम के वाक्यांश में कहें, तो यह एक ऐसी नीति थी, जो ''आशावाद नहीं, बल्कि गणित पर आधारित'' थी। और ज़्यादा सुरक्षा के लिए एवेलार्ड सामान्यत: सौ से ज़्यादा कंपनियों के शेयर रखते थे। बफ़ेट और मंगर में ज़्यादा केंद्रित पोर्टफ़ोलियो रखने का कलेजा था, लेकिन एवेलार्ड ऐसा नहीं कर पाए। ''मैं अपनी योग्यताओं के बारे में बहुत ज़्यादा संदेहवादी हूँ,'' वे स्वीकार करते हैं, ''और इस बारे में बहुत चिंतित रहता हूँ कि पोर्टफ़ोलियो कहीं बैठ नहीं जाए।''

उनकी रणनीति काम कर गई और उन्होंने कम जोखिम लेकर ज़्यादा मुनाफ़ा कमाने की प्रतिष्ठा अर्जित कर ली। *बिज़नेस वीक* और मॉर्निंगस्टार ने उन्हें सम्मान दिया। वित्तीय नियोजक और ब्रोकर ढेर सारे ग्राहकों के साथ उनके पास आने लगे। उन्होंने विश्लेषकों की टीम नियुक्त करके दो नए फ़ंड शुरू किए। फिर भी उन्होंने कभी घबराहट का अपना अहसास नहीं खोया। जब उनके फ़ंड बढ़े, तो एवेलार्ड ने लाखों निवेशकों के पैसों के प्रबंधन का बोझ महसूस किया, जो उनके रिटायरमेंट या बच्चों की पढ़ाई के लिए बचा रहे थे। ''यह ऐसा पैसा है, जिसे खोना वे गवारा नहीं कर सकते,'' वे कहते हैं। ''मैं इस तथ्य के बारे में बहुत जागरूक था कि अगर मैंने कोई गड़बड़ की, तो मेरे फ़ंड के निवेशकों का दैनिक जीवन ज़्यादा मुश्किल बन जाएगा... इसने मुझे सावधान रहने की ओर धकेला।''

एवेलार्ड शेयरों के मूल्यांकन के बारे में कठोरता से केंद्रित थे। इस वजह से उनके शेयरहोल्डर्स सुरक्षित रहे। मिसाल के तौर पर, 1980 के दशक के अंत में निवेशक जापान पर इतने लट्टू थे कि संपत्तियों के भाव आर्थिक वास्तविकता से बहुत दूर हो गए। 1989 तक जापान पूरे संसार के शेयर बाज़ार के 45 प्रतिशत कैपिटेलाइज़ेशन का प्रतिनिधित्व करता था – जो अमेरिका और इंग्लैंड दोनों के

सम्मिलित शेयर बाजारों से अधिक था – और विश्व की सबसे बड़ी ज़्यादातर कंपनियाँ जापानी थीं। एवेलार्ड 1988 में जापान से पूरी तरह बाहर निकल गए, क्योंकि एक भी जापानी शेयर उनकी आवश्यकताएँ पूरी नहीं कर रहा था। यह बुलबुला 1989 के उत्तरार्ध में फूट गया और जापानी शेयर कई दशकों तक गिरते रहे। 2009 में निक्केई 225 शेयर इंडेक्स अपने निम्न स्तर पर था, जिसका मतलब था कि इसने बीस साल में 80 प्रतिशत से ज़्यादा गँवा दिया था। हमारी बातचीत के दौरान एवेलार्ड ने इस बात पर हैरानी जताई कि तीस साल पहले जापानी बाज़ार जहाँ था, 2020 में यह ''उससे भी 30 प्रतिशत कम था।''

द *इंटेलिजेंट इनवेस्टर* की प्रस्तावना में बफ़ेट ने लिखा था, ''जीवन भर सफलतापूर्वक निवेश करने के लिए गगनचुंबी आईक्यू, असाधारण व्यावसायिक अंतर्दृष्टियों या अंदरूनी जानकारी की ज़रूरत नहीं होती। ज़रूरत होती है निर्णय लेने के सुदृढ़ बौद्धिक ढाँचे की... और भावनाओं को उस ढाँचे को क्षति से बचाने की योग्यता की भी।'' इस पैमाने पर एवेलार्ड कैसे थे? उनका बौद्धिक ढाँचा सुदृढ़ था और हर दम मार्जिन ऑफ़ सेफ़्टी पर केंद्रित था। उनमें भीड़ से दूर रहने की भावनात्मक शक्ति भी थी। जब दूसरे बाज़ार के इंजन को गति दे रहे थे, तब भी उनके मन में उनके पैमानों को शिथिल करने का प्रलोभन नहीं जागा। कुछ समय तक उन्हें एक और अति महत्त्वपूर्ण लाभ मिला : उनके पास अपने ख़ुद के रास्ते पर चलने की स्वतंत्रता थी, कुछ हद तक इसलिए क्योंकि उनकी कंपनी का मुख्यालय चार सौ मील दूर था और कुछ हद तक इसलिए भी, क्योंकि उनके मुनाफ़े के कारण किसी के मन में भी शिकायत या दख़लंदाज़ी करने का विचार नहीं आया।

ये बेहतर प्रदर्शन की पूर्व शर्तें हैं। लेकिन जैसा एवेलार्ड को जल्दी ही पता चला, कई कंपनियाँ लगभग सम्मोहक तरीक़े से षड्यंत्र करके भंगुरता और सामान्य मुनाफ़े उत्पन्न करती हैं। हमें इन शक्तियों को समझने की ज़रूरत है, क्योंकि ये लचीलेपन की निर्मम शत्रु हैं। इस अध्याय में हम देखेंगे कि एवेलार्ड और उनके प्रतिभाशाली वारिस मैथ्यू मैकलेनन ने उस *बारूदी सुरंग* से गुज़रने के लिए क्या किया, जिसकी बदौलत उन्होंने चार दशकों से अधिक समय तक उत्कृष्ट रिकॉर्ड प्रदान किया। उनकी सोच कई सबक़ प्रदान करती है कि अपने पूरे निवेश जीवन में दौलत कैसे बनाएँ – और क़ायम रखें।

''पीछे रहना कष्ट उठाना है''

एवेलार्ड की मुश्किलें 1997 में शुरू हुईं। तब तक वे अठारह साल तक दुर्घटनाओं से बचने और बाज़ार को हराने का रिकॉर्ड बना चुके थे। उनका सबसे बुरा वर्ष 1990 था, जब सोजेन इंटरनेशनल को सिर्फ़ 1.3 प्रतिशत का घाटा हुआ। उनके

प्रबंधन की संपत्तियाँ 6 अरब डॉलर तक पहुँच गईं। अप्रत्याशित रूप से उनके वित्तीय किले पर ज़ोखिम शेयर बाज़ार के लुढ़कने से नहीं, बल्कि स्पेकुलेशन के जुनून से आया।

जनवरी 1997 से मार्च 2000 तक टेक-केंद्रित नैसडेक इंडेक्स 290 प्रतिशत बढ़ा, क्योंकि उस समय इंटरनेट और टेलिकॉम शेयरों की दीवानगी का दौर चल रहा था। उस समय कितनी रोमांचकारी मूर्खता का दौर था, यह समझने के लिए द ग्लोब डॉट कॉम के उत्थान और पतन पर ग़ौर करें : यह सोशल मीडिया साइट 1998 में सार्वजनिक हुई और ट्रेडिंग के पहले ही दिन इसके शेयर का भाव 606 प्रतिशत बढ़ गया। इसके सिर्फ़ तीन साल बाद 2001 में नैसडेक ने इसे डिलिस्ट कर दिया, जब शेयर का भाव 1 डॉलर से भी कम चल रहा था। या ईटॉयज़ के भाग्य पर विचार करें : यह ऑनलाइन रिटेलर मई 1999 में 20 डॉलर प्रति शेयर के भाव पर सार्वजनिक हुआ, उसी साल अक्टूबर में इसने 84 डॉलर का हाई बनाया और अठारह महीने बाद दिवालिया हो गया। या सिस्को सिस्टम्स पर ग़ौर करें : इस नेटवर्किंग कंपनी का बाज़ार मूल्य 500 दिनों से भी कम में 100 अरब डॉलर से 500 अरब डॉलर हो गया। फलस्वरूप यह (कुछ समय तक) विश्व की सबसे बड़ी कंपनी बन गई; फिर बुलबुला फूट गया और सिस्को के शेयर का भाव 86 प्रतिशत गिर गया।

एवेलार्ड ऐसे इंसान थे, जो आजीविका की चिंता करते थे, इसलिए उन्होंने इस झूले पर बैठने से इनकार कर दिया। विश्लेषण की दृष्टि से यह निर्णय मुश्किल नहीं था, क्योंकि भाव मूर्खतापूर्ण थे और यह भविष्यवाणी करना बेहद मुश्किल था कि कौन सी टेक कंपनियाँ बची रहेंगी और कौन सी ध्वस्त हो जाएँगी। लेकिन एवेलार्ड ने यह अतिवादी निर्णय लिया कि वे किसी भी टेक कंपनी के शेयर नहीं ख़रीदेंगे। फ़ंड मैनेजर्स के लिए मार्केट इंडेक्स से इतनी ज़्यादा दूर रहना मुनासिब नहीं होता। इसके लिए सच्ची बहादुरी की ज़रूरत होती है, क्योंकि ग़लत साबित होने पर उनका पूरा करियर ख़तरे में पड़ सकता है। यह ख़ास तौर पर तब अनाकर्षक होता है, जब आप शादी-शुदा हों, आपके बच्चे हों या आप अपनी आलीशान जीवनशैली को सुरक्षित रखना चाहते हों। कुछ शेयरों या सेक्टरों से पूरी तरह दूर रहने के बजाय ज़्यादा आसान विकल्प यह है कि उन्हें "कम" ख़रीदा जाए। "करियर के जोखिम" का भूत यह स्पष्ट करने में मदद करता है कि कई फ़ंड मार्केट इंडेक्स को "गले" लगाकर ख़ुद को सामान्य मुनाफ़े की ओर क्यों ले जाते हैं। इसका कारण यह है कि वे ख़ुद को असाधारण विभीषिका और दुख से बचाते हैं।

एवेलार्ड में अदम्य ज़िद की प्रवृत्ति है, इसलिए उन्होंने आसान विकल्प को नहीं चुना। फलस्वरूप वे तीन साल तक मार्केट से मीलों पीछे रहे, क्योंकि उस वक़्त टेक शेयरों की दीवानगी आसमान छू रही थी। सिर्फ़ 1998 में नैसडैक ने 39.6

प्रतिशत का और एमएससीआई वर्ल्ड इंडेक्स ने 24.3 प्रतिशत का रिटर्न दिया, जबकि सोजेन इंटरनेशनल को 0.3 प्रतिशत का घाटा हुआ। अगले साल सोजेन इंटरनेशनल ने पलटकर 19.6 प्रतिशत का रिटर्न दिया। अच्छा लगता है, है ना? ग़लत। उस साल नैसडैक का रिटर्न 85.6 प्रतिशत था। एवेलार्ड के तुलनात्मक रिटर्न एक ऐसे युग में दुखद दिख रहे थे, जब कोई भी मूर्ख जैकपॉट जीत सकता था। उनके शेयरहोल्डर उन्हें इतनी ज़िम्मेदारी से काम करने के लिए धन्यवाद देने के मूड में नहीं थे। इसके विपरीत, उनकी बुद्धिमत्ता धीमी पेशेवर आत्महत्या जैसी दिखने लगी थी।

''पीछे रहना कष्ट उठाना है,'' एवेलार्ड कहते हैं। ''यह मनोवैज्ञानिक रूप से ही नहीं, बल्कि वित्तीय दृष्टि से भी दर्दनाक होता है... एक साल बाद आपके शेयरहोल्डर विचलित होते हैं। दो साल बाद वे आगबबूला हो जाते हैं। तीन साल बाद वे आपको छोड़कर चले जाते हैं।'' और वाक़ई यही हुआ! तीन साल से भी कम समय में सोजेन के 70 प्रतिशत शेयरहोल्डर चले गए और इसकी फ़ंड कैपिटल यानी एयूएम 6 अरब डॉलर से घटकर सिर्फ़ 2 अरब डॉलर रह गईं।

ज़ाहिर है, इससे उनके बॉस ख़ुश नहीं हुए। सोसायटी जनरल कभी किसी कर्मचारी को नौकरी से नहीं निकालती थी। ''अगर वे सोचते थे कि आप अब काम के नहीं रहे, तो वे आपको एक छोटे ऑफ़िस में बैठा देते हैं और आपको करने के लिए कोई काम नहीं देते।'' इसके बावजूद 1999 में उनके मन में यह चिंता घर कर गई कि जो कभी नहीं हुआ, अब वह हो सकता है : ''शायद वे मुझे हटा देंगे।''

मीच्युअल फ़ंड कारोबार बेहद लाभदायक होता है। इसमें ज़्यादा पूँजी नहीं लगती और इसका ऑपरेटिंग मार्जिन बहुत ज़्यादा होता है। मशहूर निवेशक स्वर्गीय मार्टी व्हिटमैन, जिनमें सच बोलने की प्रतिभा थी, ने एक बार मुझे बताया था कि फ़ंड मैनेजर हर क्षेत्र में प्रतिस्पर्धा करते हैं - सिवाय उनकी फ़ीस घटाने के। जो एक्ज़ीक्यूटिव मीच्युअल फ़ंड कंपनियाँ चलाते हैं, उनके पास एयूएम बढ़ाने के प्रबल कारण और प्रोत्साहन होते हैं। वे मूर्ख या खलनायक नहीं होते। वे व्यावहारिक व्यवसायी होते हैं, जो बिक्री और मार्केटिंग पर बहुत ज़्यादा ध्यान केंद्रित करते हैं। एवेलार्ड जैसे बेहद सफल फ़ंड मैनेजर अच्छे समय में मूल्यवान संपत्ति थे। लेकिन बुरे समय में उन्हें सिरफिरे का खिताब देना आसान था, जिनकी अतिवादिता ने हर एक के बोनस को जोखिम में डाल दिया था। अगर जुनूनी निवेशक डॉट कॉम शेयर ख़रीदना चाहते थे, तो उनकी इच्छा पूरी करने में क्या दिक़्क़त थी? जब बतखें शोर मचा रही हों, तो उन्हें दाने डालने में क्या दिक़्क़त है?

दबाव स्पष्ट था। एवेलार्ड ने एक वरिष्ठ एक्ज़ीक्यूटिव को उनकी पीठ पीछे बड़बड़ाते सुना कि वे ''आधे सठिया'' चुके हैं। एवेलार्ड, जो केवल 59 साल के थे, ने यह घटना अपनी पत्नी एलिज़ाबेथ को बताई, जो मुश्किलों के इम्तहान में

खरी उतरी निवेश बैंकर थीं। ''मेरी पत्नी जो पत्रिका पढ़ रही थी, उसने उससे अपनी निगाह उठाए बिना कहा, 'सिर्फ़ आधे?''' एक और एक्ज़ीक्यूटिव ने सोजेन के शेयरहोल्डरों के छोड़कर जाने की चौंकाने वाली दर का विश्लेषण करके यह दावा किया कि उसे ''सटीकता से वह स्पष्ट तारीख़ मिल गई है, जो बहुत दूर नहीं थी, जब हमारे पास प्रबंधन करने के लिए एक डॉलर भी नहीं होगा।''

एवेलार्ड को ऐसा लगा, जैसे उनकी घेराबंदी हो चुकी है। ''यहाँ तक कि फ़ंड का संचालक मंडल भी मेरे ख़िलाफ़ हो गया। उन्होंने कहा, 'ऐसा कैसे है कि आप वह नहीं देख सकते, जो हर व्यक्ति देख रहा है, कि आपको टेक, मीडिया और टेलिकॉम के शेयरों को ख़रीदने की ज़रूरत है?''' उन्होंने यह स्पष्ट करने की कोशिश की कि उनकी निवेश शैली दौड़ने वाली कंपनियों से भरे तेज़ी से बदलते सेक्टरों के लिए अनुपयुक्त थी, जिनके भाव अतार्किक थे। लेकिन वे असफल लग रहे थे – पुराने युग के एक अवशेष, जो नई अर्थव्यवस्था के आश्चर्यजनक नवाचारों को नहीं समझते थे।

उन्होंने हमेशा से यह उम्मीद की थी कि उनके निवेश जीवन में अंडरपरफ़ॉरमेंस के दौर आएँगे। अतीत में वे कई महीनों तक लगातार बाज़ार से पीछे चले थे। लेकिन तीन साल? ''यह दौर इतना लंबा चला कि कई दिन तो मैं सोचने लगता था कि मैं ही मूर्ख हूँ,'' वे स्वीकार करते हैं। ''वाक़ई आप ख़ुद पर शक करने लगते हैं... हर किसी को रोशनी दिखती है। आख़िर यह *मुझे* ही क्यों नहीं दिखती?''

क्या यह संभव है कि शेयर बाज़ार अब हमेशा के लिए बदल गया था और उनकी निवेश शैली अब अप्रासंगिक हो चुकी थी? हेज फ़ंड किंवदंती जूलियन रॉबर्टसन ने अंडरवैल्यूड शेयरों को ख़रीदकर और ओवरवैल्यूड शेयरों को शॉर्ट करके दो दशकों तक बेहतरीन मुनाफ़ा कमाया था, लेकिन 2000 की शुरुआत में उन्होंने अपने फ़ंड बंद कर दिए। रॉबर्टसन ने कहा, ''तार्किक परिवेश में यह रणनीति अच्छी तरह काम करती है, लेकिन एक अतार्किक बाज़ार में, जहाँ आमदनी और भाव के विचार माउस की क्लिक तथा मूमेंटम से हार जाते हैं, तब हमारा सीखा हुआ तार्किक तरीक़ा ज़्यादा मायने नहीं रखता।''

फिर भी एवेलार्ड जूझते रहे और उन्होंने तार्किक तरीक़े को छोड़ने या रिटायर होने से इनकार किया। उनकी माँ ने एक बार एवेलार्ड से कहा था कि उन्हें वह एकमात्र पेशा मिल गया था, जिसमें वे तार्किक रूप से सफल हो सकते थे : ''मैं सोचता हूँ कि वे सही हो सकती हैं। इसके अलावा मैं सिर्फ़ वैल्यू इनवेस्टिंग का तरीक़ा जानता हूँ... मैं किसी दूसरे तरीक़े से काम नहीं कर सकता।''

अंत में सोसायटी जनरल ने उनसे छुटकारा पाने का एक कूटनीतिक तरीक़ा खोज लिया। इसने उनका फ़ंड एक छोटे निवेश बैंक अर्नहोल्ड ऐंड एस. ब्लीकरोडर

को बेच दिया। एवेलार्ड, जो इस फ़ंड के 19.9 प्रतिशत हिस्से के स्वामी थे, 1962 से उसी फ़र्म में काम कर रहे थे। अब तीन साल के कमज़ोर प्रदर्शन के बाद उन्हें किसी हारे हुए खिलाड़ी की तरह दूसरी टीम को बेच दिया गया।

हास्यास्पद बात यह है कि यह बिक्री ग़लत समय पर हुई। इसकी घोषणा अक्टूबर 1999 में हुई और सौदा जनवरी 2000 में पूरा हुआ। दो महीने बाद 10 मार्च को टेक का बुलबुला फूट गया।

एवेलार्ड के किफ़ायती भाव पर ख़रीदे शेयरों का पोर्टफ़ोलियो शानदार तरीक़े से प्रदर्शन करने लगा, क्योंकि अब तार्किकता बाज़ार में वापस लौट आई थी। उनके फ़्लैगशिप निवेश वाहन का नाम अब फ़र्स्ट ईगल ग्लोबल फ़ंड था और इसने नैसडैक को 2000 में 49 प्रतिशत से, 2001 में 31 प्रतिशत से और 2002 में 42 प्रतिशत से पछाड़ा। मॉर्निंगस्टार ने 2001 में एवेलार्ड को इंटरनेशनल स्टॉक फ़ंड मैनेजर ऑफ़ द इयर घोषित किया। 2003 में उन्हें मॉर्निंगस्टार का शुरुआती लाइफ़टाइम एचीवमेंट अवार्ड मिला, जिसकी प्रशस्ति में बताया गया कि यह उनके ''असाधारण दीर्घकालीन प्रदर्शन'' के सम्मान में था, क्योंकि उन्होंने शेयरहोल्डरों के सर्वश्रेष्ठ हितों की रक्षा की और ''जनमत से अलग राय रखने का साहस'' दिखाया।

निवेशक बहुत अस्थिर प्रवृत्ति वाले होते हैं। एक साल एवेलार्ड दक़ियानूसी और मूर्ख थे। अगले साल वे परम ज्ञानी समझे जाने लगे और सभी उनका सम्मान करने लगे। उनके फ़ंड में इतना ज़्यादा पैसा आया कि यह अंततः 100 अरब डॉलर का हो गया। वे द्वेष, दुख और संतुष्टि के साथ कहते हैं कि उनके पूर्व मालिकों ने व्यवसाय को ''वर्तमान से 5 प्रतिशत मूल्य'' पर बॉटम में बेच दिया था। ''किसी ने मुझे बताया कि कुछ समय बाद वे अपने सिर के बाल नोच रहे थे।

बेंजामिन ग्राहम ने भी शोहरत की राह में कष्ट उठाए थे, इसलिए वे एवेलार्ड के उत्थान-पतन-पुनरुत्थान की कहानी से हैरान नहीं होते। ग्राहम ने *सिक्युरिटी एनालिसिस* की शुरुआत में रोमन कवि होरेस का उद्धरण दिया था : ''कई जो अभी गिरे हैं, वे बहाल कर दिए जाएँगे और कई गिरेंगे, जो अभी सम्मानित हैं।''

अजनबियों की कठोरता

एवेलार्ड ने हर चीज़ सही की थी, लेकिन इसके बावजूद उनका करियर तबाह होने की क़गार पर पहुँच गया। उनकी कहानी का सबक़ क्या है? सबसे बड़ा सबक़ शायद यह है कि दशकों तक स्थायी निवेश सफलता पाना कितना मुश्किल होता है, क्योंकि अस्थिर करने वाली शक्तियाँ बेशुमार हैं और रास्ते में ऐसे-ऐसे ख़तरे आते हैं, जिनके बारे में आप कल्पना भी नहीं कर सकते।

एवेलार्ड के पास कुछ शक्तिशाली लाभ थे, जो उनके प्रतिस्पर्धियों के पास नहीं थे। ख़ुशक़िस्मती से उन्होंने ग्राहम की मूल्य-केंद्रित सिद्धांतों को खोज लिया था, जिससे उन्हें विश्लेषणात्मक लाभ मिला। उनके पास इतना अनुशासन भी था कि वे मुश्किल दौर में भी उन सिद्धांतों पर अडिग रहें और ओवरवैल्यूड शेयरों के आकर्षण का प्रतिरोध कर सकें। संक्षेप में, वे अल्पमत में थे। वे स्वभाव और बुद्धि के मान से लंबे समय तक आउटपरफ़ॉरमर बनने की योग्यता रखते थे। लेकिन ये ज़बर्दस्त शक्तियाँ भी उन्हें सचमुच लचीला निवेशक बनाने के लिए काफ़ी नहीं थीं। ऐसा क्यों?

मुश्किल यह थी कि एवेलार्ड की परिस्थितियाँ *ढाँचे* के लिहाज़ से कमज़ोर थीं। पहली बात तो यह थी कि वे अपने निवेशकों के रहमोकरम पर थे। अगर गिरते बाज़ार में निवेशक उनके यूनिट्स बेच रहे थे, तो एवेलार्ड को भी मजबूरन शेयर बेचना पड़ता था, हालाँकि भाव इतने सस्ते थे कि उन्हें ख़रीदना बेहतर निर्णय होता। उनके फ़ंड के निवेशकों की डगमगाती भावनाओं और ग़लत निर्णय की वजह से एक बाहरी जोखिम उत्पन्न हुआ, जिस पर उनका कोई नियंत्रण नहीं था। दूसरे, वे अपनी कंपनी के भीतरी दबावों के प्रति काफ़ी असुरक्षित थे; उनके सहकर्मी चेतावनी दे रहे थे कि टेक कंपनियों में निवेश नहीं करके वे उनके वित्तीय हितों को जोखिम में डाल रहे थे। इससे भी बदतर, उनकी निवेश वाली नौकरी कंपनी के मालिकों की ख़ुशी या नाख़ुशी पर निर्भर थी; वे पूर्ण नियंत्रण में नहीं थे।

जब शेयर बाज़ार पारंपरिक मूल्यांकन के पैमानों को तलाक़ दे देता है और पागलों की तरह काम करने लगता है, तब तार्किक निर्णय लेना काफ़ी मुश्किल होता है। यह तब और ज़्यादा मुश्किल हो जाता है, अगर शेयरहोल्डरों के जहाज़ से कूदने का बाहरी दबाव हो, सहकर्मियों के अपने पेशेवर मंसूबे हों और ग़लत समय पर मालिकों का विश्वास उठने का बाहरी दबाव हो। जैसा आप एवेलार्ड पर आने वाली मुश्किलों से देख सकते हैं, भंगुरता या कमज़ोरी के कई प्रकार होते हैं। इसका मतलब यह है कि *वित्तीय लचीलेपन के भी कई आयाम होने चाहिए।*

शायद इसीलिए बफ़ेट और मंगर ने बर्कशायर हैथअवे को हर तरह से लचीला या रेजिलिएंट बनाने की कोशिश की है। मिसाल के तौर पर, उन्होंने यह क़सम खाई है कि वे हमेशा 20 अरब डॉलर से ज़्यादा राशि अपने पास नक़द रखेंगे, ताकि उनके पास लिक्विडिटी की कभी कमी नहीं हो। जब 2020 में कोविड-19 की वजह से बाज़ार में क्रैश हुआ, तब बर्कशायर के पास 137 अरब डॉलर नक़द थे। यानी इस अभूतपूर्व अनिश्चितता के दौर में भी यह अविनाशी थी। बफ़ेट और मंगर जो व्यवसाय ख़रीदते हैं, वे उच्च गुणवत्ता वाले होते हैं, यानी वे दशकों तक समृद्ध होते रहते हैं, मुश्किल दौर और मुद्रास्फीति के समय में भी। और उनके बीमा कार्यों की

वजह से उनके पास ढेर सारी पूँजी रहती है, इसलिए वे ऐसी तबाहियाँ झेल सकते हैं, जो ज़्यादा कमज़ोर कंपनियों को मिटाने में सक्षम होती हैं।

बर्कशायर के पास यह तंत्रात्मक लाभ भी है कि यह मीच्युअल फ़ंड नहीं है, बल्कि सार्वजनिक कंपनी है। इसलिए बर्कशायर स्थायी पूँजी का निवेश करती है, जिसे दहशतज़दा शेयरधारकों के बाहर जाने से कोई फ़र्क़ नहीं पड़ता। ''अगर आप मीच्युअल फ़ंड चला रहे हैं, तो आप हमेशा चिंतित रहते हैं कि अगर आपने अल्प समय में अच्छा प्रदर्शन नहीं किया, तो शेयरहोल्डर आपको छोड़कर चले जाएँगे,'' एवेलार्ड कहते हैं। ''कुछ हद तक बफ़ेट ने बर्कशायर को एक तरह का क्लोज्ड-एंड फ़ंड बना लिया है। शेयरधारकों की बिकवाली उन्हें कभी परेशान नहीं कर सकती।''

वित्तीय संकट के दौरान बर्कशायर का शेयर भी काफ़ी गिरा। सितंबर 2008 और मार्च 2009 के बीच यह 50.7 प्रतिशत गिरा। लेकिन इस अल्पकालीन गिरावट का कंपनी के दीर्घकालीन मूल्य पर रत्ती भर भी असर नहीं हुआ। इसके विपरीत, बफ़ेट ने इस संकट का इस्तेमाल करके बर्कशायर का मूल्य बढ़ा लिया, जब उन्होंने प्रिफरेंशियल शर्तों पर अरबों डॉलर गोल्डमैन सैक्स, जनरल इलेक्ट्रिक और बैंक ऑफ़ अमेरिका जैसी घायल दिग्गज कंपनियों में लगाए। गाई स्पायर के हेज फ़ंड में बर्कशायर के शेयर बीस साल से ज़्यादा समय से रखे हैं और वे कहते हैं कि बफ़ेट ने सुनियोजित रूप से ख़ुद को ''आख़िरी जीवित रहने वाले व्यक्ति'' के रूप में तैयार किया है।

अ स्ट्रीटकार नेम्ड डिज़ायर में ब्लांशे डुबॉय कहती है, ''मैं हमेशा अजनबियों की दयालुता पर निर्भर रही हूँ।'' यह एक सुंदर भाव है, लेकिन ग़ौरतलब यह है कि वह पागल हो गई है और यह बात उस डॉक्टर से बोल रही है, जो उसे ताले में बंद करने आया है। 2018 में अपने शेयरहोल्डर्स को लिखे गए पत्र में बफ़ेट ने इस वाक्य का अपना संस्करण डालते हुए वादा किया, ''चार्ली और मैं कभी बर्कशायर को इस तरह नहीं चलाएँगे कि यह अजनबियों की दयालुता पर निर्भर रहे - या मित्रों की दयालुता पर भी, जिनके सामने उनकी ख़ुद की नक़दी की समस्या आ रही हो... हमने जान-बूझकर बर्कशायर को इस तरह बनाया है कि यह आर्थिक विरामों को आराम से झेल सके, जिसमें बाज़ार का लंबे समय तक बंद होना शामिल है।''

यदि हमारा लक्ष्य वित्तीय लचीलापन है, तो शायद सबसे अच्छा यही रहेगा कि हम ब्लांशे के बजाय बफ़ेट की नक़ल करें। इसलिए हमें यह सुनिश्चित करना चाहिए कि हम भी अजनबियों की दयालुता पर निर्भर नहीं रहें। फ़ंड मैनेजर के रूप में एवेलार्ड दूसरों पर निर्भर होने से नहीं बच सकते थे। लेकिन व्यक्तिगत निवेशकों के पास एक महत्त्वपूर्ण लाभ होता है : उन्हें अप्रसन्न शेयरहोल्डर्स या अन्य असंतुष्ट आलोचकों को जवाब नहीं देना पड़ता (शायद उनके ख़ुद के परिवार के सदस्यों को छोड़कर)।

तो फिर लोग अपनी असुरक्षा कैसे कम करें और अपने लचीलेपन को कैसे बढ़ाएँ? **बफ़ेट के दिखाए मार्ग पर चलकर हमें अपने पास हमेशा पर्याप्त कैश रिज़र्व रखना चाहिए, ताकि हम किसी मंदी या गिरावट में शेयर (या अन्य कोई संपत्ति) बेचने के लिए कभी विवश नहीं हों। हमें कभी बहुत ज़्यादा क़र्ज़ नहीं लेना चाहिए, क्योंकि जैसा एवेलार्ड चेतावनी देते हैं, क़र्ज़ हमारी ''मैदान में रुकने की क्षमता'' को घटा देता है। उनकी तरह हमें भी विकास की सुनहरी संभावनाओं वाले हॉट शेयरों पर दाँव लगाने के प्रलोभन से बचना चाहिए, जिनमें कोई मार्जिन ऑफ़ सेफ़्टी नहीं हो। इसके अलावा, हमें कमज़ोर बैलेंस शीट या बाहरी फ़ंडिंग की आसन्न आवश्यकता वाली कंपनियों को भी दरकिनार कर देना चाहिए, जिनके विपत्ति के समय में ग़ायब होने की ज़्यादा आशंका रहती है।**

इसमें से कुछ भी ब्रेन सर्जरी जैसा मुश्किल काम नहीं है। लेकिन इसके लिए हमें इस ईश्वरीय आदेश को गंभीरता से लेना चाहिए, जिसे अक्सर भुला दिया जाता है : तुम अजनबियों की दयालुता पर निर्भर नहीं रहोगे।

लंबा खेल

अगर हम अमीर बनने की ज़्यादा जल्दबाज़ी नहीं करें, तो इससे भी मदद मिलती है। 2014 में मैंने इरविंग काह्न से उनके बेहद लंबे करियर के सबसे महत्त्वपूर्ण सबक़ पूछे। तब तक वे 108 साल के हो चुके थे और वॉल स्ट्रीट पर 1928 से काम कर रहे थे। निवेश व्यवसाय में कोई भी इतने ज़्यादा उतार-चढ़ावों से नहीं बच पाया था, इसलिए मैं उन्हें वित्तीय (और जैविक) लचीलेपन का जीता-जागता प्रतीक मानता था। काह्न इतने कमज़ोर थे कि मुझसे मिलने की स्थिति में नहीं थे। लेकिन उनके पोते एंड्रयू - जो परिवार की निवेश फ़र्म काह्न ब्रदर्स के विश्लेषक थे - ने उन्हें मेरे प्रश्न पढ़कर सुनाए और उनके जवाब लिखे। बाद में पता चला कि यह काह्न का आख़िरी इंटरव्यू था, क्योंकि वे इसके सिर्फ़ तीन महीने बाद ही 109 साल की उम्र में दिवंगत हो गए।

काह्न 1920 के दशक में कोलंबिया में ग्राहम के टीचिंग असिस्टेंट बने। उनकी मित्रता दशकों लंबी रही। मैं यह जानना चाहता था कि उन्होंने ग्राहम से क्या सीखा था, जिससे वे वित्तीय बाज़ारों में 86 साल लंबे करियर में सफल हुए। काह्न का जवाब था : ''निवेश में सबसे बड़ी चीज़ है अपनी पूँजी सुरक्षित रखना। यह आपका पहला विचार होना चाहिए। आपको बड़े मुनाफ़े की तलाश में अपने मूल विचार से नहीं भटकना चाहिए। अगर आप सिर्फ़ तार्किक मुनाफ़ा हासिल करें और अपने नुक़सान को न्यूनतम रखें, तो इसी से आप दौलतमंद बन जाएँगे और अपने

जुआरी दोस्तों से आगे निकल जाएँगे। यह नींद नहीं आने की समस्या के इलाज का भी काफ़ी अच्छा तरीक़ा है।''

काह्न के अनुसार निवेश का रहस्य एक ही शब्द में व्यक्त किया जा सकता है : ''सुरक्षा।'' और बुद्धिमत्तापूर्ण निवेश निर्णय लेने की कुंजी यह है कि हमेशा ख़ुद से यह प्रश्न पूछकर शुरू करें, ''मुझे कितना नुक़सान हो सकता है?'' उन्होंने स्पष्ट किया, ''घाटे पर विचार करना वह सबसे महत्त्वपूर्ण चीज़ है, जो निवेशक को करना चाहिए। यह काम सबसे पहले करें; इसके बाद ही मुनाफ़े के बारे में सोचें। समस्या यह है कि आजकल लोग ख़ुद को बहुत स्मार्ट मानते हैं, क्योंकि वे फटाफट चीज़ें कर सकते हैं। माना कि आप घोड़े को बहुत तेज़ दौड़ा सकते हैं। लेकिन यह भी विचार करें कि क्या आप सही मार्ग पर हैं? क्या आप देख सकते हैं कि आप कहाँ जा रहे हैं?''

काह्न की रक्षात्मक मानसिकता मुझे उस चेतावनी की याद दिलाती है, जो चिकित्सा के विद्यार्थियों के दिलोदिमाग़ पर अंकित कर दी जाती है : ''सबसे पहले, कोई नुक़सान मत करो।'' निवेशकों के लिए इस निर्देश को थोड़ा बदलना चाहिए : सबसे पहले, अपना नुक़सान मत करो। निवेश की सफलता को स्पष्ट करते समय हम स्वाभाविक रूप से खेल के ज़्यादा तेज़ पहलुओं की ओर आकर्षित होते हैं। उन साहसिक दाँवों की कहानियाँ बताना ज़्यादा मज़ेदार होता है, जिनमें अरबों डॉलर का फ़ायदा हुआ और उन तमाम दुर्घटनाओं के बारे में बताना इतना मज़ेदार नहीं होता, जो कभी हुए ही नहीं। लेकिन दुर्घटना से बचना मायने रखता है, क्योंकि तबाही से उबरना काफ़ी मुश्किल होता है। वित्तीय नुक़सान के निर्मम गणित पर विचार करें : अगर आप किसी नासमझी भरे दाँव में 50 प्रतिशत का घाटा उठाते हैं, तो आपको दोबारा शुरुआती स्थिति में लौटने के लिए 100 प्रतिशत मुनाफ़ा कमाना होगा।

एवेलार्ड को वैश्विक निवेश का स्थायी दिग्गज बनाने वाली चीज़ यह थी कि वे अपने मार्ग के सबसे ख़तरनाक ख़तरों से बार-बार बचे, जिससे वे नुक़सान से बचने में कामयाब रहे। इसका संबंध उन निवेशों से था, जो उन्होंने नहीं किए। सोजेन और फ़र्स्ट ईगल में अपने करियर को पलटकर देखते वक़्त वे कहते हैं, ''हम दशकों तक सफल रहे और इसका ज़्यादातर कारण यह है कि हमने कुछ शेयर नहीं ख़रीदे। अस्सी के उत्तरार्ध में हमारे पास एक भी जापानी शेयर नहीं था। और 1990 के दशक के अंत में हमारे पास एक भी टेक शेयर नहीं था। इसी तरह, 2000 और 2008 के बीच हमारे पास वित्तीय कंपनियों के शेयर भी ज़्यादा नहीं थे।'' तीन दशकों की इन तीन तबाहियों से बचने की उनकी योग्यता ही असफलता और सफलता के बीच का फ़र्क़ थी।

हर चीज़ चली जाती है

एवेलार्ड 2008 में फ़ंड मैनेजर के रूप में रिटायर हुए, जिसके बाद वे फ़र्स्ट ईगल के वरिष्ठ परामर्शदाता बन गए। उन्होंने मशाल 30 वर्षीय ऑस्ट्रेलियन मैथ्यू मैकलेनन को थमा दी, जिन्होंने लेहमैन ब्रदर्स के धराशायी होने और वैश्विक वित्तीय सिस्टम के ढहने से एक सप्ताह पहले अपनी नौकरी शुरू की थी। आज उनके पास 100 अरब डॉलर की संपत्तियाँ और लाखों शेयरहोल्डर हैं। मैकलेनन संसार के सबसे प्रभावी – और सबसे विचारशील – निवेशकों में से एक हैं।

पहली नज़र में वे एवेलार्ड जैसे नहीं दिखते थे। एवेलार्ड के चेहरे का उदास भाव और निराशाजनक दृष्टिकोण मुझे *विनी–द–पूह* के ईओर की याद दिलाता है – एक उदास पात्र जो उस जगह पर रहता है, जहाँ नक़्शे पर लिखा हुआ है, ''ईओर की उदास जगह : थोड़ी दलदली और दुखद।'' मैकलेनन एवेलार्ड से लगभग तीन दशक छोटे हैं और उनकी चमकती आँखों में उत्साह की झलक है। उनमें एक आरामदेह आकर्षण है और वे हर बात मुस्कराकर कहते हैं।

लेकिन निवेशकों के रूप में एवेलार्ड और मैकलेनन में काफ़ी समानता है। जब 2008 में उनकी पहली मुलाक़ात हुई, तो उन्होंने टेक बबल के दौर में अपने युद्ध की कहानियाँ बताईं। उस वक़्त मैकलेनन गोल्डमैन सैक्स में मूल्य–केंद्रित वैश्विक निवेश पोर्टफ़ोलियो चला रहे थे और उन्होंने जुनून भरे इस दौर में ऐसा कुछ भी नहीं ख़रीदने के अपने अनुभव बताए, जिसमें मार्जिन ऑफ़ सेफ़्टी नहीं था। एवेलार्ड ने इसका अनुमोदन किया। ''उन्होंने इस तथ्य से आरामदेह महसूस किया कि मैं सामाजिक स्वीकृति से 'दूर' जाने और भीड़ से अलग हटकर अकेले खड़े रहने को तैयार था,'' मैकलेनन कहते हैं। ''कई बार इंसान काफ़ी अकेलापन महसूस करता है, अगर वह उस पल के लोकप्रिय जुनून का हिस्सा नहीं हो... और इसलिए हमारे बीच बंधन जुड़ गया।''

मैकलेनन की अपारंपरिक पृष्ठभूमि से यह स्पष्ट होता है कि वे वह राह चुनने के लिए क्यों तत्पर थे, जिस पर बहुत कम लोग चलना चाहते थे। 1969 में जन्मे मैकलेनन ने अपने जीवन के पहले छह वर्ष पापुआ न्यू गिनी में बिताए, जहाँ उनके पिता (सर्वेयर) और माँ (फिजियोथेरेपिस्ट व चित्रकार) रोमांच की तलाश में रह रहे थे। जब मैं मज़ाक़ में कहता हूँ कि वे पापुआ के सबसे मशहूर निवेशक हैं, तो वे जवाब देते हैं, ''मैं वहाँ का एकमात्र निवेशक हूँ।'' वे अपने माता–पिता को ''स्वतंत्र चिंतक'' कहते हैं, जिन्हें ''संग्रह के पारंपरिक संकेतों की कोई ज़रूरत महसूस नहीं हुई,'' लेकिन बाद में उन्होंने ऑस्ट्रेलिया में सुरम्य स्थल ख़रीदा, जिसके एक तरफ़ वर्षा–वन था। उन्हें विद्युत ग्रिड का कनेक्शन नहीं मिल सकता

था, इसलिए मैकलेनन ने अपना ज़्यादातर बचपन सामान्य सुख-सुविधाओं के बिना बिताया। वे ''जीवन के सामान्य रोमांचों'' से विरक्त बन गए।

मकान पुस्तकों से भरा था, लेकिन उसमें गर्म पानी की व्यवस्था नहीं थी। इसलिए वे पेड़ के नीचे काले प्लास्टिक बैग वाले पानी से नहाते थे, जिसे दोपहर की धूप में गरम होने के लिए रख दिया जाता था। उनके पास रेफ़्रिजरेटर नहीं था। उनकी हीटिंग ढलवाँ लोहे के स्टोव से होती थी, जिसकी आवाज़ से वे जाग जाते थे और धुएँ के कारण उन्हें घर से बाहर जाना पड़ता था। ''हमारे पास काफ़ी समय तक टेलीविज़न नहीं था,'' वे याद करते हैं। ''लेकिन फिर हमने एक टेलीविज़न लिया, जिसे मेरे पिताजी कार की बैटरी में लगाने में कामयाब हुए। यह टेलीविज़न ज़्यादा दिनों तक नहीं चला, क्योंकि इसे लाने के कुछ समय बाद ही वे जब पोर्च में कार को रिवर्स कर रहे थे, तो टेलीविज़न कार की बैटरी से जुड़ा हुआ था। ज़ाहिर है, जब वे इसे घसीटते हुए सामने वाले दरवाज़े से बाहर ले गए, तो यह किसी काम का नहीं रहा।''

मैकलेनन ज़्यादातर समय पढ़ते रहते थे, प्रायः गैस लैम्प की रोशनी में। वे अपने दादाजी के साथ भी रहते थे, जो ''सच्चे विचारक'' थे, शेयर ख़रीदते थे, शराब का संग्रह करते थे, गुलाब उगाते थे और जियोफ़िजिकल एक्सपिडिशन पर डॉक्टर के रूप में अंटार्कटिका प्रवास के क़िस्से सुनाते थे। मैकलेनन के परिवार में बौद्धिक अन्वेषण के प्रति जो जोश था, वह उन्हें विरासत में मिल गया। उनकी बातचीत में महान विचारकों के संदर्भ बार-बार आते रहते थे - हेराक्लिटस से थ्यूसिडाइड्स और मॉन्टेस्क्यू से स्क्रॉडिंगर तक। उन्हें मानसिक जीवन से ज़्यादा आनंद किसी चीज़ में नहीं आता : ''जब मेरे पास कोई विचार आता है या मैं चीज़ों को देखने का एक तरीक़ा विकसित करता हूँ, जो सच जान पड़ता है, तो यह आनंद वैसा ही होता है, जैसे किसी सर्फ़िंग करने वाले को लहर मिल गई हो।''

मैकलेनन का सर्वग्राही अध्ययन उन्हें उसी सतर्क निष्कर्ष की ओर ले गया, जिस पर ग्राहम और एवेलार्ड पहुँचे थे : **भविष्य ''निहित रूप से इतना अनिश्चित'' है कि निवेशकों को स्थायी नुक़सान से बचने पर बहुत ज़्यादा ध्यान केंद्रित करना चाहिए और ''ऐसा पोर्टफ़ोलियो बनाने पर भी, जो संसार की विभिन्न अवस्थाओं को झेल सके।''** जैसा मैकलेनन इसे देखते हैं, हमें सबसे पहले तो अपने सबसे मुख्य लक्ष्य को तय करना चाहिए और हर निवेश को चुनते वक़्त इसके मार्गदर्शन में चलना चाहिए। वे अपनी बात के पक्ष में रोमन दार्शनिक सेनेका का उद्धरण देते हैं : ''अगर कोई यही नहीं जानता कि वह किस बंदरगाह की ओर जा रहा है, तो कोई हवा उसके पक्ष में नहीं होती।'' मैकलेनन के लिए मंज़िल स्पष्ट है : ''हमारा लक्ष्य फटाफट अमीर बनने की कोशिश करना नहीं है। यह तो

स्थित अनुसार ढलने वाली दौलत का निर्माण है।'' हम सभी के लिए यह बाज़ार को हराने से कहीं ज़्यादा समझदारी भरा लक्ष्य है।

मैकलेनन का ''अनिश्चितता के प्रति सम्मान'' आंशिक रूप से इतिहास के उनके अध्ययन से आया। वे ख़ास तौर पर 1900 के दशक की तुलनात्मक शांति से सम्मोहित हैं। वे कहते हैं कि अगर कोई निवेशक 1908-1911 के दौरान संसार का सर्वेक्षण करता, तो वह भविष्य के बारे में पूरी तरह आत्मविश्वासी होता। वैश्विक अर्थव्यवस्था लंबी अवधि से अभूतपूर्वक विकास कर रही थी। संपत्तियों के भाव तार्किक नज़र आ रहे थे। और यह व्यापक मान्यता थी कि मुद्रास्फीति को हरा दिया गया है। फिर चिंता क्यों करना? लेकिन उसी समय नरक के द्वार खुल गए।

कभी नहीं डूबने वाला जहाज़ *टाइटैनिक* 1912 में अपनी पहली समुद्री यात्रा में ही डूब गया - जिसने यह बात याद दिलाई कि मनुष्य प्रकृति को वश में नहीं कर सकता। बोस्निया के एक क्रांतिकारी ने जब एक हत्या की, तो उससे उत्पन्न होने वाली चेन रिएक्शन ने 1914 में प्रथम विश्व युद्ध छेड़ दिया। युद्ध के दौरान ना सिर्फ़ न्यू यॉर्क स्टॉक एक्सचेंज चार महीने तक बंद रहा, बल्कि सभी बड़े यूरोपीय एक्सचेंज भी बंद रहे। 1918-19 की फ़्लू महामारी ने 5 करोड़ लोगों की जान ली। 1922 में अति मुद्रास्फीति ने जर्मनी पर शिकंजा कसा और 1923 में हिटलर के सत्ता में आने का मंच सजा दिया। 1929 के क्रैश के बाद महामंदी का दौर रहा। फिर 1939 से 1945 तक द्वितीय विश्व युद्ध चला। इस तरह शांत समृद्धि के दौर के बाद *तीन दशकों* की तबाही आई। संसार की घटनाओं की वजह से ऊपर-नीचे झूलता शेयर बाज़ार 1926 से 1945 तक बेहद वोलेटाइल रहा, जिससे निवेशकों की एक पूरी पीढ़ी के मन में जोखिम की स्थायी दहशत भी भर गई।

निवेशक यह ख़तरनाक ग़लती बार-बार करते हैं कि वे यह मानते हैं कि आगे आने वाला दौर भी उसी दौर जैसा होगा, जिसका उन्होंने हाल ही में अनुभव किया है। ''लेकिन भविष्य अविश्वसनीय रूप से अलग हो सकता है,'' मैकलेनन कहते हैं। ''अगली पीढ़ी के पास पिछली पीढ़ी से बहुत *भिन्न* जीवन अनुभव थे।'' बफ़ेट ने 9/11 के बाद इसी तरह की बात कही, जिसकी वजह से बर्कशायर को बीमे में अरबों डॉलर का घाटा हुआ। 2002 में शेयरहोल्डर्स को लिखते हुए उन्होंने स्वीकार किया, ''हमने बड़े पैमाने के आतंकवादी नुक़सान की आशंका को या तो नज़रअंदाज़ कर दिया था या फिर ख़ारिज कर दिया था... संक्षेप में, उद्योग में हम सभी लोगों ने जोखिम के बजाय अनुभव पर ध्यान केंद्रित करके अंडरराइटिंग में बुनियादी ग़लती की थी।'' **इस सबक़ को ध्यान में रखते हुए मैकलेनन अपने जोखिम पर काफ़ी ध्यान केंद्रित करते हैं - और एक ऐसे भविष्य की तैयारी पर पूरी तरह केंद्रित रहते हैं, जो शायद उनके हाल के अनुभव जैसा नहीं दिखे।**

जब हमने 2017 की गर्मी में उनके मैनहैटन के आकर्षक ऑफ़िसों में बात की, तो उन्होंने निवेशक के सामने आने वाले जोखिमों की एक सूची बनाई। मिसाल के तौर पर, उन्होंने संकेत दिया कि 2008 के वित्तीय संकट से पहले अमेरिका पर जीडीपी की तुलना में जितना क़र्ज़ था, इस समय उससे भी ज़्यादा क़र्ज़ है। ब्याज दर इतनी कम है कि बचत करने वालों को समझदारी के लिए दंडित किया जा रहा है। ऑटोमेशन के उदय के कारण सामाजिक और राजनीतिक उथलपुथल बढ़ रही है। भू-राजनैतिक पृष्ठभूमि में संघर्ष के जोखिम दिखाई देते हैं, जिनमें से एक यह भी है कि अमेरिका के प्रतिद्वंद्वी के रूप में चीन का उदय हो गया है। और पूँजी की कम लागत ने शेयरों के भाव काफ़ी ऊँचे स्तरों तक पहुँचा दिए हैं, जिस वजह से ऐसे शेयर खोजना मुश्किल है, जो काफ़ी ज़्यादा मार्जिन ऑफ़ सेफ़्टी प्रदान करें। उन्होंने कहा कि ये सभी चीज़ें ''भंगुरता तथा कोमलता के रूप हैं और इतिहास बताता है कि इन्हें नज़रअंदाज़ करना ख़तरनाक है।''

मैकलेनन बाज़ार की भविष्यवाणियों को ''मूर्खों की अटकलें'' मानते हैं, इसलिए उन्होंने कभी यह जानने का नाटक नहीं किया कि आगे क्या होगा। लेकिन हॉवर्ड मार्क्स की तरह ही वे भी यह सोचते हैं कि यह पहचानना अत्यंत महत्त्वपूर्ण है कि ''जोखिम के भाव में शामिल होने के कई चक्र होते हैं... आपको निवेश में पूँजी तब लगाना चाहिए, जब भाव इतने कम हों कि जोखिम भी कम हो जाए, जैसा 2008 के अंत में या 2009 में हुआ। और जब जोखिम भाव में शामिल नहीं हो, तो आपको ज़्यादा सतर्क रहना चाहिए, जैसा 1999 या 2007 में था या शायद आज है।''

इस स्थिति की तुलना वे सैन फ्रांसिस्को में भूकंप रेखा पर रहने से करते हैं। ''शायद हमारे सामने भविष्य में दस बेहतरीन साल हों, जिनमें भूकंप नहीं आए।'' लेकिन इस तरह काम करना मूर्खतापूर्ण होगा, जैसे इसका जोखिम है ही नहीं। ''हमें यह स्वीकार करना चाहिए कि ऐसी चीज़ें हैं, जो भविष्य में उतनी अच्छी तरह नहीं होंगी, जितनी अच्छी तरह हम उन्हें देख सकते हैं,'' उन्होंने मुझे बताया। **''आपको मानव जाति के अग्रगामी अभियान में शामिल होने के लिए तैयार होना चाहिए, लेकिन आपको रास्ते में आने वाली गिरावटों से बचने की तैयारी भी करनी चाहिए।''** यह सूत्रवाक्य निवेश और ज़िंदगी दोनों ही के लिए उपयोगी है।

जब जोखिम आख़िरकार आया, तो यह भूकंप नहीं, बल्कि महामारी थी, जिसकी वजह से 2020 की शुरुआत में मार्केट क्रैश हो गया। महामारी के दौरान मैनहैटन से बचने के लिए मैकलेनन ने ग्रीनविच, कनेक्टिकट में एक मकान ले लिया था। उसी साल जून में उस मकान से बोलते हुए मैकलेनन ने टिप्पणी की कि क्रैश – जिसने लगभग ''अबाधित विकास'' के एक दशक बाद ''आत्मसंतुष्टि'' के समय प्रहार किया – ने उनके विश्वास को रेखांकित किया कि ''बाज़ार एक जटिल

ईकोसिस्टम का हिस्सा हैं, जो निहित रूप से अनिश्चित है। देखिए, दिसंबर 2019 में एक भी अर्थशास्त्री नहीं था, जिसने कहा हो कि कोविड के कारण व्यावसायिक चक्र तबाह हो जाएगा।'' यानी लचीलेपन की एक कुंजी यह सुनिश्चित करना है कि जब ''परिस्थितियाँ अच्छी महसूस हों, तब आपको ''समझदारी से सही स्थिति'' में होना चाहिए, क्योंकि ''भविष्य अनिश्चित है और इस तरह की घटनाएँ कभी भी हो सकती हैं।''

लचीली दौलत सृजन के उनके लक्ष्य को हासिल करने के लिए मैकलेनन अपना पोर्टफ़ोलियो कैसे बनाते हैं? वे संसार के बाज़ारों की कल्पना संगमरमर की विशाल शिला के रूप में करते हैं। फिर वे हर उस टुकड़े को ''छाँटते'' जाते हैं, जिसके वे मालिक नहीं बनना चाहते। वे उसे हटा देते हैं, जो भी भंगुरता को बढ़ाता हो, ताकि उन्हें ''एक बेहतर परिणाम मिल सके।'' इस प्रक्रिया के पीछे मार्गदर्शक सिद्धांत ''ग़लतियों को हटाना'' है। जैसा मैकलेनन स्पष्ट करते हैं, इस तरह की सोच में एक ''बुनियादी असुरक्षा'' है। यह उनकी मान्यता को प्रतिबिंबित करता है कि ''बहुत सारी चीज़ें हैं, जो हमें नुक़सान पहुँचा सकती हैं'' और यह भी कि लचीलेपन के लिए उन्हें ''उनसे बचने'' की ज़रूरत है।

मैकलेनन के पास यह लचीलापन है कि वे पूरे संसार में कहीं पर भी अवसरों की खोज कर सकते हैं, क्योंकि वे एक वैश्विक फ़ंड और एक अंतरराष्ट्रीय फ़ंड का प्रबंधन करते हैं। ज़्यादातर निवेशक इस काम की शुरुआत उन सेक्टरों की तलाश करके करेंगे, जिन्हें वे ''आकर्षक विकास'' के ''गर्म क्षेत्र'' कहते हैं – फ़ैशनेबल दाँव जैसे 2010 में ब्राज़ील के शेयर, 2017 में सोशल मीडिया कंपनियों के शेयर या 2020 में इलेक्ट्रिक कारों के शेयर। उनके हाल के अनुभव से प्रभावित निवेशक अक्सर उन शेयरों को बटोर लेते हैं, जो भी सर्वश्रेष्ठ प्रदर्शन कर रहे होते हैं। लेकिन निरंतर सफलता की व्यापक आशाएँ भाव के अति उछाल की ओर ले जाती हैं। यही नहीं, उच्च विकास के क्षेत्र अंततः गंभीर प्रतिस्पर्धा को आकर्षित करते हैं। जैसा मार्क्स इसे कहते हैं, ''सफलता के भीतर असफलता के बीज छिपे रहते हैं।''

अगर आपका लक्ष्य लचीली दौलत का सृजन है, तो आप गर्मी खोजने वाली मिसाइल की तरह काम नहीं कर सकते। जोखिम बहुत ज़्यादा हैं, क्योंकि जो शेयर सबसे ज़्यादा लोकप्रिय होते हैं, उनमें कोई मार्जिन ऑफ़ सेफ़्टी नहीं होता। इसलिए मैकलेनन शुरुआत में ही हर फ़ैशनेबल शेयर को छेनी से हटा देते हैं। इसके अलावा वे लोकप्रिय देशों और सेक्टरों से भी दूर रहते हैं, जिन्होंने पूँजी के ''असमान'' प्रवाहों को आकर्षित किया है। इस आदत ने उनके शेयरहोल्डरों की रक्षा की, जब सर्वप्रिय ब्रिक देश (ब्राज़ील, रूस, भारत और चीन) लड़खड़ाए और ब्राज़ील तो तबाह हो गया। वे ऐसी राजनीतिक प्रणालियों वाले देशों से भी बचते हैं, जो संपत्ति–जायदाद के अधिकारों का सम्मान नहीं करते। जैसे रूस।

इसी तरह मैकलेनन ऐसी कंपनी को भी अपने पोर्टफ़ोलियो में नहीं रखते, जो उनके पोर्टफ़ोलियो की भंगुरता या असुरक्षा को बढ़ा सकती है। उदाहरण के लिए, वे ऐसे बिज़नेस मॉडल्स से बचते हैं, जो ख़ास तौर पर प्रौद्योगिकी के परिवर्तनों की वजह से असुरक्षित होते हैं। वे अस्पष्ट बैलेंस शीट, बहुत ज़्यादा लीवरेज या ''बहुत ज़्यादा अभियानों'' पर केंद्रित अविवेकी प्रबंधन वाली कंपनियों से भी उतना ही बचते हैं। इस वजह से बे एनरॉन, फ़ैनी मे और वित्तीय संकट के दौरान ढहने वाले सारे बैंकों जैसे टाइम बमों से सुरक्षित रह पाए।

मैकलेनन यह नहीं मानते कि सफल कंपनियाँ अनंत काल तक विकास करती रहेंगी। इसके बजाय वे उन्हें ज़्यादा काले लेंस से देखते हैं, जो उन्होंने विज्ञान से उधार लिया है। ''मेरा विश्वास यह है कि कि हर *चीज़* लुप्त होने के मार्ग पर है,'' वे कहते हैं। ''अगर आप विकास के संदर्भ में सोचें, तो अस्तित्व में रहने वाली प्रजातियों में से 99 प्रतिशत आज लुप्त हो चुकी हैं। और कंपनियाँ भी इसका अपवाद नहीं हैं।''

वे अर्थशास्त्र को एक इकोलॉजी की तरह देखते हैं, जिसमें जंगल के वर्तमान राजा अंततः विध्वंसकारी प्रौद्योगिकी और नए प्रतिस्पर्धियों द्वारा पराजित हो जाएँगे। ''जो व्यवसाय आज मज़बूत हैं, वे भविष्य में मज़बूत नहीं रहेंगे,'' मैकलेनन कहते हैं। ''अनिश्चितता सिस्टम में निहित है। यह एनट्रॉपी है – थर्मोडाइनैमिक्स का दूसरा नियम। बुनियादी तौर पर चीज़ों में समय के साथ अव्यवस्थित होने की प्रवृत्ति होती है। तंत्र और गुणवत्ता को बनाए रखने के लिए बहुत सारी ऊर्जा की ज़रूरत होती है। इसलिए दार्शनिक दृष्टि से हमारे मन में इस तथ्य के प्रति बहुत सम्मान है कि चीज़ें संरचनात्मक दृष्टि से स्थायी प्रकृति की नहीं होतीं; चीज़ें तो लुप्त होती हैं।''

शेयर चुनने के मामले में इस अहसास के गहन निहितार्थ हैं। ज़्यादातर निवेशक आशावादी विकास संभावनाओं वाली ग्लैमरस कंपनियों के शेयर ख़रीदना चाहते हैं। मैकलेनन इसके बजाय ''विलुप्ति से बचने'' के ज़्यादा नकारात्मक मिशन पर ध्यान केंद्रित करते हैं। कैसे? ''निरंतर व्यवसायों'' को पहचानकर, जो ''जटिल प्रतिस्पर्धी शक्तियों'' के प्रति कम असुरक्षित होते हैं। इसे एंटी-एंट्रॉपी यानी अव्यवस्था-विरोधी रणनीति के रूप में भी सोचा जा सकता है।

वे जिस तरह के व्यवसाय के ''क़ायम'' रहने की उम्मीद करते हैं, उनमें से एक जापानी कंपनी फ़ैनुक कॉर्प है, जिसने उल्लेखनीय रूप से सर्वो-मोटर जैसे रोबोटिक्स प्रॉडक्ट्स के विश्व के अग्रणी विक्रेता के रूप में अपनी स्थिति को क़ायम रखा है। मैकलेनन कहते हैं, अगर आप अमेरिका में कोई कार ख़रीदते हैं, तो इस बात की बहुत संभावना है कि इस पर फ़ैनुक के रोबोट ने पेंट किया होगा। कंपनी के पास स्थायी ग्राहक आधार है, जो इसके प्रॉडक्ट्स के आदी हो चुके हैं। यह

उन ग्राहकों से निरंतर डाटा इकट्ठी करती है और प्रतिस्पर्धियों पर अपनी बढ़त को बढ़ाने के लिए बाज़ार के इस श्रेष्ठ ज्ञान का दोहन करती है। फ़ैनुक प्रौद्योगिकी परिवर्तन का शिकार होने के बजाय उत्पादन में ऑटोमेशन की प्रवृत्ति से लाभ लेती है। इसकी आर्थिक स्थिति मज़बूत है, इसकी बैलेंस शीट में ढेर सारी नक़दी है और इसे एक दूरदर्शी प्रबंधन चलाता है, जो स्पष्टता से कहता है कि उनकी प्राथमिकता कंपनी को ''हमेशा क़ायम रखना'' है। इसमें से कोई चीज़ इस बात की गारंटी नहीं है कि फ़ैनुक पर एंट्रॉपी का प्रभाव नहीं पड़ेगा, लेकिन मैकलेनन को विश्वास है कि इसका ''विकल्प खोजना मुश्किल'' है।

वर्चस्व वाले व्यवसाय का एक और उदाहरण, जिसे वे ''लचीलेपन के लिए निर्मित'' मानते हैं, कंज़्यूमर गुड्स फ़र्म कोलगेट-पॉमोलिव है। कंपनी 1870 के दशक से टूथपेस्ट बेच रही है और इसने 40 प्रतिशत से अधिक विश्वव्यापी बाज़ार पर क़ब्ज़ा कर रखा है। यह एक सस्ता और आदत वाला प्रॉडक्ट है, जो लुप्त होने का प्रतिरोधी है - सिवाय इस असंभावित घटना के कि कोई सक्रिय घटक कैन्सर उत्पन्न करने वाला निकल जाए। आर्थिक अफरा-तफरी के समय में भी, जैसे 2008 या 2020 में, यह एक ऐसा व्यवसाय है, ''जो बस चलने की प्रवृत्ति रखता है,'' मैकलेनन कहते हैं। और फ़ैनुक की तरह ही, ''बड़े पैमाने और ग्राहक बंधन का यह मिश्रण बेहतर मार्जिन उत्पन्न करने और ज़्यादा कैशफ़्लो उत्पन्न करने की प्रवृत्ति रखता है।''

यह एक ऐसी कंपनी है, जिसमें कोई नयापन या सेक्स अपील नहीं है। लेकिन इसके बिज़नेस मॉडल की नक़ल करना इतना मुश्किल है कि इसमें वह है, जिसे मैकलेनन ''नीरस विरलता'' कहते हैं। इस विचार में सहज बोध के विपरीत आकर्षण है कि निवेश के मामले में *सौंदर्य ग्लैमर में नहीं, बल्कि विरलता में निहित होता है।* इतने बरसों में उन्होंने असंख्य बदसूरत बतखों के छिपे हुए आकर्षण को खोजा है - साइक्लिकल डाउनटर्न के दौरान ख़रीदी गई एक टिम्बरलैंड कंपनी से लेकर उस फ़र्म तक, जो युनिफ़ॉर्म किराये पर देती है। यह टेस्ला नहीं है।

इसी तरह, जब मार्च 2020 में शेयर गिरे, तो मैकलेनन ने एक जापानी फ़र्म होशीजाकी में अपने शेयरों की संख्या बढ़ा ली - एक और बेहद विरल और निरंतर व्यवसाय, जिसका वर्णन वे ''रेस्तराँओं के लिए आइस मशीन्स में विश्व लीडर'' के रूप में करते हैं। वे कहते हैं, ''रेस्तराँ हमेशा आते-जाते रहते हैं, लेकिन उन्हें एक जैसी मशीनों की ज़रूरत होती है। इसलिए मशीन बनाने वाले पर दाँव लगाना रेस्तराँ पर दाँव लगाने से ज़्यादा सुरक्षित है।''

मैकलेनन इस बात पर भी ज़ोर देते हैं कि जिस शेयर को वे ख़रीदते हैं, उसके भाव में ''लुप्त होने'' का जोखिम शामिल होना चाहिए। दूसरे शब्दों में, इसका भाव इतना कम होना चाहिए कि यह उनकी इस मान्यता की भरपाई करे कि हर व्यवहार

की तरह वह कंपनी भी अंततः ''अप्रासंगिक बनने के मार्ग'' पर चल रही है। वे सामान्यतः कंपनी के निहित मूल्य के आकलन से 30 प्रतिशत डिस्काउंट पर निवेश करना चाहते हैं। अगर व्यवसाय लुप्त नहीं होता, बल्कि आगे भी विकास करता रहता है, ''तो हमें विकास मुफ़्त में मिल जाता है।''

कंपनियों को छेनी से छाँटने की कष्टसाध्य प्रक्रिया के बाद मैकलेनन के पास क्या बचता है? असाधारण रूप से निरंतर, रूढ़िवादी प्रबंधन वाली, अच्छी पूँजी वाली, अंडरवैल्यूड कंपनियों का ''लचीला सार'', जिसके डार्विनवादी ईकोसिस्टम में भी समृद्ध होने की संभावना रहती है, जहाँ कोई चीज़ हमेशा जीवित नहीं रहती।

औसतन वे किसी शेयर को पाँच-दस साल तक रखते हैं और जैसे-जैसे उनके मूल्यांकन घटते-बढ़ते हैं, उनकी संख्या घटाते-बढ़ाते जाते हैं। मैकलेनन इस बात को भी पहचानते हैं कि ये सभी व्यवसाय आदर्श नहीं हैं और कुछ उन्हें निराश करेंगे। इसलिए वे उनमें से लगभग 140 का स्वामित्व लेकर लचीलेपन की एक और परत जोड़ते हैं। ग्राहम और एवेलार्ड की तरह वे डाइवर्सिफ़िकेशन को ''त्रुटि-सहिष्णु'' रणनीति का अति महत्त्वपूर्ण घटक मानते हैं, जो उन्हें उनकी ख़ुद की ग़लतियों, बदक़िस्मती और भविष्य को देखने की अयोग्यता से बचा सके।

''अच्छे भाव पर अच्छे व्यवसाय'' ख़रीदने के अवसर कभी-कभार आते हैं, प्रायः वोलेटिलिटी बढ़ने के दौरान। मैकलेनन सही मूल्य की बाधा दूर करना चाहते हैं, इसलिए वे अपनी मनचाही कंपनियों की वॉचलिस्ट बना लेते हैं और सही भाव पर उन्हें ख़रीदने के लिए ख़ुशी-ख़ुशी पाँच-दस साल तक इंतज़ार करने को तैयार रहते हैं। इस दौरान उनमें अपनी नक़दी को बढ़ने देने का अनुशासन होता है और वे निवेश करने के लिए आतुर महसूस नहीं करते, जब भाव उनके हिसाब से ज़्यादा चल रहे हों। सच तो यह है कि वे अपने विश्लेषकों में जो सबसे महत्त्वपूर्ण विचार भरने की कोशिश करते हैं, वह है नहीं कहने का महत्त्व।

जब बाज़ार प्रफुल्लित हों और अच्छे सौदे नहीं मिल रहे हों, तो मैकलेनन की नहीं कहने की क्षमता दरअसल एवेलार्ड जैसी बन जाती है। 19 फ़रवरी 2020 को, यानी कोविड क्रैश के शुरू होने से एक दिन पहले, फ़र्स्ट ईगल ग्लोबल का केवल 71 प्रतिशत पैसा शेयरों में लगा था, जबकि 15 प्रतिशत सुरक्षित रूप से नक़दी और सरकारी क़र्ज़ में लगा था। यह शेयरों के ज़्यादा भाव और 2017 में बताए गए जोखिमों के बारे में उनकी चिंता दिखाने का स्पष्ट प्रमाण था। वे कहते हैं, ''सच तो यह है कि हमने ऐसे समय में पूँजी को काम करने के लिए विवश नहीं किया, जब भाव निवेश करने के लिए अनुकूल नहीं थे, जिससे हमें गिरावट में लचीला बनने में मदद मिलती है।''

मैकलेनन के फ़ंड की 14 प्रतिशत संपत्तियाँ सोने में भी थीं, जिसे वे बाज़ार की गिरावट, भूराजनीतिक उथलपुथल या पेपर मनी सिस्टम्स में विश्वास की क्षति के ख़िलाफ़ दीर्घकालीन सुरक्षा मानते हैं। वे कहते हैं, ''सचमुच बुरी अतिवादी स्थितियों में सोने का शेयरों के साथ नकारात्मक सह-संबंध है।'' यह ''पीरियॉडिक टेबल के सबसे दुर्लभ और सबसे ज़्यादा लचीले तत्वों में से एक है... इसमें जंग नहीं लगती, यह ख़राब नहीं होता, ना ही यह किसी कंपनी या शासन की तरह लुप्त होता है।'' मानव-निर्मित अस्थिरता के संसार में वे (फ़ैशनरहित अंदाज में) तर्क देते हैं कि सोना उनके सदाबहार पोर्टफ़ोलियो को ''प्राकृतिक'' लचीलापन देता है और अप्रत्याशित गिरावट से बचना सुनिश्चित करता है। आख़िरकार, कंपनियाँ मर सकती हैं, लेकिन सोना हमेशा क़ायम रहता है।

इसी तर्क पर चलकर ग्लोबल फ़ंड 2020 की उथलपुथल में भी अच्छी स्थिति में रहा, क्योंकि नक़दी और सोने के ''स्थिरक'' ने इसे स्थिर किया। ''यह इस तथ्य का आदर्श उदाहरण है कि आपको बारिश होने से पहले छाता ख़रीदने की ज़रूरत होते है,'' मैकलेनन कहते हैं। ''अगर आप तूफ़ान के बीच में छाता खोजें, तो इसका मिलना बहुत मुश्किल होता है। इसलिए पहले से सही मानसिकता होना बहुत महत्त्वपूर्ण है।'' जब बाक़ी लोग दहशत में आ रहे थे, तब मैकलेनन सस्ते हो चुके शेयरों में निवेश करने की स्थिति में आ गए थे, ''ऐसे भाव पर, जो अब ज़्यादा समझदारी भरे दिख रहे थे।'' वे कहते हैं, ''रूढ़िवादी होना ही काफ़ी नहीं है। आपमें नक़दी को काम पर लगाने की इच्छुकता तब होनी चाहिए, जब दूसरे ऐसा करने में सबसे कम आरामदेह हों।''

मैकलेनन की लचीली नीति ज़्यादातर निवेशकों के व्यवहार के ठीक विपरीत है। भंगुरता दूर करने की उनकी सुनियोजित एकाग्रता के लिए यह आवश्यक है कि वे ज़्यादातर निवेशकों द्वारा प्रदर्शित तमाम ''स्पष्ट व्यवहारवादी दोषों'' से बचें। मिसाल के तौर पर, ज़्यादातर निवेशक इतने अधीर होते हैं कि ख़रीदने के लिए सही भाव का इंतज़ार ही नहीं करते। वे शेयरों के बरसों तक मालिक बनने के बजाय उन्हें ''किराये'' पर लेते हैं। अहंकारवश वे इस भ्रम का शिकार हो जाते हैं कि वे भविष्य को पढ़ सकते हैं और अपने ज्ञान की सीमाओं को नहीं पहचानते हैं। फिर वे जुनून में आकर अंधों की तरह छलाँग लगा देते हैं और उनके विवेक पर ''मुनाफ़े की ईर्ष्या'' तथा चूक जाने के डर का परदा पड़ जाता है।

लोग ऐसे आत्मघाती निर्णय क्यों लेते हैं, इस बारे में एक पुस्तक ने उन पर बहुत प्रभाव डाला। *हिस्ट्री ऑफ़ द पेलोपोनेशियन वॉर* नामक इस पुस्तक को लगभग 2,400 साल पहले एथेन्स के सेनापति थ्यूसिडाइड्स ने लिखा था। मैकलेनन कहते हैं कि एथेन्स और स्पार्टा का युद्ध अंततः इसलिए हुआ, क्योंकि दोनों ही पक्षों ने ''पल के जोश में जल्दबाज़ी भरे'' और ''अहंकारी'' निर्णय लिए। वे तर्क देते हैं

कि इनके विपरीत गुण - धैर्य और विनम्रता- स्वभावत: लाभकारी होते हैं, चाहे हम संघर्ष को ख़त्म कर रहे हों या दौलत बना रहे हों। एक बार फिर, सफलता क्षण भंगुरता बढ़ाने वाली चीज़ का चेतन प्रतिरोध करने से मिलती है।

जब मैकलेननन समय के साथ समृद्ध होने वाला पोर्टफ़ोलियो बनाने की प्रक्रिया का वर्णन करते हैं, तो उन्हें अपनी माँ की बागवानी की याद आ जाती है, जब वे ऑस्ट्रेलिया में बड़े हो रहे थे। हमेशा कोई न कोई समस्या रहती थी। सूखा मौसम। मुरझाती टहनियाँ। कीड़ों का संक्रमण। वे अक्सर सोचते थे कि इन सतत समस्याओं के बावजूद माँ लगातार क्यों जुटी रहती हैं। इससे ज़्यादा आसान तो यह होता कि वे जंगल को फैलने देतीं या समझौता करके एक लॉन ही लगा देतीं, जिसे सप्ताह में सिर्फ़ एक बार तराशने की ज़रूरत होती। लेकिन जब वे तीन दशकों तक बागवानी करती रहीं, तो परिणाम उल्लेखनीय थे। ''मैंने समय के साथ जिसे घटित होते देखा, वह इस सुंदर, सुंदर बाग़ का क्रमश: उदय था, जिसमें समय लगा। इसमें चुनिंदा होने की ज़रूरत पड़ी। और मैं सोचता हूँ कि यह निवेश के लिए एक अच्छी उपमा है।''

फ़र्स्ट ईगल ग्लोबल फ़ंड काफ़ी कुछ उसी बाग़ जैसा है। जब से एवेलार्ड 1979 में इस फ़ंड के प्रभारी बने, तब से बहुत कुछ हो चुका है - बुल मार्केट, बबल्स, मुद्रास्फीति, युद्ध, क्रैश, संकट और महामारी। लेकिन इस दौरान अनुशासित, जोखिम से बचने वाली रणनीति क़ायम रही। परिणाम? फ़ंड ने 1979 से हर साल औसतन 12.46 प्रतिशत रिटर्न दिया है, जबकि एमएससीआई वर्ल्ड इंडेक्स ने 9.35 प्रतिशत रिटर्न दिया है। अगर आप ग्लोबल फ़ंड में 1979 में 1,00,000 डॉलर का निवेश करते, तो यह 2020 में बढ़कर 12.94 मिलियन डॉलर हो जाता, जबकि अगर आपने इंडेक्स में निवेश किया होता, तो यह बढ़कर केवल 4.05 मिलियन डॉलर ही हो पाता। यही चक्रवृद्धि की सुंदरता है। छोटे लाभ दशकों तक संचित होकर बड़ी विजय प्रदान करते हैं।

विरोधाभास यह है कि एवेलार्ड और मैकलेनन ने गेंद को फ़ेंस के पार मारने की कोशिश किए बिना ही उसे मैदान के बाहर पहुँचा दिया है। मैकलेनन उनकी सफलता का श्रेय ''जोखिम को न्यूनतम करने,'' ''ग़लतियों को हटाने,'' और ''ना ख़रीदने के समझदारी भरे निर्णय लेने'' पर निरंतर एकाग्रता को देते हैं। सारांश में, ''यह हारने से बचकर जीतना है।''

''जीवन आसान नहीं है''

फिर भी समृद्धि का मार्ग दर्दरहित नहीं रहा। एवेलार्ड अब रिटायर हो चुके हैं और वे उन भावनात्मक घावों को नहीं छुपाते हैं, जो उस समय से हैं, जब उनका करियर

पटरी से हटते-हटते बचा था। अपने जीवन को पलटकर देखते समय उन्हें यह अफ़सोस भी होता है कि वे कामकाज और परिवार के बीच संतुलन क़ायम नहीं रख पाए। उनका काम इतना ''ज़्यादा दिलचस्प'' और ''कई बार मनोवैज्ञानिक रूप से दर्द भरा'' था कि उन्होंने अपनी दो बेटियों को ''नज़रअंदाज़'' कर दिया। अगर वे उनकी तरफ़ ज़्यादा ध्यान देते, तो क्या वे शेयर चुनने में कम सफल होते? ''मैं नहीं जानता और मैं कभी जान भी नहीं पाऊँगा,'' वे कहते हैं। ''कैथोलिक पादरी ने सही कहा था। जीवन आसान नहीं है।''

फिर भी उन्होंने जो हासिल किया है, उस पर उन्हें काफ़ी गर्व है। ''मुझे इस बात से ख़ुशी नहीं मिली कि मैंने दूसरों से बेहतर किया, बल्कि इस बात से मिली कि मैंने लंबे समय में ऐसे रिटर्न दिए, जो इंडेक्स फ़ंड से बहुत ज़्यादा थे,'' वे कहते हैं। ''यह एक ऐसा खेल है, जहाँ संख्याएँ झूठ नहीं बोलतीं।''

हम सभी की तरह ही मैकलेनन के जीवन में भी उतार-चढ़ाव रहे हैं। जब मैं पूछता हूँ कि एंट्रॉपी और अस्थायित्व की शक्ति ने उनके जीवन को किस तरह प्रभावित किया है, तो वे जवाब देते हैं, ''ओह, मैंने इसे व्यक्तिगत रूप से अनुभव किया है। आप जानते हैं, मेरी एक पत्नी थी।'' वे कई साल बाद अलग हो गए थे, जब उनकी तीन संतानें थीं। इसके बाद उन्हें दोबारा प्रेम हुआ, उन्होंने दोबारा शादी की और उनकी एक चौथी संतान हुई – टेनीसन नाम की बेटी, जो ''कवि जैसी है।''

मैकलेनन कहते हैं कि पेशेवर दृष्टि से और व्यक्तिगत दृष्टि से उन्होंने अक्सर पाया है कि ''अतिशय दर्द के पलों'' के बाद ''नई शुरुआतें'' और ''बेहद सुखद अवसर'' आए हैं। मिसाल के तौर पर, नब्बे के दशक का अंतिम दौर उनके और एवेलार्ड जैसे वैल्यू इनवेस्टर्स के लिए निर्मम समय था, ''लेकिन 2000 के दशक का शुरुआती दौर स्वर्णिम युग था। यानी अगर आप उसे झेल जाते, तो संभावनाएँ बहुत उज्ज्वल थीं।''

जीवन की तरह ही बाज़ार में भी बहुत कुछ गिरावटों से बचने की हमारी योग्यता पर निर्भर करता है।

मैकलेनन गोल्डमैन सैक्स में चौदह साल रहे, जिस दौरान उन्होंने शेयर बाज़ार के कुछ शीर्ष महारथियों के साथ काम किया। शुरुआत में वे सोचते थे कि क्या इस वरिष्ठ समूह में कोई अनूठा गुण है, जो उन्हें बाक़ी लोगों से अलग करता है। ''मैंने समय के साथ यह सीखा कि अक्सर ये बस ऐसे लोग थे, जो हार नहीं मानते थे, जो सीखते रहते थे, विकास करते रहते थे, लगन से जुटे रहते थे और विपत्ति झेलने के लिए तैयार थे।'' सर्वश्रेष्ठ निवेशकों में भी वे यही गुण देखते हैं : ''उन्होंने बस मैदान नहीं छोड़ा। वे लगातार कोड को तोड़ने से सम्मोहित रहते हैं'' और उनमें ''निराशा के अवश्यंभावी दौर झेलने'' की शक्ति होती है।

मैकलेनन जानते हैं कि भविष्य में मुश्किलें, अस्थिरता और नुक़सान बढ़ जाएँगे। आख़िरकार, ''एंट्रॉपी सृष्टि का लौह नियम है।'' लेकिन वे ख़ुद को निराशावादी के बजाय ''जानकार यथार्थवादी'' मानते हैं। ''मैं मानव संभावना में बहुत विश्वास करता हूँ, लेकिन मैं सोचता हूँ कि मार्ग रेखीय नहीं है,'' वे कहते हैं। ''यह प्रासंगिक बाधाओं से बाधित होता है। इसलिए अगर आप अपने पोर्टफ़ोलियो और अपने सोचने के तरीक़े को उन बाधाओं को *झेलने* के लिए बनाते हैं, तो इस बात की ज़्यादा संभावना है कि समय के साथ मानव जाति के आगे बढ़ने से आपको लाभ होगा, जो तब नहीं होगा, अगर आप पूर्णतः आशावादी दृष्टिकोण रखें।''

लचीलेपन के पाँच नियम

अब हम एक पल पीछे क़दम रखकर ग्राहम, काह्न, बफ़ेट, एवेलार्ड और मैकलेनन से कुछ व्यावहारिक सबक़ सीखते हैं। हम सारांश में बताने की कोशिश करते हैं कि हम निवेशकों के रूप में अपने लचीलेपन को मज़बूत कैसे बना सकते हैं। मेरी राय में पाँच बुनियादी विचार हैं, जिन्हें मैं भूलना नहीं चाहूँगा।

सबसे पहले तो हमें अनिश्चितता का सम्मान करने की ज़रूरत है। ज़रा उन सारे उतार-चढ़ावों के बारे में सोचें, जो ग्राहम और काह्न ने पिछली सदी में देखे थे। इससे आपको यह अहसास होने लगता है कि अव्यवस्था, उथल-पुथल, उतार-चढ़ाव और आश्चर्य सिस्टम्स के दोष नहीं, बल्कि विशेषताएँ हैं। हम इन बाधाओं की सटीक प्रकृति या समय या ट्रिगर्स की भविष्यवाणी नहीं कर सकते। लेकिन हमें उनकी अपेक्षा और तैयारी करनी चाहिए, ताकि उनके डंक से हमें ज़्यादा पीड़ा नहीं हो। कैसे? अपनी असुरक्षाओं को पहचानकर और चेतन रूप से उन्हें दूर करके (या कम करके)। जैसा नासिम निकोलस तालेब ने *एंटीफ्रेजाइल : थिंग्स दैट गेन फ्रॉम डिसऑर्डर* में लिखते हैं, ''यह पता लगाना कहीं ज़्यादा आसान है कि क्या कोई चीज़ भंगुर है; इससे ज़्यादा मुश्किल उस घटना के होने की भविष्यवाणी करना है, जो इसे नुक़सान पहुँचा सकती है।''

दूसरे, लचीलापन हासिल करने के लिए यह अनिवार्य है कि क़र्ज़ कम या ख़त्म करें, लीवरेज से बचें और अत्यधिक ख़र्चों से सावधान रहें, क्योंकि ये सभी हमें अजनबियों की दयालुता पर निर्भर बनाते हैं। आपको ख़ुद से ये दो महत्त्वपूर्ण प्रश्न पूछने चाहिए : ''मैं कहाँ पर कमज़ोर या भंगुर हूँ? और मैं अपनी कमज़ोरी कैसे कम कर सकता हूँ?'' मान लें, अगर आपका सारा पैसा किसी एक बैंक, एक ब्रोकरेज, एक देश, एक मुद्रा, एक संपत्ति की श्रेणी या एक फ़ंड में लगा है, तो आप भरी हुई बंदूक से खेल रहे हैं। अच्छी क़िस्मत के सहारे आप अल्प समय में किसी भी चीज़ से बच सकते हैं, लेकिन लंबे समय में

अप्रत्याशित घटनाओं की वजह से हमारी असुरक्षा के उजागर होने की आशंका बढ़ जाती है।

तीसरे, हमें अल्पकालीन लाभों पर या बेंचमार्क इंडेक्स को हराने पर ध्यान केंद्रित नहीं करना चाहिए। इसके बजाय हमें सदमों से ख़ुद को बचाने, बरबादी से बचने और खेल में बने रहने पर ज़्यादा ज़ोर देना चाहिए। कुछ हद तक, मुनाफ़ा अपनी परवाह कर लेगा, क्योंकि अर्थव्यवस्था विकास करती है, उत्पादकता बेहतर होती है, जनसंख्या बढ़ती है और चक्रवृद्धि अपना जादू दिखाता है। लेकिन जैसा काह्न ने चेतावनी दी थी, हम घाटे की आशंका को किसी हाल में नज़रअंदाज़ नहीं करना चाहिए।

चौथे, अति आत्मविश्वास और आत्मसंतुष्टि से सतर्क रहें। अरस्तू ने कहा था, ''दौलत के फलस्वरूप उत्पन्न चरित्र अमीर मूर्ख का होता है।'' व्यक्तिगत रूप से अगर कोई चीज़ है, जिस पर मुझे यक़ीन है, तो वह यह है कि मैं अतार्किक हूँ, अज्ञानी हूँ और ख़ुद को धोखा देता हूँ। मैं अपने व्यवहार में वे तमाम ग़लतियाँ करता हूँ, जिन्हें दूसरों में देखकर मैं हँसी उड़ाता हूँ। इन ग़लतियों में यह विश्वास करने की ख़तरनाक आदत भी शामिल है कि भविष्य भी अतीत जैसा ही होगा।

पाँचवें, जानकार यथार्थवादियों के रूप में हमें अपने जोखिम के स्तर के बारे में तीक्ष्णता से जागरूक होना चाहिए और हमेशा मार्जिन ऑफ़ सेफ़्टी रखकर काम करना चाहिए। लेकिन एक महत्त्वपूर्ण खंडन है। हमें जोखिम की जागरूकता की वजह से भयभीत, निराशावादी या मनोरोगी नहीं बनना चाहिए। नीत्शे ने चेतावनी दी थी, ''बहुत ज़्यादा समय तक खाई को घूरेंगे, तो आप खाई बन जाएँगे।'' जैसा मैकलेनन ने महामारी के दौरान दर्शाया था, जब बाक़ी निवेशक पस्त हो जाते हैं, जो लचीले नहीं हैं, तब लचीला निवेशक सामने आता है। अवसरों को जकड़ने के लिए तब वह भविष्य में आस्था, शक्ति और आत्मविश्वास दिखाता है। सुरक्षा अचानक आक्रमण में बदल जाती है। बाधा मुनाफ़े को जन्म देती है।

5

सादगी चरम विशेषज्ञता है

शानदार मुनाफ़े के सबसे सरल मार्ग की लंबी और घुमावदार खोज

> हमारा जीवन विवरण की वजह से नष्ट होता है... सरल करो, सरल करो।
>
> –हेनरी डेविड थोरो

> इस उल्लेखनीय युग का महान विरोधाभास यह है कि हमारे चारों तरफ़ की दुनिया जितनी ज़्यादा जटिल होती जाती है, हमें अपने वित्तीय लक्ष्य हासिल करने के लिए उतनी ही ज़्यादा सादगी खोजने की ज़रूरत होती है... सरलता ही वास्तव में वित्तीय सफलता की चाबी है।
>
> –जैक बोगल

उमस दमघोंटू है। गर्मी का सामान्य दिन है। इस तरह के दिनों में न्यू यॉर्क में रहने वाला हर बंदा सपना देखता है कि वह शहर की अट्टालिकाओं के बीच फँसी गर्मी से किसी तरह बाहर निकल जाए। शेयर बाज़ार में अपने औपचारिक बिज़नेस सूट में बटन लगाए महत्त्वाकांक्षी कुलीन लोग लंबी साँसें ले रहे होंगे।

सौ मील दूर जोएल ग्रीनब्लाट शहर से दूर जा चुके हैं और आज वे हैंप्टन्स के अपने बीच हाउस में काम कर रहे हैं। हम उनके शानदार ढंग से सुसज्जित पैशियो की छाया में बैठे हैं, ठंडी हवा का आनंद ले रहे हैं और अटलांटिक महासागर का मनमोहक नज़ारा देख रहे हैं। मकान में एक स्विमिंग पूल है, बास्केटबॉल हूप है और सॉकर गोलपोस्ट के अलावा एक लॉन भी है। हमारे पीछे की दीवार से दो सर्फ़बोर्ड टिके हैं। धूप समुद्र की सतह पर चमक रही है।

सनटैन्ड और तनावमुक्त ग्रीनब्लाट जीन्स पहने हैं। उन्होंने मोज़ों के बिना काले चमड़े के लोफ़र्स पहन रखे हैं। आस्तीनें चढ़ी हुई हैं। उत्साही टेनिस खिलाड़ी ग्रीनब्लाट अपने साठवें जन्मदिन की दहलीज़ पर छरहरे और फ़िट दिखते हैं। ज़्यादातर दिग्गज निवेश सामाजिक योग्यताओं में माहिर नहीं होते। लेकिन दिग्गजों में दिग्गज ग्रीनब्लाट इसमें माहिर हैं। उनके चेहरे पर एक मनमोहक अंदाज़ और गर्मजोशी भरी मुस्कान दिखाई देती है। सबसे बढ़कर, उनमें एक शांत आत्मविश्वास और शांतचित्तता दिखाई देती है – यह अहसास कि वे अनुमोदन की सामान्य लालसा से ऊपर उठ चुके हैं। वे जो हैं, उसके साथ आरामदेह हैं। उन्होंने जो हासिल किया है, उसे जानते हुए वे सुरक्षित महसूस करते हैं।

उनकी उपलब्धियों को देखते हुए शायद यह आश्चर्यजनक नहीं है। निवेश के क्षेत्र में ग्रीनब्लाट के मुनाफ़े किंवदंती जैसे हैं। 1985 में सिर्फ़ 27 वर्ष की उम्र में उन्होंने गॉटहैम कैपिटल की स्थापना की और लगभग 7 मिलियन डॉलर वाला एक हेज फ़ंड शुरू किया। 1989 में उनके साथ रॉबर्ट गोल्डस्टाइन भी जुड़ गए, जो तीन दशक बाद भी उनके पार्टनर हैं। अपने पहले दस वर्षों में फ़ंड ने हर साल 50 प्रतिशत का मुनाफ़ा दिया (ख़र्च निकालकर, लेकिन फ़ीस से पहले)। बीस साल बाद हर साल औसतन 40 प्रतिशत का मुनाफ़ा हुआ। इस दर से 1 मिलियन डॉलर 836 मिलियन डॉलर बन जाते हैं – शानदार काम।

पाँच साल बाद गॉटहैम ने अपने निवेशकों का आधा पैसा लौटा दिया। दस साल के बाद इसने निवेशकों के बचे हुए सारे पैसे भी लौटा दिए, ताकि ग्रीनब्लाट और गोल्डस्टाइन अपनी ख़ुद की संपत्ति के प्रबंधन पर ध्यान केंद्रित कर सकें। ज़्यादातर फ़ंड मैनेजर अपने शेयरहोल्डरों की मनमर्ज़ी की वजह से असुरक्षित महसूस करते हैं। लेकिन ग्रीनब्लाट और गोल्डस्टाइन के पास यह चरम विलासिता थी कि वे किसी के प्रति जवाबदेह नहीं थे।

अब वे उनकी उत्सुकता का पीछा करने के लिए स्वतंत्र थे, चाहे यह उन्हें जहाँ ले जाए। ग्रीनब्लाट एक अप्रत्याशित मार्ग पर चल पड़े। कई सर्वश्रेष्ठ निवेशकों की रुचियाँ संकीर्ण होती हैं, क्योंकि उत्कृष्टता के लिए एकाग्रता की ज़रूरत होती है। लेकिन ग्रीनब्लाट ने एक समृद्ध और विविध जीवन जिया है। सबसे पहले तो वे एक उत्साही पारिवारिक व्यक्ति हैं, जिनकी एक पत्नी, पाँच बच्चे और दो कुत्ते हैं। वे बेहद प्रतिभाशाली लेखक भी हैं। निवेश पर उनकी तीन पुस्तकें प्रकाशित हो चुकी हैं, जो उनकी खुरदुरी सलाह, बेअदब फ़ब्तियों (*टिप्पणी :* ''तीन क़िस्म के लोग होते हैं – वे जो गिन सकते हैं और वे जो ऐसा नहीं कर सकते''), भरपूर वर्ड-प्ले *(इप्सो फैक्टो* को *इप्सो फैट्सो* लिखा गया है*)* और नक़ली कुत्ते की उलटी तथा ग्रेहाउंड रेसट्रैक पर कम उम्र के दाँवों जैसे किशोरावस्था की मज़ेदार कहानियों से भरी हैं।

उनकी पहली पुस्तक *यू कैन बी अ स्टॉक मार्केट जीनियस (ईवन इफ़ यू आर नॉट टू स्मार्ट!)* जनसाधारण के लिए लिखी गई थी, लेकिन यह मुनाफ़ा कमाने के लिए आतुर हेज फ़ंड मैनेजरों की बाइबल बन गई। उन्होंने दूसरी पुस्तक *द लिटिल बुक दैट बीट्स द मार्केट* इसलिए लिखी थी, क्योंकि वे अपने बच्चों को सरलता से निवेश के गुर समझाना चाहते थे। आश्चर्य की बात यह है कि उनके बच्चों के लिए लिखी गई इस पुस्तक की तीन लाख से अधिक प्रतियाँ बिक चुकी हैं और इसे माइकल प्राइस ने ''पिछले पचास वर्षों में निवेश की सबसे महत्त्वपूर्ण पुस्तकों में से एक'' घोषित किया है। उनकी तीसरी पुस्तक *द बिग सीक्रेट फ़ॉर द स्मॉल इनवेस्टर* ज़्यादा लोकप्रिय नहीं हुई। ग्रीनब्लाट मज़ाक़ में कहते हैं कि ''यह अब भी रहस्य है,'' क्योंकि इसे ''किसी ने भी नहीं पढ़ा है।''

1996 से उन्होंने कोलंबिया बिज़नेस स्कूल में ''वैल्यू एंड स्पेशल सिचुएशन इनवेस्टमेंट'' कोर्स पढ़ाना शुरू किया। अब तक वे लगभग आठ सौ एमबीए विद्यार्थियों के अभिजात्य समूह को निर्देशित कर चुके हैं और उन्हें वह बौद्धिक ढाँचा सिखा चुके हैं, जिसकी वजह से वे बाज़ार को हराने में सक्षम हुए। ग्रीनब्लाट उन्हें यह जानकारी देकर कोर्स शुरू करते हैं कि जो योग्यताएँ वे सिखाने वाले हैं, वे उन्हें बेहद अमीर बना सकती हैं, लेकिन वे यह चेतावनी भी देते हैं कि इस प्रयास का सामाजिक मूल्य उतना ही है, जितना कि घोड़ों को अपंग बनाने का हुनर। इस खंडन को ध्यान में रखते हुए वे उनसे कहते हैं कि वे ''देने का कोई तरीक़ा खोजें।''

लिखने और पढ़ाने से ग्रीनब्लाट को देने के दो पुरस्कारदायक तरीक़े मिले हैं। निवेश का क्षेत्र स्वार्थपूर्ण और दिग्भ्रमित सलाह से भरा हुआ है, जो आपकी वित्तीय सेहत के लिए ख़तरनाक हो सकती है। इस क्षेत्र में उन्होंने बेन ग्राहम, वॉरेन बफ़ेट और हॉवर्ड मार्क्स की भव्य परंपरा का अनुसरण करते हुए निवेश बुद्धिमत्ता बाँटी है, जो स्पष्ट रूप से कारगर रही है। इस दौरान परोपकारी ग्रीनब्लाट ने पैंतालीस मुफ़्त, पब्लिक चार्टर स्कूलों का नेटवर्क बनाने में महत्त्वपूर्ण भूमिका निभाई है, जो पूरे न्यू यॉर्क शहर में अठारह हज़ार विद्यार्थियों को शिक्षा देते हैं। ज़्यादातर बच्चे ब्रॉन्क्स और हारलेम जैसे क्षेत्रों के कम आमदनी वाले अल्पसंख्यक घरों से आते हैं।

हाल के वर्षों में ग्रीनब्लाट बाहरी धन के प्रबंधन की ओर भी लौटे हैं। उन्होंने और गोल्डस्टाइन ने लॉन्ग/शॉर्ट मीच्युअल फ़ंड्स का एक समूह बनाया है, जो उस रणनीति से रोचक और अनपेक्षित कूच है, जिसने उन्हें सितारा बनाया है। ग्रीनब्लाट में प्रबल उद्यमी रुझान भी है, जिस वजह से उन्हें नए उपक्रम शुरू करना बेहद पसंद है। लेकिन उनकी निहित महत्त्वाकांक्षा वित्तीय साम्राज्य बनाकर अपनी दौलत को अधिकतम करना नहीं है। ''पैसे बनाने के ख़िलाफ़ मेरे पास कोई तर्क नहीं है,'' वे कहते हैं। ''लेकिन दरअसल पैसा सचमुच वह चीज़ नहीं है, जो मुझे प्रेरित करती है। मेरे पास पर्याप्त है।''

इसके बजाय वे जीतने के अनोखे तरीक़े ईजाद करने में खिलाड़ियों जैसे आनंद से बुनियादी तौर पर प्रेरित होते हैं। ''मैं चीज़ों को समझने की चुनौती के आनंद से सबसे ज़्यादा आकर्षित होता हूँ,'' वे कहते हैं। ''और चूँकि संसार का हर दूसरा व्यक्ति भी इसे समझने की कोशिश कर रहा है, इसलिए पहेली को सुलझाना अच्छा महसूस होता है।'' दरअसल मैं ग्रीनब्लाट को एक क़िस्म का कोड ब्रेकर मानता हूँ, जो सिस्टम को हराने की बौद्धिक चुनौती के प्रति अनवरत रूप से आकर्षित होते हैं।

ग्रीनब्लाट ने तीन दशक से ज़्यादा समय तक बाज़ार को समझने और प्रतिस्पर्धियों से श्रेष्ठ रहने की कोशिश की थी और मैं यह समझना चाहता था कि उन्होंने इस दौरान क्या खोजा। जैसा मुझे बाद में पता चला, उनकी रणनीतियों के पीछे के सिद्धांत आश्चर्यजनक रूप से सरल थे। वास्तव में निवेशकों के लिए ग्रीनब्लाट को जो चीज़ प्रबुद्ध मार्गदर्शक बनाती है, वह इस जटिल खेल का आसान सारांश पेश करने की उनकी प्रतिभा है। मिसाल के तौर पर, मिडटाउन मैनहैटन के उनके ऑफ़िस में एक बातचीत के दौरान वे मुझे बताते हैं कि सफल शेयर चुनने का पूरा रहस्य एक ही वाक्य में समाहित है : ''पता लगाएँ कि किसी चीज़ का मूल्य कितना है और फिर उससे बहुत कम पैसे दें।''

यह सचमुच सीधी बात है! हम देखते हैं।

लेकिन सबसे पहले थोड़ा घूमकर चलते हैं, ताकि यह स्पष्ट हो सके कि कुछ बुनियादी सिद्धांतों को पहचानना इतना महत्त्वपूर्ण क्यों है, जो लगभग सच हैं। फिर ग्रीनब्लाट और कुछ दूसरे वित्तीय दिग्गजों की मदद से हम मुट्ठी भर विशिष्ट निवेश सिद्धांतों में हर चीज़ को समेटेंगे, जिससे हमें आने वाले दशकों में पटरी पर रहने में मदद मिल सकती है। लक्ष्य? हमारे इस अति जटिल संसार में हम श्रेष्ठ मुनाफ़े के एक सरल, तार्किक और विश्वसनीय मार्ग की तलाश कर रहे हैं।

सरलता जटिलता के दूसरी तरफ़ होती है

1970 के दशक में लंदन में बड़े होते समय मैं कुल तीन टेलीविज़न चैनलों में से कोई एक चुन सकता था। मुझे अब भी 1982 की वह जादुई शाम याद है, जब लंदन में चैनल 4 का चमत्कारी आगमन हुआ, जिसने टेलीविज़ुअल के चमत्कारों का असीमित उत्सव देने का वादा किया। आज इक्कीसवीं सदी के न्यू यॉर्क में मेरे पास सौ से भी ज़्यादा चैनल हैं। लेकिन मैं अपना टीवी शायद ही कभी चालू करता हूँ, सिवाय हर चार साल में इंग्लैंड की सॉकर टीम को वर्ल्ड कप से बाहर किए जाने की विश्वसनीय निराशा को छोड़कर।

हम अक्सर यह मान लेते हैं कि अतिरिक्त चयनों की बदौलत हम ज़्यादा ख़ुश होंगे। कुछ हद तक यह सच भी हो सकता है। लेकिन मैं शायद अकेला नहीं हूँ, जो इस अतिरिक्त जटिलता को बोझ मानता हूँ। मनोवैज्ञानिक बैरी श्वाट्ज़र्ज़ *द पैराडॉक्स ऑफ़ चॉइस : व्हाई मोर इज़ लेस* में तर्क देते हैं कि कई ख़रीदार पहले विश्व की इस समस्या से पंगु बन जाते हैं कि सुपरमार्केट की शेल्फ़ों पर 24 प्रकार के गूरमे जैम रखे हुए हैं।

जब बात निवेश की आती है, तो विकल्पों की बहुलता से आपका सिर चकरा सकता है। आपको क्या ख़रीदना चाहिए? व्यक्तिगत शेयर, ईटीएफ़, हेज फ़ंड या मीच्युअल फ़ंड? सक्रियता से मैनेज होने वाले फ़ंड या इंडेक्स फ़ंड? क्या आपको एक निवेश शैली पर चलना चाहिए या फिर ऐसी श्रेणियों का मिश्रण करना चाहिए, जैसे ग्रोथ, वैल्यू, तार्किक भाव पर विकास, डीप वैल्यू, मूमेंटम, मैक्रो या बाज़ार से उदासीन? और आपको घरेलू और विदेशी शेयरों, बॉन्ड्स, नक़दी और प्राइवेट इक्विटी, वेंचर कैपिटल, आरईआईटी, सोने और पोर्क-बेली फ़्यूचर्स जैसे ''विकल्पों'' के बीच अपने पैसे को किस प्रकार विभाजित करना चाहिए?

व्यावहारिक शब्दावली में जटिलता को कम करने की योग्यता बेहद मूल्यवान है। एक पल के लिए ओल्ड टेस्टामेंट के बारे में सोचें, जिसमें 613 कमांडमेंट थीं। इतने सारे नियमों को कौन याद रख सकता है, उनका पालन करने की बात तो रहने ही दें? शायद इसीलिए हमें शीर्ष दस कमांडमेंट्स की सूची की ज़रूरत थी। लेकिन जब मैंने अभी-अभी दस कमांडमेंट्स को याददाश्त के सहारे लिखने की कोशिश की, तो मैं केवल छह को ही सही लिख पाया - और वह भी थोड़ी बेईमानी से ग्रेडिंग करने के बाद।

फिर भी मैं यह बात जानता हूँ : लगभग दो हज़ार साल पहले हिलेल नामक एक संत से कहा गया कि वे पूरी ओल्ड टेस्टामेंट को एक पैर पर खड़े होकर सिखाएँ। उन्होंने जवाब दिया, ''जो आपको बुरा लगता है, वह अपने पड़ोसी के साथ मत करो। बाक़ी सब कमेंट्री है।'' ओल्ड टेस्टामेंट को यह सबसे बड़ा नियम बताने के लिए केवल एक वाक्य की ज़रूरत थी, ''और तुम अपने पड़ोसी से अपनी तरह प्रेम करोगे।''

इसी तरह जब ईसा मसीह से सबसे महत्त्वपूर्ण कमांडमेंट के बारे में पूछा गया, तो उन्होंने गहरी सरलता का विकल्प चुनते हुए घोषणा की, ''तुम अपने मालिक ईश्वर से अपने पूरे हृदय से और अपनी पूरी आत्मा से और अपनी पूरी शक्ति से प्रेम करोगे और अपने पूरे मस्तिष्क से प्रेम करोगे; और अपने पड़ोसी से अपनी तरह प्रेम करोगे।''

मैं बुद्ध के इस संक्षिप्त आह्वान को बहुत पसंद करता हूँ : ''जो अनैतिक है, उससे दूर रहो। अच्छा करो। मन को शुद्ध करो।'' जीवन के मार्गदर्शक सिद्धांत

के रूप में हमें इन शब्दों से ज़्यादा की क्या ज़रूरत है? हिलेल और ईसा मसीह की तरह ही बुद्ध ने भी इस बात को पहचान लिया था कि हम इंसान जटिलता की दुविधा से बहुत ज़्यादा परेशान हैं – और सरल, यादगार न्यूनतम निर्देश हमें प्रभावी ढंग से निर्वाण की दिशा में ले जा सकते हैं।

सरलता विज्ञान और व्यवसाय जैसे ज़्यादा सांसारिक क्षेत्रों में भी इतनी ही महत्त्वपूर्ण रणनीति है। मिसाल के तौर पर, वैज्ञानिक प्राय: ओकेम के रेज़र सिद्धांत की बात करते हैं, जिसका श्रेय चौदहवीं सदी के अँग्रेज़ फ्रायर और दार्शनिक विलियम ऑफ़ ओकैम को दिया जाता है। उनका सिद्धांत है कि ''सभी चीज़ें समान रहने पर सबसे सरल समाधान सबसे अच्छा होता है।''

रेज़र की ओकेम की तसवीर यह अति महत्त्वपूर्ण धारणा बतलाती है कि अगर हम सारे अनावश्यक विवरण हटा दें, तो सही जवाब पाने की कहीं ज़्यादा संभावना रहती है। अल्बर्ट आइंस्टीन इस बात से सहमत थे और उन्होंने कहा था, ''गणितीय अभिव्यक्तियों को छोड़कर सारे भौतिक सिद्धांत इतनी सरलता से बतलाए जाने चाहिए कि कोई बच्चा भी उन्हें समझ सके।'' न्यूक्लियर फ़िज़िक्स के जनक लॉर्ड अर्न्स्ट रदरफ़ोर्ड इसी निष्कर्ष पर पहुँचे थे और उन्होंने यह मशहूर टिप्पणी की थी, ''अगर भौतिकशास्त्र की कोई बात किसी बारमेड को नहीं समझाई जा सके, तो वह भौतिकशास्त्र की अच्छी बात नहीं है।''

सादगी कई सबसे सफल व्यवसायों में भी महत्त्वपूर्ण भूमिका निभाती है। गूगल के होम पेज को ही देख लें, जिसमें मूलत: एक लोगो और एक गोली जैसी जगह होती है, जिसमें आप अपना सर्च वर्ड टाइप कर सकते हैं। या स्टीव जॉब्स के रेशमी, सुव्यवस्थित लालित्य पर विचार करें – जो ज़ेन बुद्धिज़्म के न्यूनतमवादी सौंदर्यशास्त्र से प्रेरित था – जिसके साथ एपल के प्रॉडक्ट्स बनाए गए। जैसा जॉब्स अक्सर कहते थे, सरलता के प्रति उनकी निष्ठा डिज़ाइन से बहुत आगे तक जाती थी : ''हमारा कंपनी–संचालन, प्रॉडक्ट डिज़ाइन, विज्ञापन इस सबका सूत्र यह है : 'आओ इसे सरल बनाते हैं। वाक़ई सरल।''' 1977 में कंपनी के पहले मार्केटिंग ब्रोशर में एक चमकदार लाल सेव का फ़ोटो था, जिसके ऊपर यह टैगलाइन थी ''सरलता चरम विशेशज्ञता है।''

वित्तीय सेवा उद्योग में सरलता की प्रवृत्ति नहीं होती है – इसीलिए दिमाग़ को चकराने वाले ''नवाचारों'' का उदय हुआ है, जैसे कोलेटरेलाइज़्ड डेट ऑबलिगेशन्स, स्ट्रक्चर्ड निवेश साधन और क्रेडिट डिफ़ॉल्ट स्वैप्स, जिन्होंने 2008 में वैश्विक अर्थव्यवस्था को तबाही के क़रीब पहुँचा दिया। 1975 में वैनगार्ड ग्रुप की स्थापना करने वाले स्वर्गीय जैक बोगल ने अपनी पुस्तक *एनफ़* में कहा था, ''वित्तीय संस्थाएँ ओकेम के रेज़र के विपरीत चलती हैं। उनमें सरल और सस्ते के

बजाय जटिल व महँगे को पसंद करने का बड़ा पुरस्कार मिलता है, हालाँकि यह उसके विपरीत है, जिसकी ज़्यादातर निवेशकों को ज़रूरत है और जो उन्हें चाहिए।''

जब मैंने 2001 में बोगल का इंटरव्यू लिया, तो उन्होंने संकेत दिया कि उनके इस सिद्धांत से ज़्यादा सरल कुछ नहीं हो सकता कि कम लागत वाले इंडेक्स फ़ंड सामान्यत: सक्रियता से प्रबंधित फ़ंड को हरा देंगे, क्योंकि बाद वाले फ़ंड्स पर कामकाजी ख़र्च और सौदे की लागत का बोझ होगा। ''जब कोई वित्तीय मध्यस्थ होता है – जुए की टेबल का मालिक – तो बाज़ार के मुनाफ़े का बहुत बड़ा हिस्सा तो वही ले जाता है,'' उन्होंने मुझे बताया। ''इसलिए इंडेक्स फ़ंड की जीत *तय* है। यह जटिल नहीं है।'' इंडेक्स फ़ंड के गणितीय लाभों की यह बुनियादी अंतर्दृष्टि इतनी शक्तिशाली साबित हुई कि वैनगार्ड की संपत्तियाँ आज 6.2 ट्रिलियन डॉलर हो चुकी हैं।

सरलता के सबसे विचारशील प्रवर्तकों में से एक जॉश वेट्ज़किन हैं, जो शतरंज, मार्शल आर्ट्स और निवेश जैसे विविध क्षेत्रों में शिखर प्रदर्शन के विशेषज्ञ हैं। बाल प्रतिभा के रूप में वे राष्ट्रीय शतरंज चैंपियन थे और *सर्चिंग फ़ॉर बॉबी फिशर* फ़िल्म के विषय भी थे। वयस्क के रूप में वे ताई ची चुआन पुश हैंड्स में विश्व चैंपियन बने, हेज फ़ंड मैनेजरों के कोच बने और एक मनमोहक पुस्तक के लेखक भी, जिसका शीर्षक है *द आर्ट ऑफ़ लर्निंग : एन इनर जरनी टु ऑप्टिमल परफ़ॉरमेंस।*

विश्व स्तरीय प्रदर्शनकर्ता के अपने ख़ुद के अनुभव के आधार पर वेट्ज़किन जटिल चुनौतियों को सरल हिस्सों में तोड़ने के महत्त्व पर ज़ोर देते हैं। शतरंज सिखाते समय वे बाक़ी सारे मोहरे हटा देते हैं, सिर्फ़ तीन मोहरों को छोड़कर (दो राजा और एक प्यादा), ताकि घटी हुई जटिलता की पृष्ठभूमि में खेल के अनिवार्य सिद्धांतों को समझा जा सके। इसी तरह उन्होंने ताइची में इस तरह महारत हासिल की : वे ''सबसे सरल गतिविधियों को क्रमश: परिशोधित करते गए – मिसाल के तौर पर, अपने हाथ हवा में छह इंच धकाना।'' ''सरल गतिविधियों'' का जुनूनी अभ्यास करके उन्होंने धीरे-धीरे पूरी मार्शल आर्ट के अंतर्निहित सिद्धांतों को आत्मसात कर लिया, जैसे ''मन, साँस और शरीर का समन्वय।'' वे इस निष्कर्ष पर पहुँचते हैं, ''शायद ही कभी कोई रहस्यमयी तकनीक हमें शिखर तक पहुँचाती है। यह काम तो बुनियादी योग्यताओं में गहन महारत से होता है।''

यह एक अत्यंत महत्त्वपूर्ण विचार है, जो सबसे चतुर निवेशकों को भी लाभ पहुँचा सकता है। आख़िरकार जटिलता चतुर लोगों के लिए ख़ास तौर पर लुभावना जाल हो सकता है। स्कूल में उन्हें जटिल समस्याएँ सुलझाने के लिए पुरस्कृत किया जाता था, इसलिए निवेश के क्षेत्र में अगर वे जटिल समस्याओं की ओर आकर्षित

होते हैं, तो इसमें हैरानी की कोई बात नहीं है। लेकिन मार्शल आर्ट्स की तरह ही वित्तीय बाज़ारों में भी विजय जटिल तकनीकों के चमत्कारी प्रदर्शनों पर निर्भर नहीं होती। यह तो खेल के सिद्धांतों की दृढ़ पकड़ और बुनियादी योग्यताओं की गहरी महारत पर निर्भर करती है। जैसा बफ़ेट ने कहा है, ''बिज़नेस स्कूल सरल व्यवहार के बजाय मुश्किल व जटिल व्यवहार को पुरस्कार देते हैं। लेकिन सरल व्यवहार ज़्यादा प्रभावी होता है।''

बफ़ेट ख़ुद सरलीकरण के पितामह हैं। 1977 में शेयरहोल्डरों को लिखते समय उन्होंने शेयर चुनने के अपने चार मापदंड बताए थे : ''हम चाहते हैं कि व्यवसाय ऐसा हो, (1) जिसे हम समझ सकें, (2) जिसकी अनुकूल दीर्घकालीन संभावनाएँ हों, (3) जिसे ईमानदार और सक्षम लोग चला रहे हों, और (4) यह बहुत आकर्षक भाव पर उपलब्ध हो।'' ये धरती चीरने या आसमान फाड़ने वाले रहस्य नहीं हैं। लेकिन कौन सी चीज़ें किसी कंपनी के शेयर को वांछनीय बनाती हैं, इस बारे में सर्वव्यापी सत्यों के इस सार को हराना मुश्किल है। चालीस साल से ज़्यादा समय गुज़र चुका है, लेकिन बफ़ेट के चार फ़िल्टर आज भी उतने ही प्रासंगिक और उपयोगी बने हुए हैं।

मैं बार-बार सर्वश्रेष्ठ निवेशकों की इस योग्यता से अभिभूत हुआ हूँ कि वे कई बरसों की सीख को सारांश में कुछ मुख्य सिद्धांतों में बता देते हैं। यह चीज़ों को कमतर बताने या यह नाटक करने का मामला नहीं है कि जटिलताएँ और विरोधाभास होते ही नहीं हैं। यह तो एक अंतहीन रूप से समृद्ध और सूक्ष्म भेद वाले विषय के विवरणों को संश्लेषित करने और फिर इसे एक ऐसे सार में समाहित करने के बारे में है, जिसमें से और कुछ घटाया नहीं जा सकता। इससे मुझे एक टिप्पणी याद आती है, जो संभवत: सुप्रीम कोर्ट जस्टिस ओलिवर वेंडेल होम्स की है : ''जटिलता के इस सिरे पर जो सरलता होती है, उसकी मैं परवाह नहीं करता, लेकिन जो सरलता जटिलता के दूसरे छोर पर होती है, उसके लिए मैं अपना जीवन देने को तैयार हूँ।''

निवेश को कुछ बुनियादी सिद्धांतों तक घटाना इतना मूल्यवान क्यों है? पहली बात, यह हमें अपने सच्चे विश्वासों के बारे में सोचने के लिए विवश करता है। ये विश्वास ख़ास तौर पर तूफ़ानी दौर में उपयोगी होते हैं, जब हम पर अनिश्चितता, शंका और डर की बमबारी हो रही होती है। ज़रा सोचें, 2020 के शुरुआती महीनों में हम कितने दिशाहीन महसूस कर रहे थे, जब कोविड-19 ने सिर्फ़ अमेरिका में ही एक लाख लोगों की जान ले ली थी, करोड़ों को बेरोज़गार कर दिया था और कुछ ही हफ़्तों में बाज़ार को एक तिहाई कम कर दिया था।

लेकिन सर्वश्रेष्ठ समय में भी दिशा से भटकना इतना ही आसान होता है। ख़बरों में चिंता उत्पन्न करने वाला बहुत ज़्यादा शोर-शराबा रहता है; बहुत बुरे

निवेश प्रॉडक्ट्स और संदिग्ध विशेषज्ञता वाले विक्रेताओं के ढेर सारे लुभावने संदेश होते हैं; जो भी फ़ैशनेबल रणनीति या हॉट सेक्टर हर एक को बेहद अमीर बनाता नज़र आता है, उसकी ओर जाने के बहुत सारे प्रलोभन होते हैं।

सर्वश्रेष्ठ निवेशकों में इतना अनुशासन होना ही चाहिए कि वे इन चीज़ों की वजह से रास्ता नहीं भटकें। जैसा ग्रीनब्लाट कहते हैं, ''मेरा चीज़ों को देखने का एक सरल तरीक़ा है, जो मुझे समझ आता है और मैं हर परिस्थिति में इसी से चिपका रहूँगा। बात ख़त्म।''

विल डेनॉफ़ का गोपनीय नुस्ख़ा

एक सरल, गहरे निवेश सिद्धांत के अच्छे गुण मुझे तब ज़्यादा शक्ति से महसूस हुए, जब मैंने फ़ाइडैलिटी इनवेस्टमेंट्स के बोस्टन मुख्यालय में विल डैनॉफ़ का इंटरव्यू लिया। डैनॉफ़ के बारे में कुछ भी चिकना-चुपड़ा या दिखावटी नहीं है। वे सहृदय वर्केहोलिक हैं, जो मुस्कराते समय दाँत दिखाते हैं और उनमें शुष्क हास्यबोध है। वे मास्टर ऑफ़ द युनिवर्स दिखने के बजाय नींद की कमी से ग्रस्त, अस्त-व्यस्त मध्यम मैनेजर जैसे ज़्यादा दिखते हैं। फिर भी 1990 में फ़ाइडैलिटी कॉन्ट्रा फ़ंड का प्रभार लेने के बाद इसे उन्होंने एक भीमकाय फ़ंड में बदल दिया है, जिसमें 118 अरब डॉलर की संपत्तियाँ हैं। यह अमेरिका का सबसे बड़ा सक्रिय रूप से प्रबंधित फ़ंड है, जिसे एक अकेला व्यक्ति चला रहा है। कुल मिलाकर वे 200 अरब डॉलर से ज़्यादा का प्रबंधन करते हैं।

हेज फ़ंड मैनेजर के लिए बाज़ार को हराना बेहद मुश्किल होता है। लेकिन जब हम 2017 में मिले, तो डैनॉफ़ की उल्लेखनीय पहचान यह थी कि उन्होंने एसऐंडपी 500 को एक, तीन, पाँच, दस और सत्ताइस साल तक हराया था। मैं उनके गोपनीय नुस्ख़े के सूक्ष्म तत्वों का पता लगाने के लिए उत्सुक था। लेकिन उन्होंने अपना पूरा निवेश दर्शन का सार चंद शब्दों में रख दिया : ''शेयर के भाव आमदनी के पीछे-पीछे चलते हैं।''

इस सिद्धांत को दिमाग़ में रखते हुए वे अथक प्रेरणा से ''सर्वश्रेष्ठ व्यवसायों'' की खोज करते हैं, जो ''विकास करके पाँच साल में ज़्यादा बड़े बन सकें।'' क्यों? क्योंकि अगर कोई कंपनी अगले पाँच सालों में अपने ईपीएस को दोगुना कर लेती है, तो उनके हिसाब से इसके भाव के भी दोगुने होने की संभावना है (कमोबेश)। इस सामान्यीकरण को ख़ारिज करना आसान है, क्योंकि यह संदिग्ध रूप से सरल लगता है। लेकिन याद रखें : निवेश ओलिंपिक गोताखोरी नहीं है, जहाँ जज मुश्किलों के लिए अतिरिक्त अंक देते हैं।

डैनॉफ़ आमदनी के विकास की भविष्यवाणी पर अपना ध्यान केंद्रित करते हैं और इस मानसिकता के बारे में ''क्षमावादी'' नहीं हैं। इस पुस्तक के ज़्यादातर निवेशकों के विपरीत, वे तो वैल्युएशन स्तरों की भी ज़्यादा चिंता मैच जीतना चाहते हैं और बेहतरीन कंपनियों के शेयर ख़रीदना चाहते हैं? कई बार बेहतरीन कंपनी के शेयर ख़रीदने के लिए आपको उचित भाव चुकाना होता है।

यह मानसिकता उन्हें अच्छे प्रबंधन वाली दिग्गज कंपनियों में विशाल, दीर्घकालीन पोज़ीशन्स की ओर ले गई, जैसे बर्कशायर हैथअवे (1996 से काफ़ी बड़ी होल्डिंग), माइक्रोसॉफ़्ट, अल्फ़ाबेट (वे गूगल के 2004 के आईपीओ में सबसे बड़े निवेशकों में से एक थे और आज तक हैं), एमेज़ॉन (उनकी सबसे बड़ी पोज़ीशन) और फ़ेसबुक (वे इसके आईपीओ में सबसे बड़े ख़रीदारों में से थे)। ''यह काफ़ी बुनियादी मामला है,'' वे कहते हैं। ''निवेश के मामले में मेरा नज़रिया यह है, क्यों ना सर्वश्रेष्ठ कंपनियों में निवेश करें?''

अपने सोचने के तरीक़े को स्पष्ट करने के लिए डैनॉफ़ मुझे कॉफ़ी के दाग़ वाले जर्जर नोट्स दिखाते हैं। इनमें पिछले तीन दशकों में हज़ारों कंपनियों के साथ उनकी मीटिंग्स का आंशिक रिकॉर्ड है। वे अपना एक प्रिय स्मृति-चिह्न बाहर निकालते हैं : स्टारबक्स को वैश्विक ब्रांड में बदलने वाले स्वप्नदर्शी हॉवर्ड शुल्ट्ज़ के साथ हुई मीटिंग में उनके द्वारा दो पेज की हाथ से लिखी सामग्री। वे जून 1992 में मिले थे - कंपनी के 250 मिलियन डॉलर के बाज़ार मूल्य के साथ सार्वजनिक होने से ठीक एक सप्ताह पहले। इन दिनों स्टारबक्स का मूल्य 120 अरब डॉलर आँका जा रहा है।

उस मीटिंग के अपने नोट्स देखकर डैनॉफ़ कहते हैं, ''आपको जो कुछ भी जानने की ज़रूरत थी, वह हर चीज़ वहाँ पर थी। यह एक विशाल अवसर था।'' मिसाल के तौर पर, शुल्ट्ज़ ने संकेत किया था कि अकेले इटली में ही कम से कम 2,00,000 कॉफ़ी बार थे। इसकी तुलना में स्टारबक्स के पास केवल 139 थे। लेकिन सिएटल स्थित यह कंपनी आक्रामक रूप से दूसरे शहरों में विस्तार कर रही थी और लगभग 2,50,000 डॉलर (प्रति कैफ़े) की किफ़ायती लागत में नए कैफ़े खोल रही थी। अपने तीसरे वर्ष में कैफ़े मुनाफ़े में 1,50,000 डॉलर उत्पन्न कर सकता था - शुरुआती निवेश पर 60 प्रतिशत मुनाफ़ा। डैनॉफ़ कहते हैं, ''कुंजी यह थी कि हर स्टोर पर मुनाफ़ा बहुत ज़्यादा था'' और यह कंपनी ''बाहरी फ़ंडिंग की ज़रूरत के बिना तेज़ गति से विकास कर सकती थी।''

डैनॉफ़ कहते हैं कि पहली मुलाक़ात में उन्होंने शुल्ट्ज़ की क़द्र नहीं की थी। लेकिन स्टारबक्स अंततः कॉन्ट्राफ़ंड की सबसे बड़ी होल्डिंग्स में एक बना। रास्ते में कंपनी ने इस बात का आदर्श उदाहरण पेश किया कि असाधारण रूप से उच्च

विकास दर क़ायम रखने वाली बेहतरीन कंपनियों में लंबे समय के लिए निवेश करना इतना मूल्यवान क्यों है। डैनॉफ़ एक चार्ट की ओर संकेत करते हैं, जो दो दशकों तक कंपनी के विलक्षण प्रदर्शन को बताता है : इसकी प्रति शेयर आमदनी बीस सालों तक हर साल औसतन 27.45 प्रतिशत बढ़ी, जबकि शेयर का भाव एक साल में औसतन 21.32 प्रतिशत बढ़ा। इतने ही समय में एसऐंडपी की आमदनी 8.4 प्रतिशत सालाना बढ़ी, जबकि यह इंडेक्स 7.9 प्रतिशत सालाना बढ़ी।

डैनॉफ़ अपने चार्ट की रेखाओं पर अँगुली फेरते हैं और मुझसे पूछते हैं कि वे क्या सबक़ सिखाती हैं। मैं जवाब देता हूँ, ''शेयर का भाव अंततः आमदनी के अनुरूप हो जाता है।'' उनकी आँखें फैल जाती हैं और वे मुस्कराकर कहते हैं : *''बिलकुल सही! शानदार! यही मैंने सीखा है। शेयर आमदनी का पीछा करते हैं।''*

उनका मंत्र ख़ास तौर पर गहरा नहीं लगता। लेकिन डैनॉफ़ की विशेषज्ञता आंशिक रूप से इसी में निहित है कि उन्होंने हमेशा अति जटिलता को नकारा है। उनके मित्र बिल मिलर निवेश में सबसे ज़्यादा अंतर्दृष्टि वाले विचारकों में से एक हैं और वे कहते हैं कि डैनॉफ़ भटकाने वाले विवरणों में नहीं उलझते हैं, बल्कि चेतन रूप से उन प्रश्नों पर ध्यान केंद्रित करते हैं, जो सबसे ज़्यादा मायने रखते हैं : ''विल ने एक बार मुझसे कहा था, झूठ-मूठ, 'देखो, मैं ज़्यादा स्मार्ट नहीं हूँ और बाहर बहुत सारी जानकारी होती है। इसलिए जब मैं किसी कंपनी को देखता हूँ, तो मैं बस ख़ुद से पूछता हूँ : 'क्या चीज़ें बेहतर हो रही हैं या वे बदतर हो रही हैं?' अगर वे बेहतर हो रही हैं, तो मैं समझना चाहता हूँ कि क्या चल रहा है?''''

मिलर ने भी अपनी निवेश प्रक्रिया को सरल करना सीख लिया है। वे कहते हैं, ''मैं जो किया करता था, उसके अनावश्यक हिस्सों से छुटकारा पाने की कोशिश कर रहा हूँ।'' मिसाल के तौर पर, वे जिन कंपनियों का विश्लेषण कर रहे थे, उनमें से प्रत्येक की जटिलताओं को समझने के लिए वे विस्तृत वित्तीय मॉडल बनाते थे। ''अब मैं मॉडल नहीं बनाता। यह मूर्खतापूर्ण लगता है। इसमें कोई तुक नज़र नहीं आता।'' इसके बजाय वे तीन-चार अति महत्त्वपूर्ण मुद्दों पर ध्यान केंद्रित करते हैं, जिनके बारे में उन्हें विश्वास है कि वे व्यवसाय को संचालित करेंगे। ''हर कंपनी के मामले में कुछ मुख्य परिवर्तनशील निवेश घटक होते हैं,'' वे कहते हैं, ''और बाक़ी चीज़ें बस शोर होती हैं।''

पैटर्न स्पष्ट है। ग्रीनब्लाट, बफ़ेट, बोगल, डैनॉफ़ और मिलर - इन सभी ने अपने-अपने तरीक़े से सरलता को खोजा है। हम बाक़ी लोगों को भी ऐसा ही करना चाहिए। **हममें से प्रत्येक को एक सरल और निरंतर निवेश रणनीति बनानी चाहिए, जो समय के साथ काम करे - जिसे हम समझते हों और जिसमें हमें इतना ज़्यादा विश्वास हो कि हम अच्छे-बुरे दोनों समय में पूरी निष्ठा से इसी**

पर चलते रहें। हम बाद में इस विचार पर लौटेंगे, क्योंकि यह बेहद महत्त्वपूर्ण है। लेकिन हाल-फ़िलहाल आइए ग्रीनब्लाट के मस्तिष्क में ज़्यादा गहराई तक जाते हैं और पता लगाते हैं कि उन्होंने निवेश की गुत्थी को सुलझाने का तरीक़ा कैसे खोजा।

कार्यकुशल बाज़ार, दीवाने लोग और डाइनामाइट

जब ग्रीनब्लाट 1970 के दशक के उत्तरार्ध में व्हार्टन में अंडरग्रैजुएट थे, तो उनके प्रोफ़ेसर ज़ोर देकर कहते थे कि बाज़ार को हराने की कोशिश में कोई तुक नहीं है। ये प्रोफ़ेसर कार्यकुशल बाज़ार सिद्धांत या इफ़िशिएंट मार्केट थ्योरी के प्रवर्तक थे, इसलिए उनका दावा था कि शेयरों के भाव में सार्वजनिक रूप से उपलब्ध सारी जानकारी शामिल होती है। उनका मतलब यह था कि शेयरों की ख़रीदी-बिक्री जानकार ख़रीदारों और बिकवालों के बीच होती है, इसलिए शेयरों के भाव उनकी फ़ेयर वैल्यू पर बहुत अच्छी तरह तय होते हैं। ज़ाहिर है, उनका निष्कर्ष यह था कि सस्ते सौदों की तलाश करना व्यर्थ है।

बौद्धिक दृष्टि से यह काफ़ी आकर्षक सिद्धांत है - भीड़ की सामूहिक बुद्धिमत्ता का प्रमाण। यही नहीं, इस सिद्धांत की वजह से कई नियमित निवेशक इंडेक्स फ़ंड की ओर आकर्षित हुए, जो सकारात्मक बात थी। इस सिद्धांत के पीछे यह निराश करने वाली लेकिन यथार्थवादी धारणा है कि अगर आप बाज़ार को हरा नहीं सकते, तो आपको सबसे कम संभव लागत पर इसके मुनाफ़े की बराबरी करने पर ध्यान केंद्रित करना चाहिए। बहुसंख्यक निवेशकों के लिए इंडेक्सिंग सबसे तार्किक - और सरल - रणनीति है।

लेकिन ग्रीनब्लाट अपने प्रोफ़ेसरों की इस बात से सहमत नहीं थे। ''मैं कार्यकुशल बाज़ारों के बारे में जो सीख रहा था, उस पर मेरी प्रतिक्रिया अंतरात्मा से आई थी,'' वे कहते हैं। ''अख़बार को देखने और बाद में होने वाली घटनाओं का अवलोकन करके बाद इसमें मुझे कोई दम नज़र नहीं आया।''

शुरुआत में तो वे देख सकते थे कि सामान्यत: शेयरों के 52-वीक हाई और लो के बीच काफ़ी फ़ासला होता है। अगर कोई शेयर फ़रवरी में 50 डॉलर पर चल रहा था और नवंबर में 90 डॉलर पर पहुँच जाता है, तो यह दोनों भाव पर सही कैसे हो सकता है? और निफ़्टी फ़िफ़्टी जैसे हॉट शेयरों के बारे में क्या, जो अचानक लपटों में घिर गए? मिसाल के तौर पर, क्या सब कुछ जानने वाली भीड़ ने पोलेरॉइड का दाम 1972 में 150 डॉलर लगाया था और 1974 में 14 डॉलर लगाया था और दोनों ही वाजिब थे? यह संभव नहीं दिख रहा था।

ग्रीनब्लाट ने देखा कि पूरा बाज़ार एक अति से दूसरी अति तक अनिश्चित रूप से झूलता रहता है। 1972-74 के अति उल्लास के उछाल और अति निराशा

की गिरावट ने दिमाग़ चकराने वाली वोलेटिलिटी उत्पन्न की, जो वे अपने पूरे करियर में देखने वाले थे। वे कहते हैं कि एसऐंडपी-500 1996 से 2000 के बीच दोगुनी हुई, 2000 से 2002 के बीच आधी हुई, 2002 से 2007 के बीच दोगुनी हुई, 2007 से 2009 के बीच आधी हुई और 2009 से 2017 के बीच तीन गुनी हुई। क्या निवेशक तार्किक पैमानों और कार्यकुशलता से शेयरों के भाव तय कर रहे थे, जब बाज़ार उछला, लड़खड़ाया और फिर धड़ाम से गिरा? या फिर वे उससे कम तार्किक थे, जो सिद्धांतवादी प्रोफ़ेसर विश्वास दिलाना चाहते थे?

ग्रीनब्लाट 1979 में स्नातक होने के बाद व्हार्टन के एमबीए प्रोग्राम में दाख़िल हुए। लेकिन उनकी औपचारिक शिक्षा ने बाज़ार के इन रहस्यों को सुलझाने में बहुत कम योगदान दिया। वे निवेश प्रबंधन पर एक कक्षा में भी गए, लेकिन क्वाड्रेटिक पैरामीट्रिक प्रोग्रामिंग जैसे गूढ़ विषयों के अध्ययन के बाद भी उनकी गुत्थी नहीं सुलझ पाई। चाहे जो हो, इसके बाद उन्होंने एक महत्त्वपूर्ण उपलब्धि हासिल की : ''मैं क्लास में सबसे कम ग्रेड लाने वाला बन गया।''

ग्रीनब्लाट को *फ़ोर्ब्स* ने बचाया। व्हार्टन में उनके जूनियर इयर में उन्होंने एक संक्षिप्त लेख पढ़ा, जिसमें बारगेन शेयर पहचानने के लिए बेन ग्राहम की रणनीति का उल्लेख था। इसे पढ़ने के बाद उन्होंने *सिक्युरिटी एनालिसिस* और *द इंटेलिजेंट इनवेस्टर* पढ़ीं। वे कहते हैं, ''यह उसके ठीक विपरीत था, जो मैं कॉलेज में सीख रहा था।'' बाज़ार कैसे काम करता है, इस बारे में ग्राहम का दृष्टिकोण ''इतना सरल और स्पष्ट था,'' ग्रीनब्लाट कहते हैं, ''कि इससे मैं बहुत रोमांचित हो गया।''

सबसे बढ़कर, ग्राहम ने उन्हें जीवन बदलने वाला सबक़ सिखाया। जैसा ग्रीनब्लाट इसे कहते हैं, ''शेयर कंपनियों के मालिकाना अंश हैं,'' जिनका ''आप मूल्यांकन कर रहे हैं और डिस्काउंट पर ख़रीदने की कोशिश कर रहे हैं।'' इसका मतलब है कि सफलता की कुंजी उन स्थितियों को पहचानना है, जिनमें व्यवसाय के *भाव* और *मूल्य* में ख़ास तौर पर बड़ा अंतर हो। यह अंतर आपको मार्जिन ऑफ़ सेफ़्टी देता है, जिसे ग्रीनब्लाट (ग्राहम और बफ़ेट की तरह) निवेश की सबसे महत्त्वपूर्ण अवधारणा मानते हैं।

एक बार जब आप इस बात को पहचान लेते हैं कि आपका पूरा मिशन कंपनियों का मूल्यांकन करना है और फिर उनके मूल्य से बहुत कम भाव पर उनके शेयर ख़रीदना है, तो आप अविश्वसनीय रूप से स्वतंत्र महसूस करने लगते हैं। ''अगर आप इसे इतनी सरलता से देख लेते हैं और अपने दिमाग़ में उस सरलता को रख सकते हैं, तो यह बहुत मनमोहक होता है और ज़्यादातर दूसरी चीज़ें आपको मूर्खतापूर्ण दिखती हैं,'' ग्रीनब्लाट कहते हैं। ''यह एक तरह से उन 99 प्रतिशत चीज़ों से छुटकारा दिला देता है, जो दूसरों ने मुझे संसार और बाज़ार को देखने के दृष्टिकोण के बारे में कभी बताई थीं।''

कई निवेश इस तरह की बुरी ख़बर पढ़कर उद्विग्न हो जाते हैं, जैसे ग्रीक में क़र्ज़ संकट चलने की वजह से यूरोपीय अर्थव्यवस्था जोखिम में आ सकती है। लेकिन ग्रीनब्लाट कहते हैं, "इस तरह की ख़बर को मैं इस दृष्टिकोण से देखता हूँ, जैसे मान लें कि मैं मिडवेस्ट में एक चेन स्टोर का मालिक हूँ, तो क्या मैं ग्रीस में हुई किसी बुरी घटना के कारण इसे आधे मूल्य पर बेच दूँगा? मुझे तो नहीं लगता! लेकिन यही आप अख़बार में पढ़ते हैं और यही ज़्यादातर लोग करते हैं। आपके पास यह कहने की सही पृष्ठभूमि होनी चाहिए, 'देखिए, यह मायने रखता है या यह मायने नहीं रखता!' यह बहुत मददगार होता है।"

वाक़ई आपको इस बात का अहसास होने लगता है कि निवेश जगत के ज़्यादातर लोग निरर्थक बकवास में उलझे रहते हैं। वॉल स्ट्रीट के अर्थशास्त्री और बाज़ार के रणनीतिकार आगे या पीछे की मैक्रो-एकोनॉमिक लहरों के बारे में दावा करते रहते हैं, जिनकी भविष्यवाणी पूरी विश्वसनीयता या निरंतर सटीकता से कोई भी नहीं कर सकता। मीडिया के विद्वान भाव के अल्पकालीन उतार-चढ़ावों के महत्त्व के बारे में विचार करते रहते हैं, जो सांयोगिक और अर्थहीन हैं। ब्रोकरेज फ़र्म्स के बेहद बुद्धिमान विश्लेषक अपना समय कंपनियों की अगली तिमाही की आमदनी की सटीक गणना में बरबाद करते हैं – अंदाज़ा लगाने वाला बकवास खेल, जो सफल, दीर्घकालीन निवेशकों के लिए अप्रासंगिक है।

पीछे नहीं रहने वाले शिक्षाविद् जटिल गणितीय फ़ॉर्मूले सिखाते हैं और शार्प रेशो, सॉर्टिनो रेशो, अल्फ़ा, बीटा, मोडिग्लियानी-मोडिग्लियानी मेजर और अन्य रहस्यमय अवधारणाओं के बारे में गोपनीय कूटभाषा में बोलते हैं, जो बाज़ारों की उथलपुथल को वैज्ञानिक सटीकता का पुट प्रदान करती है। इस दौरान निवेश परामर्शदाता इन ऊँची अवधारणाओं का दोहन ग्राहकों को यह विश्वास दिलाने के लिए करते हैं कि उन्हें अपने पोर्टफ़ोलियो में लगातार छोटे-छोटे बदलाव करते रहना चाहिए। बफ़ेट ने जटिलता के इन महँगे विक्रेताओं की आलोचना करते हुए उन्हें "अति-सहायक कहा है," जो "अक्सर रहस्यमय भाषा में फिजूल सलाह देते हैं।"

इसके विपरीत, ग्राहम ने "मि. मार्केट" के बारे में सरलता और स्पष्टता से लिखा है। इस कमअक़्ल पात्र के बारे में एक संक्षिप्त नीतिकथा में वे निवेश का पूरा खेल समझा देते हैं। द *इंटेलिजेंस इनवेस्टर* में ग्राहम यह कल्पना करने का सुझाव देते हैं कि आप किसी निजी व्यवसाय में 1,000 डॉलर के हिस्सेदार हैं। हर दिन आपका साझेदार – उपकारी लेकिन अतार्किक मि. मार्केट – आपको उस हिस्सेदारी का वर्तमान भाव बताता है। हर दिन वह अलग-अलग भाव बताता है, जो इस बात पर निर्भर करते हैं कि उस दिन वह कितना उत्साही या भयभीत महसूस करता है : "जब वह आपको मूर्खतापूर्ण रूप से ऊँचा भाव देने को तैयार हो, उस वक़्त आप उसे बेचकर ख़ुश हो सकते हैं। इसी तरह, जब वह आपको बहुत कम भाव बताए,

उस वक़्त आप उससे ख़रीदकर ख़ुश हो सकते हैं।'' बाक़ी समय आप हाथ पर हाथ रखकर बैठ सकते हैं और मि. मार्केट के बौराने का इंतज़ार कर सकते हैं, जब वह आपको इतना अच्छा सौदा देने को तैयार हो, जिससे आप इनकार नहीं कर पाएँ।

दूसरे शब्दों में, बाज़ार कोई कार्यकुशल मशीन नहीं है, जो विश्वसनीयता और निरंतर निश्चितता से वाजिब भाव तय करती है। यह तो ग़लतियों का संकलन और मूर्खता का उत्सव है। ''लोग सिरफिरे और भावुक होते हैं,'' ग्रीनब्लाट कहते हैं। ''वे तार्किक दृष्टिकोण से नहीं, बल्कि भावना के आधार पर शेयर ख़रीदते-बेचते हैं, और यह एकमात्र कारण है, जिससे हमें सफल होने का अवसर मिलता है... इसलिए अगर आपके पास कंपनियों का वास्तविक मूल्य आँकने का कोई अनुशासित और बुद्धिमत्तापूर्ण तरीक़ा हो, तो आप दूसरों की भावनाओं से फ़ायदा उठा सकते हैं।''

इससे एक स्पष्ट लेकिन अति महत्त्वपूर्ण प्रश्न सामने आता है : *क्या आप किसी कंपनी या व्यवसाय का मूल्य आँकने का तरीक़ा जानते हैं?*

आपका जवाब हाँ हो या ना हो, इसमें कुछ भी प्रशंसनीय या शर्मनाक नहीं है। लेकिन आपको और मुझे इस प्रश्न का ईमानदारी से जवाब देना चाहिए, क्योंकि ख़ुद के बारे में मुग़ालते स्काईडाइविंग और शेयर चुनने जैसे अतिवादी खेलों में महँगे साबित हो सकते हैं। ''जनसंख्या का बहुत छोटा हिस्सा ही व्यवसायों का मूल्य आँक सकता है – और अगर आप इसे नहीं कर सकते, तो मैं नहीं सोचता कि आपको अपने दम पर निवेश करना चाहिए,'' ग्रीनब्लाट कहते हैं। ''अगर आप यह पता नहीं लगा सकते कि किसी चीज़ का मूल्य कितना है, तो आप बुद्धिमानी से निवेश कैसे कर सकते हैं?'' वे आगे कहते हैं कि अगर ''वे यह नहीं समझते कि वे क्या कर रहे हैं,'' तो ''ज़्यादातर लोगों को बस इंडेक्स फ़ंड में निवेश करना चाहिए।''

मेरे पास कंपनियों का मूल्य आँकने की तकनीकी योग्यताएँ, धैर्य या रुचि नहीं है। इसलिए मेरे लिए समझदारी इसी में है कि मैं यह काम उन पेशेवरों के हवाले कर दूँ, जो इस काम के लिए ज़्यादा उपयुक्त हैं। इस आत्मसंयम की वजह से मैं बहुत सारे दर्द से बच सकता हूँ। जैसा ग्रीनब्लाट *द लिटिल बुक दैट बीट्स द मार्केट* में कहते हैं, ''आप किसकी तलाश कर रहे हैं, यह जाने बिना व्यक्तिगत शेयरों को चुनना जलती माचिस लेकर ड़ाइनामाइट फ़ैक्ट्री में दौड़ने जैसा है। हो सकता है कि आप ज़िंदा बच जाएँ, लेकिन फिर भी आप मूर्ख हैं।''

हर कुछ साल बाद मैं इस चेतावनी को नज़रअंदाज़ करते हुए कोई न कोई शेयर ख़रीद लेता हूँ, हालाँकि मैं जानता हूँ कि मुझे ऐसा नहीं करना चाहिए। वर्तमान में मेरे पास तीन कंपनियों के शेयर हैं। एक है बर्कशायर हैथअवे, जिसे मैं कई सालों

तक रोककर रखना चाहता हूँ। मैं यह सोचना पसंद करूँगा कि मैं इस व्यवसाय को इतनी अच्छी तरह समझता हूँ कि यह दीर्घकालीन निवेश तर्कसंगत है। इससे कम तार्किक रूप से मेरे पास एक खनन एवं जायदाद कंपनी के कुछ शेयर हैं; इसकी अनुशंसा एक मशहूर निवेशक ने मुझसे की थी, जिसका नाम मैं यहाँ नहीं बताऊँगा। इसमें मुझे कितना फ़ायदा हुआ? देखिए, इस समय तो मैं 87 प्रतिशत के घाटे में हूँ। हाल-फ़िलहाल मैं इसे दुखद स्मृति-चिह्न के रूप में सँजोकर रख रहा हूँ कि मुझे जलती हुई माचिस लेकर डाइनामाइट फ़ैक्ट्री में नहीं दौड़ना चाहिए। तीसरा शेयर है सेरिटेज ग्रोथ प्रॉपर्टीज़। यह एक कॉन्ट्रैरियन निवेश है, जिसे मैंने मोहनीश पबरई से चुराया था, जब रिटेल रियल एस्टेट सेक्टर 2020 में क्रैश हुआ।

ग्रीनब्लाट चार मानक मूल्यांकन तकनीकों के किसी मिश्रण का इस्तेमाल करते हैं, जो उस ख़ास कंपनी के व्यवसाय पर निर्भर करता है। तकनीक 1 : वे *डिसकाउंटेड कैशफ़्लो* विश्लेषण करते हैं और कंपनी की अनुमानित भावी आय के शुद्ध वर्तमान मूल्य की गणना करते हैं। तकनीक 2 : वे कंपनी के तुलनात्मक मूल्य का आकलन करते हैं और इसकी तुलना समान कंपनियों के भाव से करते हैं। तकनीक 3 : वे कंपनी के अधिग्रहण मूल्य का आकलन करते हुए सोचते हैं कि कोई जानकार ख़रीदार इसके लिए क्या भाव देगा। तकनीक 4 : वे कंपनी की *लिक्विडेशन वैल्यू* का आकलन करते हैं और यह विश्लेषण करते हैं कि अगर यह बंद हो जाए और इसकी संपत्तियों को बेच दिया जाए, तो बदले में कितने पैसे मिलेंगे?

इनमें से कोई भी तकनीक सटीक नहीं है और हर एक की अपनी सीमाएँ हैं। लेकिन ग्रीनब्लाट इस आधार पर काम करते हैं कि अगर कोई शेयर पर्याप्त सस्ता है, तो इसके ऊपर जाने की संभावना इसके नीचे जाने की आशंका से काफ़ी ज़्यादा होती है। सस्ते सौदे ख़रीदने की अवधारणा बहुत सरल है। लेकिन क्रियान्वयन की प्रक्रिया उतनी सरल नहीं है, क्योंकि इसमें कंपनी की भावी आय और कैशफ़्लो की मोटी भविष्यवाणी करने जैसी जटिलताएँ शामिल हैं। इससे मुझे निवेश के बारे में एक तीखी टिप्पणी याद आती है। यह टिप्पणी चार्ली मंगर की है, जिन्होंने हॉवर्ड मार्क्स के साथ लंच के अंत में कहा था : "इसे आसान नहीं होना चाहिए। जो भी इसे आसान समझता है, वह मूर्ख है।"

ग्रीनब्लाट ज़ोर देकर कहते हैं कि उनकी ख़ुद की मूल्यांकन योग्यताएँ सिर्फ़ "औसत" हैं। उनका लाभ तो मुख्यत: उनकी इस योग्यता में है कि वे बाज़ार में दिखने वाली हर चीज़ को "पृष्ठभूमि" में रखते हैं और उस सबको एक सुसंगत ढाँचे में फ़िट करते हैं। इस ढाँचे में उनका विश्वास इतना प्रबल है कि वे अपने कोलंबिया के विद्यार्थियों को यह गारंटी देते हैं : अगर वे कंपनियों का मूल्य अच्छे से आँकते हैं, उन्हें उनके आंतरिक मूल्य से भारी डिस्काउंट पर ख़रीदते हैं और फिर वर्तमान

भाव तथा उनके वास्तविक मूल्य के बीच की खाई के भरने का धैर्यपूर्वक इंतज़ार करते हैं, तो बाज़ार अंततः उन्हें पुरस्कार देगा।

मुश्किल यह है कि आप यह नहीं बता सकते कि भाव और मूल्य के मिलाप की इस प्रक्रिया में कितना लंबा समय लगेगा। फिर भी वे कहते हैं, ''मेरा दृढ़ विश्वास है कि 90 प्रतिशत मामलों में बाज़ार उस मूल्य को दो-तीन साल के भीतर ही पहचान लेगा।''

यह उस बुनियादी सत्य की ओर संकेत करता है, जो वित्तीय सृष्टि के सबसे विश्वसनीय नियमों में से एक है। अल्पकाल में बाज़ार अतार्किक है और अक्सर शेयरों के भाव ग़लत बताता है – लेकिन लंबे समय में यह आश्चर्यजनक रूप से तार्किक होता है। ग्रीनब्लाट कहते हैं, ''अंततः मि. मार्केट इसे सही तरीक़े से समझ जाता है।''

असंतुलित जुआ और बदसूरत बतखें

व्हार्टन छोड़ने के बाद ग्रीनब्लाट स्टैनफ़र्ड लॉ स्कूल गए, ज़्यादातर तो इसलिए कि उन्हें असली नौकरी नहीं करनी पड़े। उन्होंने एक साल बाद ही इसे छोड़ दिया। उनके कई साथी कॉरपोरेट वकील या निवेश बैंकर बनने की जानी-पहचानी राह पर चलते रहे। लेकिन वे पारंपरिक करियर की खोज में किसी विशाल, बिना चेहरे वाले कॉरपोरेशन में सप्ताह में सौ घंटे तक मेहनत करने को आकर्षक नहीं मानते थे। अंततः वे ''घड़ी के हिसाब से वेतन पाने के बजाय स्मार्ट विचारों के लिए भुगतान पाने'' का कोई आनंददायक तरीक़ा खोजना चाहते थे।

इस दौरान गर्मियों में उन्होंने बियर स्टर्न्स में नौकरी की, जहाँ वे तुलनात्मक रूप से नए क्षेत्र में पहुँच गए : ऑप्शन्स ट्रेडिंग। वे याद करते हैं, ''मैं बगैर जोखिम वाले आर्बिट्रेज कर रहा था और इसके लिए वास्तव में ट्रेडिंग फ़्लोर के पार दौड़ रहा था, फिर मैं एक प्रिंटर से प्रिंटआउट निकाल रहा था और दोबारा अपनी डेस्क तक दौड़ रहा था,'' और फिर प्रिंटआउट में ''विसंगतियों की तलाश कर रहा था, जिन पर मैं ट्रेड कर सकूँ।'' पुट और कॉल ऑप्शन्स का इस्तेमाल करके वे जोखिम की आशंका के बिना ''स्वचालित मुनाफ़ा'' कमा सकते थे। ''इससे मेरे सामने यह स्पष्ट हो गया कि वॉल स्ट्रीट पर क्या संभव है।''

जुए ने ग्रीनब्लाट को हमेशा से सम्मोहित किया है। पंद्रह साल की उम्र में उन्होंने डॉग ट्रेक में चुपके से जाने का गोपनीय आनंद खोजा, जब वे ग्रेहाउंड पर छोटी राशियों के दाँव लगाते थे। उनका मस्तिष्क दाँव लगाने के लिए बना था। वे कहते हैं, ''मैं संभावनाओं की गणना करना पसंद करता हूँ। चेतन या अचेतन रूप

से मैं हर निवेश पर संभावनाओं की गणना कर रहा हूँ। मुनाफ़ा कितना है? घाटा कितना है?'' जब मैं ज़िक्र करता हूँ कि सारे सर्वश्रेष्ठ निवेशक संभावनाओं की दृष्टि से सोचते हैं और विभिन्न परिणामों की संभावनाओं को सावधानी से तौलते हैं, तो वे जवाब देते हैं, ''मैं सोचता हूँ कि उस तरह से सोचे *बिना* आप अच्छे निवेशक बन ही नहीं सकते।''

ग्रीनब्लाट अगले तीन सालों तक एक स्टार्टअप निवेश फ़र्म में विश्लेषक रहे और विलय में शामिल कंपनियों पर ''रिस्क आर्बिट्रेज'' दाँव लगाते रहे। यह अहसास करने में उन्हें ज़्यादा समय नहीं लगा कि यह काफ़ी बुरी संभावनाओं वाला खेल था। वे कहते हैं कि अगर विलय योजना के अनुसार हो जाता था, तो ''आप एक-दो डॉलर कमा सकते थे,'' लेकिन अगर सौदा अनपेक्षित रूप से अटक जाता था, तो ''आपको दस-बीस डॉलर का चूना लग सकता था।'' यह बेहद सस्ते भाव पर शेयर ख़रीदने की ग्राहम की रणनीति के ''ठीक विपरीत'' था, ''जहाँ आप एक-दो डॉलर का जोखिम लेकर दस-बीस डॉलर *कमा* सकते थे, *जो* काफ़ी अच्छा रिस्क/रिवार्ड रेशो है।''

1985 में ग्रीनब्लाट ने बेंजामिन ग्राहम के सिद्धांतों पर अमल के इरादे से गॉटहैम कैपिटल शुरू की। ग्रीनब्लाट ने 7 मिलियन डॉलर की पूँजी से शुरुआत की, जिसमें से ज़्यादातर जंक बॉन्ड किंग माइकल मिल्केन ने लगाई थी, जिनसे वे व्हार्टन के एक सहपाठी के ज़रिये मिले थे। मिल्केन ने ड्रैक्सेल बर्नहैम लैम्बर्ट में चार साल में 1 अरब डॉलर से ज़्यादा कमाए थे, इसलिए सत्ताइस साल के होनहार लेकिन अनुभवहीन नवयुवक पर छोटा दाँव लगाने में बहुत ज़्यादा जोखिम नहीं था।

ग्रीनब्लाट कहते हैं कि गॉटहैम में उनकी निवेश रणनीति ''जोखिम लेकर नहीं, बल्कि असंतुलित दाँव लगाकर पैसे कमाने'' की थी। यानी वे सिर्फ़ तभी निवेश करते थे, जब संभावनाएँ उनके पक्ष में बहुत ज़्यादा हों। विवरण हर निवेश में अलग रहते थे, लेकिन वे हमेशा ''असंतुलित'' दाँव की तलाश में रहते थे, जहाँ ''मुझे ज़्यादा नुक़सान नहीं हो और शायद ढेर सारा मुनाफ़ा हो जाए।'' वे कहते हैं, ''अगर आपको घाटा नहीं होता, तो ज़्यादातर दूसरे विकल्प अच्छे हैं।''

असंतुलित दाँव दुर्लभ होते हैं, लेकिन ग्रीनब्लाट को ज़्यादा की ज़रूरत भी नहीं थी। वे आम तौर पर अपना 80 प्रतिशत फ़ंड छह से आठ निवेशों में लगा देते थे – असाधारण केंद्रीकरण। ''बेहतरीन अवसर ज़्यादा नहीं होते हैं,'' वे स्पष्ट करते हैं। ''मैं थोड़ी नायाब चीज़ों की तलाश कर रहा था – जिन्हें दूसरे लोग भी ख़रीद लेते, बशर्ते वे मेहनत करते।''

रिस्क आर्बिट्रेज में अपने अनुभव का लाभ लेते हुए वे ''विशेष स्थितियों'' के विशेषज्ञ बन गए, जिन्हें ज़्यादातर निवेशक नज़रअंदाज़ करते थे, जिनमें कॉरपोरेट

स्पिन-ऑफ़, पुनर्गठन और ''ऑरफ़ैन इक्विटीज़'' शामिल थीं, जो दिवालियेपन से बाहर आ रही थीं। उन्होंने कम लिक्विडिटी वाले छोटे शेयरों में भी निवेश किया, क्योंकि ज़्यादातर संस्थागत निवेशक इतने ज़्यादा बड़े थे कि उन्हें नहीं ख़रीद सकते थे। वे टिप्पणी करते हैं, ''कम चले गए रास्ते पर जाकर या असाधारण स्थितियों में सस्ते सौदे खोजना ज़्यादा आसान होता है, जिन्हें दूसरे लोग नहीं देख रहे हैं।''

ग्रीनब्लाट के पास इन ''अलोकप्रिय स्थानों'' पर संभावनाएँ खोजने की स्वतंत्रता थी, क्योंकि उन्होंने अपने फ़ंड को कभी भारी-भरकम नहीं बनने दिया। वे कहते हैं, ''हम जितने पैसे चाहते, उतने जुटा सकते थे, लेकिन इससे मुनाफ़ा घट जाता है।'' 1994 में जब गॉटहैम की संपत्तियाँ लगभग 300 मिलियन डॉलर के पास पहुँच गईं, तो उन्होंने सारी बाहरी पूँजी लौटा दी। फलस्वरूप फ़ंड इतना फुर्तीला बन गया कि वे कहीं भी सस्ते सौदे खोज सकते थे।

वास्तव में, जब मैं उनसे गॉटहैम की सफलता के राज़ बताने को कहता हूँ, तो वे पहला राज़ यही बताते हैं कि ''हम छोटे बने रहे।'' दूसरा यह है कि उनका पोर्टफ़ोलियो असाधारण रूप से केंद्रीकृत था, इसलिए ''आपको सिर्फ़ कुछ ही विचार खोजने की ज़रूरत थी।'' तीसरा? ''हमारी क़िस्मत थोड़ी अच्छी रही।'' वे स्पष्ट करते हैं कि इतने वर्षों में गॉटहैम को बहुत कम तबाहियों का सामना करना पड़ा, जिसका आंशिक श्रेय वे अच्छी क़िस्मत को देते हैं। ''मुझे घाटे से नफ़रत थी,'' वे जोड़ते हैं, ''इसलिए हमने कोई चीज़ ख़रीदने से पहले सचमुच बहुत ऊँचे पैमानों का इस्तेमाल किया।''

ग्रीनब्लाट की बेहद चुनिंदा रणनीति का यह मतलब था कि वे सामान्यत: उन शेयरों को ख़ारिज कर देते थे, जो बेहतरीन नहीं, बल्कि सिर्फ़ अच्छे दिखते थे। इसी तरह अगर किसी ख़ास व्यवसाय का मूल्य आँकना बहुत ज़्यादा मुश्किल होता था, तो वे उसे नहीं ख़रीदते थे। ''मैं इसे अपने लिए आसान रखना चाहता हूँ,'' वे कहते हैं। ''शायद मैं ज़्यादातर लोगों से ज़्यादा आलसी हूँ। या कम से कम, मैं ऐसी चीज़ों का पीछा करने की कोशिश करता हूँ, जो दस फुट की बाधाओं के बजाय एक-एक फुट की बाधाएँ हों।''

लेकिन जब-जब बाज़ार ने उनकी मनचाही जगह पर रसीली गेंद डाली, तो उन दुर्लभ अवसरों पर उन्होंने पूरी ताक़त से बल्ला घुमाने में कोई हिचकिचाहट नहीं दिखाई। धन के देवताओं के इन बेशक़ीमती उपहारों में से एक उन्हें 1993 में मिला - सपनों वाला निवेश, ग्रीनब्लाट कहते हैं, ''जिसमें काफ़ी हद तक हर चीज़ थी।''

यह दरअसल अक्टूबर 1992 में इस घोषणा से शुरू हुआ कि मैरियट कॉरपोरेशन दो भागों में बँट जाएगा। ग्रीनब्लाट कहते हैं कि यह कंपनी रियल एस्टेट

मंदी के दौरान मुश्किल में आ गई थी और ''इसके पास ढेर सारे होटल थे, जो इसने बनाए थे, लेकिन अब यह उन्हें बेच नहीं सकती थी।'' वित्तीय जादूगर स्टीफ़न बॉलेनबाक ने उसी समय डोनाल्ड ट्रम्प के ढहते कैसिनो और होटल साम्राज्य का पुनर्गठन किया था, जिसके बाद वे मैरियट में रेस्क्यू मिशन करने आए।

मैरियट के पास दो व्यवसाय थे : एक सुंदर हंस और एक बदसूरत बतख। सुंदर व्यवसाय दूसरी कंपनियों के लिए होटल का प्रबंधन करके काफ़ी अच्छी और भविष्यसूचक फ़ीस कमाता था। बदसूरत व्यवसाय, जो होटल-निर्माता और स्वामी था, क़र्ज़ से लदा हुआ था। बॉलेनबाक ने सर्जिकल ऑपरेशन करके दोनों व्यवसायों को अलग करने का निर्णय लिया।

सुंदर हिस्सा मैरियट इंटरनैशनल नामक नई कंपनी में पहुँचा दिया जाएगा। मैरियट कॉरपोरेशन के मूल्य का लगभग 85 प्रतिशत इस कर्ज़रहित स्पिन ऑफ़ में पैकेज कर दिया जाएगा। इस दौरान नहीं बिकने वाले होटल और लगभग 2.5 अरब डॉलर का कर्ज़ दूसरी कंपनी होस्ट मैरियट में भर दिया जाएगा - एक छोटी जर्जर कंपनी, जिसमें वह सारा हानिकारक कचरा था, जिसका कोई स्वामी नहीं बनना चाहता था। सुंदर हंस (मैरियट इंटरनैशनल) तैरने के लिए स्वतंत्र हो जाएगा, जबकि बदसूरत बतख (होस्ट मैरियट) को डूबने के लिए छोड़ दिया जाएगा। या ऐसा लगता था।

ग्रीनब्लाट जानते थे कि निवेश की बात तो रहने ही दें, शायद ही कोई होस्ट मैरियट का विश्लेषण करने की जहमत उठाएगा। ''यह काफ़ी भयानक दिख रही थी,'' वे कहते हैं। ''इस पर बहुत ज़्यादा क़र्ज़ था। यह एक बुरे व्यवसाय में थी। इसके बारे में कोई अच्छी चीज़ नहीं थी।'' इससे भी बढ़कर, यह इतनी छोटी थी कि ज़्यादातर निवेशक इसकी हिस्सेदारी नहीं ख़रीद सकते थे, भले ही वे इस बदबू को झेल सकते। स्पिन-ऑफ़ पूरा होने पर मैरियट कॉरपोरेशन के विद्यमान शेयरहोल्डर्स को होस्ट मैरियट के शेयर मिलने वाले थे। ग्रीनबलाट को पूरा यक़ीन था कि ये विद्यमान शेयरहोल्डर्स होस्ट मैरियट के शेयरों की भारी बिकवाली करेंगे। उन्होंने क्या किया? उन्होंने बदसूरत बतख पर पूरा ध्यान केंद्रित किया।

वे कहते हैं, ''सस्ते सौदे इसी तरह मिलते हैं,'' वे कहते हैं, जब आप उन संपत्तियों में छिपे मूल्य की तलाश करते हैं, ''जिन्हें दूसरे लोग नहीं चाहते।''

होस्ट मैरियट उतनी बुरी नहीं हो सकती जितनी यह दिखती थी, इसका एक संकेत यह था कि बोलेनबाक (''वह बंदा जिसने यह बुरी योजना बनाई थी'') इसे चलाने वाले थे। यह भविष्यदर्शी पैसे बनाने वाला किसी ऐसे व्यवसाय का प्रभारी क्यों बनेगा, अगर यह सचमुच दिवालिया होने वाली हो? पता चला कि उन्हें कंपनी के टर्नअराउंड के लिए अच्छा प्रोत्साहन दिया गया था। एक और अच्छी बात यह

थी कि मैरियट परिवार के पास भी होस्ट मैरियट की 25 प्रतिशत हिस्सेदारी थी। इसका मतलब यह था कि कुछ जानकार इनसाइडर्स इसकी सफलता में प्रबल रुचि दिखा रहे थे।

ग्रीनब्लाट ने कंपनी का गहरा अध्ययन किया और उन्हें आश्चर्यजनक मात्रा में मूल्य नज़र आया। निश्चित रूप से बहुत सारी ''बुरी रियल एस्टेट'' थी, जिनमें कुछ अपूर्ण होटल थे। लेकिन कुछ मूल्यवान संपत्तियाँ भी थीं, जैसे हवाई अड्डे रेस्तराँ के कनसेशन्स और कई क़र्ज़रहित जायदाद।

सबसे अच्छी बात यह थी कि शेयर का भाव 4 डॉलर था, जो काफ़ी सस्ता था। उनका सर्वश्रेष्ठ अंदाज़ यह था कि कर्ज़रहित संपत्तियाँ ही 6 डॉलर प्रति शेयर के मूल्य की होंगी। एक क़र्ज़ से लदी हुई सबसिडियरी भी थी, जिसका कायाकल्प होने पर यह मूल्यवान हो सकती थी। ''असंतुलन बहुत अद्भुत था,'' वे कहते हैं। ''मैं चार डॉलर में बिना क़र्ज़ वाली छह डॉलर की संपत्तियाँ ख़रीद रहा था। इसके अलावा मुझे अन्य संपत्तियों में भी मुनाफ़े की संभावना दिख रही थी। अगर सबसिडियरी का कोई मूल्य नहीं भी आँका जाए, तो भी मुझे छह डॉलर की चीज़ चार डॉलर में मिल रही थी।''

फिर क्या था? ग्रीनब्लाट ने जमकर ख़रीदारी की और होस्ट मैरियट पर अपने फ़ंड की लगभग *40 प्रतिशत* संपत्ति दाँव पर लगा दी। यह आश्चर्यजनक रूप से साहसी दाँव था, क्योंकि इस संघर्षरत व्यवसाय में बहुत ज़्यादा लीवरेजिंग थी। लेकिन ग्रीनब्लाट ने वह देखा, जो बाक़ी लोग नहीं देख पाए : बेहद आकर्षक असंतुलित दाँव।

जैसा ग्राहम ने उन्हें सिखाया था, मार्जिन ऑफ़ सेफ़्टी सबसे महत्त्वपूर्ण होता है। अगर आप किसी शेयर को इसके निहित मूल्य से बहुत कम में ख़रीद लें, तो बाक़ी निवेशकों को भी जल्दी ही इसके असली मूल्य का पता चल जाएगा, जिससे उस शेयर का भाव बढ़ जाएगा। इस दौरान, ग्रीनब्लाट कहते हैं, ''मैं यह नहीं देख पाया कि मुझे ज़्यादा घाटा कैसे हो सकता है।'' इसीलिए उन्होंने इतना आक्रामक दाँव लगाया। ''आप अपनी पोज़ीशन्स का आकार इस आधार पर रखते हैं कि आप कितना ज़्यादा जोखिम ले रहे हैं,'' वे कहते हैं। **''मैं ऐसे शेयर ज़्यादा नहीं ख़रीदता, जिन पर मैं सबसे ज़्यादा पैसे कमा सकता हूँ। मैं तो उन्हें ज़्यादा ख़रीदता हूँ, जिनमें मुझे घाटा नहीं हो सकता।''**

फिर क्या हुआ? 1993 की शिशिर ऋतु में होस्ट मैरियट स्वतंत्र कंपनी के रूप में ट्रेड करने लगी। चार महीनों के भीतर ग्रीनब्लाट का पैसा तीन गुना हो गया, जब इस बदसूरत बतख ने अपने पर शंका करने वालों को ग़लत साबित किया और ऊपर चढ़ने लगी। ग्रीनब्लाट को कभी उम्मीद नहीं थी कि उनका दाँव इतनी जल्दी,

इतना ज़्यादा कामयाब हो जाएगा। "यह ख़ुशक़िस्मती थी," वे कहते हैं। "लेकिन हमने ख़ुशक़िस्मती के लिए ख़ुद को तैयार किया था।"

भावनाओं में बहने के बजाय मैं यह बताना चाहूँगा कि इस निवेश का क्रियान्वयन इतना आसान नहीं था। सबसे पहले तो ग्रीनब्लाट ने प्रिफ़र्ड शेयर ख़रीदे थे, जिससे उन्हें कंपनी के दिवालिया होने की स्थिति में अतिरिक्त सुरक्षा मिली। अपना दाँव लगाने के लिए उन्होंने कॉल ऑप्शन्स का भी इस्तेमाल किया। यही नहीं, व्यापक रूप से बुरे माने जा रहे व्यवसाय पर इतना बड़ा दाँव लगाने के लिए ठंडी तार्किकता, स्वतंत्र मानसिकता और शुद्ध साहस के दुर्लभ मिश्रण की ज़रूरत भी थी। फिर भी निहित सिद्धांत इससे ज़्यादा सरल नहीं हो सकता। याद है? *"किसी चीज़ के मूल्य का पता लगाएँ और उससे बहुत कम पैसे दें।"*

सस्ता + अच्छा = होली ग्रेल

ग्रीनब्लाट की निवेश नीति विकसित होती रही, आंशिक रूप से इसलिए क्योंकि उन्होंने यह देख लिया कि बफ़ेट ने कैसे अंडरवैल्यूड शेयरों को ख़रीदने की ग्राहम की रणनीति को अद्यतन किया था और बेहतर बनाया था। जैसा ग्रीनब्लाट स्पष्ट करते हैं, बफ़ेट ने "एक छोटा, सरल सिद्धांत" जोड़ा था, जिसने "उन्हें संसार के सबसे अमीर व्यक्तियों में से एक बना दिया : **सस्ते में ख़रीदना बेहतरीन है – लेकिन यह और भी अच्छा है, अगर मैं अच्छी कंपनियों को सस्ते में ख़रीद सकूँ।"**

उनके शुरुआती दिनों में बफ़ेट ने सामान्य कंपनियों में ट्रेडिंग करके दौलत कमाई, जिन्हें उन्होंने भारी डिस्काउंट पर ख़रीदा था। लेकिन जब उनकी संपत्तियाँ बहुत बढ़ गईं, तो उन्हें ज़्यादा ऊँचे स्तर की रणनीति की ज़रूरत थी। मंगर के प्रभाव में बफ़ेट ने अब "वाजिब दाम पर अद्‌भुत व्यवसाय" ख़रीदने और उन्हें अनिश्चित काल तक रोककर रखने की नीति अपनाई। 1988 में बर्कशायर ने कोका-कोला में 650 मिलियन डॉलर का निवेश किया और ख़रीदारी का भाव बहुत ज़्यादा लग रहा था। इसके विपरीत, यह बहुत सस्ता साबित हुआ। क्यों? क्योंकि यह असाधारण विकास मशीन थी, जिसके पास स्थायी प्रतिस्पर्धी लाभ था और जो निवेशित पूँजी पर ऊँचा मुनाफ़ा देती थी। बर्कशायर के लगाए पैसे बारह साल में दस गुना हो गए।

बफ़ेट का अध्ययन करने से ग्रीनब्लाट को इस बात का ज़्यादा स्पष्ट अहसास हुआ कि अद्‌भुत व्यवसाय कैसा होता है। एक मुख्य नमूना 2000 में मूडीज़ कॉरपोरेशन के स्पिन-ऑफ़ के रूप में मिला। यह एक क्रेडिट रेटिंग एजेंसी थी, जो डन एंड ब्रैडस्ट्रीट का हिस्सा थी। मूडीज़ का भाव "पहली नज़र में सस्ता नहीं दिख रहा था," ग्रीनब्लाट कहते हैं। लेकिन नक़ल के आदर्श उदाहरण में उन्होंने और

गोल्डस्टाइन ने बफ़ेट की कोका-कोला की ख़रीदारी को रिवर्स इंजीनियर करके देखा कि क्या वे मूडीज़ को भी थोड़े ऊँचे भाव पर ख़रीद सकते हैं। उनका निष्कर्ष था कि यह संभवत: वह सर्वश्रेष्ठ व्यवसाय था, जो उन्होंने कभी देखा था।

मूडीज़ धन संबंधी एक विशेष क्षेत्र के दो अग्रणी खिलाड़ियों में से एक था, जिसमें प्रवेश के उच्च अवरोध थे। इसकी आमदनी लगभग दो दशकों से हर साल लगभग 15 प्रतिशत बढ़ रही थी। हालाँकि कोक में पूँजी पर ज़्यादा मुनाफ़ा था, लेकिन मूडीज़ नई पूँजी लगाए *बिना* स्वस्थ दर से विकास कर सकता था, क्योंकि इसे केवल कुछ डेस्क और कंप्यूटर ख़रीदने की ज़रूरत होती थी। ग्रीनब्लाट का रूढ़िवादी अनुमान था कि इसकी आमदनी एक दशक तक हर साल 12 प्रतिशत बढ़ सकती है। समस्या यह थी कि यह शेयर अगले साल की आमदनी से इक्कीस गुने पर चल रहा था, यानी इसका पीई थोड़ा ऊँचा था। लेकिन जब उन्होंने विचार किया कि बफ़ेट ने कोक के लिए कितना भुगतान किया था, तो उन्हें अहसास हुआ कि मूडीज़ ''फिर भी काफ़ी सस्ते में मिल रहा था।''

और इस छिपे हुए सस्ते सौदे को किसने पहचाना? बफ़ेट ने। उन्होंने मूडीज़ का 15 प्रतिशत ख़रीदा और दो दशक बाद भी इसका ज़्यादातर हिस्सा उनके पास मौजूद है। उन्होंने मूलत: जो शेयर 248 मिलियन डॉलर में ख़रीदे थे, वे 2020 तक लगभग 6 अरब डॉलर के हो चुके हैं। इसके विपरीत ग्रीनब्लाट ने अच्छा मुनाफ़ा कमाया और अपने पैसे को ज़्यादा सस्ते शेयरों में दोबारा लगा दिया। वे कहते हैं, ''हमने जो भी ख़रीदा है, काफ़ी हद तक उसे हमने बहुत जल्दी बेच दिया है। अगर आप बहुत सस्ते में ख़रीदते हैं, तो किसी शेयर के दो-तीन गुना होने पर आप बेचैन हो जाते हैं, भले ही वह अब भी अच्छा दिख रहा हो।''

प्रोफ़ेसर और लेखक के रूप में ग्रीनब्लाट निवेश करने की कला को ज़्यादा स्पष्टता से व्यक्त करने के प्रयास करते रहे। यह प्रक्रिया ''मेरे लिए अविश्वसनीय रूप से सहायक थी, जिससे मैं बहुत सरल तरीक़े से सारांश में बता सका कि मैं क्या करने की कोशिश कर रहा था,'' वे कहते हैं। ''यह और सरल होता गया।'' और उन्हें यह अहसास हुआ कि इस सबका सारांश यह है : **अच्छी कंपनियों के शेयर बहुत सस्ते भाव पर ख़रीदें।** यह ग्राहम और बफ़ेट के शुद्ध सार का मिश्रण है।

ग्रीनब्लाट का करियर इस बात का स्पष्ट प्रमाण है कि यह निवेश के खेल में जीतने का चतुराई भरा तरीक़ा है। लेकिन वे ज़्यादा कठोरता से यह साबित करना चाहते थे कि उन्होंने कोड को तोड़ दिया था। इसलिए 2003 में उन्होंने एक रिसर्च प्रोजेक्ट शुरू किया, जिसकी लागत अंतत: 35 मिलियन डॉलर होने वाली थी। उनका मिशन : यह प्रदर्शित करना कि ''सस्ती और अच्छी'' कंपनियाँ बहुत ज़्यादा मुनाफ़े देती हैं।

उन्होंने बहुत सारे डाटा की प्रोसेसिंग करने के लिए एक ''कंप्यूटर जॉकी'' को नियुक्त किया, ताकि वे यह टटोल सकें कि इन कंपनियों ने ऐतिहासिक दृष्टि से कैसा प्रदर्शन किया था। ग्रीनब्लाट को सस्तेपन और गुणवत्ता के एक शॉर्टहैंड पैमाने की ज़रूरत थी। इसलिए उन्होंने इन अनिवार्य गुणों के मोटे मापन के लिए दो मीट्रिक्स को चुना। सबसे पहले तो कंपनी के पास एक हाई अर्निंग्स यील्ड होनी चाहिए – जो बताता था कि भाव के मुक़ाबले आमदनी बहुत ज़्यादा है। दूसरे, मूर्त पूँजी पर ऊँचा मुनाफ़ा होना चाहिए – जो बताता था कि यह व्यवसाय गुणवत्तापूर्ण है, जो प्रभावी ढंग से निश्चित संपत्तियों और कामकाजी पूँजी को आमदनी में बदलता है।

कंप्यूटर जॉकी ने 3,500 अमेरिकी शेयरों का विश्लेषण करके इन दो मीट्रिक्स के आधार पर रैंकिंग की। जिन कंपनियों का सम्मिलित स्कोर सबसे ज़्यादा था, वे सामान्यत: श्रेष्ठ कंपनियाँ थी, जिनके शेयर औसत से कम भाव पर मिल रहे थे। ग्रीनब्लाट जानना चाहते थे कि क्या होगा, अगर कोई काल्पनिक निवेशक एक साल के शुरू में सर्वोच्च रैंकिंग वाले तीस शेयरों को ख़रीदकर एक साल बाद उन्हें बेच दे और नई सर्वोच्च रैंकिंग वाले तीस नए शेयर ख़रीद ले। अपने अध्ययन में उन्होंने यह मान लिया कि यह प्रक्रिया हर साल दोहराई जाएगी। इस तरह उन्होंने सस्ती और अच्छी कंपनियों में निवेश करने का एक सुनियोजित तरीक़ा बना लिया।

ग्रीनब्लाट बैक टेस्ट्स के परिणामों से ''काफ़ी हैरान'' थे। 1988 से 2004 तक इस रणनीति ने हर साल औसतन 30.8 प्रतिशत का मुनाफ़ा दिया, जबकि इस दौरान एसऐंडपी 500 का मुनाफ़ा 12.4 प्रतिशत प्रति वर्ष था। यानी 1 लाख डॉलर इस नीति के हिसाब से लगाने पर वे बढ़कर 9.6 मिलियन डॉलर हो जाते, जबकि एसऐंडपी 500 में सिर्फ़ 7,30,000 डॉलर ही रहते। शेयर चुनने की इस रणनीति को सिर्फ़ दो पैमानों के आधार पर बनाया गया था – लेकिन इसने बाज़ार को पछाड़ दिया था। यह सरलता की शक्ति का चौंकाने वाला प्रमाण था।

ग्रीनब्लाट ने इस शोध का इस्तेमाल करके अपनी छोटी अमूल्य पुस्तक *द लिटिल बुक दैट बीट्स द मार्केट* लिखी। चुटकुलों और हँसी-मज़ाक़ के बीच उन्होंने यह बताया कि ''सिर्फ़ दो सरल साधनों'' का इस्तेमाल करके आप ''निवेश जगत के सर्वश्रेष्ठ पेशेवरों को भी कैसे हरा सकते हैं।'' उन्होंने कहा कि अगर आप ''शेयर बाज़ार के उस्ताद'' बनना चाहते हैं, तो *''अच्छी कंपनियाँ ख़रीदने से चिपके रहें (जो पूँजी पर उच्च रिटर्न देती हों) और उन कंपनियों को केवल बारगेन प्राइस पर ख़रीदें (ताकि हाई अर्निंग्स यील्ड मिल सके)।''*

उन्होंने दो विजेता गुणों के इस सरल मिश्रण को ''जादुई फ़ॉर्मूला'' घोषित किया।

क्या आप जादू में यक़ीन करते हैं?

बस एक समस्या है! ज़्यादातर निवेशक शेयर बाज़ार के उस्ताद बनने में बुरी तरह असफल हो जाते हैं - तब भी जब आप उनके लिए सोचने की कड़ी मेहनत कर लें और उन्हें जादुई फ़ॉर्मूला दे दें।

2005 में *लिटिल बुक* के प्रकाशित होने के बाद ग्रीनब्लाट को यह अहसास होने लगा कि उन्होंने अपने पाठकों को जो योजना बताई थी, उस पर अमल करना कितना मुश्किल था। उन्होंने और उनके बच्चों ने इसे करने की कोशिश की, लेकिन इतने सारे ट्रेड्स की निगरानी करना मुश्किल काम था। वे कहते हैं, ''मुझे लोगों के सैकड़ों मेल मिले, जिनमें कहा गया था, 'पुस्तक के लिए धन्यवाद। क्या आप हमारे लिए यह काम कर सकते हैं?'' उन्हें यह चिंता भी थी कि कुछ पाठक इंटरनेट से निकाले गए अविश्वसनीय कॉरपोरेट डाटा का इस्तेमाल करके ख़ुद को नुक़सान पहुँचा सकते हैं या उनके फ़ॉर्मूले की गणनाओं में गड़बड़ कर सकते हैं। ग्रीनब्लाट ने सोचा कि अगर इन ग़लतियों की वजह से वे ग़लत शेयर चुन लें और ग्रीनब्लाट सचमुच उन लोगों को नुक़सान पहुँचा दें, जिनकी वे मदद करना चाहते थे, तो क्या होगा?

ग्रीनब्लाट ने इस समस्या का समाधान निकाल लिया। उन्होंने एक मुफ़्त वेबसाइट magicformulainvesting.com बनाई, जो विश्वसनीय डाटा का इस्तेमाल करके उनके दोनों मानदंडों को पूरा करने वाले शेयरों को स्पष्ट बताती थी। वे अक्सर मज़ाक़ करते हैं, ''शेयर बाज़ार में कोई सांता क्लॉज़ नहीं है।'' लेकिन उन्हें सामान्य निवेशकों की रक्षा करने का विचार पसंद आया। इसलिए उन्होंने एक ''शुभचिंतक ब्रोकरेज फ़र्म'' की स्थापना भी की, जो ग्राहकों को जादुई फ़ॉर्मूले वाले शेयरों की उनकी पहले से अनुमोदित सूची में निवेश करने की अनुमति देती थी।

ग्रीनब्लाट ने अपने ब्रोकरेज ग्राहकों को दो विकल्प दिए। विकल्प 1 : वे एक ''पेशेवर रूप से प्रबंधित'' ख़ाता खोल सकते थे, जो निश्चित अंतराल पर उनकी अनुमोदित सूची के शेयरों को सुनियोजित तरीक़े से ख़रीदने और बेचने की निश्चित प्रक्रिया का पालन करता था। उनके लगभग 90 प्रतिशत ग्राहकों ने आप-इसे-मेरी-ख़ातिर-कर-दें वाला विकल्प चुना, ताकि उन्हें कोई निर्णय लेने की झंझट से छुटकारा मिल जाए। विकल्प 2 : वे यह काम ख़ुद कर सकते थे और उस सूची में से न्यूनतम बीस अनुशंसित शेयर चुन सकते थे और स्वयं यह निर्णय ले सकते थे कि कब ख़रीदना-बेचना है। जिन चंद साहसी लोगों ने इस मार्ग को चुना, उन्हें संभवतः यह आशा थी कि उनका स्वयं का विवेक ज़्यादा असरदार होगा। लेकिन ऐसा नहीं हुआ!

जब ग्रीनब्लाट ने हज़ारों ग्राहकों के ख़ातों का अध्ययन किया, तो उन्हें यह जानकर सदमा लगा कि इसे-ख़ुद-करो वाले निवेशकों का प्रदर्शन कितना ख़राब था। दो साल की अवधि में इस समूह का औसत मुनाफ़ा 59.4 प्रतिशत रहा, जबकि एसएंडपी 500 का मुनाफ़ा 62.7 प्रतिशत था। इसके विपरीत, पेशेवरों के प्रबंधन वाले ख़ातों ने औसतन 84.1 प्रतिशत का मुनाफ़ा कमाया और एसऐंडपी 500 इंडेक्स को 21.4 प्रतिशत से हरा दिया। आश्चर्य की बात है कि इसे ख़ुद करो वाले निवेशकों ने स्वयं निर्णय लेकर अपना मुनाफ़ा लगभग 25 प्रतिशत कम कर लिया। उनके ''विवेक'' के कारण बाज़ार को हराने वाली रणनीति *बाज़ार से हारने वाली रणनीति बन गई।* यह आत्म-विनाश का चौंकाने वाला प्रदर्शन था।

''उन्होंने वे सारी ग़लतियाँ कीं, जो निवेशक आम तौर पर करते हैं,'' ग्रीनब्लाट कहते हैं। ''जब बाज़ार ऊपर गया, तो उन्होंने ढेर सारे शेयर ख़रीद लिए। जब यह नीचे गिरा, तो उन्होंने ढेर सारे शेयर बेच दिए। जब रणनीति बेहतर प्रदर्शन कर रही थी, तो उन्होंने ढेर सारी ख़रीदारी की। जब रणनीति कमतर प्रदर्शन कर रही थी, तो उन्होंने ख़रीदना छोड़ दिया।'' सिद्धांतत: उन्हें कम भाव पर ऊँची गुणवत्ता वाली कंपनियाँ ख़रीदने की उनकी अवधारणा में विश्वास था। लेकिन व्यवहार में वे शेयरों के पीछे तब भागे, जब वे ज़्यादा महँगे थे और तब उनसे दूर भागे, जब वे ज़्यादा सस्ते थे।

स्थिति तब और बिगड़ गई, जब ख़ुद के दम पर काम करने वाले निवेशकों ने जादुई फ़ॉर्मूले वाली सूची के सबसे बदसूरत शेयरों को छोड़ दिया और यह नहीं पहचान पाए कि सबसे बदसूरत शेयर ही प्राय: सबसे आकर्षक सस्ते सौदे होते हैं। भावनात्मक दृष्टि से इस सूची की सबसे सस्ती कंपनियों को ख़रीदना मुश्किल था, क्योंकि उनकी अल्पकालीन संभावनाएँ निराशाजनक दिख रही थीं और उन पर प्राय: बुरी ख़बरों की कालिख पुती हुई थी। इस अनिश्चितता से घबराकर निवेशक यह मौक़ा चूक गए, जब ये बहुत ज़्यादा गिरे हुए शेयर रिबाउंड हुए और आगे चलकर बड़े विजेता बने।

यह आत्म-पराजयी व्यवहार हर निवेशक की एक बहुत मुश्किल चुनौती को रेखांकित करता है। **सिर्फ़ ऐसी स्मार्ट रणनीति खोजना ही पर्याप्त नहीं है, जो दीर्घकालीन संभावनाओं को आपके पक्ष में करती हो। आपको उस रणनीति पर लगातार अमल करने का अनुशासन और लगन की भी ज़रूरत है, ख़ास तौर पर जब यह सबसे असहज करने वाला हो।**

ग्रीनब्लाट कहते हैं, इससे बहुत मदद मिलती है, ''अगर आपके पास सरल सिद्धांत हों, जिनसे आप चिपके रह सकें... समझदारी भरे ऐसे सरल सिद्धांत, जो अटल हों।'' यह इतना महत्त्वपूर्ण क्यों है? क्योंकि इतनी स्पष्ट दृढ़ता की बदौलत ही आप उन सारे मनोवैज्ञानिक दबावों, झटकों और प्रलोभनों का सामना कर सकते

हैं, जो आपको रास्ते में डगमगा सकते हैं या पटरी से उतार सकते हैं। ''यह काफ़ी मुश्किल व्यवसाय है और बाज़ार हमेशा आपसे सहमत नहीं होता,'' ग्रीनब्लाट कहते हैं। ''यह इस भीमकाय बाज़ार की प्रकृति है कि शेयरों के भाव भावनात्मक होते हैं और आप पर हर तरह से प्रहार होते हैं और आप हर विशेषज्ञ के मुँह से यह सुनते हैं कि आप ग़लत हैं।''

विश्वास रखना तब ख़ास मुश्किल होता है, जब आप कई सालों से घाटा उठा रहे हों या बाज़ार से पीछे चल रहे हों। तब आप यह सोचने लगते हैं कि क्या आपकी रणनीति अब भी असरदार है या किसी बुनियादी बदलाव के कारण यह निष्प्रभावी हो गई है। लेकिन सच तो यह है कि कोई भी रणनीति सारे समय काम नहीं करती। इसलिए वित्तीय और मनोवैज्ञानिक कष्ट की ये अवधियाँ खेल का ऐसा हिस्सा हैं, जिनसे बचा नहीं जा सकता। अवश्यंभावी रूप से कमज़ोर खिलाड़ी एक तरफ़ गिर जाते हैं और सबसे मज़बूत सिद्धांतों व सबसे शक्तिशाली स्वभाव वाले लोगों के लिए ज़्यादा अवसर उत्पन्न कर देते हैं। जैसा ग्रीनब्लाट कहते हैं, ''कमतर प्रदर्शन में लोगों को जो दर्द होता है, उसकी सुंदरता यह है कि अगर यह मौजूद नहीं होता, तो हर व्यक्ति वही करता, जो हम करते हैं।''

ग्रीनब्लाट के पास दर्द भरी अवधियों में दृढ़ बने रहने का विश्वास है। लेकिन यह देखना आसान है कि आम निवेशक क्यों डगमगा सकता है। अमेरिका की एक हज़ार सबसे बड़ी कंपनियों पर हुए एक बैक टेस्ट में जादुई फ़ॉर्मूले ने 1988 से 2009 तक 19.7 प्रतिशत का औसतन सालाना मुनाफ़ा दिया, जबकि एसऐंडपी 500 ने 9.5 प्रतिशत का ही दिया। यह काफ़ी बड़ा अंतर है। लेकिन इसके बावजूद इन 22 सालों में से 6 सालों में यह फ़ॉर्मूला इंडेक्स से पीछे रहा था। यही नहीं, इसने 2002 में 25.3 प्रतिशत का और 2008 में 38.8 प्रतिशत का घाटा भी दिया था। इतनी बुरी तरह से घायल अवस्था में अविचलित रहना मुश्किल होता है, जब तक कि आपके पास रणनीति के अटल तर्क में ग्रीनब्लाट जितना गहरा विश्वास नहीं हो।

इन अनुभवों ने उन्होंने एक महत्त्वपूर्ण निष्कर्ष पर पहुँचाया : ''ज़्यादातर निवेशकों के लिए सर्वश्रेष्ठ रणनीति वह नहीं है, जो सबसे ज़्यादा मुनाफ़ा देती हो।'' इसके बजाय आदर्श तो ''एक अच्छी रणनीति है, जिसके साथ आप बुरे समय में भी चिपके रह सकें।''

हाल के वर्षों में इस अहसास ने ग्रीनब्लाट को एक नया चूहादानी विकसित करने के लिए प्रेरित किया – एक लॉन्ग/शॉर्ट रणनीति, जिसका उद्देश्य जोखिम कम करना और ''कम दर्दनाक'' सवारी प्रदान करना था। उनका लक्ष्य : कम वोलेटिलिटी के साथ तार्किक दर पर पैसे को चक्रवृद्धि करना, ताकि उनके फ़ंड के निवेशकों के ''लंबे समय तक कामयाब होने'' की ज़्यादा संभावना हो।

एक मशहूर बंदूकधारी के लिए यह आश्चर्यजनक विकास है, जिनकी केंद्रित रणनीति ने दो दशकों तक हर साल 40 प्रतिशत मुनाफ़ा दिया था। लेकिन यह इस बात की याद दिलाती है कि ज़्यादातर निवेशकों को ज़्यादा साहसिक काम करने के बजाय ठोस और निरंतर मुनाफ़े का लक्ष्य रखना चाहिए। ''जब मेरे पास सिर्फ़ छह-आठ शेयर थे, तो हर दो-तीन साल में बीस-तीस प्रतिशत का नुक़सान असामान्य नहीं था,'' ग्रीनब्लाट कहते हैं। ''इस रणनीति से चिपके रहना मुश्किल है, इसलिए यह ज़्यादातर व्यक्तिगत निवेशकों के लिए अच्छी नहीं है। लेकिन मेरे लिए यह पूरी तरह अच्छी है। जब कोई चीज़ बीस-तीस प्रतिशत गिरती है, तो मैं दहशत में नहीं आता, क्योंकि मुझे उस शेयर की पूरी जानकारी होती है, जिसे मैंने ख़रीदा है।''

आजकल ग्रीनब्लाट की टीम चार हज़ार से ज़्यादा व्यवसायों का मूल्यांकन करती है और उन्हें इस आधार पर रैंक देती है कि वे कितने सस्ते हैं। लॉन्ग साइड में उनके फ़ंड सैकड़ों शेयर ख़रीदते हैं, जो उनके उचित मूल्य से डिस्काउंट पर चल रहे होते हैं। वे सबसे सस्ते शेयर पर सबसे बड़ा दाँव लगाते हैं। शॉर्ट साइड में वे मूल्य के मुक़ाबले महँगे चल रहे सैकड़ों शेयरों के ख़िलाफ़ दाँव लगाते हैं। यहाँ भी उनकी पोजीशन का आकार मूल्य और भाव के अंतर से तय होता है, इसलिए सबसे महँगा शेयर अपने आप उनकी सबसे बड़ी शॉर्ट पोज़ीशन बन जाता है। ''हमारा बुनियादी सिद्धांत है, सबसे सस्ता ख़रीदो, सबसे महँगे को शॉर्ट करो - और मैं यह काम बहुत सुनियोजित तरीक़े से करता हूँ,'' वे कहते हैं। ''कोई भावना शामिल नहीं होती।'' वे जानते हैं कि कुछ दाँव नाकाम रहेंगे, लेकिन वे ''औसतन सही होने'' की तलाश कर रहे हैं।

सैकड़ों लॉन्ग और शॉर्ट पोज़ीशन्स वाली इतनी जटिल रणनीति पर अमल करना आसान नहीं है। ग्रीनब्लाट ने अपने सहयोग के लिए वित्तीय विश्लेषकों और टेक मैवेन्स की 21 लोगों की टीम बनाई। लेकिन उनकी रणनीति की बुनियाद में जो सिद्धांत हैं, वे इतने सरल और शक्तिशाली हैं कि उन्हें हम सभी को याद रखना चाहिए :

1. **शेयर कंपनियों के स्वामित्व के अंश हैं, जिनका मूल्य आँकना चाहिए।**
2. **उन्हें सिर्फ़ तभी ख़रीदना चाहिए, जब वे वास्तविक मूल्य से कम पर बिक रहे हों।**
3. **लंबे समय में बाज़ार तार्किक होता है और यह कमोबेश इन कंपनियों के उचित मूल्य को प्रदर्शित करेगा।**

समस्या यह है कि कोई भी नहीं जानता कि उचित मूल्य तक पहुँचने की इस यात्रा में कितना समय लगेगा - कुछ सप्ताह लगेंगे, महीने लगेंगे या वर्ष लगेंगे। लेकिन

ग्रीनब्लाट इंतज़ार करने को तैयार रहते हैं, क्योंकि उन्हें विश्वास होता है कि ये समय पर खरे उतरे सिद्धांत अंततः कामयाब होंगे। ''यदि शेयर कंपनियों के स्वामित्व के अंश हैं और मैं उनका मूल्य अच्छी तरह आँकता हूँ - कम से कम औसतन - तो मैं लंबे समय में अच्छा प्रदर्शन करूँगा,'' वे कहते हैं। ''अर्थशास्त्र और गुरुत्वाकर्षण के नियम ख़ारिज नहीं होते।''

चार आसान सबक़

जब मैं ग्रीनब्लाट से सीखी चीज़ों के बारे में सोचता हूँ, तो मुझे चार आसान सबक़ सबसे ज़्यादा प्रभावी नज़र आते हैं। **पहला, आपको सर्वोत्कृष्ट रणनीति की ज़रूरत नहीं है। आपको तो बस एक *समझदारी* भरी *अच्छी* रणनीति की ज़रूरत है, जो आपके वित्तीय लक्ष्य हासिल कर सकती हो।** जैसा प्रशिया के सैन्य रणनीतिकार जनरल कार्ल वॉन क्लॉज़ेविट्ज़ ने कहा था, ''किसी अच्छी योजना का सबसे बड़ा शत्रु आदर्श योजना का स्वप्न है।''

दूसरे, आपकी रणनीति इतनी आसान और तार्किक होनी चाहिए कि आप इसे समझते हों, इस पर पूरा विश्वास करते हों और मुश्किल समय में भी इस पर डटे रह सकते हैं, जब यह काम करती नज़र नहीं आती हो। रणनीति ऐसी होनी चाहिए, जो दर्द, वोलेटिलिटी और नुक़सान की आपकी सहनशीलता के भी उपयुक्त हो। रणनीति और इसके सिद्धांतों को लिखने से मदद मिलती है। यह भी लिखें कि लंबे समय में आप इसके कामयाब होने की अपेक्षा क्यों करते हैं। इसे पॉलिसी स्टेटमेंट या वित्तीय आचरण संहिता की तरह मानें। तनाव और दुविधा के दौरान आप अपने संतुलन को बहाल करने और दिशा के अहसास को दोबारा हासिल करने के लिए इस दस्तावेज़ की समीक्षा कर सकते हैं।

तीसरे, आपको ख़ुद से यह पूछने की ज़रूरत है कि क्या आपमें वाक़ई बाज़ार को हराने की योग्यताएँ और स्वभाव है। ग्रीनब्लाट के पास विशेषताओं का असाधारण मिश्रण है, जो उन्हें महत्त्वपूर्ण बढ़त देता है। उनके पास इस जटिल खेल को समझने की विश्लेषणात्मक प्रतिभा और इसे सबसे बुनियादी सिद्धांतों में तोड़ने की योग्यता है : *किसी व्यवसाय का मूल्य आँको, इसे डिस्काउंट पर ख़रीदो और फिर इंतज़ार करो।* वे जानते हैं कि वे व्यवसायों का मूल्य कैसे आँकना है। वे पारंपरिक राय या व्हार्टन के प्रोफ़ेसरों जैसे विद्वानों से प्रभावित नहीं होते हैं, जिन्होंने दावा किया था कि बाज़ार कार्यकुशल होता है। इसके विपरीत, वे उन्हें बार-बार ग़लत साबित करने में आनंदित होते हैं। वे धैर्यवान, संतुलित मानसिकता वाले, आत्मविश्वासी, प्रतिस्पर्धी, तार्किक और अनुशासित भी हैं।

चौथे, यह याद रखना महत्त्वपूर्ण है कि आप बाज़ार को हराने की कोशिश किए बिना ही अमीर और सफल निवेशक बन सकते हैं। कई दशकों तक जैक बोगल ने हज़ारों सक्रिय फ़ंड मैनेजरों को इंडेक्स फ़ंड पर उनकी दीर्घकालीन श्रेष्ठता साबित करने की असफल कोशिश करते हुए देखा है। ''ये सभी सितारे धूमकेतु साबित हुए,'' उन्होंने मुझे बताया। ''वे आसमान को एक पल के लिए रोशन करते हैं। फिर वे जल जाते हैं और उनकी राख़ धीरे-धीरे धरती की ओर आती है। यक़ीन मानें, यह लगभग हर समय होता है।''

बोगल अक्सर तर्क देते थे कि ''चरम सरलता '' यह है कि एक अकेले बैलेंस्ड इंडेक्स फ़ंड को ख़रीदा और रोककर रखा जाए, जो अमेरिकी और विदेशी शेयरों व बॉण्ड्स के निश्चित प्रतिशत में निवेश करता है। और *बात ख़त्म।* बाज़ार की टाइमिंग की कोई आत्मघाती कोशिशें नहीं। अगले हॉट शेयर या फ़ंड को चुनने की कोई फ़ंतासियाँ नहीं।

इस अध्याय को लिखते समय मैंने इस सलाह का पालन किया और अपनी पत्नी के रिटायरमेंट अकाउंट के लिए एक अकेले इंडेक्स फ़ंड को चुना - एक ग्लोबल फ़ंड, जो अपनी 80 प्रतिशत संपत्तियों का निवेश शेयरों में और 20 प्रतिशत का निवेश बॉण्ड्स में करता है। मुझे यक़ीन है कि यह सर्वोत्कृष्ट रणनीति नहीं है। लेकिन यह पर्याप्त अच्छी होनी चाहिए, क्योंकि यह निवेश कई सालों का है और वह नियमित रूप से इसे बढ़ाती जाएगी। यह काफ़ी सरल रणनीति है, जो व्यापक डाइवर्सिफ़िकेशन, जोखिम-पुरस्कार के तार्किक संतुलन, टैक्स की कार्यकुशलता, असाधारण रूप से कम ख़र्च और लंबी समयावधि पर आधारित है। इसमें साहसिकता और आलंकारिकता की कमी है। लेकिन जैसा बोगल ने मुझे बताया था, ''आपको महान होने की *ज़रूरत* नहीं है।''

व्यक्तिगत रूप से मैं हमेशा से इंडेक्सिंग के गणितीय तर्क और बाज़ार को हराने के स्वप्न के बीच विभाजित रहता हूँ। लेकिन मैं इतना जानता हूँ - हम चाहे जो मार्ग चुनें, उसे सरल रखने से लाभ होता है।

6

निक और ज़ैक की उत्कृष्ट रोमांचक यात्रा

बेहद अपारंपरिक निवेश साझेदारी उजागर करती है कि सबसे समृद्ध पुरस्कार उन्हीं को मिलते हैं, जो त्वरित संतुष्टि के आकर्षण में नहीं फँसते हैं

यदि छोटी ख़ुशी के त्याग से ज़्यादा बड़ी ख़ुशी मिल सकती है, तो बुद्धिमान व्यक्ति ज़्यादा बड़ी ख़ुशी की ख़ातिर छोटी ख़ुशी का त्याग कर देगा।

–धम्मपद

जो मेरे शब्द सुनता है और उनका अनुसरण करता है, वह हर इंसान उस बुद्धिमान व्यक्ति की तरह होगा, जिसने अपना मकान पत्थर पर बनाया। बारिश आई, बाढ़ आई और आँधी चली और उन्होंने उस मकान पर प्रहार किए, लेकिन यह इसलिए नहीं गिरा, क्योंकि यह पत्थर पर बना था। और जो इंसान मेरे ये शब्द सुनता है और उनका अनुसरण नहीं करता, वह हर इंसान उस मूर्ख की तरह होगा, जिसने अपना मकान रेत पर बनाया। बारिश आई और बाढ़ आई और आँधी चली और उन्होंने उस मकान पर प्रहार किए और यह गिर गया और यह भरभराकर गिरा।

–मैथ्यू 7:24–27

निक स्लीप ने लैंडस्केप आर्किटेक्ट बनने का सपना देखा था। उन्होंने पार्क तथा सार्वजनिक स्थानों के डिज़ाइन बनाने के सपने देखे थे, जो जीवन की हड़बड़ी से शरण दें। इसलिए एडिनबरा युनिवर्सिटी से स्नातक करने के बाद वे एक स्थानीय फ़र्म में लैंडस्केपिंग अप्रेंटिस बन गए। वे कहते हैं, ''वहाँ काम करने के बाद मेरी रूमानी कल्पना ध्वस्त हो गई, क्योंकि सच्चाई यह थी कि हम डॉर्मर विंडोज़ और कार पार्क्स पर काम कर रहे थे।'' कुछ महीनों बाद उनकी छँटनी हो गई। ''स्टाफ़ तीस से घटकर बीस हो गया... और मैं उन दस बाहर निकाले गए लोगों में से एक था।''

स्लीप, जो अँग्रेज़ हैं, एडिनबरा में रहना चाहते थे, क्योंकि उन्होंने और उनकी भावी पत्नी सेरिटा ने शहर के उपनगर में एक छोटा अपार्टमेंट ख़रीद लिया था। ''इसलिए मैंने बस चारों तरफ़ देखा कि एडिनबरा किसमें अच्छा था,'' वे कहते हैं। सूचना प्रौद्योगिकी में करियर व्यावहारिक लग रहा था। लेकिन उन्हें यह भी पता चला कि एडिनबरा की प्रतिष्ठा फ़ंड मैनेजमेंट के क्षेत्र में भी थी। निवेश व्यवसाय कैसा होता है, यह पता लगाने के लिए उन्होंने एक गुमनाम पुस्तक पढ़ी, जिसका शीर्षक था, *इनवेस्टमेंट ट्रस्ट्स एक्सप्लेन्ड।* इसने इस क्षेत्र में उनकी रुचि जगा दी : ''मुझे बौद्धिक जाँच-पड़ताल का यह क्षेत्र पसंद आया।''

स्लीप एक छोटी स्कॉटिश फ़ंड कंपनी में प्रशिक्षु निवेश विश्लेषक के रूप में नौकरी करने लगे। वे उस काम के लिए बहुत योग्य नहीं थे। कॉलेज में उन्होंने जियोलॉजी पढ़ी थी और इसके बाद भूगोल – जो शेयर चुनने वाले करियर की सही तैयारी नहीं कहे जा सकते। उनके रोज़गार इतिहास से भी कोई प्रमाण नहीं मिलता था कि वे बचपन से ही वित्तीय करियर बनाने की इच्छा रखते हैं। उन्होंने हैरॉड्स डिपार्टमेंट स्टोर में काम किया था, एक आईटी फ़र्म में अस्थायी काम किया था और विंडसर्फ़िंग के लिए स्पॉन्सरशिप डील हासिल की थी। उनके फ़िल्म अभिनेता जैसे चेहरे और मृदुभाषी आकर्षण की वजह से वे कॉरपोरेट करियर के साँचे में फ़िट नहीं बैठते थे।

फिर भी क़िस्मत के फेर से वे एक ऐसे क्षेत्र में पहुँच गए थे, जो उनके विचित्र मस्तिष्क के लिए आदर्श रूप से उपयुक्त था। सभी सर्वश्रेष्ठ निवेशकों की तरह स्लीप संसार को एक असामान्य दृष्टिकोण से देखते हैं। उन्हें लगता है कि इसकी वजह शायद वेलिंगटन कॉलेज में किशोरावस्था के उनके अनुभव हैं, जो क्वीन विक्टोरिया द्वारा स्थापित अँग्रेज़ बोर्डिंग स्कूल है। स्लीप उन चंद विद्यार्थियों में से थे, जो घर पर रहते थे, जिसका मतलब था कि वे स्कूली जीवन की परिधि पर ''स्वतंत्र रूप से विचरण'' करते थे। वे वीकएंड्स पर एक पब में भी काम करते थे, जबकि उनके ज़्यादातर सहपाठी चार सौ एकड़ वाले कैंपस में रुके रहते थे। वे कहते हैं, ''मैं इस बात से जल्दी ही आरामदेह हो गया कि मैं हर एक से अलग था। मैं समूह के बाहर रहकर ख़ुश था।''

जब स्लीप लगभग बीस साल के थे, तो वे रॉबर्ट पर्सिग की पुस्तक *ज़ेन ऐंड द आर्ट ऑफ़ मोटरसाइकल मेंटेनेंस : एन इन्क्वायरी इनटु वैल्यूज़* से सम्मोहित हो गए। इस पुस्तक को 121 प्रकाशकों ने अस्वीकार किया था। इस पुस्तक में विचित्र लेकिन ज़बर्दस्त चिंतन है कि ''गुणवत्ता'' के प्रति समर्पित जीवन जीना कैसा होता है। पर्सिग उन लोगों की सराहना करते हैं, जो उनके कार्यों और निर्णयों की गुणवत्ता के बारे में इतनी गहरी परवाह करते हैं कि सबसे साधारण काम भी आध्यात्मिक अनुभव बन जाता है - धैर्य, शुचिता, तार्किकता और शांति जैसे आंतरिक गुणों का प्रतिबिंब। चाहे आप कुर्सी की मरम्मत कर रहे हों, ड्रेस सिल रहे हों या किचन नाइफ़ पैना कर रहे हों, वे लिखते हैं कि ''इसे करने का एक बुरा तरीक़ा होता है'' और ''इसे करने का एक उच्च गुणवत्ता वाला, सुंदर तरीक़ा होता है।''

पर्सिग के लिए मोटरसाइकल मेंटेनेंस इस बात की आदर्श उपमा है कि उत्कृष्ट तरीक़े से कैसे जिएँ और काम करें। ''वह वास्तविक मोटरसाइकल जिस पर आप काम कर रहे हैं, वह हैं आप,'' वे लिखते हैं। ''वह मशीन जो 'वहाँ बाहर' नज़र आती है और वह व्यक्ति जो 'यहाँ अंदर' दिखता है, वे दो अलग चीज़ें नहीं हैं। वे दोनों एक साथ गुणवत्ता की ओर विकास करते हैं या फिर वे गुणवत्ता से नीचे गिरते हैं।''

जैसी आप कल्पना कर सकते हैं, शेयर बाज़ार के ज़्यादातर बेहद महत्त्वाकांक्षी लोगों में इतना धैर्य नहीं होता कि मोटरसाइकलों के बारे में रहस्यवादी नसीहतों पर ध्यान दें। लेकिन जीवन के प्रति एक हार्दिक, नैतिक, बौद्धिक रूप से ईमानदार नीति वाली पर्सिंग की भविष्यदृष्टि स्लीप के दिल में उतर गई। अंततः इसने ही तय किया कि वे किस तरह के निवेशक बनने वाले हैं। स्वयं पर पर्सिंग के स्थायी प्रभाव को स्लीप ने एक ईमेल में स्वीकार किया, ''आप हर चीज़ को सचमुच गुणवत्ता से करना चाहते हैं, क्योंकि इसी से संतुष्टि और शांति मिलती हैं।''

लेकिन निवेश के संदर्भ में इसका क्या मतलब है? 2001 में स्लीप और उनके मित्र कैस ''ज़ैक'' ज़कारिया ने नोमेड इनवेस्टमेंट पार्टनरशिप नामक फ़ंड बनाया। इस फ़ंड को उन्होंने एक प्रयोगशाला परीक्षण मान लिया। परीक्षण यह था कि ''उच्च गुणवत्ता'' वाले तरीक़े से कैसे निवेश करें, सोचें और व्यवहार करें। शेयरहोल्डर्स को उनके वाकपटु और रोचक पत्रों में से एक में स्लीप ने लिखा था, ''नोमेड का मतलब हमारे लिए सिर्फ़ एक फ़ंड का प्रबंधन करना नहीं है... नोमेड तो एक तार्किक, रहस्यवादी, लगभग आध्यात्मिक यात्रा है (रेत और ऊँटों के बिना, हालाँकि वे होते तो ज़ैक ज़्यादा ख़ुश होते)।''

इसमें से कुछ भी मायने नहीं रखता, अगर इस विचित्र महत्त्वाकांक्षी प्रयोग के परिणाम आश्चर्यजनक नहीं होते। तेरह सालों में नोमेड ने 921.1 प्रतिशत का रिटर्न दिया, जबकि एमएससीआई वर्ल्ड इंडेक्स का रिटर्न 116.9 प्रतिशत था। दूसरे शब्दों

में, उनके फ़ंड ने इसकी बेंचमार्क इंडेक्स को *800 से ज़्यादा प्रतिशत* से हराया था। इसे दूसरी तरह से कहें, तो इंडेक्स में 1 मिलियन डॉलर का निवेश करने पर यह राशि बढ़कर 2.17 मिलियन डॉलर हो जाती, जबकि नोमेड में निवेशित 1 मिलियन डॉलर बढ़कर 10.21 मिलियन डॉलर हो जाते।

2014 में स्लीप और ज़कारिया ने अपने शेयरहोल्डर्स का पैसा वापस कर दिया और 45 साल की उम्र में फ़ंड मैनेजर पद से रिटायर हो गए। इसके बाद से वे इतनी ही आश्चर्यजनक सफलता के साथ अपने ख़ुद के पैसों का प्रबंधन कर रहे हैं। रिटायरमेंट के पहले पाँच वर्षों में उन्होंने अपनी दौलत लगभग तीन गुना कर ली है। स्लीप पारंपरिक राय के प्रति आदतन उदासीन रहते हैं, इसलिए उन्होंने अपनी ज़्यादातर दौलत सिर्फ़ तीन शेयरों में लगा दी। ऐसे भी मौक़े रहे, जब उनका और ज़कारिया का 70 प्रतिशत पैसा सिर्फ़ एक शेयर में ही लगा था।

बहुत कम दूसरे विशेषज्ञ हैं, जिन्हें इतने ज़्यादा सम्मान के साथ देखा जाता है। बिल मिलर उनकी ''पूर्ण स्वतंत्रता'' और ''स्पष्ट सोच'' की प्रशंसा करते हैं तथा उन्होंने नोमेड में अपना ख़ुद का पैसा निवेश किया था। गाई स्पायर, जो स्लीप के मित्र हैं, उन्हें निवेश जगत के सबसे गहन विचारकों में से मानते हैं। जब मैंने मोहनीश पबरई से सलाह माँगी कि किन निवेशकों का इंटरव्यू लूँ, तो उन्होंने मुझे बताया, ''निक स्लीप असाधारण हैं। वे बहुत गहरा शोध करते हैं और बहुत कम शेयरों पर बेहद केंद्रित निवेश करते हैं। यह अपने सारे अंडे एक ही टोकरी में रखने जैसा है... उनका इंटरव्यू मनमोहक होगा, लेकिन वे इंटरव्यू नहीं देंगे। वे बहुत निजी इंसान हैं।''

वाक़ई उनके रहस्यमयी आभामंडल का एक पहलू यह भी है कि स्लीप और ज़कारिया हमेशा राडार के काफ़ी नीचे उड़े हैं। अपने फ़ंड की मार्केटिंग में उनकी कोई रुचि नहीं है। अपने ख़ुद के प्रचार में तो उनकी रुचि और भी कम है। इसका परिणाम यह हुआ कि उन्होंने अपनी असली कहानी लोगों को कभी बताई ही नहीं। लेकिन पिछले कुछ वर्षों में मैं कई बार स्लीप का इंटरव्यू ले चुका हूँ। फिर 2018 की शिशिर ऋतु में मैंने उनके और ज़कारिया के साथ लंदन में किंग्स रोड पर उनके ऑफ़िस में एक दोपहर गुज़ारी – यह प्रकाशित और ख़ुशनुमा ऑफ़िस इतना अनौपचारिक है कि ज़कारिया के पास तो डेस्क भी नहीं है। उन्हें प्लश लेदर आर्मचेयर पर बैठकर काम करना पसंद है, जिसके सामने एक दीवार है, जहाँ उनके मैचिंग बीकीपर सूट हुक पर टँगे हैं। वहीं पर – ''गैलेक्टिक मुख्यालय'' में – उन्होंने उस पर मनन किया, जिसे वे ''पूँजीवाद में साहसिक अभियान'' कहते हैं।

हमारी चर्चाओं में एक उत्साहवर्धक नीतिकथा सामने आई, जिसमें अच्छे लोगों की जीत होती है। यह नीतिकथा बताती है कि उन निवेशकों को असाधारण लाभ मिलते हैं, जिनके पास इतना अनुशासन और धैर्य होता है कि वे त्वरित संतुष्टि

के प्रलोभनों का प्रतिरोध कर सकें। अल्पकालीन सोच के वर्चस्व वाले तीव्र गति के युग में पुरस्कारों में विलंब करने की यह क्षमता सफलता के सबसे शक्तिशाली योगदानकर्ताओं में से एक है; बाज़ार में ही नहीं, बल्कि व्यवसाय और जीवन में भी।

रेत पर बना मकान

स्लीप की तरह ज़कारिया ने भी कभी वॉल स्ट्रीट पर काम करने का सपना नहीं देखा था। ''ईमानदारी से कहूँ, तो मैं कोई दूसरी चीज़ करने से प्रेम करता,'' वे कहते हैं। ''मैं मौसमविज्ञानी बन जाता, मगर माता-पिता ने अनुमति नहीं दी। मुझे यह मनमोहक लगता था। मैं मौसम की रिपोर्ट पढ़ता था और अपनी ख़ुद की वेदर रिपोर्ट बनाता था, लेकिन माता-पिता को यह मूर्खतापूर्ण लगता था।''

1969 में इराक में जन्मे ज़कारिया तुलनात्मक रूप से कम संपन्न परिवार से आए थे। उनके पिता इराकी केंद्रीय बैंक में काम करते थे। उनकी माँ बगदाद युनिवर्सिटी में पोषण पर लेक्चर देती थीं। लेकिन यह राजनीतिक कुचक्रों और हिंसा से भरा ख़तरनाक समय था। ''हमें साफ़ कर दिया गया,'' ज़कारिया कहते हैं। उनका परिवार सब कुछ पीछे छोड़कर वहाँ से भाग निकला। 1972 में एक कैथोलिक चैरिटी ने उनके माता-पिता को इंग्लैंड में शरण दिलाई, जहाँ उन्होंने उनके तीन बच्चों को पाला। ''वे शून्य के साथ यहाँ आए थे,'' ज़कारिया कहते हैं। ''दरअसल नारंगी वोल्वो के सिवाय कुछ भी नहीं था, जो उन्हें किसी ने तुर्की में दी थी।''

उनके पिता दरवाज़े तब तक खटखटाते रहे, जब तक कि उन्हें जूनियर अकाउंटेंट की नौकरी नहीं मिल गई। उन्होंने मेहनत करके तरक़्क़ी की और फिर इराक को मशीनें निर्यात करने का सफल व्यवसाय खड़ा किया। ज़कारिया के माता-पिता चाहते थे कि वे भी कंपनी में शामिल हों और अंततः इसे चलाएँ, ताकि जीवन की अनिश्चितताओं के ख़िलाफ़ और ज़्यादा सुरक्षा मिल जाए। ''पैसा उनके लिए बहुत महत्त्वपूर्ण है,'' वे कहते हैं। ''धन का संग्रह। ज़रूरी नहीं है कि इसे ख़र्च किया जाए। यह सुरक्षा और स्टेटस के बारे में है।'' 1987 में ज़कारिया गणित का अध्ययन करने के लिए कैम्ब्रिज गए। हर चीज़ पटरी पर थी। लेकिन उसी साल उनके पिता दिवालिया हो गए।

पता चला कि उन्होंने उधार के पैसों से शेयर बाज़ार में दाँव लगाया था। उन्होंने संदिग्ध टिप शीट्स में प्रचारित हॉट शेयर ख़रीदे थे और चालाक सेल्समैनों की पिरामिड योजनाओं में फँस गए थे। एक शेयर ब्रोकर ''एक शेयर की अनुशंसा करता था, जो इस पिरामिड पर आधारित था कि कौन पहले आया और कौन अंत

में आया था,'' ज़कारिया कहते हैं। ''आप जितने ज़्यादा पैसे डालते थे, पिरामिड में उतने ही ज़्यादा ऊपर पहुँचते थे। मेरे पिता कभी पर्याप्त ऊँचाई पर नहीं पहुँच पाए और जब यह पिरामिड ध्वस्त हुआ, तो उन्होंने हर चीज़ गँवा दी।'' परिवार क़र्ज़ के बोझ तले दब गया और निर्यात व्यवसाय डूब गया।

यह निवेश ज़कारिया के लिए व्यवसाय जगत का बुरा परिचय था। ''मेरे पिता ने उन चीज़ों में पैसा कमाया, जिन्हें वे समझते थे और उन चीज़ों में पैसा गँवाया, जिन्हें वे नहीं समझते थे और बेहद अनैतिक लोगों की वजह से दिवालिया हुए।'' इन स्मृतियों ने ज़कारिया के मन में सेल्सपीपुल, फटाफट अमीर बनो वाली योजनाओं और वॉल स्ट्रीट के ''कैसिनो'' वाले पहलू के प्रति स्थायी संदेह भर दिया।

1990 में कैम्ब्रिज से स्नातक होने के बाद ज़कारिया काफ़ी हद तक अपने आप निवेश के खेल में दाख़िल हो गए। पारिवारिक व्यवसाय का विकल्प अब नहीं रह गया था। उनके भाई-बहनों के विपरीत वे डॉक्टर नहीं बनना चाहते थे, क्योंकि ख़ून देखकर ही उन्हें चक्कर आने लगते थे। और मौसम विज्ञान मूर्खतापूर्ण था। इसलिए उन्होंने हाँगकाँग में एशिया के अग्रणी एसेट मैनेजर जार्डिन फ़्लेमिंग में इक्विटी एनालिस्ट का काम शुरू किया। यह 1996 तक पर्याप्त अच्छी तरह चला। फिर उनके बॉस, जो हॉटशॉट फ़ंड मैनेजर थे, पर यह आरोप लगा कि वे सफल ट्रेड अपने ख़ुद के ख़ाते में डाल लेते हैं, जिससे ग्राहकों को मुनाफ़ा नहीं मिल पाता, जो ग्राहकों के स्वयं के ख़ाते में डालने पर मिलता। फ़ंड मैनेजर को नौकरी से निकाल दिया गया और कई मिलियन डॉलर का जुर्माना भी लगाया गया। लेकिन फ़र्म की प्रतिष्ठा पर लगे दाग़ को धोने के लिए व्यवसाय का पुनर्गठन आवश्यक था। ज़कारिया की छँटनी हो गई।

''मैंने कुछ दोस्तों को फ़ोन करके कहा, 'क्या तुम्हारे पास कोई चीज़ है? मैं सचमुच *कुछ भी* करने को तैयार हूँ।'' एक दोस्त ड्यूश बैंक में स्टॉक ब्रोकिंग डेस्क चलाता था और उसने मेहरबानी करके उन्हें एशियाई शेयरों में विशेषज्ञता रखने वाले ''सेल-साइड'' विश्लेषक की नौकरी दे दी। यह जीवन का क्रूर मज़ाक़ था। ज़कारिया को सेल्सपीपल और ख़ास तौर पर शेयर ब्रोकर्स पर बहुत अविश्वास था, लेकिन उन्हें अब बैंक के संस्थागत ग्राहकों को स्टॉक टिप्स बेचकर वेतन कमाना था। ''मैंने यह काम चार साल तक किया और यह सचमुच नरक जैसा था,'' वे कहते हैं। ''मैं बेचने में निपुण नहीं था, इसलिए मैं किसी को भी कुछ नहीं बेच पाया।''

ड्यूश में रहते समय ज़कारिया ने वॉल स्ट्रीट के तौर-तरीक़ों में क्रैश कोर्स किया। ''यह काम करने के लिए सदमे भरी जगह थी,'' वे कहते हैं। नैतिक समझौते करना लाजिमी था। ''मेरे अच्छे मित्र और बॉस ने कहा, 'अगर कोई कुछ करना

चाहता है, तो उसके विपरीत सलाह मत दो, भले ही तुम्हें उसकी इच्छा ग़लत लगती हो। बस उसकी इच्छा पूरी कर दो, वरना तुम्हें कभी धन्यवाद नहीं दिया जाएगा।' यह सुनकर मैंने सोचा, 'यह तो बहुत ग़लत तरीक़ा है।' यह भयंकर था! मेरा मतलब है, अगर आप सोचते हैं कि वे ग़लती कर रहे हैं, तो आपको उन्हें *बताना* चाहिए।'' ज़कारिया कहते हैं कि वे उस काम के लिए इतने ज़्यादा अनुपयुक्त थे कि उन्हें एक महीने के भीतर ही नौकरी से निकाल दिया जाता, अगर उनका बॉस उनकी ''रक्षा'' नहीं करता। फिर भी एक तसल्ली थी। उनकी मुलाक़ात निक स्लीप से हुई।

एडिनबरा में निवेश की नौकरी तीन साल तक करने के बाद स्लीप सन लाइफ़ ऑफ़ कैनेडा में निवेश विश्लेषक बन गए। यह वित्तीय सेवा प्रदान करने वाली बड़ी कंपनी थी, जिसमें लाखों कर्मचारी थे। ''मुझे वहाँ काम करने से एलर्जी थी,'' वे कहते हैं। ''एक बार जब आप किसी ऊर्जावान कंपनी में काम कर लेते हैं, तो किसी बड़ी, नीरस और बोझिल कंपनी में काम करने जाना काफ़ी मुश्किल होता है।'' कुछ महीनों बाद यह नौकरी छोड़कर वे 1995 में मैराथन एसेट मैनेजमेंट में काम करने लगे, जहाँ वे एक दशक से ज़्यादा समय तक रहने वाले थे। यह लंदन में एक साहसिक, महत्त्वाकांक्षी निवेश फ़र्म थी, जो ''बड़े लोगों को धूल चटाने की कोशिश कर रही थी।''

स्लीप के मेंटर जेरेमी हॉसकिंग थे, जो मैराथन के सह-संस्थापक थे। इस विचित्र अँग्रेज़ की हॉबी विंटेज स्टीम इंजनों का संग्रह थी। ''वे स्वभाव से क्रांतिकारी हैं,'' स्लीप कहते हैं। ''वे सबसे बुरी चीज़ ख़रीदने को तैयार रहते हैं, जो उन्हें मिल सकती है... उन्हें विवाद और मुश्किलें पसंद हैं।'' जब 1997 में एशियाई संकट आया, तो सस्ते शेयरों की तलाश में हॉसकिंग और स्लीप दक्षिण-पूर्व एशिया के पिघलते बाज़ारों में गए। जब एशिया का आर्थिक चमत्कार तबाही में बदला, तो हर निवेशक सुरक्षा की तरफ़ भागने लगा। लेकिन मैराथन के लोगों को एशिया-आधारित ब्रोकरेज में एक अविश्वसनीय साथी मिल गया, जो बाक़ी लोगों जैसा नहीं था : ज़कारिया।

स्लीप और ज़कारिया उन जुनूनी सस्ते सौदों के बारे में नियमित बातचीत करते थे, जो उन्हें सिंगापुर, हाँगकाँग और फ़िलिपीन्स जैसी जगहों पर दिख रहे थे। ज़्यादातर ब्रोकर लोकप्रिय शेयरों पर ध्यान केंद्रित करते थे, जिन्हें बेचना आसान था। लेकिन ज़कारिया तो उन घृणित शेयरों से रोमांचित थे, जो भारी डिस्काउंट पर उपलब्ध थे। ''जैक बेकार शेयरब्रोकर थे, क्योंकि जो उन्हें आकर्षक लगता था, वह हमारे अलावा किसी दूसरे को आकर्षक नहीं लगता था,'' स्लीप कहते हैं। ''इसलिए उनकी सलाह का कोई वाणिज्यिक मूल्य नहीं था। आप इसे किसी दूसरे को नहीं बेच सकते थे।'' लेकिन फेंके हुए रत्नों के प्रति ज़कारिया की पैनी निगाह ने

ही दरअसल उन्हें मैराथन के लिए मूल्यवान बनाया। हॉसकिंग ने उनसे कहा, ''जब आप कोई शेयर किसी दूसरे को नहीं बेच सकें, तो हमें बता दें।''

चमत्कारी वर्षों के दौरान निवेशक एशिया के बारे में इतने उत्साहित थे कि उन्होंने उन शेयरों पर दाँव लगा दिए थे, जिनका भाव उनकी संपत्तियों की रिप्लेसमेंट कॉस्ट से तीन गुना था। संकट के दौरान आप वही शेयर उनकी संपत्तियों की एक चौथाई रिप्लेसमेंट कॉस्ट पर ख़रीद सकते थे। एक साल से भी कम समय में मैराथन ने दक्षिण-पूर्व एशिया में लगभग 500 मिलियन डॉलर का निवेश कर दिया और वहाँ का शेयर बाज़ार सुधरने पर ढेर सारे पैसे कमाए। इसका आंशिक श्रेय ज़कारिया को जाता था। ''वे सटीकता से वैसे ही विश्लेषक थे, जिनकी ज़रूरत हमें एशियाई संकट में थी,'' स्लीप कहते हैं। ''वे निवेश बैंक में कार्यरत सेल्सपर्सन थे, लेकिन वे सचमुच सेल्सपर्सन का काम नहीं कर रहे थे, क्योंकि वे उन शेयरों को नहीं बेच रहे थे, जिन्हें उनका बैंक बेचना चाहता था।'' यह अहसास बढ़ने वाला था कि ज़कारिया प्रवाह के ख़िलाफ़ जूझ रहे थे।

यदि आप व्यंग्य उपन्यासकार होते और वॉल स्ट्रीट की सबसे बुरी स्थिति के बारे में लिखना चाहते, तो आप लोभ के स्वर्ण युग को चुन सकते थे, जैसे 1999 का उत्तरार्ध और 2000 का पूर्वार्ध। यह एक ऐसा समय था, जब टेक और इंटरनेट शेयरों की दीवानगी ने बैंकरों, ब्रोकरों, फ़ंड मैनेजरों और नियमित निवेशकों के दिमाग़ को भ्रष्ट कर दिया था। करोड़ों लोग त्वरित दौलत की इच्छा से प्रेरित थे और उनका एकमात्र डर यह था कि कहीं वे सुनहरा मौक़ा नहीं चूक जाएँ।

ड्यूश और इसके प्रतिद्वंद्वियों ने मूल्य से बहुत ज़्यादा भाव पर चल रही अधपकी कंपनियों को सार्वजनिक करके काफ़ी मुनाफ़ा कमाया और इन कंपनियों के क़ायम रहने की शंकाओं को नज़रअंदाज़ किया। प्रतिष्ठित दिखने वाली ब्रोकरेजेस के शोध विश्लेषक बेशर्म शेयर प्रमोटर्स की भूमिका निभा रहे थे। ऐसे समय ज़कारिया जैसे ब्रोकर्स ने महसूस किया कि उन्हें यह कचरा उन निवेशकों को बेचना होगा, जो या तो ज़्यादा जानते नहीं थे या फिर जुनून के ख़त्म होने से पहले अमीर बनने के सपने देख रहे थे। यह कैसिनो जैसा माहौल था। लेकिन ज़कारिया ने जुंआ खेलने से इनकार कर दिया। ''आईपीओ बहुत ही भयंकर थे और मैं लोगों को *बता* देता था कि वे भयंकर हैं। और ज़ाहिर है तब आप इन्हें नहीं बेच पाते थे और इससे बहुत दुख होता था।''

एक सौदा जो हमेशा उनके दिमाग़ पर अंकित रहने वाला था, वह एक ताइवानी टेक स्टार्टअप गीगामीडिया लिमिटेड के बारे में था। यह दो साल से भी कम पुरानी कंपनी थी और मुनाफ़े दूर के सपने थे। इस बात से विचलित हुए बिना गोल्डमैन सैक्स और ड्यूश बैंक ने बबल के शिखर पर फ़रवरी 2000 में इसे नैसडैक पर सार्वजनिक करने का निर्णय लिया। ज़कारिया कहते हैं कि उनके एक सहकर्मी –

"आपके आदर्श सेल्सपर्सन ने पेरिस के एक फ़ंड मैनेजर को फ़ोन करके कहा, 'मैं सोचता हूँ कि आपको इसे ख़रीदना चाहिए।' फ़ंड मैनेजर ने 150 मिलियन डॉलर का ऑर्डर डाल दिया। बस एक समस्या थी। यह राशि उनके फ़ंड की पूरी संपत्तियों से भी ज़्यादा थी। फिर भी किसी को परवाह नहीं थी, क्योंकि यह सब एक खेल था। फ़ंड मैनेजर सोच रहा था कि आईपीओ ओवरसब्सक्राइब होने की वजह से बैंक उसे पूरी राशि के शेयर नहीं देगी, बल्कि मुट्ठी भर शेयर ही देगी और चिंता की क्या बात है, क्योंकि शेयर का भाव बढ़ना तो तय है।

और सचमुच यही हुआ। गीगामीडिया का शेयर आईपीओ वाले दिन 27 डॉलर से बढ़कर 88 डॉलर हो गया और इस पैसे गँवाने वाले भँवर का मूल्य 4 अरब डॉलर से ज़्यादा आँका गया। लेकिन यह सब एक भ्रम था। जब कुछ सप्ताह बाद डॉट कॉम बबल फूटा, तो गीगामीडिया का भाव 98 प्रतिशत गिर गया।

ज़कारिया के लिए यह सब बहुत ज़्यादा था - अतार्किकता, मूल्य के मुक़ाबले अनाप-शनाप भाव, फटाफट पैसे कमाने के लिए कुछ भी करने की इच्छुकता, चाहे किसी को भी नुक़सान हो रहा हो। "मैं तनाव का शिकार हो गया और मुझे कोई चीज़ करने की ज़रूरत थी, जो ज़्यादा ज़मीन से जुड़ा हो," वे कहते हैं। "ड्यूश बैंक में मेरा समय स्वास्थ्य के लिहाज़ से बहुत ख़राब था, क्योंकि शेयर ब्रोकर ज़मीन से जुड़े नहीं होते। आप सुबह उठते हैं और आपको ज़रा भी पता नहीं होता कि आपका दिन कैसे जाएगा, कि आपका ग्राहक आपको पसंद करेगा या आपसे नफ़रत करेगा, कि आपको नौकरी से निकाला जाएगा या नहीं। यह सब बहुत ज़्यादा अस्थिर था।"

उन्हें मैराथन ने बचाया। अप्रैल 2000 में डॉट कॉम के प्रिय शेयर चकनाचूर हो रहे थे और उस वक़्त ज़कारिया ड्यूश बैंक की नौकरी छोड़कर स्लीप के साथ काम करने पहुँच गए। वे लंदन में मैराथन के ऑफ़िस में विश्लेषक बन गए। मई में वे बर्कशायर हैथअवे की एन्युअल मीटिंग के लिए एक साथ ओमाहा गए। "यह अद्‌भुत था," ज़कारिया कहते हैं। वॉरेन बफ़ेट और चार्ली मंगर ने उन कंपनियों के बारे में बात की, जिन्हें वे दशकों तक रोककर रखना चाहते थे। वे नवीनतम मूर्खतापूर्ण आईपीओ पर दाँव नहीं लगा रहे थे, ना ही दूसरे लोगों का नुक़सान करके मुनाफ़ा कमाने की योजना बना रहे थे। "हे भगवान," ज़कारिया ने सोचा। "इसका कैसिनो से कोई संबंध नहीं है! यह तो असली कंपनियों के बारे में है!"

स्लीप अपने अधिकारियों से आग्रह करते रहे कि वे उन्हें मैराथन के भीतर एक कॉनसेंट्रेटेड फ़ंड शुरू करने की अनुमति दें, जिसका मॉडल उन्होंने बफ़ेट को बनाया था। बफ़ेट उन्हें गुणवत्ता की प्रतिमा दिख रहे थे। यह कंपनियों के बारे में बफ़ेट की गहरी सोच ही नहीं थी, बल्कि बर्कशायर के शेयरहोल्डर्स के प्रति सम्मानजनक व्यवहार भी था। यही नहीं, वे सिर्फ़ 1,00,000 डॉलर सालाना वेतन लेते थे।

स्लीप कहते हैं, एक छोर पर ''आपके पास बफ़ेट हैं, जो उतने सिद्धांतवादी हैं, जितना कोई हो सकता है।'' दूसरे छोर पर, ''मार्केटिंग पर आधारित कंपनियाँ हैं, जो निवेश फ़ंड बेच रही हैं, लेकिन वे कार या वॉशिंग मशीन भी बेच सकती थीं... उन्हें अपने ग्राहकों की रत्ती भर भी परवाह नहीं थी।''

जब स्लीप के अधिकारियों ने उन्हें 2001 में नोमेड इनवेस्टमेंट पार्टनरशिप शुरू करने के लिए हरी झंडी दी, तो उन्होंने ज़कारिया से कहा कि वे फ़ंड के सह-मैनेजर बन जाएँ। स्लीप कहते हैं, ''यह स्पष्ट था कि हम थोड़ी अजीब चीज़ करने जा रहे हैं।'' वाक़ई, शुरू से ही उन्होंने नोमेड को निवेश उद्योग के ''पाप और मूर्खता'' के ख़िलाफ़ विद्रोह माना था। ''हम यह साबित करना चाहते थे कि निवेश करने और व्यवहार करने का एक और तरीक़ा था,'' स्लीप कहते हैं। ''आपको वॉल स्ट्रीट का सारा तमाशा करने की ज़रूरत नहीं है।''

बकवास की परवाह नहीं करें

स्लीप और ज़कारिया की रुचि भीमकाय फ़ंड बनाने में नहीं थी, ताकि उन्हें ढेर सारी फ़ीस मिल सके। उन्होंने सीएनबीसी पर मार्केट गुरु बनने या *फ़ोर्ब्स* के कवर पर प्रशंसित होने के सपने नहीं देखे थे। महल, विमान या याट ख़रीदने में उनकी ना तो रुचि थी, ना ही इच्छा। उनकी महत्त्वाकांक्षा सरल थी। वे उत्कृष्ट दीर्घकालीन रिटर्न हासिल करना चाहते थे।

विशिष्ट रूप से उनका लक्ष्य नोमेड के नेट एसेट वैल्यू को दस गुना बढ़ाना था। तीन बेटियों और एक धर्मपुत्र के पिता स्लीप ने अपने मिशन को थोड़े विचित्र अंदाज़ में पेश किया : अगर कोई उनसे पूछता, ''युद्ध के दौरान आपने क्या किया?'', तो वे जवाब देना चाहते थे, ''हमने एक पौंड को दस पौंड में बदला।''

बेहतरीन रिटर्न कमाने की इच्छा रखने वाले हर व्यक्ति को इस बात का अध्ययन करना चाहिए कि स्लीप और ज़कारिया ने यह कैसे तय किया कि वे कहाँ ध्यान देंगे – और इतनी ही महत्त्वपूर्ण बात, वे किसे नज़रअंदाज़ करेंगे। स्लीप दार्शनिक विलियम जेम्स की एक पंक्ति उद्धृत करते हैं : ''बुद्धिमान होने की कला यह जानने में है कि किसे नज़रअंदाज़ करना है।'' उन्होंने और ज़कारिया ने ढेर सारी मानक परंपराओं को अस्वीकार किया। ''हम उन सारी चीज़ों से छुटकारा पा रहे थे, जिन्हें हम पसंद नहीं करते थे,'' स्लीप कहते हैं। ''हम एक विचित्र सैन्य समूह के सदस्य थे।''

शुरुआत में तो उन्होंने उस सारी क्षणभंगुर जानकारी को नज़रअंदाज़ किया, जो निवेशकों को सचमुच महत्त्वपूर्ण चीज़ों से भटकाती है। स्लीप कहते हैं कि भोजन

की तरह ही जानकारी की भी ''एक्सपायरी'' डेट होती है। कई जानकारियों की शेल्फ़ लाइफ़ कम होती है, जबकि कुछ की ख़ासकर ''लंबी शेल्फ़ लाइफ़'' होती है। शेल्फ़ लाइफ़ की यह अवधारणा एक मूल्यवान फ़िल्टर बन गई।

मिसाल के तौर पर, जब मैंने मई 2000 में स्लीप और ज़कारिया से दोबारा बातचीत की, तो वित्तीय ख़बरों की भरमार थी कि उपभोक्ताओं के ख़र्च, कंपनियों के मुनाफ़े, बेरोज़गारी, ब्याज दरों और संपत्ति के भावों पर कोविड-19 का अल्पकालीन प्रभाव कैसा पड़ेगा। *फ़ाइनैंशियल टाइम्स* में एक लेख में यह सवाल किया गया था कि अमेरिका की आर्थिक बहाली किस तरह दिखेगी, वी, यू, डब्ल्यू, एल या ''नाइकी के स्वूश'' की तरह। स्लीप और ज़कारिया के लिए यह अल्पकालीन न्यूज़ कवरेज बाज़ार के दैनिक ''टीवी सीरियल'' की तरह था - बहुत ज़्यादा सतही, अल्पकालीन और उनका ध्यान आकर्षित करने के लिहाज़ से अविश्वसनीय। वे इस बात की भविष्यवाणी नहीं कर सकते थे कि आर्थिक ख़बरें किस तरह सामने आएँगी। इसलिए अज्ञात पर मानसिक ऊर्जा बरबाद करने में कोई तुक नहीं था!

इसी तरह उन्होंने वॉल स्ट्रीट से आने वाले अल्पकालीन वित्तीय डाटा और अनुशंसाओं के प्रवाह को भी नज़रअंदाज़ किया। ब्रोकरेज फ़र्म्स को निवेशकों की ज़्यादा गतिविधि से लाभ होता है, इसलिए वे हज़ारों कंपनियों के लिए अगली तिमाही की प्रति शेयर आमदनी के अविश्वसनीय अनुमान लगाती रहती हैं। स्लीप ''क्वार्टरली ईपीएस के दीवानों'' की उपेक्षा करते हैं, जो ऐसी जानकारी के लिए बेताब रहते हैं, जो बारह हफ़्तों में ''मूल्यहीन'' हो जाएगी। जैसा वे इसे देखते हैं, ''अल्पकालीन भीड़'' ''झूठे उद्दीपनों'' पर लगातार प्रतिक्रिया करती है, चाहे यह नवीनतम आर्थिक डाटा हो या यह छोटी ख़बर हो कि किसी कंपनी ने विश्लेषकों की उम्मीदों से ज़्यादा अच्छा प्रदर्शन किया है। ''आपको ख़ुद को तैयार करना पड़ता है कि आप बकवास पर विश्वास नहीं करें और इसे नहीं सुनें।''

उन्होंने इस कीचड़ से ख़ुद को बाहर निकालने का एक व्यावहारिक तरीक़ा अपनाया। उन्होंने वॉल स्ट्रीट के बिकवाली से संबंधित सारे शोध को दरकिनार कर दिया। ''हमने इसे एक ढेर में रख दिया,'' ज़कारिया कहते हैं। ''हर महीने आप इसे देखना शुरू करते थे और फिर सोचते थे, 'मैं बोर हो गया।' इस तरह सारा ढेर कचरे में चला जाता था... इनमें सिर्फ़ गपशप और मूर्खतापूर्ण बातें थीं, जिन्हें नहीं पढ़ने की बात सोचकर हम बहुत ख़ुश हो गए।'' इसी तरह, स्लीप और ज़कारिया ने शेयर ब्रोकर्स को बता दिया कि कुछ बेचने के इरादे से उन्हें फ़ोन नहीं करें, क्योंकि स्वतंत्र निष्कर्ष पर पहुँचने के लिए वे केवल अपने स्वयं के शोध पर विश्वास करते थे।

उन्होंने ब्लूमबर्ग टर्मिनल के इस्तेमाल को न्यूनतम कर दिया, ताकि वे बाज़ार की दिन-प्रति-दिन की गतिविधि से ख़ुद को दूर कर सकें। फ़ंड मैनेजर प्रायः

रियल–टाइम डाटा और वित्तीय समाचार देने वाले चार मॉनिटरों की दीवार पर आँख गड़ाए रहते हैं। ब्लूमबर्ग की सालाना एन्युअल फ़ी लगभग 24,000 डॉलर है और यह पेशेवर निवेशकों का स्टेटस सिम्बल है। लेकिन आज भी स्लीप और ज़कारिया ने अपने एकमात्र ब्लूमबर्ग मॉनिटर को बगैर कुर्सी वाली एक छोटी साइड टेबल पर रखा हुआ है। ''इसे जान–बूझकर ऐसी जगह रखा गया था, जिसे देखने में मुश्किल आए,'' ज़कारिया कहते हैं। ''निक इसे निचली टेबल पर रखना चाहते थे, क्योंकि इसे पाँच मिनट देखते ही आपको अहसास होता था, ''ओह, मेरी कमर में दर्द हो रहा है,'' और फिर आप इसे देखना छोड़ देते थे।''

शिकागो स्थित हेज फ़ंड मैनेजर पैट डोर्सी भी इसी तरह का दृष्टिकोण व्यक्त करते हैं। ''निवेशक जो सबसे अच्छी एक चीज़ कर सकता है, वह यह है कि वह अपने ऑफ़िस में टीवी और ब्लूमबर्ग टर्मिनल नहीं रखे,'' उन्होंने एक बार मुझे बताया था। ''मुझे शेयरों के भाव देखने या हमारे पोर्टफ़ोलियो के बारे में न्यूज़ देखने–सुनने के लिए हॉल में पचास फुट पैदल जाना पड़ता है, यह बेहतरीन है। यह बहुत लुभावना होता है। यह ईमेल को जुनूनी तरीक़े से देखने की तरह है : आपको डोपेमीन प्रवाह का थोड़ा रोमांच मिलता है। लेकिन जैसा हम सभी तार्किक रूप से जानते हैं, यह पूरी तरह अनुपयोगी होता है।''

जान–बूझकर अलगाव का यह अभ्यास एक ऐसी संस्कृति में विचित्र लग सकता है, जो असीमित जानकारी तुरंत पता करने को महत्त्वपूर्ण मानती है। लेकिन स्लीप और ज़कारिया ने अथक जानकारी इकट्ठी करने और शेयरों पर होने वाले इसके अल्पकालीन प्रभाव पर दाँव लगाने के मानक खेल को नकार दिया। स्लीप ने कहा कि वे शांति से सोचना चाहते थे और ''ऊपर–नीचे के अनुमानों'' की लोकप्रिय दीवानगी से विचलित नहीं होना चाहते थे।

जिस चीज़ को आपके ज़्यादातर साथी महत्त्वपूर्ण मानते हैं, उसकी उपेक्षा करने के लिए असाधारण विश्वास की ज़रूरत होती है। लेकिन एक बार जब उन्होंने वॉल स्ट्रीट के शोर को नहीं सुनने का निर्णय ले लिया, तो वे सुखद रूप से स्वतंत्र महसूस करने लगे। ''यह आपके दिमाग़ के अंदर एक आवाज़ जैसी होती है, जो सारे समय चटर–पटर करती रहती है,'' स्लीप कहते हैं। ''इसे सुनना बंद कर देंगे, तो आपकी स्थिति अच्छी रहेगी।'' फिर उन्होंने अपना समय कैसे बिताया? ''हम बस एन्युअल रिपोर्ट पढ़ते थे, जब तक कि हमारा चेहरा नीला नहीं पड़ जाता था और हर कंपनी में जाते थे, जहाँ हम जा सकते थे, जब तक कि हम इससे उकता नहीं जाते थे।'' स्लीप ने इतनी ज़्यादा यात्रा की कि बड़े आकार के उनके पासपोर्ट का हर पेज भर गया, जिस कारण उन्हें एक और पासपोर्ट के लिए आवेदन देना पड़ा।

कंपनियों का विश्लेषण करते समय और सीईओज़ का इंटरव्यू लेते वक़्त स्लीप और ज़कारिया लंबी शेल्फ़ लाइफ़ वाली जानकारियों की तलाश में रहते थे। वे इस तरह के प्रश्नों का जवाब देना चाहते थे, *जैसे दस-बीस साल में इस व्यवसाय की संभावित मंज़िल क्या है? उस मंज़िल पर पहुँचने की संभावना को बढ़ाने के लिए मैनेजमेंट को आज क्या करना होगा? और इस कंपनी को इसकी मनचाही मंज़िल तक पहुँचने से कौन रोक सकता है?* सोच के इस तरीक़े को वे ''गंतव्य-स्थल विश्लेषण'' कहते थे।

वॉल स्ट्रीट अल्पकालीन परिणामों पर ध्यान केंद्रित करने की प्रवृत्ति रखती है, इसलिए यह इस तरह के प्रश्नों को पसंद करती है, *जैसे अगले तीन महीने में इस कंपनी का मुनाफ़ा कैसा रहेगा? और इस शेयर का बारह महीने का प्राइस टारगेट क्या है?* इसके बजाय स्लीप और ज़कारिया किसी कंपनी की दीर्घकालीन संभावना को पूरी तरह से भाँपने के लिए आवश्यक जानकारी पर ध्यान केंद्रित करते थे। मिसाल के तौर पर, वे यह जानना चाहते थे, *क्या यह कंपनी श्रेष्ठ प्रॉडक्ट, कम भाव और कार्यकुशल सेवा प्रदान करके ग्राहकों के साथ संबंध मज़बूत कर रही है? क्या सीईओ पूँजी को तार्किक तरीक़े से इस तरह आवंटित कर रहा है, जिससे कंपनी का दीर्घकालीन मूल्य बढ़ेगा? क्या कंपनी अपने कर्मचारियों को कम वेतन दे रही है, अपने सप्लायर्स से बुरा व्यवहार कर रही है, अपने ग्राहकों के विश्वास को तोड़ रही है या किसी अन्य अल्पकालीन व्यवहार में संलग्न हो रही है, जिससे इसकी भावी महानता ख़तरे में पड़ सकती है?*

यह ग़ौर करने लायक़ है कि गंतव्य-स्थल विश्लेषण जीवन के दूसरे क्षेत्रों में भी इतना ही उपयोगी साधन है। मान लें, अगर आपका लक्ष्य बुढ़ापे में स्वस्थ होना है, तो आप ख़ुद से पूछ सकते हैं कि उस मंजिल पर पहुँचने की आपकी संभावनाओं को बढ़ाने के लिए कौन से साधन (पोषण, व्यायाम, तनाव कम करने, मेडिकल चेकअप आदि) आवश्यक हैं। अगर आप चाहते हैं कि आपका परिवार और मित्र आपके बारे में प्रेमपूर्ण स्मृतियाँ रखें, तो आप अपनी अंत्येष्टि में उनकी तसवीर देख सकते हें और पूछ सकते हैं कि आपको आज कैसा व्यवहार करने की ज़रूरत है, ताकि वे आपकी स्मृति को सँजोकर रख सकें। मंज़िल या लक्ष्य पर ध्यान केंद्रित करने की इस नीति का स्लीप और ज़कारिया पर गहरा प्रभाव पड़ा। ''आप अस्सी की उम्र में पलटकर देखना चाहते हैं,'' स्लीप कहते हैं, ''और सोचना चाहते हैं कि आपने अपने ग्राहकों के साथ न्यायसंगत व्यवहार किया, अपना काम सही तरीक़े से किया, उचित रूप से दान दिया - ना कि यह कि आपके पास चार मकान और एक जेट थे।''

अपारंपरिकता से सोचना उनके लिए स्वाभाविक था, क्योंकि वे दोनों हीं अजीब थे, जो संयोग से निवेश उद्योग में आ गए थे - एक असफल लैंडस्केप

आर्किटेक्ट और एक कुंठित मौसम विज्ञानी। बाहरी व्यक्ति होने के नाते उन्होंने हर चीज़ पर सवाल किया। सबसे बढ़कर वे कभी इस अकथित विश्वास को स्वीकार नहीं कर पाए कि उन्हें अपने वित्तीय हितों को अपने ग्राहकों के हितों से ऊपर रखना चाहिए। फलस्वरूप नोमेड की फ़ी स्कीम असाधारण रूप से न्यायसंगत थी। स्लीप और ज़कारिया निवेश की 1-2 प्रतिशत फ़ीस नहीं लेते थे, जो सामान्यत: प्रचलित थी। इसके बजाय वे बहुत कम वार्षिक प्रबंधन फ़ीस लेते थे, जिससे केवल उनका ख़र्च निकल आए। उन्हें उनके फ़ंड के निवेश मुनाफ़े का 20 प्रतिशत हिस्सा भी मिलता था, लेकिन यह 6 प्रतिशत वार्षिक मुनाफ़े के *बाद* ही मिलता था। ख़राब प्रदर्शन पर उन्हें कोई फ़ीस नहीं मिलती थी।

कुछ साल बाद उन्होंने अपने ख़िलाफ़ इंतज़ाम और पुख़्ता कर लिए, जब उन्होंने उनकी प्रदर्शन फ़ीस को कई सालों तक एक अलग रिज़र्व फ़ंड में रखने का निर्णय लिया। इसके बाद अगर नोमेड अपनी 6 प्रतिशत की सालाना बाधा को पार नहीं कर पाएगा, तो वे उनके शेयरहोल्डर्स को पहले से अर्जित फ़ीस में से उतना हिस्सा *रिफ़ंड* कर देंगे। ''हमें यह विचार काफ़ी पसंद आया कि हमारा वेतन काफ़ी कम था,'' ज़कारिया ने कहा। ''हमने लुटेरा बनने की कोशिश नहीं की, जैसा हर कोई करता है।''

उनका नज़रिया *ज़ेन ऐंड द आर्ट ऑफ़ मोटरसाइकल मेंटेनेंस* से प्रभावित था, जिसे पढ़ने की सलाह स्लीप ने ज़कारिया को उनकी मुलाक़ात के कुछ समय बाद ही दे दी थी। इस पुस्तक ने किसी भी तरह के गुणवत्तारहित व्यवहार का प्रतिरोध करने के उनके संकल्प को मज़बूत बनाया, जो स्वार्थपूर्ण या धोखाधड़ी जैसा लगता था। ''चीज़ों की बहुत तीव्र अस्वीकृति ने जीवन को बहुत सरल बना दिया,'' ज़कारिया कहते हैं। ''गुणवत्ता सबसे महत्त्वपूर्ण थी... पैसा गौण था। इससे ज़्यादा यह एक अच्छा काम करने, एक गुणवत्तापूर्ण काम करने, सही चीज़ करने के बारे में था। मैं नहीं सोचता कि हमने कभी ऐसा निर्णय लिया हो, जो-''

''-*अपनी* जेब भरने की वजह से लिया गया हो। निश्चित रूप से नहीं,'' स्लीप कहते हैं और ज़कारिया के विचार को पूरा करते हैं।

''इस पूरी चीज़ के बारे में कुछ विचारोत्तेजक था,'' ज़कारिया कहते हैं। ''क्या आप एक ऐसी निवेश फ़र्म बना सकते हैं, जो पैसे के चारों तरफ़ नहीं घूमती हो? यह हर चीज़ सही करने के इर्द-गिर्द घूमती है।''

जैसी आप उम्मीद कर सकते हैं, ज़्यादातर निवेश फ़र्म्स की प्राथमिकता अपने मुनाफ़े को अधिकतम करने की होती है। ज़ाहिर है, इससे हितों का स्पष्ट संघर्ष देखने को आता है। मिसाल के तौर पर, ये फ़र्म्स सामान्यत: बहुत महँगे प्रॉडक्ट्स बेचकर अमीर बनती हैं, जिनसे उनके निवेशकों को घटिया रिटर्न मिलते हैं। वे अपने

एयूएम (एसेट अंडर मैनेजमेंट) को बढ़ाने पर भी बहुत ज़्यादा ज़ोर देते हैं, क्योंकि इससे उनकी फ़ीस बढ़ती है, जिससे वे भारी वेतन और बोनस दे सकते हैं। यह कोई रहस्य नहीं है कि एयूएम बढ़ने पर प्राय: निवेश पर रिटर्न कम होता है। निश्चित रूप से, अतिरिक्त निवेश अस्वीकार करना इसका तार्किक समाधान है, लेकिन मनी मैनेजर आम तौर पर अपने बड़े आकार के फ़ंड अतिरिक्त निवेशों के लिए बंद नहीं करते हैं। जैसा लेखक अपटॉन सिंक्लेयर ने लिखा था, ''किसी व्यक्ति को कोई चीज़ समझाना तब ख़ास मुश्किल होता है, जब उसका वेतन उसे ना समझने पर निर्भर करता हो!''

इसके विपरीत नोमेड का उद्देश्य शुरुआत से ही एयूएम को नहीं, बल्कि रिटर्न्स को अधिकतम करना था। ''हमारा नैतिकता तंत्र अलग था,'' स्लीप कहते हैं। ''अगर आप एयूएम बढ़ाने वाले व्यवसाय में हैं, तो आपके पास सेल्सपीपल होते हैं, आपके पास अनुपालन कराने वाले व्यक्ति होते हैं, आपके पास ग्राहकों को रोककर रखने वाले लोग होते हैं, आपके पास अफ़सरशाही होती है और यह बड़ी मशीन बन जाती है। अगर आप चक्रवृद्धि करना चाहते हैं और सचमुच अच्छा निवेश प्रदर्शन चाहते हैं, तो आपको इनमें से किसी बकवास की ज़रूरत नहीं होती... हमने बस अच्छे शेयर चुनने पर ध्यान केंद्रित किया और सोचा कि बाक़ी हर चीज़ मायने नहीं रखती।''

पहली बात यह कि उन्होंने सेल्स और मार्केटिंग को भटकाने वाला माना। उन्होंने मीडिया के सामने बोलने से परहेज़ किया। उन्हें यह परवाह नहीं थी कि संभावित ग्राहक बड़ा था या छोटा, क्योंकि सबसे ज़्यादा एयूएम वाला फ़ंड बनना उनका उद्देश्य नहीं था। उन्होंने यह भी स्पष्ट कर दिया कि अगर कभी नोमेड का आकार इसके मुनाफ़े में बाधक होगा, तो वे विद्यमान शेयरहोल्डर्स को पैसे लौटा देंगे और नए निवेशकों को इसमें नहीं आने देंगे। उन्होंने नए ग्राहकों के लिए फ़ंड को कई बार बंद किया, जिसकी शुरुआत उन्होंने 2004 में की, जब वे लगभग 100 मिलियन डॉलर का प्रबंधन करते थे – उद्योग के लिहाज़ से काफ़ी छोटी धनराशि। उन्होंने इसे नए ग्राहकों के लिए दोबारा तभी खोला, जब उन्हें अतिरिक्त पैसों को लगाने के लिए पर्याप्त रूप से आकर्षक अवसर नज़र आए।

उन्हें उन निवेशकों को भी दूर भेजने में आनंद आता था, जो अनुपयुक्त या चिढ़ाने वाले लगते थे, चाहे वे कितने भी अमीर क्यों नहीं हों। ज़कारिया एक टीम के साथ हास्यास्पद रूप से बुरी मीटिंग को याद करके हँसते हैं, जो फूड पैकेजिंग कंपनी टेट्रा पैक के वारिसों के अरबों डॉलरों का प्रबंधन करती थी। ये वित्तीय सलाहकार उनके फ़ंड में अपने ग्राहकों के पैसे का निवेश करना चाहते थे, लेकिन इसके लिए उन्होंने यह शर्त रखी कि उन्हें नोमेड की प्रोपरायटरी स्टॉक रिसर्च तक पहुँच दी जाए। ज़कारिया कहते हैं कि माहौल ''ठंडा और ठंडा'' होता चला गया,

जब स्लीप बढ़ती चिढ़ के संकेत में अपने हाथ-पैर आर-पार बाँधते रहे। पंद्रह मिनट बाद स्लीप और ज़कारिया ने अपने आगंतुकों को दरवाज़ा दिखा दिया।

संभावित निवेशकों को एक दस्तावेज़ पर हस्ताक्षर करने की भी आवश्यकता थी, जिसमें यह लिखा था कि नोमेड पाँच साल से कम समयावधि वाले किसी भी व्यक्ति के लिए अनुपयुक्त है। ''मैं चाहता था कि वे अपने मन में इसे उनके दूसरे सभी निवेशों से अलग समझें,'' स्लीप कहते हैं। ''हम दूसरों जैसे हेज फ़ंड नहीं थे... हम निवेश की पूरी समस्या को एक अलग तरीक़े से सुलझा रहे थे।''

वाक़ई नोमेड ने फटाफट अमीर बनने की सारी तकनीकों को ख़ारिज कर दिया, जिनका इस्तेमाल हेज फ़ंड अपने अल्पकालीन प्रदर्शन को सुधारने के लिए सामान्य रूप से करते हैं - उच्च टेस्टोस्टेरोन वाली रणनीतियाँ, जिन्हें स्लीप ''निवेश वियाग्रा'' कहते थे। मिसाल के तौर पर, नोमेड ने कभी लीवरेज का इस्तेमाल नहीं किया, कभी किसी शेयर को शॉर्ट नहीं किया, कभी ऑप्शन्स या फ़्यूचर्स में स्पेकुलेशन नहीं किया, कभी कोई मैक्रो-एकोनॉमिक दाँव नहीं लगाया, कभी नवीनतम समाचारों के आधार पर अति सक्रिय ट्रेडिंग नहीं की, कभी ल्यॉन्स और प्राइड जैसे मर्दाना नाम वाले विलक्षण वित्तीय साधनों में प्रवेश नहीं किया। इसके बजाय स्लीप और ज़कारिया तो वह खेल खेलते रहे, जिसे वे ''एक लंबा, आसान'' खेल मानते थे, जिसमें गहन शोध के बाद चंद शेयर ख़रीदना और उन्हें बरसों तक रोककर रखना शामिल था।

उनकी धीमी, धैर्यवान और सुविचारित रणनीति प्रचलित संस्कृति के इतने विपरीत थी कि यह लगभग विचित्र लगती है। इतने वर्षों में निवेशकों के निवेश की अवधि बहुत ज़्यादा कम हो चुकी है। जब वैनगार्ड के संस्थापक जैक बोगल 1951 में निवेश व्यवसाय में आए थे, तब मीच्युअल फ़ंड शेयरों को ख़रीदने के बाद उन्हें औसतन लगभग छह साल तक अपने पास रखते थे। 2000 तक यह आँकड़ा घटकर लगभग एक साल रह गया, जिसने बोगल को यह चेतावनी देने के लिए प्रेरित किया कि ''अल्पकालीन स्पेकुलेशन की मूर्खता ने दीर्घकालीन निवेश की बुद्धिमत्ता को बेदख़ल कर दिया है।'' 2006 में स्लीप ने शेयरहोल्डर्स को लिखा कि नोमेड सामान्यत: अपने शेयर सात साल तक रोककर रखता है, जबकि अन्य निवेशक नोमेड के पोर्टफ़ोलियो में शामिल अमेरिकी शेयरों (बर्कशायर हैथअवे को छोड़कर) को औसतन केवल 51 दिन ही रखते थे।

स्लीप और ज़कारिया अल्पकालीनता के इस सांस्कृतिक परिवर्तन को देखकर स्तब्ध थे। ''हम यह किसी तरह पता नहीं लगा पाए कि हर कुछ महीने बाद कंपनी के मालिकों को बदलने से समाज की सेवा कैसे होती है,'' स्लीप ने लिखा था। ''समाज की यह बुनियादी ईंट तब टूट जाती है, जब स्थायी पूँजी वाले लोग अपना

मन भी अपने अंडरवियर की तरह बदलते हैं।'' नोमेड ने इसकी विपरीत नीति अपनाकर सफलता हासिल की। ''बाइबल में कहा गया है कि आपको अपना मकान रेत के बजाय पत्थर पर बनाना चाहिए,'' स्लीप कहते हैं। ''आपको कोई ऐसी चीज़ बनाना चाहिए, जिसमें स्थायित्व हो।''

पत्थर पर बना मकान

स्लीप और ज़कारिया ने उनके फ़ंड का नाम नोमेड इसलिए रखा, क्योंकि वे भाव के मुक़ाबले ज़्यादा मूल्यवान शेयरों की तलाश में हर जगह जाने के लिए तैयार थे। वे किसी ख़ास इंडेक्स जैसा प्रदर्शन करने या तुलनात्मक रूप से अच्छा प्रदर्शन करने की कोशिश नहीं कर रहे थे। वे तो *उत्कृष्ट* रिटर्न्स की तलाश में थे, इसलिए उन पर यह देखने का बंधन नहीं था कि कोई दूसरा क्या कर रहा था। उनकी खोज उन्हें संसार के कुछ सबसे कम लोकप्रिय कोनों में ले गई।

यह फ़ंड 10 सितंबर 2001 को शुरू हुआ – ट्विन टॉवर्स पर हमले के एक दिन पहले। आतंकवाद, युद्ध और आर्थिक व्यवधान के अथाह जोखिमों के बीच बाज़ार गिर गया। निराशा इसलिए भी बढ़ गई, क्योंकि कई निवेशक टेक बबल के फूटने की वजह से अब भी सदमे में थे। स्लीप और ज़कारिया ने इस उथलपुथल के बीच हिम्मत दिखाते हुए निवेश किया। उनका लक्ष्य अल्पकालीन रूप से मंदी में आने वाली कंपनियाँ थीं, जिनके शेयर ख़रीदने में दूसरे लोग बहुत डर रहे थे, क्योंकि भविष्य बहुत भयावह नज़र आ रहा था।

फ़िलिपीन्स में उन्होंने देश की सबसे बड़ी सीमेंट उत्पादक कंपनी यूनियन सीमेंट में तब निवेश किया, जब इसके शेयर का भाव तीस सेंट से गिरकर 2 सेंट से भी कम रह गया। निराशावाद इतना व्यापक था कि बाज़ार ने इस कंपनी का मूल्यांकन इसकी संपत्तियों की रिप्लेसमेंट कॉस्ट से एक चौथाई लगाया। थाईलैंड में उन्होंने मैटिकॉन नामक समाचारपत्र प्रकाशक में निवेश किया, जिसका शेयर 12 डॉलर से गिरकर 1 डॉलर पर आ गया था। यह आमदनी के मुक़ाबले 0.75 गुने पर चल रहा था और भाव की तुलना में इसका मूल्य लगभग तीन गुना था। अमेरिका में उन्होंने ल्यूसेंट टेक्नोलॉजीज़ के प्रिफ़र्ड शेयर ख़रीदे। इस टेलिकॉम कंपनी का मूल्य 98 प्रतिशत गिर गया था। ये आदर्श ''पेनी शेयर'' थे – कंपनियाँ सर्वश्रेष्ठ तो नहीं थीं, लेकिन बहुत सस्ते भाव पर मिल रही थीं। ऐसे अवसरवादी दाँवों की बदौलत 2003 के अंत तक नोमेड की नेट एसेट वैल्यू दोगुनी हो गई।

जब डर कम हुआ, तो बाज़ार दोबारा ऊपर चढ़ गया और सस्ते सौदे मिलना बंद हो गए। तब स्लीप और ज़कारिया ने निराशा के चंद बचे हुए क्षेत्रों में से एक को

चुना। 2004 में उन्होंने दक्षिण अफ्रीका की सीमा लाँघकर जिम्बाब्वे में क़दम रखा। रॉबर्ट मुगाबे के तानाशाही वाले शासनकाल में जिम्बाब्वे की अर्थव्यवस्था भ्रष्टाचार, मुद्रा के ढहने और कई निजी स्वामित्व वाली कंपनियों के राष्ट्रीयकरण तथा लुटरों की भीड़ के कारण पंगु हो गई थी। इससे अविचलित रहते हुए स्लीप और ज़कारिया ने जिम्बाब्वे के चार शेयरों को चुना - व्यावहारिक एकाधिकार वाली कंपनियाँ, जो कौड़ियों के मोल बिक रही थीं, मानो वे मूल्यहीन हों। उदाहरण के लिए सीमेंट उत्पादक जिमसेम हरारे के शेयर बाज़ार में अपनी संपत्तियों की रिप्लेसमेंट कॉस्ट के सत्तरवें अंश पर बिक रही थी।

इस घृणित बाज़ार के विकृत आकर्षण के बारे में नोमेड के निवेशकों को लिखते हुए स्लीप ने टिप्पणी की, ''ग्राहक इससे नफ़रत करेंगे। अनुपालक इससे नफ़रत करेंगे। परामर्शदाता इससे नफ़रत करेंगे। मार्केटिंग वाले इससे नफ़रत करेंगे। निवेश अवसर का आकार छोटा है। यह बेंचमार्क का हिस्सा नहीं है... यह आदर्श है।''

कुछ समय तक नोमेड ने सस्ते सौदों की इस बास्केट का मूल्य शून्य माना, क्योंकि जिम्बाब्वे के शेयर बाज़ार में ट्रेडिंग पूरी तरह रुक गई। अर्थव्यवस्था विनाश की कगार पर बनी रही। लेकिन आख़िरकार जब नोमेड ने 2013 में जिम्बाब्वे के इसके आख़िरी शेयर बेचे, तो वे तीन से आठ गुना बढ़ चुके थे। स्मृति के रूप में स्लीप और ज़कारिया ने नोमेड के हर शेयरहोल्डर को 100 ट्रिलियन जिम्बाब्वे डॉलर का एक मूल्यहीन बैंकनोट दिया, जिसे सरकार ने मुद्रास्फीति के शिखर पर जारी किया था।

अतार्किक दृष्टि से कम भाव पर बिकने वाली तार्किक कंपनियों के प्रति नोमेड की भूख उस समय उपलब्ध अवसरों को देखते हुए समझदारी भरी थी। लेकिन इस रणनीति का एक नुक़सान भी था। जब इस तरह के शेयर पलटकर चढ़ने लगते थे और थोड़े महँगे हो जाते थे, तो उन्हें इन शेयरों को बेचना पड़ता था और नए सस्ते सौदे खोजने पड़ते थे। लेकिन क्या हो, अगर कोई ख़ास आकर्षक शेयर उस समय बहुत सस्ते में नहीं मिल रहा हो, जब वे अपना मुनाफ़ा शेयर बाज़ार में लगाना चाहते हों? **इस पुनर्निवेश जोखिम का एक स्पष्ट समाधान यह था कि ज़्यादा ऊँची गुणवत्ता के उन व्यवसायों को ख़रीदो और रोककर रखो, जिनके कई सालों तक चक्रवृद्धि होते रहने की ज़्यादा संभावना हो।**

दूसरी रणनीति एक महँगी ग़लती के फलस्वरूप विकसित हुई। 2002 में नोमेड ने उस समय तक का सबसे बड़ा दाँव लगाकर क़र्ज़ में लदी ब्रिटिश बस ऑपरेटर स्टेजकोच में निवेश किया, जिसने विदेश में विस्तार करते समय विनाशकारी गति दिखाई थी। इस शेयर का भाव 2.85 पौंड से घटकर 14 पेंस तक पहुँच गया था, लेकिन स्लीप और ज़कारिया के हिसाब से इसका न्यूनतम मूल्य 60 पेंस था।

आंशिक तौर पर वे संस्थापक के नेतृत्व में कंपनी के कायाकल्प पर दाँव लगा रहे थे, क्योंकि संस्थापक एक पूर्व बस कंडक्टर थे, जिन्होंने अतीत में इस फ़र्म को इतनी कुशलता से चलाया था कि वे ब्रिटेन के सबसे अमीर व्यक्तियों में से एक बन गए थे। वे इस कंपनी को सुचारु रूप से चलाने के लिए रिटायरमेंट से बाहर निकलकर आए और उन्होंने इसकी उपेक्षित दुधारू गाय : यूके बस ऑपरेशन पर दोबारा ध्यान केंद्रित किया। उनकी रणनीति कारगर रही। स्लीप और ज़कारिया ने 90 पेंस के आस-पास यह शेयर बेच दिया और छह गुना मुनाफ़े पर ख़ुद को बधाई दी। लेकिन स्टेजकोच उनकी अनुभूति से भी बेहतर कंपनी निकली। 2007 के अंत में शेयर 3.68 पौंड पर पहुँच गया। ''हमें थोड़ी मूर्खता का अहसास हुआ,'' स्लीप कहते हैं। ''हमने इसे अपने ख़ुद के दिमाग़ में पेनी स्टॉक जैसा माना था।''

स्लीप और ज़कारिया ने दूरदर्शी मैनेजरों द्वारा संचालित दूसरी कंपनियों की तलाश शुरू कर दी, जो लंबे समय में निरंतर दौलत कमा सकती हों। ''अगर वे तार्किक दृष्टि से सोच रहे हैं और लंबे समय के बारे में सोच रहे हैं,'' स्लीप कहते हैं, ''तो आप उनसे पूँजी आवंटन निर्णयों का उप-अनुबंध कर सकते हैं। आप शेयर ख़रीदते-बेचते नहीं हैं।'' वे यह सोचने लगे कि कौन सी विशेषताएँ असामान्य रूप से लंबी शेल्फ़ लाइफ़ वाली कंपनियों की सफलता के लिए जिम्मेदार होती हैं। अंतत: वे इस निष्कर्ष पर पहुँचे कि बिज़नेस मॉडल बाक़ी सब चीज़ों से ज़्यादा शक्तिशाली हो सकता है। इसके लिए उनकी शब्दावली स्केल *एकोनॉमीज़ शेयर्ड* है।

जिस कंपनी ने इस मॉडल से उनका परिचय कराया, वह कॉस्टको होलसेल थी। यह एक अमेरिकी डिस्काउंट रिटेलर थी, जिसमें वह हर चीज़ थी, जो वे किसी कंपनी में चाहते थे। जब उन्होंने 2002 में कॉस्टको में पहली बार निवेश किया, तो कंपनी के कम प्रॉफ़िट मार्जिन संबंधी चिंताओं की वजह से इसका शेयर 55 डॉलर से गिरकर 30 डॉलर तक पहुँच गया। लेकिन स्लीप और ज़कारिया ने यह देखा कि कॉस्टको अपने ग्राहकों के लिए मूल्य में वृद्धि करने पर जुनूनी ढंग से केंद्रित थी, जिसे बहुत कम लोग पहचान पाए थे। उस समय इसके ग्राहक 45 डॉलर की वार्षिक सदस्यता फ़ीस देते थे, जिसकी बदौलत वे सबसे कम संभव भाव पर बिक रहे विश्वसनीय प्रॉडक्ट्स से भरे वेयरहाउसों में जा सकते थे। कॉस्टको अपने सामान पर लागत से 15 प्रतिशत मुनाफ़ा लेता था, जबकि सामान्य सुपरबाज़ार 30 प्रतिशत तक मुनाफ़ा लेते थे। जब कॉस्टको अपने सदस्यों के साथ इतना वाजिब बरताव कर रहा था, तो इसके सदस्यों को सस्ते सौदों की तलाश में किसी दूसरी जगह जाने की ज़रूरत नहीं थी। कंपनी अपना मुनाफ़ा बढ़ाकर मार्जिन तो बढ़ा सकती थी, लेकिन इससे इसके सदस्यों का विश्वास डगमगा जाता।

शेयर बाज़ार के संदेहवादियों को यह उदारता बहुत नरम और अप्रतिस्पर्धी लगी - समूहवाद का कॉरपोरेट समतुल्य। लेकिन स्लीप और ज़कारिया ने कॉस्टको

की उदारता के दीर्घकालीन तर्क को देखा। संतुष्ट ग्राहक लौटते रहे और इसके स्टोर्स में ज़्यादा पैसे ख़र्च करके कंपनी की आमदनी बढ़ाते रहे। जब कंपनी का विस्तार हुआ, तो इसने सप्लायर्स से बेहतर सौदे किए और फिर अपने पहले से मशहूर कम भाव को और कम कर दिया। फिर कॉस्टको ने बड़े पैमाने की अर्थव्यवस्था का लाभ उपभोक्ताओं को देते हुए अपने भाव और कम कर दिए। स्लीप और ज़कारिया का अनुमान था कि इसके सदस्यों की हर 5 डॉलर की बचत पर कॉस्टको को सिर्फ़ 1 डॉलर का मुनाफ़ा होता था। आत्मसंयम की इस नीति का प्रभाव एक अच्छा चक्र था, जिसे स्लीप सारांश में इस तरह बताते हैं : ''बढ़ी हुई आमदनी से बड़े पैमाने की बचत हासिल होती है, जिससे लागत कम होती है, जिससे भाव कम होता है, जिससे आमदनी और बढ़ जाती है।

ज़्यादातर बड़े और सफल कॉरपोरेशन समय के साथ अंतत: औसत बन जाते हैं। लेकिन बड़े पैमाने के लाभ ग्राहकों के साथ बाँटने की कॉस्टको की तत्परता का मतलब यह था कि आकार बोझ के बजाय लाभ बन गया, जिससे कंपनी को अपने प्रतिद्वंद्वियों पर अपनी बढ़त को बढ़ाने में मदद मिली, जिनके मार्जिन ज़्यादा ऊँचे थे। कॉस्टको की स्थापना 1983 में हुई थी और यह सारा मुनाफ़ा हथियाने के बजाय *लोगों को* देकर विकास करती रही। इसके कम मार्जिन कमज़ोरी का नहीं, बल्कि धैर्य के प्रतीक थे। नोमेड के निवेशकों को लिखते हुए स्लीप ने स्पष्ट किया, ''कंपनी आज अपना मुनाफ़ा कम इसलिए रख रही है, ताकि यह फ़्रैंचाइज़ी के जीवन को बढ़ा सके। ज़ाहिर है, वॉल स्ट्रीट आज मुनाफ़े से प्रेम करेगी, लेकिन यह अल्पकालीन परिणामों के प्रति वॉल स्ट्रीट का जुनून है।''

जैसे-जैसे कॉस्टको के प्रति स्लीप और ज़कारिया का सम्मान बढ़ा, वे उसके शेयरों की संख्या भी बढ़ाते रहे। यह नोमेड की संपत्तियों का छठा हिस्सा बन गया। आज यह उनके व्यक्तिगत पोर्टफ़ोलियो में एक महत्त्वपूर्ण हिस्सा बना हुआ है। वे अठारह साल से इस शेयर के स्वामी हैं और इस दौरान इसका भाव 30 डॉलर से बढ़कर 380 डॉलर हो गया है, जबकि इस दौरान इसने अच्छे-ख़ासे डिविडेंड भी दिए हैं। फिर भी उनका इसे जल्दी बेचने का कोई इरादा नहीं है, क्योंकि उनके हिसाब से इस बात की अच्छी संभावना है कि कॉस्टको वांछित मंज़िल की ओर बढ़ता रहेगा।

उनकी निष्क्रियता का एक लाभ यह है कि स्लीप और ज़कारिया के पास इस बारे में विस्तार से पढ़ने, सोचने और सीखी चीज़ों पर बात करने के लिए काफ़ी समय था। स्लीप के पास विभिन्न विषयों में छलाँग लगाने की मानसिक फुरती थी - व्यावसायिक इतिहास से धर्म, न्यूरोसाइंस से खेल - और वे उनके बीच के साझे विषयों व विचारों को तुरंत पकड़ सकते थे। ज़कारिया को स्लीप ''बेहद बुद्धिमान'' कहते हैं और उनके पास विस्तार तो कम है, लेकिन उनमें ज़्यादा गहराई

तक जाँच करने की प्रवृत्ति है। एक विषय पर वे अक्सर बातचीत करते थे : कौन से बिज़नेस मॉडल सबसे अच्छी तरह काम करते हैं। उन्होंने अपने ऑफ़िस में एक वाइटबोर्ड पर उनकी सूची रखी। इन विचार-विमर्शों से यह विश्वास उभरा कि किसी कंपनी की आयु को बढ़ाने में बड़े पैमाने की अर्थव्यवस्थाओं का लाभ आम लोगों को देने की शक्ति जितना बड़ी भूमिका निभाती थी, उतना कोई दूसरी चीज़ नहीं करती थी।

जब उन्होंने 1970 के दशक से वॉलमार्ट की एन्युअल रिपोर्ट्स को पढ़ा, तो उन्हें इस बात का अहसास हुआ कि इसकी कॉस्टको से बहुत समानता थी। इसी तरह डेल कंप्यूटर, साउथवेस्ट एयरलाइंस और टेस्को जैसे स्थायी विजेता भी इसी मार्ग पर चले थे। इन बेहद कार्यकुशल कंपनियों ने लागत कम रखी और अपनी ज़्यादातर बचत उपभोक्ताओं को दी, जिन्होंने बदले में उनसे ज़्यादा सामान ख़रीदा।

इसी तरह गीको और द नेब्रास्का फ़र्नीचर मार्ट - बफ़ेट के दो प्रिय व्यवसाय - विस्तार करते समय लागत को कम करते रहे, जिससे उनके उपभोक्ताओं का इतना ज़्यादा पैसा बचा कि प्रतिद्वंद्वियों के लिए प्रतिस्पर्धा करना ज़्यादा मुश्किल होता चला गया। हेनरी फ़ोर्ड ने एक सदी पहले यही चाल चली थी, जब उन्होंने असेंबली प्रॉडक्शन के लाभों का दोहन करते हुए मॉडल टी टुअरिंग कार के भाव को कम किया था, जो 1908 में 850 डॉलर था, लेकिन 1925 में यह घटकर 300 डॉलर तक आ गया था। ''यानी यह कोई नया बिज़नेस मॉडल नहीं है,'' स्लीप कहते हैं। ''लेकिन धर्मप्रचारकों के उत्साह के साथ इसका पीछा करना आवश्यक है।''

ऐसी कंपनियों की संस्कृति आम तौर पर वेतनभोगी कर्मचारियों द्वारा नहीं, बल्कि दूरदृष्टा संस्थापकों द्वारा ढाली जाती है। उनमें छोटे-छोटे विवरणों, ग्राहक अनुभव को बेहतर करने, अच्छे समय में भी लागत कम करने और तुरंत भारी मुनाफ़ा घोषित करने के बाहरी दबावों के बावजूद सुदूर भविष्य की ख़ातिर निवेश करने के बारे में जोशीला होने की प्रवृत्ति होती है। ''उनमें परंपरा-विरोधी बनने का जुनून होता है,'' स्लीप कहते हैं। इन मशहूर लोगों में वॉलमार्ट के सैम वाल्टन, कॉस्टको के जिम साइनेगल, साउथवेस्ट के हर्ब केलेहर और नेब्रास्का फ़र्नीचर मार्ट की रोज़ ब्लमकिन शामिल थीं। रूसी अप्रवासी ब्लमकिन छह साल की उम्र से अपने सौवें जन्मदिन तक काम करती रहीं और उन्होंने तीन कमांडमेंट्स का निष्ठापूर्वक पालन करके अमेरिका का सबसे बड़ा होम-फ़र्निशिंग बिज़नेस बनाया : ''सस्ता बेचो, सच बताओ, किसी को धोखा मत दो।''

जब स्लीप और ज़कारिया ने इस बिज़नेस मॉडल का जादू समझ लिया, तो उन्होंने इसे अपने फ़ंड का प्रबल केंद्रबिंदु बना लिया। पेनी शेयर्स का आकर्षण कम हो गया और इसके बजाय वे उन चुनिंदा कंपनियों पर ध्यान केंद्रित करने लगे, जो

बड़े पैमाने की अर्थव्यवस्था का लाभ अपने ग्राहकों को देती थीं। वे इस बारे में बहुत तीक्ष्णता से जागरूक थे कि जीवन में हम प्राय: सत्यों को नहीं जान पाते। लेकिन वे यह बात जानते थे कि उन्होंने एक गहरे सत्य को उजागर कर लिया था। ''यह वह सर्वश्रेष्ठ अकेला विचार है, जो जीवन में कभी आ सकता है,'' स्लीप कहते हैं। ''इसे हर चीज़ पर हावी होने की ज़रूरत है, क्योंकि आपको इस तरह की ज़्यादा अंतर्दृष्टियाँ नहीं मिलती हैं। बाक़ी हर चीज़ थोड़ी कम गुणवत्ता की होती है, है ना? यह थोड़ी क्षणभंगुर होती है। इससे बड़ा फ़र्क़ नहीं पड़ता।''

स्लीप और ज़कारिया ने एक ही थान से कटी कंपनियों से अपना पोर्टफ़ोलियो भर लिया। उन्होंने नोमेड की 15 प्रतिशत पूँजी एएसओएस में लगा दी। यह एक ब्रिटिश ऑनलाइन फ़ैशन रिटेलर है, जिसकी लागत पारंपरिक हाई स्ट्रीट स्टोर्स से कम थी। उन्होंने इसके शेयर को 3 पौंड से 70 पौंड तक पहुँचते देखा। उन्होंने कार्पेराइट पर भारी दाँव लगाया। इस चेन की स्थापना ब्रिटिश उद्यमी लॉर्ड हैरिस ने की थी, जिन्हें गंभीर डिसलेक्सिया था। उन्होंने पंद्रह साल की उम्र में अपने पिता का छोटा व्यवसाय विरासत में मिला था, लेकिन अंतत: उन्होंने पूरे यूरोप में सैकड़ों स्टोर खोल लिए। नोमेड विश्व की सबसे कम लागत वाली एयरलाइन एयरएशिया का सबसे बड़े विदेशी शेयरहोल्डर बन गया। और फिर एमेज़ॉन डॉट कॉम थी – जो बड़े पैमाने की अर्थव्यवस्था साझा करने का चरम उदाहरण थी।

जब 1997 में एमेज़ॉन स्लीप के सामने पहली बार आया, तो यह ऑनलाइन बुकसेलर था, जो आईपीओ लाने की तैयारी कर रहा था। इसके संस्थापक जेफ़ बेज़ोस ने लंदन में एक प्रस्तुति में बताया कि किस तरह उनका घाटे में चल रहा स्टार्टअप पुस्तकों का लगभग असीमित चयन प्रदान करेगा, भौतिक बुक स्टोर्स का ख़र्च नहीं होने के कारण लागत कम आएगी और यह अपने कैशफ़्लो का दूसरे व्यवसायों में दोबारा निवेश करेगा। स्लीप मैराथन में अपने ऑफ़िस की ओर तेज़ी से लपके और अपने बॉस से बोले, ''यह बेहद ज़बर्दस्त है। यह भीमकाय बन सकता है। और उन्होंने कहा, 'हाँ, ठीक है, निक, लेकिन वे ऐसा क्या कर रहे हैं, जो कोई दूसरा नहीं कर सकता।'''

एमेज़ॉन के प्रतिस्पर्धी लाभ की प्रकृति को पूरी तरह समझने में स्लीप और ज़कारिया को कई साल लग गए। लेकिन अंतत: वे समझ गए। बेज़ोस फ़ोर्ड-वाल्टन-साइनेगल गैंग के अनुकरणीय क़दमों का अनुसरण कर रहे थे – और इंटरनेट की मदद से वे आदर्श रणनीति को टर्बोचार्ज कर सकते थे।

उनकी ही तरह बेज़ोस भी लागतें कम करने के बारे में निर्ममता से कार्यकुशल थे। स्लीप के अनुसार एमेज़ॉन ने अपने ऑफ़िसों में वेंडिंग मशीनों से बिजली के बल्ब हटाकर एक साल में 20,000 डॉलर बचाए थे। बेज़ोस में अपने ग्राहकों के

पैसे और समय बचाने का जुनून था। और उन्होंने भविष्य की ख़ातिर धैर्य से निवेश किया और ऐसे नए व्यावसायिक उपक्रमों के बीज बोए, जिनसे पाँच-सात साल बाद ही फल मिल सकता था। हर साल उन्होंने डिस्काउंटेड प्राइसेस और शिपिंग सबसिडीज़ के रूप में करोड़ों डॉलर का निवेश किया – संतुष्टि में विलंब करने का आदर्श उदाहरण।

अपने स्वभाव के अनुरूप वॉल स्ट्रीट एमेज़ॉन के घाटे को लेकर बड़बड़ा रही थी और यह नहीं समझ पा रही थी कि बेज़ोस धैर्यपूर्वक ज़बर्दस्त विकास के लिए नींव बनाने में इतना समय क्यों लगा रहे थे। 2005 में बेज़ोस ने एमेज़ॉन के शेयरहोल्डर्स को लिखा कि ''अथक रूप से कार्यकुशलता के सुधारों और बड़े पैमाने की अर्थव्यवस्थाओं के लाभ ग्राहकों को कम भाव के रूप में देने से एक अच्छा चक्र बनता है, जो लंबे समय में ज़्यादा डॉलरों के रूप में लौटता है और इस तरह एमेज़ॉन डॉट कॉम ज़्यादा मूल्यवान बनती है।'' स्लीप और ज़कारिया को अपने जैसी व्यावसायिक आत्मा वाला बंदा मिल गया था।

उस वर्ष बेज़ोस ने एमेज़ॉन प्राइम नामक सदस्यता सेवा शुरू की, जिसमें 79 डॉलर की वार्षिक फ़ीस के बदले में सदस्यों को दो दिन में मुफ़्त शिपिंग का प्रावधान था। उन्होंने बाद में मुफ़्त फ़िल्मों और टीवी शो से लेकर फ़ोटोग्राफ़्स के असीमित स्टोरेज तक बहुत सारी चीज़ें देकर इस सौदे को और ज़्यादा आकर्षक बनाया। ज़ाहिर है, ग्राहकों को इतने ज़्यादा लाभ और बचत के इतने ज़्यादा अवसर देने से मुनाफ़ा कम होना तय था। लेकिन लंबे समय में इससे ग्राहकों की निष्ठा मज़बूत होगी, जिससे वे और ज़्यादा ख़र्च करने के लिए प्रेरित होंगे। जैसे ही बेज़ोस ने प्राइम का अनावरण किया, स्लीप और ज़कारिया तुरंत समझ गए कि एमेज़ॉन कॉस्टको की वार्षिक सदस्यता फ़ीस जैसा ही क़दम उठा रहा था। ''हे भगवान, मैं अब पूरी तरह समझ गया हूँ कि वे यहाँ कौन सा खेल खेल रहे हैं,'' स्लीप ने सोचा। ''एमेज़ॉन तेज़ गति से अचानक कॉस्टको बन गई।''

नोमेड ने एमेज़ॉन को 2005 में लगभग 30 डॉलर प्रति शेयर के भाव पर आक्रामक रूप से ख़रीदना शुरू किया। 2006 में स्लीप और ज़कारिया ने मैराथन से इस्तीफ़ा देकर नोमेड को पूर्ण स्वतंत्र फ़ंड बना दिया, जिससे उन्हें उनकी विचित्र मान्यताओं के अनुकरण की और भी ज़्यादा स्वतंत्रता मिली। उन्होंने फ़ंड की 20 प्रतिशत संपत्ति एमेज़ॉन में लगा दी और अपने शेयरहोल्डर्स से इससे भी ज़्यादा निवेश करने की अनुमति ले ली। एक कंपनी के प्रति इतने ज़्यादा मोह के कारण उनके एक चौथाई ग्राहकों ने नोमेड से अपना पैसा निकाल लिया।

एमेज़ॉन के बारे में संदेह घुमड़ता रहा। 2008 के शेयर बाज़ार के क्रैश के बीच स्लीप ने न्यू यॉर्क में एक कार्यक्रम में हिस्सा लिया, जहाँ जॉर्ज सोरोस ने कहा

कि वित्तीय प्रलय आने वाला है। इतिहास के सबसे सफल ट्रेडर्स में से एक सोरोस ने उस एक शेयर का नाम लिया, जिसे वे संसार के रसातल में जाते वक्त शॉर्ट कर रहे थे – एमेज़ॉन।

उस दिन लंच पर स्लीप बिल मिलर से मिले, जिनके मीच्युअल फ़ंड्स एमेज़ॉन के सबसे बड़े हिस्सेदार थे। मिलर ने एमेज़ॉन की शक्तियों को सबसे पहले पहचानकर इसकी 15 प्रतिशत हिस्सेदारी ख़रीद ली थी। लेकिन उन्होंने स्लीप को बताया कि निवेशक पैसे निकालने के लिए उतावले हो रहे थे, इसलिए उन्हें मजबूरन अपनी होल्डिंग कम करनी पड़ रही थी। स्लीप ने उस शाम लंदन में ज़कारिया को फ़ोन करके पूछा, ''क्या आपको विश्वास है कि हम जानते हैं कि हम क्या कर रहे हैं, क्योंकि यहाँ हर व्यक्ति दूसरी दिशा में जा रहा है?'' वे किसी कंपनी की भावी महानता के बारे में एमेज़ॉन से ज़्यादा आश्वस्त नहीं थे। लेकिन क्या हो, अगर उन्होंने व्यवसाय का ग़लत विश्लेषण कर लिया हो? क्या हो, अगर वे कोई चीज़ चूक गए हों और शंका करने वाले बाक़ी लोग सही हों? ''या तो हम बेहद बुद्धिमान हैं,'' स्लीप ने सोचा, ''या फिर हम सचमुच बकवास हैं।''

2008 में एमेज़ॉन का बाज़ार मूल्य लगभग आधा हो गया, जबकि नोमेड 45.3 प्रतिशत गिरा। स्लीप और ज़कारिया ने मैकडॉनल्ड्स में एक आपातकालीन बैठक आयोजित की और इस संभावना पर विचार किया कि अगर बाज़ार गिरता रहा, तो नोमेड का भविष्य ख़तरे में पड़ सकता है। वे यह सोचकर काँप उठे कि कहीं उन्हें किसी खटारा वॉल स्ट्रीट फ़र्म में दोबारा विश्लेषक नहीं बनना पड़े।

फिर भी वे नहीं टूटे। जब दूसरे लोग दहशत में थे, तब उन्होंने अपने पोर्टफ़ोलियो को अपग्रेड करने के लिए बाज़ार की गिरावट का लाभ लिया। उन्होंने सर्वोच्च गुणवत्ता वाली कंपनियों पर अपने केंद्रीकरण को बढ़ा लिया, जिनमें एमेज़ॉन, कॉस्टको, एएसओएस और बर्कशायर हैथअवे शामिल थे। जब बाज़ार पलटा, तो बहुत बड़े पुरस्कार मिले। 2009 से 2013 तक नोमेड ने 404 प्रतिशत रिटर्न दिया।

2014 की शुरुआत में स्लीप और ज़कारिया ने नोमेड इनवेस्टमेंट पार्टनरशिप भंग कर दी। तब तक इसकी संपत्तियाँ बढ़कर 3 अरब डॉलर हो गई थीं, जिससे वे आगे चलकर भारी धनराशि कमा सकते थे। लेकिन इससे उन्हें बहुत ज़्यादा रोमांच नहीं हुआ, क्योंकि यह कभी उनका उद्देश्य नहीं रहा था। कई फ़ंड ''बहुत सारे केक का लक्ष्य बनाकर शुरू करते हैं,'' स्लीप एक ईमेल में लिखते हैं। ''लेकिन हमें केक से संतुष्टि नहीं मिलती। हमें तो निवेश समस्या को सुलझाने की प्रक्रिया, रास्ते में सीखना और अपने ज्ञान के अनुरूप सर्वश्रेष्ठ काम करना संतुष्टिदायक लगता था – ये सभी आंतरिक व्यक्तिगत लक्ष्य थे। केक तो सिर्फ़ (सुखद) सह-उत्पाद था।''

ख़ास तौर पर ज़कारिया इस बारे में चिंतित थे कि यह काम नीरस और दोहराव भरा नहीं बन जाए। ''बौद्धिक दृष्टि से हमें महसूस हुआ कि हमने इसे पूरा चूस लिया था,'' वे कहते हैं। ''हमने हर कोण से इस बारे में सोचा। हमने हर उस चीज़ के बारे में सोचा, जो हमारे हिसाब से महत्त्वपूर्ण थी। मैं सोचता हूँ कि मैं पूरी सच्चाई से कह सकता हूँ कि कोई चीज़ नहीं बची थी।'' इसलिए वे रिटायर हो गए। अब वे अपने जीवन का दूसरा हिस्सा परोपकारी उद्देश्यों के समर्थन में लगाना चाहते थे। स्लीप ने बफ़ेट को एक पत्र लिखा और नोमेड की सफलता में उनकी भूमिका के लिए धन्यवाद दिया। बफ़ेट ने जवाब दिया, ''आप और ज़ैक ने सही फ़ैसला किया है। मैं भविष्यवाणी करता हूँ कि आप पाएँगे कि आपका जीवन नए सिरे से शुरू हो रहा है।''

तेरह वर्ष से भी कम समय में नोमेड ने फ़ीस से पहले 921 प्रतिशत का भारी मुनाफ़ा हासिल किया – यानी वे 1 पौंड को 10 पौंड में बदलने के उनके लक्ष्य के बहुत क़रीब पहुँच गए। इसमें एमेज़ॉन ने अहम भूमिका निभाई थी, जिसका भाव 2005 से दस गुना बढ़ा था। एक बिंदु पर इसमें फ़ंड की लगभग 40 प्रतिशत संपत्ति लगी थी।

रिटायरमेंट में ज़कारिया ने अपने लगभग आधे दर्जन प्रिय शेयर नोमेड के पोर्टफ़ोलियो में शामिल किए। उनकी सबसे बड़ी होल्डिंग एमेज़ॉन के शेयर का भाव 2020 में 3,000 डॉलर के ऊपर पहुँच गया, जिससे इसका बाज़ार मूल्य 1.5 ट्रिलियन डॉलर हो गया और बेज़ोस संसार के सबसे अमीर व्यक्ति बन गए। ज़कारिया ने अपने व्यक्तिगत पोर्टफ़ोलियो में एमेज़ॉन का एक भी शेयर नहीं बेचा था और उनका लगभग 70 प्रतिशत पैसा इसी एक शेयर में लगा हुआ था। बाक़ी लगभग पूरी तरह कॉस्टको, बर्कशायर हैथअवे और बूहू डॉट कॉम नामक ऑनलाइन रिटेलर में निवेशित था। ज़कारिया कहते हैं कि वे कभी-कभार अपने पोर्टफ़ोलियो को देखते हैं और सोचते हैं, ''निक क्या करेंगे? और मैं सोचता हूँ, 'निक *कुछ नहीं* करेंगे।' फिर मैं सोचता हूँ, ''ठीक है, छह महीने तक इस बारे में नहीं सोचना है।''

स्लीप ने तो लगभग अपना पूरा पैसा सिर्फ़ तीन शेयरों में लगाया था : एमेज़ॉन, कॉस्टको और बर्कशायर। ''बहुत कम व्यवसाय हैं, जो भविष्य में उस तरह निवेश कर रहे हैं, जिस तरह वे कर रहे हैं,'' वे कहते हैं। ''उन्हें वॉल स्ट्रीट की परवाह नहीं है। उन्हें प्रवृत्तियों और फ़ैशन की परवाह नहीं है। वे तो बस लंबे समय के हिसाब से सही चीज़ कर रहे हैं।'' तीन शेयरों के पोर्टफ़ोलियो के उतार-चढ़ाव से उन्हें कष्ट नहीं हुआ, क्योंकि इस बात की काफ़ी ज़्यादा संभावना थी कि ये तीनों कंपनियाँ मनचाही मंज़िल पर पहुँच जाएँगी।

लेकिन 2018 तक एमेज़ॉन का भाव इतना ज़्यादा बढ़ गया था कि यह उनकी नेट वर्थ के 70 प्रतिशत से ज़्यादा हो गया था। स्लीप चिंता करने लगे। क्या इसका

बाज़ार मूल्य 3 ट्रिलियन डॉलर या 4 ट्रिलियन डॉलर हो सकता है या एमेज़ॉन की महानता की भी सीमाएँ थीं? वे विश्वासपूर्वक कुछ नहीं कह सकते थे। इसलिए तेरह साल बाद उन्होंने अपनी आधी हिस्सेदारी 1,500 डॉलर प्रति शेयर के भाव पर एक ही दिन में बेच दी। यह कैसा महसूस हुआ? ''मुझे इससे नफ़रत थी,'' वे कहते हैं। ''मैं बहुत ऊहापोह में था और मुझे पक्का विश्वास नहीं था कि यह एक अच्छा निर्णय है।''

कुछ समय तक स्लीप करोड़ों डॉलर की नक़दी पर धैर्य से बैठे रहे और यह तय नहीं कर पाए कि एमेज़ॉन की हिस्सेदारी बेचने से जो भारी दौलत मिली है, उसका निवेश कैसे करें। लेकिन जब हमने 2020 में बात की, तो उन्होंने *चौथे* शेयर एएसओएस में निवेश कर दिया था – एक ऑनलाइन रिटेलर, जिसका शेयर उनके पास नोमेड में पहले से था। उनके ख़रीदने के बाद शेयर का भाव दोगुना हो चुका है। संक्षेप में, जीवन अब भी सुखद है।

लंबे समय के लिए पाँच सबक़

मेरे हिसाब से स्लीप और ज़कारिया से पाँच मुख्य सबक़ सीखे जा सकते हैं। **सबसे पहले तो वे इस बात का एक सम्मोहक उदाहरण देते हैं कि गुणवत्ता को व्यवसाय, निवेश और जीवन में मार्गदर्शक सिद्धांत बनाने का क्या मतलब होता है – एक नैतिक और बौद्धिक प्रतिबद्धता, जो *ज़ेन ऐंड द आर्ट ऑफ़ मोटरसाइकल मेंटेनेंस* द्वारा प्रेरित है।** अस्पष्ट और व्यक्तिपरक धारणा के रूप में गुणवत्ता को ख़ारिज करना आसान होता है, लेकिन यह निर्णय लेने के लिए उपयोगी फ़िल्टर है। मिसाल के तौर पर, स्लीप और ज़कारिया के लिए यह स्पष्ट था कि ज़्यादा भारी वार्षिक प्रबंधन फ़ीस लेने से वे ज़्यादा अमीर बन जाएँगे, चाहे वे कैसा भी प्रदर्शन करें। लेकिन ज़्यादा गुणवत्ता भरा विकल्प इतनी कम वार्षिक प्रबंधन फ़ीस लेना था, जिससे बस नोमेड के कार्यसंचालन का ख़र्च निकल आए।

दूसरे, अल्पकालीन जानकारी के बजाय उस जानकारी पर ध्यान केंद्रित करें, जिसकी सबसे लंबी शेल्फ़ लाइफ़ हो। यह सिद्धांत ना सिर्फ़ उस जानकारी पर लागू होता था, जिस पर वे सबसे ज़्यादा विचार करते थे, बल्कि उन दीर्घकालीन कंपनियों पर भी लागू होता था, जिनके वे पक्ष में थे।

तीसरे, एक ख़ास बिज़नेस मॉडल – बड़े पैमाने की अर्थव्यवस्था के लाभ ग्राहकों तक पहुँचाने – से एक अच्छा चक्र उत्पन्न होता है, जो लंबे समय में स्थायी दौलत उत्पन्न कर सकता है। स्लीप और ज़कारिया ने इस विचार की महानता को समझा और इसी मार्ग पर चलने वाले कुछ उच्च गुणवत्ता वाली

कंपनियों पर ध्यान केंद्रित करके इससे बहुत ज़्यादा फ़ायदा उठाया। विरोधाभास यह था कि वे यह तर्क भी देते थे कि उन्हें सैकड़ों कंपनियों के शेयरों के बजाय कुछ मुट्ठी भर कंपनियों के शेयर (आम तौर पर लगभग दस) ख़रीदने में जोखिम कम लगता है – डाइवर्सिफ़िकेशन उनके लिए एक औसत रणनीति थी, जिससे निश्चित रूप से उन्हें कम आकर्षक मुनाफ़ा होता। ''हम जानते थे कि हम ज़्यादा चीज़ें नहीं जानते थे,'' स्लीप कहते हैं। ''इसलिए हमें केवल कुछ कंपनियों के शेयर ख़रीदने में समझदारी दिखी, क्योंकि केवल वही थीं, जिन्हें हम समझते थे और *सचमुच* जानते थे।''

इस बात पर उन्हें हैरानी नहीं हुई कि जिन कंपनियों को वे सबसे अच्छी तरह जानते थे और सबसे ज़्यादा प्रेम करते थे – एमेज़ॉन, कॉस्टको और बर्कशायर – वे तब भी उल्लेखनीय रूप से टिके रहे, जब संसार कोविड-19 की वजह से उलट-पुलट गया था। अंततः बड़े पैमाने की अर्थव्यवस्था की बदौलत वे अपने ग्राहकों को उनके पैसे के बदले में असाधारण मूल्य प्रदान करने में सक्षम बनाया। ''ख़ास तौर पर, एमेज़ॉन और कॉस्टको के साथ आपने यह देखा कि संकट की वजह से उनका व्यवसाय *बढ़ा* है,'' ज़कारिया कहते हैं। ''सामान्य तौर पर अर्थव्यवस्था के लिए माहौल जितना बुरा होता है, यह इन लागत के लाभ वाले व्यवसायों के लिए उतना ही बेहतर होता है।''

चौथे, शानदार सफलता हासिल करने के लिए अनैतिक या लोभपूर्ण व्यवहार करने की ज़रूरत नहीं है – एक बेहद पूँजीवादी व्यवसाय में भी, जहाँ स्वार्थपूर्ण व्यवहार आम है। वित्तीय संकट के दौरान स्लीप ने एक ऐसी संस्कृति द्वारा उत्पन्न तबाही के बारे में लिखा था, जिसमें ''खिलाड़ियों को बस जीतना होता है'' और वे ''साधनों के बारे में बहुत ज़्यादा परवाह नहीं करते।'' वे और ज़कारिया चाहते थे कि नोमेड पूँजीवाद के ज़्यादा प्रबुद्ध रूप को अंगीकार करे।

इससे यह स्पष्ट होता है कि उन्होंने ऐसी फ़ीस स्कीम को क्यों अपनाया, जो उनके बजाय उनके शेयरहोल्डर्स के लिए ज़्यादा लाभकारी थी। वे एक-दूसरे के प्रति भी उदार थे। उदाहरण के लिए, ज़कारिया ने इस बात पर ज़ोर दिया कि 50-50 की हिस्सेदारी के बजाय स्लीप को निवेश फ़र्म का 51 प्रतिशत स्वामित्व रखना चाहिए। मतभेद की स्थिति में ज़कारिया को स्लीप पर विश्वास था कि वे सही अंतिम निर्णय लेंगे। स्लीप कहते हैं कि किसी ऐसे साझेदार से फ़ायदा उठाना नामुमकिन था, जो ''रिवॉल्वर में गोलियाँ भरकर उसे टेबल पर सरकाते हुए कहे, 'लो, अगर तुम चाहो तो मुझे गोली मार सकते हो!''' वे यह भी कहते हैं, ''मेरे हिसाब से पूर्णतः सौहार्दपूर्ण संबंध हमारी सफलता के लिए महत्त्वपूर्ण है।'' प्रभावी बात यह है कि वे अब भी एक ही ऑफ़िस में बैठते हैं, हालाँकि वे अपना फ़ंड कई

साल पहले बंद कर चुके हैं। जैसा स्लीप इसे कहते हैं, ''अच्छे व्यवहार की शेल्फ़ लाइफ़ ज़्यादा लंबी होती है।''

परोपकार पर प्रबल ज़ोर भी पूँजीवाद के उनके नरम संस्करण की एक विशेषता है। ''जब हमने नोमेड चलाकर वह साबित कर दिया, जो हम चाहते थे, तो हम दोनों के सामने ही यह बहुत स्पष्ट हो गया कि अब हमारा काम यह पैसा समाज को लौटाना है,'' स्लीप कहते हैं। ''इससे हमारे लिए यह जोखिम कम हो जाता है कि बहुत ज़्यादा पैसा होने से हमारी मानसिकता बेडौल हो जाएगी।'' इसके अलावा, ''आपको दान देने से ख़ुशी भी मिलती है।''

ज़कारिया और उनकी पत्नी मॉरीन बहुत सारी परोपकारी संस्थाओं की मदद करते हैं, जो वैज्ञानिक शोध और चिकित्सा की ओर प्रवृत्त हैं, जिनमें लंदन मैथेमेटिकल लैबोरेटरी, द रॉयल सोसायटी और द रॉयल हॉस्पिटल फ़ॉर न्यूरो-डिसएबिलिटी शामिल हैं। स्लीप अपना ज़्यादातर समय ऑनसाइड यूथ जोन्स नामक परोपकारी संस्था की मदद करने में लगाते हैं, जहाँ ग़रीब इलाकों के बच्चे सुरक्षित रूप से सामाजिक मेल-जोल कर सकते हैं और नई योग्यताएँ सीख सकते हैं। वे कहते हैं कि उनके और ज़कारिया के मूल ध्यान का केंद्र अब ''अधिकतम भलाई करना... बहुत लंबे समय तक'' हो गया है।

वैसे स्लीप ने सारे सांसारिक आनंदों को नहीं त्यागा है। वे मोटर रेसिंग से प्रेम करते हैं और अपनी 1965 शेलबी मस्टैंग जीटी350 और अपरी 1967 की लोला टी70 में नियमित रूप से प्रतिस्पर्धा करते हैं। उन्होंने अपनी बेटी जेस के साथ बीजिंग से पेरिस तक की (मंगोलिया और साइबेरिया होते हुए) 36 दिवसीय रैली में भी हिस्सा लिया और अपनी 1964 की मर्सिडीज़ पैगोडा को बारी-बारी से चलाया।

पाँचवें, अल्पकाल और त्वरित संतुष्टि पर केंद्रित इस संसार में उन लोगों को ज़बर्दस्त लाभ मिल सकता है, जो इसकी विपरीत दिशा में चलते हैं। यह ना सिर्फ़ व्यवसाय और निवेश पर लागू होता है, बल्कि हमारे संबंधों, स्वास्थ्य, करियर और हर अन्य महत्त्वपूर्ण चीज़ पर लागू होता है।

हम जिस माहौल में रहते हैं, उसे देखते हुए संतुष्टि में विलंब करना आसान काम नहीं है। ज़्यादा दौलतमंद देशों में हर चीज़ माँगते ही उपलब्ध हो जाती है - असीमित भोजन, जानकारी, टीवी शो, हर स्वाद वाला पोर्न या जिसकी भी हम क्षणिक इच्छा कर लें। तीव्र गति वाले ईमेल्स, टेक्स्ट मैसेजेस, फ़ेसबुक पोस्ट्स और ट्विटर नोटिफ़िकेशन्स की बमबारी की वजह से हमारे ध्यान की अवधि कम हो रही है। इसी तरह निवेश जगत में हम अपने मोबाइल फ़ोन पर कुछ बटन दबाकर तुरंत शेयर बाज़ार के अंदर जा सकते हैं या इससे बाहर निकल सकते हैं। इस प्रौद्योगिकी और सामाजिक क्रांति से तालमेल बैठाने के लिए हम अपने-अपने तरीक़ों से जूझ

रहे हैं, जो चमत्कारी भी है और ख़तरनाक भी। आनंद की तलाश करने वाले मनुष्यों के रूप में हममें उसकी ओर खिंचने की प्रवृत्ति होती है, जो भी इस समय अच्छा महसूस होता है, भले ही हमें (या दूसरों को) बाद में उसकी क़ीमत चुकानी पड़े। यह हमारे व्यक्तिगत जीवन में ही नहीं, बल्कि सरकारी घाटे से लेकर ऊर्जा के अनियंत्रित उपभोग तक हर चीज़ में स्पष्ट है।

''यह सब संतुष्टि में विलंब करने के बारे में है,'' स्लीप कहते हैं। ''जब आप उन सारी ग़लतियों को देखते हैं जो आप अपने निजी और पेशेवर जीवन में करते हैं, तो वे लगभग हमेशा इसलिए हुईं, क्योंकि आप किसी अल्पकालीन समाधान या अल्पकालीन मानसिकता से काम कर रहे थे ... और यह शेयर बाज़ार में लोगों की सर्वव्यापी आदत है।''

बस उन कई अनियंत्रित आवेगों के बारे में पल भर सोचें, जो निवेशकों के रिटर्न को बरबाद करते हैं : उदाहरण के लिए, अति ट्रेडिंग की प्रवृत्ति, दहशत भरी ख़बरों के आधार पर भावनात्मक निर्णय लेना, सबसे लोकप्रिय (और प्राय: महँगी) संपत्तियों के पीछे भागने वाले झुंड में शामिल होना, एक-दो साल तक पिछड़े फ़ंड्स से निकल जाना या विजेता शेयरों को समय से पहले बेच देना, बजाय उन्हें कई वर्षों तक चक्रवृद्धि होने देने के। ऐसे आवेगों का प्रतिरोध करने की योग्यता ''सबसे बड़ी महाशक्तियों में से एक है,'' स्लीप कहते हैं। ''क्या कारगर है, उसे तौलते वक़्त आपको इसे भारी वज़न देने की ज़रूरत होती है।''

स्लीप और ज़कारिया आवेग नियंत्रण के शहंशाह हैं। वरना वे कॉस्टको को अठारह साल तक और एमेज़ॉन को सोलह साल तक कैसे रोककर रख पाते, जबकि इसके शेयर का भाव 30 डॉलर से बढ़कर 3,000 डॉलर हो गया? वे इस बुनियादी सत्य को समझते थे कि हमें संतुष्टि में विलंब करने और दीर्घकालीन परिणामों को प्राथमिकता देने से लाभ होता है। लेकिन इस सिद्धांत को बौद्धिक रूप से समझना ही काफ़ी नहीं है। इतना ही महत्त्वपूर्ण यह है कि उन्होंने इसे व्यावहारिक बनाने के लिए आंतरिक रूप से *सामंजस्यपूर्ण* पर्यावरण बनाया।

शुरुआत में तो उनके ज़्यादातर निवेशक ग़ैर-मुनाफ़े वाली संस्थाएँ थीं (जैसे कॉलेज एंडोमेंट), जिनकी समयावधि बहुत लंबी थी। उनके शेयरहोल्डर्स को लिखे पत्रों में स्लीप ने उनके ''नम्र धैर्य'' के लिए उनकी बहुत प्रशंसा की - सही मानसिकता को बढ़ावा देने का कूटनीतिक तरीक़ा। नोमेड ने बेज़ोस और बफ़ेट जैसे साथी अपरंपरावादियों के व्यवसायों में भी निवेश किया, जिनका दृष्टिकोण असाधारण रूप से लंबा था। इससे भी मदद मिली कि स्लीप और ज़कारिया ने किंग्स रोड पर एक चाइनीज़ हर्बल मेडिसिन स्टोर के ऊपर एक शांत ऑफ़िस बनाया, जो बड़े निवेश केंद्रों की तूफ़ानी गतिविधि से बहुत दूर था। उन्होंने बेचने वाले विश्लेषकों और वित्तीय परामर्शदाताओं (जो फ़ंड्स के दिन प्रति दिन के प्रदर्शन

की आवेगपूर्ण निगरानी करते हैं) के बाधाकारक प्रभावों को भी हटा दिया। वे सारे नाटक और रोमांच से इतने कट गए कि ख़ुद को संन्यासी या साधु मानने लगे।

अगर आप और मैं निवेशकों के रूप में स्थायी सफलता पाना चाहते हैं, तो हमें इन दिग्गजों की मिसाल पर चलते हुए *बाहरी और आंतरिक शक्तियों का सुनियोजित तरीक़े से प्रतिरोध करना चाहिए, जो हमें आवेगपूर्ण तरीक़े से काम करने के लिए धकाती हैं।* इसे ध्यान में रखते हुए मैं बाज़ार के भावी करेक्शन या क्रैश के बारे में मीडिया की अनुपयोगी बकवास को नज़रअंदाज़ करता हूँ। मैं कई हफ़्तों तक अपने निवेश प्रदर्शन की जाँच नहीं करता हूँ। निष्क्रियता मेरी स्थायी नीति है। इसलिए मेरे पोर्टफ़ोलियो में मुख्यत: दो इंडेक्स फ़ंड्स और एक वैल्यू-केंद्रित हेज फ़ंड हैं, जो बीस साल से ज़्यादा समय से मेरे पास हैं। मेरी सबसे महँगी ग़लतियाँ तब हुईं, जब भी मैं अधीर हुआ या दूसरे लोगों के मुनाफ़े से ईर्ष्या करने लगा और मैंने फटाफट अमीर बनने के चक्कर में निजी कंपनियों या व्यक्तिगत शेयरों पर जुआ खेलकर दिशा से भटकने की कोशिश की। विरोधाभास यह है कि धीमा मार्ग लगभग हमेशा अंत में ज़्यादा तेज़ साबित होता है।

जिन निवेशकों की मैं सबसे ज़्यादा प्रशंसा करता हूँ, उनमें साहसिक तरीक़े से निष्क्रिय होने की प्रवृत्ति होती है, इसलिए नहीं क्योंकि वे आलसी हैं, बल्कि इसलिए क्योंकि वे धैर्य के लाभों को पहचानते हैं। हॉवर्ड मार्क्स ने एक बार मुझे बताया था, ''हमारा प्रदर्शन उससे तय नहीं होता, जो हम ख़रीदते या बेचते हैं। यह तो उससे तय होता है, जिसे हम रोककर रखते हैं। इसलिए मुख्य गतिविधि ख़रीदना या बेचना नहीं, बल्कि रोककर रखना है। मैंने हमेशा सोचा है कि क्या किसी संगठन के लिए यह कहना कितना अच्छा होगा, 'हम सिर्फ़ गुरुवार को ट्रेडिंग करते हैं।' सप्ताह के बाक़ी चार दिन आप बस बैठकर सोच सकते हैं।''

इस धीमी गति की मानसिकता का थॉमस रूसो से बेहतर प्रतीक नहीं है, जिन्होंने लैंकास्ट्रर, पेनसिल्वेनिया स्थित गार्डनर रूसो ऐंड गार्डनर में तीन दशक से अधिक समय तक बाज़ार को हराया है। ''मैं ख़ुद को किसान कहता हूँ,'' रूसो कहते हैं। ''वॉल स्ट्रीट शिकारियों से भरी है - ऐसे लोग जो बाहर जाकर बड़ा शिकार करना चाहते हैं। वे इसे मार गिराते हैं और इसे लेकर आते हैं और एक बड़ा जश्न होता है और हर चीज़ बहुत शानदार होती है और फिर वे अगले बड़े शिकार की तलाश करते हैं। मैं बीज बोता हूँ और फिर मैं अपना सारा समय उनकी खेती करने में लगाता हूँ।'' उनकी सबसे बड़ी होल्डिंग्स में बर्कशायर हैथअवे, ब्राउन-फ़ोरमैन और नेस्ले शामिल हैं, जो 1980 के दशक से उनके पास हैं। कुछ साल पहले जब वे 59 साल के थे, तो मैंने रूसो से पूछा था कि क्या वे अपने बाक़ी जीवन भी बर्कशायर और नेस्ले को रोकना चाहते हैं। उन्होंने बिना हिचक के जवाब दिया था, ''मुझे ऐसा ही लगता है।''

स्लीप और ज़कारिया की तरह ही रूसो ने भी अपने पूरे करियर में पुरस्कारों में विलंब करने की शक्ति का प्रदर्शन किया है। वे जिन कंपनियों के स्वामी हैं, उन सभी में एक गुण है, जिसे वे ''कष्ट उठाने की क्षमता'' कहते हैं। यानी वे ''बहुत लंबे समय'' तक निवेश करते हैं, भले ही इसमें कई साल तक दुखद सीधा नुक़सान झेलना पड़े। जैसा रूसो कहते हैं कि जब भी हम ''कल कोई चीज़ हासिल करने'' के लिए ''आज किसी चीज़ का त्याग'' करते हैं, तो हमें लाभ होता है।

मेरे लिए मनमोहक चीज़ यह है कि यह कालातीत सिद्धांत ना सिर्फ़ व्यवसाय और निवेश में, बल्कि हमारे जीवन के हर क्षेत्र में लागू होता है। हम इसे तब देख सकते हैं, जब हम व्यायाम या डाइटिंग करते हैं, जब हम किसी परीक्षा के लिए जमकर पढ़ाई करते हैं या ऑफ़िस में देर तक रुकते हैं और जब हम रिटायरमेंट के लिए पैसे बचाते या निवेश करते हैं। हर प्रकरण में हम किसी ऐसी चीज़ को अंगीकार करके या सहन करके लंबे समय में लाभ उठाते हैं, जो अल्पकाल में अनाकर्षक दिखती है। इसके विपरीत, स्लीप कहते हैं, ''मैं सोचता हूँ कि यह लगभग हमेशा सच है कि हमें दुखी करने वाली चीज़ें अल्पकाल में'' आकर्षक दिखती हैं। वे लोकप्रिय उदाहरण देते हैं : शराब पीना, ''बहुत ज़्यादा केक खाना,'' झूठ बोलना ''सुंदरियों से भरी बारों में जाना'' और ''कोने वाली दुकान से चॉकलेट ख़रीदकर खाना।'' वे कहते हैं, उस पल ''ये सारी चीज़ें अच्छी दिखती हैं। वे रोमांचक होती हैं। वे पुरस्कार देती हैं। एक रोमांच जैसा मिलता है। लेकिन अंत में वे दीर्घकालीन नुक़सान पहुँचाती हैं।''

इसमें कुछ भी नया नहीं है। जेनेसिस में इसाउ त्वरित संतुष्टि का आदी है और वह दाल के सूप के एक मूल्यहीन कटोरे के बदले में अपने मूल्यवान जन्मसिद्ध अधिकार अपने भाई जेकब को दे देता है। इसके विपरीत जेकब के पुत्र जोसेफ़ – जो विलंबित संतुष्टि में माहिर थे – में ''सात साल की प्रचुरता'' के दौरान अनाज के भंडार बचाने की दूरदर्शिता थी, जिससे मिस्त्र के लोग इसके बाद आने वाले ''सात साल के अकाल'' में ज़िंदा रहे। हज़ारों साल बाद हमारे सामने *वर्तमान और भविष्य, त्वरित और विलंबित* के बीच के यही विकल्प बार–बार आते हैं।

हममें से ज़्यादातर लोगों के लिए यह चुनाव चुनौतीपूर्ण होता है। लेकिन ज़कारिया कहते हैं कि जब दूसरे लोग प्रलोभन का शिकार हुए, तो ''अलग आदत'' डालने और ''त्वरित संतुष्टि को अस्वीकार करने'' में उन्हें थोड़ा पवित्र आनंद मिला। इससे मुझे एक शानदार बौद्ध वाक्यांश याद आता है, जो अस्वस्थ या अकुशल व्यवहार का प्रतिरोध करने के एक सूक्ष्म पुरस्कार का वर्णन करता था : *ग़ैर–पश्चाताप का आनंद।* इसी तरह रैव येहूदा एशलैग और रैव फ़िलिप बर्ग जैसे कबालिस्ट सिखाते हैं कि स्थायी ख़ुशी, संतुष्टि और स्वतंत्रता को हासिल करने का एकमात्र तरीक़ा हमारे नकारात्मक रुझानों का प्रतिरोध करना है। अपनी विख्यात

पुस्तक *कबाला फ़ॉर द लेमैन* में रैव बर्ग लिखते हैं, ''न्यूनतम प्रतिरोध वाला, तुरत-फुरत समाधान वाला, त्वरित संतुष्टि वाला मार्ग चुनने के बजाय कबालिस्ट सबसे ज़्यादा प्रतिरोध वाला मार्ग चुनता है।''

स्लीप कहते हैं कि आपको भविष्य के तमाम बड़े लाभों की कल्पना का आनंद करके ''अल्पकाल में ख़ुद को पुरस्कार देना चाहिए,'' क्योंकि इससे आप त्वरित संतुष्टि की अपनी इच्छा को ख़ारिज कर सकते हैं। इस तरह विलंब करने में भी आनंद खोजा जा सकता है और ''आपके इसे अंगीकार करने की ज़्यादा संभावना होती है।'' स्लीप कहते हैं, ''मैं विलंबित आनंद को बहुत पसंद करता हूँ, क्योंकि आप यह जानते हैं कि इससे आपकी ज़िंदगी बेहतर बनने वाली है।''

7

सफलता दिलाने वाली आदतें

सर्वश्रेष्ठ निवेशक ऐसी आदतें डालकर ज़बर्दस्त प्रतिस्पर्धी लाभ हासिल करते हैं, जिनके लाभ समय के साथ चक्रवृद्धि होते रहते हैं

इससे छोटा फ़र्क़ नहीं पड़ता कि हम कम उम्र से ही एक या दूसरी तरह की आदतें डाल लेते हैं; इससे बहुत बड़ा या सारा ही फ़र्क़ पड़ता है।

–अरस्तू

मैं सोचता हूँ कि लोग इसे नज़रअंदाज़ कर देते हैं – जब तक कि वे बूढ़े नहीं हो जाते – कि वे आदतों के महत्त्व को कम आँकते हैं और पैंतालीस–पचास साल की उम्र में उन्हें बदलना कितना मुश्किल होता है, और युवावस्था से ही सही आदतें डालना कितना महत्त्वपूर्ण होता है।

–वॉरेन बफ़ेट

1990 में टॉम गेनर का वज़न 190 पौंड था। कोई भी बीच वॉलीबॉल में उन्हें ओलिंपिक स्वर्ण पदक विजेता नहीं मान सकता था। लेकिन वे कहते हैं कि उनका वज़न ''तार्किकता के क्षेत्र के भीतर'' था। उस साल 28 साल की उम्र में उन्होंने रिकमंड, वर्जीनिया स्थित एक बीमा फ़र्म मार्केल कॉरपोरेशन का निवेश पोर्टफ़ोलियो संचालित करने की नौकरी शुरू की। निवेश बैठकर खेला जाने वाला खेल है, जिसमें काफ़ी हद तक पढ़ना, सोचना और संख्याओं के साथ खेलना शामिल होता है। गेनर इसके लिए ख़ास तौर पर बने हुए थे। आठ–नौ साल की उम्र में भी आनंददायक

शुक्रवार शाम का उनका विचार टी.वी. के सामने अपनी दादी के साथ बैठकर *वॉल स्ट्रीट वीक विथ लुइस रुकीज़र* देखना था।

उम्र बढ़ने पर बैठने और सोचने की गेनर की प्रतिभा का एक ऐसा परिणाम निकला, जो वे नहीं चाहते थे। उनका वज़न धीरे-धीरे बढ़कर दो सौ पौंड से ऊपर पहुँच गया। अब वे और ज़्यादा भटकना नहीं चाहते थे, इसलिए उन्होंने मित्रों और सहकर्मियों के सामने घोषणा की कि अगले दस सालों तक वे हर साल एक पौंड वज़न कम करेंगे। यह मूर्खतापूर्ण रूप से छोटा लक्ष्य लग सकता है, लेकिन कुछ अध्ययन बताते हैं कि वयस्क जीवन की शुरुआत और अधेड़ावस्था के बीच आम अमेरिकी पुरुषों का वज़न हर साल एक-दो पौंड बढ़ता है। गेनर पैसे को चक्रवृद्धि करने में उस्ताद थे, इसलिए वे समझते थे कि छोटे लाभ - या नुक़सान - लंबे समय में किस तरह संचित होते जाते हैं। इसलिए उन्होंने पूरे जीवन की अस्वस्थ आदतें बदलने का संकल्प लिया।

"बचपन में मेरी ख़ुराक अनाप-शनाप थी," वे कहते हैं। उदाहरण के लिए, वे एक साल में क़रीब दो सौ डोनट्स खा जाते थे। डाइटिंग करने वाले कुछ लोग ऐसे पापपूर्ण आनंद को पूरी तरह त्याग देते और आनंदरहित डोनटशून्य जीवन जीने का संकल्प कर लेते (कुछ समय तक) और फिर (लगभग हमेशा) इस संकल्प को छोड़ देते। लेकिन गेनर ऐसे नहीं थे। वे ख़ुशी के साथ स्वीकार करते हैं कि वे अब भी हर साल लगभग बीस डोनट खाते हैं। वैसे कुल मिलाकर उन्होंने स्वस्थ डाइट से चिपके रहने का प्रशंसनीय काम किया है। मैंने उनके साथ कई वर्षों में कुछ बार भोजन किया है, जिनमें न्यू यॉर्क में पुराने ज़माने के एक क्लब में लंच शामिल था (जहाँ उन्होंने साल्मन और अनस्वीटन्ड आइस टी के साथ सीज़र सलाद का ऑर्डर दिया), उनके ऑफ़िस में दो लंच लिए हैं (ज़्यादा सलाद, ज़्यादा मछली) और रिकमंड के उपनगर में स्थित उनके घर पर भी डिनर किया है (जहाँ उन्होंने पेस्टो-फ़्लेवर्ड साल्मन पकाई थी, साथ में ब्रसेल्स स्प्राउट्स भी थे, जिसके साथ वाइन भी थी और अंत में आइसक्रीम)। जीवन के अन्य क्षेत्रों की तरह ही पोषण के क्षेत्र में भी गेनर की रणनीति आदर्श बनने की नहीं, बल्कि "सही दिशा में चलना" है। "आम तौर पर," वे कहते हैं, "मैं अति वालों में से नहीं, बल्कि संतुष्ट होने वालों में से हूँ।"

वे व्यायाम के बारे में भी इसी नीति पर चले हैं। "मैं कभी एथलेटिक्स में बहुत अच्छा नहीं रहा," वे कहते हैं। "मेरे एथलेटिक करियर का शिखर सातवें ग्रेड में चर्च बास्केटबॉल में था।" वे दावा करते हैं कि पचास साल की उम्र से पहले वे *कुल* पाँच मील से भी कम दौड़े होंगे। फिर एक हवाई जहाज़ में बैठे-बैठे उन्होंने अख़बार का एक लेख पढ़ा, जिसका शीर्षक था, "क्या आप दौड़ने से नफ़रत करते हैं?" "हाँ," उन्होंने सोचा, "मैं दौड़ने से नफ़रत करता हूँ।" लेकिन लेख ने 28 दिनों की योजना बताई, जो इतनी चतुराई से हानिरहित दिख रही थी कि उन्होंने

इसे आज़माने का निर्णय लिया। पहले सप्ताह उन्हें हर दिन अधिकतम पाँच मिनट दौड़ना था। यह अवधि दूसरे सप्ताह में बढ़कर दस मिनट हो गई, तीसरे सप्ताह में पंद्रह मिनट और चौथे सप्ताह में बीस मिनट। वे कहते हैं, उस बिंदु पर ''इस तरह से आप छोटे-छोटे क़दम उठाते हुए एक आदत डाल लेते हैं।'' निश्चित रूप से, आज पाँच साल से ज़्यादा समय बाद भी वे सप्ताह में पाँच दिन दौड़ते हैं। वे आम तौर पर सुबह 5.30 या 6 बजे उठ जाते हैं, जब हममें से ज़्यादातर लोग बिस्तर पर सोते रहते हैं और तीस मिनट में लगभग तीन मील जॉगिंग करते हैं। वे कहते हैं, ''मेरी गति चकमा देने वाली है। मैं जितना दिखता हूँ, उससे भी ज़्यादा धीमा हूँ।''

गेनर अब मार्कल के सह-सीईओ हैं, जो पूरे संसार में बीमा और निवेश कार्यों वाली फ़ाइनैंशियल होल्डिंग कंपनी है। हो सकता है कि वे 100 मीटर की दौड़ में कोई कीर्तिमान नहीं बना पाएँ। लेकिन उनकी दौड़ने की आदत (साथ में थोड़ा सा योगा और थोड़ी केटलबेल लिफ्टिंग) शारीरिक श्रम और दैनिक तनाव से निबटने में उनकी मदद करती है, जिसमें लगभग 21 अरब डॉलर के शेयरों और बॉन्ड्स का प्रबंधन करने के अलावा 19 पूर्ण स्वामित्व वाली कंपनियों का प्रबंधन शामिल है; सत्रह हज़ार कर्मचारियों के प्रबंधन की बात तो रहने ही दें। ''अगर आप एक्ज़ीक्यूटिव या मनी मैनेजर हैं, जिसके पास इस तरह की जिम्मेदारियाँ हैं, तो आप इस खेल को दिन में चौबीसों घंटे, सप्ताह में सातों दिन खेल रहे हैं। छुट्टियों का सवाल ही नहीं उठता। एक भी दिन नागा नहीं हो सकता,'' वे कहते हैं। ''फलस्वरूप मैं सोचता हूँ कि अपने स्वास्थ्य, अपनी नींद, अपने व्यायाम, कामकाज-जीवन संतुलन, पत्नी-बच्चों-पड़ोसियों के साथ समय बिताने जैसी तमाम चीज़ों पर ध्यान देने के बारे में अनुशासित होना बहुत महत्त्वपूर्ण है।'' हो सकता है कि ऐसा व्यवहार ''संभवत: आपका मनचाहा परिणाम उत्पन्न नहीं करे, लेकिन यह आपकी संभावनाओं को बेहतर बनाता है।''

ख़ास बात यह है कि उनका दृढ़ अनुशासन निरंतर काम करता है। ज़्यादातर लोग कुछ दिनों तक उत्साहित हो जाते हैं, लेकिन फिर उनका उत्साह ठंडा पड़ जाता है। मेरे पास एक केटलबेल और कूदने वाली रस्सी है, जिनका इस्तेमाल मैंने तीन बार से ज़्यादा नहीं किया है। उनके अस्तित्व का बुनियादी उद्देश्य मुझे अपराधी महसूस कराना है। लेकिन गेनर लगातार जुटे रहते हैं। हालाँकि वे पूरी तरह आदर्श तो नहीं बनते हैं, लेकिन हमेशा सही दिशा में चलते हैं। वे कहते हैं कि कुंजी यह है कि वे अपने हर काम के बारे में ''क्रांतिकारी रूप से संयत'' रहते हैं। ''अगर मैं अतिवादी परिवर्तन करूँ, तो वे क़ायम नहीं रहते हैं। लेकिन *छोटे-छोटे, क्रमश: बढ़ते* परिवर्तन - वे क़ायम रहते हैं।''

वे सावधान रहते हैं कि ग़लत दिशा में ज़्यादा दूर तक नहीं जाएँ। उनके ऑफ़िस के पास एक झील है, जिसके किनारे तेज़-तेज़ चलने के बाद वे मुझे दिखाते हैं

कि उनकी एपल घड़ी उनकी गतिविधियों की निगरानी करके यह सुनिश्चित करती है कि वे उनकी ''तीस मिनट की दैनिक व्यायाम आवश्यकता'' पूरी कर लें। इसी तरह वे हर दिन अपना वज़न देखते हैं, जब तक कि वे यात्रा नहीं कर रहे हों और ''अगर यह थोड़ा बढ़ने लगता है, तो कुछ समय तक मैं ज़्यादा मेहनत से व्यायाम करने लगता हूँ या अपने खान-पान के बारे में थोड़ा ज़्यादा जागरूक रहने लगता हूँ। अगर आप इसे कभी बहुत ज़्यादा नहीं होने देते, तो चीज़ों को केंद्रित रखना ज़्यादा आसान होता है। और सामान्यत: काफ़ी कुछ इसी तरीक़े से मैं ज़िंदगी बिताने की कोशिश करता हूँ।''

क्रांतिकारी रूप से संयत और अथक निरंतरता वाली यह रणनीति काफ़ी कारगर नज़र आती है। जब मैंने 2017 में डेढ़ दिनों तक उनका इंटरव्यू लिया, तब गेनर का वज़न 194 पौंड था। यानी यह उनके 27 साल पहले के वज़न से बहुत ज़्यादा नहीं था। वज़न बढ़ने के मामले में मैं उनसे बहुत आगे रहा हूँ, जो इस बात को प्रदर्शित करता है कि रोज़मर्रा के व्यवहार में छोटे-छोटे परिवर्तन संचित होकर किस तरह दशकों बाद बड़े परिणाम देते हैं।

इससे एक महत्त्वपूर्ण निष्कर्ष निकाला जा सकता है, जो निवेश और जीवन दोनों पर लागू होता है। **ज़बर्दस्त जीत प्राय: क्रमश: बढ़ती प्रगति और छोटे-छोटे सुधारों का परिणाम होती है, जिन्हें लंबे समय तक क़ायम रखा जाता है। ''अगर आप महान सफलता का रहस्य चाहते हैं, तो वह यह है : हर दिन को पिछले दिन से थोड़ा बेहतर बनाएँ,''** गेनर कहते हैं। '' आप यह काम कई अलग-अलग तरीक़ों से कर सकते हैं, लेकिन असली कहानी यही है... बार-बार प्रगति करना ही बेहद महत्त्वपूर्ण हिस्सा है।''

''छोटे लाभों का संचय''

गेनर ने यही दर्शन निवेश के क्षेत्र में भी लागू किया है। कई निवेशक एक अल्पकालीन दाँव या संभावनाशील रणनीति से दूसरी की ओर जाने की ग़लती करते रहते हैं। वे उन यो-यो डाइटर्स की तरह होते हैं, जो एक फ़ैशनेबल डाइट से दूसरी पर कूदते रहते हैं और किसी तरह के स्थायी समाधान में निरंतरता क़ायम नहीं रख पाते। गेनर धीमी प्रगति के संरक्षक संत हैं, इसलिए वे चार सिद्धांतों पर आधारित शेयर चुनने की रणनीति पर चलते हैं, जो तीस सालों में नहीं बदली है। यह रणनीति उन्हें सही दिशा दिखाती है और ''मूर्ख बनने'' से बचाती है। ''वे रेलिंग की तरह होती हैं, जो रक्षा करती हैं।''

सबसे पहले तो वे चाहते हैं, ''एक लाभकारी व्यवसाय, जो पूँजी पर अच्छा रिटर्न देता हो और उसमें बहुत ज़्यादा लीवरेज या ऋण नहीं हो।'' दूसरे, प्रबंधन टीम

के पास ''योग्यता और ईमानदारी दोनों हो।'' तीसरे, कंपनी के पास अपने मुनाफ़े का पुनर्निवेश अच्छे रेट ऑफ़ रिटर्न पर करने का काफ़ी अवसर हो। चौथे, शेयर का भाव ''वाजिब'' हो।

जब गेनर को कोई ऐसा व्यवसाय मिल जाता है, जो उनके चार पैमानों के परीक्षण में खरा उतरता है, तो वे ''अनंत काल की समयावधि'' के लिए निवेश करना चाहते हैं और शेयर को अनंत काल तक चक्रवृद्धि होने के लिए छोड़ देते हैं, ताकि बेचने पर टैक्स नहीं देना पड़े। बर्कशायर हैथअवे वह पहला शेयर था, जो उन्होंने 1990 में मार्केल में ख़रीदा था और उनकी हिस्सेदारी का मूल्य धीरे-धीरे बढ़ते हुए 600 मिलियन डॉलर से ज़्यादा हो चुका है। बफ़ेट ने जब बर्कशायर का नियंत्रण हासिल किया, तो उनसे एक ग़लती हो गई, क्योंकि टेक्स्टाइल उत्पादक बर्कशायर का व्यवसाय असफल हो रहा था, जिसका दिवालिया होना तय था। शेयर का भाव तब 15 डॉलर था, जो अब बढ़कर 3,30,000 डॉलर हो गया है, क्योंकि उन्होंने कंपनी की संपत्तियों को ज़्यादा उपजाऊ भूमियों में दोबारा निवेशित किया है। गेपर कहते हैं कि ''आपके लिए अच्छी बात यह थी,'' कि जो व्यक्ति ''पुनर्निवेश के निर्णय ले रहा था, वह जीनियस था।'' गेनर के हिसाब से बर्कशायर इस बात को प्रदर्शित करता है कि उनके चार पैमानों में सबसे महत्त्वपूर्ण पैमाना तीसरा बिंदु है, ''पुनर्निवेश का चक्र।''

गेनर की दूसरी सबसे बड़ी होल्डिंग कारमैक्स है, जो 1990 के दशक के उत्तरार्ध से उनके पास है। तब यह एक छोटी कंपनी थी, जो सेकंड हैंड कार निश्चित भाव पर बेचने का नया विचार लेकर आई और इसने ख़रीदारों के साथ मोल-भाव करने और उन्हें धोखा देने की परंपरा ख़त्म करने की सोची। निष्ठावान एपिस्कोपेलियन गेनर क्वेकर के रूप में बड़े हुए थे। वे याद करते हैं कि मेसीज़ डिपार्टमेंट स्टोर की स्थापना 1850 के दशक में एक क्वेकर ने की थी, जो हर चीज़ निश्चित भाव पर बेचता था, जिससे यह संदेह ख़त्म हो जाता था कि चालाक सेल्समैन ग्राहकों को धोखा देंगे। पारदर्शिता और उचित व्यवहार के प्रति समर्पित कारमैक्स को भी क्या यही लाभ नहीं मिलेगा? इससे भी बड़ी बात, शेयर सस्ते में मिल रहा था और कारमैक्स के पास नई डीलरशिप खोलकर अपने मुनाफ़े के पुनर्निवेश के असीमित अवसर थे। जब से उन्होंने इसमें पहली बार निवेश किया है, तब इसके 8 डीलर थे, जो अब 200 हो चुके हैं और शेयर का भाव साठ गुना बढ़ चुका है।

गेनर के पोर्टफ़ोलियो में विश्वसनीय चक्रवृद्धि करने वाली मशीनों का वर्चस्व है, जैसे ब्रुकफ़ील्ड एसेट मैनेजमेंट, द वॉल्ट डिज़नी कंपनी, डियाजियो, वीज़ा और होम डिपो - ऐसे व्यवसाय, जो सृजनात्मक विनाश के जोखिम के बावजूद दीर्घकालीन दृष्टि से सफल हो सकते हैं। मिसाल के तौर पर, उन्हें इस बात से

तसल्ली मिलती है कि डियाजियो के पास जॉनी वॉकर का स्वामित्व है, जो स्कॉच व्हिस्की का दो सौ साल पुराना ब्रांड है। "यह मुझे काफ़ी स्थायी चीज़ लगती है। इसलिए मैं जीवन में ऐसी चीज़ें खोजने की कोशिश करता हूँ।" वे उन्हें बेचने की नहीं सोचते हैं, बल्कि उन्हें विकास करते समय रोककर रखना चाहते हैं : "मेरा अनुभव है कि सबसे अमीर लोग वे हैं, जिन्हें कोई अच्छी चीज़ मिली और उन्होंने इसे रोककर रखा। जो लोग सबसे कम ख़ुश और सबसे ज़्यादा बौखलाए और सबसे कम सफल दिखते हैं, वे वही हैं, जो हमेशा अगली लोकप्रिय चीज़ के पीछे दौड़ रहे हैं।"

कुल मिलाकर गेनर के पास 100 कंपनियों के शेयर हैं, जो बहुत ज़्यादा सुरक्षात्मक दिख सकता है। लेकिन उनकी दो-तिहाई संपत्तियाँ उनकी शीर्ष बीस पोज़ीशन्स में हैं, जो थोड़ा आक्रामक कहा जा सकता है। एमेज़ॉन, अल्फ़ाबेट और फ़ेसबुक जैसे टेक शेयरों के प्रति उनका नज़रिया नपा-तुला है। वे उनके स्थायी प्रतिस्पर्धी लाभों को पहचानने में "बहुत धीमे" थे, लेकिन बहुत देर बाद उन्होंने पहचाना कि वे निवेश के उनके चार पैमानों पर खरे उतरते हैं। इसके बावजूद उनका भाव सस्ता नहीं था और वे उनका सटीकता से मूल्यांकन नहीं कर सकते थे। इसलिए उन्होंने धीरे-धीरे ख़रीदने की नीति अपनाई। उन्होंने "स्थिरता" से बड़ी पोज़ीशन्स बनाईं (विशाल नहीं) और एवरेजिंग करके महँगे भाव के जोखिम से बचे। यानी अगर उनसे ग़लती भी हो जाती, तो भी यह विनाशकारी नहीं होती।

तबाही से बचने पर वे इतना ज़ोर देते हैं कि मुझे जेफ़्री गंडलैक की अद्भुत अंतर्दृष्टि याद आ जाती है, जो डबललाइन कैपिटल के सीईओ थे और लगभग 140 अरब डॉलर का प्रबंधन करते हैं। गंडलैक ज़बर्दस्त और प्रतिभाशाली अरबपति हैं, जिन्हें बॉन्ड्स का शहंशाह कहा जाता है। वे कहते हैं कि वे 30 प्रतिशत समय ग़लत होते हैं, इसलिए कोई भी निवेश करने से पहले वे ख़ुद से यह बेहद महत्त्वपूर्ण प्रश्न पूछते हैं : "अगर मैं यह मान लूँ कि मैं इस मामले में ग़लत हूँ, तो इसका परिणाम क्या होगा?" फिर वे अपना दाँव इस तरह लगाने की कोशिश करते हैं, ताकि परिणाम किसी भी स्थिति में विनाशकारी नहीं हो। "अपनी ग़लतियों को घातकतारहित बनाएँ," गफ़ंडलैक कहते हैं। **"यह दीर्घायु के लिए बुनियादी बात है। और अंततः इस व्यवसाय में सफलता का यही मतलब है : दीर्घायु।"**

गेनर का पोर्टफ़ोलियो लंबे समय के लिए बना है। उन्हें ज़्यादा मुनाफ़ा होता, अगर वे एमेज़ॉन, गूगल और फ़ेसबुक को इसमें भर लेते। लेकिन उनके निवेश निर्णयों का लक्ष्य - काफ़ी कुछ भोजन और व्यायाम की उनकी नीति की तरह - आदर्श होना नहीं है। इसके बजाय वे निरंतरता से और लगातार समझदार बनने की कोशिश कर रहे हैं। तीन दशकों तक इसी नीति पर अमल करने का संचयी प्रभाव असाधारण रहा है, क्योंकि उन्होंने दीर्घकालीन चक्रवृद्धि की शक्ति का दोहन

किया है, हालाँकि इस दौरान वे कभी ''इतनी तेज़ गति'' से नहीं दौड़े कि ''किसी विनाशकारी गिरने की आशंकाएँ'' बढ़ जाएँ।

उनके निवेश करियर के दो सबसे बुरे वर्षों में गेनर का स्टॉक पोर्टफ़ोलियो 1999 में 10.3 प्रतिशत गिरा (जब टेक शेयरों के पंख लग गए थे और वे उन्हें शॉर्ट करने की ग़लती कर बैठे थे) और 2008 में 34 प्रतिशत (जब क्रेडिट संकट ने यह उजागर किया कि उनके पोर्टफ़ोलियो की कुछ कंपनियों में उनके अनुमान से ज़्यादा लीवरेज था)। उनकी पत्नी सूज़न, जो मार्केल के स्वामित्व वाले मैन्युफ़ैक्चर्ड-हाउसिंग व्यवसाय की सीईओ हैं, कहती हैं कि ये दो अवधियाँ गेनर के लिए ''आत्मा की अँधेरी रातें'' थीं, जब वे ''आत्म-शंका और निराशा'' से भरे थे। गेनर कहते हैं कि वित्तीय संकट इतना तनावपूर्ण था कि उनके ज़्यादातर बाल उड़ गए। इसके बावजूद वे आर्थिक दृष्टि से बचे रहे और अंतत: स्थिरता से ऊर्ध्वगामी यात्रा करते रहे।

परिणाम उल्लेखनीय थे। 1990 से 2019 तक गेनर के शेयर पोर्टफ़ोलियो ने 12.5 प्रतिशत का औसत वार्षिक रिटर्न हासिल किया, जबकि इस दौरान एसऐंडपी ने 11.4 प्रतिशत रिटर्न दिया। यानी गेनर के पोर्टफ़ोलियो में निवेशित 1 मिलियन डॉलर बढ़कर 34.2 मिलियन डॉलर हो जाता, जबकि एसऐंडपी 500 में 25.5 मिलियन डॉलर होता। यह इस बात का प्रभावी प्रदर्शन है कि थोड़े से लाभ को लंबी अवधि में निरंतर क़ायम रखना कितना मूल्यवान होता है।

''अगर आप संतुष्ट और तार्किक रह सकें, तो बाक़ी लोग कई तरीक़ों से रास्ते में गिर जाएँगे और यह आश्चर्यजनक है कि आप परसेंटाइल रैंकिंग्स में कितने ऊपर पहुँच जाते हैं,'' गेनर कहते हैं। ''मैं कभी किसी चीज़ में नंबर वन नहीं रहा। मैं हमेशा स्थिर, सक्षम और योग्य रहा हूँ। लेकिन जैसा मेरे पिताजी कहते थे, विश्वसनीय बनने की योग्यता ही सर्वश्रेष्ठ योग्यता है। इसलिए इस चीज़ को बार-बार करते रहने से आप खेल में बने रहते हैं। और आश्चर्यजनक रूप से आप समय के साथ नंबर वन बन जाते हैं, क्योंकि प्रतिस्पर्धी क्षेत्र बहुत ज़्यादा कम हो जाता है।''

मार्केल स्वयं भी काफ़ी दूर तक पहुँच चुकी है और काफ़ी कुछ इसी तरह से। जब यह 1986 में सार्वजनिक हुई, तो यह गुमनाम विशेषज्ञ बीमा कंपनी थी, जिसकी मार्केट वैल्यू लगभग 40 मिलियन डॉलर थी। मार्केल परिवार, जिसने 1930 में कंपनी की स्थापना की थी, ने गेनर को नियुक्त किया (जो बरसों से विश्लेषक और स्टॉकब्रोकर होने के नाते कंपनी पर नज़र रखते थे), ताकि यह बर्कशायर हैथअवे के बिज़नेस मॉडल को दोहरा सके। गेनर ने मार्केल के बीमा व्यवसाय के प्रीमियमों के ''फ़्लोट'' का इस्तेमाल शेयर ख़रीदने में किया और 2005 से पूरी कंपनियाँ भी ख़रीदना शुरू किया - काफ़ी कुछ उसी तरह जिस

तरह बफ़ेट ने बीमा व्यवसायों के प्रीमियम का निवेश किया था। यह क्लोनिंग यानी नक़ल का बेहतरीन प्रदर्शन था, जो उन्होंने दशकों तक की। फिर भी गेनर क्लोनिंग शब्दावली को नापसंद करते हैं, क्योंकि इससे यह अर्थ निकल सकता है कि उन्होंने सिर्फ़ बफ़ेट की नक़ल की। वे कहते हैं कि *नक़ल* करने के बजाय उन्होंने यह देखा कि क्या कारगर था और फिर इसे अपनी परिस्थितियों के हिसाब से उपयुक्त बनाने के लिए इसे ''पुनर्मिश्रित'' किया।

इसका क्या परिणाम निकला? गेनर मार्केल की 1987 की एन्युअल रिपोर्ट निकालकर मुझे दिखाते हैं कि तब इसकी कुल संपत्तियाँ 57.3 मिलियन डॉलर थीं। 2019 के अंत तक इसकी कुल संपत्तियाँ बढ़कर *37.4 अरब डॉलर* हो गई थीं। मार्केल का बाज़ार मूल्य भी बढ़कर 14 अरब डॉलर हो चुका है और कंपनी 2020 की फ़ॉरचून 500 सूची में 335वें स्थान पर है। ''वहाँ से यहाँ तक का सफ़र काफ़ी अच्छा रहा,'' गेनर कहते हैं। ''यह वही मार्ग है। वही दिशा है। यह चक्रवृद्धि है।''

मार्केल के शेयरहोल्डर्स के पास भी ख़ुश होने का कारण है। इन शेयरहोल्डर्स में गेनर भी शामिल हैं, क्योंकि उनकी आधी से ज़्यादा नेट वर्थ इसके शेयर में लगी है। आईपीओ में मार्केल का शेयर 8.33 डॉलर के भाव पर बिका था। 2019 के अंत तक इसके शेयर का भाव बढ़कर 1143 डॉलर हो गया। यानी इस दौरान यह 137 गुना बढ़ गया।

गेनर का रिकॉर्ड दिखाता है कि असाधारण दीर्घकालीन परिणाम हासिल करने के लिए आपको अतिवादी बनने की ज़रूरत नहीं है। इसके विपरीत, वे कहते हैं, ''लोग अति के चक्कर में ख़ुद को मुश्किल में डाल लेते हैं।'' क्रांतिकारी रूप से संयत मार्ग पर चलने के उनके संकल्प का अनुमोदन कनफ़्यूशियस, अरस्तू, बुद्ध और मैगोनाइड्स जैसे इतिहास के सबसे समझदार चिंतक भी करते।

प्राचीन यूनानी दार्शनिक अरस्तू ने 2,400 साल पहले यह तर्क दिया था कि उत्कृष्टता और स्थायी ख़ुशी ''स्वर्णिम मध्यम मार्ग'' खोजने की हमारी योग्यता पर निर्भर करती है - एक ''मध्यवर्ती'' स्थिति, जो ''दोनों अतियों से समान दूरी पर'' हो। भोजन, शराब और सेक्स जैसे शारीरिक आनंदों के संदर्भ में हमें अति भोग और पूर्ण त्याग के बीच का मध्यम मार्ग चुनना चाहिए। इसी तरह, जोखिम के मामले में उनकी सलाह थी कि कातरता और दुस्साहस की विरोधी अतियों के बीच का विवेकपूर्ण मार्ग चुनना चाहिए। ''जो व्यक्ति हर चीज़ से डरता और भागता है और किसी चीज़ के ख़िलाफ़ डटा नहीं रहता है, वह कायर बन जाता है और जो व्यक्ति किसी चीज़ से नहीं डरता, बल्कि हर ख़तरे का सामना करने लगता है, वह दुस्साहसी बन जाता है।''

गेनर ना तो कायर हैं, ना ही दुस्साहसी हैं। उनका हर काम तार्किक और संतुलित होता है - उनके खान-पान से लेकर व्यायाम तक। इसी तरह अपना पोर्टफ़ोलियो बनाते समय वे डाइवर्सिफ़िकेशन और केंद्रीकरण के बीच संतुलन बनाते हैं। निवेश और जीवन के प्रति उनकी संयत नीति की सुंदरता सिर्फ़ यही नहीं है कि यह बहुत ज़्यादा पुरस्कार देती है, बल्कि यह भी है कि आप और मुझ जैसे सामान्य इंसान भी इसी नीति पर चल सकते हैं। मैंने जिन मशहूर निवेशकों का इंटरव्यू लिया है, उनमें से कुछ में तो इतनी ज़्यादा मानसिक शक्ति है कि वे किसी दूसरी दुनिया में ही काम करते नज़र आते हैं, जिनमें चार्ली मंगर, एड थोर्प और बिल मिलर शामिल हैं। गेनर बेहद बुद्धिमान हैं। लेकिन उनका असली लाभ बौद्धिक नहीं, व्यवहारवादी है। अपने कुछ ज़्यादा चतुर समकक्षों से ख़ुद की तुलना करते हुए वे कहते हैं, ''मैं बौद्धिकता की कमी की भरपाई ज़्यादा अनुशासन, निरंतरता और लगनशीलता से करता हूँ।''

लेकिन गेनर को कम आँकना आसान है। हँसमुख और आत्मनिंदक गेनर में अहं और ग्लैमर का अभाव है, जिसकी उम्मीद हम प्राय: वित्तीय दिग्गजों से करते हैं। वे टोयोटा प्रायस चलाते हैं। (''मुझे एक गैलन में पचास मील का एवरेज पसंद है, क्योंकि मैं किफ़ायती हूँ,'' वे कहते हैं। ''और अगर हमें तेल की ज़रूरत नहीं हो, तो मेरे हिसाब से संसार ज़्यादा शांत जगह होगी।'') वे एक कस्बे में सुखद लेकिन साधारण घर में रहते हैं। (''इसमें रखरखाव का ख़र्च कम आता है।'') और वे अपना वर्णन अपने हाई स्कूल की प्रेमिका से ''बहुत सुखद रूप से विवाहित'' के रूप में करते हैं - प्रेसबाइटेरियन पादरी की पुत्री, जिसके साथ उन्होंने पंद्रह साल की उम्र से डेटिंग की और उन्नीस साल की उम्र में शादी कर ली। उनकी पहली डेट के लिए गेनर के माता-पिता उन्हें सलेम, न्यू जर्सी के छोटे कस्बे में एक कस्टर्ड स्टैंड तक कार से लेकर गए, जहाँ गेनर 1,000 एकड़ के खेत पर बड़े हुए थे।

संक्षेप में, गेनर के बारे में कुछ भी चकाचौंध भरा या दिखावटी नहीं है। लेकिन निवेश जगत में उनसे बेहतर रोल मॉडल खोजना मुश्किल होगा। आख़िर दौलत बनाने का उनका ''संतुष्टिदायक, धीमा और स्थिर'' तरीक़ा गूढ़ योग्यताओं या दुस्साहसी जोखिमों पर निर्भर नहीं हैं, बल्कि कॉमन सेंस और अच्छी चुनी गई आदतों पर बहुत ज़्यादा आधारित है। जब मैं उनसे पूछता हूँ कि सामान्य निवेशकों को अमीर बनने के लिए क्या करना चाहिए, तो वे सबसे कम विचित्र सलाह देते हैं : ''आप जितना कमाते हैं, उससे कम में गुज़ारा करें। बचत का निवेश सकारात्मक रेट ऑफ़ रिटर्न पर करें। अगर आप ये दोनों काम कर लेते हैं, तो आप असफल नहीं हो सकते।'' वे कहते हैं। ''अगर आप अपनी आमदनी से कम ख़र्च कर रहे हैं, तो आप इसी समय अमीर हैं।''

गेनर लागतों को नियंत्रित करने के बारे में निर्ममता से सावधान हैं। वे न्यूनतम व्यय और अधिकतम कर-मितव्ययिता के साथ मार्केल के निवेशों का प्रबंधन करते हैं - लागत का ऐसा लाभ, जिसका अनुकरण हममें से कोई भी कर सकता है, अगर हम कम बार ट्रेडिंग करें और भारी-भरकम फ़ीस वाले वित्तीय प्रॉडक्ट्स से बचें। वे उनके व्यक्तिगत जीवन में भी इतने ही किफ़ायती हैं। वे कहते हैं कि यह आदत उनके अंदर उनके क्वेकर बचपन से ''भरी हुई'' है। वे हवाई अड्डों में खाने-पीने की चीज़ें नहीं ख़रीदते हैं और वैकेशन के दौरान उन्हें होटलों में दो बार भोजन का बिल चुकाने में मुश्किल आती है, हालाँकि उनका सालाना वेतन मिलियनों डॉलर है।

यदि किफ़ायत वित्तीय सफलता के लिए उनके फ़ॉर्मूले का एक अनिवार्य घटक है, तो मेहनत दूसरा अनिवार्य घटक है। वर्जीनिया युनिवर्सिटी के अंडरग्रैजुएट के रूप में वे आराम भरी ज़िंदगी जी सकते थे। अब? उतनी ज़्यादा नहीं। वे आम तौर पर सुबह 7.15 तक ऑफ़िस पहुँच जाते हैं और पूरी सुबह काम करते हैं, क्योंकि तब वे सबसे ज़्यादा उत्पादक होते हैं। इस दौरान वे बहुत कम व्यवधान आने देते हैं। ''हमने चीज़ों को शांत बनाया है,'' वे कहते हैं। ''हम यहाँ मेरे ऑफ़िस में बैठे हैं। आपने मेरे फ़ोन को कितनी बार बजते सुना है?''

उनकी कंप्यूटर स्क्रीन के सामने एक काग़ज़ का टुकड़ा लगा है, जिस पर माइकल जॉर्डन का उद्धरण लगा हुआ है : ''मैं ज़िंदगी में बार-बार असफल हुआ हूँ और इसीलिए मैं सफल हुआ हूँ।'' गेनर ख़ुद को याद दिलाना पसंद करते हैं कि जॉर्डन हाई स्कूल में फ़र्स्ट ईयर में बास्केटबॉल टीम में शामिल नहीं हो पाए थे, लेकिन इसके बाद अपनी ''अति मानवीय'' श्रम करने की क्षमता और ''शुद्ध इच्छाशक्ति'' का इस्तेमाल करके वे सार्वकालिक महानतम खिलाड़ियों में से एक बने। ''आप परिणाम को नियंत्रित नहीं कर सकते,'' गेनर कहते हैं। **''आप केवल प्रयास और समर्पण को ही नियंत्रित कर सकते हैं। आप हाथ के काम पर अपना शत-प्रतिशत देने को नियंत्रित कर सकते हैं। और फिर जो होता है, वह होता है।''**

जब मैंने 2020 में उनका दोबारा इंटरव्यू लिया, तब अमेरिका दंगों और महामारी की चपेट में था। लेकिन गेनर अपने ख़ुद के प्रयास को नियंत्रित करने, अपनी निवेश प्रक्रिया पर डटे रहने और अपने कर्मचारियों के सामने मिसाल पेश करने पर उतने ही केंद्रित बने रहे। ''एक क़दम बढ़ाने के बाद दूसरा क़दम बढ़ाना,'' उन्होंने मुझे बताया। ''इसी ने जीवन भर मेरा मार्गदर्शन किया है। तो अब नई नीति क्यों अपनाएँ?''

गेनर की क्रमश: बढ़ती आत्म-सुधार रणनीतियों की एक और विशेषता है। यह ''निरंतर'' सीखने के प्रति उनका गहरा समर्पण है। वे व्यापकता से पढ़ने के शौकीन हैं - आदत डालने पर वैज्ञानिक पुस्तकों से लेकर जीवनियाँ और उनके

प्रिय लेखक मार्क ट्वेन के उपन्यास। लेकिन वे ख़ुद को ''न्यूरल नेटवर्क में एक तार'' के रूप में भी देखते हैं, जो कई स्मार्ट लोगों से जुड़ा है, जो उनका ज्ञान बढ़ाने और उनकी योग्यताओं को बेहतर बनाने की उनकी सतत खोज में सहयोग कर सकते हैं।

चक एकर एक मशहूर मनी मैनेजर हैं, जिनसे हम दोबारा जल्दी ही मिलेंगे। उन्होंने उनकी समझ को परिशोधित किया कि पुनर्निवेश व्यावसायिक सफलता का सबसे शक्तिशाली चालक है। प्रतिभाशाली फ़ंड मैनेजर जॉश तारासॉफ़ ने यह समझने में उनकी मदद की कि उन्हें एमेज़ॉन के शेयर क्यों ख़रीदने चाहिए। कई वर्षों तक गेनर वॉशिंगटन पोस्ट कंपनी के संचालक मंडल में बफ़ेट के साथ भी रहे। एक अमिट सबक़ यह था कि ''लगन और सहनशीलता'' बफ़ेट की अभूतपूर्व सफलता के अनिवार्य घटक हैं : ''उनकी ऊर्जा और स्टैमिना बिलकुल अविश्वसनीय हैं... सुबह वे चलने के लिए तैयार रहते हैं और वे ऊर्जावान घोड़े हैं, जो बस चलते रहते हैं और चलते रहते हैं। यह एक धावक जैसा काम है।''

कोई संयोग नहीं कि कई अग्रणी निवेशक गेनर पर काफ़ी विश्वास करते हैं। ''मेरे पास एक लाभ यह है कि मैं एक अच्छा बंदा हूँ,'' वे कहते हैं। ''जहाँ तक होता है, मैं लोगों की मदद करता हूँ। मैं सही चीज़ करने की कोशिश करता हूँ। फलस्वरूप मैंने पाया है कि मेरे पास दोस्तों, सहकर्मियों ओर सहयोगियों का यह अद्‌भुत नेटवर्क है, जो मेरे *ख़िलाफ़* नहीं, बल्कि *मेरे साथ* खड़ा है। और वे आपकी मदद करते हैं। वे बस आपकी मदद करते हैं।'' हम कई बार यह मान लेते हैं कि शिखर पर पहुँचने के लिए आपको दूसरों को निर्ममता से हटाना होता है। लेकिन गेनर निरंतरता से अच्छे और शालीन बनने के ज़्यादा सूक्ष्म लाभों को चित्रित करते हैं। मैं उनकी इस कम आँकी गई बढ़त को मेन्स्क इफेक्ट (अच्छा होने का प्रभाव) मानता हूँ। एक्वामैरीन फ़ंड चलाने वाले गाई स्पायर अपनी बहुत सारी ऊर्जा दूसरों की मदद करने में निवेश करते हैं, इसलिए उनके आस-पास के लोग भी उनकी मदद करना चाहते हैं। स्पायर इस चक्र को ''सद्‌भाव का चक्रवृद्धि होना'' कहते हैं।

यदि आपका लक्ष्य *स्थायी* सफलता है, तो गेनर का विश्वास है कि प्रशंसनीय व्यवहार ज़्यादा कारगर होता है। इसका एक कारण यह भी है कि अगर आप विश्वसनीय हैं, जो ज़्यादा से ज़्यादा लोग आपके साथ व्यवसाय करना चाहते हैं। ''कई बार लोग धमकाकर, तंग करके, दबाकर और चकमा देकर कुछ समय तक बेहतरीन करियर बना लेते हैं और कुछ समय तक बड़ी सफलताओं का आनंद लेते हैं,'' वे कहते हैं। ''लेकिन इससे वे हमेशा उलझ जाते हैं। हमेशा। कई बार इसमें समय लगता है, लेकिन ऐसा हमेशा होता है। जिन लोगों को आप साल दर साल सफल होते देखते हैं, वे गहरी सत्यनिष्ठा वाले लोग ही होते हैं।''

जब मैं कई कारणों को पहचानने की कोशिश करता हूँ, जिनकी वजह से गेनर ने इतना कुछ हासिल किया है, तो मुझे एक अवधारणा की याद आती है, जिसका निक स्लीप ने मुझसे ज़िक्र किया था, ''छोटे-छोटे लाभों का संचय''। यह वाक्यांश मशहूर प्रदर्शन कोच सर डेविड ब्रेल्सफ़ोर्ड ने ईजाद किया था, जिन्होंने बीजिंग और लंदन ऑलंपिक्स में ब्रिटिश साइकल टीम को एक अजेय शक्ति बना दिया था। ये विजयें किसी बड़े नवाचार से नहीं उत्पन्न हुई थीं, बल्कि *बहुत सारे छोटे-छोटे सुधारों* का परिणाम थीं, जिन्होंने मिलकर विजयी लाभ प्रदान किया। मिसाल के तौर पर, ब्रेल्सफ़ोर्ड के साइकल चालक उनकी पकड़ को बढ़ाने के लिए पहियों पर अल्कोहल लगाकर रेसिंग करते थे। वे बिजली से गर्म ओवरशॉर्ट्र्स पहनते थे, ताकि तापमान उनकी मांसपेशियों के लिए सही रहे। उन्होंने अध्ययन किया कि सर्जन बीमारी के जोखिम को कम करने के लिए अपने हाथ कैसे धोते थे। वे यात्राओं पर अपने तकिये भी साथ ले जाते थे, ताकि अच्छी नींद आने की ज़्यादा संभावना रहे।

ब्रेल्सफ़ोर्ड एमबीए हैं और वे *काइजेन* (सतत सुधार) के जापानी सिद्धांत से प्रेरित थे, जिसने टोयोटा को महान बनाने में सितारा भूमिका निभाई थी। *हारवर्ड बिज़नेस रिव्यू* में ईबेन हैरेल से बात करते हुए ब्रेल्सफ़ोर्ड ने स्पष्ट किया, ''मुझे लगा कि हमें बड़ा नहीं, छोटा सोचना चाहिए और छोटे-छोटे लाभों के संचय के ज़रिये निरंतर सुधार का दर्शन अपनाना चाहिए। आदर्श के बारे में भूल जाएँ; प्रगति पर ध्यान केंद्रित करें और सुधारों को चक्रवृद्धि करते रहें।''

स्लीप, जो उत्साही साइकल चालक हैं, कहते हैं कि सर्वश्रेष्ठ व्यवसाय छोटे-छोटे लाभों के प्रति इसी तरह का जुनून रखते हैं। वे याद करते हैं कि कार्पेटराइट के संस्थापक लॉर्ड हैरिस पुराने प्राइस टैग्स के दोबारा इस्तेमाल पर ज़ोर देते थे। एक पेनी यहाँ, एक पेनी वहाँ बचाने के लिए वे काग़ज़ के दोनों तरफ़ लिखते थे। ''यह कोई गोपनीय नुस्ख़ा नहीं है,'' स्लीप कहते हैं। ''आपको तो बस सारी छोटी-छोटी चीज़ों की परवाह करनी होती है और उन सबको जोड़ना होता है।''

अगर आप गेनर की सफलता को समझना चाहते हैं, तो आगे देखने की ज़रूरत नहीं है। कोई भी छोटी-छोटी चीज़ों के बारे में उनसे ज़्यादा परवाह नहीं करता। व्यक्तिगत रूप से उनकी दैनिक आदतें महत्त्वहीन दिखती हैं - जैसे कि अपने प्रिय तकियों के साथ यात्रा करने वाले साइकल चालक दिखते थे। *वे जल्दी उठते हैं और जल्दी ऑफ़िस आ जाते हैं। वे जॉगिंग और योगा करते हैं। वे बहुत सारा सलाद खाते हैं और कम डोनट खाते हैं। वे एक शांत ऑफ़िस में काम करते हैं, जहाँ वे ध्यान केंद्रित कर सकते हैं। वे निवेश के हर विचार को चार कालजयी सिद्धांतों के फ़िल्टर से देखते हैं। वे टैक्स को ध्यान में रखकर कार्यकुशल अंदाज़ में निवेश करते हैं। वे अपना निवेश व्यय यथासंभव न्यूनतम रखते हैं। वे अपनी आमदनी से कम में जीते हैं। वे बहुत ज़्यादा पढ़ते हैं। वे दूसरे अग्रणी निवेशकों का*

अध्ययन करते हैं और बुद्धिमत्ता से उनकी नक़ल करते हैं। वे प्रार्थना करते हैं, चर्च जाते हैं और ज़्यादा ऊँची शक्ति में अपनी आस्था से भावनात्मक शक्ति पाते हैं। वे इस तरह व्यवहार करते हैं, जिससे विश्वास और सद्भाव प्रेरित होता है।

इनमें से कोई भी आदत अकेली आसमान पर पहुँचाने वाली नहीं है। लेकिन याद रखें : असली शक्ति छोटे–छोटे लाभों के *संचय* में होती है। यही नहीं, स्मार्ट आदतों से मिलने वाले ये छोटे लाभ कई बरसों तक चक्रवृद्धि होते रहते हैं। अल्पकाल में ये सारे छोटे–छोटे, क्रमिक प्रगति वाले लाभ महत्त्वहीन नज़र आते हैं। लेकिन समय बुरी आदतों का शत्रु है और अच्छी आदतों का मित्र है। जब आप साल दर साल, दशक दर दशक जुटे रहते हैं, तो संचयी परिणाम आश्चर्यजनक होता है। सचमुच, यही एक अनिवार्य गुण गेनर को बाक़ी लोगों से अलग करता है : वे निरंतरता के शहंशाह हैं।

तो अच्छी ख़बर यह है कि हमें किसी गोपनीय फ़ॉर्मूले या बेहद ऊँचे आईक्यू की ज़रूरत नहीं है। **हमें तो बस समझदारी भरी आदतें चुनने की ज़रूरत है, जो सही दिशा में हों और जिन्हें क़ायम रखा जा सकता हो – ऐसी आदतें जो हमें छोटा लाभ दें, जो समय के साथ चक्रवृद्धि होता रहे।** गेनर ने हमें सही मार्ग पर पहुँचा दिया है। अब हम देखते हैं कि उच्च प्रदर्शन या सफलता की ऐसी बाक़ी आदतें कौन सी हैं, जिन्हें वे सर्वश्रेष्ठ निवेशकों को निरंतर लाभ प्रदान करने के लिए अपनाते हैं।

अलग मानसिकता

2000 में मैंने जेफ़ विनिक का इंटरव्यू लिया था। वे गोपनीय निवेश सुपरस्टार हैं, जो 33 साल की उम्र में विश्व के सबसे बड़े और सबसे मशहूर मीच्युअल फ़ंड फ़ाइडैलिटी मैगेलेन फ़ंड के मैनेजर बने। विल डेनाफ़, जो फ़ाइडैलिटी कॉन्ट्राफ़ंड के मैनेजर के रूप में उनके वारिस बने, कहते हैं कि विनिक फ़ाइडैलिटी में उनकी पीढ़ी के ''सर्वश्रेष्ठ फ़ंड मैनेजर'' थे – ''विलक्षण प्रतिभा वाले निवेशक।''

मैगेलेन में अपने चार सालों के दौरान विनिक ने एसऐंडपी 500 को हराया; बॉन्ड्स पर ग़लत समय दाँव लगाने के बाद खट्टे मन से फ़ाइडैलिटी को छोड़ा, फिर एक आक्रामक हेज फ़ंड शुरू किया, जिसके परिणाम आश्चर्यजनक थे। हमारी बातचीत के समय उनकी कंपनी विनिक एसेट मैनेजमेंट अपने निवेशकों को अरबों डॉलर लौटाने वाली थी, ताकि विनिक अपनी ख़ुद की दौलत का प्रबंधन कर सकें और अपने परिवार के साथ ज़्यादा समय बिता सकें। तब तक उन्होंने फ़ंड मैनेजर के रूप में कुल बारह साल काम किया था और औसतन 32 प्रतिशत का आश्चर्यजनक रिटर्न औसतन दिया था।

जब मैंने विनिक से पूछा कि वे इतने सफल क्यों हुए, तो उन्होंने दो कारण बताए। उन्होंने कहा, पहली बात तो यह है कि ''मैंने अपने पूरे करियर में निवेश के प्रति उसी निरंतर नीति का सचमुच इस्तेमाल किया है, जो अच्छी आमदनी की संभावना वाली व्यक्तिगत कंपनियों पर ध्यान केंद्रित करना है, जो बहुत तार्किक भाव पर मिल रही हों।'' मिसाल के तौर पर, उन्होंने कुछ समय पहले ''छोटे, सामान्य रेस्तराँ शेयरों'' में भारी दौलत कमाई, ''जो बीस प्रतिशत प्रति वर्ष की आमदनी में वृद्धि करेंगे, लेकिन वे बारह के पीई पर बिक रहे हैं। यही असली खेल है और यही पैसे कमाने का तरीक़ा है।'' पीछे पलटकर देखने पर यह मुझे जोएल ग्रीनब्लाट की धारणा का आदर्श उदाहरण लगता है, जिसमें निवेश की जटिलता को इसके सार तक घटा दिया जाता है। यही नहीं, यह सबसे ज़्यादा बुनियादी सिद्धांतों को बार-बार लागू करने के बारे में भी है।

दूसरे, विनिक ने कहा, ''बारह वर्षों में एक और चीज़ लगातार समान रही है और यह है बहुत, बहुत कड़ी मेहनत। आप जितनी ज़्यादा कंपनियों का विश्लेषण कर सकते हैं, आप जितने ज़्यादा कैशफ़्लो स्टेटमेंट देख सकते हैं – और जिनकी हर पंक्ति पढ़ सकते हों – उतने ही ज़्यादा अच्छे विचार आपको मिलते हैं और आपका प्रदर्शन उतना ही ज़्यादा बेहतर होता है। कड़ी मेहनत का कोई विकल्प नहीं है।''

उनका शेड्यूल कैसा था? ''मैं आम तौर पर सुबह 6.45 पर ऑफ़िस पहुँच जाता हूँ,'' विनिक ने मुझे बताया। ''मैं शाम को लगभग 5 बजे घर जाता हूँ, ताकि अपने परिवार के साथ बहुत सा समय बिता सकूँ। आम तौर पर रात को बच्चों के सोने के बाद मैं दो-तीन घंटे तक पढ़ता हूँ।'' उन्होंने ढेरों कॉरपोरेट फ़ाइलिंग्स और उद्योग के प्रकाशनों का अध्ययन किया और ''उस सारी शोध का भी, जो वॉल स्ट्रीट बताती है।'' उनकी बहुत ज़बर्दस्त स्मरणशक्ति से भी मदद मिली : ''मेरे काम करने का तरीक़ा यह है कि मैं बस अपने दिमाग़ में यह अद्यतन करता रहता हूँ कि हज़ारों कंपनियों में क्या चल रहा है।'' इस तरह वे उन सूक्ष्म परिवर्तनों को पकड़ने में तत्पर थे, जिन्हें दूसरे नज़रअंदाज़ कर देते थे – मिसाल के तौर पर, वह निर्णायक बिंदु जब किसी उपेक्षित साइक्लिकल कंपनी में मुनाफ़ा तेज़ी से बढ़ने लगा, जिसका मतलब यह था कि उसका भविष्य बेहतर होने वाला था।

डेनॉफ़ की निवेश शैली अलग है और वे लंबे समय तक शेयर रोककर रखने पर ज़्यादा ज़ोर देते हैं। लेकिन कड़ी मेहनत के मामले में वे भी पीछे नहीं हैं। ''मनी मैनेजमेंट ज़्यादा से ज़्यादा पत्थरों को उलटने, ज़्यादा से ज़्यादा विश्लेषकों से बात करने, ज़्यादा से ज़्यादा एन्युअल रिपोर्ट देखने के बारे में होता है। और आप ये काम जितने ज़्यादा करते हैं, आपका प्रदर्शन उतना ही बेहतर होगा,'' वे कहते हैं। ''यह जुनूनी रूप से प्रतिस्पर्धी है।'' डेनॉफ़ ने 1990 से कॉन्ट्राफ़ंड का प्रबंधन किया है। फिर भी उनकी विशिष्ट मानसिकता के कारण बाज़ार को हराने और उनके

शेयरहोल्डर्स को लाभ पहुँचाने की उनकी भूख कभी कम नहीं हुई। ''सच कहूँ, तो दूसरे फ़ंड मैनेजरों को ज़रा भी फ़र्क़ नहीं पड़ता,'' वे कहते हैं। कई तो ''यह काम फ़ीस की वजह से करते हैं,'' या ''शोहरत की वजह से... मुझे इससे ज़्यादा *परवाह* होती है।''

डेनॉफ़ मुझे एक पत्र पढ़कर सुनाते हैं, जो 1993 में एक दंपति ने लिखा था, जिसने अपने एक साल के बेटे की कॉलेज की पढ़ाई की ख़ातिर उनके फ़ंड में निवेश किया था। ''हमने उसकी तसवीरें साथ में लगा दी हैं, ताकि आपको यह अहसास हो सके कि बाहर असली लोग हैं, जो कड़ी मेहनत से कमाए पैसों के मामले में आप पर भरोसा कर रहे हैं।'' डेनॉफ़ के लिए, यह जिम्मेदारी एक प्रबल प्रेरक है - ''अपराधबोध,'' ''डर,'' और ''एक अच्छी मिसाल पेश करने'' की इच्छा के साथ। वे घोषणा करते हैं, ''मुझे हर दिन युद्ध करना होता है।''

उनका उत्प्रेरण जो भी हो, मैं सर्वश्रेष्ठ निवेशकों को मानसिक खिलाड़ी की तरह देखता हूँ। वे लगातार बौद्धिक लाभ की तलाश में रहते हैं - *ज़्यादा* जानकारी, *बेहतर* जानकारी, ज़्यादा *तेज़* जानकारी या फिर सबको दिखने वाली जानकारी की नई व्याख्या। कड़ी मेहनत से अर्जित यह ज्ञान समय के साथ चक्रवृद्धि होता है और अनपेक्षित तरीक़ों से लाभ देता है।

डेनॉफ़ हर साल सैकड़ों कंपनियों के प्रबंधकों से मिलते हैं। वे मुझे आस्क जीव्ज़ नामक ''मरते हुए'' डॉट-कॉम व्यवसाय के साथ अप्रैल 2004 की मीटिंग के अपने नोट्स दिखाते हैं। इसके एक्ज़ीक्यूटिव्ज़ ने उजागर किया कि वे एक अपराजेय अपस्टार्ट की वजह से तबाह हो रहे थे : गूगल। डेनॉफ़ कहते हैं, उसी दिन ''मुझे पहली बार अहसास हुआ कि गूगल एक ख़ास कंपनी है।'' यह जानकारी मिलने के बाद वे अगस्त 2004 में गूगल के सह-संस्थापक सर्जेई ब्रिन और सीईओ एरिक श्मिट से मिले तथा इस कंपनी की संभावना की व्यापकता को समझने की कोशिश करने लगे। डेनॉफ़ कहते हैं कि गूगल की आमदनी हर कुछ महीनों में दोगुनी हो रही थी और इसका ऑपरेटिंग मार्जिन 25 प्रतिशत था, इसके पास ढेर सारी नक़दी थी और कोई क़र्ज़ नहीं था : ''इसका वित्तीय प्रदर्शन असाधारण था, ख़ास तौर पर जब इसकी तुलना हम आज के कई अलाभकारी दिग्गजों से करते हैं।'' जब गूगल उस महीने बाद में सार्वजनिक हुआ, तो ज़्यादातर फ़ंड मैनेजर दूर रहे। लेकिन डेनॉफ़ का फ़ंड इसके सबसे बड़े निवेशकों में से एक बन गया। सोलह साल बाद आज भी यह कंपनी (जिसका नाम अब अल्फ़ाबेट है) इसके सबसे बड़े और सबसे लाभदायक निवेशों में से एक है।

फ़र्म के पास 7.3 ट्रिलियन डॉलर की ग्राहक संपत्ति है और बड़े खिलाड़ी के रूप में डेनॉफ़ की पहुँच लगभग हर व्यक्ति तक है। लेकिन उन्हें जो चीज़ अलग करती है, वह इस लाभ को लीवरेज करने का उनका संकल्प है, जिसकी बदौलत

वे उन पत्थरों को पलटते रहने के लिए लगातार ख़ुद को धकाते रहते हैं। 2010 में पालो आल्टो की शोध यात्रा के दौरान उन्हें दिखा कि उनके खचाखच भरे शेड्यूल में एक जगह ख़ाली थी। ''बुधवार को साढ़े चार बजे के बाद हम किसी से क्यों नहीं मिल रहे हैं?'' उन्होंने अपने सहकर्मियों से पूछा। ''शायद हमें टेस्ला से मिल लेना चाहिए।'' इस ''अनायास विचार'' के कारण डेनॉफ़ घाटे में चलने वाले इस कार-निर्माता से मिले। वे दिसंबर में शाम को वहाँ पहुँचे, जब बाहर अँधेरा होने लगा था। कुछ ही मिनट बाद टेस्ला के क़रिश्माई संस्थापक एलन मस्क अकस्मात वहाँ आ गए और उन्होंने अपना सपना बताया कि वे ''शानदार कारें बनाने वाले हैं, जिन पर अमेरिका को दोबारा गर्व होगा।'' डेनॉफ़ इतने प्रभावित हुए कि उन्होंने एक शुरुआती - और बेहद लाभकारी - निवेश कर दिया, जिसे वे उस शुभ यात्रा के एक दशक बाद भी रोके हुए हैं।

यह कोई संयोग नहीं है कि विनिक और डेनॉफ़ की शुरुआत पीटर लिंच के शिष्यों के रूप में हुई थी, जिन्होंने शानदार सफलता के साथ तेरह साल तक मैगेलन फ़ंड चलाया था। जब मैंने दो दशक पहले लिंच का इंटरव्यू लिया था, तो उन्होंने आसान तर्क बताया था, जिसकी वजह से वे हर दिन इतने सारे शेयरों का अध्ययन करते थे। ''मैं हमेशा सोचता था कि अगर आप एक दिन में दस विचारों को देखते हैं, तो आपको एक अच्छा विचार मिल सकता है,'' उन्होंने मुझे बताया। ''अगर आप बीस को देखते हैं, तो आपको दो मिल सकते हैं।'' अपने सर्वश्रेष्ठ निवेशों में से एक को याद करते हुए लिंच ने आगे कहा था, ''अगर 100 लोग 1982 में खुली मानसिकता से क्राइस्लर की यात्रा करते, तो उनमें से 99 इसे ख़रीद लेते।''

एक बार फिर, यह कई छोटे-छोटे लाभों के संचयी परिणाम के बारे में है, जो बरसों तक चमत्कारी रूप से जुड़ता जाता है : लिंच ने *एक अतिरिक्त कंपनी* की यात्रा करने की जहमत उठाई; डेनॉफ़ ने एक ख़ाली टाइम स्लॉट को भरने पर ज़ोर दिया; विनिक बच्चों के सोने के बाद *दो-तीन घंटे* का अतिरिक्त अध्ययन करते थे। सफलता का सर्वश्रेष्ठ भविष्यसूचक बस यही रहस्य है कि व्यक्ति की इच्छा में अथक उत्साह होना चाहिए।

बिल मिलर ने अपने करियर की शुरुआत में लिंच से सलाह माँगी। लिंच ने उन्हें बताया कि निवेश व्यवसाय में वित्तीय और बौद्धिक दृष्टि से इतने ज़्यादा पुरस्कार हैं कि बहुत सारे बुद्धिमान लोग इसकी ओर आकर्षित होते हैं। ''उन्हें आप एक ही तरीक़े से हरा सकते हैं और वह है उनसे ज़्यादा मेहनत करना,'' लिंच ने कहा था, ''क्योंकि कोई भी किसी दूसरे व्यक्ति से बहुत ज़्यादा स्मार्ट नहीं होता।'' लिंच ने मिलर से कहा था कि वे सुबह 6.30 बजे कारपूल करके ऑफ़िस आते थे और सुबह-सुबह बहुत सारी निवेश शोध सामग्री पढ़कर समूह से आगे रहते थे। वे डिनर के बाद और वीकएंड्स पर भी काम करते थे। यही नहीं, उन्होंने कई वर्षों

तक छुट्टियाँ भी नहीं लीं। मिलर ने लिंच से पूछा कि क्या उम्र बढ़ने पर धीमे होना संभव है। इस पर लिंच ने जवाब दिया था, ''नहीं। इस व्यवसाय में केवल दो ही गियर हैं : तीव्र गति और रुकना।'' मिलर सहमत हैं : ''यह बुनियादी तौर पर सही है। आपका एकाग्र होना *पड़ता* है।''

2014 में जब मार्टी व्हिटमैन नब्बे साल के थे, तब मैंने उनसे पूछा कि 2008 के क्रैश के दौरान और इसके बाद उनका प्रदर्शन ख़राब क्यों रहा – वैल्यू इनवेस्टिंग के एक दिग्गज की दुर्लभ असफलता। ''जब मैं ज़्यादा बूढ़ा और ज़्यादा अमीर हो गया, तो मैं ज़्यादा आलसी हो गया,'' उन्होंने मुझे बताया। ''मैं 2007 में ही समझ गया था कि यह होने वाला है, लेकिन मैंने इस अंदेशे पर काम नहीं किया। मुझे अपने हाउसिंग से संबंधित सारे शेयर बेच देने चाहिए थे... इसका संबंध निवेश तकनीकों से नहीं है। आपको मेहनती और सावधान रहना चाहिए, लेकिन 2008 में मैं ऐसा नहीं था।''

मैं व्हिटमैन की स्पष्टता का कायल हुआ, लेकिन उनकी स्वीकारोक्ति से परेशान भी हो गया। मैंने कई साल तक उनके फ़ंड में निवेश किया था और परिणामों से ख़ुश था, जिस वजह से मैंने अपनी माँ की काफ़ी सारी बचत उनके फ़ंड में लगा रखी थी। यह बात मेरे दिमाग़ में ही नहीं आई कि वे आत्मसंतुष्ट या आलसी हो सकते हैं। वित्तीय संकट के दौरान अपने निराशाजनक प्रदर्शन को पलटकर देखते हुए व्हिटमैन ने टिप्पणी की थी, ''यह बौद्धिक रूप से असंतुष्टिदायक है, लेकिन इससे बहुत ज़्यादा फ़र्क़ नहीं पड़ता... इससे क्या फ़र्क़ पड़ता है कि मेरे बच्चों को अंत में दस मिलियन डॉलर कम मिलें और चैरिटीज़ को दस-बीस मिलियन डॉलर कम मिलें?'' मुझमें उन्हें यह बताने की हिम्मत नहीं थी कि सावधानी और कर्मठता के उनके अभाव का मेरी माँ पर गहरा प्रभाव पड़ेगा।

''बहुत कम लोग मुझसे विवाह कर सकते थे''

इतने सारे चतुर प्रतिस्पर्धियों से आगे निकलने के लिए सिर्फ़ उनसे ज़्यादा मेहनत करना ही काफ़ी नहीं है। आपको उन्हें *सोचने* में भी हराना होता है। सबसे अनुभवी निवेशकों को भी निरंतर सीखने की अंतहीन प्रक्रिया में संलग्न रहना चाहिए, क्योंकि संसार इतनी तेज़ी से बदल रहा है कि उनके ज्ञान के कई पहलू पुराने पड़ जाते हैं। जैसा मंगर अक्सर टिप्पणी करते हैं, बफ़ेट के सबसे मूल्यवान गुणों में से एक यह है कि बुढ़ापे में भी वे ''निरंतर सीखने वाली मशीन'' बने हुए हैं। आम तौर पर बफ़ेट हर दिन पाँच-छह घंटों तक पढ़ते हैं – अक्सर दरवाज़ा बंद करके अपने ऑफ़िस में अकेले बैठकर।

''बफ़ेट इस बात का आदर्श उदाहरण हैं कि आप समय के साथ ख़ुद को कितना बेहतर बना सकते हैं,'' लाउंटिज़ एसेट मैनेजमेंट के प्रेसिडेंट पॉल लाउंटिज़ कहते हैं। लाउंटिज़ ने तीन दशकों तक बर्कशायर की वार्षिक बैठक में हिस्सा लिया है और वे बफ़ेट की विकास करने की योग्यता से चमत्कृत हैं। उन्होंने सस्ते शेयरों में निवेश करके शुरुआत की, फिर बेहतर कंपनियों में निवेश करने की नीति अपनाई, फिर पूरी कंपनियाँ ख़रीदीं, फिर चीन और इज़राइल जैसे विदेशी बाज़ारों में प्रवेश किया, फिर दो उद्योगों में निवेश किया, जिनसे वे दूर रहते थे : रेलरोड और टेक्नोलॉजी। इस विकास यात्रा की वजह से बफ़ेट ने 85 साल की उम्र के बाद उनके करियर का सबसे लाभकारी शेयर चुना – एपल इंक. में उनका निवेश अब तक 80 अरब डॉलर से ज़्यादा मुनाफ़ा कमा चुका है। ''वे उनके अनुशासन और सिद्धांतों के प्रति सच्चे रहे हैं, लेकिन उन्होंने उन्हें तात्कालिक ख़ास आर्थिक और निवेश परिवेश के अनुरूप ढाल लिया है,'' लाउंटिज़ कहते हैं। ''यह अविश्वसनीय है। बहुत कम लोग यह काम कर सकते हैं।''

लाउंटिज़ भी सतत सीखने के आदर्श अभ्यासी हैं। इसी कारण उन्होंने अभावग्रस्त परिस्थितियों से ख़ुद को बाहर निकाला और सम्मानित मनी मैनेजर बनने में मदद की। 1960 में जन्मे लाउंटिज़ पेनसिल्वेनिया में एक ग्रीक अप्रवासी परिवार में बड़े हुए। वे एक बारटेंडर और सिलाई मशीन चलाने वाली की पाँच संतानों में से एक थे। ''मेरे डैडी किचन टेबल पर टिप्स छोड़ जाते थे और मेरी माँ उन सिक्कों से किराना ख़रीदती थीं,'' वे कहते हैं। ''मेरे माता-पिता ने बस त्याग किया... मेरी माँ ने कभी जूते नहीं ख़रीदे, बल्कि सहेलियों के जूते पहने।'' उनके वैवाहिक जीवन की शुरुआत में, जब उनकी तीन संतानें हो चुकी थीं, उनकी जीवन भर की बचत कुल 30 डॉलर थी।

लाउंटिज़ आठ साल की उम्र में बर्तन धोकर पैसे कमाने लगे। बाद में उन्होंने मैकडॉनल्ड्स में क्लीनर का काम किया। इसके अलावा, हर वीकएंड और वैकेशन में एक अस्पताल में पूर्णकालिक काम करके उन्होंने अल्ब्राइट कॉलेज में अपनी पूरी पढ़ाई का ख़र्च निकाला। उन्हें स्नातक होने में आठ साल लग गए।

साथ ही उन्होंने निवेश का अध्ययन भी किया। ''मैंने ख़ुद को जुनूनी ढंग से डुबा लिया,'' वे कहते हैं। तेरह साल की उम्र में उन्होंने बफ़ेट के बारे में पढ़ा। चौदह साल की उम्र में वे बेन ग्राहम की पुस्तक *द इंटेलिजेंट इनवेस्टर* से मंत्रमुग्ध हो गए। फिर वे फ़िलिप फ़िशर की 1958 में प्रकाशित कालजयी पुस्तक *कॉमन स्टॉक्स ऐंड अनकॉमन प्रॉफ़िट्स* से प्रभावित हुए, जिसने उन्हें सूचना संबंधी लाभ हासिल करने के साधन के रूप में ''अफ़वाहों'' के शोध से परिचित कराया। ''इन दो पुस्तकों ने सचमुच बुनियाद बना दी,'' लाउंटिज़ कहते हैं। ''मैंने ये दोनों पचास-साठ बार पढ़ी हैं।''

लाउंटिज़ गर्मजोशी से भरे उत्साही व्यक्ति हैं। वे अपनी चार वयस्क संतानों और पत्नी केली के बारे में प्रशंसात्मक उत्साह से बोलते हैं, जो लगभग चालीस साल से उनकी पत्नी हैं। लेकिन लाउंटिज़ का जीवन ज्ञान की ललक के इर्द-गिर्द केंद्रित रहा है, जो उन्हें बेहतर निवेशक बना सकता है। ''मैं दिन में चार, पाँच, छह, सात घंटे पढ़ने की कोशिश करता हूँ, सप्ताह में सातों दिन,'' वे कहते हैं। ''मेरी कोई हॉबी नहीं है। मैंने ज़िंदगी में कभी गोल्फ़ नहीं खेला... यह बस मेरा व्यक्तित्व है – हमेशा ज़्यादा स्मार्ट बनने और सीखने की कोशिश करना।''

वे सामाजिक कार्यक्रमों को उलझन भरा व्यवधान मानते हैं : ''मैं लोगों को पसंद करता हूँ। लेकिन अगर मैं सीख नहीं रहा हूँ, विकास नहीं कर रहा हूँ और बौद्धिक रूप से प्रेरित नहीं हो रहा हूँ, तो मैं कहीं और रहना पसंद करूँगा।'' अपनी पत्नी के बारे में जो चीज़ उन्हें सबसे अच्छी लगती है, वह यह है कि ''वह मुझसे कोई माँग नहीं करती और मैं बता नहीं सकता कि यह कितना महत्त्वपूर्ण है... वह मुझे समझती है और मुझे अपने असल स्वरूप में रहने देती है। बहुत कम लोग मुझसे विवाह कर सकते थे।'' लाउंटिज़ अपनी अतिवादिता के लिए क्षमाप्रार्थी नहीं हैं : ''किसी भी चीज़ में सचमुच बेहतरीन बनने के लिए आपको जुनून वाली एकाग्रता की ज़रूरत होती है। जो भी कहता है कि आपको सारी चीज़ें एक साथ मिल सकती हैं, वह ग़लत बोल रहा है। आपको सब कुछ एक साथ नहीं मिल सकता। मेरा मतलब है, अगर आप टेनिस नहीं खेलते हैं, तो आप रॉजर फ़ेडरर नहीं बन सकते। इसे जुनून होने की ज़रूरत *होती* है।''

लाउंटिज़ व्यवसाय और निवेश के उस्तादों की ज्ञानवर्धक बातों के लोभी संग्रहकर्ता हैं। वे नाइकी के सह-संस्थापक फ़िल नाइट जैसे उद्यमियों के बारे में लिखी पुस्तकें चाव से पढ़ते हैं : ''मैं उनके बारे में लिखी हर चीज़ पढ़ सकता हूँ। इससे मैं मंत्रमुग्ध हो जाता हूँ।'' वे एक ऐसे सर्वर पर भी हैं, जिस पर उन्होंने वित्तीय जादूगरों के हज़ारों वीडियोज़ इकट्ठे कर रखे हैं, जो उन्हें निवेश, बाज़ारों और संसार की भावी दिशा के बारे में ज़्यादा अच्छी तरह सोचने में मदद करते हैं : मोहनीश पबरई और स्टैनली ड्रकेनमिलर; माइकल मोरिट्ज़ तथा जिम गोट्ज़ जैसे वेंचर कैपिटेलिस्ट; और लियॉन ब्लैक तथा स्टीफ़न श्वार्ज़मैन जैसे प्राइवेट इक्विटी भविष्यदृष्टा। लाउंटिज़ कहते हैं कि उनके पास बफ़ेट के पाँच सौ से भी ज़्यादा वीडियो हैं। साथ ही उनके पास हर वह रिकॉर्डिंग है, जो मंगर के दुर्लभ सार्वजनिक इंटरव्यूज़ की मिल सकती है। और उनकी वार्षिक बैठकों की दर्जनों ट्रांसस्क्रिप्ट्स हैं। बफ़ेट और मंगर ''दरअसल सिर्फ़ स्मार्ट ही नहीं हैं,'' वे कहते हैं। ''वे तो जीनियस हैं।''

ज़्यादातर दिन लाउंटिज़ अपने आईफ़ोन पर वीडियो देखते हैं, जब वे अपने जिम में पेलोटोन बाइक चलाते हैं। ज़्यादातर रातों को वे बिस्तर पर लेटकर अपने

आईपैड पर वीडियो देखते हैं और अक्सर निवेश संबंधी बुद्धिमत्ता की मधुर आवाज़ें सुनते-सुनते सो जाते हैं। सुनते वक़्त वे उन्हीं अंतर्निहित प्रश्नों पर विचार करते रहते हैं : "मैं क्या चूक रहा हूँ? कौन ऐसा कुछ कर रहा है, जो कोई दूसरा नहीं कर रहा है? मैं बेहतर कैसे बन सकता हूँ?" दूसरे निवेशकों के व्यवहार की नक़ल करना कभी उनका लक्ष्य नहीं रहा। "आप हूबहू किसी की नक़ल नहीं कर सकते, क्योंकि आप उनके जूतों में नहीं हो," वे कहते हैं। "इसे सीखें, इसे अपनाएँ और इसे अपनी ख़ुद की प्रक्रिया में संशोधित करें।"

उनके अध्ययन में व्यापकता है। लेकिन जो आदत लाउंटिज़ को सीखने की इतनी शक्तिशाली मशीन बनाती है, वह है उनकी जुनूनी दोहराव की आदत। मिसाल के तौर पर, उनका अनुमान है कि उन्होंने युनिवर्सिटी ऑफ़ फ़्लोरिडा में बफ़ेट का 1998 का लेक्चर पंद्रह बाद देखा है और इसकी ट्रांसस्क्रिप्ट कम से कम पाँच बार पढ़ी है। इसी तरह उन्होंने बर्कशायर की 1993 की एन्युअल रिपोर्ट को इतनी निष्ठा से पढ़ा है कि वे क्रम से उन पाँच मुख्य घटकों को बता सकते हैं, जिन पर विचार करके बफ़ेट किसी शेयर के जोखिम का आकलन करते हैं। दोहराव की इसी आदत के कारण लाउंटिज़ लगभग तीस सालों से बर्कशायर की वार्षिक बैठक के लिए ओमाहा जा रहे हैं और इसी वजह से वे वही पुस्तकें दर्जनों बार पढ़ते हैं। वे कहते हैं कि इतने सारे दोहराव का लाभ यह है कि कई "बुनियादी" नसीहतें "मेरे मस्तिष्क पर अंकित" हो जाती हैं - काफ़ी कुछ वैसे ही, जैसे हर दिन वही प्रार्थना या दृढ़ संकल्प दोहराने से वे आत्मा पर अंकित हो जाते हैं।

मुझे लगता है कि दोहराव के महत्त्व को काफ़ी कम आँका गया है और हममें से ज़्यादातर को एक-दो पुस्तकें इतनी ज़्यादा बार पढ़ना चाहिए कि वे हमारा हिस्सा बन जाएँ। मैं लगभग हर दिन *जोहार* पढ़ता हूँ और अन्य पुस्तकों को बार-बार पढ़ता हूँ, जिनमें मार्कस ऑरेलियस की पुस्तक *मेडिटेशन्स*, रैव येहूदा एशलैग की द *विज्डम ऑफ़ ट्रुथ* और दलाई लामा तथा आर्कबिशप डेजमंड टूटू की द बुक *ऑफ़ जॉय* शामिल है।

उन्होंने कई कालजयी निवेश सिद्धांतों को इतना ज़्यादा आत्मसात किया है कि वे उनकी आत्मा का हिस्सा बन गए हैं। इन सिद्धांतों के साथ लाउंटिज़ अपनी ख़ुद की प्रक्रिया का अनुसरण करते हैं और गहन शोध करने के बाद लगभग पंद्रह शेयर चुनकर पोर्टफ़ोलियो बना लेते हैं। वे उत्कृष्ट कंपनियों पर ध्यान केंद्रित करते हैं, जिनके लीडर्स "सृजनात्मक, लचीले, दूरदृष्टा" हों और उनमें "भारी साहस" हो। ऐसे गुण अभूतपूर्व व्यवधान के वर्तमान युग में पहले से ज़्यादा महत्त्वपूर्ण हैं, क्योंकि वर्तमान युग में सबसे वर्चस्व वाले व्यवसाय भी जोखिम के शिकार हो सकते हैं। लाउंटिज़ कहते हैं कि "समस्या" यह है कि लचीलेपन या साहस जैसे

गुणवत्तात्मक घटक वित्तीय स्टेटमेंट्स में ''मापे नहीं जा सकते,'' जो अतीत का *संख्यात्मक* रिकॉर्ड पेश करते हैं।

उनका समाधान यह है कि उन्हें अकाउंटेंट के बजाय खोजी पत्रकार की तरह काम करना चाहिए। ''व्यवसाय बहुत तेज़ी से बदल रहे हैं और उनमें से कई दक़ियानूसी हो रहे हैं, इसलिए आपको कोनों के चारों ओर देखना होता है और संख्याओं से आगे जाकर थोड़ी अंतर्दृष्टि हासिल करनी होती है,'' लाउंटिज़ कहते हैं। ''आपको मैदान में उतरना होता है और प्रतिस्पर्धियों, ग्राहकों व पूर्व कर्मचारियों से बात करनी होती है। इसके बाद आपको एक कोलाज बनाना होता है, जिसे आप संख्याओं के ऊपर रखकर विश्लेषण कर सकें।'' इसे दिमाग़ में रखते हुए वे अक्सर रिटायर्ड सीईओ जैसे विशेषज्ञों से आमने-सामने की बातचीत करते हैं, जो ''अनूठी, भिन्न अंतर्दृष्टियाँ'' प्रदान कर सकते हैं।

लॉरा गेरिट्ज़ भी सीखने की इतनी ही ज़बर्दस्त मशीन हैं। लेकिन उन्होंने एक अलग तरह का सूचनागत लाभ हासिल किया है। लाउंटिज़ मूलत: अमेरिका में निवेश करते हैं, जबकि गेरिट्ज़ विदेशी बाज़ारों में अमेरिका की अग्रणी निवेशक हैं। आम तौर पर वे साल भी में छह से नौ महीने तक पूरे संसार में घूमकर सर्वश्रेष्ठ निवेशों की तलाश करती हैं। 48 साल की उम्र तक वे 75 देशों की यात्रा कर चुकी हैं। गेरिट्ज़ साल्ट लेक सिटी, यूटा में रॉनड्योर ग्लोबल एडवाइज़र्स की सीईओ तथा चीफ़ इनवेस्टमेंट ऑफ़िसर हैं। वे अपने दो मीच्युअल फ़ंड्स में शेयरहोल्डर्स के प्रति कर्तव्य का गहन अहसास महसूस करती हैं। लेकिन व्यक्तिगत दौलत इकट्ठी करने में उनकी ज़्यादा रुचि नहीं है। वे टिप्पणी करती हैं, ''मेरे पास पर्याप्त है।'' सबसे बढ़कर वे बौद्धिक साहसी हैं और ''सीखने के जोश'' से प्रेरित हैं।

आक्रामक पुरुषों से भरे उद्योग में, जिनमें से ज़्यादातर उन्हीं अभिजात्य बिज़नेस स्कूल्स में ढले हैं, गेरिट्ज़ किसी साँचे में नहीं ढली हैं। वे सचमुच मौलिक हैं, जो अपनी ''अरेखीय'' निवेश नीति की तुलना मुक्त छंद की निर्बाध कविता से करती हैं। शुरुआत से ही वे फ़ंड मैनेजमेंट में करियर की पारंपरिक उम्मीदवार नहीं थीं। उनके कई रिश्तेदार किसान और फ़ैक्ट्री कर्मचारी थे। उनके पिता जब एक छोटे कॉलेज में साहित्य के प्रोफ़ेसर बने और परिवार को वहाँ ले गए, जिसका वर्णन गेरिट्ज़ इस तरह करती हैं, ''पश्चिमी कंसास में एक छोटा कस्बा, ठंडे ख़ून के शुरुआती पैरेग्राफ़ से निकला हुआ।'' अगर आपको चार हत्याओं वाले ट्रूमैन कैपोटे के नॉन-फ़िक्शन उपन्यास का शुरुआती पैरेग्राफ़ याद नहीं हो, तो यह इस तरह शुरू होता है : ''हॉलकॉम्ब का गाँव पश्चिमी कंसास के गेहूँ के ऊँचे मैदानों पर खड़ा है। यह ऐसा वीरान इलाक़ा है, जिसे बाक़ी कंसास वाले 'दूर कहीं' कहते हैं।'' नम्र और आडंबरहीन अंदाज़ वाली गेरिट्ज़ छोटी सी हैं और योद्धा जैसी नहीं दिखती हैं।

लेकिन ''दूर कहीं'' से वर्तमान स्थिति में आने के लिए आश्चर्यजनक संकल्पशक्ति और प्रेरणा की ज़रूरत थी।

गेरिट्ज़ ने कंसास युनिवर्सिटी में राजनीतिक विज्ञान और इतिहास का अध्ययन किया, लेकिन उन्हें हर दिन द *वॉल स्ट्रीट जरनल* पढ़ने का शौक था। उन्नीस साल की उम्र तक उन्होंने इतनी बचत कर ली थी कि वे ज़िंदगी में पहली बार निवेश कर सकती थीं। उन्होंने मार्टी व्हिटमैन के फ़ंड में शेयर ख़रीदे। उन्होंने पेशेवर निवेशक बनने की कल्पना तो की, लेकिन उन्हें लगा कि वे इस व्यवसाय में तब तक कभी क़दम नहीं रख पाएँगी, जब तक कि वे दूसरों से हटकर कोई अनूठी योग्यता विकसित नहीं कर लें। इसलिए उन्होंने पूर्व एशिया की भाषाओं और संस्कृति में स्नातकोत्तर उपाधि ली, एक साल तक जापान में रहीं और धाराप्रवाह जापानी बोलने लगीं। फलस्वरूप वे अमेरिकन सेंचुरी इनवेस्टमेंट्स में द्विभाषी ग्राहक प्रतिनिधि की नौकरी करने लगीं। दो साल बाद उन्होंने फ़र्म की फ़ंड मैनेजमेंट टीम में विश्लेषक का पद जीत लिया, जिसके लिए बारह हज़ार आवेदन थे। बाद में उन्होंने वेसैच एडवाइज़र्स में एक दशक बिताया और बाज़ार को हराने वाली फ़ंड मैनेजर की ख्याति अर्जित की, जो उदीयमान तथा सीमावर्ती बाज़ारों की विशेषज्ञ थीं। उन्होंने यह नौकरी छोड़कर 2016 में अपनी ख़ुद की फ़र्म शुरू की और तीन विश्लेषकों को काम पर रखा, जो ''बहुत शोर-शराबे वाले'' कमरे में उनके साथ काम करते हैं।

जब हमने 2017 में पहली बार बात की थी, उसके दो सप्ताह पहले ही गेरिट्ज़ ने अपने फ़ंड शुरू किए थे। लेकिन तब तक वे रूस, तुर्की, जापान और दक्षिण कोरिया जाकर शोध कर चुकी थीं। साल में दो बार वे लगभग 69,000 शेयरों की स्क्रीनिंग करती हैं। इससे उन्हें अप्रिय बाज़ारों को पहचानने में मदद मिलती है, जहाँ वे अच्छे भाव पर बेहतरीन कंपनियों या बेहतरीन भाव पर अच्छी कंपनियों के अपने वैश्विक शिकार पर जा सकती हैं। ''मुझे वहाँ जाना पसंद है, जहाँ दूसरे नहीं जा रहे हैं,'' वे कहती हैं। ''अगर आप अलग होने, महान होने का साहस दिखा रहे हैं, तो आपको दूसरों के ख़िलाफ़ जाना होता है।'' जिस बाज़ार ने उन्हें सबसे ज़्यादा रोमांचित किया, वह तुर्की था, जहाँ उन्होंने उस वक़्त लगभग तीस कंपनियों से मुलाक़ात की थी। लेकिन यह देखना आसान था कि इस बारे में बाक़ी निवेशक उनके जितने रोमांचित क्यों नहीं थे।

तुर्की के तानाशाह राष्ट्रपति, जिन्होंने 1,100 से ज़्यादा कमरों वाला महल बनाकर अपनी भव्यता का आलीशान जश्न मनाया था, कुछ समय पहले ही एक सैन्य तख़्तापलट से बचे थे। इसके बाद उन्होंने आपातकाल की घोषणा कर दी, हज़ारों सैनिकों, पुलिसकर्मियों व न्यायाधीशों को जेल में बंद कर दिया, मीडिया आउटलेट्स को बंद कर दिया और अपने राजनीतिक विरोधियों को आतंकवादी घोषित कर दिया। आत्मघाती बमबारी की श्रृंखला से भी देश की प्रतिष्ठा पर दाग़

लगा, जिनमें से एक इस्ताम्बुल के मुख्य हवाई अड्डे पर हुआ था। पर्यटन ठप्प हो गया। मुद्रा रसातल में पहुँच गई। मुद्रास्फीति और कर्ज़ आसमान छूने लगे। विदेशी निवेशक भाग खड़े हुए।

लेकिन गेरिट्ज़ पहले भी कई बार तुर्की जा चुकी थीं, इसलिए वे ज़्यादा संतुलित दृष्टिकोण रख सकती थीं। कुछ साल पहले जब देश के आर्थिक भविष्य के बारे में आशावाद पूरे शबाब पर था, तब उन्होंने इस्ताम्बुल में हुए निवेश सम्मेलन में हिस्सा लिया था। तब उस समारोह के आयोजन स्थल वाले होटल में उनसे एक कमरे का एक रात का किराया 1,200 डॉलर माँगा जा रहा था और उन्होंने वहाँ ठहरने से इनकार कर दिया था। ''इस बार उन्होंने होटल में एक रात रुकने के 70 डॉलर माँगे,'' गेरिट्ज़ कहती हैं। ''मेरे हिसाब से यह निराशावाद का चरम था।'' दैनिक वास्तविकता भी उतनी डरावनी नहीं थी, जितनी विदेशी न्यूज़ कवरेज में बताई जा रही थी : ''ज़मीनी हक़ीक़त को देखें, तो मुझे डरने का कोई कारण महसूस नहीं होता। यह संसार के सबसे दोस्ताना देशों में से एक है।''

गेरिट्ज़ के लिए वास्तविकता और अनुभूति के बीच की यह खाई तुर्की के तीन सर्वश्रेष्ठ व्यवसायों में दीर्घकालीन निवेश का आदर्श अवसर थी : इसकी सबसे बड़ी किराना चेन, इसकी अग्रणी रक्षा कंपनी और कैंडी की सबसे बड़े निर्माता कंपनी। तीनों के पास स्थायी प्रतिस्पर्धी लाभ था, विश्वसनीय कैशफ़्लो था, निवेशित पूँजी पर उच्च रिटर्न था और (सबसे महत्त्वपूर्ण) दमदार बैलेंस शीट थी। इसके अलावा वे इतने सस्ते भाव पर मिल रही थीं कि निवेश में किसी स्थायी नुक़सान की आशंका नहीं थी। विकासशील बाज़ारों में निवेश करना ख़तरनाक हो सकता है, इसलिए जोखिम को न्यूनतम करने का प्रबल आग्रह बेहद महत्त्वपूर्ण है। वाक़ई गेरिट्ज़ जिन कंपनियों में निवेश करती हैं, उनमें से ज़्यादातर के पास अच्छा कैश रिज़र्व होता है, जिसकी बदौलत वे बहुत बुरे समय में विकट परिस्थितियों को झेल सकती हैं, जब पूँजी की आपूर्ति सूख जाती है और कमज़ोर व्यवसाय कुम्हला जाते हैं। ''मैं दरअसल विपत्ति से बच सकने वाली कंपनियों में निवेश कर रही हूँ,'' वे कहती हैं। ''मैं बेहतरीन कंपनियाँ ख़रीदती हूँ, लेकिन मैं उन्हें ऐसे देशों में ख़रीदती हूँ, जिनकी हालत ख़राब हो।''

व्यापक यात्रा करने की गेरिट्ज़ की इच्छुकता की वजह से उन्हें एक संचयी लाभ मिलता है, जो ज़्यादा संकीर्ण भौगोलिक मानसिकता वाले निवेशकों को नहीं मिलता। ''आप संसार में जितना ज़्यादा बाहर जाते हैं, आप उतने ही ज़्यादा पैटर्न देखते हैं,'' वे कहती हैं, जिनमें उतार-चढ़ाव के चक्र शामिल हैं, जो अलग-अलग देशों में होते हैं, जब क़र्ज़ का विस्तार या संकुचन होता है और आशावाद बढ़ता या गिरता है। इस पैटर्न को पहचानने से ''भारी तबाही से बचने में मदद मिलती है, जो उदीयमान और सीमावर्ती बाज़ारों में देखने को मिल सकती है।'' मिसाल के तौर पर,

उन्होंने अति उत्साह के दौर में ब्राज़ील की कंपनियों के शेयर बेच दिए, जब विदेशी पूँजी भारी तादाद में वहाँ आ गई, सरकार ने बेहद ख़र्च किया और शेयरों के भाव आसमान छूने लगे। अति के लक्षण बहुत जाने-पहचाने दिखाई दे रहे थे। ''होटल वाले एक रात के एक हज़ार डॉलर माँग रहे थे,'' वे याद करती हैं। ''मैं सोचती हूँ कि मैंने हवाई अड्डे पर पिज़्ज़ा के एक टुकड़े के लिए 35 डॉलर दिए थे।''

उन्हें नाइज़ीरिया में भी इसी तरह के चेतावनी के संकेत दिखे, जब बहुत सारे विदेशी निवेशक इसे ''अफ्रीका में सर्वश्रेष्ठ निवेश स्थान'' मानकर वहाँ पहुँचे। गेरिट्ज़ का सावधानी भरा निष्कर्ष : ''मैंने यह फ़िल्म पहले भी देखी है। मैं इसे चीन में देख चुकी हूँ, जब वैल्युएशन अति पर पहुँच जाते हैं और हर व्यक्ति बाज़ार से प्रेम करने लगता है। मैं इसे ब्राज़ील में देख चुकी हूँ।''

हर यात्रा से पहले गेरिट्ज़ उस जगह की अपनी समझ को बढ़ाने के लिए एक अध्ययन योजना बनाती हैं। ''मैं जिस भी देश जाती हूँ, उसकी कम से कम तीन पुस्तकें पढ़ने की कोशिश करती हूँ,'' वे कहती हैं। आम तौर पर, एक पुस्तक उस देश या इलाक़े के अर्थशास्त्र या राजनीति के बारे में होती है; एक साहित्यिक कृति होती है और एक पॉप संस्कृति का हल्का नमूना होता है, जैसे मिस्ट्री या जासूसी उपन्यास। ''अगर हम शोध यात्रा के लिए युगांडा जा रहे हैं, तो मेरे कपड़े तो शायद मैं एक छोटे सूटकेस में ले जाऊँगी, लेकिन बीस पुस्तकों से भरा एक बड़ा बैकपैक भी साथ में होगा,'' वे कहती हैं। ''यह एक बड़ा मज़ाक़ है।'' वे किंडल भी साथ रखती हैं, ''लेकिन दो देशों में यह कनेक्ट नहीं हो रहा था और मैं पुस्तकों के बिना नहीं रह सकती।''

गेरिट्ज़ और रॉनड्योर की उनकी टीम उस पुस्तक के बारे में बातचीत करने के लिए हर पखवाड़े में एक बार इकट्ठे होते हैं, जिसे वे समूह के रूप में पढ़ते हैं : ''आख़िरी पुस्तक जो हमने पढ़ी, वह थी *इनवेस्टिंग द टेंपलटन वे*, जिसे मैं कई बार पढ़ चुकी हूँ। लेकिन यह *ग्रिट* या द *क्रिएटिव ब्रेन* भी हो सकती है।'' पिछले तेरह वर्षों से उन्होंने पूरे साल एक बड़े विषय (कई बार दो) को भी चुना है, जिसका वे गहराई से अध्ययन करती हैं। जिन विषयों को वे सुखद प्रत्याशा से चुनती हैं, उनमें अफ्रीका, मध्य पूर्व, भौतिकी, तेल और ''रूस का साहित्य तथा इतिहास'' शामिल है। 2019 में हमने सुशी लंच लेते समय बातचीत की और मैंने गेरिट्ज़ से उनका नवीनतम विषय पूछा। उनका जवाब : ''ओह, यह बड़ा विचित्र है! मैं खोजियों के बारे में सब कुछ पढ़ रही हूँ और यह वाइकिंग्स से शुरू होता है।''

एक सप्ताह में दो-तीन पुस्तकें पढ़ने वाली गेरिट्ज़ अख़बारों पर शायद ही कभी ध्यान देती हैं और अपने ब्लूमबर्ग टर्मिनल पर मिनट दर मिनट के समाचारों को भी नज़रअंदाज़ करती हैं : ''इसके बजाय मैं तो *राइज़ ऑफ़ द रोबोट्स* पढ़ना

ज़्यादा पसंद करती हूँ। मैं यह सोचना पसंद नहीं करती कि संसार दस मिनट पहले कैसा दिखता है, बल्कि इस बारे में सोचना ज़्यादा पसंद करती हूँ कि संसार आज से दस साल बाद कैसा दिख सकता है।'' यह निवेश के प्रति एक असाधारण दिमाग़ी नीति है, जो उनके इस विश्वास पर आधारित है कि गहराई से पढ़ने और व्यापक यात्रा करने से उन्हें ज़्यादा व्यापक दृष्टिकोण मिलेगा, जो महत्त्वपूर्ण लेकिन अमूर्त रूप से बढ़ता जाता है। ''दिन भर ऑफ़िस में बैठकर वित्तीय आँकड़े पढ़ने की एक सीमा होती है,'' वे कहती हैं। ''मैं नहीं सोचती कि हमारा काम सीधी रेखा में चलने वाली चीज़ है।''

गेरिट्ज़ ने अपनी स्वतंत्र मानसिकता को संस्थागत करने की कोशिश करते हुए शुक्रवार को ''हमारा सृजनात्मक दिन'' घोषित किया है, जिसे उनके सहकर्मी मनचाहे ढंग से बिता सकते हैं। वे ख़ुद अक्सर शुक्रवार को साल्ट लेक सिटी में एक नदी के पास बैठती हैं, जहाँ वे सुकून से पढ़ती हैं या अपनी यात्रा के विचारों को संश्लेषित करते हुए जर्नल्स में लिखती हैं। वे यूटा में रहने को भी उपयोगी मानती हैं : ''यहाँ रहना सामान्य मार्ग से अलग हटकर है। इससे आपको सोचने की अनुमति मिलती है।'' कोरोना वायरस महामारी, भूकंप और कई कंस्ट्रक्शन प्रोजेक्ट्स की वजह से उनका अपार्टमेंट ''गहरी सोच'' के लिए अनुपयुक्त हो गया था। इसलिए उन्होंने इडाहो के दूरस्थ हिस्से में ''नदी किनारे एक शांत घर'' किराये पर लिया और 45 पुस्तकों के साथ ख़ुशी-ख़ुशी क्वारेंटाइन हो गईं।

लेकिन गेरिट्ज़ चिंतन-मनन के लिए अनुकूल दूसरी जगहों पर भी जाती हैं। वे ऑस्ट्रेलियाई तट से दूर एक टापू की यात्रा पर जाती हैं, जहाँ सिर्फ़ आठ मकान हैं : ''आप अपना किराना साथ में रखकर नाव पकड़ते हैं और वे आपको टापू पर छोड़ देते हैं। कई बार आपका फ़ोन काम करता है, लेकिन कई बार नहीं करता। आपके पास इंटरनेट नहीं होता। आपके पास बस थोड़ा संगीत होता है, पानी का सुंदर नज़ारा होता है और आपके पास अपनी पुस्तकें होती हैं।''

बीच-बीच में गेरिट्ज़ एक बार में कई सप्ताह तक किसी विदेशी जगह पर रहती हैं, ताकि वे ख़ुद को ज़्यादा पूर्णता से वहाँ की संस्कृति में डुबा सकें और यह अध्ययन कर सकें कि स्थानीय लोग कैसे रहते हैं, कैसे ख़र्च करते हैं और कैसे उपभोग करते हैं। वे उस बाज़ार के केंद्र के पास कोई सस्ती वैकेशन इमारत किराये पर लेती हैं, जिसके बारे में वे सीखना चाहती हैं और इसका इस्तेमाल अपने क्षेत्रीय अड्डे की तरह करती हैं, ''क्योंकि हवाई जहाज़ से आने-जाने की थकान सचमुच मुश्किल होती है,'' क्योंकि वे इकोनॉमी क्लास में यात्रा करती हैं। इसी तरह वे तंजानिया, केन्या, इंग्लैंड, फ़्रांस, हॉलैंड, दुबई, अबूधाबी, थाईलैंड, सिंगापुर और जापान जैसी जगहों में रही हैं।

कई साल पहले जब जापान में जायदाद के भाव रसातल में थे, तो उन्होंने प्राचीन इम्पीरियल राजधानी क्योटो के केंद्र में एक अपार्टमेंट ख़रीदने का अवसर जकड़ लिया। इसे उन्होंने अपनी छावनी बना लिया है, जहाँ से वे पूरे एशिया की कंपनियों की यात्रा कर सकती हैं। यह एक सादगी भरी जगह है, जहाँ एक बेड, एक सोफ़ा, एक टेबल और दो-तीन कुर्सियाँ हैं। यहाँ पहले ब्लोफ़िश में विशेषज्ञता रखने वाला रेस्तराँ था - एक घातक लजीज व्यंजन, बशर्ते इसके ज़हर को कुशलता से हटा दिया जाए। उनके अहाते में एक बड़ा पत्थर है, जिसे वे हटा नहीं सकतीं, क्योंकि स्थानीय लोगों का विश्वास है कि इसे ''नागराज'' के सम्मान में वहाँ रखा गया था। गेरिट्रज़ साल में कम से कम एक महीना क्योटो में रहती हैं। जब मैं पूछता हूँ कि वे अपना घर अमेरिका को मानती हैं या जापान को, तो वे जवाब देती हैं, ''सच कहूँ तो जापान को।''

हममें से ज़्यादातर किसी ऐसी जगह रहना चाहते हैं, जहाँ हमें जुड़ाव और जड़ों का अहसास हो। लेकिन उनकी स्वाभाविक अवस्था ''एक पूर्ण और बाहरी'' व्यक्ति बनना है। वे कहती हैं, निवेशकों के लिए ''एक बेहद महत्त्वपूर्ण घटक अवलोकन करने की योग्यता है और यही आप जापान में सचमुच कर सकते हैं : अवलोकन करना। क्योंकि आप कभी समाज में इतनी पूरी तरह घुल-मिल नहीं सकते कि मूल नागरिक के रूप में स्वीकार किए जाएँ।''

जापान जैसे विशिष्ट देश में सफल निवेश करने के लिए उन्हें अपनी पूर्व धारणाओं को हटाने और संस्कृति को इसकी शर्तों पर देखने की ज़रूरत थी। मिसाल के तौर पर, अमेरिकी कंपनियाँ आम तौर पर अपने शेयरहोल्डर्स के हितों को सबसे पहले रखती हैं। लेकिन गेरिट्रज़, जिनके रॉनड्योर फ़ंड की एक तिहाई संपत्तियाँ जापान में हैं, कहती हैं कि जापानी कंपनियों के लिए प्राथमिकता उनके ग्राहकों की सेवा करना है, जिसके बाद उनके कर्मचारियों, बिज़नेस पार्टनर्स और समाज की बारी आती है : ''और मैं सोचती हूँ कि शेयरहोल्डर सबसे अंत में आता है।''

पश्चिम के सक्रियतावादी निवेशक अक्सर जापान के सीईओज़ को राज़ी करने की निरर्थक कोशिश करते हैं कि वे ज़्यादा उपयोगी तरीक़े से पूँजी लगाकर या ज़्यादा क़र्ज़ लेकर अल्पकाल में ज़्यादा मुनाफ़ा कमाएँ। लेकिन गेरिट्रज़ कहती हैं कि जापानी उद्यमी स्थायी कंपनियाँ बनाने के बारे में ज़्यादा परवाह करते हैं - कई बार तो सदियों तक - भूकंपों, सुनामी, युद्धों और महामारियों जैसे जोखिमों के बावजूद। वे कहती हैं, ''यह त्वरित संतुष्ट वाली संस्कृति नहीं है।'' स्थायी रूप से दौलत बनाने की गेरिट्रज़ की इच्छा को देखते हुए जापानियों का रूढ़िवाद उन्हें रास आता है।

गेरिट्रज़ के विश्व-भ्रमण वाले करियर ने उनकी असीमित उत्सुकता को संतुष्ट किया है। लेकिन इसकी एक क़ीमत भी है। ''आप रुक नहीं सकते,'' वे कहती

हैं। ''अगर मैं लंबे समय तक रुक रही हूँ, तो मेरी बढ़त खो जाएगी... आपको रुकना नहीं है, क्योंकि आप अपने निवेशकों के प्रति ज़िम्मेदार हैं, क्योंकि यह उनका भविष्य है।'' ''ज़्यादातर सामान्य लोग'' जिस सामान्य मनोरंजन का आनंद लेते हैं, ''जैसे स्की स्लोप में जाना या दोस्तों के साथ उठना-बैठना, वह मेरे लिए बहुत मुश्किल'' होगा, वे कहती हैं, ''क्योंकि मैं तो बस शेयरों और देशों के बारे में सोचना चाहती हूँ।''

परिवार के बारे में क्या? ''मेरे बच्चे नहीं हैं और मैं सचमुच सौभाग्यशाली हूँ, क्योंकि मेरे पास एक पति है, जो मुझे बहुत प्यार करता है और जो जानता है कि मेरे काम में किस चीज़ की किसकी ज़रूरत होती है। इसलिए वे हमेशा अविश्वसनीय रूप से समर्थन करते हैं।'' उनके पति रॉब एक अमेरिकी हैं, जिनसे वे हाई स्कूल में मिली थीं। रॉब एक खेल सामग्री निर्माता कंपनी की अंतरराष्ट्रीय बिक्री सँभालते हैं। उनके काम की वजह से उन्हें इतनी स्वतंत्रता रहती है कि वे गेरिट्ज़ की कई शोध यात्राओं में उनके साथ चले जाते हैं। लेकिन काम की वजह से उन दोनों को लंबे समय तक एक-दूसरे से दूर रहने की ज़रूरत होती है। पति ज़्यादातर समय क्योटो में उनके घर में रहते हैं, जबकि गेरिट्ज़ ज़्यादातर समय यूटा में उनके घर में रहती हैं।

गेरिट्ज़ शुरू से ही जानती थीं कि ऊँचे दबाव वाले निवेश करियर में अत्यधिक एकाग्रता की ज़रूरत पड़ेगी। इसलिए उन्होंने बच्चे पालने के विचार को मुल्तवी कर दिया : ''इसका आंशिक कारण यह था कि इस व्यवसाय में शुरुआत में महिला होने की चुनौतियाँ थीं और कड़ी मेहनत ज़रूरी थी। मैंने पहचान लिया था कि इस उद्योग में पुरुषों की बराबरी पर रहने के लिए बच्चों को पालना सर्वश्रेष्ठ चीज़ नहीं थी।'' उन दिनों में अमेरिकन सेंचुरी में शायद ही कोई महिला रोल मॉडल थी। लेकिन गेरिट्ज़ को उनके ऑफ़िस की एक महिला याद है, जो सुबह 8 से शाम 5 के अलावा काम नहीं कर सकती थी, क्योंकि उसकी एक संतान थी : ''उसे बता दिया गया था कि उसे ज़्यादा ऊँचे स्तर पर कभी प्रमोशन नहीं मिल पाएगा, क्योंकि वे नौकरी के सामान्य घंटों से बहुत ज़्यादा घंटों तक काम की उम्मीद करते थे... आपको बताने की ज़रूरत नहीं थी। आप बस सफल लोगों की नक़ल करते थे और सफल लोग वही होते थे, जो ऑफ़िस में सुबह छह बजे से रात को दस बजे तक रुकते थे। इतना ही नहीं, वे शनिवार और रविवार भी ऑफ़िस में ही बिताते थे।''

उनके करियर में बाद में गेरिट्ज़ संतान के लिए तैयार महसूस करने लगीं, लेकिन तब उनके पति ने झिझक दिखाई। ''फिर हमारे हाथ से समय निकल गया।'' क्या उन्हें कभी इस बात का अफ़सोस होता है? ''कई बार, हाँ।'' दूसरी तरफ़, वे कहती हैं, ''मैं जो करती हूँ, उससे मुझे इतना ज़्यादा प्रेम है कि मुझे ऐसा महसूस ही नहीं होता कि मैंने त्याग किया है।''

घटाने की कला

अगर कोई एक आदत है, जो इस अध्याय के सभी निवेशकों में आम है, तो वह यह है : **वे लगभग पूरी तरह उस चीज़ पर ध्यान केंद्रित करते हैं, जिसमें वे सर्वश्रेष्ठ हैं और जो उनके लिए सबसे ज़्यादा महत्त्वपूर्ण है। उनकी सफलता का कारण यह है कि वे किसी संकीर्ण क्षेत्र में गहराई से ध्यान केंद्रित करने पर प्रबल ज़ोर देते हैं और असंख्य व्यवधानों को नज़रअंदाज़ करते हैं, जो उनकी उत्कृष्टता की खोज में हस्तक्षेप कर सकते हैं।**

जेसन ज़्वीग मेरे पुराने मित्र हैं। वे *वॉल स्ट्रीट जर्नल* में पर्सनल फ़ाइनैंस कॉलमिस्ट हैं और *द इंटेलिजेंट इनवेस्टर* के संशोधित संस्करण के संपादक हैं। उन्होंने एक बार मुझे लिखा था, ''मंगर और मिलर और बफ़ेट के बारे में सोचें : ऐसे लोग जो एक मिनट का भी समय या रत्ती भर भी मानसिक ऊर्जा किसी ऐसी चीज़ को करने या सोचने के बारे में बरबाद नहीं करते, जो उन्हें बेहतर नहीं बनाती हो... उनकी योग्यता अपने प्रति ईमानदारी है। वे ख़ुद से इस बारे में झूठ नहीं बोलते कि वे किसमें अच्छे हैं और किसमें नहीं हैं। ख़ुद के साथ इस क़दर ईमानदार होना ही शायद उनकी सफलता का राज़ है। इसे करना बहुत मुश्किल और बहुत दर्दनाक, लेकिन बहुत महत्त्वपूर्ण है।''

मैं सोचता हूँ कि यह किसी भी पकड़ में नहीं आने वाली योग्यता पर लागू होता है, जिसमें हम माहिर होने की आशा करते हैं, चाहे यह शेयर चुनना हो, रोगियों का इलाज करना हो या शब्दों के साथ कुश्ती लड़ना हो। मेरे एक हीरो स्वर्गीय ऑलिवर सैक्स हैं। वे विख्यात न्यूरोलॉजिस्ट और बेहतरीन लेखक थे, जिन्होंने अपने घर में एक बड़ा पीला साइन लगा रखा था, जिस पर ब्लॉक लेटर्स में नो! शब्द लिखा था। एक संस्मरण में उन्होंने स्पष्ट किया कि इस तरीक़े से वे ''ख़ुद को याद दिलाते हैं कि मुझे आमंत्रणों को ठुकरा देना चाहिए, ताकि मैं लिखने के समय को सुरक्षित रख सकूँ।''

हज़ारों साल पहले ताओवादी दार्शनिक लाओ-त्ज़ू ने लिखा था कि बुद्धिमत्ता के मार्ग में सारी अनावश्यक गतिविधियों को ''घटाना'' शामिल है : ''ज्ञान हासिल करने के लिए हर दिन चीज़ें जोड़ें। बुद्धिमत्ता हासिल करने के लिए हर दिन चीज़ें घटाएँ।''

घटाने की कला बेहद महत्त्वपूर्ण होती है, ख़ास तौर पर सूचना की अति वाले वर्तमान युग में, जब हमारा मन बहुत आसानी से भटक और बिखर सकता है। अगर आप इसके संपर्क में आते हैं, तो प्रतिकूल राजनीतिक ख़बरों, सोशल मीडिया के नोटिफ़िकेशन्स, रोबोकॉल्स और अन्य भटकाने वाला कानफोड़ू शोर होता है। *वर्ल्ड विदाउट माइंड : द एग्ज़िस्टेंशियल थ्रेट ऑफ़ बिग टेक* में

फ़्रैंकलिन फ़ोयर चेतावनी देते हैं, ''हमारे कानों में चीज़ें डाली जा रही हैं, हमारी आँखों के ज़रिये नोटिफ़िकेशन हमारे दिमाग़ में भरे जा रहे हैं, क्लिक करने के लिए हमारे सामने दाने डाले जा रहे हैं, जो चिंतन-मनन की किसी तरह की संभावना में बाधा डालता है। मेरे लिए चिंतन-मनन का विनाश हमारी मानवता के सामने खड़ा अस्तित्ववादी जोखिम है।''

यह निवेश की सफलता के लिए भी अस्तित्ववादी जोखिम है। इसीलिए गेरिट्ज़ नियमित रूप से ग़ायब होकर क्योटो में एक पहाड़ी झरने के पास पहुँच जाती हैं, जहाँ वे पढ़, लिख और सोच सकें। स्वर्गीय बिल रुआन, जिन्होंने सेक्वोइया फ़ंड में ज़बर्दस्त रिटर्न दिए, ने एक बार मुझे ''मेरे छिपने की जगह'' बताई थी। वे न्यू यॉर्क सिटी में एक होटल स्यूट में अकेले काम करते थे और अपने नज़दीकी ऑफ़िस के सहकर्मियों से दूरी बनाकर रखते थे। अटेंशन डेफ़िसिट हाइपरएक्टिविटी डिसऑर्डर के शिकार गाई स्पायर ने अपने परिवार को मैनहैटन से ज़्यूरिक के शांत इलाक़े में किराये के मकान में पहुँचा दिया, जहाँ उनके सुंदर, लेकिन भटकने वाले मन के लिए ''शांत तालाब'' बनना ज़्यादा आसान था। स्पायर का ऑफ़िस उनके घर से ट्राम की संक्षिप्त दूरी पर है और उसमें एक लाइब्रेरी है, जिसमें फ़ोन या कंप्यूटर नहीं है। उन्होंने अपने भौतिक परिवेश को चेतन रूप से ऐसा बनाया है कि यह उनके चिंतन-मनन का समर्थन कर सके।

मैथ्यू मैकलेनन उस निवेश टीम के मुखिया हैं, जो 100 अरब डॉलर से ज़्यादा का प्रबंधन करती है, इसलिए वे हर दिन का हर घंटा मीटिंगों और फ़ोन कॉल्स से भर सकते हैं। ''आप ख़ुद को बहुत व्यस्त बना सकते हैं,'' वे कहते हैं। ''लेकिन आपको अनुत्पादक व्यस्तता को हटाना होता है... और मैं सोचता हूँ कि लंबे मनन के लिए खिड़कियाँ बनाना बहुत महत्त्वपूर्ण है।'' वे सुबह कोई अपॉइंटमेंट नहीं रखते हैं, शुक्रवार को ''तुलनात्मक रूप से कोई शेड्यूल नहीं'' रखते हैं और कामकाजी सप्ताह में अपने ऑफ़िस से दूर समय बिताने को लेकर ''बहुत सुनियोजित'' रहते हैं। वे अपने दिमाग़ को साफ़ रखने के लिए नियमित रूप से व्यायाम भी करते हैं और वीकएंड पर प्राकृतिक स्थलों पर पैदल चलते हैं। मैकलेनन स्पष्ट करते हैं, ''समय-समय पर तेज़ गतिविधि वाले माहौल से ख़ुद को हटाने से बड़ी मदद मिलती है।''

दूसरे लोग जितना ज़्यादा भटकते हैं, मानसिक हुल्लड़, प्रौद्योगिकी के व्यवधानों और अति उत्तेजना को घटाना उतना ही ज़्यादा लाभदायक होता है। लेकिन हममें से हर एक के मामले में ये अलग-अलग होते हैं। रुआन ने मैनहैटन के मध्य में एक शांत शरणस्थली खोज ली है। बाज़ार को तीन दशकों तक भारी अंतर से हराने वाले चक एकर को ग्रामीण वर्जीनिया में शांति के साथ सोचना ज़्यादा आसान लगता है, जहाँ उनकी फ़र्म एकर कैपिटल मैनेजमेंट एक छोटे क़स्बे में स्थित

है, जिसमें केवल एक ट्रैफ़िक लाइट है। वे एक ऐसे घर में रहते हैं, जहाँ से ब्लू रिज माउंटेन्स दिखते हैं। "हम हिरण, भालू, लोमड़ी, छोटे भेड़िये और जंगली पेरू पक्षियों को देखते हैं," वे कहते हैं। "यह एक सुंदर जगह है। यह आत्मा के लिए अच्छी है।" वहाँ रहने का एक लाभ यह है कि वे तमाम "मूर्खता और बकवास" से बहुत दूर महसूस करते हैं, कि वे इस बारे में "तनावग्रस्त नहीं होते कि बाज़ार और संसार में क्या चल रहा है... हम बस इसे बंद कर देते हैं।"

इसके बजाय वे कुछ अच्छी तरह चल रही कंपनियों के शेयर ख़रीदने ध्यान केंद्रित करते हैं, जो पूँजी पर आकर्षक रिटर्न कमा सकें और उनमें उनके फ्री कैशफ़्लो का अच्छी तरह पुनर्निवेश करते रहने की योग्यता हो। चक एकर में "चीज़ों को अकेला छोड़ने" का संयम भी है। उन्होंने मार्केल को 27 सालों तक रखा है, जिसमें उनका पैसा सौ गुने से ज़्यादा हुआ है। उन्होंने 42 साल से बर्कशायर हैथअवे को रोककर रखा है। उनकी सबसे बड़ी होल्डिंग अमेरिकन टॉवर कॉरपोरेशन 2002 में 79 सेंट पर थी, जो आज 260 डॉलर के आस-पास है। एक शांत जगह पर सुकून वाला जीवन बनाकर एकर दूसरे निवेशकों के "प्रतिभाशाली विचारों" के प्रभाव से ख़ुद को दूर करके "सुरक्षित" रख सकते हैं और "उन चीज़ों पर पूरी तरह केंद्रित बने रह सकते हैं, जो हमारे लिए काम करती हैं।" सारांश में उन्होंने एक अच्छा भरा हुआ तालाब खोज लिया है और वे अपने बाक़ी दिन वहीं मछली पकड़ने में संतुष्ट हैं। या, जैसा एकर इसे कहते हैं, "हम सारी महिलाओं के साथ डांस नहीं कर सकते।"

यह सब कुछ व्यावहारिक निष्कर्षों की ओर ले जाता है, जो ज़्यादा दौलतमंद और ख़ुश बनने में हमारी मदद कर सकते हैं। सबसे पहले तो, सफल और संतुष्ट बनने के लिए हमें यह निर्णय लेने की ज़रूरत है कि हम किसकी सबसे ज़्यादा परवाह करते हैं और हमें इस बारे में ईमानदार रहने की ज़रूरत है कि हम सबसे अच्छा क्या करते हैं। दूसरे, हमें ऐसी दैनिक आदतें डालने की ज़रूरत हैं, जो हमें उस महत्त्वपूर्ण क्षेत्र में निरंतर बेहतर बना सकें - और ऐसी आदतें हटाने की, जो हमारा ध्यान भटकाती हों। उन लाभकारी आदतों की सूची लिखना लाभदायक होता है, जिन्हें हमारी दिनचर्या का हिस्सा होना चाहिए। लेकिन यह भी उतना ही मूल्यवान होता है कि हम नहीं करने वाली चीज़ों की सूची भी बनाएँ, जिसकी वजह से हमें याद रहे कि कितनी चालाकी से हम आदतन भटकते हैं या ख़ुद का नुक़सान करते हैं। जैसा गेनर सुझाव देते हैं, मुद्दे की बात पूर्णता का प्रयास नहीं है; महत्त्वपूर्ण बात तो ऐसी आदतों के प्रति समर्पित होना है, जो स्थायी हों और सही दिशा में हों।

माइकल ज़ैपेटा हेज फ़ंड मैनेजर हैं, जो पहले एक एलीट काउंटरटेररिस्ट यूनिट सील टीम सिक्स में कमांडर थे। उन्होंने एकाग्रता की आवश्यकता के बारे में काफ़ी सोचा है। "आपको यह जानना होता है कि जीवन में आपकी प्राथमिकताएँ क्या

हैं,'' वे कहते हैं। ''मेरे लिए यह ईश्वर, परिवार, फ़ंड है – इसी क्रम में।'' इस स्पष्टता से उन्हें यह निर्णय लेने में मदद मिलती है कि वे अपना समय और ऊर्जा कैसे लगाएँ, ताकि वे सचमुच महत्त्वपूर्ण चीज़ों की ''दिशा'' में ही काम करें। ''एक तरह से यह बातचीत भी उस दिशाबद्धता के बाहर है, क्योंकि यह परिवार-फ़ंड-ईश्वर वाली प्राथमिकताओं में फ़िट नहीं होती है,'' वे कहते हैं। ''लेकिन फिर भी इसे करना ठीक है। आपको तो बस यह सुनिश्चित करना चाहिए कि यह आपकी प्राथमिकताओं से दूर नहीं कर दे... कि यह आपके जीवन को प्रभावित नहीं करती हो।''

क्या यह बहुत अतिवादी है? शायद। लेकिन ज़्यादातर लोग अपने जीवन को बहुत ज़्यादा जटिल बनाने की ग़लती कर देते हैं। वे सतह पर ही रहते हैं और ख़ुद को सतही व बाहरी चीज़ों में व्यस्त रखते हैं। सर्वश्रेष्ठ निवेशक इस बात का प्रमाण हैं कि दीर्घकालीन उत्कृष्टता के लिए हमें ज़्यादा एकाग्र होने और गहराई तक जाने की ज़रूरत होती है।

8

मूर्ख नहीं बनें

अगर आप बेहतर तरीक़े से निवेश करना चाहते हैं, बेहतर तरीक़े से सोचना चाहते हैं और बेहतर तरीक़े से जीना चाहते हैं, तो सामान्य मूर्खताओं को सुनियोजित तरीक़े से कम करने की चार्ली मंगर की रणनीति अपनाएँ।

मूर्ख जहाँ भी जाता है, हर एक के सामने यह उजागर कर देता है कि वह मूर्ख है।

–एक्लेजियास्ट्स 10:3

बुद्धिमान बनने के लिए मनुष्य को अच्छे और बुरे विचारों-कार्यों दोनों का अध्ययन करना चाहिए, लेकिन सबसे पहले उसे बुरे का अध्ययन करना चाहिए। सबसे पहले आपको यह जानना चाहिए कि क्या चतुराई भरा नहीं है, क्या न्यायपूर्ण नहीं है और क्या करना आवश्यक नहीं है।

–लेव तोलस्तॉय, *अ कैलेंडर ऑफ़ विस्डम*

उल्लेखनीय बात यह है कि हम जैसे लोगों को कितना ज़्यादा दीर्घकालीन लाभ मिला है, क्योंकि हमने कभी बहुत बुद्धिमान बनने के बजाय मूर्ख नहीं बनने की कोशिश की है।

–चार्ली मंगर

चार्ली मंगर के दस मिनट के इंटरव्यू की ख़ातिर मैं तीन हज़ार मील की यात्रा कर चुका हूँ। मैं उनसे मिलने के लिए एक घंटे जल्दी पहुँचता हूँ। जब मैं उनके बुलाने

का इंतज़ार कर रहा हूँ, तो मैं घबरा भी रहा हूँ और रोमांचित भी हूँ। 15 फ़रवरी 2017 का दिन है और वे डेली जर्नल कॉरपोरेशन की वार्षिक मीटिंग के लिए लॉस एंजेलिस आए हुए हैं। मंगर इस गुमनाम अख़बार प्रकाशक के चेयरमैन हैं, लेकिन वे बर्कशायर हैथअवे के अरबपति वाइस चेयरमैन के रूप में ज़्यादा विख्यात हैं, जो चालीस साल से अधिक समय से वॉरेन बफ़ेट के पार्टनर हैं। 1924 में जन्मे मंगर अब तक की सबसे महान निवेश जोड़ी का आधा हिस्सा हैं।

मंगर ने डेली जर्नल की मीटिंग से पहले मुझसे कुछ समय तक अकेले में बात करने का वादा किया है। इसलिए मैं कंपनी के मुख्यालय में एक कॉन्फ्रेंस रूम के बाहर खड़ा हूँ और लॉबी में उनके सैकड़ों भक्तों को आते हुए देख रहा हूँ, जिनमें लाइ लू, मोहनीश पबरई, फ़्रांस्वाँ रोशोन, व्हिटनी टिल्सन, क्रिस्टोफ़र डेविस और फ़्रांसिस चाउ जैसे शीर्ष निवेशक शामिल हैं। मज़े की बात यह है कि यहाँ लगभग किसी को भी डेली जर्नल की परवाह नहीं है। इमारत में दाख़िल होने पर लोगों को एक रजिस्टर में लिखना होता है कि उनके पास डेली जर्नल के कितने शेयर हैं। लगभग सभी का जवाब होता है शून्य। मेरी ही तरह वे भी दूर-दूर से इस 93 साल के दिग्गज की तीक्ष्ण वाकपटुता और बुद्धिमत्ता भरी बातें सुनने आए हैं।

मंगर का इंटरव्यू लेने की संभावना रोमांचक भी है और घबराने वाली भी। ऐसा इसलिए, क्योंकि उन्हें ऐसा चतुर तुनकमिज़ाज माना जाता है, जो विनाशकारी स्पष्टता से दोषों और ग़लतियों को पकड़ लेते हैं। बफ़ेट ने एक बार घोषणा की थी, ''चार्ली किसी भी तरह के सौदे का विश्लेषण और मूल्यांकन किसी भी अन्य जीवित मनुष्य से ज़्यादा तेज़ी और ज़्यादा सटीकता से कर सकते हैं। वे कोई भी वैध कमज़ोरी साठ सेकेंड में ही देख लेते हैं।'' बफ़ेट के अनुसार मंगर का यह दावा है कि उनके पास ''संसार का सर्वश्रेष्ठ तीस सेकेंड का मस्तिष्क है... आपके वाक्य पूरा करने से पहले ही वे हर चीज़ का सार समझ लेते हैं।'' माइक्रोसॉफ़्ट के संस्थापक बिल गेट्स ने कहा है कि मंगर ''वे सबसे व्यापक चिंतक हैं, जिनसे मैं कभी मिला हूँ।''

मंगर का तीक्ष्ण मस्तिष्क उन लोगों में भी श्रद्धायुक्त आश्चर्य जगा देता है, जो सामान्यत: हीरो वर्शिप में विश्वास नहीं करते। पबरई दावा करते हैं कि बुद्धिमत्ता के मामले में मंगर ''वॉरेन से एक क्वांटम लीप ऊपर'' हैं। पबरई याद करते हैं कि मंगर मंच पर एक नोबेल पुरस्कार विजेता वैज्ञानिक के साथ थे, जो ''कालटेक का सबसे बुद्धिमान व्यक्ति था। मंगर के सामने वह बंदा काफ़ी बौना दिख रहा था और ऐसा लग रहा था कि मंगर की तुलना में वह कुछ नहीं जानता था। आप विरोधाभास देख सकते थे : एक तरफ़ अज्ञान, दूसरी तरफ़ असली दिमाग़।'' पबरई कहते हैं कि मंगर की अंतर्निहित प्रतिभाओं ने उन्हें ''बहुत बड़ी शुरुआती बढ़त'' दी थी, जिसे उन्होंने सप्ताह में कई पुस्तकें पढ़कर बढ़ा लिया है और वे बहुत सारे विषयों पर रुचि

से पढ़ते हैं। ''अविश्वसनीय बुनावट'' और ''गहन डाटा इनपुट'' के इस मिश्रण से ''ऐसा लगता है, जैसे वे तीन सौ साल से इस दुनिया में रह रहे हों।''

लेकिन जब मैं मंगर से मिलने के लिए कमर कसता हूँ, तो मेरे लिए घबराने का एक और कारण भी है। यहाँ तक कि उनके सबसे उत्साही प्रशंसक भी यह स्वीकार करेंगे कि वे अशिष्टता की हद तक रूखे हो सकते हैं। चाउ हँसते हैं, जब वे मुझे एक साथी मनी मैनेजर की कहानी बताते हैं, जो मंगर के व्याख्यान सुनने के लिए ओमाहा और कैलिफ़ोर्निया की नियमित यात्रा करता था। चाउ कहते हैं कि एक दिन उनका यह मित्र एक लिफ़्ट में मंगर से टकरा गया और बोला, ''चार्ली, आप मेरे लिए बहुत प्रेरक हैं! इतने सालों में मैंने आपसे बहुत कुछ सीखा है!'' मंगर ने एक शब्द बोलकर उसे ख़ारिज कर दिया : ''तो?'' और फिर वे चले गए।

बिल मिलर याद करते हैं कि एक बार वे न्यू यॉर्क में सड़क पर मंगर से टकरा गए थे : ''मैंने कहा, 'चार्ली!' और उन्होंने मुझे देखा और पूछा, 'तुम कमबख़्त कौन हो?' मिलर ने अपना परिचय दिया और मंगर को याद दिलाया कि वे दोनों एक बार एक व्यवहारवादी वित्त वाले कार्यक्रम में मिल चुके हैं। उन्होंने कहा, 'ओह, हाँ!' फिर वे अपनी पत्नी से बोले, 'तुम होटल जाओ और मैं थोड़ी देर बिल के साथ घूमता हूँ...' हम शायद एक घंटे तक बातें करते हुए घूमे होंगे। लेकिन यह मज़ेदार था। 'तुम कमबख़्त कौन हो?'''

कूटनीति में मंगर की ठसकदार असफलताएँ बहुत सारी हैं। इनमें से जो मुझे सबसे प्रिय कहानी लगती है, वह बफ़ेट ने 2008 में लंच के दौरान पबरई और गाई स्पायर को सुनाई थी। मंगर की एक आँख काँच की है। एक बार वे डिपार्टमेंट ऑफ़ मोटर व्हीकल्स गए, जहाँ एक दुर्भाग्यशाली अफ़सर ने उनसे यह पूछने की दुर्भाग्यपूर्ण ग़लती कर दी, ''क्या आपके पास अब भी एक ही अच्छी आँख है?'' मंगर ने जवाब दिया, ''नहीं। मैंने एक नई उगा ली है।''

पबरई ने मुझे आश्वस्त किया कि मंगर उनकी प्रतिष्ठा से ज़्यादा दयालु और शिष्ट हैं : ''चार्ली बहुत नरमदिल और परवाह करने वाले व्यक्ति हैं। उनका बाहरी आवरण कठोर है। लेकिन जब आप इसके पार निकल जाते हैं, तो वे एक सुंदर इंसान हैं।'' मंगर की वकील और परोपकारी बेटी मॉली कहती हैं कि वे परिपक्व हुए हैं : ''उनकी जुबान बहुत नुकीली है। मैं सोचती हूँ कि जवानी में यह ज़्यादा नुकीली थी।''

फिर भी मैंने हमारी संक्षिप्त मुलाक़ात के लिए पूरी तैयारी करने की सावधानी बरती। दशकों के उनके भाषणों, लेखों और दूसरे विचारों को देखने के बाद मुझे यह अहसास होने लगा कि मंगर की एक ऐसी आदत है, जिसकी नक़ल करने में ही समझदारी है : **वे लगातार अपनी ''मूर्खतापूर्ण सोच,'' ''मूर्खतापूर्ण**

व्यवहार,'' ''अमौलिक ग़लती,'' और ''सामान्य मूर्खताओं'' को कम करने का निरंतर प्रयास करते हैं।

उदाहरण के लिए, 2015 में एक शेयरहोल्डर मीटिंग में उन्होंने शैक्षणिक हलकों में व्याप्त इस लोकप्रिय भ्रांति का मज़ाक़ उड़ाया था, जिसके अनुसार शेयर बाज़ार इतना कार्यकुशल है कि कोई इसे हरा नहीं सकता। ''मैं जानता था कि यह बकवास है,'' उन्होंने कहा और यह भी कहा कि उन्होंने ''इस बात पर भी कभी विश्वास नहीं किया कि ईडन के बाग़ में कोई बोलने वाला साँप था। मेरे पास झूठ को पहचानने की प्रतिभा थी। मेरे पास कोई ऐसी अद्‌भुत अंतर्दृष्टि नहीं है, जो दूसरे लोगों के पास नहीं है। मुझमें अलग बात यह थी कि मैं मूर्खता से बचने की निरंतर कोशिश करता था। दूसरे लोग स्मार्ट बनने की कोशिश कर रहे हैं। *मैं* तो बस मूर्ख नहीं बनने की कोशिश कर रहा हूँ। मैंने पाया है कि जीवन में आगे पहुँचने के लिए आपको बस अ-मूर्ख बनना है और लंबे समय तक जीना है। मज़े की बात यह है कि अ-मूर्ख बनना उससे ज़्यादा मुश्किल है, जितना लोग सोचते हैं।''

यह एक विचित्र विरोधाभास है कि संसार के सबसे चतुर लोगों में से एक मंगर अपना पूरा ध्यान मूर्खता से बचने पर केंद्रित करते हैं। लेकिन जैसा हम देखेंगे, यह बाज़ार और जीवन में असाधारण रूप से कारगर रणनीति है।

अ-मूर्ख की जीवन-मार्गदर्शिका

सम्मेलन कक्ष का द्वार खुलता है और मंगर एक धीमी, भर्रा आवाज़ में मेरा स्वागत करते हैं : ''आपसे मिलकर अच्छा लगा। बैठ जाएँ।'' मैं महाज्ञानी के साथ लगभग घुटने सटाकर बैठ जाता हूँ। कई लोग कमरे से जाते समय ज़ोर-ज़ोर से बात कर रहे हैं, लेकिन शोर को नज़रअंदाज़ करने और ध्यान केंद्रित करने में मंगर को कोई मुश्किल नहीं आती। मंगर के बाल सफ़ेद हैं और उन्होंने मोटा चश्मा लगा रखा है। उनका गहरे रंग का सूट उनके दुबले शरीर पर ढीला दिखता है। मुझे यह देखकर राहत मिलती है कि उनकी भावभंगिमा आश्चर्यजनक रूप से दयालु दिख रही है।

छुटपुट बातचीत की गुंजाइश नहीं है, इसलिए मैं सीधे मुद्दे की बात पर आता हूँ। मैं मंगर को बताता हूँ कि मैं उन्हें ''मूर्खता घटाने का महारथी'' मानता हूँ, इसलिए मैं उनसे पूछता हूँ कि वे आम ग़लतियों और अतार्किकता के भविष्यसूचक पैटर्न्स से बचने पर इतना ज़्यादा ध्यान क्यों केंद्रित करते हैं। ''क्योंकि यह कारगर है,'' वे कहते हैं। ''यह काम करता है। किसी समस्या पर पीछे की तरफ़ से सुलझाना सहज बोध के ख़िलाफ़ है। अगर आप स्मार्ट बनने की कोशिश करते हैं, तो यह मुश्किल है। अगर आप बस चारों ओर देखते हैं और सारी विभीषिकाओं

को पहचानते हैं और पूछते हैं, 'यह किस वजह से हुई?' और फिर उस मूल कारण से बचने की कोशिश करते हैं, तो यह मुश्किलों से बचने और अवसर खोजने का बहुत सरल तरीक़ा साबित होता है।''

समस्याओं को पीछे की तरफ़ से सुलझाने की मंगर की नीति उन्नीसवीं सदी के अल्जेब्रा-ज्ञाता कार्ल गुस्ताव जैकोबी से प्रभावित थी, जिन्होंने यह मशहूर बात कही थी, ''उलटा, हमेशा उलटा।'' लेकिन मंगर मुझे बताते हैं कि उलटाव की उनकी इस मानसिक आदत को तराशने में उनके ईकोलॉजिस्ट मित्र गैरेट हार्डिन ने भी मदद की है, जिन्होंने नाकारा सोच के गंभीर परिणामों के प्रति अपने सम्मोहन को बताया था : ''हार्डिन का बुनियादी विचार यह था कि अगर कोई आपसे पूछता है कि भारत की सहायता कैसे करें, तो आपको ख़ुद से पूछना है, 'मैं भारत को वाक़ई *तबाह* करने के लिए क्या कर सकता हूँ?' फिर आप उन सारी चीज़ों के बारे में सोचते हैं, जो आप भारत को तबाह करने के लिए कर सकते हैं। इसके बाद आप इसे उलट देते हैं और कहते हैं, 'अब, मैं *ये चीज़ें* नहीं करूँगा।' यह सहज बोध के विपरीत है, लेकिन इससे आपको इन मुद्दों को उलटने में सचमुच मदद मिलती है। यह किसी समस्या पर पूरी तरह विचार करने का ज़्यादा पूर्ण तरीक़ा है।''

1986 में मंगर ने लॉस एंजेलिस प्रेप स्कूल में एक दीक्षांत भाषण दिया, जिसमें उनकी आठ संतानों और सौतेली संतानों में से ज़्यादातर पढ़ती थीं। इस अवसर पर उन्होंने सफलता और ख़ुशी के रहस्यों के बारे में सामान्य घिसी-पिटी बातें नहीं दोहराईं। इसके बजाय उन्होंने प्रेरक व्याख्यान दिया कि उलटाव के सिद्धांत पर कैसे अमल करें। उन्होंने विद्यार्थियों को ''जीवन में निश्चित दुख के नुस्ख़े'' बताए कि उन्हें अविश्वसनीय होना चाहिए, समझौते से बचना चाहिए, द्वेष पालना चाहिए, प्रतिशोध लेना चाहिए, ईर्ष्या करनी चाहिए, ''नशीले पदार्थों का सेवन'' करना चाहिए, शराब की लत डालनी चाहिए, ''दूसरों के अच्छे-बुरे अनुभव से सीखने'' को नज़रअंदाज़ करना चाहिए, अपने विद्यमान विश्वासों व मान्यताओं से चिपके रहना चाहिए और जब ''जीवन के युद्ध में उन्हें पहला, दूसरा या तीसरा गंभीर झटका'' लगे, तो उन्हें ''नीचे ही गिरे रहना'' चाहिए।

जब मैं मंगर से पूछता हूँ कि सोचने के इस तरीक़े को व्यावहारिक समस्याओं पर कैसे लागू करें, जैसे यह निर्णय लेना कि क्या शादी करें या कौन सा ख़ास शेयर ख़रीदें, तो उन्होंने सलाह दी कि हमें ऐसे मौक़े पर यह नहीं पूछना चाहिए, ''यह कितना अद्भुत हो सकता है?'' इसके बजाय हमें तो यह पूछना चाहिए, ''यह कितना नुक़सानदेह हो सकता है?'' ध्यान रहे, क्या अच्छा है, यह पता लगाना और उसे पाने की कोशिश करना एक चीज़ है। क्या ग़लत है और उससे बचने की कोशिश करना पूरी तरह अलग चीज़ है। ज़ाहिर है, जीवन में आपको इन दोनों की ज़रूरत होती है। लेकिन जब आप सामान्य दृष्टिकोण को उलटकर नकारात्मक

चीज़ों को खोजने और उनसे बचने की नीति अपनाते हैं, तो आप बहुत सारे झमेलों से बच जाते हैं... यह सतर्कता है। यह विमान की उड़ान से पहले की चेकलिस्ट जैसी चीज़ है।''

इसी तरह अगर आप किसी अच्छी तरह प्रबंधित फ़ंड में विचारशील निवेश करना चाहते हैं, तो आप यह पूछकर शुरू कर सकते हैं, ''मैं एक घटिया फ़ंड में आँख मूँदकर निवेश कैसे कर सकता हूँ, जो विनाशकारी साबित हो?'' यह सवाल आपको उन सारे जालों की सूची की ओर ले जाएगा, जिन्हें निवेशक सामान्य तौर पर नज़रअंदाज़ कर देते हैं – जैसे भारी-भरकम फ़ीस, बाज़ार के सबसे लोकप्रिय और महँगे सेक्टर्स में ख़तरनाक निवेश और हाल ही में सिर चकराने वाले रिटर्न्स, जो लगभग निश्चित तौर पर अस्थायी साबित होंगे।

तो मूर्खता से बचने के लिए यह वह पहली मानसिक चाल है, जो हमें मंगर से सीखना चाहिए : बहुत बुरे परिणाम की कल्पना करें; ख़ुद से यह पूछकर पीछे की तरफ़ काम करें कि कौन से ग़लत दिशा वाले काम आपको उस दुखद दुर्भाग्य की ओर ले जा सकते हैं और फिर उस आत्म-विनाशकारी व्यवहार से सावधानी से बचें। ''ज़ाहिर है,'' मंगर कहते हैं, ''बहुत से लोग पुरस्कार हासिल करने के लिए इतने ज़्यादा लालायित रहते हैं कि वे उन मूर्खताओं के बारे में *सोचते* ही नहीं हैं, जो उन्हें उसे पाने से रोक सकती हैं।''

बफ़ेट और मंगर ने कई तबाहियों से बचने के लिए उलटाव की नीति का इस्तेमाल किया है, जिनमें से कुछ देखी जा सकती थीं और कुछ नहीं देखी जा सकती थीं। 2009 में बर्कशायर के शेयरहोल्डर्स को लिखते हुए बफ़ेट ने ''हम क्या नहीं करते'' शीर्षक से इनवर्जन यानी उलटाव की कला पर लंबा लिखा था। मिसाल के तौर पर, ''चार्ली और मैं ऐसे व्यवसायों से बचते हैं, जिनके भविष्य का हम आकलन नहीं कर सकते, चाहे उनके प्रॉडक्ट्स कितने भी रोमांचक क्यों ना हों।'' इसके बजाय हम ''ऐसे व्यवसायों में रुके रहते हैं, जिनके दशकों तक के मुनाफ़े की तसवीर तार्किक रूप से भविष्यसूचक हो।'' बर्कशायर के पास ढेर सारी नक़दी भी हमेशा रहती है, ताकि इसे आर्थिक विपत्ति के समय में ''याचक'' नहीं बनना पड़े। बफ़ेट ने यह मज़ाक़ भी किया कि ''इनवर्जन यानी उलटाव की यह नीति थोड़े निचले स्तर पर काम करती है : किसी देहाती गीत को उलटा गाएँ और आप जल्दी ही अपनी कार, मकान व पत्नी पुनः प्राप्त कर लेंगे।''

बफ़ेट और मंगर की तरह मैं जितने भी सर्वश्रेष्ठ निवेशकों से मिला हूँ, वे इस बारे में बेहद स्पष्ट रहते हैं कि *उन्हें क्या नहीं करना है।* जोएल टिलिंगास्ट ने फ़ाइडैलिटी के लो-प्राइस्ड स्टॉक फ़ंड के मैनेजर के रूप में 1989 से हर साल रसेल 200 इंडेक्स को औसतन 3.7 प्रतिशत से पछाड़ा है और उन्हें *फ़ाइडैलिटी*

इनवेस्टर न्यूज़लेटर के संपादक जिम लॉवेल ने ''उनकी पीढ़ी का सबसे प्रतिभाशाली शेयर चुनने वाला'' कहा है। बोस्टन में एक इंटरव्यू के दौरान मैंने टिलिंगास्ट से उनकी विजेता रणनीति बताने का आग्रह किया। उन्होंने हर उस चीज़ की सूची बता दी, जिससे वे बचते हैं। मिसाल के तौर पर, वे विकास की अवस्था वाले बायोटेक शेयरों से दूर रहते हैं, क्योंकि वे जानते हैं कि उनकी वजह से उनका सबसे बुरा स्वरूप बाहर निकलकर आएगा। वे उनकी वैध आय की भविष्यवाणी नहीं कर सकते, क्योंकि उनका ''भविष्य बहुत धुँधला'' है। इसके अलावा, बायोटेक कंपनियों के शेयरों में इतने उतार-चढ़ाव होते हैं कि उनकी वजह से वे भावनात्मक प्रतिक्रिया कर सकते हैं। ''अगर मैं बायोटेक शेयरों में जाऊँ, तो मैं पगला जाऊँगा,'' वे कहते हैं। ''इसलिए मैं बायोटेक शेयर में *नहीं* जाता हूँ।''

टिलिंगास्ट गणित के शर्मीले और संकोची जीनियस हैं, जो 40 अरब डॉलर से अधिक की संपत्तियों का प्रबंधन करते हैं। उन्होंने बहुत सारे रक्षात्मक सिद्धांत और परंपराएँ बनाई हैं, जिनकी बदौलत उन्होंने अपने लगभग सभी प्रतिस्पर्धियों से बेहतर प्रदर्शन किया है और मैदान में उनसे ज़्यादा लंबे समय तक क़ायम रहे हैं। **शुरुआत में, वे कहते हैं, ''बहुत ज़्यादा महँगे में नहीं ख़रीदें। उन कंपनियों के पीछे नहीं जाएँ, जो दक़ियानूसी और विनाश की प्रवृत्ति रखती हों। धूर्तों और मूर्खों के साथ निवेश नहीं करें। उन चीज़ों में निवेश नहीं करें, जिन्हें आप नहीं समझते हैं।''**

टिलिंगास्ट ऐसे व्यवसायों से भी दूर रहते हैं, जो गहराई से साइक्लिकल, भारी क़र्ज़ वाले या फ़ैशनेबल होते हैं। वे ''प्रचारात्मक प्रबंधन'' और ''आक्रामक अकाउंटिंग'' को ''लाल झंडे'' जैसा मानते हैं। वे ऐसे क्षेत्रों से दूर रहते हैं, जहाँ उनकी कोई विशेष अंतर्दृष्टि या योग्यता नहीं है, क्योंकि ''अपने अज्ञान से दूर रहने'' से ज़्यादा महत्त्वपूर्ण कुछ नहीं है। वे अपनी होल्डिंग्स के बारे में ''बहुत ज़्यादा सार्वजनिक रूप से या ज़्यादा बार'' बातें करने से भी बचते हैं, क्योंकि उन्हें एक दिक़्क़त का सामना करना पड़ सकता है। अगर उन्हें यह पता लग जाए कि उन्होंने ग़लत दाँव लगा लिया है, तब भी सार्वजनिक घोषणा के बाद उनके लिए अपना मन बदलना और अपनी ग़लती को स्वीकार करना मुश्किल हो जाएगा। इसके अलावा, वे शेयरों की सक्रियता से ट्रेडिंग करने की इच्छा का भी प्रतिरोध करते हैं, क्योंकि इससे ब्रोकरेज और टैक्स का ख़र्च बढ़ेगा, जिससे उनका मुनाफ़ा कम हो जाएगा।

जब वे निराशा के इन सारे कारणों को हटा देते हैं, तो क्या बचता है? एक ऐसा पोर्टफ़ोलियो, जिसमें अंडरवैल्यूड, समझ में आने वाले, वित्तीय दृष्टि से स्थिर, मुनाफ़े वाले और विकास कर रहे व्यवसाय बचते हैं, जिन्हें ईमानदार लोग चला रहे हैं। उनका ''सबसे अद्भुत'' शेयर मॉन्स्टर बीवरेज 1,000 गुना बढ़ चुका है।

हम भी टिलिंगास्ट की मिसाल पर चल सकते हैं और असफलता के सबसे लोकप्रिय नुस्ख़ों को समझकर फ़ायदा उठा सकते हैं। इस बारे में सोचें कि ज़्यादातर निवेशक कहाँ और क्या ग़लती करें। फिर टिलिंगास्ट की तरह कहें, *ऐसा नहीं करें।* ''अगर आप श्रेष्ठ बनना चाहते हैं, तो यह मुश्किल है,'' वे कहते हैं। ''लेकिन आपको क्या *नहीं* करना है, इसे नियंत्रित करना और इसे कर पाना ज़्यादा आसान है... मैं पंद्रह पौंड कम करने की कोशिश नहीं करता। लेकिन डोनट्स खाने इनकार करना मेरे लिए आसान है।''

अंत में, यह याद रखने क़ाबिल है कि समस्याओं को पीछे से सुलझाने का मंगर का तरीक़ा हमारे व्यक्तिगत जीवन में आत्मघाती अव्यवस्था से बचने का प्रभावी तरीक़ा भी है। मार्केल के सह-सीईओ टॉम गेनर एक पति का उदाहरण देते हैं, जो अपनी पत्नी के बिना शहर से बाहर जाता है। ''मेरी शादी एक सुंदर औरत से हुई है,'' वह कहता है। ''किसी बार में उसके बिना जाना और बहुत ज़्यादा शराब पीने के बाद अकेले वहाँ रहना... इससे अलग तरह के प्रलोभन और परिस्थितियाँ उत्पन्न होंगी, जो तब उत्पन्न नहीं होंगी, अगर मैं ज़्यादा संयम दिखाऊँ।'' वे एक आसान सवाल पूछकर ''मंगर की उलटाव तकनीक'' लागू करने की सलाह देते हैं : ''बुरी चीज़ क्या होगी और मैं इससे कैसे बचूँ?'' गेनर कहते हैं, इसका तार्किक जवाब यह होगा कि ''दस के बजाय दो ड्रिंक लें।''

चाहे आपका लक्ष्य शानदार शेयर चुनने वाला बनना हो या शानदार जीवनसाथी बनना हो, ख़ुद से यह पूछकर शुरू करें कि सबसे बुरा शेयर चुनने वाला या सबसे बुरा जीवनसाथी कैसे बनें। और फिर? *उलट दें, हमेशा* उलट दें।

बकवादों के संग्रहकर्ता

सामान्यत: अरबपति चित्रकला, विंटेज कारों और रेसहॉर्सेस का संग्रह करते हैं, लेकिन मंगर ख़ुद को ''मूर्खताओं,'' ''बेवकूफ़ियों,'' और ''बकवादों'' का संग्रहकर्ता बताते हैं। उनकी बेटी मॉली बताती हैं कि उन्होंने अपनी किशोरावस्था में उनके पिता के मुँह से ''मूर्खतापूर्ण चीज़ें करने वाले लोगों के बारे में'' कई चेतावनी भरी कहानियाँ सुनी थीं, जिनमें अक्सर ''कृतघ्नता का अंश और ख़राब नैतिक निर्णय'' शामिल होता था। एक आम कहानी वह थी, जिसमें दौलतमंद पिता का लाड़ला वारिस द्वेष में आकर अपने पिता पर बरस पड़ा। मॉली मंगर टिप्पणी करती हैं, ''यह हर स्तर पर मूर्खतापूर्ण है : कृतघ्न, ख़ुद को नुक़सान पहुँचाने वाला, अयथार्थवादी, अहं से भरा।''

दूसरे लोगों के मूर्खतापूर्ण व्यवहार के उदाहरण सक्रियता से संग्रह करने की इस आदत से क्या फ़ायदा होता है? यह मूर्खता के ख़िलाफ़ एक अमूल्य

इलाज है। वास्तव में यह दूसरी महान मूर्खता–विरोधी तकनीक है, जो हमें मंगर से सीखनी चाहिए। यह एक दुराग्रही शौक है, जिससे उन्हें अंतहीन मनोरंजन और अंतर्दृष्टि मिलती है। इससे उन्हें अपने दिमाग़ में उन तमाम ''बकवास'' चीज़ों को याद रखने में मदद मिलती है, जिन्हें उन्हें अपनी प्लेबुक में से हटा देना चाहिए। वे मुझसे कहते हैं कि इस अभ्यास से हर किसी को फ़ायदा हो सकता है, ''लेकिन मैं नहीं सोचता कि आप इसे समझ पाएँगे, जब तक कि आपके पास एक निश्चित प्रकार का स्वभाव नहीं हो। मैं जो करता हूँ, उसमें बहुत ज़्यादा आईक्यू की ज़रूरत नहीं होती। यह कोई और चीज़ है। यह स्वभाव है। नज़रिया। लेकिन मैं सोचता हूँ कि यह कुछ हद तक विरासत में मिलता है'' – जैसे ''हाथ–आँख का फुर्तीला'' समन्वय या ''टेनिस का हुनर।''

जब निवेश बकवादों के संग्रह की बात आती है, तो मंगर के पास ढेरों विकल्प होते हैं। मिसाल के तौर पर, वे बाज़ार की भविष्यवाणियाँ सुनने की प्रवृत्ति को नकारते हैं और उनकी तुलना भविष्य बताने के लिए भेड़ की आँतें देखने की प्राचीन कला से करते हैं। एक और आम ग़लती है ''किसी साइक्लिकल कंपनी को उसके चक्र के शिखर पर ख़रीदना। बहुत सारे लोग सारे समय यह करते हैं और ज़ाहिर है निवेश बैंकर अपना कमीशन पाने के चक्कर में उन्हें कोई भी मूर्खतापूर्ण चीज़ करने के लिए प्रोत्साहित करेंगे।'' नादान निवेशक यह नहीं समझ पाते हैं कि ''पुराना चक्र फिर से लौटने वाला है।'' इसके बजाय वे मानने लगते हैं कि कंपनी के भाव का उछाल ''सिर्फ़ इसलिए क़ायम रहेगा, क्योंकि यह लगातार उछल रहा है। यह एक आम मूर्खता है।''

मंगर अपनी ख़ुद की मूर्खता के उदाहरणों का संग्रह भी करते हैं। जब मैंने 2017 में बर्कशायर हैथअवे की वार्षिक मीटिंग में हिस्सा लिया, तो उन्होंने साफ़गोई से चूकने की दो सबसे महँगी ग़लतियों के बारे में बताया, जो उन्होंने और बफ़ेट ने की हैं। मंगर ने लगभग चालीस हज़ार बर्कशायर के शेयरहोल्डर्स के सामने बोला था कि गूगल को नहीं ख़रीदकर ''हमने आपको असफल कराया।'' ''हमने वॉलमार्ट को भी तब छोड़ दिया, जब यह पूरी तरह लुभावना था।''

हममें से ज़्यादातर लोग अपनी ग़लतियाँ दूसरों से छुपाते हैं। हम उन्हें ख़ुद तक से छुपाते हैं। लेकिन मंगर को लगता है कि वे जितनी ज़्यादा पारदर्शिता से अपनी ग़लतियों की समीक्षा करते हैं, उन्हें दोहराने की आशंका उतनी ही कम रहती है। **उन्होंने एक बार बर्कशायर के शेयरहोल्डर्स को बताया था, ''मैं लोगों की यह स्वीकारोक्ति पसंद करता हूँ कि वे पूरी तरह मूर्ख थे। मैं जानता हूँ कि अगर मैं कुरेदकर अपनी ग़लतियों को सामने लाऊँगा, तो इससे भविष्य में मेरा प्रदर्शन बेहतर होगा। हमें यह अद्भुत तकनीक सीखना चाहिए।'' सचमुच, यह वह तीसरी चाल है, जो हमें अपनी मूर्खता को रोकने के लिए उनसे सीखना चाहिए।**

फिर भी मंगर आत्मसंतुष्टि के लिए ख़ुद को कोड़े नहीं मारते। वे अपनी ग़लतियों को स्वीकार करते हैं, सबक़ सीखते हैं और अफ़सोस के दलदल में फँसे बिना आगे बढ़ जाते हैं। ''हम बहुत सक्रिय रहे हैं, इसलिए हमसे याद रखने लायक़ कुछ ग़लतियाँ भी हुई हैं,'' वे कहते हैं। ''हमने बहुत कुछ दूसरों से सीखा, क्योंकि यह ज़्यादा सस्ता पड़ता है। लेकिन हमने ख़ुद के अप्रिय अनुभव से भी बहुत कुछ सीखा।'' बर्कशायर की कुछ ग़लतियों की टीस रही है, जिनमें 1993 में डेक्स्टर शू कंपनी ख़रीदना शामिल था, जिसे कम लागत वाले चीनी प्रतिद्वंद्वियों ने तबाह कर दिया। लेकिन इनमें से किसी भी ग़लती के कारण विराट योजना तबाह नहीं हुई।

मैं किसी दूसरे निवेशक से नहीं मिला, जिसने तबाही से बचने के महत्त्व को फ्रेड मार्टिन से ज़्यादा गहराई से आत्मसात किया हो, जो डिसिप्लिन्ड ग्रोथ इनवेस्टर्स नामक मिनीपोलिस स्थित फ़र्म के संस्थापक हैं। यह ऐसी प्राथमिकता है, जो उनके जीवन के हर क्षेत्र में व्याप्त है - पैसों के प्रबंधन से लेकर अपने निजी विमान को उड़ाने तक। मंगर की तरह ही मार्टिन ने भी दूसरों की ग़लतियों की चीर-फाड़ करने पर ध्यान केंद्रित किया है। ''आपको यह काम रोमांच के अहसास के साथ नहीं करना है,'' वे कहते हैं। ''यह तो बस सीखने के लिए करना है।'' मार्टिन का यह वैचारिक दृष्टिकोण बचाव की रणनीति के रूप में तब शुरू हुआ, जब उन्होंने वियतनाम युद्ध में अमेरिकी के नौसेना के अफ़सर के रूप में चार साल तक काम किया - एक कठोर अनुभव, जिसने उन्हें रोकी जा सकने वाली ग़लतियों के तबाही भरे परिणाम दिखाए।

मार्टिन डार्टमाउथ में बिज़नेस स्कूल की पढ़ाई पूरी करने के बाद जून 1969 में नौसेना में गए। उसी महीने साउथ चाइना सी में एक अमेरिकी डेस्ट्रॉयर द यूएसएस फ्रैंक ई. इवान्स की टक्कर एक ऑस्ट्रेलियाई विमानवाहक पोत से हुई। सुबह के 3 बजे थे, डेस्ट्रॉयर का कमांडिंग ऑफ़िसर सो रहा था और उसने निगरानी का काम दो अनुभवहीन लेफ़्टिनेंट्स को सौंप दिया था। जहाज़ ग़लत दिशा में मुड़ गया, विमानवाहक पोत के रास्ते में आ गया और दो हिस्सों में चिर गया। डेस्ट्रॉयर का अगला आधा हिस्सा कुछ ही मिनटों में डूब गया, जबकि ज़्यादातर जहाज़कर्मी अंदर फँसे थे। इस हादसे में कुल मिलाकर 74 लोगों की जान गई। चार अफ़सरों का कोर्ट मार्शल हुआ। जाँच का निष्कर्ष यह था कि ''इस दुखद घटना का कारण... व्यक्तिगत मानव विवेक की त्रुटि रही है।''

मार्टिन को अब भी वह दहशत याद है, जो उन्हें जहाज़ के टूटे मलबे का चित्र देखते समय महसूस हुई थी : ''यह एक सदमा पहुँचाने वाला चित्र था, क्योंकि जहाज़ बीच में से कट गया था। ऐसा लग रहा था, जैसे किसी वेल्डर ने जहाज़ के आधे हिस्से को बीच से काट दिया था।'' लेकिन यह विभीषिका इसलिए भी अविस्मरणीय बन गई, क्योंकि यह उनके साथ भी हो सकता था। मार्टिन का प्रमोशन

एक दूसरे डेस्ट्रॉयर पर हुआ था और वे सैन्य इतिहास में सबसे कनिष्ठ अधिकारियों में से एक बन गए थे, जिन्हें समुद्र में कमान सँभालने की अनुमति थी। 24 साल की उम्र में वे 240 जानों के लिए ज़िम्मेदार थे, जबकि उनका कप्तान सो रहा था। वे फ्रैंक ई. इवान्स के उन दो बदक़िस्मत लेफ़्टिनेंट्स को कैसे भूल सकते थे – वे ''बेचारे लड़के'' जिनकी ग़लतियों से उनका जहाज़ डूब गया?

हर रात को थके हुए मार्टिन नींद की कमी के बावजूद निगरानी पर खड़े रहते थे। जहाज़ का रेडियो शोर करता था, इंजन रूम किसी न किसी समस्या को सुलझाने के लिए उन्हें बुलाता था और वे अँधेरे में अनजान समुद्र में चल रहे होते थे। स्थिति ''भयंकर ग़लतियों के लिए अनुकूल थी,'' वे कहते हैं। ''देखिए, आप थके होते थे... आप बस ज़िंदा बचने की कोशिश कर रहे थे।'' उन्होंने एक आदत यह डाली कि जहाज़ जब भी मुड़ने वाला होता था, तो वे ब्रिज के विंग तक चलकर जाते थे, ताकि वे अपनी आँखों से यह पुष्टि कर सकें कि रास्ता साफ़ है। आपको ''मुड़ने से पहले अपनी आँखों से'' देखना चाहिए, यह ''सरल नियम हमारे प्रशिक्षण का हिस्सा नहीं था,'' मार्टिन कहते हैं। ''लेकिन इसे होना चाहिए था।'' अब उनकी उम्र सत्तर से ज़्यादा हो चुकी है, लेकिन अतीत को देखने पर उन्हें अहसास होता है कि वह सतर्क नज़रिया उनके अंदर रच-बस गया।

मार्टिन ने 1973 में नौसेना छोड़ी। ''मैं बहुत गंभीर बनकर बाहर आया,'' वे याद करते हैं। उन्हें काफ़ी समय से शेयर बाज़ार में दिलचस्पी रही थी। उन्होंने अपना पहला शेयर तब ख़रीदा था, जब उनकी उम्र बारह साल थी। उन्होंने *वॉल स्ट्रीट जरनल* की सदस्यता भी ले रखी थी, जो कभी-कभार इकट्ठी उनके जहाज़ पर आती थी। फिर उन्होंने मिनीपॉलिस के एक बैंक में इक्विटी एनालिस्ट की नौकरी कर ली। जल्दी ही उन्हें यह पता चल गया कि उनके नए पेशे के ज़्यादातर सदस्यों में उस सतर्कता का अभाव था, जिसने युद्ध के समय में उनकी और उनके जहाज़ के साथियों की रक्षा की थी। उनके ख़ुद के पिता बिक्री की प्रतिभा वाले सफल शेयर ब्रोकर थे, लेकिन उन्होंने उस साल पाँच लाख डॉलर गँवा दिए, जब उन्हें नौकरी देने वाली ब्रोकरेज फ़र्म दिवालिया हो गई। उन्होंने परिवार की सारी दौलत उस एक व्यवसाय में लगा दी थी और इसके बिखरने की चेतावनी देने वाले सारे संकेतों पर ध्यान नहीं दिया था।

कई साल बाद उनके पिता ने एक शेयर में अच्छा मुनाफ़ा कमाया, जिसकी सलाह मार्टिन ने दी थी। जब उन्होंने इसके बारे में फ़ोन पर बात की, तो मार्टिन को बेहद स्पष्टता के पल में यह अहसास हुआ कि उनके पिता ''अद्भुत इंसान'', लेकिन ''भयंकर निवेशक'' थे – ''अति सक्रिय,'' ''भावावेग से भरे,'' ''हमेशा फटाफट परिणाम की तलाश में रहने वाले... वे अति रोमांचित थे। इसलिए मुझे अहसास हुआ कि वे नहीं जानते थे कि वे क्या कर रहे थे।''

मार्टिन का निवेश करियर सामूहिक रोमांच के समय में शुरू हुआ, जब तार्किकता की आवाज़ बहुत कम सुनाई देती थी। 1973 में निफ़्टी फ़िफ़्टी के नेतृत्व में बाज़ार बौरा गया और उन्होंने देखा कि वैल्युएशन वास्तविकता से बहुत ऊपर निकल गए। उन्हें एक हॉट शेयर का विश्लेषण करने की याद है, जिसकी आमदनी शून्य थी। उन्होंने अपने बॉस को बताया कि उन्हें वह शेयर दो कौड़ी का लग रहा है : ''और वे बोले, 'आह, इस बारे में चिंता मत करो, फ्रेड। लोग *विश्वास* के दम पर इस शेयर में पैसे लगा रहे हैं।' ज़ाहिर है, शेयर बाद में लुढ़क गया।'' मार्टिन ने कहा, जब 1974 में शेयर बाज़ार लुढ़का, तो ''सारे हॉटशॉट'' व्यवसाय से ''बाहर चले गए।'' लेकिन वे देख सकते थे कि भाव और मूल्य का संबंध अब उलटकर विपरीत छोर पर पहुँच गया था : ''यह ख़रीदने का अविश्वसनीय अवसर था... आपमें तो बस निवेश करने की हिम्मत होनी चाहिए थी।'' एक निष्ठावान बचत करने वाले के रूप में उनके पास बहुत सारे शेयरों को सस्ते में ख़रीदने लायक़ नक़दी थी, जिनमें फ़्लाइटसेफ़्टी इंटरनैशनल शामिल था - ''मेरा पहला टेन-बैगर।''

बाज़ार की मूर्खता के इन शुरुआती अनुभवों ने उस सबक़ की पुष्टि की, जिसे मार्टिन ने समुद्र में सीखा था। **विनाशकारी परिणामों की आशंका वाली स्पष्ट ग़लतियों से बचा जाए, इससे ज़्यादा महत्त्वपूर्ण कुछ नहीं था।** लेकिन बाद के दशकों में वे वही पैटर्न बार-बार देखने वाले थे : लापरवाही भरे जोखिम, जिसके बाद अनावश्यक तबाही आती थी।

मिसाल के तौर पर, 1990 के दशक के अंत के इंटरनेट और टेलीकॉम दीवानगी के दौरान उनके कुछ ग्राहकों ने पाला बदल लिया और अपनी ज़िंदगी भर की बचत का एक बड़ा हिस्सा जिम ओलस्क्लेज़र के यहाँ कर दिया, जो एक आक्रामक टेक महारथी थे, जिन्होंने अपने शिखर पर 30 अरब डॉलर से अधिक संपत्तियों को आकर्षित किया था। ओलस्क्लेज़र बहुत संकीर्णता से केंद्रित फ़ंड्स चलाते थे, जिनमें बहुत महँगे, लेकिन ऊँचे उड़ने वाले शेयरों की भरमार थी, जैसे सिस्को सिस्टम्स। जब 2000 में बुलबुला फूटा, तो सिस्को का बाज़ार मूल्य 400 अरब डॉलर कम हो गया। जैसा मार्टिन को डर था, ऐसे अति आक्रामक फ़ंड्स में ज़्यादातर पैसों का निवेश करने वाले उत्साही निवेशकों को ''ज़िंदा जलना'' पड़ा।

एक और ग्राहक ने फ़ोन करके पूछा कि क्या मार्टिन ''बिना चूके हर साल'' 12 प्रतिशत रिटर्न की गारंटी दे सकते हैं। मार्टिन ने उसे बताया कि शेयरों में इतने उतार-चढ़ाव होते हैं कि वे निरंतरता के इस स्तर का वादा नहीं कर सकते : ''इस पर उसने कहा, 'ओह, न्यू यॉर्क में एक बंदा है - मैडॉफ़ नाम का जीनियस - वह किसी को भी नहीं बताता कि वह ऐसा कैसे करता है, लेकिन वह घड़ी की सुई की तरह 12 प्रतिशत देता है।'' इसलिए ग्राहक ने अपनी बचत बर्नी मैडॉफ़ के हवाले कर दी, जो इतिहास में सबसे बड़ी पॉन्ज़ी योजना चलाते थे। सबक़? ''अगर लोग

आपको यह नहीं बता सकते कि वे यह काम कैसे करते हैं'' और ''आप यह नहीं समझ सकते कि वे क्या करते हैं,'' मार्टिन कहते हैं, ''तो यह शायद रहने के लिए सबसे अच्छी जगह नहीं है।'' **''जोखिम प्रबंधन का उनका स्वर्णिम नियम'' सरल है : ''जो शेयर आपके पास हैं, उन्हें जानें।''**

जैसा मार्टिन इसे देखते हैं, आपदा के ख़िलाफ़ सर्वश्रेष्ठ सुरक्षा निवेश के ''बुनियादी सिद्धांतों को समझना'' और फिर ''गुरुत्वाकर्षण के इन वित्तीय नियमों'' का कभी उल्लंघन नहीं करने का ''बुनियादी अनुशासन'' रखना है। सबसे अनिवार्य नियम है, हमेशा मार्जिन ऑफ़ सेफ़्टी रखें, यानी संपत्तियों को उनके वास्तविक मूल्य से कम में ख़रीदें। मार्टिन, जो *बेंजामिन ग्राहम ऐंड द पॉवर ऑफ़ ग्रोथ स्टॉक्स* नामक पुस्तक के सह-लेखक हैं, चेतावनी देते हैं, ''आपसे ग़लतियाँ होंगी। प्रश्न यह है, क्या आप सँभल सकते हैं?'' ग्राहम की मार्जिन ऑफ़ सेफ़्टी की अवधारणा आपकी ग़लतियों को ''सीमित'' रखने में मदद करती हैं, ''ताकि वे बहुत ज़्यादा बड़ी नहीं हों। इस तरह आप सँभल जाते हैं।''

मार्टिन यह सलाह नहीं दे रहे हैं कि हम जोखिम से बचें। इसके विपरीत, वे कहते हैं, ''अगर आपको रिटर्न हासिल करना है, तो आपको जोखिम लेना होगा।'' लेकिन वे हमेशा ''जाँचे-परखे जोखिम'' होने चाहिए। मार्टिन 6 अरब डॉलर का प्रबंधन करते हैं और उनके यहाँ अकाउंट खोलने के लिए न्यूनतम 15 मिलियन डॉलर चाहिए होते हैं। वे एक विशेष क्षेत्र में विशेषज्ञता रखते हैं : छोटी और मझोली कंपनियाँ, जो तीव्र गति से विकास कर रही हैं। लेकिन वे सस्ते या उचित भाव पर निवेश करने पर ज़ोर देते हैं, जो अभी और सात साल बाद के उनके आंतरिक मूल्य के अनुमान पर आधारित है। ''यह एक विश्वास का काम'' है कि समय के साथ कंपनी के आंतरिक मूल्य और इसके बाज़ार भाव का संगम हो जाएगा। ''किसी शेयर के लिए मुनाफ़े के दो स्रोत होते हैं,'' वे कहते हैं। ''एक है आंतरिक मूल्य में वृद्धि। दूसरा है, शेयर के भाव और अंतर्निहित व्यवसाय के वास्तविक मूल्य के बीच मिलाप होना।'' उन्हें अंदाज़ा नहीं होता कि यह मिलाप कब होगा। लेकिन औसतन वे अपने शेयरों को दस साल तक रोककर रखते हैं।

मार्टिन कोई शेयर तभी ख़रीदते हैं, जब यह इतना सस्ता हो कि अगले सात साल तक ऊँचे दर पर रिटर्न उत्पन्न कर सके। मिड कैप शेयरों के मामले में वे 12 प्रतिशत वार्षिक रिटर्न चाहते हैं। स्मॉल कैप शेयरों में असफलता का जोखिम ज़्यादा होता है, इसलिए वे हर साल न्यूनतम 15 प्रतिशत चाहते हैं। यह मायने क्यों रखता है? क्योंकि इन *मानक* आवश्यकताओं की वजह से वे सुनियोजित रूप से शेयर तभी ख़रीदते हैं, जब वे काफ़ी आकर्षक सौदा हों। **जैसा मार्टिन ने नौसेना में सीखा था, ''प्रक्रिया का अनुपालन'' एक अनिवार्य सुरक्षा है : ''इसका हमेशा सम्मान करें, क्योंकि यह आपको मुश्किल से दूर रखेगी।''** कुछ मानक

परंपराओं और अटल नियमों पर हमेशा चलने का यह विचार मूर्खता कम करने वाली हमारी चौथी तकनीक है। हो सकता है कि बफ़ेट और मंगर को अनुशासन क़ायम रखने के लिए औपचारिक बंधनों की ज़रूरत नहीं हो। लेकिन आप और मैं बफ़ेट या मंगर नहीं हैं।

तबाही से सुरक्षित रहने के लिए मार्टिन का एक और नियम है, जिस पर वे ''निष्ठापूर्वक'' अमल करते हैं। वे किसी शेयर में अपनी 3 प्रतिशत से अधिक संपत्ति का निवेश नहीं करते। आम तौर पर उनके पास 45–50 शेयर होते हैं। क्या यह बहुत ज़्यादा सुरक्षात्मक है? निश्चित रूप से। लेकिन इसके बावजूद उन्होंने दशकों से इंडेक्स को काफ़ी अंतर से हराया है और बहुत सारे कष्टों से बचे हैं।

बिल एकमैन और बॉब गोल्डफ़ार्ब के प्रकरण पर विचार करें। इन दो प्रतिभाशाली निवेशकों ने वैलिएंट फ़ार्मास्यूटिकल्स पर तगड़ा दाँव लगाया। धोखेबाज़ी भरी अकाउंटिंग और दवाओं के बहुत महँगे भावों के कारण हुए स्कैंडल के बीच इसका 95 प्रतिशत मूल्य कम हो गया। गोल्डफ़ार्ब के सेक्वोइया फ़ंड का 30 प्रतिशत वैलिएंट में लगा था, इसलिए वे कलंकित होकर रिटायर हुए और सिर्फ़ एक ग़लती की वजह से उनका मशहूर रिकॉर्ड बरबाद हो गया। एकमैन को 4 अरब डॉलर का नुक़सान हुआ। ''ज़ाहिर है, वे काफ़ी प्रतिभाशाली इंसान हैं,'' मार्टिन कहते हैं। ''लेकिन देखिए, यह नौसिखियों वाला काम था... उन्हें इस तरह की अतिवादी पोज़ीशन्स नहीं लेनी चाहिए थीं।'' ''वित्तीय तबाहियों'' का अध्ययन मार्टिन के लिए विशेष रूप से शिक्षाप्रद है, जिनमें ''सचमुच अच्छे लोग शामिल हों,'' क्योंकि ''आपको ख़ुद को लगातार याद दिलाते रहना चाहिए कि यह व्यवसाय कितना मुश्किल है... विनम्रता निवेश में बेहद महत्त्वपूर्ण होती है। हमेशा, *हमेशा* अपनी सीमाओं के बारे में सोचें।''

जोखिम के प्रति यह सुरक्षात्मक नज़रिया निवेश के क्षेत्र तक ही सीमित नहीं है। मंगर अपने भाषणों में अक्सर कम लाभ और भारी नुक़सान वाले व्यवहार से बचने का महत्त्व बताते हैं। उन्होंने एक बार कहा था, ''तीन चीज़ें लोगों को बरबाद करती हैं : नशीले पदार्थ, शराब और लीवरेज।'' इस तरह के ख़तरनाक असंतुलन दर्शाने वाली गतिविधियों में शराब पीकर गाड़ी चलाना, विवाहेतर संबंध और टैक्स या व्यय रिपोर्ट के मामले में धोखाधड़ी भी शामिल है। हमारे नैतिक दृष्टिकोण चाहे जो हों, ये मूर्खतापूर्ण दाँव हैं।

नौसेना के अफ़सर, मनी मैनेजर और अनुभवी पायलट के रूप में मार्टिन का बचे रहना कोई संयोग नहीं है। ''आपकी तबाहियाँ आपकी जान नहीं ले पाएँ,'' इस बुनियादी प्राथमिकता पर वे निरंतर एकाग्र रहते हैं। इन दिनों वे एक सेकेंड हैंड गल्फ़ स्ट्रीम जेट में यात्रा करते हैं, जिसे उन्होंने तब ख़रीदा, जब इसका भाव 14 मिलियन

डॉलर से घटकर 5.25 मिलियन डॉलर हो गया। ''यह बहुत शानदार है,'' वे कहते हैं। ''यह किसी जले हुए कुत्ते की तरह भागता है।'' फिर भी वे ख़ुद को और अपनी कंपनी के मुख्य पायलट को ''आकाश के दो सबसे बड़े कायर'' कहते हैं।

उनका एक ''फ़ौलादी नियम'' है, जिसकी वजह से वे कई सालों से मुश्किल से दूर रहे हैं : अगर यात्रा के दौरान उनमें से किसी के भी पेट में ''गर्मजोशी और उत्साह का भाव'' नहीं होता है, ''तो हम बोल देते हैं और यात्रा रद्द कर देते हैं। हम मुड़ जाते हैं... इस बारे में कोई बहस नहीं होती।'' मार्टिन को याद है कि उन्होंने फ़्लोरिडा में एक बड़े ग्राहक के साथ महत्त्वपूर्ण मीटिंग को स्थगित कर दिया था, क्योंकि विमान में ईंधन कम होने का जोखिम था : ''मैं मार्जिन ऑफ़ सेफ़्टी की अवहेलना करने का अनिच्छुक था... किसी मीटिंग में देर होना एक चीज़ है। विमान गिरने के कारण मर जाना बिलकुल ही अलग चीज़ है।''

यह नियम मार्टिन की निवेश प्रक्रिया का अखंड हिस्सा बन गया है। उन्होंने दो विश्वस्त सहकर्मियों को वीटो करने की शक्ति दे दी है, जो उन्हें उनके चुने हुए शेयर ख़रीदने से पहले रोक सकते हैं – चूक और अति आत्मविश्वास के ख़िलाफ़ एक और सुनियोजित सुरक्षा।

मार्टिन ग़लतियों की अपनी प्रवृत्ति पहचानने में तत्पर रहते हैं और इससे उन्हें अच्छा फ़ायदा हुआ है। इसने ना सिर्फ़ ख़ुद से उनकी रक्षा की है, बल्कि दूसरे निवेशकों की असफलताओं से भी लाभ लेने में सक्षम बनाया है। कई साल पहले ऊँची फ़ीस वाला अरब-डॉलर का हेज फ़ंड ख़राब प्रदर्शन के कारण बंद हो गया। मार्टिन तुरंत दिवालिया कंपनी से 5 लाख डॉलर का ''भव्य'' ऑफ़िस फ़र्नीचर सिर्फ़ 25,000 डॉलर में ले आए। वे कहते हैं, ''हमें आख़िरी ज़िंदा व्यक्ति होने के महत्त्व को कभी नहीं भूलना चाहिए।''

अपने मस्तिष्क से सावधान रहें

हम निवेशकों के सामने सबसे मुश्किल समस्याओं में से एक यह आती है कि इंसान का मस्तिष्क तार्किक निर्णय लेने के लिए ज़्यादा उपयुक्त नहीं है। हमारे विवेक पर डर, लोभ, ईर्ष्या और अधीरता जैसी भावनाएँ प्राय: बमबारी करती रहती हैं, वास्तविकता की हमारी अनुभूति को विकृत करने वाले पूर्वाग्रहों की बौछार होती है, लच्छेदार सेल्स पिचेस और समकक्षों के दबाव के प्रति संवेदनशीलता का बोलबाला रहता है और ग़लत या अधूरी जानकारी पर काम करने की हमारी आदत के वार होते हैं। जैसा विकासवादी जीवविज्ञानी रॉबर्ट ट्राइवर्स अपनी पुस्तक *द फ़ॉली ऑफ़ फूल्स : द लॉजिक ऑफ़ डिसीट ऐंड सेल्फ-डिसेप्शन इन ह्यूमन लाइफ़* में लिखते

हैं, ''अनुभूति के हमारे शानदार अंग'' हमें जानकारी प्राप्त करने में सक्षम बनाते हैं, जिन्हें हमारे मस्तिष्क सुनियोजित रूप से ''दूषित और नष्ट'' करते हैं।

1990 के दशक में मंगर ने यही समस्या उठाते हुए ''मानव अविवेक के मनोविज्ञान'' के बारे में तीन व्याख्यान दिए थे। 2005 में उन्होंने एक विस्तृत संस्करण लिखा, जिसमें उनके सबसे मशहूर वाक्यों को शामिल किया गया है, *पुअर चार्ली.'ज अल्मैनेक : द विट ऐंड विज्डम ऑफ़ चार्ल्स टी. मंगर।* उनके व्याख्यान को निक स्लीप ''सार्वकालिक सबसे शानदार निवेश संबंधी व्याख्यान'' कहते हैं और यह बौद्धिक दुस्साहस का ज़बर्दस्त प्रदर्शन है। मंगर ने मनोविज्ञान का कोई कोर्स नहीं किया, लेकिन इस विषय पर तीन पाठ्यपुस्तकें पढ़ी हैं। उन्होंने पच्चीस ''मनोवैज्ञानिक प्रवृत्तियों'' की सूची बताई, जिनकी वजह से हमारा मस्तिष्क ग़लत काम करता है। इन प्रवृत्तियों को उन्होंने यादगार नाम दिए हैं, जैसे अत्यधिक आत्ममुग्धता की प्रवृत्ति, गप्प की प्रवृत्ति और दर्द से बचने की मनोवैज्ञानिक अस्वीकृति। उन्होंने मनोविज्ञान के शिक्षाविदों की आलोचना करने की गुस्ताख़ी भी की कि वे उनके ख़ुद के विषय को नहीं समझ पाए।

''सोच-विचार की सामान्य ग़लतियों'' का मंगर का संग्रह उन्हें – और हमें – उन ख़तरों की व्यावहारिक जाँचसूची प्रदान करना है, जिनसे बचना चाहिए। ''चतुराई यह है कि आप उन्हें समझ लें और फिर ख़ुद को उनसे दूर रहने के लिए प्रशिक्षित करें,'' स्लीप कहते हैं। ''यह बोलना आसान है, पर इसे आत्मसात करना आसान नहीं है। यह कड़ी मेहनत का काम है।'' लेकिन यह अनिवार्य है, क्योंकि ''ज़्यादातर स्थायी लाभ मनोवैज्ञानिक होते हैं।''

मंगर इतनी महत्त्वपूर्ण प्रवृत्ति से शुरू करते हैं कि लगभग हम सभी इसे नज़रअंदाज़ कर देते हैं : ''संज्ञान और व्यवहार परिवर्तन'' में प्रोत्साहन की भूमिका। वे अपने हीरो बेंजामिन फ्रैंकलिन को उद्धृत करते हैं, जिन्होंने कहा था, ''अगर आप किसी को राज़ी करना चाहते हैं, तो तर्क नहीं, बल्कि उसे होने वाले लाभ बताएँ।'' मंगर लिखते हैं, ''यह सूक्ति जीवन में सावधानी के बारे में महान और आसान बौद्धिक मार्गदर्शिका है : जब आपको प्रोत्साहनों की शक्ति के बारे में सोचना चाहिए, तो कभी, कभी दूसरी चीज़ों के बारे में नहीं सोचें।''

प्रोत्साहन जीवन के हर क्षेत्र में केंद्रीय हैं, चाहे यह कर्मचारियों को प्रेरित करना हो या सबसे हठी विरोधी को फुसलाना हो : आपकी संतानें। मंगर कहते हैं कि सोवियत संघ ने साम्यवादी नेताओं के ''पुरस्कारों की प्रबल शक्ति के मूर्खतापूर्ण व स्वेच्छाचारी अज्ञान'' की वजह से कष्ट उठाया, जिसने ज़्यादातर उत्पादक काम के प्रोत्साहन को ख़त्म कर दिया। वे सेल्सपीपल के ''प्रोत्साहन-आधारित पूर्वाग्रह'' के बारे में भी आगाह करते हैं, जिसकी वजह से एक ''अच्छा इंसान अपनी मनचाही

चीज़ पाने के लिए अनैतिक व्यवहार'' करने लगता है। इसके तोड़ के रूप में मंगर यह सलाह देते हैं : ''पेशेवर सलाह से ख़ास तौर पर तब डरें, जब यह सलाहकार के लिए फ़ायदेमंद हो।''

वित्तीय संसार में हितों के टकराव इतने ज़्यादा होते हैं कि हमें प्रॉडक्ट्स या सलाह बेचने वाले किसी भी व्यक्ति के बारे में हमेशा सावधान रहना चाहिए कि कहीं उसके दिमाग़ पर प्रोत्साहन का प्रभाव तो नहीं पड़ रहा है। मान लें, अगर आप कोई फ़ंड या एन्यूटी ख़रीदने की सोच रहे हैं, तो आपको सटीकता से पता होना चाहिए कि आपके ''सलाहकारों'' को उनकी सलाह के लिए किस तरह पुरस्कृत किया जाता है। यह आकलन करना भी उतना ही अनिवार्य है कि क्या फ़ंड मैनेजर के इनसेंटिव्ज़ यानी प्रोत्साहन *आपके* सर्वश्रेष्ठ हितों के पर्याप्त सामंजस्य में हैं।

1998 में मैंने कॉफ़मैन फ़ंड नामक छोटे फ़ंड के बारे में एक आलोचनात्मक लेख लिखा, जिसने छोटे शेयरों पर बड़े दाँव लगाकर जैकपॉट जीत लिया था। शानदार रिटर्न और अंतहीन विज्ञापन की बदौलत यह एक बिलकुल ही अलग तरह का फ़ंड बन गया। अब इसके पास लगभग 6 अरब डॉलर की संपत्ति थी, इसलिए यह छोटे शेयरों पर आक्रामक रूप से ध्यान केंद्रित नहीं कर सकता था और इसके परिणाम कमज़ोर हो गए। यह फ़ंड एसऐंडपी 500 से 50 प्रतिशत पॉइंट से भी ज़्यादा पिछड़ गया, लेकिन इसके बावजूद इसके दो मैनेजरों ने तीन सालों में 186 मिलियन डॉलर की फ़ीस बटोरी। एक ने तो मेरे सामने यह भी स्वीकार किया कि फ़ंड में उसका ख़ुद का एक डॉलर भी निवेशित नहीं था। *यह ग़लत सामंजस्य है।* इतने वर्षों बाद मुझे यह देखकर सदमा नहीं लगता है कि फ़ंड अब भी ग्राहकों से हर साल 1.98 प्रतिशत का भारी एक्सपेंस रेशो लेता है। इसके पास 7.5 अरब डॉलर की संपत्ति है, इसलिए यह फ़ीस बटोरने वाली ज़बर्दस्त मशीन है। बड़े पैमाने की अर्थव्यवस्था के लाभों को देखते हुए शायद कम फ़ीस वसूलना ज़्यादा न्यायोचित होगा? निश्चित रूप से। लेकिन किसे लाभ होगा? केवल इसके शेयरहोल्डर्स को।

इसके विपरीत, मार्टिन ने काफ़ी समय पहले यह स्वीकार कर लिया था कि वे अपने शेयरहोल्डर्स के मुनाफ़े को नुक़सान पहुँचाए बिना छोटे शेयरों में बड़ी राशियों का निवेश नहीं कर सकते। इसलिए उन्होंने 2006 में अपना स्मॉल कैप पोर्टफ़ोलियो नए निवेशकों के लिए बंद कर दिया, हालाँकि तब इसका एयूएम केवल 400 मिलियन डॉलर था। इस आत्म-संयम की वजह से उन्हें करोड़ों डॉलर की फ़ीस का नुक़सान हुआ, लेकिन इससे उनके मौजूदा ग्राहकों को बहुत फ़ायदा हुआ। निवेशक अपने प्रोत्साहन का तंत्र कैसे बनाते हैं, यह देखने से भी बहुत कुछ पता चलता है। बर्कशायर के पास 500 अरब डॉलर से भी ज़्यादा मार्केट वैल्यू है, लेकिन इसके वाइस चेयरमैन मंगर को केवल 1,00,000 डॉलर का वेतन मिलता है। डेली जर्नल

के चेयरमैन के रूप में वे कोई वेतन नहीं लेते। उन्हें फ़ीस से नहीं, बल्कि शेयर के प्रदर्शन से फ़ायदा होता है।

मंगर अक्सर टिप्पणी करते हैं कि सम्मानजनक और निस्वार्थ लोगों को साझेदार बनाना बहुत महत्त्वपूर्ण होता है। साथ ही, ''विकृत प्रोत्साहनों'' वाले लोगों से बचना महत्त्वपूर्ण है। वे उस लोभ को देखकर दंग रह गए, जिसके कारण 2008-09 का वित्तीय संकट खड़ा हुआ। उस समय वॉल स्ट्रीट के सर्वश्रेष्ठ और सबसे प्रतिभाशाली लोग सबप्राइम मॉर्टगेज को शानदार क्रेडिट रेटिंग वाले जानलेवा बॉन्ड्स में बदलकर पैसे पीट रहे थे। आक्रामक व्यवहार को तर्कसंगत बताना आसान है, ख़ास तौर पर जब यह क़ानूनी हो और ढेर सारे पैसे दे रहा हो। लेकिन मंगर इससे ज़्यादा ऊँचे नैतिक पैमाने की अनुशंसा करते हैं, जिसमें यह कहना शामिल है, ''यह मेरे स्तर से नीचे है।''

मंगर अपने व्याख्यान में एक और संज्ञानात्मक ख़तरा रेखांकित करते हैं। जल्दबाज़ी में निर्णय लेकर ''तुरंत शंका हटाने की प्रवृत्ति'' एक ऐसी आदत है, जो अक्सर तनाव से प्रेरित होती है। यह शंका हटाने वाली प्रवृत्ति वैकासिक दृष्टि से समझदारी भरी लगती है, क्योंकि हमारे पूर्वजों को तात्कालिक जोखिमों के सामने निर्णायक रूप से काम करना होता था। लेकिन जो मानसिक शॉर्टकट निवेशकों को भावनात्मक निर्णय लेने की ओर ले जाते हैं, उनका अंत प्राय: तबाही में होता है। स्थिति और बिगड़ जाती है, क्योंकि मंगर के अनुसार असंगतता से बचने की प्रवृत्ति के भी शिकार हो जाते हैं, जिसकी वजह से हम नई जानकारी और अंतर्ज्ञान का प्रतिरोध करते हैं, जो हमारे निष्कर्षों को चुनौती दे सकते हैं, चाहे हम उन पर कितनी ही जल्दबाज़ी में पहुँचे हों।

मंगर एक और स्पष्ट उपमा प्रदान करते हैं : ''जब एक शुक्राणु मानव अंडे में पहुँच जाता है, तो एक स्चालित तकनीक किसी दूसरे शुक्राणु को अंदर आने से रोकती है। मानव मस्तिष्क में भी यही करने की प्रबल प्रवृत्ति होती है।'' **अपने दृष्टिकोणों की दोबारा जाँच करने और अपने इरादे को बदलने की अनिच्छा तार्किक सोच के सबसे बड़े अवरोधों में से एक है। खुली मानसिकता रखने के बजाय हम चेतन और अचेतन रूप से उस जानकारी को प्राथमिकता देने की प्रवृत्ति रखते हैं, जो हमारे विश्वास की *पुष्टि* करती हो या उसे बलवान बनाती हो।**

अपने विद्यमान विश्वासों से आँख मूँदकर चिपके रहने की ग़लती कई अन्य मनोवैज्ञानिक प्रवृत्तियों से भी बढ़ सकती है। अत्यधिक आत्म-मुग्धता की प्रवृत्ति की वजह से हम अपनी योग्यताओं, रायों और निर्णयों का अति आकलन कर लेते हैं। अति आत्मविश्वास की प्रवृत्ति हममें वित्तीय अहंकार भर देती है, जिस वजह

से हम लापरवाह हो जाते हैं, ख़ास तौर पर जब सब अच्छा चल रहा हो और हम चतुर महसूस कर रहे हों। और आसान, दर्द से बचने की मनोवैज्ञानिक अस्वीकृति हमें तथ्यों को विकृत करने की ओर ले जाती है, जब ''वास्तविकता इतनी दर्दनाक हो कि उसे झेला नहीं जा सकता हो।'' इससे यह स्पष्ट करने में मदद मिलती है कि इतने सारे निवेशक क्यों यह विश्वास करने की मूर्खता दिखाते हैं कि वे लंबे समय में इंडेक्स फ़ंड्स को हरा सकते हैं, हालाँकि उनमें इसके लिए आवश्यक योग्यताओं, मानसिकता और स्वभाव का अभाव होता है या लागत पर नियंत्रण भी नहीं होता। मंगर प्राचीन यूनानी वक्ता डेमोस्थनीज़ का उद्धरण देना पसंद करते हैं, जिन्होंने कहा था, ''ख़ुद को धोखा देने से ज़्यादा आसान कुछ नहीं है। हर मनुष्य जो चाहता है, उसके मन में उसी के सच होने का विश्वास होता है।''

यदि मानव मस्तिष्क इतना गंदा चालबाज़ है, तो हम निवेश संबंधी तार्किक निर्णय लेने की अपेक्षा कैसे कर सकते हैं? सबसे पहले तो हमें यह स्वीकार करने की ज़रूरत है कि यह हानिकारक ख़तरा मौजूद है। जैसा बेन ग्राहम ने लिखा था, ''निवेशक की मुख्य समस्या – और उसका सबसे बुरा शत्रु – संभवतः वह ख़ुद है।''

हमें अपनी विशिष्ट मनोवैज्ञानिक प्रवृत्तियों से भी सावधान रहने की ज़रूरत है, जो हमारे निर्णय को भविष्यसूचक दिशाओं की ओर झुका सकती हैं। हॉवर्ड मार्क्स चिंता करने की प्रवृत्ति रखते हैं और वे मुझे बताते हैं, ''अगर आपकी सोच सुनहरे सपनों वाली मानसिकता से बहुत ज़्यादा रंगी हुई है, तो आप अनुकूल संभावना का अनुमान लगाएँगे.... अगर आपकी प्रवृत्ति डर से भरी है, तो आपकी संभावना का अनुमान नकारात्मक की ओर झुका होगा... कोई यह नहीं कहता, 'यह मेरी भविष्यवाणी है और यह शायद ग़लत है।' लेकिन आपको यह ज़रूर कहना चाहिए, 'यह मेरी अपेक्षा है और मैं इस संभावना के बारे में भी जागरूक हूँ कि यह मेरे भावनात्मक पूर्वाग्रह से रंगी हुई है।' आपको इसका प्रतिरोध करना होता है। मेरे लिए इसका मतलब यह है कि जब परिस्थितियाँ मुश्किल हो जाती हैं, तो मुझे घबराकर भागना नहीं है।''

मंगर अतार्किकता के ख़िलाफ़ अपनी रक्षा करते हैं। इसका एक तरीक़ा चार्ल्स डार्विन, अल्बर्ट आइंस्टाइन और रिचर्ड फ़ेनमैन जैसे वैज्ञानिकों की ''अतिशय निरपेक्षता'' का अनुकरण करना है। जब मैं पूछता हूँ कि हम उनसे इस बारे में क्या सीख सकते हैं कि किसी समस्या के बारे में कैसे सोचना है, तो मंगर कहते हैं, ''वे ख़ुद पर बहुत कठोर थे... उन्होंने मूर्खता को कम करने पर *मेहनत* की। वे इसके बारे में पूरी तरह और अच्छी तरह सोचने के बारे में सावधान रहे। उनके ध्यान की अवधि लंबी थी और उन्होंने मूर्खताओं से बचने के लिए मेहनत की, मेहनत की और मेहनत की।''

मंगर ख़ास तौर पर उस "अपुष्टिकारक प्रमाण" को खोजने के उनके अटल निश्चय की प्रशंसा करते हैं, जो उनके सबसे प्रिय विश्वासों को भी ग़लत साबित कर दे। यह मानसिक आदत, जिसके कई अलग-अलग रूप होते हैं, मूर्खता के ख़िलाफ़ हमारी पाँचवीं सुरक्षा है।

मिसाल के तौर पर, डार्विन ने अपने ईसाई धर्म या उनके साथी प्रकृतिविज्ञान विशेषज्ञों की पारंपरिक बुद्धिमत्ता को यह अनुमति नहीं दी कि वे विकास के बारे में उनके सदमे भरे निष्कर्षों में बाधा डालें। अपनी 1859 की पुस्तक *ऑन द ऑरिजिन ऑफ़ स्पिसीज़* की प्रस्तावना में वे बाइबल की एक पवित्र मान्यता का खंडन करते हैं, "मैं बेहद सावधान अध्ययन और निष्पक्ष विवेक में जितना सक्षम हूँ, उसके मद्देनज़र मेरे मन में कोई शंका नहीं है कि ज़्यादातर प्रकृतिविज्ञानियों का जो दृष्टिकोण है और जो पहले मेरा भी था - कि हर प्रजाति को स्वतंत्र रूप से बनाया गया था - ग़लत है।"

अपनी ख़ुद की ग़लतियों की खोज का स्वागत करने की यह इच्छुकता एक ऐसा लाभ है, जिसकी तुलना नहीं हो सकती। मंगर इसे प्रोत्साहित करने के लिए एक तरक़ीब अपनाते हैं। जब भी वे अपने किसी दृढ़ विश्वास का खंडन करने में सफल होते हैं, तो वे अपनी प्रशंसा करते हैं, ताकि "अज्ञान दूर करना" शर्म का नहीं, संतुष्टि का स्रोत बने। उन्होंने एक बार टिप्पणी की थी, "अगर बर्कशायर ने थोड़ी प्रगति की है, तो इसका काफ़ी हद तक कारण यह है कि वॉरेन और मैं अपने ख़ुद के सबसे प्रिय विचारों को नष्ट करने में बहुत अच्छे हैं। जिस साल आप अपने एक भी सबसे प्रिय विचार को नष्ट नहीं करते हैं, वह साल शायद बरबाद जाता है।"

एक वर्ष अलग हटकर दिखता है, क्योंकि इस साल उन्होंने जिस सबसे प्रिय विचार को नष्ट किया, उसने बेहतर विचार का मार्ग प्रशस्त किया, जिसने अगले पाँच दशकों तक बर्कशायर की दिशा को नाटकीय रूप से बदल दिया। 1972 में बफ़ेट और मंगर को कैलिफ़ोर्निया स्थित चॉकलेट निर्माता सीज़ कैंडीज़ को ख़रीदने का अवसर दिया गया। भाव 30 मिलियन डॉलर था - जो इसकी शुद्ध मूर्त संपत्तियों का लगभग चार गुना था। मंगर को यह तार्किक लग रहा था, क्योंकि कंपनी के पास एक शक्तिशाली ब्रांड था, निष्ठावान ग्राहक थे और भाव बढ़ाने की क्षमता थी। लेकिन बफ़ेट काफ़ी किफ़ायती इंसान थे, जिन्होंने दौलत कमाने के लिए इतने सस्ते में सामान्य कंपनियों में निवेश किया था कि नुक़सान की आशंका बहुत कम थी। उन्होंने "सिगार के ठूँठ" वाली यह रणनीति उनके प्रिय मार्गदर्शक बेंजामिन ग्राहम से सीखी थी। तो फिर वे इसे छोड़कर गुणवत्ता भरी कंपनी के लिए तार्किक भुगतान कैसे कर सकते थे?

बर्कशायर की 2014 की एन्युअल रिपोर्ट में बफ़ेट यह पुराना प्रसंग बताते हैं, ''मेरी दिग्भ्रमित सावधानी एक ज़बर्दस्त कंपनी को ख़रीदने से रोक सकती थी। लेकिन सौभाग्य से बेचने वालों ने हमारी 25 मिलियन डॉलर की बोली स्वीकार कर ली।'' मंगर ने कहा कि अगर भाव 1,00,000 डॉलर भी ज़्यादा होता, तो वे और बफ़ेट सीज़ कैंडी को नहीं ख़रीदते : ''हम तब इतने मूर्ख थे।'' 1972 से सीज़ ने टैक्स से पहले मुनाफ़े में लगभग 2 अरब डॉलर क़रीब कमाए हैं और उनके नए विश्वास की पुष्टि की है कि बेहतरीन व्यवसायों के लिए ज़्यादा भाव देना फ़ायदे का सौदा होता है।

इस आत्म-साक्षात्कार के बाद हर चीज़ बदल गई और वे कोका-कोला जैसी विश्व-स्तरीय कंपनियों में निवेश करने की ओर बढ़े। अमूर्त संपत्तियों के प्रति उनकी क़द्र बढ़ती गई, जिनमें ब्रांड लॉयल्टी और असाधारण प्रबंधन शामिल था, इसलिए उन्होंने इस्कार और प्रेसिशन कास्टपार्ट्स जैसे अनूठे व्यवसायों को ख़रीदने के लिए और भी ज़्यादा ऊँचे दाम दिए। अपनी 2014 की वार्षिक रिपोर्ट में बफ़ेट ने मंगर को इस बात का श्रेय दिया है कि उन्होंने सिगार के ठूँठ बटोरने की उनकी लत का इलाज किया और ''बर्कशायर के वर्तमान तंत्र को स्थापित किया। उन्होंने मुझे जो ब्लूप्रिंट दिया, वह आसान था : उस बारे में भूल जाओ, जो आप ठीक-ठाक व्यवसाय अद्‌भुत भाव पर ख़रीदने के बारे में जानते हो; इसके बजाय अद्‌भुत व्यवसाय ठीक-ठाक भाव पर ख़रीदो।''

इसमें से कुछ भी नहीं हुआ होता, अगर बफ़ेट और मंगर उनके विश्वासों को चुनौती देने के प्रति इतने समर्पित नहीं होते। मंगर ने निवेश से राजनीति तक हमेशा हर चीज़ में ''भारी विचारपद्धति'' का तिरस्कार किया है और इसे ''मानव संज्ञानात्मकता के सबसे अतिशय विकृतकर्ताओं में से एक'' बताकर इसकी निंदा की है। बफ़ेट ने जब मंगर को पेशा बदलने के लिए मनाया, उससे पहले वे वकालत करते थे। मंगर ने विरोधी तर्कों का अध्ययन करने के लिए चेतन रूप से ख़ुद को प्रशिक्षित किया था, ताकि वे उन्हें उतनी ही स्पष्टता से बता सकें, मानो वे उनके ख़ुद के विचार हों। वे जिन विचारकों से असहमत होते हैं, उन ठोस विचारकों के लेख पढ़ने का भी ध्यान रखते हैं, जिनमें *न्यू यॉर्क टाइम्स* के कॉलमिस्ट पॉल क्रूज़मैन शामिल हैं। हममें से ज़्यादातर उन मीडिया स्रोतों को पसंद करते हैं, जो हमारे सामाजिक और राजनीतिक पूर्वाग्रहों की गूँज हों। लेकिन मंगर का उदाहरण मुझे *वॉल स्ट्रीट जर्नल* में ऐसे कॉलम पढ़ने की आसान, मस्तिष्क का विस्तार करने की आदत की ओर ले गया, जो मेरे ख़ुद के पूर्वाग्रहों के विपरीत हैं।

हमारे कमज़ोर विचार और आलसी पूर्वाग्रह बिना चुनौती के गुज़र जाएँ, इससे अपनी रक्षा करने का एक और व्यावहारिक तरीक़ा ऐसे बौद्धिक टकराव वाले साझेदार खोजना है, जो हमसे असहमत होने में ना घबराते हों। बफ़ेट ने एक बार

कहा था, ''इंसान सारी नई जानकारी की व्याख्या इस तरह करने में निपुण होता है, ताकि उसके पुराने निष्कर्ष अक्षत रहें.... यह एक ऐसी योग्यता है, जिसमें हर व्यक्ति माहिर नज़र आता है। और हम इसके ख़िलाफ़ अपनी रक्षा कैसे कर सकते हैं?'' उनका जवाब : ''एक ऐसा साझेदार, जो चापलूस या हाँ में हाँ मिलाने वाला नहीं हो और जो ख़ुद बेहद तार्किक हो... यह शायद वह सबसे अच्छा तरीक़ा है, जिसे आप आज़मा सकते हैं।'' मंगर आदर्श विरोधी हैं और उन्होंने निवेश संबंधी इतने सारे विचारों का गला घोंटा है कि बफ़ेट उन्हें ''नहीं-कहने-वाला कसाई'' कहते हैं।

मंगर संकेत करते हैं कि विचार-विमर्श का एक साझेदार होने का एक अनिवार्य लाभ यह है कि इससे आप अपने विचारों को एक तार्किक प्रकरण में व्यवस्थित कर लेते हैं। पबरई बताते हैं कि उन्होंने स्पायर का परिचय मंगर से कराते हुए कहा था, ''चार्ली, यह वह इंसान है, जिस पर मैं अपने सारे विचारों की बमबारी करके उनकी जाँच करता हूँ।'' स्पायर ने मज़ाक़ किया था कि वे इतने मूर्ख हैं कि पबरई यह काम किसी बंदर के साथ भी कर सकते थे। ''और चार्ली तुरंत कहते हैं, 'बंदर से काम नहीं चलेगा।' वे बहुत गंभीर थे। ऐसा लग रहा था, जैसे मूसा चौथा कमांडमेंट बता रहे हों। उन्होंने कहा, 'बंदर इसलिए नहीं चलेगा, क्योंकि मोहनीश को पता होगा कि वह एक बंदर है।''

दूसरे अग्रणी निवेशकों ने यह सुनिश्चित करने के अतिरिक्त तरीक़े खोजे हैं, जो उन्हें विपरीत विचारों के प्रति खोल सकें। शिकागो में हैरिस एसोसिएट्स के विख्यात फ़ंड मैनेजर बिल नाइग्रेन बताते हैं कि वे एक हेज फ़ंड अरबपति माइकल स्टाइनहार्ड से मिले थे, जो ''शेयर बाज़ार के दो विश्लेषकों को अपने ऑफ़िस में आमंत्रित करते थे : सबसे बड़ा बुल और सबसे बड़ा बियर। और वे तीनों किसी विचार पर लंच के दौरान बहस करते थे। वे किसी चीज़ को ख़रीदने से पहले हमेशा यह जानना चाहते थे कि सबसे बियरिश लोग उसके बारे में क्या सोचते थे और किसी चीज़ को शॉर्ट करने से पहले वे यह पता लगाना चाहते थे कि सबसे बुलिश लोगों के विचार क्या थे।''

आंशिक रूप से स्टाइनहार्ड से प्रेरित होकर कोई शेयर ख़रीदने से पहले नाइग्रेन ''शैतान की समर्थक समीक्षा'' आयोजित करते हैं। उनकी टीम का एक विश्लेषक बुलिश प्रकरण पेश करता है। दूसरे को यह काम सौंपा जाता है कि वह ''सबसे प्रबल बियरिश प्रकरण प्रस्तुत करे... हम किसके ख़िलाफ़ दाँव लगा रहे हैं, इसे ज़्यादा अच्छी तरह समझने से हमारे सही निर्णय लेने की ज़्यादा संभावना रहती है।''

नाइग्रेन जानते हैं कि जब वे कोई शेयर ख़रीद लेते हैं, तो उसके बारे में निष्पक्षता से सोचना और भी ज़्यादा मुश्किल हो जाता है। ऐसा कुछ हद तक स्वामित्व प्रभाव के कारण होता है - एक संज्ञानात्मक पूर्वाग्रह, जिसकी वजह से हम अपने स्वामित्व की चीज़ को ग़ैर-स्वामित्व वाली चीज़ों से ज़्यादा मूल्यवान

मान लेते हैं, चाहे यह शेयर हो या बियर मग हो। इस पूर्वाग्रह का प्रतिकार करने का नाइग्रेन का एक तरीक़ा यह है कि वे अपनी हर बड़ी होल्डिंग के लिए भी शैतान की समर्थक समीक्षाएँ आयोजित करते हैं। साल में कम से कम एक बार टीम का एक सदस्य संबंधित शेयर का दोबारा मूल्यांकन करता है और ''उसे यह तर्क देने की ज़िम्मेदारी सौंपी जाती है कि इसे क्यों बेचना चाहिए।''

मनोवैज्ञानिक दृष्टि से एक और चतुर रणनीति यह है कि कोई भी महत्त्वपूर्ण निवेश निर्णय लेने से पहले ''प्रिमॉर्टम'' किया जाए। यानी आप भविष्य में आगे तक जाते हैं और ख़ुद से यह काल्पनिक प्रश्न पूछते हैं : ''यह निर्णय इतना तबाही भरा क्यों साबित हुआ?'' प्रिमॉर्टम की अवधारणा व्यवहारवादी मनोवैज्ञानिक गैरी क्लाइन ने ईजाद की थी, जिसका उद्देश्य पहले से समस्याओं को चिह्नित करने और अति आत्मविश्वास के जोखिम को कम करने के लिए था। निवेशकों के लिए यह एक मूल्यवान सुरक्षा है, क्योंकि यह हमें प्रतिकूल तथ्यों और छिपे हुए जोखिमों के बारे में सोचने के लिए विवश करता है और इसे निर्णय लेने की प्रक्रिया का एक औपचारिक क़दम बना देता है।

2016 में मैंने कोलंबिया बिज़नेस स्कूल में एडवांस्ड इनवेस्टमेंट रिसर्च कोर्स का ऑडिट किया, जिसे एक दशक तक केन शूबिन स्टाइन ने पढ़ाया था। मेरे मित्र स्टाइन तब स्पेंसर कैपिटल होल्डिंग्स नामक निवेश फ़र्म के चेयरमैन थे। शूबिन स्टाइन हेज फ़ंड मैनेजर बनने से पहले डॉक्टर थे और उन्होंने अपने एमबीए विद्यार्थियों को निर्देश दिया कि वे तीन साल बाद अपनी कल्पना करें, जब उनका निवेश असफल हो गया है और वे अख़बार में लेख लिखकर इसके कारण स्पष्ट रूप से बताएँ। एक और प्रतिष्ठित निवेशक ने क्लास को बताया कि उनका फ़ैमिली ऑफ़िस कोई भी निवेश करने से पहले अंतिम सावधानी के रूप में एक प्रिमॉर्टम मेमो लिखता है। यह तरीक़ा उनके सामने इतनी गंभीर चिंताएँ उजागर कर देता है कि वे एक तिहाई निवेशों को अस्वीकार कर देते हैं, जिन्हें वे इसके बिना शायद स्वीकार कर लेते।

संज्ञानात्मक पूर्वाग्रहों के विनाशकारी प्रभावों को कम करने के लिए हम जो सुरक्षात्मक क़दम उठा सकते हैं, उनके बारे में मेरा कोई भी परिचित शूबिन स्टाइन से ज़्यादा विचारशील नहीं है। इससे मदद मिलती है कि उनका अनुभव बहुत व्यापक है। उन्होंने फ़ंड मैनेजर के रूप में दो दशक बिताए और एक होल्डिंग कंपनी बनाई, जिसमें चार सौ से अधिक कर्मचारी हैं। लेकिन वे विज्ञान से भी गहरा संबंध रखते हैं। उन्होंने मॉलेक्यूलर जेनेटिक्स में शोध किया है, सर्जन के रूप में प्रशिक्षण लिया है और इंटरनेशनल कॉनकुशन सोसायटी की सह-स्थापना की है। मानव मस्तिष्क में उनकी रुचि इतनी ज़्यादा है कि वे 2018 में निवेश व्यवसाय को छोड़कर न्यूरोलॉजिस्ट बन गए।

शूबिन स्टाइन चेतावनी देते हैं कि संज्ञानात्मक पूर्वाग्रहों के ख़िलाफ़ ''आप प्रभावी ढंग से अपनी रक्षा नहीं कर सकते,'' चाहे आप कितने भी स्मार्ट या आत्म-जागरूक क्यों ना हों। हम सभी उनसे ग्रस्त हैं, यह पहचानना अच्छी शुरुआत है, लेकिन यह ज्ञान हमारी सोच पर उनके अचेतन प्रभाव से हमारी रक्षा नहीं करता। हज़ारों सालों से मानव मस्तिष्क में दीर्घस्थायी समस्यामूलक प्रवृत्तियाँ मौजूद हैं, लेकिन फिर भी वे कई व्यावहारिक सुझाव देते हैं, जो तार्किक निर्णय लेने की हमारी योग्यता को महत्त्वपूर्ण रूप से बढ़ा सकते हैं।

शुबिन स्टाइन सलाह देते हैं कि सबसे पहले तो हमें उन आम संज्ञानात्मक ग़लतियों की सूची को दोबारा लिखना चाहिए, जिन्हें मंगर ने ग़लत निर्णय के मनोविज्ञान वाले व्याख्यान में बताया है। मंगर को उद्धृत करने से ज़्यादा अच्छा यह रहेगा कि हम इन जोखिमों का वर्णन अपने ख़ुद के शब्दों में करें, ताकि आप अपने अंतर्ज्ञान को आत्मसात कर सकें और उन्हें अपना ख़ुद का बना सकें। इससे भी मदद मिलती है कि आप अतीत की अपनी निवेश ग़लतियों को शामिल करके मंगर की जाँचसूची को व्यक्तिगत बना लें और उन प्रवृत्तियों पर ज़ोर दें, जिनके प्रति आप ख़ास तौर पर असुरक्षित हैं। शुबिन स्टाइन कहते हैं, ''आपको यह सीखने की ज़रूरत है कि आपका ख़ुद का दिमाग़ कैसे काम करता है, आप कहाँ शक्तिशाली हैं और आपकी चुनौतियाँ कहाँ निहित हैं।'' मिसाल के तौर पर, वे ''विशेषज्ञ पूर्वाग्रह'' के प्रति ख़ास तौर पर असुरक्षित हैं, जिसकी वजह से कई बार वे उन शेयरों में ज़रूरत से ज़्यादा विश्वास कर लेते हैं, जो उनकी प्रशंसित महान निवेश हस्तियों के पास होते हैं। इस पूर्वाग्रह का प्रतिरोध करने के लिए उन्होंने अपनी संज्ञानात्मक जाँचसूची में दो प्रश्न जोड़े थे : ''क्या मैंने मेहनत की है? और क्या मैंने हर चीज़ की स्वतंत्रतापूर्वक पुष्टि कर ली है?''

मंगर की तरह ही शुबिन स्टाइन भी निवेशों के विश्लेषण के लिए एक ''वैज्ञानिक नीति'' का समर्थन करते हैं। **इसका मतलब है, ''झूठ साबित करने की मानसिकता,'' हमेशा अपनी परिकल्पना को ''ग़लत साबित'' करने का प्रयास और यह देखना कि ''क्या यह हमले में खरा उतरता है।'' शुबिन स्टाइन का एक प्रिय प्रश्न यह है, ''मैं ग़लत क्यों हो सकता हूँ?''** वे ''वैकल्पिक प्रतिस्पर्धी परिकल्पनाओं'' के विश्लेषण के महत्त्व पर भी ज़ोर देते हैं – यह तकनीक उन्होंने सीआईए के वेटरन रिचर्ड्स ह्यूर से सीखी है, जिन्होंने *साइकलॉजी ऑफ़ इंटेलिजेंस एनालिसिस* पुस्तक लिखी थी। शुबिन स्टाइन ने अपने विद्यार्थियों को बताया कि हमें ह्यूर की इस अंतर्दृष्टि को कभी नहीं भूलना चाहिए कि ''एक अकेला प्रमाण एक से ज़्यादा परिकल्पना का समर्थन कर सकता है।''

सीआईए को ह्यूर का एक स्थायी योगदान ''बहुतेरी, प्रतिस्पर्धी परिकल्पनाओं का एक ही समय में आकलन'' करने का कठोर, आठ क़दमों वाला तरीक़ा

विकसित करना था। हममें से बहुत कम में इतना धैर्य होता है कि हम समस्याओं पर इतनी पूर्णता से विचार करें। लेकिन जैसा ह्यूर सुझाव देते हैं, हम अपनी ''संज्ञानात्मक सीमाओं'' से तब तक नहीं उबर सकते, जब तक हमारे पास एक ''सुनियोजित विश्लेषणात्मक प्रक्रिया'' नहीं हो, जो हमें सुनियोजित रूप से सोचने में सक्षम बनाए। *शैतान के समर्थक की समीक्षाएँ। प्रिमॉर्टम। किसी संदेहवादी विचार-विमर्श साझेदार से बातचीतें। एक संज्ञानात्मक जाँचसूची, जो हमें अपने सबसे बड़े पूर्वाग्रहों और हमारे अतीत की ग़लतियों की याद दिलाती हो।* ये सभी अनुशासित विश्लेषणात्मक तकनीकें हैं, जो हमें सुनियोजित रूप से धीमा होने, अपने मस्तिष्क को खोलने और जोखिमों पर विचार करने में मदद कर सकती हैं, जिन्हें हम इसके बिना नज़रअंदाज़ कर सकते थे।

इसी तरह, शुबिन स्टाइन ने अपने विद्यार्थियों को हर कंपनी का विश्लेषण करते समय ''बुल/बियर विश्लेषण'' करना सिखाया - एक और बुनियादी प्रणाली, जिसमें दो थीसिस कथन लिखना शामिल होता है (एक सकारात्मक, एक नकारात्मक), जो अलग-अलग पेज पर होते हैं। कुंजी ऐसी तकनीकों का नियमित रूप से उपयोग करना है, ताकि हम अपनी मान्यताओं को निरंतर चुनौती दें, विरोधी तर्कों पर मनन करें और शॉर्टकट अपनाकर ऊर्जा बचाने की मानसिक प्रवृत्ति का प्रतिरोध करें। **सुनियोजित विश्लेषणात्मक प्रणालियों को अपनाने पर यह ज़ोर अ-मूर्ख बनने की हमारी व्यापक यात्रा में छठी रणनीति है।**

अंत में, हमें एक व्यावहारिक तरीक़े की ज़रूरत है, जिससे हम अपनी भावनाओं से ख़ुद की रक्षा कर सकें, क्योंकि वे बहुत दुखद रूप से तार्किक निर्णय लेने की हमारी योग्यता को कम कर सकती हैं। अपने व्याख्यान में मंगर ज़िक्र करते हैं कि तनाव, डिप्रेशन, नफ़रत तथा ईर्ष्या जैसे भाव ''दुष्क्रियाशील'' सोच उत्पन्न कर सकते हैं और हमारे संज्ञानात्मक पूर्वाग्रहों को उभार सकते हैं। मिसाल के तौर पर, भारी तनाव और दुविधा के कारण किसी निवेशक की भीड़ का अनुसरण करने की इच्छा बलवान हो सकती है और आप स्वतंत्र विचार त्याग सकते हैं, ख़ास तौर पर जब बाज़ार गिर रहे हों। संख्या में सुरक्षा खोजने की यह इच्छा विकासवादी दृष्टि से समझदारी भरी है। लेकिन निवेशकों के लिए भेड़चाल का व्यवहार अक्सर विनाशकारी होता है, जिस वजह से वे बबल्स के दौरान ख़रीदते हैं और दहशत के समय बेचते हैं। जैसा मंगर ने एक बार टिप्पणी की थी, ''आत्मघाती छलाँग लगाने वाले लेमिंग्स चूहों की मूर्खता जैसी ही कई बार इंसानों की भी प्रवृत्ति होती है। यह प्रतिभाशाली लोगों की बहुत सारी मूर्खतापूर्ण सोच और बहुत सारे मूर्खतापूर्ण व्यवहार को स्पष्ट करती है।''

2015 में द *एन्युअल रिव्यू ऑफ़ साइकलॉजी* ने निर्णय लेने की प्रक्रिया पर भावना के प्रभावों के बारे में 35 वर्षीय वैज्ञानिक अध्ययनों का सर्वेक्षण

प्रकाशित किया। लेखक लिखते हैं कि इस तमाम शोध का ''एक अति महत्त्वपूर्ण निष्कर्ष'' यह है कि ''भावनाएँ निर्णय लेने की प्रक्रिया को शक्तिशाली तरीक़े से, भविष्यसूचक तरीक़े से और व्यापक तरीक़े से प्रभावित करती हैं।'' उदाहरण के लिए, जुए संबंधी निर्णयों का अध्ययन करने वाले शोधकर्ताओं ने पाया कि ''दुख की मानसिकता ज़्यादा जोखिम, ज़्यादा पुरस्कार वाले विकल्पों के पक्ष में प्रवृत्तियाँ बढ़ाती थी, जबकि चिंता कम जोखिम, कम पुरस्कार वाले विकल्पों के पक्ष में प्रवृत्तियाँ बढ़ाती थी।'' दूसरे शब्दों में, हमारी भावनात्मक स्थिति और मनोदशा नियमित रूप से उसे विकृत करती हैं, जो हम देखते हैं और जोखिम के समक्ष हमारी प्रतिक्रिया भी तय करती हैं।

ऐसे शोध के आधार पर शुबिन स्टाइन ने यह जाँच करने की सावधानी भरी आदत डाली कि क्या वे ''निर्णय लेने के लिए सही मनोवैज्ञानिक और शारीरिक अवस्था में हैं।'' यह आदत ना सिर्फ़ बाज़ार में, बल्कि जीवन के हर क्षेत्र में बेहद मूल्यवान है, जहाँ हमारे निर्णय के बड़े परिणाम हो सकते हैं।

वैज्ञानिक साहित्य दर्शाता है कि भूख, क्रोध, एकाकीपन, थकान, दर्द और तनाव ''ख़राब निर्णय लेने के लिए पूर्व-शर्तें हैं,'' जो आम हैं। इसलिए शुबिन स्टाइन हाल्ट-पीएस नामक संक्षिप्त रूप का इस्तेमाल करते हैं, ताकि यह उन्हें ठहरने की याद दिलाए, जब भी ये घटक उनके विवेक को कमज़ोर कर सकते हैं, ताकि वे महत्त्वपूर्ण निर्णयों को तब तक टाल सकें, जब वे ऐसी अवस्था में हों, जिसमें उनके मस्तिष्क के अच्छी तरह काम करने की ज़्यादा संभावना हो। यह मूर्खता को कम करने की हमारी सातवीं तकनीक है।

2008-09 के वित्तीय संकट में शुबिन स्टाइन को दुखद अग्निपरीक्षा से गुज़रना पड़ा। उनके फ़ंड के कई निवेशकों ने तब पैसे निकाले, जब उन्हें ख़रीदने के लिए निवेश करना चाहिए था। स्टाइन का व्यवसाय जोखिम में था और अपने करियर के पहले गंभीर संकट का सामना करते समय उन्हें शर्म का गहरा अहसास हुआ। उसी समय उनके दो सबसे क़रीबी मित्रों की बेटी एक नाव दुर्घटना में चल बसी। यह इतना यातना भरा दौर था कि इसने उन्हें ज़्यादा स्वस्थ जीवनशैली बनाने के लिए ''प्रेरित'' किया, ताकि उन्हें अपना भावनात्मक संतुलन क़ायम रखने और सबसे तनावपूर्ण स्थितियों में भी ज़्यादा स्पष्टता से सोचने में मदद मिले।

''चार चीज़ें हैं, जिनके बारे में हम *जानते* हैं कि वे मस्तिष्क के स्वास्थ्य और मस्तिष्क की कार्यविधि को बेहतर बनाती हैं,'' शुबिन स्टाइन कहते हैं। ''ध्यान, व्यायाम, नींद और पोषण।'' अपने पास मौजूद हर अस्त्र का इस्तेमाल करने के लिए संकल्पवान स्टाइन ने कठोर व्यायाम किया, जिससे उनकी नींद भी बेहतर हुई। उन्होंने ज़्यादा मछली, सब्ज़ियाँ और फल खाए। उन्होंने अपनी ''सबसे

बुरी प्रवृत्तियों'' को त्याग दिया, जिसमें तनाव के समय चॉकलेट चिप कुकीज़ के साथ वैनिला आइसक्रीम खाने की आदत शामिल थी। और उन्होंने ध्यान करने की नियमित आदत भी डाल ली – जो सफल निवेशकों के मिशन को देखते हुए अत्यंत महत्त्वपूर्ण आदत है।

शुबिन स्टाइन कहते हैं, ''निरंतर उच्च प्रदर्शन की इन आदतों'' का ''एक चक्रवृद्धि प्रभाव'' पड़ता है, जब आप उनका निरंतर इस्तेमाल करते हैं। मिसाल के तौर पर : ''जिस कारण आप ध्यान करते हैं, वह यह नहीं है, क्योंकि यह किसी ख़ास दिन महत्त्वपूर्ण है। ध्यान की नियमित आदतें मुश्किल संकटों को सँभालने और उनके लिए निरंतर तैयार रखने में आपकी मदद करेगी... यह आदत डालने से आप अच्छी तरह तैयार हो जाते हैं। यह काफ़ी हद तक रोकथाम वाली दवा की तरह है।'' यह एक अत्यंत महत्त्वपूर्ण भेद है, जिसे हममें से ज़्यादातर चूक जाते हैं। इन स्वस्थ आदतों को अपनाने का आदर्श समय तब नहीं है, जब हम संकटों से घिरे हों। हमें तो संकट आने से *पहले* स्वस्थ आदतें डालने की ज़रूरत होती है।

एक बार जब मुश्किल वार करती है, शुबिन स्टाइन कहते हैं, तो कुंजी यह पहचानना है कि हमारी भावनात्मक अवस्था ''हमें असफलता की ओर अग्रसर'' कर सकती है। जब वे तनाव में होते हैं, विचलित होते हैं या बौखलाए होते हैं, तो वे थोड़ा विराम लेते हैं, यह सुनिश्चित करते हैं कि उन्होंने पर्याप्त आराम कर लिया है और अच्छी तरह भोजन कर लिया है और फिर वे ख़ुद को ''तटस्थ'' अवस्था में लौटने का समय देते हैं, जिससे उन्हें ''ज़्यादा चेतन निर्णय लेने की अनुमति'' मिले। उनकी दिनचर्या को साफ़ करना और निर्णयों से पहले एक रात सोने जैसे आसान समाधानों से भी काफ़ी मदद मिली है। ''चीज़ें जितनी ज़्यादा गहन होती हैं, मैं उतना ही कम करता हूँ, व्यक्तिगत दृष्टि से भी और पेशेवर दृष्टि से भी,'' वे कहते हैं। ''मैं चीज़ों को धीमा करने की कोशिश करता हूँ। मैं जीवन को सरल बनाने की कोशिश करता हूँ... मैं अपना कैलेंडर देखता हूँ और बहुत सारी गतिविधियों से ख़ुद को खींच लेता हूँ, ताकि यह सुनिश्चित हो जाए कि मैं अच्छी तरह खा रहा हूँ, ध्यान कर रहा हूँ और सोचने तथा मनन करने के लिए मेरे पास एकाग्र समय है।''

2020 में शुबिन स्टाइन ने एक गहन चिकित्सा इकाई में स्वैच्छिक डॉक्टर के रूप में काम किया, जिसमें वेंटिलेटर्स वाले मृतप्राय कोविड-19 रोगी भरे थे। ''यह सचमुच युद्ध में होने जैसा महसूस हुआ,'' वे कहते हैं। ''हम एक महत्त्वपूर्ण काम कर रहे थे, लेकिन हमारी जान जोखिम में थी और हम अपने परिवारों को भी जोखिम में डाल रहे थे, जो भयंकर महसूस हुआ।'' इसके कुछ ही दिनों पहले उनकी पत्नी ने उनकी पहली संतान को जन्म दिया था। उनकी सुरक्षा की ख़ातिर स्टाइन एक होटल में रहने लगे।

इस दुःस्वप्न के बीच शुबिन स्टाइन ने उन सारी आदतों से लाभ लिया, जिन्होंने उनके निवेश करियर में भावनाओं पर क़ाबू रखने में उनकी सहायता की थी, जिनमें पोषक आहार, व्यायाम और ''ध्यान की छोटी खुराकें'' शामिल थीं – जिसका मतलब कई बार तो यह होता था कि आईसीयू में लौटने से पहले बाथरूम में ''दस सेकेंड तक साँस लेना।'' सबसे बढ़कर, उन्होंने अपनी ''आंतरिक अवस्था'' के बारे में तीक्ष्णता से जागरूक रहने की कोशिश की, ताकि डर, चिंता, दुख, क्रोध और अकेलेपन जैसे भाव रोगियों के इलाज की उनकी योग्यता कम नहीं कर पाएँ और वे रोगियों के दुखी रिश्तेदारों से हर दिन उचित व्यवहार कर सकें।

उनकी हाल्ट-पीएस जाँचसूची ''अविश्वसनीय रूप से सहायक'' साधन थी। उन्होंने अपनी भावनात्मक स्थिति को नापने के लिए लगातार इसका इस्तेमाल किया। उन्होंने व्यक्तिगत सुरक्षात्मक सामग्री पहनने पर महसूस होने वाले शारीरिक कष्ट के दुर्बल बनाने वाले प्रभाव को नापने के लिए भी इसका इस्तेमाल किया। जब आप पहचान जाते हैं ''कि आप अपने सर्वश्रेष्ठ पर नहीं हैं,'' शुबिन स्टाइन कहते हैं, ''तो आप चेतन रूप से भरपाई कर सकते हैं।'' अस्पताल में इसका मतलब था अपने निर्णयों की दोबारा जाँच करने की ज़्यादा परवाह करना और ''रोगियों के साथ ज़्यादा करुण होने'' के लिए ख़ुद को प्रेरित करना।

उनके सामने की चुनौतियाँ असाधारण थीं, लेकिन सबसे महत्त्वपूर्ण सबक़ हम सभी पर लागू होता है। जब विपरीत मानसिक अवस्था के कारण हमारे विवेक और हमारे प्रदर्शन के कमतर होने की आशंका होती है, तब इसे स्वीकार करने के लिए हमें भी आत्म-जागरूकता और ईमानदारी की ज़रूरत होती है, ताकि हम ज़्यादा सावधानी से आगे बढ़ सकें।

ज़्यादा व्यापक दृष्टिकोण से, हमें भी एक ऐसी जीवनशैली बनाने की ज़रूरत है, जो शांत लचीलेपन के अनुकूल हो। मंगर ऐसी गतिविधियों में बहुत ज़्यादा समय बिताते हैं, जो संतुलन और स्वास्थ्य का अहसास जगाती हैं, चाहे यह उनकी होम लाइब्रेरी में पुस्तकें पढ़ना हो, दोस्तों के साथ ब्रिज खेलना हो, गोल्फ़ खेलना हो या फ़िशिंग करना हो। वे जान-बूझकर साफ़-सुथरा शेड्यूल रखते हैं, ताकि उनके पास मनन के लिए काफ़ी जगह रहे। विस्तृत विवरण अलग हो सकते हैं, लेकिन हम सभी को शांति को बढ़ाने वाली आदतों और शौकों की ज़रूरत होती है।

लेकिन सच्चाई यह है कि अपनी भावनाओं पर क़ाबू रखने के लिए मंगर हममें से ज़्यादातर की तरह नहीं जूझते हैं। जब मैं उनसे पूछता हूँ कि क्या वे मार्क्स से सहमत हैं कि सभी सर्वश्रेष्ठ निवेशक भावहीन होते हैं, तो वे जवाब देते हैं ''हाँ। पूरी तरह से।'' क्या वे कभी अपने निवेशों के बारे में चिंता करते हैं या भयभीत महसूस

करते हैं? ''नहीं।'' यानी उन्हें उन भावनाओं के *ख़िलाफ़* जूझने की जहमत नहीं उठानी पड़ती, क्योंकि वे उनका अनुभव ही नहीं करते? ''सही है।''

अतिवादी भावनात्मक अवस्था मौजूद ही नहीं होती, इसलिए मंगर अविचलित अनासक्ति के साथ इस पर ध्यान केंद्रित कर सकते हैं कि क्या किसी निवेश की सफलता की संभावनाएँ उनके पक्ष में बहुत ज़्यादा हैं। जब वित्तीय संकट के दौरान बैंक शेयर धड़ाधड़ गिरे, तो उन्होंने निष्कर्ष निकाला कि वेल्स फ़ार्गो इतना ज़्यादा सस्ता है कि यह ''चालीस-साल-में-एक-बार'' का अवसर दे रहा था। मार्च 2009 में उन्होंने इसे ''बॉटम टिक'' पर डेली जर्नल के ख़ाते में ख़रीदा - वे कहते हैं, यह ''तार्किकता और समझदारी का'' आदर्श उदाहरण था। उनकी भावहीनता एक ऐसा आंतरिक लाभ है, जो बहुत कम निवेशकों के पास होता है। ''वॉरेन भी ऐसे ही हैं,'' वे कहते हैं। ''हम अपनी मानसिक संरचना के मामले में काफ़ी समान हैं।''

मंगर ने निश्चित नकारात्मक भावों पर क़ाबू पाना भी सीखा, जो जीवन के उनके आनंद को कम करते थे। ''पागलपन भरा क्रोध। जुनून जैसा द्वेष। इन सब चीज़ों से बचें,'' वे मुझसे कहते हैं। ''मैं इसे बढ़ने नहीं देता। मैं इसे शुरू ही नहीं होने देता।'' यही ईर्ष्या के बारे में सही है, जिसे वे सात घातक पापों में सबसे मूर्खतापूर्ण मानते हैं, क्योंकि इसमें ज़रा सी भी ख़ुशी नहीं मिलती। वे ख़ुद को शिकार के रूप में देखने की प्रवृत्ति से भी चिढ़ते हैं और उनमें शिकायतों के मामले में धैर्य नहीं है। जब मैं पूछता हूँ कि क्या उनके पास ऐसी मानसिक प्रक्रिया है, जो पराजित करने वाले भावों को दूर रखने में उनकी मदद करती है, तो वे जवाब देते हैं, ''मैं *जानता* हूँ कि क्रोध मूर्खतापूर्ण है। मैं जानता हूँ कि द्वेष मूर्खतापूर्ण है। मैं *जानता* हूँ कि आत्म-करुणा मूर्खतापूर्ण है। इसलिए मैं इनमें संलग्न नहीं होता... मैं हर दिन, पूरे दिन मूर्ख नहीं बनने की कोशिश कर रहा हूँ।''

जीवन भर के सबक़

हमारे इंटरव्यू के अंत में मंगर अपनी छड़ी उठाते हैं और डेली जर्नल के ऑफ़िस की लॉबी के पार एक कामचलाऊ मंच की तरफ़ धीरे-धीरे चलकर जाते हैं। उन्हें देखकर भीड़ लगातार तालियाँ बजाती है। मंच तक जाने वाली दो सीढ़ियों पर चढ़ने के लिए उन्हें मदद की ज़रूरत है। भारी साँस लेते हुए वे अपनी कुर्सी पर बैठते हैं और अपनी एक अच्छी आँख से कमरे को देखते हैं, जो उनके प्रशंसकों से खचाखच भरा है। सारी कुर्सियाँ भर गई हैं, इसलिए कई लोग खड़े रहने के लिए मजबूर हैं। पिछले वर्षों की तुलना में इस साल ज़्यादा लोग यहाँ आए हैं, वे शुष्क अंदाज़ में टिप्पणी करते हैं, क्योंकि ''वे सोचते हैं कि यह उनका आख़िरी मौक़ा है।''

आंशिक गुरु, आंशिक शोमैन मंगर इस अवसर का आनंद लेते हुए अपने जीवन के कई सबक़ बताते हैं। ''आप एक पंथ के सदस्य हो,'' वे प्रेमपूर्ण आनंद के अंदाज में कहते हैं। ''हम लंबे समय तक बात करेंगे, क्योंकि आपमें से कुछ दूर से आए हैं।'' अगले दो घंटों तक वे चालीस से ज़्यादा प्रश्नों के जवाब देते हैं और बाज़ार से लेकर विवाह तक हर चीज़ के बारे में बुद्धिमत्ता और चुटकुलों की बारिश करते हैं।

करियर संबंधी सलाह देते समय वे कहते हैं : ''आपको वह खेल खेलना होता है, जिसमें आपमें कोई असाधारण योग्यता हो। अगर आपकी लंबाई पाँच फुट एक इंच है, तो आप आठ फुट तीन इंच वाले व्यक्ति के ख़िलाफ़ बास्केटबॉल नहीं खेलना चाहेंगे। यह बहुत ज़्यादा मुश्किल है। इसलिए आपको एक ऐसा खेल चुनना चाहिए, जहाँ आपके पास लाभ हो और यह कोई ऐसी चीज़ होनी चाहिए, जिसमें आपकी गहरी रुचि भी हो।''

चीन के बारे में पूछे जाने पर वे इसके आर्थिक कायाकल्प पर आश्चर्य व्यक्त करते हैं, लेकिन अफ़सोस करते हैं कि बहुत ज़्यादा चीनी लोग ''जुआ खेलना पसंद करते हैं और वे सचमुच भाग्य पर भरोसा करते हैं। देखिए, यह मूर्खतापूर्ण है। आपको जिस चीज़ पर भरोसा नहीं करना चाहिए, वह है भाग्य। आपको तो संभावनाओं में विश्वास करना चाहिए।'' कैसिनो या रेसट्रैक में जुआ खेलने में मंगर की कोई रुचि नहीं है। ''अगर संभावनाएँ मेरे ख़िलाफ़ हैं,'' वे कहते हैं, ''तो मैं खेलता ही नहीं हूँ।''

किसी ने उनसे 1973-74 के क्रैश के बारे में पूछा, जब उनकी निवेश साझेदारी ने 50 प्रतिशत से भी ज़्यादा घाटा उठाया था। उन्होंने कहा कि बर्कशायर के शेयर का भाव तीन मौक़ों पर आधा हुआ है : ''अगर आप इस खेल में लंबे समय तक रहते हैं, जो आपको करना चाहिए, तो आपको इसके बारे में पचास प्रतिशत गिरावट के लिए तैयार रहना चाहिए और ज़्यादा चिंता नहीं करना चाहिए। इसलिए आप सभी के लिए मेरा संदेश यह है कि अपना जीवन इस तरह जिएँ, ताकि आप पचास प्रतिशत गिरावट को शांतचित्तता और शालीनता के साथ झेल सकें। इससे बचने की कोशिश नहीं करें। गिरावट अवश्य होगी। वास्तव में, मैं तो यहाँ तक कहूँगा कि अगर यह नहीं होती है, तो आप पर्याप्त आक्रामक नहीं हैं।''

डाइवर्सिफ़िकेशन के बारे में पूछे जाने पर वे कहते हैं कि यह ''उन लोगों के लिए एक अच्छा नियम है, जो कुछ नहीं जानते हैं।'' लेकिन उनकी पसंदीदा रणनीति उन दुर्लभ अवसरों का इंतज़ार करना है, जहाँ मुनाफ़े की संभावना घाटे की आशंका से बहुत ज़्यादा हो। जब ऐसे दुर्लभ अवसर आते हैं, तो वे ''साहस'' के साथ उन्हें पकड़ लेते हैं। मंगर बताते हैं कि उनके परिवार की दस अंकों की दौलत लगभग पूरी तरह तीन निवेशों पर निर्भर करती है : बर्कशायर, कॉस्टको और लाई

लू द्वारा चुने गए चीनी शेयरों का पोर्टफ़ोलियो। मंगर कहते हैं कि इन तीन दाँवों में से किसी के भी असफल होने की आशंका ''लगभग शून्य'' है। ''क्या मैं सुरक्षित रूप से अमीर हूँ? आप बिलकुल सही कहते हैं, मैं हूँ।''

इंडेक्स फ़ंड के बारे में पूछे जाने पर वे कहते हैं कि इसने निवेश के ज़्यादातर पेशे को बहुत कष्ट दिया है। सक्रिय फ़ंड मैनेजरों का बहुमत लंबे समय तक इंडेक्स को हराने में असफल रहता है, जिसका मतलब है कि वे कोई सफल परिणाम दिए बिना मोटी फ़ीस की फ़सल काटते हैं। ''ईमानदार, समझदार लोग जानते हैं कि वे एक ऐसी चीज़ बेच रहे हैं, जिसे वे सचमुच फ़ायदेमंद नहीं कह सकते,'' मंगर कहते हैं। ''ज़्यादातर लोग इसे खंडन के साथ स्वीकार करते हैं.... मैं इसे समझता हूँ। मेरा मतलब है, मैं अपनी ख़ुद की मृत्यु के बारे में नहीं सोचना चाहता।''

शेयरहोल्डर मीटिंग ख़त्म होने पर भीड़ तितर-बितर हो जाती है। लेकिन इसके बावजूद मंगर रुके रहते हैं। लगभग दो दर्जन निष्ठावान अनुयायी उनके चारों ओर इकट्ठे हैं *और* वे दो घंटों तक उनके सवालों के जवाब देते हैं। वे सीज़ पीनट ब्रिटल का एक बॉक्स खोलते हैं। वे आनंद से इसे खाते हैं और इसके टुकड़े हर जगह उड़ाते हुए बॉक्स अपने आनंदित प्रशंसकों की ओर बढ़ा देते हैं। मैं उनकी कुर्सी से कुछ फुट दूर खड़े होकर उन्हें ग़ौर से देखता हूँ और कभी-कभार अपने ख़ुद के प्रश्न पूछ लेता हूँ। मुझे जो चीज़ सबसे ज़्यादा प्रभावित करती है, वह उनके मस्तिष्क का दायरा और चपलता ही नहीं है, बल्कि उनकी आत्मा की उदारता भी है। शिष्यों के प्रति इस बीमार महारथी का धैर्य, परवाह और दयालुता मेरे दिल को छू जाती है।

''जब मंगर पीछे पलटकर अपनी वित्तीय रोमांचक यात्राओं को देखते हैं, तो यह स्पष्ट हो जाता है कि वे जिसे सबसे ज़्यादा महत्त्व देते हैं, वह उनकी विजय का पैमाना नहीं है, बल्कि जीतने का तरीक़ा है। वे वह समय याद करते हैं, जब उन्होंने और बफ़ेट ने ख़ुशी-ख़ुशी ''वह सबसे अच्छा सौदा'' अस्वीकार कर दिया था, ''जो उन्होंने कभी देखा था'' - स्नफ़ निर्माता को ख़रीदने का अवसर। बस एक पेंच था : कंपनी लत लगाने वाला ऐसा प्रॉडक्ट बेचकर दौलत कमाती थी, जिससे कैन्सर होता था। इस बात से विचलित हुए बिना प्रिट्ज़कर परिवार ने इस बदसूरत रत्न को ख़रीद लिया और लगभग 3 अरब डॉलर का मुनाफ़ा कमाया। इसके बावजूद मंगर को कोई अफ़सोस नहीं है। ''हम ऐसे प्रॉडक्ट पर मुनाफ़ा *नहीं* कमाकर ही अच्छे हैं, जिसके जानलेवा होने का हमें ज्ञान था,'' वे कहते हैं। ''हमें ऐसा क्यों करना चाहिए?''

मंगर का लक्ष्य कभी हर क़ीमत पर जीतना नहीं रहा। ''पैसा उनके लिए बहुत महत्त्वपूर्ण था,'' उनकी बेटी मॉली कहती हैं। ''लेकिन इसे धोखे से जीतना या इसे जीतने के चक्कर में जीवन का युद्ध हार जाना, वे इस तरह के नहीं थे।'' *डैम राइट!* जैनेट लोव द्वारा लिखी मंगर की जीवनी है। इसकी प्रस्तावना में बफ़ेट लिखते हैं,

"41 वर्षों में मैंने कभी चार्ली को किसी से नाजायज़ फ़ायदा उठाने की कोशिश करते नहीं देखा... उन्होंने जानते-बूझते हुए मुझे और दूसरों को सौदे का बेहतर सिरा दिया है। ख़राब परिस्थितियों में उन्होंने हमेशा अपनी उचित हिस्सेदारी से ज़्यादा दोष स्वीकार किया है। अच्छी परिस्थितियों में उन्होंने अपने हिस्से से कम श्रेय स्वीकार किया है। वे सबसे गहरे अर्थ में उदार हैं..."

मंगर पूँजीवाद के एक प्रबुद्ध रूप को अंगीकार करते हैं, जिसमें पुरातनपंथी मूल्य भरे हैं। मिसाल के तौर पर, वे देर से भुगतान करके सप्लायर्स के साथ "नृशंस व्यवहार करने" जैसी घटिया तकनीकों को नापसंद करते हैं। "जीवन में मेरा सिद्धांत है आप भी जीतें, मैं भी जीतूँ," वे कहते हैं। "मैं ऐसे सप्लायर चाहता हूँ, जो मुझ पर भरोसा करें और मैं उन पर भरोसा करूँ। और मैं सप्लायर्स का ज़्यादा से ज़्यादा कसकर फ़ायदा नहीं उठाना चाहता, जितना मैं उठा सकता हूँ।" लेकिन वे न्यायोचितता में अपनी आस्था का सामंजस्य इस वास्तविकता से कैसे करते हैं कि कई दौलतें कम सम्मानजनक तरीक़े से बनी हैं?

मंगर प्रतिक्रिया में अरबपति मीडिया टाइकून समनर रेडस्टोन के बारे में बताते हैं - एक मशहूर रूप से चतुर और "पत्थरदिल कठोर बंदा," जिसने वायाकॉम और सीबीएस में नियंत्रणकारी हिस्सेदारी इकट्ठी की। "लगभग कोई भी उन्हें कभी पसंद नहीं करता था, उनकी पत्नियाँ और संतानें भी," मंगर कहते हैं। "समनर रेडस्टोन और मैंने हार्वर्ड लॉ स्कूल से लगभग एक-दो साल के अंतर से पढ़ाई पूरी की थी और आज उनके पास मुझसे ज़्यादा पैसे हैं। यानी एक तरह से आप कह सकते हैं कि वे सफल हैं। लेकिन मैं इसे इस तरह नहीं देखता हूँ। और इसलिए मैं नहीं सोचता हूँ कि यह सिर्फ़ एक वित्तीय खेल है। मैं सोचता हूँ कि इसे दूसरे तरीक़े से करना बेहतर है... मैं कैसा नहीं बनना चाहता, इसके लिए मैं ज़िंदगी भर समनर रेडस्टोन के उदाहरण का इस्तेमाल करता हूँ।"

जब मैं मंगर से पूछता हूँ कि हम उनसे और बफ़ेट से इस बारे में क्या सीख सकते हैं कि सुखद जीवन कैसे जीना है, तो वे उनके संबंधों की गुणवत्ता और अच्छे, विश्वसनीय लोगों के साथ साझेदारी की ख़ुशी के बारे में बात करते हैं : "वॉरेन अद्भुत साझेदार रहे हैं। मैं उनके लिए एक अच्छा साझेदार रहा हूँ... अगर आप अच्छा साझेदार *पाना* चाहते हैं, तो अच्छे साझेदार बनें। यह काफ़ी सरल तरीक़ा है और इसने बहुत अच्छी तरह काम किया है।" यही सिद्धांत वैवाहिक जीवन में भी लागू होता है : "अगर आप अच्छा जीवनसाथी चाहते हैं, तो उसके हक़दार बनें।"

सर्वश्रेष्ठ प्रयासों के बावजूद मंगर ने अपने हिस्से के कष्ट झेले हैं। उनका पहला बेटा टेडी नौ साल की उम्र में ल्यूकेमिया से मर गया - "एक दुखद, धीमी

मृत्यु। और अंत में वह एक तरह से जानता था कि यह हो रहा था और मैं पूरे समय उससे झूठ बोल रहा था... यह शुद्ध वेदना थी।'' एक तलाक़ भी था। और आँख गँवाना भी। और 52 साल के वैवाहिक जीवन के बाद उनकी दूसरी पत्नी नैन्सी की मृत्यु। ''जीवन विपत्तियों की श्रंखला है और उनमें से प्रत्येक बुरे के बजाय अच्छी तरह व्यवहार करने का अवसर है, यह विचार बहुत, बहुत अच्छा विचार है,'' मंगर कहते हैं। ''मैं सोचता हूँ कि जब मुश्किलें आएँ, तो उन्हें स्वीकार करें। जब वरदान आएँ, तो उन्हें स्वीकार करें। जितनी अच्छी तरह हो सके, पहेलियों को समझने में मज़े लें।''

हास्य बोध के इस्तेमाल से भी मदद मिलती है। डेली जर्नल मीटिंग का एक यादगार दृश्य तब आता है, जब मंगर आठ दशक पहले ओमाहा सेंट्रल हाई स्कूल के छोटे, दुबले लड़के के रूप में अपनी रूमानी असफलताओं को बताते हैं। फ़र्स्ट ईयर में उन्होंने ''सुनहरे बालों वाली देवी'' को डांस के लिए आमंत्रित किया। उसे प्रभावित करने की उम्मीद में उन्होंने सिगरेट पीने की लत का नाटक किया। ''वह नेट की ड्रेस पहने थी और मैंने उसमें आग लगा दी,'' वे कहते हैं। ''लेकिन मेरी बुद्धि ने तेज़ी से काम किया और मैंने उस पर कोका-कोला फेंक दिया और कुछ समय में आग बुझ गई। और यह आख़िरी बार था, जब मैंने उस सुनहरे बालों वाली देवी को देखा था।''

आख़िरकार पाँच घंटों तक लगातार बोलने के बाद मंगर को बताया गया कि उन्हें एक और मीटिंग में जाना है। मैं मंच से उतरने में उनकी मदद करता हूँ और उनकी बाँह पकड़कर सहारा देता हूँ। जब वे चलकर दूर जाते हैं, तो मैं श्रद्धामिश्रित आश्चर्य से भर जाता हूँ। आज मुझे एक महान इंसान से मिलने का सौभाग्य मिला है।

उपसंहार

अमीर से भी ज़्यादा

धन मायने रखता है। लेकिन यह प्रचुर जीवन का अनिवार्य घटक नहीं है

> अगर आप जीवन में सिर्फ़ काग़ज़ के छोटे टुकड़े ख़रीदकर अमीर बनने में ही सफल होते हैं, तो यह एक असफल जीवन है। जीवन दौलत के संग्रह में निपुण होने से बड़ी चीज़ है।
>
> –चार्ली मंगर

एक टेलीविज़न रिपोर्टर ने एक बार बॉब मार्ले से पूछा था, ''क्या आप अमीर इंसान हैं?'' संगीतकार ने सावधानी से जवाब दिया, ''अमीर से आपका क्या मतलब है?'' रिपोर्टर ने अपने प्रश्न को स्पष्ट किया : ''आपके पास बहुत सारी चीज़ें हैं? बैंक में बहुत सारे पैसे हैं?'' मार्ले ने पलटकर सवाल किया : ''संपत्तियाँ आपको अमीर बनाती हैं? मेरे पास उस तरह की अमीरी नहीं है। मेरी अमीरी तो जीवन है, हमेशा के लिए।''

पिछली चौथाई सदी में मैंने विश्व के कई अग्रणी निवेशकों का साक्षात्कार लेने और उनका अवलोकन करने में बहुत सारा समय बिताया है। मैंने अक्सर ख़ुद को इस प्रश्न पर विचार करते पाया है कि कौन सी चीज़ इंसान को अमीर बनाती है। एक सतही मायने में ये निवेशक चरम विजेता हैं। उन्होंने लगभग अकल्पनीय पैमाने पर लॉटरी जीती है, जिसकी बदौलत वे महँगी ज़मीन-जायदाद, नावें, विमान और कला से लेकर रेस कार तक हर चीज़ के विश्व स्तरीय संग्रह ख़रीदने में सक्षम हुए हैं। लेकिन उनकी दौलत उनके लिए सचमुच क्या करती है? इसका उनकी संतुष्टि पर कितना प्रभाव पड़ता है? और अगर उनकी भौतिक दौलत सच्ची प्रचुरता की कुंजी *नहीं* है, तो फिर क्या है?

ये सारे खिलौने और ट्रॉफ़ियाँ लगभग उम्मीद जितना आनंद देती हैं, लेकिन *बहुत* ज़्यादा नहीं। सर जॉन टेंपलटन ने एक बार लिखा था, ''भौतिक संपत्तियाँ आराम देती हैं, लेकिन ख़ुशी या उपयोगिता की दिशा में बहुत कम मदद करती हैं... यह लोकप्रिय धारणा बहुत बड़ी ग़लतफ़हमी है कि ख़ुशी बाहरी परिस्थितियों और परिवेश पर निर्भर करती है।'' काफ़ी हद तक वे सही थे। यह पहचानने के लिए प्रबुद्ध ज़ेन संन्यासी बनने की ज़रूरत नहीं है कि भौतिक आनंद वास्तव में ख़ुशी का एक क्षणिक और अविश्वसनीय मार्ग प्रदान करते हैं। फिर भी मैंने देखा कि टेंपलटन ने ख़ुद सुरम्य बहामस में एक सुंदर घर में रहने का चुनाव किया, जहाँ उनके आस-पास बेहद अमीर लोग रहते हैं। उनका यह चुनाव बताता है कि बाहरी परिस्थितियों का हमारे आनंद पर *कुछ* प्रभाव तो पड़ता है।

मशहूर जुआरी और निवेशक एड थोर्प जीवन के आनंद को प्रदर्शित करते हैं और विशिष्ट तार्किकता के साथ सोचते हैं कि वे अपना जीवन सबसे अच्छी तरह कैसे बनाएँ, ताकि उनके ख़ुश होने की संभावनाएँ बेहतर हो सकें। जीवन समृद्ध करने वाला उनका सर्वश्रेष्ठ निर्णय न्यूपोर्ट बीच, कैलिफ़ोर्निया में समुद्र किनारे वाला मकान ख़रीदना था, जहाँ से वे प्रशांत महासागर में सूर्य डूबने का भव्य दृश्य देख सकते हैं। यह ''आनंद लेने के लिए सर्वोत्तम जगह है,'' थोर्प कहते हैं। ''मैं भीड़ भरे, पागलपन भरे शहर में क्यों रहूँ, जहाँ धुँआ है, गंदगी है, बुरा मौसम और शोर-शराबा है और एक जगह से दूसरी जगह तक पहुँचने के लिए संघर्ष है? मैं तो ऐसी जगह रहूँगा, जहाँ धूप हो, जो सुखद हो, जहाँ मैं बाहर खुले में व्यायाम कर सकता हूँ, जहाँ मैं बहुत सारी सुंदरता का आनंद ले सकता हूँ और पैदल घूमने जा सकता हूँ, नाव चला सकता हूँ तथा स्कूबा डाइविंग कर सकता हूँ।''

थोर्प ने अपना करियर कम वेतन वाले गणित के प्रोफ़ेसर के रूप में शुरू किया था। वे उन विलासिताओं की क़द्र करते हैं, जो निवेश सफलता की बदौलत उन्हें मिली हैं। जब मैं उनसे पूछता हूँ कि क्या कोई ऐसी संपत्ति है, जिससे वे प्रेम करते हैं, तो वे मुस्कराकर कहते हैं, ''मैं अपनी टेस्ला का सचमुच आनंद लेता हूँ। यह बहुत आनंददायक है। यह बस महानतम कार है।'' फिर भी वे इस फ़ंतासी के प्रलोभन में कभी नहीं पड़े कि *ज़्यादा* पैसे, *ज़्यादा* मकान, *ज़्यादा* कारें, *ज़्यादा हर चीज़* इकट्ठी करने के बाद वे ज़्यादा ख़ुश होंगे। ''शायद जीवन में सबसे महत्त्वपूर्ण चीज़ यह है कि आप किसके साथ अपना समय बिताते हैं,'' थोर्प कहते हैं, जो पचपन साल के वैवाहिक जीवन के बाद विधुर हुए और इसके बाद उन्होंने दोबारा शादी की। ''जो लोग बस सामान इकट्ठा करते रहते हैं, वे इसे नहीं समझ पाते हैं। और अंत में उनके पास बहुत सारी चीज़ें होती हैं, लेकिन वे बस उनके पीछे भागने में ही अपनी पूरी ज़िंदगी बरबाद कर देते हैं।''

जैसा थोर्प सुझाव देते हैं, समस्या तब खड़ी होती है, जब हम पैसे और संपत्तियों के पीछे भागने में इतने डूब जाते हैं कि ज़्यादा महत्त्वपूर्ण चीज़ों को देख ही नहीं पाते। हेज फ़ंड मैनेजर के करियर में थोर्प आसानी से अपने शेयरहोल्डर्स की जेब काटकर अपनी जेब में ज़्यादा फ़ीस भर सकते थे। इसके बजाय उन्होंने ख़ुद से पूछा कि अगर *वे* ग्राहक होते, तो वे किसे "न्यायोचित और तार्किक" मानते। फिर उन्होंने अपने पुरस्कार इस तरह तय किए, ताकि ग्राहकों को मुनाफ़ा नहीं होने पर उन्हें कुछ भी नहीं मिले। "जो लोग दूसरे लोगों के बारे में परवाह नहीं करते हैं और अनियंत्रित, घृणित चीज़ें करने के इच्छुक रहते हैं और दूसरे लोगों की जेब काटने के लिए तैयार रहते हैं, वे फ़ायदेमंद स्थिति में नज़र आते हैं," वे कहते हैं। "लेकिन मेरे हिसाब से उनके पास उनकी मनचाही चीज़ें हासिल करने का लाभ होता है। वे जीवन का ज़्यादा कच्चा गोश्त काट सकते हैं। लेकिन वे अच्छी तरह नहीं जीते हैं और उन्हें इस बात का अहसास ही नहीं होता। और जब यह सब ख़त्म होता है, तो उन्होंने बुनियादी तौर पर उनका जीवन बरबाद कर जिया है।"

यह सब हमें एक महत्त्वपूर्ण खंडन की ओर ले जाता है। हमें इस बारे में ज़्यादा तीक्ष्णता से जागरूक रहने की ज़रूरत है कि हम पैसे की ख़ातिर किन चीज़ों का त्याग करना चाहते हैं और किन चीज़ों का त्याग नहीं करना चाहते। इसमें अपने परिवार और मित्रों के साथ समृद्ध संबंध शामिल हो सकते हैं। वे योग्यताएँ और महत्त्वाकांक्षाएँ शामिल हो सकती हैं, जिनकी हम उपेक्षा करते हैं। उन अनुभवों का आनंद लेने का समय शामिल हो सकता है, जो हमें भौतिक रूप से आगे नहीं बढ़ाते हैं। या वे जीवनमूल्य शामिल हो सकते हैं, जिनका उल्लंघन करना लुभावना (और प्राय: लाभदायक) हो सकता है। जब मैं थोर्प से पूछता हूँ कि क्या उन्हें उनके जीवन के चयनों के बारे में कोई अफ़सोस है, तो वे कहते हैं, "मुझे *सिद्धांत* पर आधारित मेरे किसी भी विकल्प-चयन का कोई अफ़सोस नहीं है।" याद रखें, सफल और प्रचुर जीवन का एक पहलू वह आत्मसम्मान है, जो दूसरों के साथ अच्छा व्यवहार करने और उन्हें नुक़सान पहुँचाने से बचने की निरंतर कोशिश से आता है (हमारे सारे दोषों और असफलताओं के बावजूद)।

काम करने की स्वतंत्रता, जब तक कि आप 109 साल के नहीं हों

2015 में इर्विंग काह्न की मृत्यु 109 वर्ष की आश्चर्यजनक उम्र में हुई। उन्होंने अपने जीवनकाल में दो विश्व युद्ध, 1929 का क्रैश, महामंदी, सोवियत संघ का उदय और पतन, कंप्यूटरों का आविष्कार और बहुत कुछ देखा था। बेंजामिन ग्राहम उनके मार्गदर्शक और मित्र थे, जिन्होंने काह्न को बुद्धिमत्तापूर्ण निवेश के रहस्य

बताए थे। उस बुद्धिमत्ता की सहायता से काह्न ने एक सम्मानित निवेश फ़र्म काह्न ब्रदर्स ग्रुप बनाई, जहाँ वे अपने बेटे थॉमस और पोते एंड्रयू के साथ काम करते थे। काह्न का वैवाहिक जीवन 65 वर्ष लंबा था और उनके बहुत से पोते-पोती तथा परपोते-परपोती थे। जैसा मैंने एक पिछले अध्याय में बताया था, काह्न की मृत्यु से कुछ महीने पहले मैंने कुछ प्रश्न टाइप करके एंड्रयू को दिए थे, जिन्होंने अपने दादाजी के कई दिनों तक दिए गए जवाब लिखे थे।

सबसे बढ़कर मैं यह जानना चाहता था कि सिर्फ़ असाधारण रूप से लंबे जीवन की ही नहीं, बल्कि एक सार्थक और संतुष्टिदायक जीवन की कुंजी क्या थी। ''इस प्रश्न का जवाब देना बहुत मुश्किल है,'' काह्न ने कहा। ''हर एक का एक अलग जवाब होगा। लेकिन मेरे लिए परिवार बहुत महत्त्वपूर्ण रहा है।'' और अपने जीवन को पलटकर देखते समय उन्हें सबसे ज़्यादा गर्व और ख़ुशी किस चीज़ से मिलती है? ''परिवार होना, स्वस्थ संतानें होना, यह देखना कि हमने फ़र्म में क्या हासिल किया। इन सबसे मुझे बहुत ख़ुशी मिली है,'' उन्होंने कहा। ''मुझे उन लोगों से मिलकर भी ख़ुशी मिली, जो मुझसे ज़्यादा स्मार्ट हैं और जिन्होंने मुझे महत्त्वपूर्ण जवाब दिए। जीवन में बहुत सारे रहस्य हैं। किसी मोड़ पर आपको सही दिशा पूछनी होती है।''

एक पल के लिए उन बुनियादी घटकों के बारे में सोचें, जिन्होंने समृद्ध रूप से पुरस्कारदायक जीवन बनाने में मदद की। *परिवार। स्वास्थ्य। चुनौतीपूर्ण और उपयोगी काम,* जिसमें उनके ग्राहकों की बचत को दशकों तक सुरक्षित रूप से चक्रवृद्धि करके उनकी सेवा करना शामिल था। और सीखना - ख़ास तौर पर निवेश के पैगंबर बेंजामिन ग्राहम से, जिन्होंने ''मुझे सिखाया कि कंपनियों का कैसे अध्ययन करना है और ख़ुशक़िस्मती या संयोग के विपरीत शोध के ज़रिये इस काम में कैसे सफल होना है।''

काह्न के लिए जीवन की दिन-प्रति-दिन की ज़्यादातर ख़ुशी बौद्धिक खोज से मिली। उन्हें कंपनियों का अध्ययन करने और व्यवसाय, अर्थशास्त्र, राजनीति, टेक्नोलॉजी तथा इतिहास के बारे में पढ़ने में आनंद आता था। उनका एकमात्र शगल हज़ारों पुस्तकें पढ़ना था। उन्होंने अपनी आमदनी के छोटे हिस्से पर जीवनयापन किया और कभी अपनी दौलत की शान नहीं झाड़ी। वे शानदार रेस्तराँओं में आलीशान भोजन के बजाय हैमबर्गर को ज़्यादा पसंद करते थे। उन्होंने आनंद के साथ याद किया कि कैसे 1930 के दशक में उन्होंने उनके प्रिय चीनी रेस्तराँ में अपनी पत्नी के साथ डिनर के लिए 75 सेंट का भुगतान किया था। सौ साल की उम्र के बाद भी काह्न सप्ताह में कई दिन बस से ऑफ़िस जाते थे। जब मैं उनके ऑफ़िस में गया, तो मैं यह देखकर दंग रह गया कि यह कितना साधारण था। उनका उपयोगितापूर्ण फ़र्नीचर घिसा-पिटा नज़र आ रहा था; उनकी घिसी दीवारों

में पुताई की ज़रूरत थी और उनका सबसे उल्लेखनीय डेकोरेशन एक बुलेटिन बोर्ड था, जिस पर उनके परिवार के दर्जनों फ़ोटो और उनके शिक्षक ग्राहम की एक पुरानी तसवीर लगी थी।

''मेरे पिताजी की रुचि विचारों में थी,'' थॉमस काह्न कहते हैं, जो अब पारिवारिक फ़र्म के प्रेसिडेंट हैं। ''वॉल स्ट्रीट के ज़्यादातर लोग इस पेशे में पैसे की ख़ातिर आते हैं। वे आलीशान स्यूट चाहते हैं... वे पाम बीच में जायदाद ख़रीदते हैं, कार और ड्राइवर रखते हैं, जेट ख़रीदते हैं। उनका उद्देश्य उपभोग के लिए ख़र्च करना होता है। इर्विंग के मामले में ऐसा नहीं था... उन्होंने यह कभी भौतिक चीज़ों की ख़ातिर नहीं किया।'' सबसे बढ़कर, उन्हें ''सही होने, अच्छे चयन करने और दूसरों से बेहतर प्रदर्शन करने की संतुष्टि'' में आनंद आता था।

लेकिन कई मायनों में पैसा बहुत ज़्यादा मायने रखता था : इसने काह्न को मनचाहे तरीक़े से जीने और काम करने की अनुमति दी। जैसा थॉमस काह्न कहते हैं, ''आप पूँजी बनाते हैं और फिर आप अपनी हर मनचाही चीज़ कर सकते हैं, क्योंकि आप स्वतंत्र हो जाते हैं।'' मैंने जिन सबसे सफल निवेशकों का इंटरव्यू लिया, वे भी सोचते हैं कि पैसा एक ऐसा जीवन बनाने की स्वतंत्रता दे सकता है, जो उनके जोश और विशेषताओं के साथ सचमुच सामंजस्य में हो। शायद यह सबसे बड़ी विलासिता है, जो पैसे से ख़रीदी जा सकती है। अरबपति बिल एकमैन उनके साहसिक और विवादास्पद दाँवों के लिए मशहूर हैं। उन्होंने एक बार मुझे बताया था, ''बहुत शुरुआत में स्वतंत्रता मेरे लिए सबसे महत्त्वपूर्ण व्यक्तिगत प्रेरणा थी। मैं वित्तीय दृष्टि से स्वतंत्र बनना चाहता था। मैं इतना स्वतंत्र बनना चाहता था कि जो मैं सोचता था, वही कहूँ। और मैं वह करने के लिए पर्याप्त स्वतंत्र होना चाहता था, जिसे मैं सही मानता था।''

अपने ख़ुद के विचित्र और कम भड़कीले स्वभाव वाले काह्न अपनी आत्मा के प्रति सच्चे थे। सौ साल से ज़्यादा उम्र में मैनहैटन में एक ऑफ़िस टॉवर तक की बस से यात्रा करना हममें से ज़्यादातर लोगों को आकर्षक नहीं लगेगा। लेकिन रिटायरमेंट में काह्न की बहुत कम रुचि थी – आर्ट गैलरियों, थिएटर या आनंद के लिए यात्रा करने में भी उनकी ज़्यादा रुचि नहीं थी। ''उन्हें अपने काम में मज़ा आता था,'' थॉमस काह्न कहते हैं। ''यह उनका शौक था।''

इतनी ही महत्त्वपूर्ण बात, दौलत ने काह्न को मानसिक शांति दी। अपने मुनाफ़े को अधिकतम करना उनकी प्राथमिकता कभी नहीं था। उनकी प्राथमिकता तो अपनी पूँजी को सुरक्षित रखना और कई दशकों तक निरंतर बढ़ाना था। उन्होंने भारी कैश रिज़र्व अलग रख दिया था, जिससे उनका मुनाफ़ा तो कम हुआ, लेकिन इससे उन्हें कभी मुश्किल समय में अपने निवेशों को असमय बेचने के लिए विवश

नहीं होना पड़ा। इस स्थिर नींव और ख़र्च की किफ़ायती आदतों के कारण वे किसी भी पैमाने की आर्थिक उथलपुथल को झेल सकते थे। ''अगर बाज़ार नीचे जाता है, तो उससे क्या? आप इसके बाद भी हैमबर्गर खा सकते हैं,'' थॉमस काह्न कहते हैं। ''यह कहने में सक्षम होना सचमुच अच्छी चीज़ है, 'निश्चित रूप से मैं नाख़ुश हूँ। लेकिन मैं इन दूसरे लोगों की तरह दिवालियेपन की कगार पर नहीं हूँ।'''

गहरी जड़ों वाली सुरक्षा का यह अहसास एक मूल्यवान पुरस्कार है। 2008-09 के वैश्विक वित्तीय संकट के दौरान पत्रकारिता उद्योग भी संकट में आ गया। उस समय मैंने एक अंतरराष्ट्रीय पत्रिका के संपादक की अपनी नौकरी गँवा दी और मेरे निवेश भी बुरी तरह गिरे। मेरे दो बच्चे प्राइवेट स्कूल में पढ़ रहे थे और मैं लंदन में मकान का भारी किराया भी दे रहा था, इसलिए मैंने ख़ुद यह विनाशकारी दहशत महसूस की है कि संभवत: मैं अपने परिवार का ख़र्च नहीं उठा पाऊँगा। सौभाग्य से मैंने क़र्ज़ से बचने की सावधानी रखी थी। इसलिए मैं अपने किसी निवेश को बेचे बिना संकट से गुज़रने में कामयाब हो गया। फिर भी, उस यातना के दौर ने मेरे विश्वास को बलवान किया कि सबसे मुश्किल समय में बचने की हमारी क्षमता से ज़्यादा अनिवार्य कुछ भी नहीं है – ना सिर्फ़ वित्तीय दृष्टि से, बल्कि भावनात्मक दृष्टि से भी। जब सब कुछ अच्छी तरह हो रहा होता है, तो इसे भूलना आसान होता है।

पैसा एक अमूल्य ढाल, जीवन की डोर, अनिश्चितता और दुर्भाग्य के ख़िलाफ़ एक अति महत्त्वपूर्ण सुरक्षा प्रदान कर सकता है। लेकिन यह पर्याप्त नहीं है। हमें उन तूफ़ानों का सामना करने के लिए मानसिक दृढ़ता और लचीलेपन की भी ज़रूरत होती है। इसके अलावा, हमें उनका सामना करते हुए पुनर्निर्माण करने की भी ज़रूरत होती है। हममें से ज़्यादातर लोगों के जीवन की गुणवत्ता हमारी वित्तीय स्थिति पर उतनी निर्भर नहीं होती, जितनी कि संतुलन, स्वीकृति, आशा, विश्वास, क़द्र और संकल्पवान आशावाद पर निर्भर करती है। जैसा जॉन मिल्टन ने *पैरेडाइज़ लॉस्ट* में लिखा था, जिसे उन्होंने अंधे होने के बाद बोलकर लिखाया था, ''मस्तिष्क का अपना स्वयं का स्थान होता है और यह अपने अंदर नरक को स्वर्ग और स्वर्ग को नरक बना सकता है।''

''दर्द झेलने की योग्यता''

लोग अक्सर यह मानते हैं कि मशहूर निवेशकों के पास सब कुछ होता है, कि वे दौलत और विशेषाधिकार के सुरक्षा कवच के भीतर रहते हैं, जो उन्हें ज़्यादातर मुश्किलों से बचाता है। लेकिन मैंने उनके साथ पर्याप्त समय बिताया है, इसलिए मैं उनकी मुश्किलों और दुखों को ग़ौर से देख चुका हूँ, जिनमें कटु तलाक़, बीमार

संतानें और बेहद तनाव की अवधियाँ शामिल रही हैं। उनकी दौलत वित्तीय बाज़ारों के उतार-चढ़ाव पर बहुत ज़्यादा निर्भर होती हैं, जो चंचल और क्रूर हो सकता है, उनके सपनों को चूर-चूर कर सकता है, उनके अहं को दंडित कर सकता है और उनकी ग़लत सोच को सबके सामने ला सकता है तथा उन्हें दूसरों की हँसी का पात्र बना सकता है। मोहनीश पबरई कहते हैं कि सभी सर्वश्रेष्ठ निवेशकों में एक अनिवार्य गुण होता है : ''दर्द झेलने की योग्यता।''

2017 में मैं जैसन कार्प से न्यू यॉर्क की एक अट्टालिका की 32वीं मंज़िल के शानदार ऑफ़िस में मिला, जहाँ से सेंट्रल पार्क का नज़ारा दिखता है। कार्प तब टूर्बिलन कैपिटल पार्टनर्स के सीईओ और चीफ़ इनवेस्टमेंट ऑफ़िसर थे। तब वे निवेश जगत के उदीयमान सितारे थे। उन्होंने 1998 में व्हार्टन में अपनी स्नातक कक्षा में चौथा स्थान हासिल किया था, एसएसी कैपिटल में ऊँची उड़ान भरने वाले पोर्टफ़ोलियो मैनेजर बने थे और इतिहास के एक बेहद हॉट हेज फ़ंड स्टार्टअप को शुरू किया था। उनकी फ़र्म ने इसके पहले तीन वर्षों में प्रभावी मुनाफ़े दिए थे और जल्दी ही 4 अरब डॉलर से ज़्यादा की संपत्ति हासिल कर ली थी। आकर्षक, मनोहारी, चतुर और जुनून की हद तक प्रेरित कार्प जिस चीज़ को छूते थे, उसे सोना बना देते थे। उनकी क़िस्मत का सितारा बुलंद नज़र आ रहा था।

लेकिन उनके फ़्लैगशिप फ़ंड ने 2016 में 9.2 प्रतिशत का घाटा उठाया। यह आंशिक रूप से एक असफल दाँव के कारण हुआ, जो उन्हें स्कैंडल की शिकार कंपनी वैलिएंट पर लगाया था। उन्हें इसके दोबारा उठने की उम्मीद थी, जब बाज़ार यह पहचान लेगा कि यह *उतनी* हानिकारक नहीं थी, जितनी नज़र आती थी। इस दौरान एसऐंडपी ने 12 प्रतिशत का मुनाफ़ा दिया। कार्प के अठारह साल के करियर में यह सबसे बुरा वर्ष था। यही नहीं, 2017 की शुरुआत बुरी थी और वे इसे 13.8 प्रतिशत नुक़सान के साथ पूरा करने वाले थे। कार्प ने असफलता के साथ अपनी पहली मुठभेड़ के प्रभाव के बारे में पूरी साफ़गोई से बात की। ''पिछला साल बहुत विनम्र करने वाला था,'' उन्होंने कहा। ''मैंने इसे बहुत व्यक्तिगत रूप से लिया और मुझे बहुत दबाव का सामना करना पड़ा... मुझे महसूस हुआ जैसे मैं पूरे साल माफ़ी माँग रहा था, जो काफ़ी असाधारण था और उस समय की घटनाओं के बारे में बहुत आत्म-शंका भी थी। क्या मेरा प्रदर्शन बुरा था? क्या मैं मूर्ख था? क्या मैं अपनी पकड़ गँवा रहा हूँ?''

कार्प ने कहा, अतीत में ऐसे दौर थे, जब उनके रिटर्न ''लगभग अविश्वसनीय रूप से अच्छे थे। हर कोई जानना चाहता था कि आपका गोपनीय रहस्य क्या है। आप इतने अद्‍भुत क्यों हैं? यह सचमुच आपके दिमाग़ पर हावी हो जाता है।'' अब ऐसा महसूस हुआ, जैसे वे ''बिलकुल शिखर से गिरकर बिलकुल तलहटी तक

आ गए थे। ऐसा लग रहा था, जैसे उन्होंने हमसे अमर होने की अपेक्षा की थी... लेकिन फिर हमने अपनी नश्वरता दिखा दी।''

1980 के दशक में बड़े होते समय कार्प ने वीडियो गेम इतने जुनून से खेले थे कि यह ''पूर्णत: अस्वस्थ'' होने की कगार पर था। लेकिन अपनी बरबाद किशोरावस्था को वे अब अपने निवेश करियर की ''बहुत रचनामूलक और सहायक'' तैयारी मानते हैं। ''उपमा के रूप में वीडियो गेम्स के बारे में एक अच्छी चीज़ यह है कि आप सारे समय मरते हैं,'' उन्होंने स्पष्ट किया। ''आप खेलते हैं, आप खेलते हैं, आप खेलते हैं, आप मरते हैं। आप खेलते हैं, आप खेलते हैं, आप मरते हैं।'' यह इस बात को सीखने का एक हानिरहित तरीक़ा है कि ''लगातार नुक़सान और पराजय को बारंबार स्वीकार किया जाए। और इससे आप परेशान नहीं होते। आप बस इसे करते रहते हैं। और यही निवेश है।''

कार्प कहते हैं कि दूसरे लोगों के धन का प्रबंधन करने के साथ मुश्किल यह है कि ''आप लगातार जाँच के दायरे में रहते हैं। आपकी तुलना हर एक से लगातार की जाती है।'' लेकिन अल्पकाल में आपके रिटर्न आपकी योग्यता, आपकी कार्य संस्कृति और आपकी दीर्घकालीन संभावनाओं का अविश्वसनीय चित्र ही दिखा सकते हैं। ''हर सप्ताह किसी ऐसी चीज़ के आधार पर आपका मूल्यांकन हो रहा है, जिस पर आपका कोई नियंत्रण नहीं है।''

नियंत्रण का यह अभाव यातनामय हो सकता है। इसके बावजूद कार्प तार्किक और निरंतर निवेश प्रक्रिया पर अडिग रहे। लेकिन उनके अंदर यह ''बहुत, बहुत असहज भावना'' प्रबल होने लगी कि ''प्रक्रिया और परिणाम के बीच स्पष्ट संबंध'' नहीं है। उन्होंने टिप्पणी की कि वैज्ञानिक प्रयोगशाला के प्रयोगों के दौरान जानवरों में ''पागलपन उत्पन्न'' कर देते हैं। इस काम के लिए उन्हें बार-बार एक लीवर खींचने के लिए प्रेरित किया जाता था और प्रतिक्रिया रैंडम होती थी, जैसे कभी मिठाई दी जाती है, तो कभी बिजली का झटका दिया जाता है। बहुत ज़्यादा उथल-पुथल भरे और अतार्किक बाज़ार में सक्रिय ट्रेडर होने के नाते वे उन दुर्भाग्यशाली जानवरों की भावनाओं को समझ सकते थे।

''रैंडमनेस यानी यादृच्छिकता इतनी ज़्यादा है कि यह आपको पगला सकती है,'' कार्प ने कहा। इस काम को बहुत लंबे समय तक करने के लिए एक निश्चित तरह के परपीड़क और विचित्र मानसिकता वाले इंसान की ज़रूरत होती है... यह तो वैसा ही है, जैसे आप ख़ुद को बार-बार और बार-बार यातना के हवाले कर रहे हैं। क्योंकि जब आप इसे सही कर लेते हैं, तो यह बेहतरीन महसूस होता है। लेकिन आप इसे अक्सर ग़लत कर देते हैं। और आपको बार-बार लौटना पड़ता है।''

कार्प ने पहचाना कि लचीलापन शेयर बाज़ार और जीवन में सफलता की पूर्व शर्त है। प्रतिस्पर्धी खिलाड़ी होने के नाते वे कॉलेज में अकैडमिक ऑल अमेरिकन और ऑल-आइवी स्क्वैश खिलाड़ी थे। फिर पच्चीस साल की उम्र के आस-पास उन्हें कई प्राणघातक ऑटोइम्यून रोग हो गए। डॉक्टरों ने उन्हें बताया कि तीस साल की उम्र तक उनकी आँखों की रोशनी चली जाएगी। उन्हें हैरानी हुई कि पोषण, नींद और तनाव प्रबंधन संबंधी क्रांतिकारी बदलाव करने से उनकी बीमारी पूरी तरह ठीक हो गई। स्वास्थ्य और स्थायी उत्कृष्टता के प्रति जुनून इतना ज़्यादा था कि उन्होंने टूरबिलॉन के ऑफ़िस में एक जिम, ध्यान कक्ष और पोषक आहार से भरा हुआ किचन भी शामिल किया है। उन्होंने ऑफ़िस में सोडा को प्रतिबंधित कर दिया है। जब कर्मचारियों को नियुक्त करने की बात आई, तो उन्होंने ऐसे लोगों को ख़ास तौर पर नियुक्त किया, जिन्होंने विपत्तियों से उबरने की योग्यता दिखाई हो। चयन प्रक्रिया में वे सीआईए के एक पूर्व प्रश्नकर्ता की मदद लेते थे।

लेकिन 2018 में कार्प ने निर्णय लिया कि बस बहुत हो गया। उन्होंने महसूस किया कि उनकी ''व्यक्तिगत बढ़त चली गई थी,'' कि वे एक ऐसे बाज़ार में कोई महत्त्वपूर्ण मूल्य नहीं बढ़ा रहे थे, जो इंडेक्स फ़ंड्स और मशीनों से होने वाली ट्रेडिंग से संचालित हो रहा था। वे आगे भी कुछ सालों तक काम करके भारी फ़ीस वसूल कर सकते थे, लेकिन उन्हें सामान्य होना बर्दाश्त नहीं था। इसलिए उन्होंने अपने फ़ंड बंद कर दिए, अपने शेयरहोल्डर्स को लगभग 1.5 अरब डॉलर लौटा दिए और हेज फ़ंड व्यवसाय छोड़ दिया।

जब मैं 2020 में उनसे दोबारा मिला, तो कार्प ने मुझे बताया, ''टूरबिलॉन में मेरे आख़िरी कुछ सालों में मैं पूरी तरह क्लीनिकली डिप्रेस्ड था और मैं अपनी सफलता के शिखर पर भी क्लीनिकली डिप्रेस्ड था।'' दौलत, वाहवाही और ग्लैमरस जीवनशैली उन्हें ख़ुश करने में असफल रही थी। ''मैंने निश्चित रूप से रिटायर होने के लिए आवश्यक पैसों से कई गुना ज़्यादा पैसा कमा लिया है,'' उन्होंने कहा। ''लेकिन यह मुझे हमेशा थोड़ा खोखला महसूस होता था... मुझे हमेशा महसूस होता था कि मेरी आत्मा नष्ट हो रही है।'' एक अल्पकालीन दाँव से दूसरे अल्पकालीन दाँव पर अंतहीन भागमभाग करते वक़्त उन्हें यह अहसास भी हुआ कि उनका काम एक लत बन गया था। ''यह बस भाव बढ़ाकर जीतने का बाध्यकारी खेल था... मैं सचमुच कुछ नहीं बना रहा था।''

कार्प पहले अपने जीवन का कायाकल्प कर चुके थे। पच्चीस की उम्र के आस-पास उन्होंने प्रोसेस्ड फूड, शराब, कैफ़ीन, यहाँ तक कि रसायनों वाले शैम्पू या डिओ के ब्रांड को छोड़ दिया था। इस तरह युवावस्था में ही उन्होंने अपनी जीवनशैली को ''बेहद शुद्ध'' बना लिया था। चालीस की उम्र के बाद वे इसे और शुद्ध बना रहे थे। वे ''स्थायी महत्त्व'' की कोई चीज़ बनाने के लिए संकल्पवान

हैं, इसलिए उन्होंने ह्यूमनको नामक एक प्राइवेट होल्डिंग कंपनी बनाई है, जो ऐसे व्यवसायों को समर्थन व पोषण देगी, जो ''ज़्यादा स्वस्थ जीवन जीने में लोगों की मदद करे।'' यह एक विशेषज्ञतापूर्ण क्षेत्र है और उन्हें विश्वास है कि इस क्षेत्र में उनके पास बढ़त है। इसके अलावा साफ़-सुथरा जीने और स्थायित्व पर उनकी कंपनी की एकाग्रता उनके जीवनमूल्यों से गहराई से मेल खाती है।

दोबारा शुरू करते हुए कार्प ने मैनहैटन छोड़ दिया। इसके बाद वे अपनी पत्नी तथा बच्चों के साथ ऑस्टिन, टैक्सास रहने चले गए - यह ''स्वास्थ्य का मक्का'' है, जहाँ ''बेहतर मौसम'' है, ''ज़्यादा आउटडोर जीवन है,'' ''कोई स्टेट या सिटी टैक्स'' नहीं है। वे कहते हैं कि ''यह सकारात्मकता न्यू यॉर्क के मुरझाए हुए फ़ाइनैंस वाले लोगों में नहीं थी।'' यानी उन्हें सबसे ज़्यादा अभिलाषा पैसे की नहीं थी। उनकी चाहत तो एक संतुलित और स्वस्थ जीवन था, दूसरों की मदद करने वाली ''मिशन से संचालित'' कंपनी बनाने का अवसर था और वे अपनी तक़दीर पर नियंत्रण का ज़्यादा अहसास करना चाहते थे। यह कैसा महसूस होता है? कार्प कहते हैं, ''मैं सबसे स्वस्थ और ख़ुश हूँ, पिछले बीस सालों में सबसे ज़्यादा।''

शेयर और स्टोइक

समय-समय पर सभी सर्वश्रेष्ठ निवेशक गड़बड़ी करते हैं या उनकी क़िस्मत साथ नहीं देती, चाहे वे कितने भी सावधान और मेहनती क्यों ना हों। आख़िरकार, वित्तीय बाज़ार जीवन का लघु रूप है - बेहद जटिल और बेहद अनिश्चित। जब जोएल ग्रीनबाल्ट ने 1985 में अपनी निवेश फ़र्म शुरू की, तो उन्होंने जिस पहले विलय सौदे में निवेश किया, उसमें फ़्लोरिडा साइप्रस गार्डन्स शामिल था। यह एक पर्यटन आकर्षण चलाता था, जिसमें शानदार बाग़, फ़्लैमिंगो और वाटर शो थे, जिनमें वाटर स्कीज़ पर सांता क्लॉज़ भी था। कंपनी अधिग्रहण के लिए राज़ी हो गई और ग्रीनब्लाट ने सोचा कि सौदा योजना के अनुरूप होगा। इस विश्वास के आधार पर उन्होंने अपने हिसाब से ''काफ़ी जोखिमरहित'' आरबिट्रेज सौदा कर लिया। फिर एक दिन जब उन्होंने *वॉल स्ट्रीट जर्नल* खोला, तो उन्हें पता चला कि कंपनी का मुख्य पैविलियन सिंकहोल में गिर गया था। सौदा रद्द हो गया और उन्हें ऐसे संवेदनशील समय बड़ा नुक़सान उठाना पड़ा, जब वे ''हर सिक्का गिन'' रहे थे। ग्रीनब्लाट टिप्पणी करते हैं, ''अगर मैं इससे पगला नहीं जाता, तो यह मुझे मज़ेदार दिखता।''

संक्षेप में हम सभी उसके शिकार होते हैं, जिसे हैमलैट ने ''क्रूर भाग्य के पत्थर और तीर'' कहा है। जब तक हम विपत्ति से अच्छी तरह मुक़ाबला करना नहीं सीख लेते, तब तक हम सुखद और सफल जीवन जीने की उम्मीद नहीं कर

सकते। चुनौतीपूर्ण दौर में पबरई मार्कस ऑरेलियस की नक़ल करने की कोशिश करते हैं। ऑरेलियस दूसरी सदी के रोमन सम्राट और स्टोइक दार्शनिक हैं, जिन्होंने अपने लिए ज्ञानवर्धक नोट्स लिखे थे। हालाँकि इन नोट्स को प्रकाशित करने का उनका कभी कोई इरादा नहीं था, लेकिन बाद में ये नोट्स *मेडिटेशन्स* पुस्तक के रूप में प्रकाशित हुए। जैसा मार्कस ऑरेलियस कहते हैं, ''सबसे बड़ी स्पर्धा किसी भी घटना से नहीं बौखलाने का संघर्ष है।'' लेकिन कैसे?

उन्होंने लिखा था, कुंजी ''इस पर अपने पूरे जीवन एकाग्रचित्त रहना है : ताकि आपका मस्तिष्क सही अवस्था में रहे।'' इसमें यह सब शामिल है ''जो भी आता है, उसका पूरे दिल से स्वागत करना,'' ''यह विश्वास करना कि सब कुछ अच्छे के लिए होता है,'' और ''ज़्यादा बार चिंता नहीं करना या किसी स्वार्थपूर्ण उद्‌देश्य से परवाह नहीं करना कि दूसरे लोग क्या कहते हैं, या क्या करते या सोचते हैं।'' मार्कस ऑरेलियस के हिसाब से इसमें कोई तुक नहीं थी कि इंसान अपने नियंत्रण से परे किसी चीज की चिंता या शिकायत करे। इसके बजाय इंसान को अपने ख़ुद के विचारों पर विजय पाना है और सदाचारी जीवन जीना है, ताकि वह अपने नैतिक दायित्व पूरे कर सके। ''व्यवधान सिर्फ़ केवल भीतर से आता है - हमारी ख़ुद की अनुभूतियों से,'' उन्होंने तर्क दिया। ''नुक़सान नहीं होने का चयन करें - और आप नुक़सान महसूस नहीं करेंगे। नुक़सान महसूस नहीं करें - और आपको नुक़सान नहीं होगा। यह आपके जीवन को सिर्फ़ तभी बरबाद कर सकता है, अगर यह आपके चरित्र को बरबाद कर दे। वरना यह आपको नुक़सान नहीं पहुँचा सकता।'' वे ''उस चट्टान की तरह बनना चाहते थे, जिस पर लहरें टकराती रहती हैं। यह अविचलित रहती है और समुद्र की लहरें इसके चारों ओर गिरकर शांत होती हैं।''

यह देखना मुश्किल नहीं है कि कई शीर्षस्थ निवेशक स्टोइक दर्शन की ओर क्यों आकर्षित होते हैं - बिल मिलर से ज़्यादा आकर्षित कौन होगा, जिन्होंने जॉन हॉपकिन्स विश्वविद्यालय से दर्शन शास्त्र में स्नातकोत्तर उपाधि ली थी और 2018 में घोषणा की कि वे विश्वविद्यालय के दर्शन विभाग को 75 मिलियन डॉलर दान दे रहे हैं। वित्तीय संकट के दौरान जब उन्हें घाटा हुआ, तो स्टोइक सहनशीलता के बिना यह उन्हें निवेशक के रूप में पटरी से उतार सकता था।

उस वक़्त मिलर उनकी पीढ़ी के शीर्षस्थ मीच्युअल फ़ंड मैनेजर थे। उनका मुख्य फ़ंड लेग मैसन वैल्यू ट्रस्ट पंद्रह साल तक एसऐंडपी 500 को हराने के लिए मशहूर था। लेकिन 2008 में जब बाज़ार लुढ़का, तो उनसे उनके करियर की सबसे गंभीर विश्लेषणात्मक ग़लती हो गई। उन्होंने इस बात पर दाँव लगाया कि सबसे बुरी तरह चोट खाए वित्तीय शेयर आसमान छूने लगेंगे, जब एक बार फ़ेडरल रिज़र्व पूँजी का इंजेक्शन लगाएगी और तबाही को ख़त्म करने के लिए निर्णायक रूप से

काम करेगी। उन्होंने बियर स्टर्न्स, एआईजी, मेरिल लिंच, फ्रेडी मैक और कंट्रीवाइड फ़ाइनैंशियल जैसे गिरे हुए शेयरों को थोक में ख़रीदा – जो इसके बाद भी गिरते रहे। 2008 में वैल्यू ट्रस्ट को 55 प्रतिशत का घाटा हुआ। उनका छोटा फ़ंड 65 प्रतिशत गिरा।

उनके फ़ंड के निवेशकों ने बाहर की तरफ़ दौड़ लगा दी। मिलर जिन संपत्तियों का प्रबंधन कर रहे थे, वे 77 बिलियन डॉलर से गिरकर 800 मिलियन डॉलर रह गईं। कारोबार कमज़ोर होने पर उनकी टीम के लगभग सौ सदस्यों की नौकरी चली गई। मिलर का उसी समय तलाक़ हुआ था, जिसमें उनकी आधी नेट वर्थ पहले ही जा चुकी थी। बची हुई आधी नेट वर्थ का 80 प्रतिशत उन्होंने तब गँवा दिया, जब बाज़ार में क्रैश हुआ। इसका एक कारण यह भी था कि उन्हें मार्जिन पर निवेश करने की लाइलाज आदत थी। मिलर टैक्सी ड्राइवर के बेटे के रूप में ''बगैर पैसों के बड़े हुए थे।'' वे टिप्पणी करते हैं, ''मुझे सचमुच पैसों के नुक़सान की परवाह नहीं है।'' लेकिन वे यातना में इसलिए थे, क्योंकि उनके कारण दूसरों को दुख हो रहा था। ''इतने सारे कर्मचारियों की छँटनी करना भयंकर था... यह सबसे बुरा हिस्सा था : ग्राहकों को घाटा कराना और कर्मचारियों का नौकरी गँवाना, क्योंकि मैंने गड़बड़ कर दी थी।''

निवेशक बनने से पहले मिलर ने सेना के गोपनीय विभाग में कई साल गुज़ारे थे। वे कहते हैं कि वे ''बहुत भावहीन'' हैं। जब शेयरों के भाव गिरते हैं, तो उनका डिफ़ाल्ट मोड शांत और ख़ुशनुमा बने रहना है। ऐसे मौक़े पर वे दूसरे निवेशकों के भावनात्मक असंतुलन से मुनाफ़ा कमाने के अवसर का सक्रियता से स्वागत करते हैं। लेकिन इस संकट के दौरान दबाव इतना असहनीय था कि उनका वज़न चालीस पौंड बढ़ गया। ''जब मैं तनाव में होता हूँ, तो मैं अनाप-शनाप खाता-पीता हूँ,'' वे स्वीकार करते हैं। ''उस समय मैं हर रात को साल्मन और ब्रोकॉली नहीं खाने वाला था या मिनरल वॉटर नहीं पीने वाला था... मैं एक सीमा तक दर्द झेल सकता हूँ और मैंने वहाँ पर लकीर खींच दी।''

मिलर दर्शन का इस्तेमाल अपने जीवन के हर क्षेत्र में करते हैं। जब मैंने बीस साल पहले उनका पहला इंटरव्यू लिया था, तो उन्होंने स्पष्ट किया था कि कैसे लुडविंग विटजेन्स्टाइन और विलियम जेम्स ने उन्हें सोचना सिखाया और अनुभूति तथा वास्तविकता के बीच फ़र्क़ करने में उनकी मदद की। जब उनके करियर के साथ उनकी वित्तीय स्थिति, उनकी प्रतिष्ठा और उनकी मानसिक शांति पर हमला हो रहा था, तब ''भावनात्मक स्थायित्व'' की ख़ातिर वे एपिक्टेटस और सेनेका जैसे स्टोइक दार्शनिकों की ओर मुड़े। उन्होंने ख़ुद को ''दुर्भाग्य के प्रति उनकी सामान्य नीति'' अपनाने के लिए प्रवृत्त किया। ''बुनियादी तौर पर आप इसे नियंत्रित नहीं कर सकते कि आपके साथ क्या होता है,'' मिलर ने कहा। ''आप तो सिर्फ़ इसके

प्रति अपने नज़रिये को नियंत्रित कर सकते हैं। कोई घटना चाहे अच्छी हो, बुरी हो, तटस्थ हो, उचित हो, अनुचित हो, आप उसके प्रति अपने नज़रिये का चुनाव कर सकते हैं।''

मिलर ने *थॉट्स ऑफ़ अ फ़िलोसॉफ़िकल फ़ाइटर पायलट* को दोबारा पढ़ा। इस पुस्तक में वाइस एडमिरल जिम स्टॉकडेल के युद्धबंदी के रूप में अनुभव बताए गए हैं, जब 1965 में उनके विमान को वियतनाम में गिरा दिया गया था। जब वे अपने जलते हुए विमान से उतरे और शत्रु इलाक़े में पैराशूट से उतरने लगे, तो स्टॉकडेल ने ख़ुद से फुसफुसाकर कहा, ''मैं टेक्नोलॉजी के संसार को छोड़ रहा हूँ और एपिक्टेटस के संसार में प्रवेश कर रहा हूँ।'' उन्होंने अगले साढ़े सात साल क़ैद में गुज़ारे, जिनमें चार साल का एकांतवास शामिल था और दो साल तक पैरों में बेड़ियाँ। उन्हें पंद्रह बार यातना दी गई।

एपिक्टेटस दास के रूप में पैदा हुए थे, लेकिन उन्होंने किसी भी तरह की परिस्थितियों में मानसिक स्वतंत्रता का मार्ग बताया है। उन्होंने सिखाया कि हम किसी बाहरी चीज़ को नियंत्रित करने के बारे में कभी सुनिश्चित नहीं हो सकते, जिनमें हमारा स्वास्थ्य, दौलत और सामाजिक ओहदा शामिल है। लेकिन हम अपने इरादों, भावनाओं और नज़रियों की पूरी ज़िम्मेदारी ले सकते हैं। उन्होंने घोषणा की, ''आपका विनाश और मुक्ति दोनों *आपके भीतर* ही निहित हैं।''

स्टॉकडेल अपने जेलरों को ख़ुद को यातना देने से तब तक नहीं रोक सकते थे, जब तक कि वे राज़ उजागर नहीं कर दें। लेकिन वे अपने ''आंतरिक स्वरूप'' की रक्षा करने के लिए बहादुरी से जूझे। जब उनसे बंदूक की नोक पर सवाल पूछे गए, तो उन्होंने ख़ुद के सामने एक मंत्र दोहराया : ''डर को नियंत्रित करो, ग्लानि को नियंत्रित करो।'' उन्होंने इस बात पर भी ज़ोर दिया कि अमेरिकी क़ैदियों को सार्वजनिक रूप से अपने बंदीकर्ताओं के सामने सलाम नहीं करना चाहिए या जल्दी रिहाई स्वीकार नहीं करना चाहिए। ''स्टोइक दर्शन के अनुसार *सबसे बड़ी* चोट वह होती है, जो इंसान *ख़ुद* को पहुँचाता है, जब वह अपने भीतर के अच्छे इंसान को नष्ट कर देता है,'' उन्होंने लिखा था। ''आप केवल *ख़ुद* के 'शिकार' हो सकते हैं। यह सब इस बारे में है कि आप अपने मस्तिष्क को कैसे अनुशासित करते हैं।''

अपने करियर की सबसे बुरी पराजय का सामना करते हुए मिलर ने उन चीज़ों पर ध्यान केंद्रित किया, जिन्हें वे नियंत्रित कर सकते थे और बाक़ी सब को भुलाने की कोशिश की। प्रेस में उन्हें शर्मसार किया जा रहा था और सोशल मीडिया पर उनकी खिल्ली उड़ाई जा रही थी। ''जब लोग लिखते हैं कि मैं कितना मूर्ख हूँ, तो मुझे ख़ुशी नहीं मिलती,'' वे कहते हैं। लेकिन जैसा उन्होंने स्टोइक दार्शनिकों से सीखा था, ''आप इसे नियंत्रित नहीं कर सकते कि दूसरे लोग आपके बारे में

क्या कह रहे हैं या सोच रहे हैं। आप बस अपनी प्रतिक्रियाओं को नियंत्रित करते हैं।'' उनकी प्रतिक्रिया ''स्पष्टवादी होना, ईमानदार बनना और अपनी ग़लतियों को स्वीकार करना'' था और अपने किए हुए नुक़सान की मरम्मत करने का सर्वश्रेष्ठ प्रयास करना था। ''अपनी प्रतिष्ठा का बचाव करना निश्चित रूप से मेरे लिए महत्त्वपूर्ण नहीं था। बुनियादी तौर पर मेरे लिए महत्त्वपूर्ण यह था कि मैं अपने ग्राहकों का वह पैसा लौटा सकूँ, जो मैंने उनकी तरफ़ से गँवाया था।''

मिलर को कोई शंका नहीं थी कि ''उनके वास्तविक मूल्य से बहुत कम भाव पर'' शेयर ख़रीदने की उनकी रणनीति ''लंबे समय में कारगर होगी।'' उन्होंने दो दशकों तक ख़ुद के सामने यह साबित किया था कि वे ''सस्ती और महँगी चीज़ों के फ़र्क़ को समझते'' थे। इसलिए वे जुटे रहे, पहले लेग मैसन में और फिर उनकी ख़ुद की नई फ़र्म मिलर वैल्यू पार्टनर्स में। फिर भी उनके पास यह पहचानने की विनम्रता थी कि उन्हें अपने मीच्युअल फ़ंड्स में पहले से ज़्यादा डाइवर्सिफ़िकेशन करने की ज़रूरत थी। ''मैं जोखिम और ग़लत होने के बारे में पहले से बहुत ज़्यादा संवेदनशील हूँ,'' वे कहते हैं। ''यह एक स्वीकारोक्ति है कि मैंने कभी नहीं सोचा था कि मैं इतने विनाशकारी तरीक़े से ग़लत हो सकता हूँ, लेकिन मैं हुआ था।''

जिन निवेशकों ने मिलर पर विश्वास क़ायम रखा, उन्हें वित्तीय संकट के बाद अच्छा मुनाफ़ा हुआ। उनका मुख्य मीच्युअल फ़ंड मिलर अपॉर्च्युनिटी ट्रस्ट अगले दशक शीर्ष 1 प्रतिशत अमेरिकी इक्विटी फ़ंड्स में शामिल रहा। इस दौरान मिलर की व्यक्तिगत दौलत भी नई ऊँचाइयों पर पहुँच गई। इससे भी मदद मिली कि उनमें मंदी के दौरान ज़्यादा शेयर ख़रीदने का साहस था। नक़दी जुटाने की ख़ातिर उन्होंने अपनी याट तक बेच दी (अपना विमान नहीं, विमान *कभी नहीं*)।

लेकिन उन्हें सबसे ज़्यादा मुनाफ़ा एमेज़ॉन में उनके भारी व्यक्तिगत दाँव से आया, जिसे उन्होंने दो दशकों से रोककर रखा है। डॉट कॉम बबल के बाद 2001 में उन्होंने अपनी एमेज़ॉन की पोज़ीशन को आक्रामकता से बढ़ाया। फिर उन्होंने ऑप्शन्स में निवेश करके अपने दाँव को और बड़ा कर लिया, जब यह शेयर वित्तीय संकट के दौरान दोबारा गिरा। मिलर मानते हैं कि वे बेज़ोस परिवार के बाहर वे एमेज़ॉन के सबसे बड़े अकेले व्यक्तिगत शेयरहोल्डर हैं। 2020 में मिलर ने मुझे बताया कि एमेज़ॉन अब उनके व्यक्तिगत निवेश पोर्टफ़ोलियो का 83 प्रतिशत हो चुका है।

इन तमाम वर्षों के बाद वित्तीय संकट को पलटकर देखते समय मिलर स्वीकार करते हैं कि ''दर्द और निराशा ज़रा भी फीकी नहीं पड़ी।'' लेकिन वे ख़ुश हैं कि उनके निकाले गए लगभग सभी कर्मचारियों को लगभग तुरंत ही नई नौकरी मिल गई। इसके अलावा, उनका लीवरेज इतना ज़्यादा नहीं था कि यह ''मुझे खेल से

बाहर निकाल देता और मुझे पूरी तरह बरबाद कर देता।'' सबसे अंधकार भरे दिनों में भी उन्हें सस्ते शेयर ख़रीदते रहने की शक्ति मिली, जो ''इतने सारे पैसे गँवाने के बाद किसी कछुए की तरह खोल में घुस जाने से बेहतर था।''

मिलर आगे कहते हैं कि व्यक्तिगत संदर्भ में यह संकट ''बहुत पवित्र करने वाला'' था। विनम्र बने रहना मुश्किल होता है, जब आप ''सही, सही, सही'' होते हैं और ''लोग आपको बताते रहते हैं कि आप अद्‌भुत हैं... इस सारी प्रशंसा में से कुछ अंदर चली जाती है।'' शीर्षस्थ निवेशक होने के नाते आपको ''हर चीज़ के बारे में विशेषज्ञ की तरह अपने विचार व्यक्त करने'' के लिए अक्सर आमंत्रित किया जाता है। लेकिन जब आप ''बहुत ज़्यादा ग़लत'' होते हैं और ''बाज़ार आपको कुचल देता है, तो कोई इस बारे में नहीं सुनना चाहता कि आप क्या सोचते हैं। आपको अंदर देखने और अपनी ग़लतियों का सामना करने और यह देखने के लिए सचमुच मजबूर होना पड़ता है कि क्या आप बेहतर कर सकते हैं। और यह अहं के लिए अच्छा होता है।''

अब जब तूफ़ान गुज़र चुका है, तब मिलर, जो हाल ही में 70 साल के हुए हैं, बेहद सरल जीवन जीते हैं। वे 2.5 अरब डॉलर की संपत्तियों की निगरानी करते हैं – जो उनके पुराने दौर का काफ़ी छोटा हिस्सा है। लेकिन उनकी ऐसी कोई इच्छा नहीं है कि वे ढेर सारे विश्लेषकों और ढेर सारे पैसों के प्रबंधन वाला एक जटिल व्यवसाय बनाएँ। उन्हें चंद विश्वस्त सहयोगियों के साथ काम करना ज़्यादा पसंद है, जिनमें उनका बेटा शामिल है। फ़र्म के मालिक होने के नाते मिलर के पास ''बहुत ज़्यादा स्वतंत्रता'' है, जिसका लेग मैसन में अभाव था, जो काफ़ी बड़ी सार्वजनिक कंपनी थी, जहाँ ''निगरानी बहुत गहन थी।'' उन्हें अब बोर्ड मीटिंग में सफ़ाई भी नहीं देनी पड़ती। जीन्स-टीशर्ट उनका सामान्य पोशाक है। उनका कैलेंडर ज़्यादातर ख़ाली रहता है, ताकि उनके पास अपने काम के सार पर ध्यान केंद्रित करने के लिए काफ़ी समय ख़ाली रहे : ''हर महीने ग्राहकों के लिए मूल्यवर्धन की कोशिश करना।''

अपनी दौलत की वजह से मिलर कई असुविधाओं से बच जाते हैं, जो उनके असली काम से उनका ध्यान भटका सकती थीं, जैसे कार में गैस भराना, कमर्शियल एयरलाइंस में यात्रा करना या यह सोचना कि फ़्लोरिडा तथा मैरीलैंड के उनके घरों की सजावट कैसे करना है। ''मैं अपने समय और सामग्री को नियंत्रित करता हूँ,'' वे कहते हैं। एक बार उन्हें ब्लैक-टाई समारोह में व्याख्यान देने के लिए आमंत्रित किया गया। उन्होंने यह कहकर अस्वीकार कर दिया कि उन्होंने अपना टक्सीडो फेंक दिया था और वे दूसरा कभी नहीं ख़रीदेंगे। मिलर के लिए अपने ख़ुद के तरीक़े से जीने और निवेश करने का कोई तोड़ नहीं है – बंधनमुक्त, स्वतंत्र, किसी के प्रति जवाबदेह नहीं। ''ओह हाँ,'' वे कहते हैं। ''यह सबसे अच्छा है।''

मिलर की कहानी में मेरे लिए दो बहुत मूल्यवान सबक़ हैं। पहला, हर व्यक्ति कष्ट झेलता है। जब मैं ख़ुद कष्ट में रहता हूँ, तो यह याद करने से तसल्ली मिलती है कि मिलर, कार्प, पबरई और जिसका मैंने इंटरव्यू लिया है, हर व्यक्ति ने कष्ट झेला है, चाहे वह कितना भी अमीर या मशहूर क्यों ना हो। एक पुरानी कहावत है, जो फ़िलो ऑफ़ अलैक्ज़ेंड्रिया की कही जाती है : ''दयालु बनें, क्योंकि आप जिससे भी मिलते हैं, हर मनुष्य एक मुश्किल युद्ध लड़ रहा है।'' कोई भी मुश्किल उठाए बिना ऊपर नहीं पहुँचा है। कई ऐसे समय रहते हैं, जब हम सभी को अतिरिक्त समर्थन की ज़रूरत होती है – दर्शन से, आध्यात्मिकता से, परिवार से, मित्रों से या जहाँ से भी हमें यह मिल सकता है। अगर हम इस मुग़ालते में रहते हैं कि बेशुमार दौलत हमें मानसिक कष्ट से मुक्ति दिला देगी, तो हमारा निराश होना तय है। तिब्बती बौद्ध गुरु डिल्गो ख्येंटसे दलाई लामा के गुरु थे और उन्होंने एक बार कहा था, ''जो लोग ख़ुशी, दौलत, शोहरत, शक्ति और साहसिक कार्यों में आनंद की तलाश करते हैं, वे उस नादान बच्चे जैसे होते हैं, जो इंद्रधनुष को पकड़ने की कोशिश करता है और इसे कोट की तरह पहन लेता है।''

दूसरे, लगन का गुण बहुत महत्त्वपूर्ण होता है। कई साल पहले मैंने एक दर्द भरे दौर में पबरई को देखा, जब वे कई मोर्चों पर चुनौतियों से घिरे थे, जिनमें उनके एक बहुत बड़े निवेश हॉर्सहेड होल्डिंग्स का दिवालियापन शामिल था। उन्होंने जवाब दिया, ''इस मामले में मार्कस ऑरेलियस मेरे हीरो हैं। विपत्ति से मुक़ाबला करना एक वरदान है, लेकिन हम इसे तब नहीं देख पाते, जब विपत्ति आती है। विपत्ति अंततः ज़्यादा ऊँचाइयों की ओर ले जाती है।'' पबरई के अजेय आशावाद ने मुझे *मेडिटेशन्स* की एक शानदार पंक्ति की याद दिला दी : ''जब कोई चीज़ तुम्हें दर्द देने का जोखिम पेश करे, तो यह सिद्धांत याद रखना : कोई चीज़ अपने आप में क़तई दुर्भाग्य नहीं है; इसे सहन करना और जीतना बहुत बड़ा सौभाग्य है।''

''मैं संसार का सबसे अमीर इंसान हूँ''

जब मैं सोचता हूँ कि सफल और समृद्ध जीवन का क्या मतलब है, तो जो निवेशक मेरे दिमाग़ में आते हैं, वे हैं अरनॉल्ड वैन डेन बर्ग। वे अरबपति या जीनियस नहीं हैं। वे किसी याट या विमान के मालिक भी नहीं हैं। लेकिन निवेश संसार में ऐसा कोई नहीं है, जिससे मैं उनसे ज़्यादा अभिभूत हूँ। अगर मुझे उन तमाम उल्लेखनीय निवेशकों में से बस एक रोल मॉडल को चुनना होता, जिनका मैंने पच्चीस सालों से अधिक अवधि में इंटरव्यू लिया है, तो वे अरनॉल्ड ही होंगे। उनका भाग्य बहुत ख़राब था, लेकिन उन्होंने बहुत विपरीत संभावनाओं पर विजय पाकर ऐसा समृद्ध जीवन हासिल किया, जो पैसों से आगे तक जाता है।

वैन डेन का जन्म 1939 में एक यहूदी परिवार में हुआ। वे एमस्टर्डम में उसी सड़क पर रहते थे, जिस पर एन फ्रैंक रहती थीं। अगले साल जर्मनी ने हॉलैंड पर हमला किया और इसकी 1,40,000 यहूदी जनसंख्या को मौत के घाट उतारने का अभियान छेड़ दिया। 1945 तक सिर्फ़ 38,000 यहूदी ही बच पाए। वैन डेन बर्ग के माता-पिता लगभग दो साल तक अपने ग़ैर-यहूदी मित्रों हैंक और मैरी बंट के घर में छिपे रहे, जिन्होंने एक दोहरी दीवार के पीछे उनके लिए एक गोपनीय कोठरी बनाई थी। जोखिम यह था कि अरनॉल्ड या उनके बड़े भाई ने अगर कहीं आवाज़ निकाली, तो नाज़ी मकान की तलाशी लेने आ जाएँगे। अगर उन्हें पकड़ लिया जाता, तो उन्हें कॉन्सेंट्रेशन कैंपों में भेज दिया जाता, जहाँ अक्सर बच्चों को सबसे पहले मारा जाता था। इसलिए वैन डेन बर्ग के माता-पिता ने एक ज़बर्दस्त जुआ खेला। उन्होंने यह व्यवस्था की कि वे डच अंडरग्राउंड के माध्यम से बेटों को एमस्टर्डम के बाहर चोरी से भिजवाएँ और इस काम के लिए नक़ली पहचान पत्रों का इस्तेमाल करें।

बचाव के अभियान में तीन साहसी परिवार शामिल थे, जिनके नाम थे, जाडेन, ग्लास और क्रॉमेलिन। इन परिवारों ने इन दोनों लड़कों की रक्षा करने के लिए अपनी ख़ुद की जान जोखिम में डाली और उन्हें छिपने की एक जगह से गोपनीय रूप से दूसरी जगह पर ले गए। आधी सदी बाद ओल्गा क्रॉमेलिन नामक डच महिला ने एक पत्र लिखा, जिसमें उसने बताया कि वह कैसे अरनॉल्ड को ट्रेन से और पैदल एक गाँव में ले गई थी, जहाँ वह कई अन्य यहूदी बच्चों के साथ एक ईसाई अनाथालय में छिपा रहा। उस वक़्त ओल्गा की उम्र सत्रह साल थी और अरनॉल्ड की दो साल। क्रॉमेलिन ने बताया, ''मैं कभी नहीं भूलूँगी कि जब ट्रेन उस स्टेशन पर रुकी, जहाँ हमें उतरना था, तो वहाँ प्लेटफ़ॉर्म पर जर्मन सैनिकों का छोटा समूह था, जिससे मुझे काफ़ी सदमा लगा।'' बातचीत में डूबे हिटलर के हत्यारे सुरक्षा दल के इन सदस्यों ने यहूदी बच्चे या उस किशोर लड़की पर ज़्यादा ग़ौर नहीं किया, जिसने बच्चे की जान बचाने का जोखिम लिया था।

वैन डेन बर्ग छह साल की उम्र तक अनाथालय में रहे। कई साल तक वे यही मानते रहे कि उन्होंने वहाँ इसलिए भेजा गया था, क्योंकि उनकी माँ उन्हें नहीं चाहती थीं। उन्हें अपने भाई से विछोह की यातना भी झेलनी पड़ी, जिसे खेत पर रहने वाले एक निस्संतान दंपति ने आश्रय दिया था। अनाथालय में परिस्थितियाँ भयंकर थीं और भोजन-पानी इतना कम था कि वैन डेन बर्ग को कई बार तो मैदान में मिलने वाले पौधों को खाना पड़ा। ''मैं कुपोषण से मरते-मरते बचा,'' वे कहते हैं। ''छह साल की उम्र में मैं मुश्किल से चल पाता था। ज़्यादातर समय मैं रेंगता था... मेरा ज़िंदा बचना सचमुच किसी चमत्कार से कम नहीं था।''

1944 में एक दिन वैन डेन बर्ग के माता-पिता अपने छिपने की जगह से बाहर निकले और रजिस्टेंस मूवमेंट की एक महिला से मिलने गए, जो उन्हें देहात में अरनॉल्ड और सिगमंड के हालचाल बता सकती थी। जब वे सड़क पर थे, तभी एयर रेड का सायरन बजने लगा और उन्होंने एक क़साई की दुकान में आश्रय लिया। वहाँ काम करने वाले एक नाज़ी सहयोगी को समझ में आ गया कि वैन डेन बर्ग के माता-पिता यहूदी थे और उसने यह ख़बर पुलिस को दे दी। उन्हें गिरफ्तार कर लिया गया, उनसे पूछताछ की गई और उन्हें ऑस्कविट्ज़ भेज दिया।

नरसंहार की विभीषिका में वैन डेन बर्ग के परिवार के 39 सदस्यों की जान गई। लेकिन उनके दोनों अभिभावक बच गए। युद्ध के बाद वे बंट के घर में दोबारा इकट्ठे हुए और अपने बेटे को लाने के लिए अनाथालय गए। ''मैं याद नहीं कर पाया कि वे मेरे माता-पिता थे। मैं उन्हें पहचान नहीं पाया और मुझे सचमुच परवाह नहीं थी। मैं तो सिर्फ़ वहाँ से बाहर निकलना चाहता था,'' वैन डेन बर्ग कहते हैं। ''मेरे डैडी ने कहा कि कुछ और महीनों की देर हो जाती, तो मैं शायद मर जाता। वे मुझे उठाने में बहुत घबरा रहे थे, क्योंकि मेरी हड्डियाँ मेरी चमड़ी से इतनी चिपकी हुई थीं कि उन्हें डर लग रहा था कि कहीं वे टूट नहीं जाएँ।''

कुछ साल बाद परिवार पूर्वी लॉस एंजेलिस के एक ग़रीब और ख़तरनाक इलाक़े में रहने पहुँचा। ''मैं बहुत कमज़ोर, दुबला लड़का था,'' वैन डेन बर्ग कहते हैं। ''जब आप कमज़ोर होते हैं, तो आपको बहुत ज़्यादा सताया जाता है। आप शिकार होते हैं।'' जब वे अपने नए स्कूल में पढ़ने गए, तो उनकी माँ ने उन्हें लीडरहोजेन और लंबे मोजों में बेदाग़ पोशाक पहनाई, जिससे उनके पहले ही दिन कई झगड़े हो गए। एक और प्रभावशाली अनुभव तब हुआ, जब एक युवा ठग उनके पीछे पड़ गया और उसने माँग की कि वे हाई स्कूल में साइकल स्टैंड पर लड़ें। ''मुझे इतना ज़्यादा डर लग रहा था, जितना फ़ायरिंग स्क्वैड के सामने भी नहीं लगता,'' वैन डेन बर्ग कहते हैं। ''उसने मुझे बुरी तरह मारा, जब तक कि वह मारते-मारते थक नहीं गया। मैंने दरअसल किसी तरह का प्रतिरोध ही नहीं किया।''

घर लौटने पर उन्होंने अपने चेहरे पर लगा ख़ून साफ़ किया और नुक़सान का मुआयना किया। ''मुझे एक इलहाम हुआ। मैंने सोचा, ''हे भगवान! मैं इससे इतना डर रहा था, लेकिन परिणाम उतना बुरा नहीं है। ज़रा सोचो, अगर मैं पलटकर लड़ा होता, तो स्थिति इससे बदतर नहीं हो सकती थी... तुरंत ही लड़ाई के मेरे सारे डर दिमाग़ से ग़ायब हो गए। यह चला गया था। यह काफ़ी आश्चर्यजनक कायाकल्प था।''

वैन डेन बर्ग ख़ुद का बचाव करने के लिए संकल्पवान थे, इसलिए उन्होंने बॉक्सिंग सीखी और उन्हें जल्दी ही पहला पंच मारने के लाभ पता चल गए। उनके

भीतर इतना ज़्यादा गुस्सा भरा था – नाजियों के ख़िलाफ़, स्कूल में सताने वालों के ख़िलाफ़, यहूदी–विरोधियों के ख़िलाफ़, जो उन्हें निशाना बनाते थे, जब वे पैदल घर आते थे और अपने माता–पिता के ख़िलाफ़ – कि वे बहुत भयावह लड़ाकू बन गए। उनके तीन सबसे अच्छे दोस्त हिंसक घरों के मज़बूत लड़के थे, जो असंख्य युद्धों में एक–दूसरे की रक्षा के लिए कूद पड़ते थे। उनकी माँ उन पर चिल्लाती थीं और होज से पानी डालती थीं। लेकिन वे सभी उम्र के साथ नरम हो गए और अस्सी की उम्र के बाद आज भी वे एक–दूसरे के क़रीब हैं।

वैन डेन बर्ग ने रस्सियाँ चढ़कर अपनी शक्ति को धीरे–धीरे बढ़ाया, जो उन दिनों ओलिंपिक का खेल था। छह महीनों तक हर दिन दो घंटे अभ्यास करने के बाद उन्होंने एक शत्रु के ख़िलाफ़ रेस लगाई, जिसने कभी चढ़ाई नहीं की थी। उन्हें उम्मीद थी कि वे अपने शत्रु को हरा देंगे, लेकिन वे ऐसा नहीं कर पाए। ''उसने मुझे इतनी बुरी तरह हराया कि मैं तो उसी जगह पर रोने ही वाला था,'' वैन डेन बर्ग कहते हैं। ''मैं बहुत शर्मिंदा था... तभी कोई चीज़ मेरे दिमाग़ में कौंधी : तुम ज़्यादा शक्तिशाली बनना चाहते थे और तुम ज़्यादा शक्तिशाली *बन* रहे हो। तो फिर तुम क्यों छोड़ोगे?''

उनके कोच ने उन्हें एक दूसरे स्कूल के चैंपियन को देखने भेजा, जिसने चढ़ने की एक नवाचारी तकनीक विकसित की थी। उस तकनीक को देखकर वैन डेन बर्ग मंत्रमुग्ध थे। महीनों तक वे आधी रात को जागकर एक आईने के सामने उन गतिविधियों की तब तक नक़ल करते थे, जब तक कि वे उनके मन और शरीर में नहीं समा जाती थीं। वे ख़ुद के सामने दोहराते थे, ''मैं समूह में नंबर वन इंसान हूँ।'' आने वाले वर्षों में उन्होंने ख़ुद को एक सितारा खिलाड़ी में बदला, 3.5 सेकेंड में बीस फ़ुट की रस्सी चढ़कर स्कूल का रिकॉर्ड तोड़ा। वे तीन बार लीग चैंपियन बने और उन चढ़ने वालों के ख़िलाफ़ राष्ट्रीय स्तर पर प्रतिस्पर्धा की, जो पहले ही कॉलेज में थे। यह सफलता का उनका पहला स्वाद था, इस बात का उनका पहला संकेत कि अथक मेहनत और एकाग्र मानसिकता के विश्वास के साथ वे कितना कुछ हासिल कर सकते थे।

शैक्षणिक दृष्टि से उनकी हालत अब भी बहुत ख़राब थी। वे भावनात्मक मुश्किलों से जूझ रहे थे, कक्षा में ध्यान केंद्रित नहीं कर पाते थे और उन्हें सीखने में मुश्किल आती थी। ''मुझे लगता है कि मैं बहुत बुद्धिमान होने के संकेत नहीं दिखा रहा था, इसलिए मेरी माँ ने एक शीर्ष मनोवैज्ञानिक की सेवाएँ लीं। उन्हें लग रहा था कि शायद युद्ध की वजह से मुझे कुछ हो गया था।'' उन्होंने गोपनीय रूप से मनोवैज्ञानिक की यह अटकल सुनी कि शायद कई वर्षों के कुपोषण ने वैन डेन बर्ग के शुरुआती विकास की अति महत्त्वपूर्ण अवस्था में उनके मस्तिष्क को नुक़सान पहुँचाया है।

''इसलिए मेरे मन में हमेशा मेरी यह छवि थी कि मैं बहुत स्मार्ट नहीं हूँ,'' वैन डेन बर्ग कहते हैं। ''देखिए, अगर मैं आपको अपना हाई स्कूल का रिपोर्ट कार्ड बताऊँ, तो आप बहुत हँसेंगे। मेरे आख़िरी साल में ऑटो शॉप के दो पीरियड थे। दो पीरियड जिमनास्टिक्स के। एक स्टडी हॉल। किसके लिए? मैं स्टडी हॉल में अपनी आइसोमीट्रिक्स कसरतें करता था। फिर मेरा एक कैपेला का पीरियड था और गाने के मामले में मैं इतना बुरा था कि एक कैपेला शिक्षक ने तो मुझसे प्रदर्शन के दौरान सिर्फ़ अपने होंठ हिलाने को कहा, क्योंकि वे नहीं चाहते थे कि मेरी वजह से पूरी टीम के प्रयास बरबाद हो जाएँ... मुझमें किसी चीज़ की कोई आंतरिक योग्यता नहीं थी। नहीं। मैंने जो कुछ भी हासिल किया है, उस हर चीज़ में मुझे किसी दूसरे से ज़्यादा प्रयास की ज़रूरत पड़ी है।''

वैन डेन बर्ग के पिता बेहद ईमानदार लेकिन सख़्त थे। उन्होंने उनकी तब तक पिटाई की, जब तक कि उन्होंने पलटकर हाथ नहीं उठाया। बेटों के तेरह साल का होने के बाद वे उनसे खाने-पीने, कपड़ों और मनोरंजन के लिए भुगतान लेने लगे। वैन डेन बर्ग ने लॉन तराशी, कारें धोईं, अख़बार बाँटे, गैस भरी, कचरे के ट्रक में काम किया और फिर क्लास के बाद दिन में चार घंटे तक वुड फ़ैक्ट्री में काम किया।

सोलह साल की उम्र में वे कार ख़रीदने के लिए पैसे बचा रहे थे। उस समय उन्होंने इतनी सफलता से फूल बेचे कि उन्होंने सबसे मूल्यवान सड़क के नुक्कड़ पर फूल बेचने का अधिकार अर्जित कर लिया। संयोग से उस दिन भारी बारिश होने लगी। वे गीले थे, दुखी थे और अपनी बदक़िस्मती पर हैरान थे। कार से जा रही एक अजनबी महिला ने उनके सारे फूल ख़रीद लिए, ताकि बारिश में भीगने के कारण उन्हें सर्दी नहीं हो जाए। वह महिला उन्हें अपने घर ले गई, उन्हें पहनने के लिए सूखी शर्ट दी और उन्हें गर्मी देने के लिए सूप पिलाया। ''मैं उन्हें कभी नहीं भूला,'' वैन डेन बर्ग कहते हैं। ''उस महिला ने मेरे हृदय को स्पर्श कर लिया था... जब कोई आपके हृदय को स्पर्श कर लेता है, तो आप पहले जैसे नहीं रह जाते हैं।''

हाई स्कूल की पढ़ाई बमुश्किल पूरी करने के बाद वैन डेन बर्ग ने कॉलेज जाने की जहमत नहीं उठाई। उन्होंने एक प्रिंटिंग स्टोर में काम किया, जहाँ उनका प्रमोशन सुपरवाइज़र के पद पर हो गया। वे एक बीमा कंपनी में गए, जहाँ वे घर-घर जाकर पॉलिसी बेचते थे। बाद में उन्होंने एक वित्तीय सेवा फ़र्म की तरफ़ से मीच्युअल फ़ंड बेचने का काम किया। इस बीच उन्होंने अपनी हाई स्कूल की गर्लफ़्रेंड से शादी कर ली, लेकिन वह किसी दूसरे पुरुष के चक्कर में उन्हें छोड़कर चली गई। फिर कई सालों तक गहरे डिप्रेशन का दौर चला और वैन डेन बर्ग को मनोविश्लेषक की ज़रूरत पड़ी। वे जानते थे कि वे खुशक़िस्मती से ज़िंदा थे, क्योंकि हॉलैंड के उस युद्ध में बहुत कम यहूदी बच्चे ज़िंदा बच पाए थे। लेकिन वे अपने ही मन के बंदी हो

गए थे। ''मैं क्रोध की जीती-जागती मूर्ति था,'' वे कहते हैं। वे अपनी पूर्व-पत्नी पर आगबबूला थे और नरसंहार से छलनी थे।

बरसों तक वे यह समझने की कोशिश करते रहे कि एमस्टर्डम में उस किशोरी ने उन्हें क्यों बचाया। वह ''किसी अजनबी के लिए जिसे वह जानती भी नहीं थी,'' क्यों ''अपनी जान देने के लिए तैयार'' थी? और कैसे उस किशोरी के माता-पिता ने उस किशोरी को ''आत्मघाती मिशन'' पर जाने की अनुमति दी। वैन डेन बर्ग के मनोविश्लेषक ने उन्हें बताया, ''यह आसान है। अगर आपका जीवन आपके सिद्धांतों से ज़्यादा महत्त्वपूर्ण है, तो आप अपने सिद्धांतों की कुर्बानी दे देते हैं। अगर आपके सिद्धांत आपके जीवन से ज़्यादा महत्त्वपूर्ण हैं, तो आप अपने जीवन की कुर्बानी दे देते हैं।'' इस अंतर्दृष्टि का ''मुझ पर गहरा प्रभाव पड़ा,'' वैन डेन बर्ग कहते हैं। उन्होंने ''अपने जीवन में कुछ करने की'' और ऐसे सिद्धांतों के अनुरूप जीने की गहरी इच्छा विकसित की, जो उन्हें बचाने वालों के समान हों।

जब वे फ़ंड बेच रहे थे, उन वर्षों में वैन डेन बर्ग शेयर बाज़ार पर मुग्ध हो गए और यह टटोलने लगे कि कुछ निवेशक दूसरों से बेहतर प्रदर्शन क्यों करते हैं। इससे वे बेन ग्राहम की पुस्तकों के अध्ययन की ओर गए। बहुत ज़्यादा डिस्काउंट पर शेयर ख़रीदने की अवधारणा ने उन्हें तुरंत ही प्रभावित कर दिया। वैन डेन बर्ग की माँ चतुर व्यवसायी थीं, जो ऑस्क्विट्ज़ में सामान बेचकर ज़िंदा बची थीं। उन्होंने पहरेदारों को पैसे दिए थे, ताकि वे उन्हें और उनके पति को अतिरिक्त ब्रेड दें। वैन डेन बर्ग की माँ ने हमेशा इस बात पर ज़ोर दिया था कि किसी भी चीज़ को रिटेल प्राइस पर ख़रीदना मूर्खतापूर्ण है। उनके नियम को शेयरों पर लागू करना स्वाभाविक लगा। जब एक बेईमान सहकर्मी को मैन ऑफ़ द मंथ के रूप में सम्मानित किया गया, तो वैन डेन बर्ग ने अपनी नौकरी छोड़ दी और अपनी निवेश फ़र्म शुरू करने का निर्णय लिया। यह 1974 की बात थी, जब वे पैंतीस साल के थे। उनके पास कॉलेज की कोई डिग्री, कोई प्रासंगिक अनुभव, कोई व्यावसायिक योजना, कोई ऑफ़िस, कोई ग्राहक, कुछ भी नहीं था।

लेकिन अपने नए काम में भी उन्होंने ख़ुद को उतने ही पूर्ण समर्पण से झोंका, जितना समर्पण उन्होंने रस्सी पर चढ़ने में दिखाया था। उनके मनोविश्लेषक ने उन्हें बताया कि वे तब उन मानसिक रणनीतियों को अपनाकर विजयी हुए थे, जिनका इस्तेमाल पेशेवर खिलाड़ी नियमित रूप से करते हैं - स्पष्ट लक्ष्य तय करना, निर्दोष तरीक़े से प्रदर्शन करने की कल्पना करना और तमाम शंकाओं और डरों को बाहर निकालने के लिए दृढ़ कथनों को दोहराना, जब तक कि उनकी जगह पर अटल आत्मविश्वास नहीं आ जाए। वैन डेन बर्ग अवचेतन मन की शक्ति का दोहन करने की ऐसी तकनीकों के प्रति जुनूनी थे और उन्होंने एक प्रयोग में ख़ुद को ऐसा इंसानी गिनी पिग बना लिया, जो कभी नहीं रुकता था। अपने बिखरे विचारों को

केंद्रित करने के लिए उन्होंने हर दिन ख़ुद को सम्मोहित करना सीखा। उन्होंने अपने मन को प्रेरक दृढ़ कथनों से भर लिया और धीरे-धीरे ख़ुद को कमज़ोर करने वाले विश्वास से मुक्त कर लिया कि वे अक्षम और अयोग्य हैं। उन्होंने जेम्स एलन जैसे लेखकों की प्रेरक पुस्तकें पढ़ीं और बार-बार 1901 में प्रकाशित पुस्तक की ओर लौटे, जिसे वे अपनी बाइबल मानने लगे : *फ़्रॉम पॉवर्टी टु पॉवर।*

एलन एक फ़्रीथिंकर थे, जो ईसाइयत और बौद्ध धर्म से ओत-प्रोत थे। उन्होंने वैन डेन बर्ग के मन में यह विश्वास बिठा दिया कि वे अपनी ख़ुद की मानसिक अवस्था की जिम़्मेदारी लें और चोट पहुँचाने वाले हर व्यक्ति को क्षमा कर दें जिनमें नाजी शामिल थे, ताकि वे अपने क्रोध से मुक्त हो जाएँ। उनका मूल मंत्र था कि संसार को सुधारने के लिए पहले ख़ुद को सुधारने पर ध्यान केंद्रित करें। ''अपने विचारों से आप अपने जीवन, अपने संसार, अपनी सृष्टि को बनाते या बिगाड़ते हैं,'' एलन से सिखाया। ''जैसा आप विचार की शक्ति से भीतर बनाते हैं, आपका बाहरी जीवन और परिस्थितियाँ उसी के अनुरूप हो जाएँगी... जो व्यक्ति अशुद्ध, अनैतिक और स्वार्थपूर्ण है, वह बिना किसी ग़लती के निश्चित दुर्भाग्य और विनाश की ओर जा रहा है; जो व्यक्ति शुद्ध, निःस्वार्थ और उदात्त है, वह उतनी ही निश्चितता से ख़ुशी और समृद्धि की ओर जा रहा है।''

वैन डेन बर्ग अपनी परिस्थितियों को बेहतर बनाने के लिए उतावले थे, इसलिए उन्होंने अपने चरित्र को बेहतर बनाने का बीड़ा उठा लिया। वे कई आध्यात्मिक मार्गों से बुद्धिमत्ता की खोज करने लगे, जो आजीवन आदत बन गई। उन्होंने सत्य का पीछा करने की क़सम खाई, जहाँ भी यह उन्हें ले जाए। ईमानदारी और सत्यनिष्ठा उनके मार्गदर्शक सिद्धांत बन गए और उन्होंने एलन के इस कथन को दिल में बैठा लिया कि ''जो अमीर सद्गुणों से रहित होता है, वह वास्तव में ग़रीब है।'' इसके बाद वैन डेन बर्ग ने अपने या दूसरों के बारे में नकारात्मक विचारों को अपने मन में रहने की अनुमति नहीं दी, जो उनकी ऊर्जा कम कर देते थे। पहले वे कभी द्वेष और शत्रुता से भरे थे, लेकिन अब उन्होंने ''मैं एक प्रेमपूर्ण इंसान हूँ'' जैसे सकारात्मक कथन कहकर अपना पुनर्निर्माण किया।

उनमें कॉलेज शिक्षित बौद्धिक मिथ्याभिमानी का कोई संदेहवाद नहीं था, कोई नकारात्मकता नहीं थी। उन्हें पूरा विश्वास था कि वे चेतन रूप से अपने मस्तिष्क की दोबारा प्रोग्रामिंग करके सुनहरा भविष्य बना सकते हैं। उन्हें जो चीज़ अलग करती थी, वह थी बेहतर इंसान बनने की अजेय इच्छा और अटल लगन। ''मैं हमेशा आत्मसुधार पर काम करना चाहता हूँ, जिस दिन तक मैं मर नहीं जाऊँ,'' वे कहते हैं। ''अंततः ये तीन चीज़ें मेरे लिए सबसे महत्त्वपूर्ण हैं। अपने विश्वासों से कभी समझौता नहीं करें। आप जो हैं, उससे कभी संतुष्ट नहीं हों; सिर्फ़ उससे संतुष्ट हों जो आप बन सकते हैं। और कभी हार नहीं मानें।''

वैन डेन बर्ग ने *बैरन्स* से एक फ़ोटोग्राफ़ काटा, जिसमें एक शीर्षस्थ निवेशक थ्री पीस सूट में अपनी डेस्क के पास विश्वासपूर्वक खड़ा था। वे इस फ़ोटोग्राफ़ को हर दिन निहारते थे और सफल मनी मैनेजर के रूप में ख़ुद की कल्पना करते थे। उन्होंने किसी भी साल 15 प्रतिशत से अधिक घाटे के बिना हर साल 15 प्रतिशत मुनाफ़े का औसत लक्ष्य तय किया - एक ऐसा लक्ष्य, जिसे उन्होंने अगले तीन दशकों तक सचमुच हासिल किया। उन्होंने अपने स्टूडियो अपार्टमेंट से सारा सामान हटाया, बीच में डेस्क रखी और ख़ुद को निवेश पुस्तकों से घेर लिया। उन्होंने शतरंज छोड़ दी, जिससे वे प्रेम करते थे, क्योंकि इससे उनका ध्यान भटकता था। उन्होंने सिर्फ़ एक बार गोल्फ़ खेला और इसके बाद वे इस नतीजे पर पहुँचे, ''यह एक ऐसा खेल है, जिसमें मैं नहीं जाऊँगा, क्योंकि यह मेरे मस्तिष्क में बेड़ियाँ पहना देगा।'' जब एक गर्लफ्रेंड ने पूछा कि क्या वह उनके लिए डिनर पका सकती है, तो उन्होंने उसे बताया कि उन्हें अध्ययन करना था। उसने उन पर आरोप लगाया कि उनका व्यवहार संन्यासी जैसा था।

वैन डेन बर्ग ने कॉमन सेंस से भरी निरंतर निवेश पद्धति विकसित की। दूसरी चीज़ों के अलावा उन्होंने सैकड़ों अधिग्रहणों का विश्लेषण किया और एक रिकॉर्ड बनाया कि अधुनातन निजी ख़रीदार विभिन्न प्रकार के व्यवसाय ख़रीदते समय कितने पैसे देते हैं। फिर उन्होंने कुछ व्यवहारिक नियम बनाए, जिनका उल्लंघन वे कभी नहीं करते थे। मिसाल के तौर पर, वे किसी शेयर में निवेश तब तक नहीं करेंगे, जब तक कि यह इसके निजी बाज़ार मूल्य से 50 प्रतिशत कम भाव पर नहीं मिल रहा हो। और जब भी कोई शेयर ऊपर उठकर इसके निजी बाज़ार मूल्य के 80 प्रतिशत तक पहुँच जाता था, तो वे उसे बेच देते थे।

उनका अटल अनुशासन और वैल्युएशन्स पर दृढ़ एकाग्रता ने उन्हें सही मार्ग पर क़ायम रखा। 1974 के क्रैश के बाद ज़्यादातर निवेशक शेयरों से दूर रहे। लेकिन भाव इतने कम थे कि वैन डेन बर्ग ख़रीदने में नहीं हिचके और इसकी बदौलत उन्होंने व्यवसाय के अपने पहले दशक में काफ़ी मुनाफ़ा कमाया। फिर जब 1987 के बबल में भाव बढ़े, तो उन्हें कोई चीज़ इतनी सस्ती नहीं मिली कि वे उन शेयरों की जगह पर उन्हें ख़रीदें, जिन्हें उनके फ़ौलादी नियमों के कारण बेचने की ज़रूरत पड़ गई थी। कुछ ही समय में उनके बढ़ते ग्राहकों की लगाई आधी संपत्तियाँ नक़दी में थीं। कई नाराज़ थे। फिर भी डेन बर्ग ने किसी हिचक के बिना ख़ुद से कहा, ''अपने अनुशासन पर अडिग रहकर तुम सही चीज़ कर रहे हो... हो सकता है कि तुम कारोबार से बाहर हो जाओ, लेकिन तुम सही चीज़ कर रहे हो। और इससे मुझे तुरंत राहत मिली।'' इसके बाद जल्दी ही बाज़ार एक दिन में 22.6 प्रतिशत गिर गया। ''हर कोई दहशत में आ रहा था और मेरी हालत कैंडी स्टोर में फँसे बच्चे जैसी थी।''

वैन डेन बर्ग की फ़र्म सेंचुरी मैनेजमेंट को ठोस तरीक़े से मुनाफ़े में रहने के लिए एक दशक से ज़्यादा समय लगा। उन मुश्किल वर्षों में उन्हें प्रेम हो गया और उन्होंने पुनर्विवाह कर लिया। उस वक़्त उन पर 20,000 डॉलर का क़र्ज़ था और वे अपनी नई पत्नी एलीन तथा उसके दो छोटे बच्चों का तो क्या, ख़ुद का भी पेट नहीं पाल सकते थे। जल्दी ही उनके यहाँ तीसरी संतान आ गई। वे लॉस एंजेलिस में 1,500 वर्ग फुट के एक मकान में रहते थे और गैराज का इस्तेमाल अतिरिक्त बेडरूम के रूप में करते थे। फिर उन्होंने लगभग 3,50,000 डॉलर में ऑस्टिन, टैक्सास में एक सामान्य घर ख़रीदा और तब से वे वहीं रहते हैं। ''मैं इसे नहीं बेचूँगा,'' वैन डेन बर्ग कहते हैं। ''हम इससे प्यार करते हैं।''

कारोबार फैलने पर वैन डेन बर्ग इतने ज़्यादा दौलतमंद और मशहूर हुए, जितनी उन्होंने कल्पना भी नहीं की थी। उनका नाम द *वर्ल्ड्स 99 ग्रेटेस्ट इनवेस्टर्स* नामक पुस्तक में शामिल किया गया, जिसने उन्हें 38 साल तक हर साल औसतन 14.2 प्रतिशत मुनाफ़ा देने के दुर्लभ काम के लिए प्रशंसित किया। बहुत से एसेट मैनेजर उनकी कंपनी ख़रीदना चाहते थे। वे इसे शायद 100 मिलियन डॉलर से भी ज़्यादा में बेच सकते थे। लेकिन क्या वे यह भरोसा कर सकते थे कि ये लच्छेदार बात करने वाले लोग अपनी स्वार्थपूर्ति के बजाय उनके ग्राहकों के सर्वश्रेष्ठ हित में काम करेंगे? जब एक बैंक के चार दूतों ने उन्हें उनकी फ़र्म बेचने के लिए राज़ी करने की कोशिश की, तो उन्होंने उन्हें बता दिया, ''मैं किसी भाव पर नहीं बेच रहा हूँ। मैं बेचने से पहले इसे बंद कर दूँगा।''

वास्तविकता में वे कभी गंभीरता से अमीर बनने के महत्त्वाकांक्षी नहीं थे। शुरुआत में उनका लक्ष्य 2,50,000 डॉलर का फ़ंड बनाना था – जो दस साल तक उनकी आजीविका चला सके। ''मुझे परवाह नहीं थी कि मैं मिलियनों डॉलर कमाता हूँ या नहीं,'' वे कहते हैं। ''मैं तो बस वित्तीय दृष्टि से स्वतंत्र बनना चाहता था और किसी के अधीन नहीं रहना चाहता था... पैसों या बिल या वित्तीय विपत्ति के बारे में चिंता नहीं रहना विलासिता है।''

उनकी हैसियत वाले इंसान के हिसाब से उनकी जीवनशैली निश्चित रूप से काफ़ी सामान्य है। ''मुझे भौतिक चीज़ों की कभी ज़रूरत नहीं रही,'' वे कहते हैं। ''मेरी बड़े घर जैसी किसी चीज़ में कोई रुचि नहीं रही... यह मुझे बिचका देता है।'' वे शराब नहीं पीते, शाकाहारी हैं, योग के प्रति जोश रखते हैं और आलीशान रेस्तराँओं में दावत उड़ाने के बजाय पुस्तकों से भरे अपने ऑफ़िस में बीटरूट स्मूदीज़ पीना ज़्यादा पसंद करते हैं। ''मेरी कपड़ों में कोई रुचि नहीं है,'' वे कहते हैं। ''मेरे पास सिर्फ़ तीन सूट हैं।'' कई सालों तक वे निसान मैक्ज़िमा कार चलाते थे, क्योंकि ''यह वह सर्वश्रेष्ठ मूल्य है, जो आपको किसी कार में मिल सकता है।'' जब उनके एक बच्चे ने पूछा कि उन्होंने मर्सिडीज़ क्यों नहीं ख़रीदी, तो उन्होंने स्पष्ट किया

कि वे भड़कीली कार चलाकर ''भड़कीले नहीं बनना'' चाहते : ''मैं ऐसे लोगों के साथ नहीं जुड़ना चाहता, जो उस तरह सोचते हैं।'' कुछ साल पहले उनकी पत्नी ने आख़िरकार उन्हें राज़ी किया कि वे अपनी दस साल पुरानी एक्यूरा से विदाई लेकर लेक्सस ख़रीद लें। ''वह मेरी ख़ातिर इसे ख़रीदने में इतनी रोमांचित थी कि मैं इनकार नहीं करना चाहता था, क्योंकि वह बहुत ज़्यादा रोमांचित हो गई थी,'' वे याद करते हैं। ''इसे चलाते समय पहलेपहल तो मुझे संकोच हो रहा था।''

एक बार जब वे अपने वित्तीय भविष्य के बारे में ''पूरी तरह सुरक्षित'' महसूस करने लगे, तो इसके बाद कोई फ़र्क़ नहीं पड़ता था कि वे इससे ज़्यादा कितने पैसे कमाते हैं। ''मैं संसार का सबसे अमीर इंसान हूँ, क्योंकि मेरे पास जो है, मैं उससे संतुष्ट हूँ,'' वैन डेन बर्ग कहते हैं। ''मैं ज़्यादा दौलतमंद इसलिए महसूस नहीं करता, क्योंकि मेरे पास ज़्यादा पैसे हैं, बल्कि इसलिए करता हूँ, क्योंकि मेरे पास स्वास्थ्य है, अच्छे दोस्त हैं, एक बेहतरीन परिवार है। समृद्धि इन सारी चीज़ों के बारे में है : स्वास्थ्य, दौलत, ख़ुशी, मानसिक शांति। समृद्ध व्यक्ति के पास यह सब होता है, सिर्फ़ बहुत सारे पैसे ही नहीं होते। सिर्फ़ पैसों का कोई मतलब नहीं होता।'' वे 10 मिलियन डॉलर वाले एक पूर्व ग्राहक को याद करते हैं, ''जो पैसों के संग्रह के लिए इतना उत्सुक था कि वह चंद सेंट बचाने के लिए मुझे मिस्ड कॉल देता था।''

''सबसे महत्त्वपूर्ण चीज़ जिसकी लोगों को ज़रूरत है, वह है प्रेम – और जितना कम प्रेम उनके पास होता है, उन्हें इन भौतिक चीज़ों की उतनी ही ज़्यादा ज़रूरत होती है,'' वैन डेन बर्ग कहते हैं। ''वे पैसे की, किसी उपलब्धि की या किसी बाहरी चीज़ की तलाश करते हैं, जो उन्हें मान्यता दे। लेकिन उन्हें बस इसकी ज़रूरत है कि वे किसी को प्रेम दें और कोई उन्हें प्रेम दे। देखिए, मेरी पत्नी को कभी पता नहीं होता कि हमारे पास कितना पैसा है। वह कभी परवाह नहीं करती और वह इसके बारे में कभी नहीं सोचती, जब तक कि वह यह नहीं सोचे कि वह किसी दूसरे पर इसे ख़र्च करने के लिए इसका कैसे इस्तेमाल कर सकती है।''

प्रताड़ित और उपेक्षित बच्चों के लिए रहवासी उपचार केंद्र उनका प्रिय परोपकारी उद्देश्य है। वैन डेन बर्ग और उनकी पत्नी ने ऐसे सैकड़ों बच्चों के लिए पुस्तकें और खिलौने ख़रीदे हैं। उनकी पत्नी इन बच्चों के साथ बीस साल से क़रीबी तौर पर काम कर रही हैं। वैन डेन बर्ग ने वित्तीय मुश्किलों वाले कई लोगों की चुपचाप मदद की है, आम तौर पर छोटे लेकिन महत्त्वपूर्ण तरीक़ों से – किसी ऐसी क्लास के लिए भुगतान देना, जिससे वे बेहतर आजीविका कमा सकें या किसी बीमार बच्चे के लिए मेडिकल बिल देना। दूसरों की मदद करने में सक्षम होना, वैन डेन बर्ग कहते हैं, ''वह सबसे बड़ा वरदान है, जो पैसे ने मुझे दिया है।''

वे दूसरे लोगों से कैसे व्यवहार करते हैं, कई सालों तक यह देखने के बाद मुझे सबसे ज़्यादा प्रभावित यह चीज़ करती है कि उन्हें दूसरों को मार्गदर्शन देने,

उनका समर्थन करने और उन्हें प्रेरित करने में शुद्ध आनंद आता है। वे लोगों को (जिनमें मैं भी शामिल था) सम्मोहित करने में आनंदित होते हैं और जब वे गहरी शिथिल अवस्था में उनके ऑफ़िस के फ़र्श पर लेटे होते हैं, तो अवचेतन मन में सकारात्मक सुझाव भरने में आनंद आता था। वे बहुत ज़्यादा रोमांचित हो जाते हैं, जब वे सम्मोहन में अपने रोमांचक करतबों की विभिन्न झलकियों को याद करते हैं। जैसे वह समय जब उनका बेटा स्कॉट सम्मोहन में शॉटपुट चैंपियन जीत गया, हालाँकि उनका मोच वाला टखना पट्टे में था। वैन डेन बर्ग ग़रीब बच्चों, कॉलेज विद्यार्थियों और क़ैदियों को व्याख्यान देने से प्रेम करते हैं, जिनमें वे नरसंहार और उनके ख़ुद के संघर्षों से सीखे सबक़ बताते हैं। और वे लगातार उन पुस्तकों का उपहार देते हैं, जिन्होंने उनकी यात्रा में मदद की है, जिनमें *फ़्रॉम पॉवर्टी टु पॉवर* का एक विशेष संस्करण है, जिसे रिप्रिंट कराने के लिए उन्होंने अपनी जेब से पैसे दिए। ''मैं महसूस करता हूँ कि यह वह सबसे अच्छा उपहार है, जो मैं किसी को दे सकता हूँ, चाहे वे ग़रीब हों या अमीर, क्योंकि यह पुस्तक उनकी ज़िंदगी बदल सकती है,'' वे कहते हैं। ''इसलिए पुस्तकें उपहार में देना मेरा शौक है।''

वैन डेन बर्ग अक्सर सोचते हैं कि वे नरसंहार में क्यों बचे। ''क्या यह सिर्फ़ क़िस्मत की बात थी?'' वे पूछते हैं। ''आप कह सकते हैं, हाँ, क्योंकि मैं बस एक आँकड़ा हूँ। लेकिन किसी तरह, मेरे मन में हमेशा यह भाव रहता है कि मेरे जीवन का कोई उद्देश्य था, कि मुझे बचाया गया था। इसलिए मैं लोगों का जीवन बदलना चाहता हूँ। अपने दृष्टिकोण से सोचने के लिए नहीं। बस इसे बेहतर बनाने के लिए।''

अपने ऑफ़िस की फ़ाइलिंग कैबिनेट्स के भीतर वे उसे रखते हैं, जो उनकी सबसे मूल्यवान संपत्ति हो सकती है : बहुत सारे मर्मस्पर्शी पत्र, जो उन लोगों ने लिखे हैं, जिनकी उन्होंने मदद की है, जिनमें असंख्य मित्र, ग्राहक, अजनबी और उनके ख़ुद के बच्चे शामिल हैं। ''आपने लोगों के जीवन पर फ़र्क़ डाला, यह जानने की ख़ुशी – यह ऐसी चीज़ है, जो आपसे कोई नहीं छीन सकता,'' वे कहते हैं। ''देखिए, ऐसी बात नहीं है कि मैंने अपना जीवन निरर्थक जिया। उन लोगों को देखें, जिनकी ज़िंदगी मैंने बदली है।'' वैन डेन बर्ग अपने पत्रों के ख़ज़ाने की ओर संकेत करते हैं और कहते हैं, ''यह मेरा बैंक अकाउंट है।''

आभार

यह पुस्तक कई उल्लेखनीय निवेशकों के बेहद धैर्य, उदारता के भाव और खुलेपन के बिना नहीं लिखी जा सकती थी, जिन्होंने मुझे अपने अंतर्ज्ञान और अनुभव बताए। कुछ मामलों में हम कई दिन साथ रहे। बाक़ी ने कई सालों तक असंख्य बार मुझसे बात की। उन्होंने ख़ुशी-ख़ुशी अपने घर और ऑफ़िस में मेरा स्वागत किया, मुझे अपने साथ यात्रा करने की अनुमति दी, अपनी आपदाओं और चुनौतियों के बारे में स्पष्टता से बात की और एक अविस्मरणीय प्रकरण में तो मेरे अवचेतन मन की दोबारा प्रोग्रामिंग करने की कोशिश में मुझे सम्मोहित भी किया। मैं उन सभी निवेशकों के प्रति गहराई से कृतज्ञ हूँ, जिन्होंने मुझे वे सबसे मूल्यवान सबक़ बताए, जो उन्होंने इस बारे में सीखे थे कि बुद्धिमत्तापूर्ण तरीक़े से निवेश कैसे करना है, तार्किक तरीक़े से कैसे सोचना है, विपत्ति से कैसे उबरना है और एक आनंदित तथा संतुष्टिदायक जीवन की संभावनाओं को कैसे बढ़ाना है।

असाधारण रूप से अंतर्ज्ञानी निवेशकों की लंबी सूची है, जिनकी सोच ने इस पुस्तक को बहुत समृद्ध किया है। ख़ास तौर पर मैं चार्ली मंगर, एड थोर्प, हॉवर्ड मार्क्स, जोएल ग्रीनब्लाट, बिल मिलर, मोहनीश पबराई, टॉम गेनर, गाई स्पायर, फ्रेड मार्टिन, केन शुबिन स्टाइन, मैथ्यू मैकलेनन, जेफ़्री गड़लाक, फ़्रांसिस चाउ, थायरा जेरहुसन, थॉमस रूसो, चक एकर, लाइ लू, पीटर लिंच, पैट डोर्सी, माइकल प्राइस, मैसन हॉकिन्स, बिल एकमैन, जेफ़ विनिक, मारियो बैबेली, लॉरा गेरिट्ज, ब्रायन मैकमोहन, हेनरी एलनबोगन, डोनाल्ड याक्टमैन, बिल नाइग्रेन, पॉल लाउंटजिस, जैसन कार्प, विल डेनॉफ़, फ़्रांस्वाँ रोशोन, जॉन स्पियर्स, जोएल टिलिंगास्ट, कैस ज़कारिया, निक स्लीप, पॉल इसाक, माइक जोटा, पॉल यैबलॉन, व्हिटनी टिल्सन, फ़्रांस्वाँ-मैरी वोयसिक, सारा केटरर, क्रिस्टोफ़र डेविस, रामदेव अग्रवाल, अरनॉल्ड वैन डेन बर्ग, मैरिको गॉर्डन और जीन-मैरी एवेलार्ड को धन्यवाद देना चाहता हूँ। उन पाँच दिग्गजों को भी धन्यवाद, जो अब हमारे साथ नहीं हैं : सर जॉन टेंपलटन, इर्विंग काह्न, बिल रुआन, मार्टी व्हिटमैन और जैक बोगल।

मैं अपने साहित्यिक एजेंट जिम लेवाइन के प्रति बहुत कृतज्ञ हूँ, जिन्होंने मुझे बुद्धिमत्तापूर्ण सलाह, असीमित उत्साह और दयालुता का अमूल्य मिश्रण प्रदान किया। मैं उनसे बेहतर साझेदार की कल्पना नहीं कर सकता। मैं स्क्राइबनर के एक्ज़ीक्यूटिव एडिटर रिक हॉरगन के प्रति भी बेहद कृतज्ञ हूँ, जिनकी ज़बर्दस्त बुद्धि, विचारशील संपादन और पूर्णतावाद को देखकर मैं हैरान हूँ। उल्लेखनीय बात यह है कि रिक की सबसे प्रिय पुस्तक *जेन ऐंड द आर्ट ऑफ़ मोटरसाइकल मेंटेनेंस* है, जो गुणवत्ता को मार्गदर्शक सिद्धांत बनाने की अवधारणा को टटोलती है। स्क्राइबनर के नैन ग्राहम, रोज़ लिपेल और कॉलिप हैरिसन को भी मेरी पुस्तक को अंगीकार करने के लिए बहुत धन्यवाद। स्क्राइबनर की बाक़ी बेहतरीन टीम को भी धन्यवाद, जिन्होंने इस पुस्तक पर काम किया : स्टीव बोल्ड, डैन कडी, बेकेट रुएडा और जया मिसेली। स्क्राइबनर द्वारा प्रकाशित किया जाना एक आश्चर्यजनक विशेषाधिकार है, जो मेरे कई प्रिय लेखकों के आभामंडल का हिस्सा है।

इतने सारे मित्रों और साथियों ने मेरी मदद की, मार्गदर्शन दिया और प्रेरित किया कि उनके साथ न्याय करना असंभव है। लेकिन गाई स्पायर को विशेष धन्यवाद देकर शुरू करना चाहता हूँ, जो कई वर्षों से अविश्वसनीय मित्र और चैंपियन रहे हैं। गाई को दूसरों की मदद करने और सद्भाव को चक्रवृद्धि करने में आनंद आता है और उन्होंने मुझे असंख्य तरीक़ों से लाभ पहुँचाया है – उन्होंने मोहनीश पबराई, केन शुबिन स्टाइन और निक स्लीप से मेरा परिचय कराया। जॉन गर्टनर को भी विशेष धन्यवाद। वे एक असाधारण लेखक हैं, जिन्होंने ना केवल मुझे नैतिक समर्थन दिया, बल्कि मुझे *द आइस एट द एंड ऑफ़ द वर्ल्ड* का अपना ज़बर्दस्त प्रस्ताव भी बताया, जिसने मेरी ख़ुद की पुस्तक के प्रस्ताव को गढ़ने में मेरी मदद की।

दयालुता, परवाह, समर्थन और मित्रता के कई कार्यों के लिए मैं इन्हें भी धन्यवाद देना चाहूँगा : माइकल बर्ग, मार्कस वेस्टन, एटन यार्डेनी, एवि नाहमियाज़, जैसन ज़्वीग, अरविंद अडिगा, टोनी रॉबिन्स, माइकल ओ'ब्रायन, सेसिला वॉन्ग, डीजे स्टाउट, गिलियन जो सेगल, नीना मंक, पीटर सोरियानो, फ़्लेमिंग मीक्स, रिचर्ड ब्रैडली, लॉरी हार्टिंग, एमी स्टोन, लोरी स्पायर, सौरभ मदान, निखिल हदीसिंग, क्रिस स्टोन, रैमिन बहरानी, मार्लीज़ टेले, बीवर्ली गुडमैन, वेड सैविट, नैन्सी डेनिनो, पाइपर टायर्सडॉटर, मैथ्यू विंच, जैमी ट्रू, क्रैग क्रावेट्ज़, हॉवर्ड डोनेली, क्रिश्चियन मोर्क, गौतम वैद्य, शाई दर्दाष्टि, सैम्युअल फ़्रीडमैन, डेनिस थॉमोपॉलोस, रिचर्ड वर्दीमर, डेविड वर्थ, मालिया बॉयड, टॉम ईस्टन, चार्ल्स कार्टलेज़, ईबेन हैरेल, आरन धर्मेरातनाम, शेरॉन कैलेहन, हेलन और जिम न्यूबर्गर, कैथलीन हिंज, एंसेला नस्तासी, जोआन कैपलिन, जॉश तारासॉफ़, एलियट ट्रेक्सलर, रैल्फ़ टाउनसेंड, स्टिग ब्रॉडर्सन, प्रेस्टन पिश, केनेथ फ़ोक, हेड्डा नेडलर, डेनियल रॉथ,

मार्क चैपमैन, ओर्ली हिंडी, कबीर सहगल, शैलॉम राबी, जेलिसा कैस्ट्रोडेल, रैंडी स्टैनबरी, जॉन मिहालियेविक, विलियम सैमेडी, माइकल स्कर्ब, डेविड मेकनर, कैथरीन ब्रूस, स्कॉट विल्सन, लूसी विल्सन कमिंग्स, डेबी मेलिकेन, जैकब टेलर, रिचर्ड क्रूप, एम्बी कवनॉ, करेन बर्ग और रैव बर्ग।

एलाइन्ड सेंटर के मेरे मित्रों को भी धन्यवाद, जिन्होंने मुझे लिखने के लिए एक सुंदर और शांत जगह से बहुत ज़्यादा दिया है। इसके संस्थापक मैट लुडमर कई मायनों में रोल मॉडल हैं और मैं निवेश से लेकर ध्यान तक हर चीज़ पर अंतर्ज्ञान के लिए उनकी ओर मुड़ा हूँ। एलाइन्ड सेंटर में हर एक के साथ समय बिताना आनंददायक रहा है, जिनमें लेटिसिया रीज़-जेम्स, कैरोलिन होटेलिंग, फ़ैरिन सैंड, जैकोपो सरीकियो, डेविड जेन्स, एलिसन गिल्बर्ट, एंडी लैंडोर्फ़, क्रिस्टिन काये, ग्वेन मर्किन, डेनियल गोलमैन, डीलॉन मिचेल और डैन फ्राइड शामिल हैं।

मेरे जीवन का एक बड़ा उपहार यह है कि मैं असाधारण लोगों से भरे परिवार में जन्मा। मेरे बड़े भाई एंड्रयू ग्रीन और उनकी प्यारी पत्नी जेनिफ़र हर्स्कल को धन्यवाद और मेरे अद्भुत साले-सालियों मर्विन कूपर, जोहाना कूपर, नैन्सी कूपर और ब्रूस मेल्ट्ज़र को बहुत-बहुत धन्यवाद।

अंत में मैं यह पुस्तक परिवार के पाँच सदस्यों को समर्पित करना पसंद करूँगा, जिन्होंने हर चीज़ को संभव बनाया। मेरी माँ मैरिलिन ग्रीन पहले दिन से ही शक्ति और समर्थन का ज़बर्दस्त स्रोत रही हैं और यह उपयुक्त है कि वे हमेशा मेरे लिखे हर अध्याय को पढ़ने वाली पहली शख़्स भी थीं। मेरे स्वर्गीय पिता बैरी ग्रीन ने भाषा के प्रति मेरे प्रेम और निवेश के प्रति मेरे जोश को चिंगारी दी। मेरा बेटा हेनरी ग्रीन शुरुआत से अंत तक अनिवार्य और प्रतिभाशाली साहित्यिक साझेदार रहा है : उसने पृष्ठभूमि शोध किया, मेरे साक्षात्कारों को ट्रांस्क्राइब किया, तथ्यों की जाँच की और संकेत किया, जब मेरी भाषा को अतिरिक्त चमकाने की ज़रूरत थी। मेरी बेटी मैडेलीन ग्रीन ने इस पुस्तक के पात्रों और विचारों पर बातचीत में साहसिक धैर्य का प्रदर्शन किया। उसने मुझे भावनात्मक रूप से भी स्थिर रखा, मेरा उत्साह बढ़ाया और मेरी मनोदशा गड़बड़ाने पर मुझे प्रोत्साहित किया। कई बार तो मुझे यहाँ तक लगने लगा कि वह मेरी अभिभावक बन गई है। और फिर मेरी पत्नी लॉरेन कूपर, जो सबसे दयालु और सबसे ज़्यादा परवाह करने वाली हैं। मैं लॉरेन से तब मिला, जब मैं केवल बाईस साल का था और मेरे जीवन में जो भी सर्वश्रेष्ठ है, वह ख़ुशक़िस्मती के उस एक चमत्कारी संयोग की वजह से हुआ है। आप सभी को मेरे हृदय की गहराई से धन्यवाद।

अनुवादक के बारे में

डॉ. सुधीर दीक्षित ने 225 से अधिक विभिन्न प्रकार की पुस्तकों का अनुवाद किया है, जिनमें *हैरी पॉटर सीरीज़, द सीक्रेट, रिच डैड पुअर डैड, 7 हैबिट्स ऑफ़ हाइली इफ़ेक्टिव पीपल, हाउ टु विन फ्रेंड्स, द पावर ऑफ़ पॉजिटिव थिंकिंग, द पावर ऑफ़ योर सबकॉन्शस माइंड* और *थिंक ऐंड ग्रो रिच* जैसी कालजयी पुस्तकें शामिल हैं।

उन्होंने मशहूर बेस्टसेलर 'टाइम मैनेजमेंट' सहित 7 मौलिक पुस्तकें लिखी हैं तथा उनकी पुस्तकों का अन्य भाषाओं में अनुवाद भी हो चुका है। डॉ. दीक्षित ने पीएससी (प्रोफ़ेसर) परीक्षा में अँग्रेज़ी साहित्य की प्रावीण्य सूची में प्रथम स्थान अर्जित किया था। वर्तमान में वे शासकीय नर्मदा महाविद्यालय, नर्मदापुरम (म.प्र.) में अँग्रेज़ी साहित्य के प्रोफ़ेसर हैं। उनसे sdixit123@gmail.com पर ईमेल द्वारा संपर्क किया जा सकता है।